HEYNE BÜCHER

D1854750

SCIENCE FICTION

Herausgegeben
von Wolfgang Jeschke

Von Péter Zsoldos erschienen in der Reihe
HEYNE SCIENCE FICTION & FANTASY:

Die Aufgabe · 06/3731; erneut
↗ Drei SF-Romane in einem Band · 06/4362
Die Rückkehr der Wiking · 06/4390
Fernes Feuer – Wiking II · 06/4391

PÉTER ZSOLDOS

DIE RÜCKKEHR DER WIKING

Science Fiction Roman

Deutsche Erstveröffentlichung

WILHELM HEYNE VERLAG
MÜNCHEN

HEYNE SCIENCE FICTION & FANTASY
Band 06/4390

Titel der ungarischen Originalausgabe
A VIKING VISSZATÉR
Deutsche Übersetzung von Gottfried Feidel
Das Umschlagbild schuf Tony Roberts

2. Auflage

Redaktion: Wolfgang Jeschke

Printed in Germany 1988
Umschlaggestaltung: Atelier Ingrid Schütz, München
Satz: Schaber, Wels
Druck und Bindung: Elsnerdruck, Berlin

ISBN 3-453-31388-7

1

Bongi trat in ein Erdloch und stolperte. Ich riskierte einen kurzen Blick zurück und sah gerade noch, wie er mit Armen und Beinen rudernd versuchte, sich hochzurappeln, aber ich konnte nicht stehenbleiben. Das Geschrei unserer Verfolger hinter uns wurde immer lauter. Ich wußte, daß es schandbar war, dennoch mußte ich mich über Bongis Fall fast freuen. Bis man ihn umzingelt und totgeschlagen hatte – weil die Horde nicht genug Voraussicht und Selbstdisziplin besaß, um ihn später zu erledigen –, hatte ich einige Minuten Vorsprung gewonnen. Denn der Fluß war noch weit, entsetzlich weit.

Seit heute morgen sind wir auf der Flucht, hügelauf, hügelab, rennen und waten durch Farnkraut und Dornengebüsch, waten durch Pfützen, klammern uns an Felsen, während uns die Luft allmählich ausgeht und unsere müden Füße über jeden Erdhügel stolpern. Wäre Lele nicht auf die Schlange getreten, wäre alles reibungslos verlaufen. Doch nun war es passiert. Der Unglückliche schrie wie am Spieß und ließ einen langgezogenen Todesschrei hören, als die gewaltigen Schlingen seine Rippen zermalmten. Vielleicht hätte ich ihn retten können, wenn wir durch sein Geschrei nicht sofort wieder die ganze Horde am Hals gehabt hätten, doch da war es schon zu spät. Auf Leles Todesschrei hin brachen Rufe aus tausend Kehlen, und die Jagd ging weiter. – Wie lange werde ich noch durchhalten? Ich habe Seitenstechen, und vor meinen Augen tanzen blaue und rote Ringe, so daß ich Nogos breiten Rücken kaum erkennen kann.

Endlich haben wir den Fuß des Hügels erreicht, und da gibt es keine Felsen und keine Erdlöcher mehr. Jetzt heißt es nichts als laufen, quer durchs Gestrüpp, weiter in Richtung Fluß. Nogo wird nicht schlapp machen. Wenn einer von uns beiden fällt, so kann nur ich es sein. Dann aber wäre auch Nogos Flucht sinnlos, weil er ohne mich mit dem Floß nicht umgehen kann. Wie jeder Buschbewohner fürchtete er sich auch vor dem Fluß. Wüßte er nicht, daß die Horde die Verfolgung niemals aufgeben wird, würde er einen weiten Bogen um das Wasser machen.

Da, schon wieder eine Pfütze. Hunderte liegen hinter uns, Hunderte vor uns. Wir waten durch das schleimige grüne Wasser, das unter unseren Füßen wie eine Fontäne hochspritzt. Das ist aber gut gegen die Krokodile. Bis die Viecher gemerkt haben, daß da nur zwei armselige Würstchen Getöse machen, sind wir bereits aus ihrem Tümpel raus. Ich kann nur hoffen, daß die Biester unsere Verfolger wachsam und freundlich empfangen werden. Aber dieser Tümpel ist doch größer als ich dachte. Nogo fällt auf die Schnauze, und ich gleich hinter ihm. Nach drei bis vier Metern würden wir wieder Schlamm unter die Füße kriegen. Aber Nogo ist in Panik geraten, rudert mit allen vieren, schlägt immer wieder lang hin aus lauter Angst vor den Krokodilen. Dabei ist ein Krokodil immer noch besser als die Horde. Ein Biß und fertig, aus. Ansonsten wird er von hundert Fingern und hundert gierigen Kiefern und Zähnen bei lebendigem Leib zerfleischt. Die Feinschmecker der Horde sind nämlich der Meinung, daß gut durchgeschwitztes Menschenfleisch eine Delikatesse ist. Widerlich.

Ich zerre ihn ans Ufer und gönne uns eine kleine Pause, weil es nicht schaden dürfte, mit etwas ruhigerem Kopf einmal nachzusehen, wo wir uns eigentlich befinden. Weit hinter uns, oben am Hang zwischen den weißen Felsen liegt ein schwarzer Kohlenhaufen. Bongi. Er hat nicht einmal mehr die Kraft zu schreien, still erwartet er die Horde, wartet auf den Tod. Da gibt es nichts mehr zu sehen, helfen kann ich ihm nicht. Ich wende mich nach Westen, dort, jene Felswand, ist bereits das andere Ufer, zu deren Fuß der Große Fluß seine Fluten wälzt. Unten in der Talsohle markiert ein gelblicher Streifen den Rand des Bambusgestrüpps. Wenn wir den erreichen, können wir vielleicht entkommen. Dort ist auch das Floß, aber von hier aus kann ich diese S-förmig gekrümmte Palme noch nicht ausmachen. Wenn ich mich neben der Palme stehend der Felswand zuwende, verbirgt sich das Floß zehn Schritte geradeaus und zwanzig Schritte nach rechts im Bambus. Doch bis dorthin sind es noch an die drei Kilometer, eine Strecke, wo der Busch sich immer mehr lichtet und die Tümpel immer zahlreicher werden. Die Tümpel und der Busch sind gut, weil sie die Horde irreführen, aber die Dornen und das schleimige Wasser ...

Nogo stupst mich und zeigt nach hinten, und jetzt kann ich es auch wieder hören. Freilich, bergauf, beim Klettern waren sie verstummt, doch jetzt, auf dem Gipfel angelangt, lassen sie ihre Stimmen um so lauter ertönen. Ich würde gern sehen, wenn sie auf den armen Bongi stoßen, aber Nogo packt mich am Arm und zerrt mich ins Gebüsch. Wir stürmen weiter. Busch und Gestrüpp, Dornen, Pfützen und Tümpel, waten durch den Schlamm, dann wieder Busch und Dornen und wieder diese Stiche in meiner Seite, wieder diese bunten Ringe vor den Augen. Ich kann das nicht länger aushalten, ich werde mich einfach hinlegen, sollen sie von mir aus kommen und mich zerreißen. Warum laufe ich überhaupt? Nur weil der mit der glatten Haut gesagt hat, daß an der Mündung des Großen Flusses ... Ein dorniger Zweig schlägt mir ins Gesicht, jetzt bleibt keine Zeit mehr zu überlegen. Man kann nur noch rennen, ein

Rennen auf Leben und Tod. Rennen? Ist das überhaupt noch ein Rennen? Ein armseliges Hinken, weiter nichts. Ich bleibe immer weiter hinter Nogo zurück. Von Zeit zu Zeit dreht er sich um und wartet auf mich. Der ist kein bißchen müde, die Verfolger nicht minder, nur mein Herz und meine Lunge ... Wie lange noch? Ich muß stehenbleiben, um zurückzublicken, ich suche krampfhaft nach einer Ausrede. Oben auf dem Hügel bei den weißen Felsen, dort, wo Bongi *gewesen* ist, stehen noch ein paar Gestalten herum, die anderen tauchen gerade in den Busch. Gleich werden sie am großen Tümpel sein; ich grinse vor mich hin und kann mir lebhaft vorstellen, wie die blutgierige Wildheit im Gesicht der Männer, die am Ufer stehen, dem schieren Entsetzen weicht. Für einen Augenblick gewinne ich die Krokodile richtig lieb. Ich stütze mich auf Nogos Schulter und schnappe nach Luft. Es wäre auch an der Zeit, endlich meine Palme zu suchen. Von hier aus kann man sie sicher schon sehen, und nun müßte man aufpassen, daß man die Orientierung nicht verliert. Wir befinden uns in der Schwemmebene des großen Stroms, aber von hier aus reicht der Blick nicht mehr so weit wie von jenem Tümpel, von wo aus jetzt – wie heute morgen bei Lele – ein Schmerzensschrei ertönt. Anscheinend hat die Große Krokodilmutter mein Flehen erhört und einen Unvorsichtigen erwischt. Nun wagen es die anderen nicht, durch den Tümpel zu waten. Bis sie den Tümpel umgehen und unsere Spur wieder aufnehmen, dauert es eine Weile – für uns ein echter Zeitgewinn.

Ich wende mich dem Bambusgestrüpp zu und erblicke meine Palme, etwa anderthalb Kilometer nach links, doch bis die Horde uns wieder aufstöbert, könnten wir den Baum erreichen. Ich zeige auf die Palme, Nogo nickt, und wir setzen uns wieder in Trab.

Hinter uns ist es jetzt still – oder ist es nur das Pochen des Blutes in meinen Ohren, das mich taub macht? Die drückende Hitze des frühen Nachmittags dörrt die Kehle aus, die Luft steht schimmernd über Busch und Tümpeln, sie macht schläfrig und müde. Erst jetzt merke ich, wie erschöpft ich bin, beim Laufen fällt das weniger auf. Durst habe ich auch, meine Zunge liegt schwer wie ein Sandkloß zwischen meinen Zähnen. Würde ich draufbeißen, würde sie zu Staub zerfallen. Umsonst die Gewißheit, daß ich nicht darauf trainiert bin, tagelang in geschwächtem Zustand durch eine Urlandschaft zu rasen, dennoch packt mich die Wut, wenn ich daran denke, wie weitaus vollkommener der Körper dieser Flachköpfe gebaut ist als der meine. Vergebens der Wille, der in mir immer noch vorhanden ist, ich hänge immer hilfloser an Nogos Hals. Der spürt es freilich kaum, eine durchschnittliche Wildsau ist schwerer als ich. Ich bin nur noch Haut und Knochen, ein leichter Windhauch könnte mich hinwegfegen.

Der Wind! Ein bißchen Wind wäre schon gut, zumindest eine leichte Brise, um diese abgestandene Hitze etwas zu mildern. Und als ob ich ein Zauberer wäre, ist das linde Lüftchen schon da, bewegt die Blätter der Uferpalmen, wird uns gleich erreichen, bläst durch den Busch und bringt den kühlen Gruß des Wassers mit sich. Zunächst kann ich nicht begreifen, warum sich Nogo über den Wind nicht freut, was dieser sorgenvolle Blick zu bedeuten hat, der in seinen Augen aufflammt. Doch sobald er in die Luft schnuppert und nach hinten zeigt, steigen Erklärung und Furcht gleichzeitig in mir auf. Die Horde braucht sich jetzt nicht mehr um unsere Spuren zu kümmern, ihre Witterung ist einwandfrei wie die des Wildes. Jetzt werden sie uns verfolgen – bis zum bitteren Ende. In dieser furchtbaren Lage kommt es nicht darauf an, daß ich sterben muß, sondern daß es gilt weiterzulaufen, meine steifen Glieder und Gelenke wieder auf Trab zu bringen, in denen tausend irre Ameisen zwischen glühenden Eisenkugeln toben. Alles, nur nicht wieder rennen müssen! Ich umklammere flehend Nogos Arm und versuche, meinen Protest in Worte zu fassen, doch bevor ich mich noch verständlich machen kann – was wollte ich ihm eigentlich überhaupt beibringen? – geht hinter unserem Rücken das Gebrüll schon wieder los.

Daß ich schon wieder renne, ist nur der Kraft des Instinkts zu verdanken, jenem Ur-Reflex, der besagt, daß man auf Verfolgung mit Flucht reagiert, dieser Herdeninstinkt: Wenn einer die Flucht ergreift, rennen alle hinterher. Über die Startschwierigkeiten hat mir Nogos aufbrausendes Entsetzen hinweggeholfen. Er ist hunderttausend Jahre jünger als ich, in seinem Gehirn sind die Schaltungen weniger kompliziert. Tag – gut, Nacht – schlecht, Obst – essen, Wildschwein – töten, Schlange – Furcht, Gebrüll – rennen! Wenn ich aber zusammenbreche, stürze ich in den nächstbesten Tümpel – lieber die Krokodile! Ich hasse die Horde, weil ich rennen muß, ich hasse Nogo, weil er diesen Marathonlauf durchhält, und hassenswert ist auch der einst heiß herbeigesehnte Wind, der jetzt ein bißchen von rechts kommt, weil wir nun seinetwegen laufen müssen. Der Bambuswall rückt langsam näher. Wir können aber die Palme nicht direkt anpeilen, wir müssen uns eher etwas links halten, und auch die Verfolger befinden sich links hinter uns.

Dies hier ist bereits der Flutbereich des Flusses. Es gibt immer mehr Pfützen und Tümpel, aufgereiht wie eine Perlenschnur, von Sandbänken eingefaßt. Der Busch ist niedriger, wir brauchen weder Witterung noch Spuren, wir können uns deutlich sehen. Die Horde über die Sandbänke, die parallel zu den unseren liegen, dieser und jener versucht, durchs Wasser zu waten, doch dann schrecken sie immer wieder zurück. Hier gibt es eine Menge Reptilien. Sie liegen mit weit aufgerissenem Rachen in der Sonne. Selbst auf den Dünen müssen wir manchmal wie beim Hürdenlauf über sie hinwegsetzen.

Auf dem Trockenen sehen sie eher hilflos als furchterregend aus. Die beiden Sandbankreihen, die die beiden Schenkel eines gewaltigen gleichschenkeligen Dreiecks bilden, treffen genau bei meiner Palme zusammen. Wer als erster dort ist, hat gewonnen. Das ist wie beim Geländelauf. Die Flußniederung ist eine gewaltige Arena, der Hügelkranz die Zuschauertribüne, die Bahnen durch zwanzig Meter Wasserstreifen getrennt. Die Horde hat wieder aufgeholt und läuft mit uns auf gleicher Höhe, auch ein paar Steine klatschen neben uns kraftlos ins Wasser. Ich taumle von Busch zu Busch, trete auf den Rücken eines Krokodils, Nogo rettet mich im letzten Augenblick vor dem tödlichen Schwanzschlag. Die Szene findet auch auf der anderen Seite ihr Echo. Die fürchten sich nämlich genau vor dem, was meine einzige Hoffnung ist, daß ich nämlich doch noch von den Krokodilen gefressen werde. Und wieder einmal hänge ich kraftlos an Nogos Schultern. Aus und Ende. Keinen Schritt mehr weiter.

Der Häuptling ruft zu uns herüber und befiehlt, daß wir bleiben sollen, wo wir sind. Dabei macht er eine eindeutige Geste, die uns anzeigt, was uns erwartet. Nur muß er vorher eine Furt finden, um uns zu erreichen. Doch auch dies kann mich nicht mehr reizen. Ich möchte ruhen, nichts als ausruhen. Ich lasse mich langsam in den Sand gleiten und strecke mich aus wie ein Krokodil. Nogo aber weiß nicht, was er mit mir anfangen soll. Er steht unschlüssig herum und vertritt sich die Füße. Gelegentlich dreht er sich um, schleudert einen Stein und schickt unflätige Flüche hinterher in Richtung Horde. Er ist nicht nur der stärkste, sondern auch der beste Steinwerfer der Horde. Während ihre Steine kaum unser Ufer erreichen, stürzt drüben gerade Zumbi mit blutigem Kopf zwischen die Krokodile. Wieder das übliche Gebrüll – in vier Jahren habe ich mich nicht daran gewöhnen können, daß die immer plärren müssen. Doch all das rückt in immer weitere Ferne. Mein Körper ist wunderbar leicht, gleich wird er mit dem Wind davonsegeln, der immer stärker wird. Ich sehe mich, mein Gegenüber, die Sandbänke, den Busch von außen und oben. Schlafen. Unverzüglich schlafen, hier und jetzt. Durch die Nebelschleier des Halbschlafes beobachte ich, wie sich die Horde langsam in Marsch setzt, um eine Furt zu suchen. Eile tut nicht mehr not, das gehetzte Wild liegt da wie eine Antilope, die man auf einen Felsen oder auf eine Halbinsel getrieben hat, wo es kein Entkommen gibt. Ich kann ihre Feigheit nicht ohne ein spöttisches Grinsen abtun. Armselige Würstchen. Es wäre viel näher, wenn sie sich von meiner Palme aus nähern würden, doch jetzt, wo ich hilflos direkt vor ihren Augen liege, ist das Tabu des Großen Flusses stärker als die Verfolgungslust. Sie machen einen Umweg, obwohl der bedeutend länger ist. Es dürfte mindestens eine Viertelstunde dauern, bis sie uns erreichen. Hätte ich jetzt noch so viel Kraft, daß ich leben, daß ich überleben möchte, könnte ich mich vielleicht retten.

Der Wind weht bereits so heftig, daß er den Körpergeruch vertreibt, er kann uns nicht mehr verraten. Der vorausschauende Häuptling hat am anderen Ufer zwei Flachköpfe als Wachen postiert. Nogo läßt seine Wut an den beiden aus, seine Steinwürfe schwirren ihnen drohend um die Köpfe. Vielleicht sind die Wachen auch besorgt, daß sie bei unserem Schlachtfest das Nachsehen haben. Ihr Blick wandert verzweifelt zwischen meinem regungslosen Körper und dem Busch hin und her, in dem ihre Gesellen untergetaucht sind. Schließlich erweist sich aber die Stimme des Magens stärker als der Befehl des Häuptlings, und die beiden verschwinden, mit den Fäusten drohend rücklings im Gebüsch. Wir sind allein.

Noch zehn Minuten. Nogo will mir auf die Beine helfen, ich aber winke ihm zu, er soll mich in Frieden lassen. Ich will sterben. Genauer, ich will nur eins: keine Bewegung. Auch Flucht ist Bewegung, also das auch nicht. Der Häuptling wird mit stolzen Schritten aus dem Busch marschieren, und die anderen werden im Gänsemarsch hübsch der Rangordnung nach folgen. Das ist keine Verfolgung mehr, sondern ein Ritual. Sie werden einen Kreis um mich bilden, dann beginnt der schwankende Tanz mit den Knüppeln, der Kreis wird immer enger, bis sie mich mit ausgestrecktem Arm erreichen können ...

Wie oft habe ich so was in diesen vier Jahren erlebt, wie oft habe ich versucht, es zu verhindern! Fast ebenso erfolglos wie ich versucht habe, ihnen den Umgang mit Pfeil und Bogen beizubringen – hätten sie es kapiert, hätten sie mich allerdings schon längst im Fluge abgeschossen –, ihnen zu erklären, daß es nicht unbedingt notwendig sei, ihre Neugeborenen kopfüber in den ersten besten stinkenden Tümpel zu tauchen, daß es einfacher sei, mit Feuerstein und Schwamm Feuer zu machen anstatt das bei einem Waldbrand geklaute Feuer in einem Lehmkorb herumzuschleppen. Sie hatten die Funken begafft, die Flamme angenommen, doch weiter war die Sache für sie nicht interessant. Nur der Zauberer, der hatte alles versucht, um das kleine wasserdichte Etui zu stehlen, die einzige Erinnerung an mein früheres Leben, um die darin verborgenen Zaubermittel, nämlich die kleine Schnalle aus Stahl, den Feuerstein und den sorgfältig getrockneten Schwamm in seinem bodenlosen Beutel unter seinen übrigen Schätzen zu verbergen. Nach dem Häuptling ist er in dem Kreis der nächste. Ich sehe, wie er seine knotige Greisenhand nach meinem Hals ausstreckt, um das begehrte Etui von der Schnur zu reißen. »Das soll dir aber nicht gelingen, du stinkender Sohn eines Schakals!« murmle ich und ärgere mich gleichzeitig darüber, daß ich für meine

Emotion keine Worte in meiner alten Sprache mehr finde als die Kehllaute der Horde, die aus meinem Rachen gurgeln. Lieber schmeiße ich das Ding in den Tümpel und stürze mich hinterher. Hier wird es weder ein Gastmahl noch Feuer geben!

Vor Ekel und Wut wälze ich mich auf den Bauch, meine Hand umklammert das Etui, der Wind – er wird immer stärker! – weht mir Sand ins Gesicht. Die Sandkörner brennen wie Funken auf meiner Haut. Funken? Ich ziehe den Kopf ein, mein Blick starrt auf meine verkrampften Finger. Plötzlich ist meine ganze Aufmerksamkeit nach innen gerichtet, dorthin, wo in den tiefsten Tiefen des Verstandes ein kleines Licht zu flackern beginnt und jetzt eine Flamme auflodert ...

»Feuer!« schreie ich. »Feuer! Feuer!« Ich schleppe mich bis zum nächsten Strauch, zum Gehen fehlt mir noch die Kraft, Nogo aber schaut mich entsetzt an, ob ich wohl vor lauter Furcht übergeschnappt bin. Will ich mich vielleicht im Busch verstecken, wo seit der letzten Regenzeit das Laub strohtrocken geworden ist?

Der Schwamm glüht, ich lasse die zerriebenen trokkenen Blätter vorsichtig auf die Glut hinabrieseln, helfe mit gequälter Lunge dem Luftstrom der über dem Sand wirbelt. Aus dem kaum handgroßen Haufen steigt eine winzige Flammenzunge empor, unsicher und schwankend, kämpft mit fadenscheinigem Licht gegen die Mittagsglut. Mit zitternder Hand streue ich die klein gebrochenen Zweige darüber. Jetzt wird die Flamme kräftiger, streckt sich, neigt sich dem Strauch zu, erreicht ihn und schießt plötzlich wie ein brüllender Riese hoch, wirft ihre feurige Fackel auf den nächsten Busch, der sofort in Flammen steht, auch der dritte und zehnte, und so wie der Busch hinter uns immer dichter wird, wird er zu einem wütenden Flammenmeer, das zum Himmel strebt und das Brüllen der Horde verschluckt. Nogo steht wie versteinert neben mir, er hat die Ereignisse noch nicht ganz verdaut. Ich hänge mich an seinen Arm und rappele mich hoch. Ich bin zwar schwach, doch mein Leben gehört mir wieder. Das gibt mir Kraft für das, was mir noch bevorsteht, ob ich nun die Mündung des Großen Flusses erreiche oder nicht. Dieses Feuer brannte all den Ekel, all die Angst und alle Demütigungen dieser vier Jahre weg, dieses Feuer, das der Wind über die ganze Breite der Flußniederung hin zu den Hügeln vor sich hertreibt.

2

Es ist die Kälte der Morgendämmerung, die mich weckt. Ich zittere wie Espenlaub, und jede Stelle meines Körpers tut einzeln weh. Das Floß gleitet ruhig über das Wasser, und vom Osten her sickert ein unsicheres, schwaches Licht. Am Ufer stehen Berge, ihre Gipfel erglühen im Morgenlicht. In den tiefen Tälern brodelt dichter Nebel, seine schmalen Flossenfinger recken sich über den Fluß. Das Hügelland, das ich mit der Horde durchstreift habe, liegt weit hinter uns. Sollte dies schon das Land der Schwarzen Berge sein? Flußabwärts tauchen in dunstiger Ferne immer höhere Berggipfel und zerklüftete schwarze Felsen auf. Auch die Berge hier sind schon finster genug, von unten bis oben mit dichtem grünem Urwald bedeckt. Allein der Bambus trotzt der veränderten Landschaft, sein schmales Band bewacht das Ufer. An einigen Stellen zeigen Lücken einen Pfad an, wo das Wild zur Tränke geht.

Auf dem Territorium der Buschmänner war es in der Morgendämmerung immer sehr laut. Vögel sangen in den Bäumen, Affen schnatterten im Geäst, Wildschweine grunzten und quiekten im Dickicht – manchmal war auch das ferne Gebrüll eines großen Raubtieres zu hören. Der Schwächere ist froh, daß er die Dunkelheit überlebt hat, daß ihn kein Raubtierzahn, keine Kralle geschlagen hat, die Mörder aber, vollgefressen oder hungrig – je nach Jagdglück und Geschicklichkeit –, lassen noch einmal ihr Gebrüll erschallen, bevor sie sich zur Ruhe legen, um ihren Erfolg oder ihr Scheitern in den reinen Morgen hinauszurufen. Das Licht ist wieder da, ihre Zeit ist um, die Jagd ist zu Ende.

Hier aber herrscht Totenstille. Die Berge und Bäume schweigen, kein Fisch springt, das schwarze Wasser des Flusses strömt lautlos dahin, ohne Wellenschlag. Das ist es, was mich bedrückt. Wäre ich nicht immer noch so unmenschlich müde, würde ich meine Beklemmung in die Stille hinausschreien. Zähneklappernd liege ich da, die feuchte Kälte dringt bis in die Knochen. Auch Nogo an meiner Seite zittert im Schlaf. Friert er oder hat er einen bösen Traum? Da fällt mir ein, daß diese Gegend nicht nur deswegen so fremd und furchterregend ist, weil sie anders ist als der vertraute Busch. Ich war im Traum daheim gewesen.

Diese Träume sind sehr selten, und je mehr ich es mir gewünscht hatte – vor allem in den ersten Jahren, die ich unter den Flachköpfen verbracht habe –, zumindest im Traum mein früheres Leben weiterführen zu können, um so weniger wollte es mir gelingen. Gewöhnlich träume ich von Monstern und von wildem Getümmel, erlebe immer wieder die erschütternden Ereignisse des Tages. Der behaarte Arm des Häuptlings berührt mich, Nogo greift zu spät ein, kaum kann ich mich vor dem fürchterlichen Gebiß des Schakals auf einen Baum retten. Mitten im Busch stehe ich plötzlich dem Großmähnigen gegenüber, und kein anständiger Baum weit und breit. Nogos besorgtes Gebrumm, und daß er mich freundschaftlich in den Rücken boxt, um mich zu beruhigen, taugten zu nichts weiter als mich aus meinem Alptraum zu reißen und in eine Wirklichkeit zu versetzen, die eben diese Alpträume erzeugt hatte. Es waren qualvolle Träume und stets ein unbarmherziges Erwachen. Doch weitaus schlimmer war es, daß ich aus meiner eigenen Welt, aus meinem Gestern in den schnaufenden, stinkenden Haufen der Horde zurückstürzte, auf halbem Weg eingepfercht zwischen der Sicherheit des Feuers und den Schatten der Nacht – denn auch Nogos von allen respektierter Arm konnte keinen besseren Platz für mich erkämpfen – nein, das war einfach nicht zu ertragen. Ich begann entweder lautlos zu weinen – vor wem hätte ich mich meiner Tränen schämen müssen? – oder ich sprang auf, weil ich glaubte, daß ich *dies alles* nur träumte, daß die Wirklichkeit nur ein Traum war, und daß ich in meiner verlorenen Welt erwache, wenn ich nur ins Feuer oder in die Finsternis renne. Die Horde allerdings nahm solche Störungen ihrer schwer gesicherten Nachtruhe stets sehr übel. Hätte mich Nogo nicht beschützt, so hätten sie mich schon beim ersten Ausbruchsversuch erschlagen.

Doch jetzt trägt mich bereits der Große Fluß dahin. Wenn das Erwachen auch schmerzlich ist, die Hoffnung trügerisch, der ich nachlaufe, dieser Abschnitt meines Lebens ist abgeschlossen und die Erinnerung an mein früheres Leben weniger qualvoll. Meine Vergangenheit ist ein zerborstenes Mosaik, die einzelnen Steinchen führen in mir einen Rundtanz auf, viele sind auch unwiederbringlich verloren. Am Berghang tauchen glühende Punkte auf. Dort scheint bereits die Sonne. Die großen, glänzenden Blätter reflektieren die Strahlen, aus den Tälern beginnt allmählich der Nebel aufzusteigen. Aber immer noch kein Laut, der die große Glocke des Schweigens bricht. Auch jener Wald war so stumm gewesen, wo wir mit dem armen Amar an Land gegangen waren. Das Tosen der Wellen war erstorben, als wir an jenem schicksalsschweren Morgen unter die ersten Bäume getreten waren. Amar ist tot, und die Sprache der Buschmänner war gut genug, um mich eine Menge Ausdrücke zu lehren, die aus dem Wortschatz des Menschen längst gestrichen waren. Verflucht, ja, verflucht sei jener Morgen, an dem mein Leidensweg begann …

Doch die Fäden der Ereignisse reichen weiter. Wenn ich mich von dem Augenblick an, als ich an Land ging, an der dünnen Kette der Ursachen entlangtaste, wenn ich versuche, zurückzudenken und mich zu erinnern, stoße ich hinter jedem Zusammenhang, den ich entdekke, stets auf neue Pfade. Ich muß immer weiter gegen den Strom der Zeit schwimmen, um jenen Punkt zu erreichen, an dem es mir gelingen wird, alles zusammenzufassen, was mit mir geschah. Solange ich diesen Punkt nicht erreicht habe, werden mich stets die verstreuten Würfel der Vergangenheit stören, das ewige *Wenn* und *Aber*. Ich muß wieder zu mir finden, muß wieder lernen, ein Mensch zu sein.

Endlich aber gibt diese schweigsame Welt einen Laut von sich. Nogo aber springt auf wie eine Feder und bringt unser leichtes Floß gefährlich ins Wanken. Für mich ist es ein unbekanntes Tier, das diesen Schrei ausgestoßen hat, Nogo aber stottert zitternd und bebend einige Worte, nachdem er mühsam sein Gleichgewicht wiedergefunden hat. Freilich ist die Verständigung in einer solchen einsilbigen Sprache nicht gerade einfach, obwohl ich bereits einige Übung habe, die aneinandergereihten widersprüchlichen Begriffe zu deuten. Mensch mit der Mähne eines Reptils – doch bereits der Begriff *Mensch* gehört zu meinen Vereinfachungen, weil Nogo mit »Mensch« oder »Mann« immer sich selbst meint.

Wir hocken einfach da und glotzen uns gegenseitig dumm an. Nachdem dieser Laut verklungen ist, lastet die Stille noch schwerer auf uns. Nogo wiederholt verzweifelt den Unsinn von vorhin, während er nicht vor Kälte, sondern vor Angst schlottert. So kommen wir nicht weiter, also gehen wir der Sache auf den Grund. Ein Mensch kann das nicht sein. Es gibt keinen Märchenriesen, selbst nicht in dieser verdammten Welt, der eine solche Stimme hätte.

»Tiermensch hat Fuß und Hand«, erklärt Nogo. »Wie Krokodil, aber sehr groß, zwei Füße, zwei Hände, Mähne auf Rücken wie Muscheln.«

»Hast du so was gesehen? Auch die Muscheln?«

Nogo nickt.

»Wie groß war es?«

»Wenn auf Bauch liegt, wie Busch, wenn aufsteht«, – jawohl, er benutzt dieses Zeitwort – »wie Palme.«

Das kommt mir reichlich groß vor, also bohre ich weiter.

»Wo hast du es gesehen?«

»Hier im Wald!«

Das überrascht mich, denn soweit ich weiß, hat die Horde bei ihren Streifzügen das Hügelland nie verlassen.

»Du warst schon einmal da? Wann denn?«

»Ich war klein, kein Regen, alles trocken, nichts zu trinken. Vögel, Würmer, Antilopen, alles tot, Schlangen hinein in Sumpf, Affen, Wildschweine in Wald. Dort Wasser, Horde hingehen. Alles schwach, Kinder aufgegessen, mich auch wollen aufessen. Ich weggelaufen, mich nicht erwischt. Viele-viele Tage allein, habe gefunden Wasser, sehr-sehr große Eier, alles aufgegessen, *so* ein Bauch. Dort ich sehen Mensch mit Mähne.«

Das, was er sagt, bringt mich nicht nur der Lösung des Rätsels näher, was diesen Laut betrifft, sondern beleuchtet auch eine Tatsache, die mir von Anfang an unbegreiflich war und über die ich mir schon oft den Kopf zerbrochen habe. Er war das einzige Mitglied der Horde, der sich nicht fürchtete, allein herumzustreifen. Ich hatte bisher versucht, dies mit seiner außerordentlichen Körperkraft zu erklären, doch jetzt weiß ich gewiß:

Wenn er als Kind hier in den Bergen überleben mußte, konnten seine späteren Streifzüge, durch seine grenzenlose Neugier angefacht, keine besonderen Überraschungen mehr für ihn bergen. Nogo hatte nur vor dem Zauber Furcht, darum konnte er nicht Häuptling sein. Merkwürdig, wie das Schicksal manchmal spielt. Wenn Nogo entsprechend seiner Kraft Häuptling wird, wenn ihn diese Gegend lange vor dem Eintreffen der *Wiking* nicht zum einsamen Jäger erzieht, wären wir uns nie begegnet, und ich wäre schon lange nicht mehr am Leben.

Aber bleiben wir beim Menschen mit der Reptilienmähne. Von der Küste bis zu der Heimat der Flachköpfe habe ich keine Spur entdecken können, die an die großen Reptilien des Tertiär erinnerten. Außerdem hätten sie bei der verhältnismäßig kargen und trockenen Vegetation kaum existieren können.

»Was hat er gemacht?« frage ich.

»Hat geschlafen in Busch, ich über es gestolpert, ist gerannt nach mir, gebrüllt wie jetzt, wollte mich fressen. Habe Loch in Berg gefunden, bin hineingekrochen. Tiermensch fortgehen. Habe es gesehen in Tümpel Krokodil fangen. Krokodil in seinem Mund ist wie in meinem Mund kleine Eidechse.«

Die Beschreibung dürfte auf einen Tyrannosaurus passen, die Mähne soll wahrscheinlich ein Hornkamm sein, doch Nogo hatte dafür keinen Begriff. Was für mich aber wichtiger ist: Kann das Biest auch schwimmen? Hoffentlich nicht.

»Hast du viele gesehen?«

»Zwei. Einer mich jagen, anderer Krokodil fressen.«

Wenn Nogo in dieser langen Zeit nur zwei gesehen hat – es dürfte sich auch jeweils um ein und dasselbe Exemplar handeln –, so heißt das, daß sie am Aussterben sind. Dies und die Flußströmung beruhigen mich.

»Wasser ist groß und stark«, beruhigt mich Nogo,

»viel stärker als Mähnenmensch. Kraft von Große Fluß laßt ihn nicht herkommen.«

Nun habe ich auch noch andere Sorgen, muß mich der Gegenwart und ihren Problemen zuwenden. Ich habe Hunger. Gestern abend, bevor wir an Bord gingen, hatten wir es eilig, haben kaum etwas gegessen. Mein Ziel war vielmehr, soviel Lebensmittel wie möglich auf dem Floß zu verstauen. Unsere Kollekte im Bambusdikkicht war nicht besonders erfolgreich, nur einige Bündel junger Bambussprossen und Palmenknospen, ein paar Dutzend Krokodileier.

Als der Fluchtgedanke in mir reif geworden war, habe ich auch Angelhaken aus Knochen gemacht. Ich weiß nicht, was sie wert sind, in unseren Tümpeln war das Fischen wegen der vielen Krokodile schier unmöglich. Die Haken hielt ich in meinem Etui beim Feuerzeug verborgen, die Schnur aus Affenhaar hatte ich um den Griff meiner Steinaxt gewickelt, um die Geräte vor den neugierigen Blicken der Horde zu schützen. Ich male mir bereits aus, was Nogo für Augen machen wird, als mir im letzten Augenblick einfällt: ich habe keinen Köder. Ich kann weder Palmenknospen noch faustgroße Eier an den Haken hängen. Für eine kurze Sekunde taucht in mir die romantische Möglichkeit auf, unser eigenes Fleisch als Köder zu verwenden, aber ich bin so mager und ausgemergelt, daß ich nirgendwo was abschneiden kann, und ich bezweifle auch, daß Nogo auf diese Weise seinen Beitrag leisten würde.

In meiner Wut schmeiße ich alle meine Gedanken über den Haufen. Zum Glück hat mich die Horde eins gelehrt: nicht an morgen denken. Die Palmenknospen reichen noch eine Weile, und inzwischen wird mir schon etwas einfallen.

Wir mampfen also eine gute halbe Stunde vor uns hin, dann legen wir uns bäuchlings auf den Rand des Floßes und nehmen einen tiefen Schluck aus dem Fluß.

Das Wasser ist kalt und sauber, nur hie und da ist ein glitzerndes Sandkorn zu entdecken. So gewaltig der Strom schon ist, befinden wir uns erst am Anfang des Großen Flusses. Wenn ich die Erzählungen des Glatthäutigen richtig beurteile, muß die Mündung viele tausend Kilometer stromabwärts liegen. Jenseits der Schwarzen Berge, wo er in die Ebene eintritt, breitet er sich aus und wird sumpfig. Dort wird es Probleme mit dem Trinkwasser geben, doch vorerst hat es keinen Sinn, darüber nachzudenken. Dies und mein voller Magen machen mich wieder schläfrig. Ich strecke mich faul auf dem Floß aus, ich will nur ruhen und schlafen, schließlich habe ich einen Nachholbedarf. Nogo blinzelt immer müder vor sich hin, holt tief Luft und ist auch schon eingeschlafen.

Mir will es nicht so gut gelingen. Vielleicht steckt noch das Fieber der gestrigen Flucht in mir. Ich liege auf dem Rücken und starre in den wolkenlosen Himmel. Die Zeit steht still, auch der Fluß ist regungslos. Riesen zerren an den Ufern die Berge rückwärts. Mich beschäftigen die Gedanken von diesem Morgen. Wo ist der Punkt, an dem ich von dem eingefahrenen Gleis abgewichen bin? Auf der Uni? Während meiner Laborjahre? Damals hat noch kein Zeichen auf dieses Schicksal hingedeutet. Vielleicht an Bord der *Wiking?* Da war der Weg aber bereits vorgezeichnet.

Ich sehe mich auf qualvolle Weise gezwungen, die endlose Kette der Ereignisse zwischen den Zeiten miteinander zu verknüpfen, bis sich alle Einzelheiten allmählich zusammenfügen und ich in der von Urreptilien bewachten Stille des Großen Flusses meine Lebensgeschichte im Traum wieder erleben kann.

3

Nachträglich erscheinen immer jene Minuten am kostbarsten, die kurz vor dem entscheidenden Moment liegen. Ich drehte den Stein glücklich zwischen den Fingern, nachdem ich endlich dahintergekommen war, was für ein Erz er enthielt, und rief dann Lena jubelnd aus dem Kontrollraum herbei, um ihr als erste meine Entdeckung mitzuteilen.

»Ich eile, ich fliege!« hörte ich ihre Stimme über den Aptator, der an meinem Handgelenk befestigt war. Gleichzeitig beneidete ich sie, war sie doch die einzige unter uns, die den Zustand der Schwerelosigkeit ohne weiteres vertrug, einen Zustand, an den man sich nur schwer gewöhnen kann. Sie flatterte in den Räumen des Raumschiffes umher, und niemals stieß sie mit Kopf oder Ellbogen an, auch nicht in den wildesten Kurven. Auch hier war sie einfach wunderbar wie in allen Dingen. Wenn wir wieder daheim sind, wird sie meine Frau. Wir werden unsere Flitterwochen auf den Glücklichen Inseln verbringen. Dann kommen lange, friedliche Jahre im Labor, wo wir alles gemeinsam verarbeiten werden, was wir vom Ganymed, dem Jupitermond mitgebracht haben.

Ich betrachtete den dumpf schimmernden Stein in meiner Hand, und mein Herz war von Glück erfüllt.

Dann kam der Schlag. Er war so gewaltig und unbarmherzig, daß er mich gegen die Wand schleuderte, wo ich wie eine Fliege kleben blieb. Dann die Finsternis, das dumpfe Geräusch der sich schließenden Schotts. Bevor mich das Entsetzen erfassen konnte, war alles schon vorbei.

Immerhin geriet ich in Panik und brach damit das erste Gebot der Schwerelosigkeit, das da heißt: langsam und vorsichtig bewegen. Die Strafe folgte auf dem

Fuße. Ich schlug mit dem Kopf gegen die Wand, und da ich dadurch meine Selbstbeherrschung immer mehr verlor, wurde mein dunkles und taubes Verlies zur Hölle einer Heuschrecke, die man in eine Schachtel einschließt. Wenn der Mensch nicht aufpaßt, kann er mit seiner Kraft, die im Zustand der Schwerelosigkeit ins Unermeßliche wächst, sich selbst leicht Schaden zufügen, ja sich sogar selbst umbringen.

Nun konnte ich aber endlich auch andere Töne vernehmen, die mein ängstliches Gepolter übertönten und mich in die Wirklichkeit zurückbrachten. Sie kamen aus dem Aptator, und ihr samtweicher Klang wirkte wie Balsam in der Panikstimmung des Augenblicks.

»Achtung, Achtung! Hier spricht das Gehirn. Die Mitarbeiter sollen ihre Ruhe bewahren. Unser Raumschiff wurde von einem Meteor getroffen, die Auswirkung des Schadens wird noch ausgewertet. Die Mitarbeiter sollen ihre Ruhe bewahren. Sucht den Kontakt miteinander! Um weitere Verluste an Atemluft zu vermeiden, können die zentral geschlossenen Schotts einzeln geöffnet werden, ausgenommen jene Räume, in denen infolge der Einschläge Vakuum herrscht. Um welche Räume es sich handelt, wird nach Schadensfeststellung durchgegeben. Bis dahin ist das Öffnen von Schotts verboten! Bewahren Sie Ruhe und nehmen Sie über die allgemeine Aptatorschaltung Kontakt mit Ihren Kollegen auf. Achtung, ich wiederhole, Achtung! Achtung! Hier spricht das Gehirn! Die Mitarbeiter ...«

Ich kann bis heute nicht begreifen, wieso mich dieser Text, von dem ich genau wußte, daß er auf der Erde in die Sprecheinheit des Computers eingespeist worden war und die amtliche Bezeichnung »Allgemeiner Aufruf Nr. I bei Meteoreinschlag« trug, beruhigen konnte.

Vielleicht lag es an der Stimme? Dank dem psychologischen Fingerspitzengefühl der Konstrukteure spricht das Gehirn stets mit der Stimme des populärsten Darstellers der Geovision. Vielleicht war es aber auch der absichtlich wortreich gehaltene Text, auf den man achten muß, und der Mensch, während er der Stimme lauscht, unbemerkt seine Panikstimmung verliert? Ich weiß es nicht.

Auf jeden Fall versuchte ich stundenlang, Lena zu erreichen, zunächst hoffnungsvoll, dann allmählich verzweifelt, schließlich rief ich jeden an, der mir gerade einfiel, bis ich einsehen mußte, daß ich allein geblieben war.

Nur der Computer meldete sich von Zeit zu Zeit, zählte die beschädigten Räume auf, gab bekannt, wenn er eine Kurskorrektur vornahm – wobei ich durch den Schub der Raketen jedesmal an die Wand gedrückt wurde. Für ihn war die Welt in Ordnung, aber seine Stimme, die ruhige Selbstsicherheit ausstrahlte, trieb mich fast zum Wahnsinn.

Ich wußte, daß mir nicht mehr viel Zeit übrigblieb. Ich war vom Bugteil des Raumschiffes abgeschnitten, zwischen mir und dem Biogenerator, der das Leben bedeutete, lag eine Reihe zerschlagener Abteile, in denen die eisige Kälte des Weltraums herrschte. Ohne Raumanzug war da kein Durchkommen. Aber auch diese waren für mich unerreichbar, denn sie hingen in der Garderobe dicht neben der Luftschleuse des vorderen Ausgangs.

Im Lagerraum wurde die Luft knapp. Ich öffnete den nächsten Raum, dann tastete ich mich von Abteil zu Abteil, ohne Ziel und Zweck. Mein Zeitgefühl hatte mich im Stich gelassen.

Der Schmerz, den ich durch Lenas Verlust empfand, und die Furcht vor dem nahenden Erstickungstod trieben mich an den Rand der Bewußtlosigkeit. Nur so konnte es geschehen, daß mir das leise Stöhnen, das aus dem Aptator drang, erst jetzt bewußt wurde, einen Laut, den ich bereits seit längerer Zeit hörte. Ich begann wieder zu rufen und um Antwort zu bitten, doch dieses

Stöhnen konnte sich nicht in Worte verwandeln. Es erstarb und kam dann wieder. Irgend jemand mußte im Bug der Rakete noch am Leben sein. Vielleicht Lena?

Die aufkeimende Hoffnung machte mich wieder nüchtern. Es mußte irgendeine Lösung geben! Durften wir auf so jämmerliche Art zugrunde gehen? Ich nahm alle meine Kraft zusammen und begann nachzudenken.

Es war die erste Raumfahrt meines Lebens – damals war ich mir fast sicher, daß es auch die letzte sein würde. Lena und ich waren nur Gäste, Geologen des Zentralkollegiums für das Minenwesen. Unsere Teilnahme an der Expedition war wegen der zu erwartenden Ergebnisse aus früheren Forschungen notwendig geworden. Wir erhielten die Standardausbildung und die biologische Vorbereitung, wir lernten, mit dem Raumanzug und mit dem Biogenerator umzugehen, doch ich kannte die *Elektra* nicht, dieses gewaltige Raumschiff, in dessen Bauch ich blind herumirrte. Ich wußte nur, daß von den Verbindungsgängen, die unterhalb der Navigationsräume und der Unterkünfte verliefen, Abteile ausgingen, die nur noch für die Besatzung interessant waren – ich hatte diese Räume nie betreten –, dann kamen die Lagerräume in mehreren Stockwerken übereinander – zur Zeit des Unfalls befand ich mich in eben einem dieser Räume in der obersten Reihe –, darunter lag das Reich der Triebwerke und Treibstofftanks. Über diesen von Menschenhand erbauten Wundermechanismus wußte ich nur soviel wie die begeisterten Leser von Informationsschriften, und das war in meiner Lage verzweifelt wenig.

Die Hoffnung, daß irgendwo im Bug der Rakete Lena auf mich wartete – war ich mir doch sicher, zumindest aber bildete ich mir ein, daß dieser Laut nur von ihr ausgehen könnte –, spornte mich zu einem schier unmöglichen Unterfangen an. Ich wußte zwar nicht genau, wo sich in der Nähe Raumanzüge befanden, doch ich machte mich auf, verzweifelt umhertastend, in allen Abteilen die verschlossenen Behälter öffnend, bis mich nach einer Weile der Mut verließ. Ich hatte keinerlei Beweis dafür, ob ich mich nicht immer in den gleichen Abteilen im Kreise drehte. Die Schwerelosigkeit, die mir das Gefühl von oben und unten raubte, ließ mir nichts weiter übrig als die Unsicherheit von links und rechts als schwache Orientierungshilfe. Ich rief den Computer an und bat um Auskunft, welche Abteiltüren in den Raketenräumen offen standen. Seine bereitwilligen, gleichzeitig aber auch wortreichen Antworten, die stets mit einer Reihe von »Achtung! Achtung!« begannen und jede Angabe zweimal wiederholten, strapazierten zwar meine Geduld, waren aber auch gleichzeitig ein sicherer Halt.

So tastete ich mich durch die beiden oberen Stockwerke – wobei das »Oben« nur eine Orientierungshilfe war, die sich stets auf den Bug der Rakete bezog, bis schließlich auch diese Methode versagte. Ich hatte bereits so viele Türen geöffnet, daß die wortreichen Mitteilungen des Computers allmählich unerträglich wurden. Also mußte ich mir etwas anderes ausdenken. Ich schloß alle offenen Türen hinter mir und nahm meine Wanderung wieder auf, diesmal aber so, daß ich, sobald ich ein neues Abteil betrat, die Tür hinter mir schloß und mich erst wieder an den Computer wandte, sobald ich die nächste Tür geöffnet hatte. Da die ineinander gehenden Abteile jeweils mit höheren Nummern versehen waren, erreichte ich, daß meine augenblickliche Ortsangabe je nach der Tür, die ich gerade geöffnet hatte, nur noch aus einer jeweils zweistelligen Zahlenkombination bestand.

13–14, 14–15, 15–16 – bei meiner Erfolglosigkeit kam mir diese Reihe unendlich, fast wie eine Ewigkeit vor. Wie viele Lagerräume gab es wohl auf so einem Raumschiff? Ich hatte keine Ahnung.

Als ich dann endlich hinter einer Tür, die sich vor mir auftat, das Signallicht jener Plaketten erblickte, die an den Raumanzügen befestigt waren und das Abteil erhellten, glaubte ich, die Schlacht endlich gewonnen zu haben. Ich zog mich in fliegender Eile an und hielt erst einen Augenblick inne, als das Schloß meines Helms hinter meinem Nacken einrastete und der Lichtstrahl meiner Stirnlampe einen harten Schatten an die Wand des Abteils warf.

Mein Weg zurück durch die Lagerräume war ein einziger beschwingter Flug, der erst vor der letzten Tür der obersten Reihe ein jähes Ende fand. Aus der Luft des Abteils hatte sich eine dünne Reifschicht gebildet. Dort drüben erwarteten mich Frost und Tod, wenn ich nicht aufpaßte. Ich prüfte meine Kleidung noch einmal genau nach. Dann, im Bewußtsein dessen, daß ich alles genau kontrolliert hatte, drückte ich auf den Auslöserknopf der Luftschleuse.

Allerdings hatte ich nicht damit gerechnet, daß in diesem Lagerraum ein Luftdruck herrschte, der dem atmosphärischen Druck auf der Erdoberfläche entsprach, wogegen im Korridor, dessen Tür ich aufgerissen hatte, ein Vakuum vorhanden war.

Die aus dem Lager entweichende Luft schleuderte mich wie ein Geschoß aus einem Luftgewehr in die Trümmer des Korridors. Der Schutzschaum, unter der Einwirkung der Depression zu mächtigen Polstern angeschwollen, wirbelte um mich herum, die abgerissenen Kabel legten sich wie Polypenarme um mich.

Das bißchen Selbstsicherheit und Mut, das ich mir bisher noch bewahrt hatte, schmolz in diesem höllischen Reigen dahin. Bis ich mich wieder einigermaßen gefaßt hatte, mußte ich erkennen, daß ich meinem Ziel keinen Schritt näher gekommen war. Wenn es mir gelang, mich durch die ramponierte Zone durchzukämpfen und den Bug des Raumschiffes zu erreichen, würde sich beim ersten intakten Abteil die Szene von vorhin mit umgekehrtem Vorzeichen wiederholen. Wenn ich eine Tür öffnete, konnte ich nichts weiter bewirken, als eine weitere Abteilung der tödlichen Macht des Weltraums preiszugeben, die mich jetzt umringt und mich überall hin verfolgt.

Im Prinzip sah die Lösung einfach aus, aber die praktische Durchführung dauerte sehr lange. Ich kehrte in die hinteren Lagerräume zurück und suchte nach Sauerstoffflaschen; dann folgten erneut lange, bittere Stunden. Nachdem ich die Flaschen nach langem Suchen gefunden hatte, schleppte ich sie durch die beschädigten Abteile, wobei ich jeden Augenblick befürchtete, daß aus den weißen Schaumpolstern die furchterregenden, formlosen, aufgedunsenen Spukgestalten meiner toten Gefährten auftauchen könnten.

Aber ich hatte Glück, ein solcher Anblick blieb mir erspart. Schließlich, als ich wieder eine Tür aufriß, sprang mich ein Luftstrom an – ich hatte die intakten Abteile erreicht! Mein Herz klopfte mir im Hals, während ich durch die Tür kletterte.

Nun war es endlich gelungen. In irgendeinem Abteil wird Lena auf mich warten. Während der letzten Stunden hatte ich ihr Stöhnen zwar nicht mehr vernommen, aber sie lebte sicher noch, hatte nur vor Schmerzen das Bewußtsein verloren. Wenn sie der Schlag beim Aufprall nicht getötet hatte, weshalb sollte ihr in der Zwischenzeit Ernstliches zugestoßen sein? versuchte ich mir einzureden.

Die Minuten dehnten sich zu Ewigkeiten, bis ich mit meiner Arbeit endlich fertig war. Ich schloß die Tür des intakten Abteils sorgfältig hinter mir, dann brachte ich mit Hilfe der Sauerstoffflaschen die Atmosphäre im Abteil wieder auf Normaldruck.

Es war ein langwieriger, mühsamer Prozeß, und kompliziert obendrein. Wenn ich den Sauerstoff zu schnell entweichen ließ, konnte die Elektroheizung, die zum Glück noch funktionierte, kaum mit der Abkühlungsrate Schritt halten. Wenn ich aber die Zufuhr drosselte, kam es mir vor, als würde es Jahrhunderte dauern, bis ich mein Ziel erreichte.

Doch jetzt, wo ich alles noch einmal erlebe, kann ich auch begreifen, warum ich gerne bei jenen Einzelheiten verweile, die so wenig mit den Dingen zu tun haben, deretwegen ich die Vergangenheit in mir heraufbeschwöre. Ich versuche nämlich, das Ende meiner Wanderungen zu umgehen, jene Zeit, über die seinerzeit die Weltpresse berichtet hat.

DIE TRAGÖDIE DER ›ELEKTRA‹
GREGOR MANS HELDENTAT
IM WELTRAUM
KAMPF EINES EINSAMEN MANNES
GEGEN DAS ALL

Ich habe schon damals den ganzen Rummel gehaßt, als hätte ich bereits geahnt, daß dieser Ruhm, diese Beliebtheit, diese Popularität, die sich keinen Deut mehr um meinen Schmerz scherte, meinen Lebensweg in weitaus katastrophalere Bahnen lenken würde.

Hinterher erfuhr ich aus dem Computerspeicher, daß von dem Augenblick des Unfalls bis zum Aufbrechen des Abteils achtundsiebzig Stunden verstrichen waren. So lange also war ich herumgeirrt, hatte gekämpft, um Lena zu finden, und das unter Bedingungen, die selbst einen erfahrenen Astronauten überfordert hätten.

Diese Leistung, die weder ich noch meine Ärzte jemals erklären konnten, hatte mich gegen meinen Willen berühmt gemacht, und das zu einer Zeit, wo es mir am wenigsten gefiel.

Als ich dann irgendwann endlich den Raumanzug abstreifen konnte, rannte ich an den Abteilen vorbei und rief Lenas Namen. Im Kontrollraum stieß ich auf den bewußtlosen Igor und Felix, die dann später auch an Bord der *Wiking* meine Gefährten waren.

In den intakten Räumen des Raumschiffes konnten wir Lena nicht finden, und es hätte auch keinen Sinn gehabt, die anderen noch einmal zu öffnen, außerdem hatten wir auch nicht mehr den Mut dazu.

»Ich komme sofort, ich fliege!« klingt ihre Stimme heute noch in mir, und ich werde sie hören. Allezeit.

4

Das Sanatorium, in dem ich nach unserer Rückkehr einige Monate verbrachte, stand auf einem sonnigen Hang mit herrlichem Blick auf die Bucht, wo Segelboote kreuzten und kleine Motorboote ihre Bahn zogen. Das bunte Treiben der Gäste, die in den großen Hotels an der Küste wohnten, ihre munteren Rufe drangen nicht bis zu uns herauf. Dies hier oben war das Haus der Stille, von einigen Ärzten und milden, leise flüsternden Schwestern betreut und – dank der Zeit und der Umstände, unter denen wir lebten – nur spärlich mit Patienten meines Kalibers belegt.

Die Ruhe und die Schönheit der Landschaft waren mit unsere beste Medizin, litten wir doch an keiner nachweisbaren Krankheit. In uns war nur etwas zerbrochen, was man hier mit wenig Worten, aufmerksamer Zuneigung und mit der Zeit zu kitten versuchte, mit Hilfe der Zeit, die bekanntlich alle Wunden heilt.

Von meinen Mitpatienten wußte ich nur wenig. Ich kann mich nur noch an einen Ingenieur erinnern, einen Berber, der seine Familie verloren hatte, und an einen chinesischen Biologen, der während seiner Tiefseeforschungen wegen eines Motorschadens in 10000 Meter

Tiefe eine Woche einsam in seinem Unterseeboot hatte verbringen müssen.

Wir drei lagen oft schweigsam in unseren Liegestühlen auf der Dachterrasse, starrten in das ewige blaue, endlose Himmelsgewölbe und beobachteten die Vögel, die die Felsen umkreisten. Wir unterhielten uns selten und auch dann nur über Belanglosigkeiten, ängstlich alles vermeidend, was an die Vergangenheit erinnerte. Unter uns lag das Panorama der Küste ausgebreitet. Wir schwebten gewissermaßen zwischen Himmel und Erde, von der Außenwelt abgeschirmt, ohne Geovision, ohne Zeitungen, ohne Besuch.

Das geschah nicht ohne Absicht. Die Ärzte wollten lediglich den Zeitpunkt abwarten, bis sich bei uns jener Zustand einstellte, der als einzige Therapie zur Genesung führen konnte: die Langeweile. Wir hatten früher ein aktives, arbeitsreiches Leben geführt mitten im Gewühl, stets von Menschen und Treiben umgeben. Sobald wir der Untätigkeit und der Ruhe in diesem Sanatorium überdrüssig wären, so bedurfte es nur eines kleinen Schrittes, um unsere Lebensgeister und damit die Sehnsucht nach unserem früheren Leben zu wekken.

Nun, ich war noch lange nicht soweit, als mich eines Tages der Chefarzt des Sanatoriums zu sich bat.

Er war ein untersetzter, fröhlicher Mann, voll von einer Lebenslust, die unwiderstehlich aus seinem Gesicht strahlte. Er war zwar stets bemüht, sein quirliges Wesen mit Takt zu kaschieren, doch wollte es ihm selten gelingen, so daß er in den Augen seiner Kollegen und Untergebenen gelegentlich haarsträubende Dinge mit seinen Patienten anstellte, die der Schonung und der Ruhe bedurften.

Er untersuchte mich von Kopf bis Fuß, so gründlich, als hätte er mich nie vorher gesehen – er fragte keine Silbe, was nicht mit meinem körperlichen Zustand zusammenhing –, dann musterte er mich mit unberechenbarem Blick und zupfte an seinem rotblonden Vollbart.

»Sie sind kerngesund, doch das ist nichts Neues. Sie wissen, daß jeder Patient so lange bei uns bleiben kann, wie er will. Sie werden es daher nicht aufdringlich finden, wenn ich Sie frage, was Sie eigentlich vorhaben?« fragte er taktvoll.

»Das weiß ich noch nicht. Vorerst möchte ich aber noch hier bleiben. Diese Ruhe und diese Umgebung ...« Ich machte eine unschlüssige Geste.

Der Chefarzt nickte.

»Ich möchte Sie auf keinen Fall drängen, dazu habe ich kein Recht. Ich habe nur eine Bitte und wäre Ihnen dankbar, wenn sie diese erfüllen würden. Sie haben Besuch. Ein eigenwilliger Typ.« Er lächelte verschmitzt und schadenfroh zugleich. »Ich habe das Gefühl, daß es auch diesem Herrn nicht schaden würde, einige Wochen bei uns zu verbringen. Ich werde mit ihm nicht fertig. Es ist ein alter Freund von Ihnen. Versuchen Sie ihn zu überreden, daß er bei uns bleibt. Wollen Sie mir den Gefallen tun?«

Zu meiner Verwunderung konnte ich nur nicken. Meine Eltern sind längst gestorben, Geschwister habe ich keine. Lena war ... wäre die einzige gewesen, die zu mir gehört hätte. Ich konnte mir nicht vorstellen, wer mich hier am Ende der Welt besuchen könnte und der es fertiggebracht hatte, den Chef zu überreden, der in Besucherfragen sonst so unnachgiebig war. Doch er ließ mir keine Zeit zum Überlegen. Er trat an die Tür des angrenzenden Saales und öffnete sie.

»Felix!«

Der Chef quittierte meine Aufregung mit der Zufriedenheit eines Menschen, der eine gute Tat vollbracht hat. Ich hatte Felix gern, doch sein Auftauchen wühlte alles das wieder in mir auf, was ich vergessen wollte: die *Elektra,* Lena, die unwiederbringliche Vergangenheit, die gescheiterten Pläne. Ich schenkte dem Arzt einen wütenden Blick. Wie kam er dazu, mich durch diesen Besuch aus meiner wohlverdienten Ruhe zu bringen? Er nahm jedoch meinen Blick nicht zur Kenntnis. Er freute sich sichtlich darüber, daß sein psychologischer Trick, den seine Mitarbeiter hinter seinem Rücken als »Methode der Taktlosigkeit« bezeichneten, auch diesmal Erfolg hatte. Er schaute mich mit unschuldigen Augen an.

»Das ist also Ihr Besuch. Führen Sie ihn herum, zeigen Sie ihm unser kleines Reich! Vielleicht kriegt er Lust, einige Monate bei uns zu bleiben. Gleichzeitig muß ich aber auch sagen«, setzte er hinzu, indem er seine sonst so fröhliche Stimme drosselte, »daß Sie, Gregor, kerngesund sind, gesund an Leib und Seele. Wenn Sie also, nachdem Sie sich ausgesprochen haben, der Meinung sind, daß Sie das Sanatorium verlassen wollen, kann ich Ihrer Entscheidung nichts in den Weg legen.«

Wir hatten uns zuletzt im Kontrollraum der *Elektra* gesehen. Als die Leute vom Rettungstrupp in das havarierte Raumschiff eindrangen, hielt der Notarzt die Frakturen von Igor und Felix für so schwer, daß er die beiden zur chirurgischen Klinik der Rettungszentrale auf dem Mond bringen ließ. Mich aber überließ er seinen Begleitern, nachdem er mir eine gehörige Portion eines Beruhigungsmittels verpaßt hatte – ich schlief drei Tage hintereinander durch. Ich wachte erst im Lazarett des Weltraumhafens in Tibet wieder auf, wo mich der Stationsleiter nach einwöchiger Beobachtung – ich werde es ihm nie verzeihen – der Geovision und den Journalisten zum Fraß vorwarf.

Nun bin ich den Medienvertretern nicht gram, ist es doch ihr Beruf zu berichten. Schließlich habe ich es ihnen zu verdanken, daß mich nach dieser provisorischen ›Pressekonferenz‹ Ben Hatti mit seiner Privatmaschine in das Haus der Stille brachte. Ben Hatti – nur ein Namensvetter unseres Amar – schäumte vor Wut. Nicht genug, daß der Hypersonikgleiter der Gesellschaft für Raumfahrt ausgerechnet an diesem Tag einen Motorschaden hatte, der alle hundert Jahre höchstens dreimal vorkommt und infolgedessen sich dieser angesehene, aber cholerische Wissenschaftler um ein Haar das Genick bei einem Routineflug über 8000 Kilometer gebrochen hätte, den er bei der Wahrnehmung seiner Pflichten wöchentlich dreimal absolvierte. Nun hatte obendrein der Kommandant der tibetanischen Raumbasis ein Treffen zwischen einem zurückgekehrten Astronauten und der Presse ermöglicht, ohne vorher die Genehmigung des Rates einzuholen. Dem tibetanischen Kollegen mußte man allerdings einräumen, daß in den meisten Fällen eine solche Genehmigung nur Formsache ist, daß die Presse nicht jedesmal in Scharen antanzt – es würde auch keinen Sinn machen, wenn jeweils sechzig Leute ihre Erlebnisse zum besten gäben –, und daß er über eine Woche lang von den Reportern belagert worden war. Als er dann aufgrund der Tageberichte über meinen Gesundheitszustand vom Hauptsekretariat des Rates die Nachricht erhielt, Ben Hatti würde am nächsten Tag gegen elf Uhr eintreffen, hatte er den Reportern großzügig versprochen, daß es um 14 Uhr eine Pressekonferenz geben würde.

Ben Hatti kam aber nicht. Wie sich nachher herausstellte, saß er knapp 400 Kilometer vom Zielort entfernt in einer schneeverwehten Schlucht. Aus dem Cockpit seines Flugzeugs, das wie durch ein Wunder intakt geblieben war, führte er über Funk ellenlange und höchst unfreundliche Gespräche mit den Chefkonstrukteuren der Firma. In seinem Zorn hatte er ganz vergessen, daß er erwartet wurde, und es fiel ihm nicht im Traum ein, irgendeine Rettungsstation zu alarmieren. Wenn sich Ben Hatti einmal beschwert, so ist es kaum möglich, das Thema zu wechseln. Die Konstrukteure des Werkes versuchten vergebens herauszubekommen, wo er sich befand. Ben Hatti wertete solche Fragen als Ausweichmanöver, um von dem Motorschaden abzulenken. Schließlich sahen die Manager der Firma ein, daß ihnen nichts anderes mehr übrigblieb, um den Sender mit Hilfe des Rettungsdienstes anzupeilen. Bis dies geschehen war und die großen Transporthubschrauber über der Schlucht des Karakorum auftauchten, war der Termin für die Reporter längst verstrichen, und der Kommandant der Station mußte zu seinem Wort stehen. Vielleicht war er der Meinung, daß er, wenn Ben Hatti es nicht für nötig hielt, ihn entsprechend zu benachrichtigen oder den Termin abzusagen, seine Hände in Unschuld waschen könne.

Ich stand bereits mehr als anderthalb Stunden im Kreuzfeuer der Fragen, wobei es am schlimmsten war, daß sich die Reporter weniger für die Einzelheiten der Katastrophe interessierten, sondern eher aus meinem und Lenas Schicksal eine sentimentale Story machen wollten, als Ben Hatti in den Saal stürmte.

Er bekam gerade noch die taktvolle Frage mit, die der kuhäugige Reporter einer Wochenzeitschrift mit sanfter Stimme stellte: »Sie hatten also vor, Ihre Flitterwochen auf den Glücklichen Inseln zu verbringen?« – dann war bei ihm der Ofen aus.

»Meine Herren, wir danken Ihnen für Ihre Bemühungen, insbesondere für die letzte Frage!« Ben Hatti war in Journalistenkreisen gefürchtet. »Aber die Welt wäre langweilig, wenn es in ihr nichts als ›leichte Fälle‹ gäbe.« Dann war der Saal plötzlich lautlos wie von Zauberhand geräumt.

Wir blieben zu dritt: das allgewaltige Ratsmitglied, unser tibetanischer Kollege – seinen Namen habe ich inzwischen vergessen – und ich. Ben Hatti schnaufte so gewaltig, daß sein Atem selbst jene schneeverwehte Schlucht mit einem Schlag geräumt hätte, wo er stundenlang festgesessen hatte, dann wandte er sich an den tibetanischen Kollegen.

»Auch Ihnen danke ich ganz besonders, daß Sie in meiner Abwesenheit diesen Zirkus hier inszeniert haben.«

Der Unglückliche hatte das Gefühl, als würde der ganze Schnee aus jener Schlucht in seinen Kragen rinnen.

»Ich ... ich meinte ...«, begann er, doch Ben Hatti schnitt ihm das Wort ab.

»Hier geht es nicht darum, daß Sie gegen die Vorschrift gehandelt haben. Sie wissen, daß ich auf Formalitäten keinen Wert lege. Doch schauen Sie sich diesen Mann an! Hat er wohl nur deswegen überlebt, daß man ihm solche blödsinnigen Fragen stellt?«

Ich war den Tränen nahe, doch Ben Hatti fuhr mich an.

»Gregor Man! Meinen Sie, daß ich hierhergekommen bin, damit Sie auch für mich eine Pressekonferenz abhalten? Ich erwarte Ihren Bericht!« Dies sagte er natürlich nur, um seine Rührung zu verbergen. Bereits nach dem dritten Satz unterbrach er mich. »Komm her, mein Sohn!« Das durfte er getrost sagen, weil er die Fünfzig bereits weit überschritten hatte. Er legte seinen Arm um meine Schulter. »Suchen wir uns hier im Flughafen eine Maschine, die nicht so superschnell ist wie meine *Wildente,* mit der du dir aber nicht unbedingt das Genick brichst. Ich weiß einen Platz, wo man dich nicht ausfragt und wo du auch keinem begegnest, dem du Fragen stellen kannst.«

So kam ich in dieses Sanatorium.

Dies alles erzählte ich Felix eins nach dem anderen, wobei wir immer wieder stehen blieben. Ich wartete darauf, daß er etwas sagen, vielleicht nur eine Bemerkung machen würde, bei der ich einhaken konnte. Er blieb aber ziemlich einsilbig, während wir über die

Pfade des Parks wanderten. Er schien irgendwie befangen und wollte nicht so richtig aus sich heraus.

»Ja, nein ... danke, meine Rippen sind schon lange in Ordnung. Nein, ich bin seitdem noch nicht *draußen* geflogen, nur auf der Erde. Igor ist jetzt auf der Venus, ist vor zwei Monaten gestartet.«

»Warum bist du nicht mitgeflogen?« fragte ich.

»Ich habe andere Pläne. Da wäre so eine Gelegenheit ...«

Er brach ab, und ich merkte, daß er in Verlegenheit war. Irgend etwas bedrückte ihn, aber er vermied es, sich zu äußern. Er schlenderte nur mit saurem Gesicht und auf dem Rücken verschränkten Händen neben mir her. Er lachte zum erstenmal, als ich die Geschichte um Ben Hatti beendet hatte.

»Ein großartiger Mensch!« meinte er begeistert, doch dann verblaßte das Lächeln in seinem Gesicht, als wäre ihm in diesem Zusammenhang auch noch etwas anderes eingefallen. Er schüttelte den Kopf und murmelte vor sich hin: »Nein, doch nicht. Ich habe überhaupt kein Recht dazu!«

»Was redest du da? Fehlt dir vielleicht was?«

»Nichts, gar nichts.« Aber sein Gesichtsausdruck sprach Bände.

Ich zog ihn auf eine Bank, die am Weg stand, faßte ihn fest an den Schultern und zwang ihn, mich anzuschauen.

»Hör zu, du verrückter Sterngucker!« Ich hoffte, daß dieser Spitzname, der aus alten Zeiten stammte und auf die Navigatoren unserer Zeit gemünzt war, ihn aus seiner Befangenheit lösen könnte. »Ich glaube nicht, daß du mir nichts zu sagen hättest. Unser bärtiger Wunderdoktor würde wohl kaum einen Besuch in seiner Burg leichtfertig zulassen.«

Felix seufzte tief und schaute traurig vor sich hin.

»Also raus mit der Sprache!« ermunterte ich ihn. »Du

bist wahrscheinlich meilenweit gelaufen, um diese Genehmigung zu bekommen. Also nur Mut jetzt!«

Felix schwieg immer noch, und ich fuhr etwas sarkastischer fort:

»Glaubst du, daß du mir mit irgend etwas weh tun kannst? Glaub mir, ich habe alles überwunden. Es ist nur meinem Organismus und den Ärzten zu verdanken, daß ich noch lebe.« Plötzlich überfielen mich Bitterkeit und Verzweiflung. Ich bedauerte mein Leben, das mit Lenas Tod leer geworden war. »Wenn euch auf der *Elektra* ein anderer hätte retten können, wäre es mir wirklich egal gewesen, wenn ich dabei draufgegangen wäre. Wäre es nur so gewesen! Was hat mein Leben noch für einen Sinn?«

Felix hob den Kopf und schaute mich an.

»Ist dies deine Überzeugung?«

»Unbedingt.«

»Wärst du bereit, in diesem Augenblick aus dem Leben zu scheiden?«

»Du weißt, daß der Selbstmord aller menschlichen Ethik und Moral widerspricht. Das ist der einzige Grund, warum ich nicht *ja* sage. Ich wurde anders erzogen. Aber nun red endlich, laß dich nicht bitten! Warum bist du gekommen? Und was hat es damit zu tun, ob ich bereit bin zu sterben?«

Felix schaute mich nachdenklich an.

»Nun also ... es hat sehr viel damit zu tun ... man könnte meinen, daß es ganz allein damit zu tun hat...«, sagte er, indem er nach Worten suchte. »Deswegen habe ich schon bereut, daß ich es auf mich genommen habe, mit dir zu reden, aber Ben Hatti ...«

»Ben Hatti? Will der Rat etwas von mir?«

»Nichts, gar nichts. Von Wollen kann gar keine Rede sein. Das Projekt ist in einem Entwicklungsstadium, wo man noch nicht viel darüber reden kann. Aber es ist ein gigantisches Vorhaben.« Felix strich sich nervös über die Stirn. »Wenn du aber schon so viel aus mir herausgefragt und keine Angst vor dem Tod hast, will ich dir alles erzählen.«

Dann sprach er lange über den Großen Plan, von dem ich bereits seit Jahren wußte, doch niemals daran gedacht hatte, in dieses Unternehmen mit hineingezogen zu werden. Ich liebte die Erde, und auch zu der Ganymed-Expedition hatte mich letzten Endes Lena überredet. Sie war stets an exogeologischen Problemen interessiert, und im Vergleich zu den Dimensionen des Großen Plans war die Expedition, der ein solch fatales Schicksal bestimmt war, kaum mehr als ein Spaziergang zur Bucht. Der erste Versuch, die Grenzen des Sonnensystems zu durchbrechen ... Tau Ceti ... 11,8 Lichtjahre ... Photonenrakete ... ein unbemannter Testflug hatte bereits stattgefunden. Natürlich sind die interplanetaren Strecken zu kurz, um die Rakete entsprechend zu beschleunigen, man hatte auch Bedenken wegen der Meteore, aber draußen, außerhalb der Kometenzone kann sie auf 80% der Lichtgeschwindigkeit beschleunigen. Woran war eine solche Geschwindigkeit überhaupt zu messen? fragte ich mich, aber ich konnte keine Vergleichsmöglichkeit finden. Felix aber war begeistert. Er hatte an diesem unmenschlichen Projekt einen Narren gefressen.

»Glaube nicht, daß wir uns langweilen werden. Wir werden fünfundneunzig Prozent der Reise verschlafen ... Hibernation ... wir werden erst im Bereich des Tau Ceti wieder erwachen, um jene Planeten zu erforschen, die dort ihre Bahnen ziehen ... Wenn man mit einem Forschungsprogramm von zwei bis drei Jahren rechnet, wird die Reise etwas mehr als dreißig Jahre dauern, in Erdenjahren gemessen ...« Mein Kopf dröhnte bereits. »Wir werden natürlich nicht so schnell altern, weil bei annähernd Lichtgeschwindigkeit die Zeit langsamer vergeht ...«

Eigentlich erzählte mir Felix nichts, was ich nicht bereits gekannt hätte, vor allem aus den Presseartikeln, aber ich hörte gespannt zu, weil sich alles anhörte wie Science Fiction: fremde Planeten – natürlich außerhalb des Sonnensystems, weil es hier seit fast 400 Jahren nichts mehr zu entdecken gab – Photonenraketen, abenteuerliche Expeditionen ...

Das war es, was mich gleichzeitig anzog und abstieß, die ungeahnten Perspektiven und die Furcht vor der Wirklichkeit. Die Unendlichkeit des Weltraums kam mir während einer kurzen Reise von der Erde zum Mond bereits entsetzlich vor. Ich liebte die Erde, wußte aber auch, daß mein Leben ohne Lena leer geworden war. Daß der Rat nun ausgerechnet mich als Geologen vorgesehen hatte, war zwar eine Auszeichnung, doch der Auftrag ließ mich kalt, wenn auch Felix jetzt die näheren Umstände zu schildern begann.

»Du kannst dir ja vorstellen, daß die nicht gerade wahllos in die Kiste gegriffen haben. Ich darf behaupten, daß es sich um zehn Spitzenleute handelt, die ihr dreißigstes Lebensjahr noch nicht vollendet haben ...«

»Warum nur zehn?«

»Weil ich mich selbst nicht mitgezählt habe.« Das war keineswegs falsche Bescheidenheit, weil Felix wegen mangelnden Selbstvertrauens zu jeder Schandtat bereit war. Ein merkwürdiger Widerspruch – doch heute weiß ich, daß es auch so was gibt. Das war der Grund, weshalb er oft unleidlicher und aggressiver war als die anderen. »Ich hatte echt Gewissensbisse, als ich erfuhr, daß ich zu den Kandidaten gehöre, aber Ben Hatti hat mich dann in die Mangel genommen ...«

Jetzt war es an mir, hämisch zu grinsen. Der Forschungsleiter des Rates hatte also seinen Charme nicht nur an die Journalisten verschwendet. Felix aber konnte von all dem nichts ahnen.

»Ich weiß natürlich nicht, was du für ein Geologe

bist«, fuhr Felix fort. »Davon verstehe ich nichts. Wozu du aber sonst fähig bist, weiß ich selbst am besten.«

»Laß das! Jeder andere hätte in meiner Lage genauso gehandelt.« Ich war eher auf mein Wissen stolz als auf die Ereignisse an Bord der *Elektra*. Wenn man mich aber wieder darauf brachte, mußte ich automtisch an Lena denken, eine Erinnerung, die ich unbedingt vermeiden wollte. »Erzähl mir lieber, wer diese zehn Wunderknaben sind!«

»Der Kommandant und sein Stellvertreter dürften dir bekannt sein: Mark Rogan und David Brock.«

»Allerdings. Beide sind Testpiloten, und beide kommen aus Ben Hattis Schule. Und die Navigatoren?«

»Der zweite bin ich, der erste heißt Robert Till.«

»Kenne ich nicht.«

»Weil du deine Nase nur ein einzigesmal in den Weltraum gesteckt hast, und auch dann ... Entschuldige, ich wollte nicht taktlos sein.«

»Sprich nur weiter!«

»Meiner Meinung nach ist Till der beste Navigator überhaupt. Bei ihm kehrt sich der Spitzname ›Sterngucker‹ ins Gegenteil. Er ist ein phantastischer Mathematiker, und wäre er Astronom geworden, würde er schon längst eines der größten Observatorien leiten. Dabei hat er die ganze Kybernetik in der Tasche, Hardware inbegriffen.«

»Gibt es überhaupt solche Menschen auf der Welt?«

»Nicht viele.«

»Warum hat dann nicht er das Kommando?«

»Der Rat ist weise. Als Kommandant wären mindestens drei Leute in Frage gekommen, doch diese Expedition kann nur der beste Navigator der Welt zum Ziel führen. Und Till ist zweifellos der beste.«

»Ich habe nie was von ihm gehört.«

»Mit fünfzehn Jahren kam er als Elektroniker mit Sondergenehmigung auf die Frachtroute Erde-Venus.

Und er verschlief, ebenfalls mit Sondergenehmigung, die Reise nicht. Er studierte und rechnete mit den freien Sektoren des Computers. Du weißt ja, daß dieser verhältnismäßig lahme Verkehr vom Mond aus gesteuert wird. Der Computer ist nur zur Sicherheit ins Raumschiff eingebaut, für den Fall, daß der Kontakt abreißen würde, doch das ist bisher noch niemals geschehen. Zehn Jahre hat er auf dieser Route gearbeitet und ging nur alle zwei Jahre in Urlaub, das aber auch nur, um irgendwelche Prüfungen abzulegen. Dann wurde er Zweiter Navigator bei der ersten Pluto-Expedition. Von daher müßtest du aber seinen Namen kennen.«

»Natürlich! Jetzt weißt ich's wieder ... Also er war es, der ...«

»Genau! Durch irgendeine fehlerhafte Programmierung war der Bordcomputer des Raumschiffs zerstört worden. Der Erste Navigator drehte vor lauter Gewissensbissen durch. Till aber, der nur einen kleinen Rechner zur Verfügung hatte, mit dessen Hilfe es jedem anderen schwer gefallen wäre, auch nur eine Flugbahn im Erdorbit auszurechnen, brachte das Raumschiff sicher auf den Mond zurück. Der zweite Wunderknabe heißt Ten Ling, unser Astronom ...«

»Ich kenne ihn. Vor vier Jahren habe ich ihn bei einer Konferenz getroffen ...«

»Die beiden Bordingenieure heißen Abdrej Volatov und Takura Omishi ...«

»Wenn ich richtig informiert bin, sind das ebenfalls Leute von der Versuchsabteilung ...«

»Ja, sie haben immer schon zu Daves Gruppe gehört. Zwei Ingenieure von Mark wurden abgewiesen, weil sie Familie haben ...«

»Demnach darf keiner der Expeditionsteilnehmer verheiratet sein?«

»Richtig. Auch die anderen sind ledig, die beiden Doktoren Valentin Tono und Michel Marcis – beide haben jeweils fünf Jahre außerhalb der Erde verbracht –, der Kommunikator Jai Shing, Tills Mitarbeiter während der letzten drei Jahre, und schließlich Amar el Hatti, jüngster Doktor der Exobiologie, Menschen- und Tierkunde eingeschlossen, ansonsten aber ebenso ein Greenhorn von Astronaut wie du.«

Die Vielfalt der Namen sagte mir damals noch so gut wie nichts. Ich kannte nur die Mitarbeiter der Versuchsabteilung ganz flüchtig. Auch die Organisation der Ganymed-Expedition war ihr Werk gewesen; ich war ihnen bei den Vorbereitungsarbeiten begegnet. Die Zeit, wo diese elf Namen die ganze Menschheit für mich bedeuten sollten, lag noch in weiter Ferne. Doch damals war es eine Detailfrage, die mich besonders interessierte.

»Warum gibt es keine weiblichen Teilnehmer?«

Meine Frage brachte Felix aus dem Konzept.

»Hast du denn immer noch nicht begriffen?« sagte er. »Der Erfolg dieser Reise, richtiger: die Chance für die Rückkehr ... nun, ist ziemlich gering ... Wir sind zwar bereit, uns eventuell zu opfern« – nun war er sichtlich verlegen –, »doch wer wäre bereit, die Verantwortung für den Tod einer Frau auf sich zu nehmen ... hm ... merkwürdig, daß ich dies ausgerechnet dir auseinandersetzen muß ... der immerhin ...«

Der Schmerz traf mich wie ein Keulenschlag, doch ich konnte nur mich selbst wegen dieser unmöglichen Frage schelten. Lieber der Tod, und zwar sofort, bevor ich im Andenken an Lena solche Schmerzen ertragen mußte ... Ich versuchte das Thema so schnell wie möglich zu wechseln.

»Wenn es so ist, wenn die Chance so gering ist, könnte man da nicht noch eine Weile ... abwarten?«

Felix schnellte hoch, als hätte ich ihn tödlich beleidigt.

»Warten? Auf was denn?«

»Bis die Chance für eine Rückkehr größer wird«, stotterte ich, »bis wir eine bessere Technik haben ... ein größeres Maß an Sicherheit.« Felix' Mienenspiel war plötzlich erstarrt. »Bitte, glaube nicht, daß ich kneifen will, doch gibt es da nicht irgendeinen Widerspruch? Schließlich geht es um gewaltige Werte. Dabei denke ich nicht nur an die Menschen, sondern auch an die Photonenrakete und an die Ausrüstung ... Wie sieht denn das Verhältnis zwischen der Größe des Opfers und den Chancen für einen Erfolg aus?«

Felix begann wütend vor der Bank auf und ab zu gehen.

»Sollte sich Ben Hatti getäuscht haben?« knurrte er. »Sollte auch ich mich getäuscht haben?«

»Felix, so glaub mir doch, ich habe nicht aus Feigheit gefragt ...«

Natürlich hatte ich auch Manschetten. Vom Tod zu sprechen und ihm in die Augen zu sehen sind zwei Paar Schuhe, eine Tatsache, die ich mir selbst ungern eingestand. Felix aber hatte es geahnt. Er schwieg eine ganze Weile, ging wütend auf und ab, fünf Schritte hin, fünf Schritte zurück, während er mit den Fußspitzen den Kies aufwühlte und Kieselsteine wegkickte. Auch ich war aufgebracht und ärgerlich. Warum war er überhaupt hierhergekommen? Am Vormittag war die Welt noch in Ordnung gewesen; Stille und Ruhe hatten in mir geherrscht wie in dieser herrlichen Landschaft, und ich hatte keinen anderen Gedanken gehabt, als Lenas Andenken einen Altar zu bauen, ihr und meiner Liebe zu ihr. Nun war es vorbei, ob ich nun mein Mandat annahm oder nicht. Bin ich also wirklich feige, will ich wirklich kneifen? Warum ist Felix nur hierhergekommen?

»Hör mal zu, Gregor«, begann er schließlich. »Weißt du, wer Kolumbus war?«

Ich konnte nicht begreifen, was diese Frage sollte.

»Was soll das?«

»Dann wirst du dich wohl auch daran erinnern, was er für ein Schiff gehabt hat, mit dem er vor mehr als tausend Jahren den Atlantik überquerte.«

»Ein Segelschiff, weil man damals die Dampfmaschine noch nicht kannte.«

»Richtig. Und weil ich zufällig einmal nachgelesen habe, weiß ich, daß sein Schiff etwa dreißig Meter lang war bei etwa einhundertdreißig Tonnen.«

»Was soll diese historische Vorlesung?«

»Das werden wir gleich haben«, sagte er und baute sich mit gespreizten Beinen vor mir auf. »Angenommen, du bist Kolumbus und gerade im Begriff, mit so einem Kahn in See zu stechen. Dann aber tritt ein kluger Mann zu dir und sagt: ›Sehen Sie, mein Lieber, ich habe Vertrauen zur Entwicklung der Menschheit. Denn die Menschheit ist sehr begabt. Noch ein paar Jahrhunderte, und man wird Maschinen erfinden, die ein Schiff selbst bei Flaute auf Geschwindigkeiten bringen, die ihre kleine Nußschale niemals erreicht. Man wird Schiffe bauen, die zehnmal, ja hundertmal so groß sind wie dieser hölzerne Kahn, dem Sie heute Ihr Leben anvertrauen wollen. Ich möchte Sie ersuchen, warten Sie noch ein Weilchen, segeln Sie nicht los! Eines Tages werden Ihre Urenkel oder vielleicht deren Enkel‹ ...«

»Hör auf!«

»Nichts da! Blicken Sie in die glänzende Zukunft, mein lieber Kolumbus, und warten Sie ab! Die Dampfmaschine kommt, die Dampfturbine, später der Verbrennungsmotor, die Elektrizität. Sie können den Ozean bei strahlendem Licht überqueren, ohne daß Ihnen eine Ölfunzel die Kajüte verstänkert. Später können Sie sogar fliegen und Ihr Ziel in genauso vielen Stunden erreichen, wie Ihre Reise jetzt Monate dauern wird. Es ist nur eine Frage der Geduld und der Sicherheit. Also, mein Herr, warten Sie ab ...«

»Willst du jetzt endlich aufhören?«

Felix nickte.

»Nun, Herr Kolumbus?« fragte er. »Wie haben Sie entschieden?«

Es ist nicht wahr, daß im entscheidenden Augenblick der Mensch »den Lufthauch des Schicksals« spürt, wie es die Schöngeister behaupten. Ich war nur wütend, zu allem entschlossen, und irgendwo in mir begann die Bitterkeit der Gleichgültigkeit zu schwelen.

»Wann will der Rat meine Entscheidung?«

Felix zuckte die Achseln mit gespielter Gleichgültigkeit.

»Das eilt nicht. Es hat Zeit bis morgen früh.«

An diesem Tag sprachen wir nicht mehr über das Thema. Nach dem Abendessen, als wir zu dritt mit dem bärtigen Chefarzt auf der Dachterrasse saßen, war er es, der bei unserem belanglosen Geplauder beiläufig nach dem Namen der Expedition und dem des Raumschiffs fragte.

»Eigentlich sind es zwei Raumschiffe«, erläuterte Felix. »Die Photonenrakete heißt *Titan*. Sie trägt das Raumschiff, in dem wir reisen, die *Wiking*.«

»*Wiking?* Ich verstehe«, nickte der bärtige Doktor. »Wahrscheinlich, weil sie die ersten waren, die auf dem unbekannten Ozean in See stachen, als die Menschheit noch in dem bequemen Glauben lebte, die Erde würde wie ein flacher Teller auf dem endlosen Ozean schweben, der bis zu den Sternen reicht. Ein schöner Name«, nickte er, »ein zutreffender Name!«

»So ist es«, pflichtete ihm Felix bei. Die Terrasse schwebte schwerelos in der Dunkelheit, eingeschlossen im Doppelgewölbe der Sterne und der Lichter, die unten in der Bucht flimmerten.

5

Mark Rogan ließ seinen Blick aufmerksam über seine Zuhörer schweifen.

»Diese Trägerrakete ist nicht besonders schnell, doch so wie die Dinge liegen, ist es mir sogar recht. Ich habe Sie hierher gebeten, um alles noch einmal durchzugehen, was wir zu tun haben. Ich weiß, daß Sie mit dem Umfang und mit den Einzelheiten unserer Expedition vertraut sind – sonst würden Sie ja nicht mir gegenüber sitzen –, doch nach all den Berichten und Besprechungen möchte ich als Ihr Kommandant die ganze Sache noch einmal zusammenfassen. Wir werden für die Dauer von etwa dreißig Jahren miteinander auf engstem Raum eingeschlossen sein, miteinander leben müssen, wobei jeder von uns auf den anderen angewiesen ist. Das erste, worum ich Sie bitte, ist selbstlose Hilfsbereitschaft, ebenso die Bereitschaft, Opfer zu bringen. Wir sind zwar alle in diesem Geist erzogen worden, doch unter solch außerordentlichen Umständen dürfte es nicht verfehlt sein, noch einmal darauf hinzuweisen. Beim Bau der *Titan* und der *Wiking* war man bestrebt, bis in die letzten Einzelheiten ein vollkommenes Kunstwerk der Technik zu schaffen. Nun hat man uns diese beiden Wunderdinge anvertraut, und wir müssen versuchen, ihrer würdig zu sein. Wir sind die ersten Menschen, die unser Sonnensystem verlassen werden. Ich brauche nicht besonders zu erwähnen, wie gewaltig dieses Unterfangen ist. Gleichzeitig möchte ich unseren zahllosen Mitarbeitern in den verschiedensten Zulieferfirmen danken, die Millionen Arbeitsstunden leisteten, um dieses Werk zu vollenden.

Unser Ziel ist der Stern Tau Ceti, der etwa zwölf Lichtjahre von der Erde entfernt ist. Natürlich gibt es auch Fixsterne, die nicht so weit entfernt sind und von denen die Wissenschaft annimmt, daß sie ein Planetensystem wie das unsere besitzen, doch hat der Rat für Raumfahrt gewiß gute Gründe, gerade diesen Fixstern ins Auge zu fassen. Ferner besteht unser Auftrag darin, daß, wenn wir in diesem System einen Planeten finden, auf dem die *Wiking* landen kann und der die Gewähr für einen Rückstart bietet, nachdem wir auf diesem Planeten Oberflächenforschung betrieben haben. Und jetzt möchte ich unseren Ersten Navigator Robert Till bitten, die Aufgaben seiner Gruppe zu erläutern.«

Mark war trotz seiner Jugend klug und erfahren genug, daß er wußte wie gefährlich diese letzten Minuten waren. Wenn er jetzt seine Leute nicht beschäftigen konnte, würden sie im stillen Kämmerlein auf die Idee kommen, über die Reise und über die Heimat nachzudenken, ein Umstand, der äußerst gefährlich werden konnte. Darum hatte er alle hier versammelt und uns längst bekannte Dinge vorgetragen, darum hatte er auch den Bericht von Till gewünscht. Till aber fummelte an seiner randlosen Brille herum und rückte dann endlich mit der Sprache heraus.

»Meine Aufgabe besteht darin, die *Titan* von ihrer jetzigen Bahn den Weltraumkoordinaten entsprechend auf Kurs zu bringen. Beim ersten Abschnitt unserer Reise sind natürlich auch die Störfaktoren unseres Planetensystems zu berücksichtigen. Ich nehme an, daß für meine Arbeit etwa einhundert bis einhundertzwanzig Stunden ausreichen werden. Danach wird der Computer die Steuerung nach dem auf der Erde aufgestellten Programm übernehmen. Sobald wir mit Hilfe des Photonenantriebs etwa siebzig Prozent der Lichtgeschwindigkeit erreicht haben, wird das Antriebsaggregat, das bis dahin als Beschleuniger gedient haben wird, bei voller Leistung unseren Flug auf der letzten Strecke unserer Reise bremsen. Diese Bremsphase unseres Kurses ist so berechnet, daß wir bei etwa 150 Millionen Kilometer vor Tau Ceti, also in einer mittleren Distanz Sonne-Erde wegen der Anziehungskraft dieses Fixsterns auf eine elliptische Bahn einschwenken. Auf dieser Bahn werden wir ohne Antrieb und ohne Energie – von den erforderlichen Korrekturen abgesehen – so lange kreisen, wie dies für unsere Beobachtungen notwendig ist. Sollten wir aus irgendwelchen Gründen mit der *Wiking* auf einem Planeten landen wollen, so werden wir unser Schiff selbst steuern, während die *Titan* auf ihrer Bahn bleibt. Doch der Kontakt zwischen *Titan* und *Wiking* und die gegenseitigen Manöver gehören schon zum Aufgabenbereich meines Kollegen David Brock.«

Mark war alles andere als ein Redner und daher mehr als erleichtert, als er endlich das Wort an seinen Bordingenieur weitergeben durfte, der für die Triebwerke verantwortlich war.

Dave holte tief Luft, um ein entsprechendes Volumen zu haben, als müßte er eine stundenlange Vorlesung halten. Er arbeitete nämlich nicht in der Forschungsabteilung, sondern hielt auch Vorlesungen an der Fakultät für Raketenbau bei der Zentraluniversität für Raumfahrtforschung.

»Als vor zwanzig Jahren unserem Institut die Ehre zuteil wurde, die praktische Durchführung der Photonenrakete in Angriff zu nehmen, standen uns außer ein paar theoretischen Überlegungen und den erforderlichen Rohstoffen keine weiteren Hilfsmittel zur Verfügung.«

Die Tatsache, daß zum angegebenen Zeitpunkt weder Dave noch ich oder die anderen noch nicht einmal die Mittelschule besuchten, war für ihn zweitrangig. Mark ließ den bevorstehenden Wortschwall mit hämischem Grinsen auf sich zukommen. Wenn Dave erst einmal richtig in Schwung war, würde er den Rest der Reise an Bord der Trägerrakete leicht mit seinem Vortrag füllen. Und genau das war es, womit Mark gerechnet hatte.

»Von all den Schwierigkeiten, die bei der Planung auftauchten und zu berücksichtigen waren, möchte ich lediglich die drei wichtigsten Probleme herausgreifen: Ausstoß der erforderlichen Photonenmenge bei höchstem Wirkungsgrad, Hitzeschutz für die reflektierenden Parabolspiegel und natürlich die Wirtschaftlichkeit bei der Umwandlung der Materie in Photonen. Die Probleme eins und zwei stehen natürlich in ursächlichem Zusammenhang, doch bei näherer Betrachtung gehört auch Problem Nummer drei zu dieser Gruppe. Denn jene Umstände, die für den Vorgang einer Photonenumwandlung maßgebend sind, werden gleichzeitig ...«

Ich war außerstande, mich weiter auf diesen Vortrag zu konzentrieren. Daves Tonfall und Stil erinnerten mich an die Vortragsweise meines ehemaligen Professors für Paläontologie, dessen Vorlesungen mich schon seinerzeit genervt hatten und bei denen ich unweigerlich einnickte. Ich riskierte einen verstohlenen Blick auf meine Kollegen. Amar, Felix, Ten Ling und Daves Vizeingenieure Andrej Volatov und Takura Omishi hörten gespannt zu. Jai Shing, der Kommunikator, feilte an seinen Fingernägeln, Till starrte zur Decke. Michel und der andere Arzt, Valentin Tono, versuchten immer wieder einen Blick auf den Rückmonitor zu werfen, auf dem die Mondsichel, die im letzten Viertel stand, deutlich immer kleiner wurde.

Ich suchte in ihren Zügen nach den verräterischen Zeichen jener Beklemmung, die ich selbst empfand. Wie mir scheint, hat die Todesangst nichts damit zu tun, ob man, aus welchen Gründen auch immer, am Leben hängt. In Wirklichkeit hatte ich Furcht empfunden, hatte mich vor dieser Reise gefürchtet von dem Augenblick an, als mich Felix im Haus der Stille regelrecht überfallen hatte. Ich hatte zwar stets versucht, nüchtern zu denken und meine Vergangenheit über Bord zu werfen. Doch in solchen Augenblicken der Schwäche blieb mir nichts anderes übrig als immer wieder auf die Vergangenheit zurückzukommen.

So auch diesmal. Daves Vortrag versetzte mich wieder ins Amphitheater des großen Auditoriums meiner ehemaligen Universität. Schau, da sitzt Lena. Sie trägt ein gelbes Kleid und ein dunkelgrünes Jadearmband. Wir kennen uns noch nicht, und daß wir nebeneinander sitzen, ist purer Zufall, wie es sich eben so ergibt, wenn man wie von einer Flut in die Bänke gespült wird, um dann mit der Andacht der ersten Stunde den Ausführungen des Dozenten zu lauschen.

Draußen entfaltet der Frühherbst seine bunten Schwingen. Die Bäume stehen still und geduldig da und lassen sich vom Pinsel der Vergänglichkeit bemalen, bevor sie in sanften Winterschlaf sinken. Die Frucht der Sträucher, die das weiße Band des Betonpfades säumen, leuchtet rot, am tiefblauen Himmel gleitet eine kleine wuschelköpfige Wolke gen Süden.

In uns rumort das zwiespältige Gefühl des Semesterbeginns. Wir denken daran, daß wir wieder ein Jahr älter geworden sind. Die neuen Fächer, die neuen Professoren und Kommilitonen versprechen tausend neue Überraschungen, ebenso wie die Universität, diese kleine Stadt für sich. Im Vergleich dazu kommt mir unsere ehemalige Kollegstufe ziemlich klein und armselig vor, die ich früher für den Nabel der Welt gehalten hatte.

Lena stiehlt allem und jedem die Schau. Sie lauscht, die Stirn in die Hand gebettet, und ihre strahlende Schönheit läßt mich alles um mich vergessen. Am nächsten Tag tanzen wir auf dem Eröffnungsball miteinander, und eine Woche später nach den ersten Laborübungen, als wir uns bereits als selbstbewußte Kandidaten der Wissenschaft fühlen, verbeißen wir uns in ein wütendes Streitgespräch, daß die Fetzen fliegen. Wir zerstreiten uns wie es scheint unrettbar. Ihre schwarzen Augen blitzen gefährlich, und wir haben das Gefühl, daß wir uns ein Leben lang hassen werden.

Eine weitere Woche muß verstreichen, bevor wir merken, daß uns irgend etwas aus unserem Leben fehlt. Lena ergreift die Initiative, setzt sich eines Morgens im Hörsaal zu mir und streckt ihre Hand nach der meinen aus ...

»Diese zweistufige Konstruktionsmethode hat nur einen Nachteil, einen emotionalen, wenn ich mich so ausdrücken darf. Es gibt kein Triebwerk, das über genügend Energie verfügt, um diese gewaltige Masse von der Erde abzuheben. Also mußte die *Titan* im Weltraum zusammengebaut werden, so daß die Menschheit nur anhand von Bildern oder über Geovision eine ihrer größten Errungenschaften bewundern konnte. Dies um so mehr, da die meisten Bauteile in unseren Fabriken auf dem Mond hergestellt wurden. Auf diese Weise haben wir bei der Montage bedeutende Energiemengen gespart, weil wir die einzelnen Bauelemente lediglich aus dem Gravitationsfeld des Mondes auf ihre jetzige Bahn schicken mußten.

Die *Titan* umfaßt jenes Raumschiff, daß wir *Wiking* genannt haben, wie ein gewaltiger Ring. Die *Wiking* ist nichts weiter als eine spezielle Weiterentwicklung unseres Modells CP-4 mit großem Aktionsradius. Dieses Modell wird seit mehr als dreißig Jahren mit Erfolg eingesetzt. Konstruktion und Aufbau dürfen beim gegenwärtigen Stand der Technik als vollkommen bezeichnet werden, und die Schubkraft reicht aus, um jede nur denkbare interplanetare Aufgabe zu lösen. Sobald die *Titan* auf ihre vorprogrammierte Kreisbahn um Tau Ceti einschwenkt, können wir die *Wiking* genauso benützen, als würden wir von der Erde oder vom Mond aus zu einer Reise zum Mars oder zur Venus aufbrechen, allerdings auch mit dem beachtlichen Vorteil, daß – da die

Titan praktisch keine Anziehungskraft besitzt – für den Start nur ein Minimum an Treibstoff erforderlich ist. Die *Wiking* weicht nur in zwei Punkten vom Modell CP-4 ab. Der erste ist der Bordcomputer, dessen Kapazität erheblich größer ist. An die übliche Omega-Einheit sind nämlich zwei Spezialeinheiten angeschlossen, wobei der größere alle Aufgaben wahrnimmt, die sich auf die Navigation und auf die Treibstoffzufuhr der *Titan* beziehen, während die kleinere als Steuer- und Regeleinheit für den Hibernator dient. In diesem Zusammenhang muß ich noch folgendes erwähnen ...«

Der Hibernator! Es mag lächerlich klingen, aber ich muß jedesmal an Gefriertruhen und tiefgekühlte Fische denken. Dabei sinkt aber die Körpertemperatur kaum unter 20 Grad, und bei den Versuchen, die in der Vorbereitunsphase durchgeführt wurden, hatten wir kein unangenehmes Gefühl. Was mich störte, war die Gewißheit, daß man regungslos zehn bis fünfzehn Jahre schläft, während die anderen leben, sich rühren, amüsieren und arbeiten. Bis wir zurückkehren, werden meine Altersgenossen – besser gesagt diejenigen, die zu meinem Jahrgang gehören, mein Zeitgefühl läßt mich allmählich im Stich – bereits ergraut sein und ihre Enkel spazieren führen. Was werde ich wohl mit meiner konservierten Jugend unter all den fremden Zeitgenossen beginnen, da ja nur mein Körper, meine Zellen jung geblieben sind? Ich möchte hier und heute leben, wie jeder normale Mensch, der heute morgen aufgestanden ist, geduscht, gefrühstückt und sich dann auf den Weg zu seiner Arbeitsstelle gemacht hat. Es gibt keine bessere Therapie gegen den Lebensüberdruß als die letzten Stunden vor einer solchen Reise. Sollte ich je zur Erde zurückkehren, muß ich unbedingt noch einmal das Haus der Stille aufsuchen, um dem Chef diese Therapie zu empfehlen. Man braucht nur eine alte, ausrangierte, aber noch funktionsfähige Rakete aufzutreiben und den

Patienten einreden, daß sie zu einer Mission von historischer Tragweite gehören ...

»... wir können also«, sagte Dave und breitete die Arme aus, »den Betrieb der Photonenrakete nicht verfolgen, so gern wir's auch täten. Wegen der vorhin bereits erörterten möglichen biologischen Folgen geht ein strenger Erlaß des Rates dahin, daß der Computer erst nach vollendeter Hibernation den Startbefehl erteilen darf. Zum Schluß möchte ich noch über unsere Sicherheitseinrichtungen berichten.«

Eine Tür flog auf, und der Kommandant der Trägerrakete steckte seinen Kopf herein.

»Ankunft in zwanzig Minuten!«

Alle erhoben sich und begannen gleichzeitig zu sprechen. Mark atmete erleichtert auf, ich aber hatte das Gefühl, als würde ich im Schnellaufzug des Instituts sitzen, der nonstop aus dem 110. Stockwerk in die Tiefe sauste.

Jetzt war der Augenblick gekommen, wo ich meinen Rücktritt erklären mußte. Vielleicht könnte ich jemandem klarmachen, daß ich hier nichts zu suchen hatte. Ich habe mich gerirrt, es war ein Augenblick der Schwäche, als ich Felix nachgab, ich möchte auf der Erde leben, egal wie auch immer, aber ich möchte festen Boden unter den Füßen spüren und den blauen Himmel über mir sehen. Am besten sage ich das rundheraus, Mark wird es sicher verstehen. Die zwei Tage Verzögerung, die mein Rücktritt nach sich zieht, kann man im Programm durchaus noch korrigieren, denn auf dem Mond warten sechs voll ausgebildete Astronauten als Ersatz für mich und auf jeden meiner Kollegen, jeweils sechs Mann zwischen Hoffen und Bangen, ob sich im letzten Augenblick durch irgendwelche Umstände nicht doch noch eine Chance bietet.

Doch die Entscheidung des Rates, Mark Rogan zum Kommandanten zu ernennen, hatte wirklich ins

Schwarze getroffen. Der Blick seiner hellblauen Augen kreuzt den meinen, verständnisvoll und vorwurfsvoll zugleich. Seine Stimme klingt freundlich, fast berechnend neutral.

»Ich weiß, was du sagen willst. Du wirst gleich sehen.«

Er legt den Arm um meine Schulter und führt mich zum Zentralmonitor, der sich jetzt langsam erhellt. Am samtenen Himmel blitzen die Sterne, und zwischen ihnen wächst ein schwarzer, scheibenförmiger Körper heran.

Im Weltraum läßt sich die Größe eines Körpers kaum schätzen, weil es keine Vergleichsmöglichkeiten gibt. Das, was ich sehe, kann so groß sein wie meine Faust, wie ein Autoreifen oder wie ein Sportstadion.

»Das ist die *Titan!*« erklärte Mark. Er möchte von meinem Seelenzustand einfach keine Notiz nehmen, er will nicht wissen, was ich ihm zu sagen habe. »Wenn wir weiter nach links fahren, werden wir bald auch die *Wiking* sehen.«

Die Scheibe wendet uns langsam ihre Kante zu, dann zeigt sie ihre Rückseite. Aus ihrer Mitte ragt eine winzige Nadel hervor.

»Das ist die *Wiking!*« ruft Dave hinter mir aus. Dadurch gewinnt die Größe der *Titan* in realem Wert. Die *Wiking* ist nämlich der *Elektra* baugleich, so groß wie ein Haus mit zwanzig Stockwerken.

In der plötzlich eingetretenen Stille klingt Marks Stimme wie ein Paukenschlag, obwohl er die Worte nur vor sich hinmurmelt.

»Schaut sie euch genau an. Dieses Fahrzeug wird uns in eine neue Welt bringen. Drei Jahrzehnte lang wird diese Rakete unsere Heimat, vielleicht auch unser Sarg sein, das weiß niemand genau. Ich aber glaube an den Erfolg dieser Reise. Wer meine Zuversicht nicht teilen kann«, fuhr er fort und vergrub seine Finger tief in meine Schultern, »der sage es sofort, weil es noch nicht zu spät ist. Ich habe kein Recht, jemanden zum Bleiben zu überreden. Wir alle sind freiwillig hierher gekommen, und es steht jedem frei zu gehen, wenn es ihm beliebt. Für alle, die uns verlassen wollen, möchte ich folgendes mit auf den Weg geben: Sollte unsere Mission gelingen, haben sie eine Reise verpaßt, die in der Geschichte der Menschheit einmalig ist. Sollten wir aber sterben, so werden wir das großartigste und teuerste Grab erhalten, das je einem Sterblichen zuteil wurde.« Dabei deutete er auf die gewaltige Masse, die allmählich den ganzen Bildschirm zu füllen begann.

Erst als ich bereits im Hibernator lag, hatte ich das Gefühl, daß mich Mark irgendwie überlistet hatte, doch da war es bereits zu spät. Es wäre mir sowieso peinlich gewesen, die Sache in Lings Anwesenheit noch einmal zu erwähnen – er war mein Partner, der die Doppelzelle mit mir teilte. Er hätte nur erstaunt seine Schlitzaugen aufgerissen und mich gefragt, warum ich mich in Buddhas Namen nicht beizeiten gerührt hätte.

Wir lagen still auf unseren Matratzen. Marcis schaute noch einmal vorbei und prüfte die Elektrode, die an meinem Hinterkopf befestigt war. Diese kleine Metallplatte sollte also jetzt mehr als ein Jahrzehnt über mich bestimmen und an meiner Stelle alles kontrollieren und regeln, was in meinem Körper noch funktionierte. Marcis fand, daß Lings Gurte zu eng geschnallt waren. Der Doktor schüttelte den Kopf und lockerte den Sicherheitsgurt.

»Wir müssen vor allem darauf achten, daß der Kreislauf intakt bleibt.«

Ich aber mußte versuchen, den Kloß in meinem Hals durch harmloses Geplauder zu lockern.

»Was ist mit den anderen?«

»Der Kommandant, Dave und die beiden Navigatoren arbeiten, solange sie noch etwas zu tun haben. Ich warte auch nur noch auf sie. Alle anderen schlafen schon. Auf was für einen Duft soll ich den Somnifer einstellen? Flieder? Jasmin? Rose?«

Der Duft des Narkosegas-Gemisches, das der Hibernator erzeugte, ließ sich je nach Belieben einstellen. Auch in diesem Fall, wie so oft, wo man es für notwendig hielt, hatten die Psychologen ein gewichtiges Wort mitzureden. Michels Aufmerksamkeit konnte mich allerdings nicht rühren. Im Grunde genommen war es ziemlich egal, welchen Duft ich in meinen letzten Minuten schnupperte. Ich spielte den Beleidigten, um meine Angst zu verbergen. Der sonst so trocken wirkende kleine Astronom schien aber plötzlich seine romantische Ader entdeckt zu haben. Er beriet sich eine Weile mit dem Arzt und entschied sich dann für den heimatlichen Duft des Jasmin. Dagegen hatte selbst ich nichts einzuwenden.

»Alsdann«, meinte Marcis und schaute sich noch einmal in der Zelle um, »wünsche wohl zu ruhen.«

Er verließ rücklings das Abteil und schloß die Tür lautlos hinter sich. Ich hatte keine Lust zu plaudern und war froh, daß der schweigsame Ling mein Partner war. Ich starrte auf die gegenüberliegende Wand, auf der eine blasse grüne Signallampe rhythmisch blinkte. Das Licht wurde schwächer, die ersten Schwaden von Blütenduft schwebten lautlos durch die Luft. Der Sturm in mir legte sich allmählich, meine Gedanken entglitten mir. Ich versuchte vergebens, sie festzuhalten. Das war bereits die Einwirkung des Somnifers. Dann folgte ein angenehmes Schweben jenseits von Zeit und Raum in der sich immer mehr verdunkelnden jasminduftschwangeren Unendlichkeit meiner Zelle.

6

Vom anderen Ende des Floßes, dort, wo unsere Vorräte liegen, dringt gleichmäßiges Rumoren und Schmatzen an mein Ohr. Diese Flachköpfe sind schrecklich. Solange sie etwas Eßbares in der Nähe haben, fressen und schlingen sie, bis sie auch den letzten Brocken in ihren bodenlosen Wanst gestopft haben. Auch Nogo ist bereits am Mampfen, kaum daß er die Augen aufgetan hat. Ich bin wütend, und das nicht nur, weil er mich aus meinen Gedanken gerissen hat. Wenn er weiter so frißt, wird unser Vorrat kaum für eine Woche reichen. Es ist mir auch kein Trost, daß er, wenn er sich einmal den Bauch vollgeschlagen hat, fast unbegrenzte Zeit fasten kann, das bringe ich einfach nicht fertig. Also setze ich mich grollend auf und schaue mich um. Nogo hockt mit zufriedener Visage am Floßende, beide Hände und das Maul voller Palmsprossen und Eier. Er schaut mich an wie einer, für den die Welt absolut in Ordnung ist und der soeben ein gutes Werk vollbringt. Dann tritt er zu mir und läßt seine Kost in meinen Schoß fallen. Nun bin ich wieder gerührt, mein Zorn verdampft.

»Nogo ist ein großer und starker Krieger, und sein Herz ist das beste. Ich will jetzt nichts essen. Nogo ist auch der Klügste; er versteht, daß wenig zu essen da ist. Nicht immer essen, nur dann, wenn er sehr-sehr hungrig ist.«

»Nogo ist immer sehr-sehr hungrig. Nogo hat ein Loch im Bauch, muß stopfen. Wenn Nogo nicht essen, tut Loch im Bauch sehr weh.«

Da kann man nichts machen. Wenn ich es ihm verbiete, wird es um so schlimmer. Denn während ich schlafe, wird er sowieso wieder essen. Dabei kann auch sein Vertrauen in mich leicht erschüttert werden, weil er vielleicht meint, ich würde es ihm nicht gönnen. Ich sehe nur eine einzige Lösung, nämlich daß ich mich ebenfalls vollstopfe bis zum Bersten. Dann komme, was da will, nach mir die Sintflut.

Schweratmend schlinge ich die Brocken hinunter. Ich habe überhaupt keinen Hunger. Der junge Bambus schmeckt nicht schlecht, und die Palmsprossen sind eine Delikatesse, solange sie frisch und nicht verwelkt sind. Aber ich muß auch von den Eiern essen, ich brauche das Eiweiß. Das Gemüse ist nur ein Magenfüller ohne Nährwert. Es gibt kaum etwas Widerlicheres, selbst auf diesem verfluchten Planeten, als nicht mehr ganz frische Krokodileier, die in der Sonne lauwarm geworden sind. Ich schlabbere angewidert im Interesse eines höheren Ziels, im Interesse meiner Kondition. Solange ich noch ein einigermaßen frisches Ei erwische, verdrücke ich es heldenhaft, aber als ich eins aufbeiße und dann unter den Zähnen das Knirschen des Krokodilembryos, nein, bereits das Rückgrat des fast ausgewachsenen kleinen Krokodils spüre, dreht sich mir der Magen um. Ich muß würgen und kotze das ganze mitten aufs Floß.

Nogos Augen weiten sich vor Staunen, und schon greift er danach, damit ihm ja diese Delikatesse nicht entgeht. Dieses kleine, halb durchgebissene Monster, das sich wie eine Raupe windet, weckt alte Kindheitserinnerungen in mir. Ich habe den Köder!

»Finger weg! Ich habe das Ding nur ausgespuckt, weil ich mit ihm zaubern will. Essen aus Fluß auf Floß.«

Eine bessere Ausrede fällt mir im Moment nicht ein, doch das müßte reichen. Wenn es ums Zaubern geht, wird dieses gewaltige Geschöpf, der in einem Arm genügend Kraft besitzt, um es mit fünf seinesgleichen aufzunehmen, so klein, so mickrig und so feige, wie das kleinste, schwächste Büblein seiner Horde. Er zieht sich in den entferntesten Winkel zurück und beobachtet meine Vorbereitungen, er hört sogar auf zu mampfen.

Ich bin voller Zuversicht. Wenn der Fischzug gelingt, wird in Nogos Magen »das große Loch nicht mehr weh tun«. Der Große Fluß wird uns aufnehmen, und sein gewaltiges Bett, das von Fischen wimmelt, wird uns ernähren, während wir auf ihm dahinreisen.

Ich schwinge den Haken, den ich mit einem Splitter von meiner Steinaxt beschwert habe, über dem Kopf und werfe die Angel weit aus. Es dauert eine Ewigkeit, bis sich die Schnur rührt und dann immer schneller aus meinen Fingern gleitet. Ich halte die Luft an und packe zu. Jetzt ist der Augenblick, wo sich beweisen muß, was meine Kunst wert ist. Mein unsichtbarer Gegner spannt die Schnur mit einem Ruck, so daß ich direkt am Floßrand lang hinschlage. Noch so ein Ruck, und ich gehe mit meiner Angel baden.

»Hilf mir, Nogo! Halt mich fest!«

Ich schwebe zwischen Floß und Wasser, aber ich gebe nicht nach. Nogo hält mich begeistert fest, er meint, daß auch diese Nummer zum Zauber gehört. Aber so werde ich den Fisch nie an Bord ziehen.

»Zieh mich zurück aufs Floß!«

Endlich sitze ich wieder auf dem Floß, und obwohl ich weiß, daß es hier keine Krokodile gibt, bin ich froh, daß ich nicht baden muß. Ich stemme meinen Fuß gegen einen Randbalken und halte die Schnur fest, aber ich bringe es nicht fertig, auch nur einen Zentimeter einzuholen.

»Pack mit an und zieh!«

Das scheint zu wirken. Durch Nogos Kraft treiben Fisch und Floß aufeinander zu. Ich sorge mich nur um die Schnur. Ob sie wohl hält, bis sich beide irgendwo auf halbem Weg treffen? Schon meinen wir unsere Beute zu haben, als der Fisch wie verrückt zu zappeln beginnt. Nogo, der bisher höchstens handtellergroße Fische gesehen hat, kriegt einen gewaltigen Schreck. Er glaubt, daß ich ein Krokodil fangen will und läßt brüllend die Schnur los. Nun muß ich wieder allein die ganze Zuglast tragen. Ich spüre, wie meine Kräfte schwinden und befürchte, daß mich der Fisch mit einem Ruck in die Tiefe zieht. Ich verliere die Geduld und brülle ebenfalls los.

»Pack die Schnur und zieh, sonst schmeiß ich dich in den Fluß!«

Ich weiß, daß dies unmöglich ist, aber Nogo glaubt mir zum Glück und faßt widerwillig die Schnur an.

Jetzt macht auch der Fisch keine Umstände mehr, und es gelingt uns, die Beute längseits zu zerren. Sein anderthalb Meter langer schlanker Körper dreht und windet sich, so daß Nogo eher an eine Schlange als an ein Krododil denkt. Ich greife zur Steinaxt.

»Zieh seinen Kopf aufs Floß! Keine Angst, er tut dir nichts, wenn du aufpaßt!«

Nogo betrachtet mißtrauisch die Fangzähne, die aus dem Fischmaul ragen. Das Biest sieht wirklich furchterregend aus, der Kopf ein einziges breites Maul, hervorquellende Augen im Rahmen einer Art Hornbrille. Ich nehme die Axt in beide Hände und schlage zu.

Ein letztes Aufbäumen, Gischt und Wellen, die das Floß überspülen, dann herrscht endlich Ruhe. Ich atme erleichtert auf. Wir sind beide patschnaß wie nach einem unfreiwilligen Bad. Die Schnur hat in meiner Hand schmerzliche Spuren hinterlassen, doch die Beute schwimmt neben dem Floß, das ausströmende Blut hinterläßt eine rote Spur, ein rotes Band, das in der Strömung hinter uns herschwimmt. Der Hungertod bedroht uns nicht mehr – zumindest vorläufig nicht.

Wir hieven den Fisch an Bord, sein glitschiger Körper gleitet uns immer wieder aus den Händen. Nogo kann auch jetzt noch keine Begeisterung für die Beute aufbringen, er hat eher einen Horror davor. Der Fisch erinnert tatsächlich an eine Schlange, muß wohl eine Art Aal sein.

Dieser Monster-Fisch weckt meine Lebensgeister. Das gibt Verpflegung für mindestens vier Tage, und das restliche Fleisch reicht für eine Menge Köder aus, damit kann ich den ganzen Fluß leerfischen. Also Ende der Krokodileier-Diät.

Wenn ich den Tag nicht verträumt hätte, so hätte ich vielleicht eine Spur des Lebens entdeckt, doch jetzt ist die Landschaft genauso ausgestorben wie am Morgen. Es hat sich nur so viel geändert, daß die Berge noch höher geworden sind und die Sonne bereits untergegangen ist. In zwei Stunden wird es dunkel werden. Heute können wir nicht mehr viel tun, aber morgen!

Ich denke fieberhaft nach und steigere mich in neue Pläne hinein. Wir werden das Floß erweitern, in die Mitte kommt eine Feuerstelle, die ich mit Lehm bereite, weiter hinten werde ich versuchen, eine Art Dach zusammenzuzimmern. In wenigen Wochen haben wir die Regenzeit am Hals, da können wir ein Dach schon gut brauchen.

In der Zwischenzeit untersuche ich die Bindung, welche die Balken unseres Floßes zusammenhält; Nogo macht einen weiten Bogen um den Fisch, soweit es der enge Raum erlaubt, knurrt ihn drohend an. Gelegentlich nimmt er ein langes Bambusrohr und sticht, immer sprungbereit, auf den Kadaver ein.

Zwei Seelen kämpfen in seiner Brust, zwei Gedanken kreisen in seinem Kopf unter dem Wuschelhaar. Einerseits liebt er Fleisch über alles, andererseits läßt es sein Mißtrauen nicht zu, um von diesem fremden Wesen zu kosten. Da ist es am besten, wenn man ihn sich selbst überläßt. Irgendwann wird er sich schon noch beruhigen.

So vergeht die Zeit, bis die Nacht den Fluß in ihre Schleier hüllt, das Wasser und die Berge, und bis die ersten Sterne mit ihrem blinzelnden Schein am Firmament erscheinen.

Das Wasser gluckst, Schatten wehen. Aus dem Fischkopf sickert immer noch Blut und lockt die stummen Bewohner des Flusses an. Morgen wird es wieder Beute geben. Ich lege meine Axt griffbereit neben mich, dann strecken wir uns in der Mitte des Floßes aus.

Am Morgen erwache ich aus traumlosem, tiefem Schlaf. Die Berge sind während der Nacht vom Ufer zurückgetreten und gewaltig gewachsen. Gestern noch waren sie in Nebel gehüllt – heute kann der Dunst kaum ihre Schultern erreichen. Im Hintergrund ragen nackte Felswände empor, ihre düsteren Umrisse heben sich scharf vom Blau des Himmels ab. Nun sind wir wirklich im Land der Schwarzen Berge. Der Fluß wälzt sich schnurgerade durch ein breites Tal, wo das forschende Auge kilometerweit vorausschweifen kann, um dann irgendwo am Horizont den Gletscherglanz einer Gebirgskette zu erblicken.

Ein Meer von Schnee scheint in der Luft zu schweben wie eine Wolke, während die tiefer liegenden Berge in der Ferne zurücktreten. Eine verrückte Welt, wo ein großer Strom auf die Berge zufließt, anstatt sich von ihnen zu entfernen. Ich beobachte das Ufer und suche nach einer Stelle, wo wir vor Anker gehen können. Der Bambus reicht überall bis ins Wasser und läßt keine Handbreit Boden frei.

Also gibt es rohen Fisch zum Frühstück – immer noch besser als Krokodileier. Auch Nogo sträubt sich nicht länger, sobald unter dem Druck meiner Messerklinge unter der schleimigen Haut das weiße Fleisch hervorquillt. Jetzt möchte ich nicht noch einmal angeln, es reicht schon, wenn die Reste dieser Beute auf dem Floß zu stinken beginnen. Wir müssen unbedingt an Land. Da stehe ich nun und kann keine Lücke im Uferdickicht erblicken.

Gegen Mittag reißt links endlich die Bergkette ab, die

nächsten Gipfel stehen erst gut zehn Kilometer weiter in Reih und Glied. In ihrem Schoß fällt ein Tal aus einem Kern des Gebirges ähnlich dem unseren herab. Von hier aus kann ich es nicht sehen, aber ich bin mir fast sicher, daß in jenem Tal ein Fluß herniederrauscht und die Möglichkeit besteht, daß sich beim Zusammenfluß der beiden Ströme das Geröll zu kleinen Inseln aufgeschwemmt hat, an denen man Anker werfen könnte.

Es dauert fast zwei Stunden, bis ich die erste Landzunge erblicke, die in den Fluß hineinragt, der sich an dieser Stelle etwas verbreitert. Wir versuchen, mit Händen und Füßen rudernd das Floß ans Ufer zu bringen, ohne Paddel ist das Schwerarbeit. Wir sind in Schweiß gebadet, bis wir uns dem Ufer so weit genähert haben, daß wir mit einem Bambusstab den Boden erreichen. Später wird es uns leichter fallen, unser Floß an diesen kahlen Streifen heranzuschieben, in dessen Mitte sich eine Art dunkler Hügel erhebt. Dies kommt mir bereits spanisch vor, weil die Sandbänke im allgemeinen zum Ende hin gleichmäßig flach abfallen. Nun sehe ich aber, und das wundert mich, daß die ganze Masse auf einem Haufen vibriert wie die warme Luft vor meinen Augen.

»Schau, Nogo!«

Die Augen des Buschbewohners, die von fingerdikken Knochenringen eingerahmt unter der Stirnhöhle liegen, sind tausendmal schärfer als die meinen, dennoch ist es nicht sein forschender Blick, sondern seine Stupsnase, dieses empfindliche Instrument, das schnuppernd das Rätsel um den unheimlichen Hügel löst.

»Aas«, meint Nogo.

»Aas rührt sich nicht«, halte ich dagegen.

Nogo schüttelt den Kopf.

»Großes-großes Aas, viele Tiere fressen sein Fleisch. Tiere bewegen sich.«

»Aber Nogo, solch ein Riesenaas kann es gar nicht geben!«

»Weiß nicht. Rieche Aas und sehe viele-viele Tiere fressen.«

Allmählich wird auch für mich das Gewimmel überschaubarer, schon kann ich die einzelnen Tiere unterscheiden. Krokodile und riesige wolfähnliche Biester mit rötlichem Fell verbeißen sich in die Seite des Hügels, obendrauf wimmelt es von geflügelten Wesen, vom Ufer her leuchtet der gelbe Pelz des Großmähnigen. Um ihn herum hält die Meute gebührenden Abstand. Der Großherr macht auch Nogo nervös. Er wagt es zwar nicht, seine Furcht einzugestehen, aber er umklammert seine Ruderstange und steuert das Floß mit gewaltigem Schwung in die Mitte des Flusses. In Urwaldangelegenheiten höre ich immer auf ihn, doch diesmal besteht meiner Meinung nach keine Gefahr.

»Der Großmähnige kümmert sich nicht um uns. Dort gibt es sehr viel Fleisch. Er braucht uns nicht, wenig Fleisch im Wasser. Der Großmähnige mag kein Wasser.«

Wir müssen unbedingt ankern, die Flußmündung ist die einzige Möglichkeit. Wir schwimmen weiter flußabwärts am Ufer entlang. Mir fällt unser armer Amar ein. Der Anblick, der sich uns bietet und uns sein Geheimnis von Minute zu Minute immer mehr preisgibt, wäre ein Festschmaus für sein biologisch und zoologisch geschultes Auge.

Er könnte vielleicht auch eine Antwort auf die Frage geben, wie jene Reptilien der Urzeit hier überleben konnten, die auf der Erde bereits seit 100 Millionen Jahren ausgestorben waren, bevor der Mensch die Bühne betrat. War ihre Art lebensfähiger, oder haben sich hierzulande die Säugetiere schneller entwickelt? Müßig, daß ich mir den Kopf zerbreche, ich werde doch keine Antwort finden.

Geierartige gewaltige Vögel und hundsgroße, geflügelte, schwerfällige Drachenechsen mit Flughäuten reißen Seite an Seite große blutige Brocken aus dem Kadaver, während die Wölfe – ich habe immer noch keinen passenden Namen für diese Kreaturen – vorsichtig den Schwanzschlägen der Krokodile ausweichen. Unter ihnen flitzen kurzbeinige, otterähnliche Tiere hin und her. Einigen von ihnen ist es gelungen, einen Tunnel in den Kadaver zu graben, so daß nur noch die Hinterbeine aus dem Loch herausragen und den Sand im Rausch ihrer Freßorgie aufwühlen.

Anscheinend haben sich alle Fleischfresser dieser Gegend hier zum Gastmahl eingefunden, nur der Sieger ist weit. Denn selbst der Großmähnige wäre nicht in der Lage, einen solchen Fleischkoloß zu Fall zu bringen, höchstens ein Wesen, das Nogos »Menschen mit der Reptilienmähne« ebenbürtig ist.

Hat er wohl sein Opfer freiwillig im Stich gelassen oder hat ihn diese wimmelnde Meute gestört? Wäre dies auch ein möglicher Weg, der zum Aussterben führt? Die Raubechse besiegt zwar ihre pflanzenfressenden Genossen, doch sie kann von deren Fleisch nicht satt werden, weil die jüngere, beweglichere Generation der Tierwelt die Beute beansprucht.

Mein Gedankengang wird durch den mörderischen Gestank verwesenden Fleisches unterbrochen, der mich in dichten Schwaden umhüllt. Dies ist der Augenblick, wo ich Nogo nicht um seinen großartigen Geruchssinn beneide. Ihm stinkt es schon lange in die Nase, aber das stört ihn nicht weiter.

Nun bin ich es, der das Floß eilig wieder in die Strömung bringt. Aus dieser Entfernung kann ich erkennen, daß es wenig Sinn hat, hier an Land zu gehen, nicht nur wegen des Gestanks, sondern auch wegen der Position des Kadavers. Die Sandbank ist viel zu schmal. Will ich oberhalb der Sandbank ankern, müßte ich mich durch den ganzen Zoo hindurchkämpfen, unterhalb aber würden wir in den Schwarm von Tieren geraten, der immer noch auf den Kadaver zustrebt. Auf dem Uferdickicht tauchen gerade in diesem Augenblick vier Großmähnige auf, laufen und springen knurrend und röhrend in weitem Bogen mitten in die Meute.

Nein, hier kann ich es unmöglich wagen, an Land zu gehen, so notwendig es auch wäre. Auf der anderen Seite der Flußmündung müßte es ebenfalls Sandbänke geben – also werden wir es dort versuchen.

Allmählich können wir dem Bannkreis dieses mörderischen Gestanks entweichen, und am Ende der Sandbank reißt uns die Strömung von diesem widerlichen Anblick fort. Wir haben keine Zeit mehr, um zurückzublicken, denn wir haben stramm zu tun, um noch oberhalb der Mündung in Ufernähe zu kommen.

Die untere Sandbank ist bedeutend größer als die obere, ihr Arm teilt eine kleine Bucht vom Wasser des Großen Flusses ab. Ich weiß nicht, ob wir es dem großen Schmaus am anderen Ufer zu verdanken haben, doch hier scheinen Bank und Ufer ausgestorben, also können wir ruhig vor Anker gehen.

Unsere Füße versinken in lehmigem Schotter, dort aber, wo die Reihe der Uferbäume aufhört, finde ich das, wonach ich gesucht habe, nämlich das Treibholz, das der Fluß anschwemmt, wenn er Jahr für Jahr über die Ufer tritt. Ohne Nogo wäre ich diesem unordentlichen, verkeilten Stapel nicht gewachsen, doch seine Kraft ist mindestens so viel wert wie ein kleinerer Kran. Ich brauche nur auf einen Baumstamm zu deuten, der sich meiner Meinung nach nicht bewegen läßt, schon greifen seine gewaltigen Pranken zu, heben den Stamm an und schleppen ihn wie ein Traktor zum Ufer. Ich suche nach möglichst rindenfreien, verdorrten Stämmen, die von der Sonne gebleicht sind, diese schwimmen am besten. Aus den dünnen Ästen mache ich ein großes Feuer neben dem Fluß, nicht nur, weil uns der Magen knurrt, sondern auch zu unserer Sicherheit. Am Rande des Scheiterhaufens stecke ich zwei gabelförmige Äste in den Boden und lege den ausgenommenen Fisch darüber. Er würde bedeutend besser schmecken, wenn ich ihn unter dem Feuer in Lehm einbuddeln würde, doch ich habe es eilig. So geschützt unsere Lage auch scheinen mag, ich fühle mich nur auf dem Floß geborgen, und das auch nur dann, wenn das Ding mitten im Fluß schwimmt. Ich treibe Nogo an, obwohl er immer wieder sehnsüchtig zu dem brutzelnden Braten hinüberschielt. Wir legen erst eine kurze Rast ein, nachdem wir so viel Holz zusammengetragen haben, daß wir davon drei Flöße bauen könnten.

Der Fisch ist verräuchert und teilweise angebrannt, dennoch schmeckt er nach der vielen Rohkost delikat. Wenn ich gern an das Leben bei den Flachköpfen zurückdenken würde, dann würde ich jetzt nachrechnen, wie lange es her ist, seitdem ich die letzte warme Mahlzeit genossen habe.

Die langsam sinkende Sonne, die sich dem Untergang zuneigt, läßt mich nicht lange auf meinen bescheidenen Lorbeeren ausruhen. Wir müssen wieder auf dem Wasser sein, bevor die Dunkelheit anbricht, und wir haben noch eine Menge zu tun.

Auch den zufrieden wiederkäuenden Nogo muß ich wieder aufscheuchen. Jetzt suche ich nach jungen, frischen Bäumen, die bei der letzten Flut mitsamt ihren Wurzeln aus dem Boden gerissen wurden. Die Rinde brauche ich, um die Stämme zusammenzubinden, die elastischen Äste, um eine Hütte zu bauen.

Die Zeit drängt. Ich lasse Nogo bei dem Haufen ausgewählter Baumstämme stehen und kehre wieder zum Floß zurück. Ich grabe mit bloßen Händen den weichen Lehm am Wasser auf und schaufle ihn aufs Floß, je mehr, um so besser. Mit dem Bau kann ich auch morgen beginnen.

Dann wendet sich meine Aufmerksamkeit den Kieselsteinen zu. Ich suche mir welche aus, die man als Pfeil- oder Speerspitzen verwenden könnte. Als ich seinerzeit meinen Doktor machte, hatte ich nicht im Traum ahnen können, daß ich mein Wissen in der Steinzeit praktisch verwenden könnte. Wenn jener Teil der Horde, die überlebt hatte, nur einen Bruchteil von dem begriffen hatte, was ich ihnen über Steine beibrachte, wären sie durchaus in der Lage, mit ihren bedeutend besseren Steinwaffen die übrigen Stämme zu besiegen, die durch den Busch geisterten.

An einem Flußufer nach Steinen zu suchen ist für Kinder wie für Geologen ein faszinierender Zeitvertreib. Ich vergesse den Großen Fluß, die Gefahren, die im Bambus am Ufer lauern, ich vergesse Ort und Zeit und den Grund, warum ich da bin, nur die Steine sprechen unter meinen Händen. Diesen dunkelgrauen Brocken da würde ich vielleicht als Basalt bezeichnen, dieser rötliche Stein dürfte auch hierzulande der älteste sein, wie bei uns der Gneis ...

Da, ein Schrei! Ich greife nach meiner Steinaxt. Nogo steht wie versteinert auf der Sandbank und schaut in die Richtung, wo wir gestern mittag das riesige Aas gesehen hatten. Die Sandbank ist hoch genug, um mir die Sicht zu nehmen. Ich eile besorgt zu Nogo, um dann selbst wie gebannt jene Riesen anzustarren, die jetzt am anderen Ufer dieses namenlosen Flusses auftauchen. Es sind ihrer drei, ihr runder Buckel reicht bis zu den Baumkronen hinauf, ihr Hals schlängelt sich hoch über dem Wald.

Nogo macht auf dem Absatz kehrt.

»Laufen! Laufen!«

Auch jetzt habe ich nur den einzigen Trost für ihn bereit:

»Kraft von Wasser schützt uns, Tiere können nicht durch Wasser schwimmen.«

Die Riesen aber waten in den Fluß, ihre massigen Körper werfen Berge von Wasser ans Ufer.

Nun gibt es keine Macht mehr, die Nogo zurückhalten könnte. Er rennt brüllend und schreiend auf das Floß zu.

Auch meine Knie zittern, aber ich harre aus.

Zeig doch, daß du ein Mann bist! Das sind Pflanzenfresser. Solch massige Körper kann man nicht mit Fleisch ernähren. Dir kann nichts passieren, solange sie nicht auf dich treten.

Nogo hockt auf dem Floß und ruft mit weinerlicher Stimme nach mir. Aber nein. Ich muß diesem Flachkopf ein Exempel statuieren, wenn meine Vorhersage schon in die Hosen ging. Mein Mut und meine Tapferkeit müssen herhalten, um mein Ansehen wieder herzustellen. Der Fluß hier an der Mündung mißt fast 200 Meter, also brauche ich keine Angst zu haben. Wahrscheinlich sind die Biester nur zur Tränke gekommen, und bei Ur-Reptilien scheint es Brauch zu sein, gleichzeitig auch ein Bad zu nehmen. Auch bei den Aasfressern hält das Gewimmel unvermindert an, von den gewaltigen Ankömmlingen nimmt niemand Notiz.

Aber auch diese kümmern sich wenig um den Kadaver ihres Genossen, dringen immer weiter in tieferes Wasser vor. Die Strömung umfaßt sie wie eine Insel, ihr winziges Köpfchen schwimmt wie ein kleines Lebewesen acht bis zehn Meter vor uns her. Warum müssen sie so tief in den Fluß waten, wenn sie nicht trinken wollen? Haben sie vielleicht doch vor, über den Strom zu schwimmen? Warum? Soll ich mich auf das Floß retten oder bleiben wo ich bin?

Der gleiche Ton, der gleiche Ruf, den ich gestern morgen gehört habe, beantwortet meine Frage. Dort, wo der Trampelpfad der drei Pflanzenfresser sich im dichten Urwald verliert, taucht ein weiteres Riesenreptil auf. Der nach vorn geneigte Körper schwankt auf den gewaltigen Hinterläufen, mit den beiden kleineren krallenbewehrten Vorderfüßen fetzt es die Bäume auseinander. Aus seinem halb geöffneten Maul – Nogo hatte nicht übertrieben, »für ihn ist Krododil wie kleine Eidechse für mich« – blitzen fürchterliche Zähne hervor. Und wieder erschallt sein Gebrüll, während er über die Spur der Pflanzenfresser hinwegrast. Die Verfolgten sind mitten im Fluß, ihr Kopf schwankt noch weiter vor ihrem inselförmigen Rücken im Eifer der Flucht. Ich hätte nie geglaubt, daß diese Riesen so schnell schwimmen können. Auch das Raubtier ist bereits im Wasser, doch der Abstand wird nicht geringer, wird sogar etwas größer, offensichtlich ist die Gewichtsverteilung des »Menschen mit der Reptilienmähne« im Wasser bedeutend ungünstiger. Das Tier stolpert schwerfällig umher, sein großer Kopf taucht unter. Hätten die Pflanzenfresser nur etwas Grips, würden sie den Fluß nicht ganz überqueren, sondern sich eher in der Mitte treiben lassen – und dieser Gedanke ist nicht ganz uneigennützig, denn wenn die Biester den Strom durchschwimmen, dürften sie genau an jener Stelle landen, wo ich gerade stehe. An diesem Tag darf ich aber anscheinend keine Prognosen stellen. Die Tiere sind bereits über die Flußmitte hinaus und schwimmen geradewegs auf mich zu, als würde man sie mit der Angelschnur heranziehen. Wo soll ich hinlaufen? Vielleicht ins Ufergestrüpp? Das Wasser kann solch gewaltige Körper durchaus noch abtreiben, so daß sie nicht unbedingt oberhalb der Sandbank landen können.

»Nogo, laß das Floß stehen und lauf mir nach!«

Der aber rührt sich freilich nicht, weil er wegen der Sandbank die herannahende Gefahr nicht erkennen kann.

»Nogo, komm!«

Erst als er sieht, daß ich auf den Busch zurenne, springt er vom Floß und folgt mir mit hängender Zunge.

Bis er mich eingeholt hat, rühren die drei Riesen den Schlamm bereits am diesseitigen Ufer auf. Der Fluß erbebt, die gewaltigen Leiber tauchen aus dem Wasser auf. Am Ufer teilen sie sich. Zwei stapfen in Richtung Sandbank, während das dritte in unsere Richtung schwenkt. Vor Angst springt mir das Herz in den Hals. Das Biest wird mich einfach niederwalzen! Ich muß verrückt gewesen sein, mich in die Büsche zu schlagen, wo ich bei jedem Schritt mit Ästen und Ranken kämpfen muß. Ich versuche verzweifelt, mir einen Weg zu bahnen, während das Gestampfe der baumstammdicken Beine immer näher kommt. Endlich gelingt es mir, mich freizukämpfen – wobei Nogo nicht wagt, mir zu folgen – und laufe an der Uferböschung entlang flußaufwärts, weg von der Flußmündung. Hinter mir ist ein gewaltiges Tosen, der Pflanzenfresser bricht mit der Gewalt einer Lawine ins Dickicht ein, Bäume bersten krachend auseinander, trockene Zweige fliegen umher. Unwillkürlich werfe ich mich flach auf den Boden, und erst mit der Nase im Dreck stelle ich fest, daß alles für die Katz war. Ich springe auf die Füße, drehe mich um und stehe dem Tyrannosaurus Auge in Auge gegenüber, der auf mich zurast. Es gibt keinen Beweis dafür, daß er es nicht auf mich abgesehen hat – also brülle ich in Todesangst wie am Spieß und mache einen gewaltigen Satz zurück in Richtung Dickicht. Das Tier aber rast so nahe an mir vorbei, daß das schlammige Wasser, das von seinem Rücken spritzt, mich wie ein Regenschauer besprüht. Dann rennt das Biest in den Wald, die Spuren des Pflanzenfressers verfolgend. Ich bleibe noch lange liegen, genau in der Position, wo der Krampf des Entsetzens meinen letzten Sprung vereitelt hat, bis zum Gürtel im Busch versunken, während mir Äste und Zweige das Gesicht zerkratzen. Das Stampfen der Monster verliert sich allmählich in der Ferne.

»Die sind fort«, brummt Nogo hinter meinem Rücken.

Das Dickicht hat sein Fell ebenfalls gründlich zerzaust, Arme und Brust sind voller Kratzer und Striemen. Wahrscheinlich sehe ich auch nicht besser aus. Knieweich vor Entsetzen schleppe ich mich auf schwankenden Beinen zurück. Die Gegend an der Mündung sieht aus wie nach einer Explosion. Die beiden anderen Pflanzenfresser sind über die Sandbank hinweggestampft und haben im weichen lehmigen Boden Spuren wie Bombentrichter hinterlassen, die so tief sind, daß ich aufrecht darin stehen kann, und haben sich dann in den Großen Fluß gestürzt. Durch den Wellenschlag wurde unser Floß halb ans Ufer geschleudert, wo es jetzt liegt, das Feuer ist erloschen und ein Großteil des Abfallholzes schaukelt auf den Wellen unserer kleinen Bucht. Mir aber, der die Bescherung verzweifelt betrachtet, bleibt nichts weiter übrig als Resignation.

7

Das Verhältnis zwischen Licht und Finsternis, die sich regelmäßig ablösten, verschob sich immer mehr zugunsten des Lichts. Mit dem Licht kam das Blau nebst einem erhebenden Gefühl, während die purpurfarbenen Schattierungen, die plötzlich aufschienen und wieder erloschen, die Furcht vor abgrundtiefen Stürzen mit sich brachten. Dieses Blau rauf, Rot runter zerschlug wie ein gewaltiges Pendel die angenehm engen Mauern eines nur in Licht und Raum existierenden Bewußtseins und gebar gleichzeitig mit dem einbrechenden Zeitbegriff dessen Zwilling, die Persönlichkeit, und *ich* wußte bereits, daß ich irgendwo im unendlichen Raum in der Wiege blauer und roter Lichter schaukelte. Dann wurde die Unendlichkeit durch neue Inhalte erweitert, durch kalte und warme Wellen, die von der Farbe des Lichts abhingen, doch die Schaukel nahm die Eindringlinge nicht zur Kenntnis, wandte sich sogar gegen den Rhythmus des Lichts. Blau-kalter Sturz, rot-warmer Aufstieg, dann blau-kalt in Sturzrichtung, und warm und rot in der Tiefe. Dieser Zustand hielt sehr lange an, ohne die geringste Chance der Orientierung und Anpassung, während ich hilflos auf die immer bekannteren Signale einer neuen Wirklichkeit zusank.

Ich weiß nicht, wieviel Zeit auf diese Weise verstrichen ist – weitere Jahrhunderte des Erwachens –, bis sich endlich die Veränderungen zu neuen Formen der Erkenntnis verdichteten und ihrer Gesamtheit zu einer unerhörten Entdeckung führten: zur Existenz des Körpers, meines Körpers, zu einem stechenden Schmerz im Genick, zur krampfartig atmenden Brust, zu meinen zerschlagenen Gliedern.

»Aufwachen! Aufwachen!«

Ich wußte, daß ich aufwachen mußte. Dem gnadenlosen Willen, den die Stimme ausstrahlte, konnte ich nicht widersprechen. In meinem Kopf pulste das Blut in den Adern, das mein Herz nach oben getrieben hatte, mein Rückgrat wurde von Muskelkrämpfen nach hinten gebogen. Noch ein tiefer Atemzug, dann drang ein schwaches Wimmern aus meinen Lungen. Ich schlug die Augen auf und erwachte.

Mark saß auf dem Bettrand mit blassem Gesicht. Er schaltete die Folterinstrumente der Weckmanipulatoren und den Weckruf ab, erst dann wandte er sich an mich.

»Geht es dir gut?«

Meine Lunge gestattete es mir noch nicht zu antworten, weil sie ganz vom neuen Atemrhythmus erfüllt war. Ich konnte nur nicken.

»Sobald du aufstehen kannst, komm in den Navigationsraum«, fuhr Mark fort. »Ten ist schon dort. Wenn du Hunger hast, sag erst mal Dave oder mir Bescheid. Geh nicht allein an den Biogenerator!«

»Warum?« brachte ich zwischen zwei Atemzügen glucksend hervor.

»Der Generator ist gestört«, versetzte Mark. Sein nicht sehr heiteres Gesicht verdüsterte sich noch mehr. »Er hat einen Treffer abbekommen. Wir haben viele Treffer hinnehmen müssen, gewaltige Einschläge. Auch dieser Stern ist von einem Meteorengürtel umgeben wie unsere Sonne zwischen Jupiter und Mars. Mag auch sein, daß wir bereits im Außenbezirk der Kometensphäre getroffen wurden. Ich weiß es nicht. Schließlich ist es auch egal. Wir haben unser vorprogrammiertes Ziel erreicht und kreisen auf einer ellipsenförmigen Bahn um Tau Ceti. Mag sein, daß wir diesen Erfolg mit dem Leben bezahlen müssen.«

Jetzt glaubte ich zu begreifen, warum mich der Kommandant persönlich aus dem Tiefschlaf geweckt hatte, obwohl dies Aufgabe der Ärzte gewesen wäre. Ich erschrak bis ins Mark und fragte:

»Sind wir alle am Leben?«

Der Kommandant beruhigte mich.

»Schon, aber mit dir zusammen sind wir nur acht Personen wach. Die beiden Ärzte, Shing und Amar schlafen noch, weil der Luftaustauscher kaum funktioniert. Du weißt, daß es sich bei den Hibernatoren um Selbstversorgungsgeräte handelt. Dort funktionieren die Regeneratoren ordnungsgemäß, doch kann ihre Leistung lediglich den Bedarf der Hibernierten decken. Demnach dürfte nur derjenige ersticken, der wach ist. Dennoch müssen wir das sein, um die Photonenrakete wieder zur Erde zurückzuschicken.«

»Läßt sich der Biogenerator nicht reparieren?«

»Wir haben es bereits versucht, leider ohne Erfolg. Zum Glück ist reichlich Sauerstoff vorhanden, und der wird eingesetzt, um die Luft aufzufrischen. Doch haben wir derzeit keine Möglichkeit, das ausgeatmete Kohlendioxid zu entsorgen. Sooft wir also Sauerstoff zapfen, steigt der Druck an, das Kohlendioxid bleibt, und letzten Endes werden wir dann doch ersticken, wenn es uns nicht bald gelingt, die Photonenrakete wieder auf Erdkurs zu bringen.«

»Dazu reichen aber die beiden Navigatoren aus, du und Dave!« Die größere Gefahr, die ich jetzt witterte, ließ mich plötzlich alle körperlichen Qualen der Wiederbelebung vergessen. »Wenn wir nur so wenig Luft haben, warum sind dann die anderen vier ebenfalls wach?«

»Weil wir außer der Erdkursbestimmung auch noch andere Aufgaben zu erledigen haben. Unsere Rückkehr wird nämlich eben wegen der Luftknappheit nicht gerade alltäglich sein, um es einmal so auszudrücken. Weißt du, was g-Navigation bedeutet?«

Eine Stimme aus dem Aptator unterbrach ihn.

»Mark, Mark! Kannst du mal kommen?« drängte Till.

»Ja, sofort.«

Er ging. Ich ließ mich vom Vibrator gründlich und vorschriftsmäßig durchkneten, ging in den Duschraum, um zu baden und mich zu rasieren, dann machte ich alle Turnübungen nebst den vorgeschriebenen Tiefatemübungen durch. Darüber verging fast eine halbe Stunde, wo doch jede Minute kostbar war. Während der Übungen, die durch die Routine mechanisch abliefen, mußte ich immer wieder daran denken, was wohl die anderen machten. Ich stellte meinen Aptator auf Tills Wellenlänge ein. Im Kontrollraum rechneten die beiden Navigatoren und Mark mit Hilfe des Computers.

»... Gruppe c nach Feld Delta ...«

»... Warte ... die EF-Komponente noch einmal ...«

»... immer noch unbestimmt ...«

»... der Fehler liegt sicher nicht in unseren Berechnungen, da muß in der relativen Sternkarte ein Fehler sein ...«

»... unmöglich, das wurde daheim hundertmal durchgerechnet und nachgeprüft ...«

»... stimmt trotzdem nicht, der Unterschied macht fast drei Minuten aus, schau nur, zwei Minuten und zweiundfünfzig Sekunden, das kann doch nur ein Irrtum sein ...«

»... suchen wir nach einer anderen Komponente ...«

»... vielleicht, wenn wir das Alpha des Orion ...«

Das waren für mich böhmische Dörfer, und ich schaltete zum zweiten Kommandanten um.

»... wird es nicht schwerfallen, da hier keine Schwere vorhanden ist«, erklärte Dave. »Wir werden zwischen der hinteren Schleuse und der Tür zum Lagerraum der Photonenrakete ein Kabel spannen, befestigen einen Gleitschuh an einer der Tankhalterungen und lotsen dann mit einem zweiten Kabel die ganze Ladung rüber.«

»Das ganze Zeug rüberlotsen?«

»Es bleibt uns nichts anderes übrig, als sofort in Richtung Heimat zu starten; und das alles wäre für die *Wiking* nur toter Ballast. Bei einer Landung nach dem Prinzip der g-Navigation spielt jedes Kilo eine Rolle. Öffne den nächsten Raum! Wenn wir die Behälter auf diese Weise an der Korridorwand entlang festzurren, kann sich ein Mensch selbst im Raumanzug zur Not noch an ihnen vorbeidrücken, und dann ...«

»... warum müssen wir eigentlich zu Hause mit g-Navigation landen?«

Der Lärm, den die Tanks machten, die bewegt wurden, sagte mir, daß die Männer auch bei ihrer Unterhaltung am Werk waren.

»Sonst würden wir ersticken. Wir hätten es uns auch selbst ausrechnen können, doch nach dem Erwachen haben wir gleich den Computer gefragt: In Abhängigkeit zum Zustand des Biogenerators – wie lang dauert es, bis der Kohlendioxidgehalt unserer Atemluft so weit ansteigt, daß wir die Vergiftungsgrenze überschreiten? Der Computer nannte eine Zeitspanne von 38 Stunden, die sich durch verschiedene Manipulationen um 10 bis 12 Stunden verlängern läßt. Diese Zeit reicht nur sehr knapp aus, um die Rakete auf Heimatkurs zu bringen. Je mehr Komponenten aber die Navigatoren zur Verfügung haben, um so genauer sind ihre Berechnungen, doch dazu brauchen sie Zeit. Wir sind also wie die Schachspieler in Zeitnot geraten ... He, leg doch das Kabel an der anderen Halterung an, sonst kann sich der Tank querstellen ...«

»Okay, sprich weiter!«

»Die Regeneratoren des Hibernators sind intakt, also können wir während der Heimreise nicht ersticken. Bedenke aber, was passieren würde, wenn wir programmgemäß ins Sonnensystem zurückkehren würden und die Photonenrakete auf eine Umlaufbahn mit einem Radius von 1,2 astronomischen Einheiten einschwenken lassen, um dort auf die Transportrakete zu warten, die uns zur Erde, die *Wiking* und die Photonenrakete aber zum Mond bringt? Wir müßten aus dem Hibernator wieder in die gleiche kohlendioxid-verseuchte Atmosphäre hinaus, vor der wir aus den Schiffsräumen geflohen sind. Also ...«

»Verstanden. Am Ende unserer Reise müssen wir in einer Umgebung aufwachen, wo wir die Luft des Raumschiffes sofort austauschen können. Dies aber ist nur auf der Erde möglich. Warum können wir nicht dem Computer befehlen, all dies den Raumschiffen mitzuteilen, die uns entgegenfliegen, um uns zu empfangen? Die könnten doch innerhalb von Stunden den Luftaustausch vornehmen, wir aber müßten nicht die Schwierigkeiten der g-Navigation in Kauf nehmen.«

»Weil man zu Hause nicht weiß – und auch nicht

wissen kann –, wann wir eintreffen. Man erwartet uns in einem Zeitraum von 25 bis 32 Jahren und dies, das mußt du einsehen, ist eine ziemlich große Zeitspanne. Wenn wir schon auf der Herreise so viele schwere Einschläge hinnehmen mußten, so ist es leider durchaus denkbar, daß wir auch auf der Heimreise einige Treffer einstecken müssen. Wird aber die Antenne unseres Hochleistungssenders beschädigt, kann der Computer unsere Ankunft nicht signalisieren. Ohne Radiosignale aber ist die Photonenrakete tot und für die Großradaranlage auf dem Mond nichts weiter als einer unter Milliarden von Meteoren. Wenn dies eintreten sollte, können wir jahrzehntelang auf der Umlaufbahn kreisen, ohne jede Hoffnung, geortet zu werden. Das ist der Grund, warum wir uns nicht auf die Funksignale des Computers verlassen können. Wenn wir uns dagegen mit Hilfe der g-Navigation der Erde nähern, ist der Weg der Rakete von jeder Fremdsteuerung unabhängig ...«

»Ja, darüber bin ich mir im klaren. Der Gravimeter ortet die Erde – beziehungsweise die Masse, die der Erde entspricht –, veranlaßt den Computer, die *Wiking* auf eine Umlaufbahn um die Erde zu steuern, dann stellt er sich auf den minimalen Gravitationswert, das heißt auf die Äquatorebene ein, bewertet auf dieser Bahn den Gravitationsunterschied zwischen den Ozeanen und den Kontinenten – wobei natürlich bereits der Radar behilflich ist – und steuert das Raumschiff in Richtung Wasser.«

»Richtig, dies ist das Schema der g-Navigation. Solche Landungen kommen allerdings in einem Jahrhundert höchstens dreimal vor, weil die defekten Raketen oder solche, deren Besatzung tot oder hilflos ist, in der Regel auf der Äquatorbahn geortet und gerettet werden.«

»Genau. Wir aber streben nach noch größerer Sicherheit und rechnen gar nicht damit, daß ein solcher Fall eintritt. Nach unserem Programm sollen wir in irgendeinem Ozean auf der Erde wassern.«

»So ist es. Aus diesem Grund wird die Hibernation so eingestellt, daß wir erst dann erwachen, wenn der Computer bereits Frischluft aus der Atmosphäre getankt hat und wir saubere Seeluft atmen können.«

»Wenn wir nur schon so weit wären!« meinte Andrej mit einem tiefen Seufzer. »Was müssen wir bis dahin noch fertigbringen, wie viele Jahre noch als lebende Tote dahindämmern! Gregor könnte aber auch allmählich kommen, mit ihm kämen wir schneller weiter.«

»Ich eile!« rief ich in den Aptator. »Ich habe mitgehört«, fügte ich als Erklärung für meine unerwartete Reaktion hinzu.

Unsere Arbeit war nicht besonders schwierig, wenn sie auch besondere Umsicht und Sorgfalt erforderte. Wir mußten die gesamte Expeditionsausrüstung der *Wiking* in einen Lagerraum der Photonenrakete umladen. Diese riesigen Lagerräume dienten ursprünglich dem Zweck, die auf den Planeten gesammelten Muster, Gesteinsproben und Pflanzen aufzunehmen und auf diese Weise sicherzustellen, daß die *Wiking* im Lauf der Forschungsarbeiten niemals überlastet würde.

Bis Takura und Ten Ling die Kabelbahn montiert hatten und durch die Luftschleuse der hinteren Lagerraumöffnung wieder ins Raumschiff geklettert waren, standen nur noch einige wenige Behälter im Lagerraum der *Wiking,* während die anderen im Korridor in Reih und Glied aufgestellt waren. Mark aber bat Ten in den Navigationsraum, weil es Schwierigkeiten mit den Sternkarten gab und in solchen Situationen der Astronom als Fachmann allein zuständig war. Doch wir vier wurden in wenigen Minuten mit den restlichen Tanks und Behältern auch allein fertig. Dann stiegen auch wir in unsere Raumanzüge, schlossen die Tür zwischen Lagerkorridor und Unterkünften ab, wobei wir die hintere Luftschleuse vollständig öffneten.

»Gregor geht mit mir zum Lagerraum der Photonenrakete«, befahl Dave. »Andrej bleibt bei der Luftschleuse und wird die Behälter an die Knoten dieses Kabels anschließen, das ich hier in der Hand halte. Takura, du gehst in den Korridor zurück und sorgst dafür, daß sich die Tanks nicht verhaken.«

Takura stopfte das Kabelende in seinen Gürtel und begann sich das ausgespannte Seil entlangzuhangeln.

Dem fernen Beobachter hätte sich ein merkwürdiger Anblick geboten. Aus der Mitte der Photonenrakete ragte die *Wiking* wie eine kurze Achse, und auf dem dünnen, glitzernden Faden, der sich bis zum Rand der Scheibe spannte, kroch der Zweite Kommandant in seinem weißen, aufgeblähten Raumanzug wie eine fette Spinne entlang. Die Reaktion des Menschen auf die Unendlichkeit des Raums ist grundverschieden. Ich habe oft Monteure um Raumstationen herumschweben sehen, die mit Hilfe ihrer kleinen Raketenpistolen die unmöglichsten Kapriolen vollführten und den Zustand der Schwerelosigkeit offensichtlich genossen. Ich aber gehörte leider zu denen, die der Raum mit entsetzlicher, schwindelerregender Kraft anzog. Ich hielt mich krampfhaft am Seil fest, obwohl ich wußte, daß mir auch dann nichts passieren würde, wenn ich es losließe. Ich würde nicht abstürzen, nur leicht dahinschweben. Dennoch war ich nicht in der Lage, mein Entsetzen zu bekämpfen, vielmehr hatte ich das Gefühl, zwischen die Sterne zu stürzen, oder daß diese mit der trügerischen Wirklichkeit eines pulsierenden Alls auf mich zurasten. Ich schloß die Augen, ließ die Hände tastend über das Seil gleiten und hangelte weiter, erfüllt von Angst und Entsetzen. Dann prallte etwas gegen meinen Helm, und Daves Stimme brachte mich in die Wirklichkeit zurück, der verwundert fragte:

»Was treibst du denn, Mann? Hättest mich um ein Haar ins Lager gestoßen!«

Der Weltraum lag irgendwo hinter meinem Rücken, vor mir die breite, gähnende Tür der Photonenrakete und das Ende des Kabels an einem Haken festgezurrt, unseres Seils, an dem wir hierher gehangelt waren. Dave schwebte etwas weiter entfernt, abgetrieben durch den Schwung, mit dem ich ihn gerammt hatte.

»Also los, zieh die Behälter herüber! Ich werde da drin Ordnung schaffen, kenne mich besser aus als du.«

Ich drehte mich um. Unter mir in einer Tiefe von etwa 150 Metern erblickte ich im Rumpf der *Wiking* die offene Luftschleuse, dahinter, daneben und darüber – freilich weiß ich, daß solche Ortsbestimmungen wenig Sinn haben – war der Weltraum mit seiner fürchterlichen, faszinierenden Unendlichkeit. Mir wurde wieder schwindlig, ich ließ die Laderaumtür los und begann zu schweben. Dave aber packte mich am Schulterstück meines Raumanzugs und zog mich auf die Schwelle zurück.

»Ich kenne dieses Gefühl. Versuche dich zu beherrschen!«

Er versuchte zu lachen, aber sein Lachen hörte sich in meinem Kopfhörer gekünstelt an. »Betrachte das alles als Dekoration«, meinte er und deutete mit einer Geste auf die Sterne, »stell dir einfach vor, daß du gar nicht da bist, sondern dir in Geovision einen spannenden Film anschaust.«

Es fiel mir nicht leicht, seinem Rat zu folgen, doch schließlich half mir der Zuspruch doch weiter. Ich versuchte, in keine andere Richtung zu blicken, und beobachtete krampfhaft die silberne Perlenschnur der Behälter, die aus dem Bauch der *Wiking* glitten und wie vielgliedrige Meerestiere auf uns zuschwebten. Andrej und seine Mannschaft hatten gute Arbeit geleistet, das Zugseil blieb kein einziges Mal hängen. Als auch der letzte Behälter sein Ziel erreicht hatte, rief mich Dave in den

Laderaum, um ihm beim Verstauen der Ladung zu helfen. Der Laderaum war eine gigantische Halle, und Dave schwebte in ihr herum wie eine riesige Fledermaus. Endlich hatten wir die Tanks festgezurrt und ließen uns auf der Galerie zu einer Ruhepause nieder. Dave schaute sich traurig in dem gewaltigen Raum um, in dem die Ladung gemessen an den Dimensionen fast zu einem Nichts zusammenschrumpfte.

»Wäre unsere Expedition anders verlaufen«, meinte er mit einem Seufzer, »was hätten wir hier alles zusammentragen können! Eine Fülle wissenschaftlicher Schätze, für die es daheim zweier Generationen bedurft hätte, um sie zu bearbeiten. Und jetzt? Wir haben unsere eigene Ausrüstung verstaut, die diese wunderbare Rakete umsonst hierher gebracht hat. Weißt du, was das bedeutet, Gregor? – Wir sind gescheitert. Ich könnte heulen, wenn ich daran denke, und es will mir einfach nicht in den Sinn. Was bleibt noch übrig? Nichts weiter als der verzweifelte Versuch, dies alles und uns auf irgendeine Art und Weise dorthin zurückzubringen, wo wir hergekommen sind.«

Gelegentlich kommt es aber auch vor, daß der Schwache aus tiefster Verzweiflung neue Kraft schöpft.

»Du darfst aber nicht vergessen«, sagte ich, »daß wir auch Erfolge aufzuweisen haben. Zunächst einmal sind wir lebend hierher gelangt, und du hast soeben zu Andrej gesagt, daß wir auch lebend zurückkehren möchten. Zumindest ist es dies, worum sich unsere Navigatoren bemühen. Wenn es gelingt, haben wir bewiesen, daß eine solche Reise möglich ist und daß diejenigen, die uns nachfolgen, mehr Glück und Erfolg haben werden.«

Trotz der schlechten Beleuchtung und der Sichtscheibe, die uns blendete, konnte ich seinen anerkennenden Blick erhaschen.

»Vorhin habe ich fast gemeint, du hättest Schiß!«

»Ach was!« sagte ich brüsk.

Nach den Tanks und Behältern wurden die Geländefahrzeuge und die kleinen Hubschrauber umgeladen, die sich hinter einer weiteren Luftschleuse im Bauch der *Wiking* verbargen. Diesmal gesellte sich der schweigsame Takura zu Dave, während wir mit Andrej die teuren, aber nutzlosen Fahrzeuge von der *Wiking* aus in Marsch setzten. Andrej streichelte traurig die stromlinienförmige Verkleidung unseres Geländefahrzeugs, die vermutlich allen nur möglichen äußeren Einflüssen widerstanden hätte.

»Wie gern hätte ich das Ding auf irgendeinem Planeten ausprobiert! Diese großartigen Vehikel haben innerhalb des Sonnensystems niemals einen ebenbürtigen Gegner gefunden. Für sie waren die Sandstürme des Mars nichts weiter als eine leichte Brise, und auch auf der Venus gab es kein Gelände, das sie nicht meisterten. Hier hätten sie Gelegenheit gehabt, um ihre Leistung unter Beweis stellen zu können.«

Bei den Umladungsmanövern war sehr viel Zeit vergangen, und als wir schließlich nach getaner Arbeit aus unseren Raumanzügen schlüpften, merkten wir erst, wie schlecht und verbraucht die Luft im Passagiertrakt war. Obwohl wir versuchten, tief und krampfhaft zu atmen, brachte das Kohlendioxid, das die Atemorgane reizte, das qualvolle Gefühl des Luftmangels mit sich. Am liebsten wären wir wieder in unsere Raumanzüge geschlüpft.

»Von euch drei legen sich zwei jetzt aufs Ohr«, empfing uns Mark, auf die Doppelkabinen im Hibernator hinweisend.

Die beiden Ingenieure hoben die Hand zum Protest, doch der Kommandant winkte ab.

»Leider ist diesmal nicht das Fachwissen, sondern der Gesundheitszustand entscheidend. Mit den kleinen Automaten kann jeder gleich gut rechnen. Dave, check sie durch!«

Dieser bewundernswerte Schwarze verstand sich aber auch auf alles, obwohl dies in unserer komplizierten Zeit fast unmöglich schien. Die ärztliche Untersuchung aber führte zu einem überraschenden Ergebnis. Dave hatte zwar gewünscht und gehofft, daß einer seiner Ingenieure wach bleiben dürfte, doch ehrlich wie er war, verkündete er wahrheitsgemäß:

»Bei Gregor habe ich die geringsten Veränderungen festgestellt.«

Mark schaute mich verwundert an, dann mußte er lachen.

»Sieh mal einer an! Der Held der *Elektra*. Du übertriffst ja deinen eigenen Ruhm!«

Ich wurde wütend, weil mir trotz des Untersuchungsergebnisses hundeelend war. Mein Kopf dröhnte, und ich glaubte zu ersticken, obwohl ich mir die Lungen mit Luft vollpumpte. Außerdem weckte er in mir die Erinnerung an die *Elektra*, an die leeren, toten Korridore. Auch jetzt witterte ich die Gegenwart des Todes, obwohl sie diesmal nicht so offensichtlich war.

»Ich weiß wirklich nicht, wozu ich fähig bin. Und die *Elektra* sollten wir gerade *jetzt* besser nicht erwähnen.«

Der Kommandant boxte mich in den Rücken.

»Recht hast du, lassen wir's lieber bleiben. Oder, wie man früher sagte, wir sollten den Teufel nicht an die Wand malen.« Sein Lächeln erstarb, und er setzte bitter hinzu: »Wenn wir es nur mit dem Teufel zu tun hätten. Das wäre immer noch einfacher als diese Entfernung und die ungenauen Sternkarten.«

Wir versuchten, uns von den beiden Ingenieuren fröhlich zu verabschieden, doch es mußte ein Blinder mit dem Krückstock merken, daß diese Fröhlichkeit nur aufgesetzt und nicht aufrichtig war. Wir umarmten uns gegenseitig, wünschten uns angenehme Träume, aber hinter unseren Worten verbarg sich der Zweifel, ob es am Ende dieses langen Schlafes überhaupt ein Erwachen geben würde und wie viele von uns dies erleben würden.

Die Zeit verging. Ihr unregelmäßiger Rhythmus riß manchmal aus, manchmal aber auch schleppten sich die Minuten dahin wie unsere erstickenden, schwer gewordenen Körper in der immer dichteren, immer verbrauchteren Luft. Mit weit aufgerissenem Mund – wobei unsere Kiefermuskeln in schmerzlichem Krampf erstarrten – versuchten wir, unsere Lungen bis zum Platzen zu füllen. Unsere Kehle war ausgetrocknet, jeder Atemzug war von Geräusch begleitet, von einem heiseren, schweren Keuchen als drohende Untermalung unseres verzweifelten Daseins. Die Korrektur der Sternenkarten war gelungen, daß heißt, daß die Navigatoren mit Ten Lings Hilfe genügend fehlerfreie Komponenten gefunden hatten und nur noch das Einspeisen der Kursdaten in den Computer übrig blieb.

Dieses *nur* bedeutete allerdings noch zahlreiche lange Stunden, einen verzweifelten Wettlauf mit dem Erstikken, mit dem Gift Kohlendioxid, das jedesmal zunahm, sooft wir ausatmeten. Der Druck hatte längst den Normalwert überschritten und war allmählich auf anderthalb, dann auf zwei Atmosphären gestiegen.

Wir versuchten Abhilfe zu schaffen, indem wir die Tür zum Laderaum öffneten – während der Umladearbeiten war nämlich die Luft entwichen –, doch innerhalb weniger Sekunden war die Luft im Wohnbereich derart abgekühlt, daß wir Mühe hatten, sie wieder aufzuheizen.

Dicker Reif legte sich auf alle Gegenstände, und ein Teil unserer Instrumente war durch die plötzliche Abkühlung gefährdet. Dies war also ein ungangbarer Weg.

Es blieb uns also nichts weiter übrig, als wieder zum Sauerstoff zu greifen, doch der Druck stieg mit jeder Flasche, die wir öffneten, weiter an. Trotzdem hatten wir keine andere Wahl, weil wir die Programmierung beenden mußten, wenn wir heil nach Hause kommen wollten.

Die Arbeit des Astronomen war nach Auswertung der fehlerfreien Komponenten beendet, und weil bei der Programmierung des Computers nicht mehr als vier Leute gleichzeitig arbeiten konnten, hätten wir uns ruhig schlafen legen können. Doch Ten Ling hatte eine andere Idee.

»Ich möchte noch etwas erledigen«, bat er den Kommandeur. »Wenn wir ins Observatorium gehen, werden wir hier in der Navigation die Luft nicht verpesten, werden wohl auch jene Zeitspanne nicht wesentlich verkürzen, die noch übrigbleibt. Ich werde das Planetoskop einschalten, vielleicht gelingt es uns, ein oder zwei Planeten dieses Systems zu orten. So könnten wir wenigstens ein Bruchteil unserer Expeditionsaufgabe erfüllen. Allerdings nur, wenn auch Gregor einverstanden ist.«

Noch nie hatte ich mir so sehr gewünscht, mich von der Wirklichkeit abzusetzen, die mich umgab, wie in diesem Augenblick, und ich verwünschte die Konstrukteure, die für uns Doppelkabinen vorgesehen hatten.

Die Opferbereitschaft des kleinen Chinesen war für mich Wahnsinn und Heldenmut zugleich. So oder so aber war sein Angebot anerkennenswert, und ich konnte mich nicht gut widersetzen.

Auch Mark war am Ende seiner Kräfte, und das, was in ihm noch vorhanden war, sparte er sich für den Computer auf. Er stimmte unserer Entscheidung knurrend zu, ohne auch nur einen Blick auf uns zu verschwenden. Die Rolläden vor den Fenstern des Beobachtungsraums versanken auf Knopfdruck im Rahmen. Von der einen Seite fiel das blendende Licht des Tau Ceti ein, während auf der anderen die zahllosen Sterne des Alls schimmerten.

»Die Theorien für die Entstehung der Planetensysteme stimmen damit überein, daß die Planeten ihre Sonne jeweils etwa auf der Äquatorebene umkreisen. So ist es bei uns, und es gibt kaum Grund für die Annahme, daß es hier anders sein soll«, erklärte Ten, während er das hochempfindliche Instrument einstellte. »Darum will ich zunächst unsere Umgebung in diesem Raum durchforschen.«

Die Kontrollampen des Planetoskops leuchteten auf, das Instrument begann zu arbeiten.

»So, jetzt können wir eine Weile nichts weiter tun als abwarten.«

Ten war durch das Aufputschmittel, das Dave uns verabreicht hatte, ungewöhnlich lebhaft und gesprächig geworden, und auch ich spürte, daß mein Kopf etwas klarer wurde.

»Ich weiß, daß dies nicht gerade der geeignete Zeitpunkt zum Philosophieren ist«, fuhr er fort, »aber mir ist etwas eingefallen. Der Weltraum birgt keine sensationellen Wunder, wie der Mensch glaubte, als er sich auf den Weg ins All machte. Es gibt nur allgemein gültige Gesetze, statistische Durchschnittswerte, Übereinstimmungen, die sich aus identischen Bedingungen ergeben. Schaut euch das Licht dieses fremden Sterns einmal an. Würde man einen erfahrenen Astronauten kommentarlos in diese Kabine setzen – ohne ihm zu verraten, wo er sich befindet –, was meinst du wohl, welche Schlüsse er ziehen würde? Das dort ist die Sonne« – er deutete auf die feurige weiße Scheibe –, »und würde er, wenn er das Licht von Tau Ceti nur mit Hilfe der üblichen Routinemessungen untersuchte, im Spektrum, in der Strahlungsintensität und in der Sternmasse nur Abweichungen in einer Größenordnung finden, die er mit Recht innerhalb der Fehlergrenzen seines Instruments tolerieren würde. Er würde meinen, daß er sich irgendwo in einer Entfernung von sieben bis acht astronomischen Einheiten von der Sonne befindet.«

Die Luft hatte sich durch die Strahlen erhitzt, die durchs Fenster fielen, im Raum herrschte eine brütende Hitze, doch Ten schien dies nicht zu stören.

»Und wenn er auf der anderen Seite durchs Fenster guckt? Was wird er da für Abweichungen feststellen? Einen Teil der Sternbilder würde er freilich nicht kennen. Aber was sind denn Sternbilder überhaupt? Der Große Bär, die Cassiopeia, der Orion und all die anderen? Nichts weiter als ein jahrtausendealtes Spiel des menschlichen Geistes mit dem Himmel, die wir als hübsche, angenehme, gefällige Überlieferung übernommen und belassen haben – doch mit den großen Zusammenhängen haben sie absolut nichts zu tun.«

»Was willst du damit sagen?«

»Nichts weiter, als daß ...« Er hielt inne und suchte nach Worten. »Ich möchte die Größe und die Bedeutung unserer Reise nicht herunterspielen. Vom menschlichen Standpunkt aus gesehen ist es eine gewaltige Leistung. Wir haben den Sprung in eine neue, bisher unbekannte Dimension gewagt, die der Mensch bisher – selbst in den Jahrhunderten der Planetenforschung – nur in Gedanken erreicht hat, doch dies war auch der Grund, warum diese Dimension keine greifbare Realität besaß. Wir aber haben diese Reise gewagt, und das ist mehr als wir seit unserer Menschwerdung jemals erreicht haben. Will ich aber dies alles in galaktischen oder stellaren Dimensionen messen, so muß ich feststellen, daß wir letztlich so gut wie keinen Schritt weitergekommen sind.«

»Wie meinst du das?«

»Vielleicht kann ich es am besten durch ein Gleichnis erklären. Stell dir vor, du stehst im Sand an der See, die Wellen branden ans Ufer, über dir schweben Wolken dahin, hinter dir wiegen sich Bäume im Wind ... Und jetzt ...« Er hielt inne.

Sein Gleichnis war leider nur zu gut, um alles das vor

Augen zu führen, was er sagte. Nur derjenige kann ermessen, wie quallvoll, ja wahnsinnig die Sehnsucht nach der Erde sein kann, der je in einem Raumschiff eingesperrt war mit einer so verschwindend geringen Hoffnung und Aussicht auf eine Rückkehr, wie wir hier im Bereich von Tau Ceti. Und als Ten es ausgesprochen hatte, geriet er unweigerlich selbst in den Bann seiner Schilderung, in den Bann dieser Bilder, die er heraufbeschworen hatte. Wir verstanden uns auch ohne viele Worte, und zwischen uns in der engen Kabine schwebte fast greifbar die Erinnerung an die See, an Wolken und Wind, an Wellen und Bäume, an *grüne,* schattenspendende Bäume.

Wir saßen eine Weile schweigend da, dann griff Ten vor seinen Augen in die Luft und streckte den Rücken.

»Nun ja. Bleiben wir bei unserem Gleichnis: Du stehst also am Ufer, wie gesagt, und trittst dann einen Schritt vor. Und was ist geschehen? Wie weit hat sich das Bild um dich herum verändert? So gut wie gar nicht. Du siehst dasselbe wie vorhin, hast den gleichen Sand unter den Füßen wie vor wenigen Sekunden. Darum auch hätte der vorhin erwähnte Astronaut recht: Auch das hier ist eine Sonne«, er wies auf die glänzende Scheibe, dann schloß er endlich die Jalousien, sperrte das blendende Licht aus, so daß die Kabine in angenehmer Dämmerung versank, »sie besitzt Planeten wie unsere Sonne auch, und diese Planeten unterscheiden sich – aus dem Blickpunkt der Galaktik – durch nichts von den unseren. Sie wurden von den gleichen Kräften aus den gleichen Elementen gebaut, auch ihre Masse dürfte nicht wesentlich von den durchschnittlichen Planetenmassen abweichen, weil auch dies ein allgemein gültiges Gesetz ist.«

»Tatsächlich gleiche oder ähnliche Planeten?«

»Sicher, aber wie ich bereits sagte: nach den Gesetzen der Galaktik. Was sich aber bei näherer Betrachtung vom Blickpunkt des Menschen aus gesehen herausstellt, ob nämlich Leben auf ihnen vorhanden ist – und wenn ja, was für ein Leben –, das kann ich natürlich nicht wissen. Und leider werden wir es auch nie erfahren.«

Er winkte erschöpft ab. Er hätte in einem Atemzug nicht so viel reden dürfen. Wir schwiegen, und jeder war mit seinen eigenen Gedanken beschäftigt.

Im Dämmerlicht der Kabine waren die Sterne auf der anderen Seite, die bisher nur blaß geschimmert hatten, plötzlich gewachsen; ihre Strahlen drangen wie Pfeile durch das dicke Glas. Und wieder erfaßte mich der Strudel der Unendlichkeit, wie vorher am Seil. Mein Blick stolperte von Stern zu Stern, weiter, immer weiter und immer tiefer und suchte vergebens nach einer Grenze des Alls.

Nein, der Mensch wird niemals die Sternenwelt beherrschen. Wenn er sich hinauswagt, mag er vielleicht noch weiter vordringen als wir, heldenhaft über sich selbst hinauswachsend, auf immer vollkommeneren Maschinen, die sein schöpferischer Geist erfindet. Er mag auch eine Zeitlang dem Weltraum die Stirn bieten und sich behaupten, doch wird der Weltraum stets sein Leben bedrohen, das auf der Eiweißsynthese basiert, und dieses Leben schließlich vernichten. Wenn er die Gesetze des Kosmos auch nur für einen Augenblick mißachtet oder verletzt, muß er vergehen, und seine Atome werden mit der ewigen Bewegung der Materie verschmelzen, deren Dimensionen jedes irdische, jedes menschliche Maß überschreiten.

Du bist schwach und unendlich schäbig, signalisierte das Sternenlicht. Unsere Gesetze sind die starken, die einzigen Gesetze. Du bist nur die Ausnahme, ein Grenzfall der Wahrscheinlichkeit, ein Gefangener der Strahlung, des Drucks und der Gravitation auf einem winzigen Gebiet des Kosmos. Du hast es nur geschafft, in unsere Mitte einzudringen, weil du unsere Gesetze erkannt und mit entsetzlicher Mühe die Bedingungen, denen du das Zustandekommen deines organischen Lebens vor hunderten Millionen von Jahren zu verdanken hast und deren Sklave du für alle Zeiten bleiben wirst, mitgeschleppt hast.

Doch um das Unbekannte, das, was du ersehnst, zu finden, reicht deine Kenntnis unserer Gesetze bei weitem nicht aus. Du hast einen Anlauf genommen und bist in die Unendlichkeit gerast, bist aber kaum einen Schritt weitergekommen, und schon wurde das Schneckenhaus, das du mitgebracht hast, durch ein paar Staubkörner beschädigt. Und jetzt bleibt dir anstatt Forschung und Heldentum nur ein Ausweg übrig, wenn du die heimatlichen Fluren je wiedersehen wirst: du mußt dich unseren Gesetzen beugen und sie besser erfüllen als bisher, oder du wirst für immer unter uns bleiben.

Aus dem Planetoskop erklang ein leiser Summton, und Ten rief erregt aus:

»Wir haben den ersten Planeten im Visier! Ich werde die Daten vermessen.«

»Nur die Koordinaten und die ungefähre Masse. Dann aber such weiter, mehr Zeit haben wir nicht. Sollte irgendwo noch etwas Zeit übrigbleiben, kannst du das nachträglich berechnen. Gregor aber soll herkommen; sein Sauerstoffvorrat ist fast erschöpft.«

Ten schaute mich zweifelnd an.

»Wir könnten noch eine Weile durchhalten, wenn wir dadurch etwas mehr Zeit gewinnen ...«

»Nein. Felix und Robert werden sowieso nicht mehr lange mitmachen können. Euer Anteil dürfte kaum ins Gewicht fallen.«

Sauerstoff! Ich spürte bereits den kühlen Geschmack auf der Zunge, den Genuß des ersten Atemzugs, wenn die wahnsinnige hilflose Spannung, die Angst vor dem schleichenden Erstickungstod für wenige Minuten nachläßt.

Ich hangelte mich den Korridor entlang. Außer der dichten, verbrauchten, stickigen Luft deutete nichts darauf hin, daß irgend etwas nicht in Ordnung wäre. Die Lampen brannten und beleuchteten gleichmäßig jeden Winkel.

Plötzlich ging ein Beben durch die *Wiking*, das mich gegen die Wand warf, doch die Schwerelosigkeit stellte sich sofort wieder ein.

»Verzeihung«, entschuldigte sich Mark durch den Aptator. »Felix hat versehentlich auf den Knopf einer Steuerrakete gedrückt. Wir sind daran, auf Kurs zu gehen, doch vor dem nächsten Korrekturmanöver werden wir uns melden.«

Was mich stutzig machte, war nicht der Sturz – ich war aus einer Entfernung von knapp einem halben Meter gegen die Wand geknallt –, sondern die Erklärung, Felix hätte aus *Versehen* den Startknopf gedrückt. Sind wir bereits so weit? Was wird aus der Lösung der wirklich ernsten Probleme, wenn bereits ... Doch mir blieb keine Zeit mehr zum Grübeln, weil Tills Stimme wieder erklang und verkündete:

»Achtung, Achtung, wir starten! Countdown läuft. Zehn ... neun ...«

Das Raumschiff erbebte unter kleinen, ruckartigen Stößen, die Gravitation lief die Korridore entlang, so wie die kleinen chemischen Raketen am Rand der Photonenrakete zündeten, um die gewaltige Masse auf Kurs zu bringen. Das war ein Gefühl, als würde man in einem Rohr liegen, das von der Hand eines Riesen hin und her gerollt wird – ein scheußliches Spiel, das selbst einen leeren Magen zum Überkippen bringen könnte. Ich hielt eine Weile durch, indem ich mich an der Korridorwand festklammerte und diese von einem Augenblick zum anderen einmal als Decke, dann wieder als

Boden empfand, doch dann hielt ich es einfach nicht länger aus.

»Mark!« rief ich. »Wie lange dauert das noch?«

»Soeben ist Schluß«, beruhigte er mich.

Der Riese versetzte dem Rohr gelangweilt noch einen letzten Tritt, die Welt drehte sich zweimal um mich, dann setzte der segensreiche Schwebezustand wieder ein.

»Etwa zehn Minuten Pause«, verkündete Till, bevor ich den Navigationsraum erreichte. Drinnen empfing mich ein niederschmetternder Anblick. Mit Ausnahme von Dave lagen alle auf ihren Sitzen angeschnallt, Felix mit geschlossenen Augen, den Kopf auf die Schulter gekippt. Dave war gerade daran, ihm die Nadel einer Spritze in den Arm zu stoßen.

»Vielleicht hilft ihm das wieder auf die Beine.«

Till schüttelte kraftlos den Kopf.

»Laß es gut sein, Dave! Wir werden auch ohne ihn fertig. Bringt ihn in den Hibernator.«

Felix schlug die Augen auf und versuchte flüsternd zu protestieren. Dave schaute fragend auf Mark, der nicht viel besser dran war als Felix. Er schnappte mit den Zähnen nach der Sauerstoffleitung, die an der Rückenlehne des Sitzes befestigt war, und nahm ein paar tiefe Züge, erst dann konnte er wieder sprechen.

»Gregor soll Ling Sauerstoff bringen. Ich werde die Nachberechnungen der Korrekturen vornehmen, er soll meine Arbeit übernehmen. Nach der nächsten Kurskorrektur bringt ihr Felix nach unten.« Felix wollte etwas sagen, doch seine Worte gingen in einem pfeifenden Husten unter. »Da hast du's – also keine Widerrede! Es ist keine Schande, daß du's nicht verträgst. Es ist eher ein Wunder, daß wir überhaupt noch einigermaßen durchhalten können.«

Dave drückte mir den großen, ballonförmigen, elastischen Behälter in die Hand, in die er aus den Flaschen

Sauerstoff gezapft hatte. Er schubste mich aus der Kabine, schloß die Tür hinter sich, ergriff mein Handgelenk, und ich konnte das leise Klicken hören, als er meinen Aptator ausschaltete. Dann legte er die Hand auf sein Gerät und sagte leise:

»Los, beeil dich ... Sag Ten, er soll weiter vermessen, bis ich ihn anrufe, weil ich befürchte, daß wir ihn bald brauchen werden. Ich möchte Mark nicht beunruhigen, darum diese Botschaft«, setzte er hinzu, auf seine Bewegung von vorhin anspielend, »und er soll reichlich Sauerstoff verbrauchen. Jetzt ist schon alles egal. Entweder es gelingt, oder es gelingt nicht. Also los!« meinte er und gab mir zum Abschied einen Stoß, der mich den Korridor entlangschleuderte.

Ten blickte nicht von seiner Arbeit auf, als ich hereinkam.

»Ich habe auch einen zweiten und dritten Planeten gefunden«, sagte er, dann setzte er fast beleidigt hinzu: »Ich weiß nicht, warum Dave dieses großartige Ergebnis so kurz abgetan hat, als ich ihm vorhin die Nachricht durchgab. Hast du es noch mitbekommen? Oder ist was passiert?«

Unterwegs war ich mehr als einmal der Versuchung nahe gewesen, das Ventil des Ballons zu öffnen, um endlich die ersehnte Kühle in meinem Hals zu spüren, und jetzt wollte der vorher noch eine Erklärung! Satt einer Antwort richtete ich den dünnen Strahl auf sein Gesicht, dann ließ ich den Sauerstoff auf mich einwirken, ließ ihn in meinen offenen Mund, auf meine Zunge, in meine Nase strömen und konnte nicht genug bekommen. Endlich ließ der ringförmige Druck nach, der auf meiner Lunge lastete. Erst dann bedeckte ich seinen Aptator mit der Hand und übergab ihm Daves Botschaft. Offensichtlich aber kreisten seine Gedanken immer noch um die weiteren Planeten, weil er nur mit einer kurzen Bemerkung reagierte:

»In Ordnung, gebt mir Bescheid!«

Seine Gleichgültigkeit brachte mich in Rage.

»Mann! Begreifst du denn nicht? Es geht um unser Leben! Nimm doch endlich Vernunft an!« schrie ich und schüttelte seinen Arm. »Felix ist schon halb hinüber, Mark ist nicht viel besser dran, und es ist uns immer noch nicht gelungen, die Triebwerke auf den richtigen Kurs einzustellen. Für dich aber scheint alles in Ordnung zu sein!«

Ten erhob die Stimme kaum merklich, doch das war mehr, als wenn ein anderer gebrüllt hätte. Er streckte die Hand aus und hielt meine rudernden Arme fest.

»O nein, mein Freund! Doch für die Wissenschaft ist es unwichtig, nach dieser Reise zu erfahren – ganz gleich ob durch uns oder durch den Computer –, wie unsere letzten Stunden waren, auf welche Weise wir unsere menschliche Würde verloren haben. Um das zu erfahren, wäre es wirklich schade gewesen, uns so weit hinauszukatapultieren. Was sie brauchen, sind Daten, dies da« – er deutete auf das Planetoskop, das mit einem Summton die Ortung des vierten Planeten meldete –, und keine Hysterie! Damit können wir nichts erreichen.«

Wir standen still und stumm einander gegenüber. Ich mußte mich schämen, und für einen Augenblick fürchtete ich, daß ich etwas weit Schamloseres tun – ihm nämlich eine kleben würde. Meine Hand ließ den Behälter los, aus dem der restliche Sauerstoff leise zischend entwich. Das Ventil kam irgendwie nach unten zu liegen, und der geschrumpfte, faltige Ballon flog schnarrend auf Tens Gesicht zu. Er schob das Ding sanft beiseite und sagte sehr leise – und diesmal war er wieder der alte Ten Ling:

»Mit Anstand und Würde zu sterben ist ebenfalls eine große Sache, wenn einem keine andere Wahl mehr bleibt. Beruhige dich, Gregor, geh zu Dave zurück, und ruft mich, wenn ihr mich braucht! Bis dahin ...«

Er ließ den Satz unvollendet, weil ihn wieder der Summton seines Instruments rief.

Die wohltuende Wirkung des Sauerstoffs war schnell dahin, meine Brust wurde wieder eng, und ich schleppte mich keuchend und schwer atmend den Korridor entlang. Obwohl es nun wirklich ziemlich gleichgültig war, was uns am Ende unseres langen Siechtums im Tode erwartete, bedrückte mich nach wie vor jene entsetzliche Entfernung, die uns von der Erde trennte. Alles das, was wir hier halbtot noch erledigen wollten, war nur eine Vorbereitung für jenen gewaltigen Sprung, dessen Endziel – nach gut zwei Jahrzehnten – der von hier aus unsichtbare Planet eines blassen kleinen Sterns war, unsere Heimat, unsere Erde. Würden wir sie je erreichen?

In der Navigation wurde ich wortlos empfangen. Dave hatte die Sicherheitsgurte des bewußtlosen Felix gelöst. Till und Mark arbeiteten am Computer. Sie brauchten auch die letzten Kraftreserven und mußten all ihr Wissen und Können einsetzen, um die größte – und vielleicht auch die letzte – Aufgabe ihres Lebens zu bewältigen, nämlich die Photonenrakete auf Kurs zu bringen.

Der Computer folgte in atemberaubendem Tempo Tills Befehlen, als würde sich seine Denkbereitschaft, die allwissende Kapazität seines Speichers auch auf irgendwelche Gefühlskategorien erstrecken, so daß er jetzt fürsorglich bereit war, jede nur denkbare Hilfe zu leisten.

Aber in der allzeit dienstbereiten Masse der Instrumente und der blinkenden Signalleuchten blieb nach wie vor ein einziges Gerät feindlich und unbestechlich, eins der ältesten und einfachsten überhaupt: die Uhr. Die Sekunden eilten rastlos und gierig dahin, und jede Minute, die verstrich, wurde signalrot angezeigt: – Die Zeit eilt, die Zeit verrinnt – und unser Leben mit ihr.

»Achtung, Achtung! Countdown läuft!« Till wollte auch halbtot nicht von den Vorschriften abweichen. »... zehn ...«

Ich schaute Dave verwundert an. Wenn Till jetzt starten wollte, weshalb hatte er dann Felix' Sicherheitsgurt gelöst? Dave aber hatte verstanden und breitete hilflos die Arme aus. Die Korrektur mußte auf die Sekunde genau eingeleitet werden, und so blieb keine Zeit mehr, um Felix wieder anzuschnallen. Mit der einen Hand drückte mich Dave in seinen Sessel, während er Felix mitsamt seinem Sitz fest umschlang.

»... drei, zwo, eins ...«

Tills Finger umklammerten krampfhaft den Starthebel. Die Schwerkraft sprang uns an, legte sich auf unsere Brust und preßte unsere Lungen noch mehr zusammen. Das Koordinatennetz auf dem Monitor begann zu vibrieren, verzerrte und verzog sich, als würde es der Druck in die Tiefen der Bildröhre pressen. Jetzt erst ließ Till den Starthebel los.

»Sauerstoff!«

Wir gingen verschwenderisch mit dem lebenspendenden Strahl um, weil wir wußten, daß Sparsamkeit zu nichts führen würde, höchstens, daß sich unsere Lage verschlimmerte.

»Ihr habt genau fünf Minuten, um ihn runterzubringen«, sagte Till. »Reicht das?«

»Hoffen wir's«, meinte Dave unter der Tür, mit Felix im Arm.

In diesem Augenblick gab Mark einen merkwürdigen Laut von sich, ein Zwischending zwischen Keuchen und Lachen, warf die Arme über den Kopf, während in seinen weit aufgerissenen Augen der Wille kraftlos gegen die Bewußtlosigkeit ankämpfte. Wenn auf der Erde oder sonstwo im Raum, wo Schwerkraft vorhanden ist, jemand bewußtlos wird und zusammensackt, so ist dieses Ereignis infolge der Gewöhnung bei weitem nicht so entsetzlich wie im Zustand der Schwerelosigkeit. Marks Arme fielen nicht wieder herunter, sie schwebten weiter in der Luft, doch das Leben, die organisierte Bewegung, war aus seinem angeschnallten Körper gewichen.

Dave drehte sich auf dem Absatz um, drückte mir Felix in den Arm und war mit einem Satz beim Kommandanten.

»Mark! Mark! Sag doch was! Antworte! Was ist mit dir? Kannst du mich hören?«

Er ergriff die schwebende Hand und tastete nach dem Puls, wir aber warteten und verharrten lange in Schweigen.

»Er lebt«, sagte Dave schließlich und schien einigermaßen beruhigt. »Ich dachte schon an Herzlähmung. Wir werden ihn auch nach unten schaffen.«

»Jetzt nicht mehr. Ihr habt doch nur noch drei Minuten.«

»Dann werden wir ihn wieder anschnallen.«

Kaum waren sie in Sicherheit, als uns nach Tills Start die Schwerkraft wieder übermannte und einen weiteren Teil unseres Lebens, unserer Widerstandskraft verzehrte. Dann trat zum Glück eine längere Pause von etwa einer Viertelstunde ein. Wir packten die beiden leblosen Körper – ein leiser Herzschlag verriet uns, daß sie noch unter uns weilten – und machten uns auf den Weg zum Hibernator. Till blieb allein zurück, er meinte, er würde die Berechnungen auch allein schaffen, andernfalls würde er Ten aus dem Observatorium herbeirufen.

Es war keine leichte Arbeit. Im Zustand der Schwerelosigkeit hat man genug mit sich selbst zu tun und die unkontrollierten Bewegungen des eigenen Körpers zu koordinieren, damit man keinen Schaden nimmt, wobei es doppelt schmerzlich ist, wenn wegen der eigenen Unvorsichtigkeit dein hilfloser Kamerad die Püffe einstecken muß. Ihre Arme und Beine, die nach der letzten Bewegung ihre Lage nicht mehr verändert hatten, prallten dauernd gegen die Wand des Korridors. Zum Glück kannte Dave als altgedienter Astronaut alle Kniffe dieser delikaten Aufgabe. Er konnte sogar auch mir noch helfen, und auf diese Weise schafften wir es allmählich, durch die Luftschleusen zu kommen. Mit der Hibernation wurden wir dann schnell fertig.

»Die Ärzte haben es in solchen Fällen derart wichtig«, erklärte Dave, »daß sie oft Wesentliches vergessen: Blutdruck, Kardiogramm, Nierenfunktion. So. Der Verdauungstrakt ist zumindest leer, die Ärmsten hatten wahrscheinlich gar keinen Appetit. Wenigstens bleibt uns diese Arbeit erspart. Jetzt die Synchronisation des Biostroms.« Er arbeitete zauberhaft schnell, ein Umstand, der mich jetzt wie immer in Staunen versetzte. Er wußte alles, verstand sich auf alles, was ein Mensch in unserem Zeitalter überhaupt lernen konnte. »Leg einen Tampon unter die Elektrode, damit die Kopfhaut nicht verletzt wird!« Dies war zwar in den Vorschriften nicht festgelegt, doch gerade diese Sorgfalt deutete darauf hin, daß unser schwarzer Freund nicht nur über ein immenses Wissen, sondern auch über Herz verfügte. »Fertig! Nun das Somnifer.«

»Macht es etwas aus, daß im Hibernator die Luft ebenso verbraucht und der Luftdruck ebenso hoch ist wie in den anderen Räumen?«

»Meinst du wirklich, ich hätte nicht daran gedacht?« Er lachte.

»Das werden wir aber von außen erledigen. Steig aus!«

Die schwere Tür fiel ins Schloß, und durch das Guckloch sahen wir die beiden blassen Gesichter in bläulichem Licht schwimmen.

»Die Automatik des Hibernators hält unter allen Umständen den vorgeschriebenen Druck von einer Atmosphäre aufrecht. Wir haben nichts weiter zu tun, als die Luft abzupumpen und durch das Narkosegasgemisch zu ersetzen. Das kann ich allein erledigen, geh du zu Till zurück!«

Nun schleppte ich mich wieder allein die Korridore entlang und hatte das Gefühl, die ganze Zeit nach meinem Erwachen nichts weiter getan zu haben, als vom Hibernator zur Navigation, von der Navigation in den Beobachtungsraum und zurück zu hangeln. Würde mein Herumirren niemals ein Ende finden?

Das Ende aber kam schneller, als ich es mir gedacht habe. In der Navigation fand ich Robert bewußtlos vor, und als ich über den Aptator Dave und Ten verzweifelt anrief, war es nur unser schwarzer Freund, der sich meldete.

»Lauf schnell in den Beobachtungsraum und bring Ten in die Navigation! Bis dahin werde ich auch dort sein!« wies er mich an. Der Klang seiner Stimme verriet, daß er sich am liebsten sofort zu Till aufgemacht hätte, doch er konnte den Hibernator nicht im Stich lassen, bevor die Luft nicht ausgetauscht war.

Ich ging also, um unseren Chinesen zu holen, wobei ich inständig hoffe, daß dies mein letzter einsamer Gang sein möge.

Die Vernichtung hatte sich zunächst auf die Menschen beschränkt, die *Wiking* lebte noch, und ihre Stimme – ich nannte es sein Singen – war unverändert. Es war ein Gesang, der sich aus vielen Stimmen zu einem Lied, zu einer Melodie formte. Da war das leise Summen der Generatoren, das Zischen der Ventile an der Obergrenze der hörbaren Töne, das trockene Klikken der Automaten, zirpende, dünne Klingeltöne. Gewöhnlich strahlte dieser Singsang Sicherheit, Ruhe und Geborgenheit aus und die Gewißheit, daß mich, solange diese Töne unverändert erklangen, die liebevolle Sorgfalt meiner Erdenbrüder umgab, deren Hände diese zahlreichen Maschinen zum Leben erweckt hatten, um mich inmitten all des Schweigens und all der Finsternis, die draußen lauerte, zu schützen und zu behüten. Doch jetzt sang dieser Chor plötzlich das Lied vom Tod.

»Du wirst ersticken und zugrunde gehen«, sang die *Wiking*. »Und mit dem letzten Kilowatt der Atomanlage wird auch unser Leben zu Ende sein. Du aber wirst dann schon lange tot sein, dein Körper wird sich in unserem Licht, unter unseren Strahlen auflösen. Wir werden dir auch nach deinem Tod dienen, du Mensch, der du uns erschaffen hast ...«

»Aber helfen könnt ihr mir nicht«, keuchte ich, während ich die Tür des Observatoriums aufstieß.

Tens magerer kleiner Körper schwebte mit ausgebreiteten Armen wie ein seltsamer Vogel über dem Planetoskop. Das Instrument gab pausenlos Signaltöne von sich – wer weiß, wie lange schon –, mit lautem Summen nach Aufmerksamkeit heischend. Ich nahm Ten in die Arme, und durch die Bewegung kam er für einen Augenblick zu sich.

»Der fünfte«, flüsterte er kaum wahrnehmbar. »Bis jetzt der lauteste von allen.«

So viel wußte ich auch, daß dies entweder auf die Masse oder auf die Nähe des Planeten hindeutete und wußte gleichzeitig, daß keiner mehr diesen Planeten untersuchen würde. Tens Augen fielen zu, sein Körper erschlaffte. Das Signal aber summte weiter, sinnlos, zwecklos und hartnäckig. Ich schob mich rückwärts in den Korridor hinaus und schlug die Tür hinter mir zu, doch der Summton verfolgte mich weiter.

Von diesem Moment an sind meine Erinnerungen getrübt und äußerst lückenhaft. Ich weiß, daß Tens und Roberts Körper noch eine ganze Weile in der Navigation festgeschnallt lagen, ich kann mich erinnern, daß ich mehrere Korrekturzyklen halb bewußtlos durchgemacht habe und auch, daß ich, sooft ich ganz da war, mit Hilfe der ausgezeichneten Reflexe dank einer langjährigen Erfahrung und Routine – die sich unabhängig von mir selbständig gemacht und die Bewegungen der zahlreichen Wiederholungen bewahrt hatten – sogar rechnen konnte und Dave beistand, Dave, der keuchte, pustete, um sich schlug und sich bei einem Erstickungsanfall die Kleider vom Leib riß, weil sie ihm zu eng vorkamen, während er wie besessen, mit halbirrem Lachen unaufhörlich weiterarbeitete.

Irgendwann brachten wir die beiden Bewußtlosen in den Hibernator. Dave mußte sie an Händen und Füßen fesseln, weil wir nicht mit ihnen fertig wurden. Auch mich wollte er auf der Liege der letzten freien Kabine zurücklassen. Dort sollte ich warten, bis er in der Navigation mit seiner Arbeit fertig war. Ich aber flehte ihn an, mit ihm gehen zu dürfen, weil ich fürchtete, den Verstand zu verlieren, wenn er mich allein ließ.

Also nahm er mich wieder mit und rammte uns jedem wieder eine Injektionsnadel in die Oberschenkel, die bereits von den Spritzen geschwollen waren. Unter der Einwirkung der Drogen begannen wir blöde zu grinsen, Dave versuchte sogar, ein Lied vor sich hinzusummen mit der naiven Absicht, mich aufzumuntern.

Dann rechneten wir weiter, während die Düsen die Rakete wieder um einige Grade dem vorausberechneten Kurs näher brachten.

Es war ein Teufelskreis, die immerwährende Hölle, ein Zyklus, der sich immer wiederholte, die Nadelstiche mit dem darauf folgenden Erwachen und der pausenlosen Rechnerei, die Last, die uns in die Bewußtlosigkeit stieß, aus der uns der Schmerz der Injektionsnadel wieder aufrüttelte.

Und aus irgendwelchen unbekannten Dimensionen das Bewußtseins konnte ich alles deutlich sehen und erkennen, auch daß ich irgendwo bewußtlos ausgestreckt lag und daß sich Daves Hand mit der Spritze meiner Haut näherte, auch das Doppelnetz der vibrierenden, gleitenden Koordinaten, daß sich während jeder Korrektur unendlich langsam zusammenschob, uns aber dennoch nicht zu Willen waren, um sich endlich zu decken und uns zu beweisen, daß sich die Rakete endlich auf dem vorausberechneten Kurs befand.

Ich weiß nicht, wie lange dieser Zustand gedauert hat, ich kann mich nur erinnern, daß ich Daves Hand spürte und daß sich meine Muskeln in Erwartung eines neuen Stiches strafften. Es kam aber anders. Dave löste meine Sicherheitsgurte und stellte mich auf die Beine.

»Wieso ... warum?« war alles, was ich hervorbringen konnte, aber er hatte verstanden.

»Es ist gelungen! Verstehst du? Es ist *gelungen!*« erwiderte er im heiseren, dünnen Diskant. Ich wußte nicht, es interessierte mich auch nicht, ob er nun weinte oder lachte, oder ob nur seine erstickende Stimme diese merkwürdigen Töne hervorbrachte. Ein unendliches Glücksgefühl durchflutete mich, nicht etwa der Triumph des Erfolges, eher die Gewißheit, daß ich jetzt nicht mehr weiter rechnen, leiden, tausend Tode sterben und wieder auferstehen mußte.

»Dann also ... dann können wir schlafen?«

»Ich bring dich runter.«

Er schleppte mich am Ellbogen dahin, zog mich hinter sich her, während ich wie eine Fahne über seinem Kopf schwebte. So zogen wir zum Hibernator hin, in dem uns der heißersehnte Große Schlaf, der Große Traum erwartete.

8

Das neue Erwachen war nur halb so schlimm wie das vorige. Dave rüttelte mich wie ein Wahnsinniger.

»Wach auf! So wach doch endlich auf!« schrie er mir ins Ohr. »Atme und erwache! Bist du endlich wieder da? Spürst du was?«

Alle meine Glieder waren schwer wie Blei, und es war nicht nur der Weckmanipulator, der mich hin und her schaukelte, nein, die ganze Kabine dümpelte wie ein Boot auf den Wellen.

»Was ... was soll ich spüren?«

»Das Gewicht! *Dein* Gewicht! Und daß wir schaukeln. Mann, weißt du, was das bedeutet? Es ist die Erde! Wir sind zu Hause! Es ist gelungen, wir haben es geschafft! Wir sind auf der Erde und schaukeln auf dem guten alten Ozean!«

Ein kräftigerer Stoß warf ihn auf die nächste Matratze, doch seine Begeisterung ließ sich nicht dämpfen.

»Spürst du diese Luft?« deutete er auf die offene Tür des Hibernators. »Die ist echt, echte Heimatluft! Sie kommt nicht aus der Flasche, wird nicht vom Generator erzeugt! Sie kommt von draußen! Spürst du diese salzige Brise?«

Unsere Mutter Erde – dieses schöne alte Wort hatte seinen gebührenden Inhalt erst im Zeitalter der Raumfahrt erhalten, von den Lippen all derer, die fern von der Erde weilten oder die zu ihr zurückkehrten. Das Fernsein von ihr, von der Erde, mochte es nur Tage, vielleicht aber auch Wochen und Monate gedauert haben, war bedrückend und schmerzlich vom ersten bis zum letzten Augenblick. Mir fielen all jene Stunden ein, die ich erlebt hatte, während wir diesen fernen Stern umkreisten, wo Dave und ich allein übriggeblieben waren – und ich glaubte, vor lauter Freude überzuschnappen.

Die Erde! Ich bin wieder daheim und werde sie nie mehr verlassen. Es gibt kein Angebot, keine noch so glänzende Möglichkeit, keinen Zwang der Forscherleidenschaft, die mich je wieder von meiner Erde trennen würde!

»Komm, gehen wir in den Kommunikationsraum! Wir wollen aller Welt lauthals verkünden, daß wir zurückgekehrt sind, daß unsere Mission gelungen ist!«

Im Korridor stießen wir auf Mark und Felix, und aus dem benachbarten Hibernator steckte Till den Kopf heraus. In ihren müden Gesichtern blinzelten die Augen mit fröhlichem Blick, und wir alle redeten und schrien gleichzeitig durcheinander.

»Ho! Haho!« brüllte Dave dicht an meinem Ohr, daß ich fast taub geworden wäre. »Wir sind daheim! Daheim!«

Wir umarmten uns gegenseitig, boxten uns in die Rippen, Mark begann zu singen, wir fielen ein, und unser Gerangel wurde zu einem grotesken Kriegstanz. Wir hüpften und sprangen – wobei wir uns Kopf und Ellbogen an den Wänden des engen Korridors stießen –, bis die *Wiking* zu schwanken begann und wir in einem Knäuel den Gang entlangkullerten, wobei wir auch Ten mitrissen, der soeben aus der Tür trat, schließlich prallten wir gegen die Tür des Kontrollraums. Im allgemeinen Getümmel berührte jemand den Auslöser, die Tür sprang auf, und die ganze Gesellschaft stürzte kopfüber in den weiten Raum wie Kartoffeln aus einem Sack.

Wir kicherten, schrien und lachten aus vollem Hals, bis uns die Luft ausging. Denn streckten wir uns auf dem Boden aus, ächzend und stöhnend wie junge Hunde, und ließen uns von dem dümpelnden Schiff hin und her rollen. Mark griff nach der Armlehne eines Sessels und drückte auf den Einschaltknopf für die Monitoren. An den Wänden ringsherum flammte die Tiefe des Meeres, die schäumende See und der Himmel mit seinen dunklen Wolken auf.

So hatten die alten Maler auf ihrer Leinwand die Sintflut dargestellt, die wilden Wellen mit ihren Schaumkronen, die der wütende Wind so hoch peitschte, daß sie fast bis zu den Fetzen der tief hängenden Wolken reichten, lauter düstere Farben, Grau und zu Schwarz tendierendes Stahlblau, unter dem schmutzigweißen Gischt blaßgrüne Wellengipfel, in den Wolken Schwarz und Sepia und die unsicheren Flecken eines krankhaften Gelb.

Es war ein trostloser Anblick, doch für uns vermittelte er höchste Glückseligkeit, bedeutete das Zuhause, die Erde. Bei Dave kam der Professor zum Vorschein – wie so oft in ähnlichen Lagen –, und er begann zu dozieren wie der Einäugige vor einem blinden Auditorium, als hätten wir nicht selber Augen im Kopf.

»Seht ihr? Wasser und Wolken!« Es tat unendlich gut, diese Worte zu wiederholen, weil sie die sichtbare Wirklichkeit beschrieben. »Und Wind und Wellen! Erde, schöner Wind, herrliche, hohe Wellen!«

»Wenn es auch ein bißchen schaukelt«, meinte Till grinsend, »uns kommt es großartig vor. Aber ich möchte nicht in der Haut des Kommandanten stecken, dessen Truppe uns da herausfischen soll. Ich wage zu bezweifeln, daß er das alles ebenso schön findet.«

Unser schwarzer Freund aber lief bereits auf vollen Touren. Es waren dieselben Gedanken, die ihn aus dem Hibernator getrieben hatten.

»Recht hast du«, sagte er und rappelte sich hoch. »Los, melden wir uns! Beruhigen wir die ganze Gesellschaft, daß wir alle topfit und in Ordnung sind.«

»Alle?« warf Felix den Kopf hoch. »Wo sind denn die anderen?«

Mark war bereits unter der Tür – es war wohl ein Gesetz, daß seine Gedanken den unseren um mindestens zwei Längen vorauseilten.

»Es genügt, wenn Robert und Felix Meldung machen, ihr anderen aber kommt alle mit mir. Wir müssen sofort erfahren, was mit den anderen los ist.«

Im Korridor trafen wir Takura und Andrej, die anderen beiden Hibernatoren waren geschlossen. Mark schaute durch den Spion und begann sofort an dem komplizierten, hundertfach gesicherten Schloß zu zerren.

»Dave, mach die andere Tür auf, und unternimm was: künstliche Beatmung, Herzmassage, Spritzen, sonst sind sie gleich hinüber!« rief er. »Und irgendeiner soll schnell Robert und die anderen holen, wenn sie bereits die Verbindung hergestellt haben. Sollten sie Kontakt haben, fordert sofort ärztliche Hilfe an und schaltet das Gespräch zu mir!«

Endlich gab die Tür nach, und Mark verschwand in der Kabine.

Da ich der letzte in der Reihe war, machte ich kehrt und eilte zu Till und den anderen. Der Hibernator mag eine noch so vollkommene Einrichtung sein, doch die Menschen sind verschieden und reagieren bei aller Sorgfalt ebenso verschieden auf den Vorgang des Erwachens, der Leib und Seele gleichermaßen belastet.

Im Kommunikationsraum saß Till bereits vor dem Bedienungspult, während es im Lautsprecher ohrenbetäubend knackte und krachte.

»Muß denn dieser Sturm ausgerechnet über unseren Köpfen hängen«, sagte er ärgerlich. »Die Luft steckt voll Elektrizität. Nicht nur, daß ich wegen der Blitze keinen vernünftigen Ton herauskriegen kann, wird uns auch noch der Blitz treffen, wenn ich weitermache. Schalt aus, Felix!«

Der ohrenbetäubende Lärm legte sich, und ich konnte endlich Marks Botschaft loswerden. Till fuhr mit den Fingern in seinen dichten roten Bart, und diese Handbewegung ließ ein unerklärliches ungutes Gefühl in mir aufkommen. Mark aber schaute Felix an.

»Also, was machen wir jetzt?«

Felix zuckte die Achseln.

»Ich weiß es nicht. Wenn wir das Gerät wieder einschalten, dürfte ein Blitzschlag unvermeidlich sein, und noch viel eher, wenn ich die Antenne ausfahre. Aber sonst können auch wir keinerlei Verbindung herstellen.«

»Wir müssen es trotzdem versuchen. Schalt das Ding wieder ein!«

Das Rauschen und Knacken setzte wieder ein und wurde immer stärker, je weiter der Metallmast unserer Antenne über die *Wiking* hinausragte. Felix biß sich auf die Lippe. Er machte sich Sorgen um die Geräte, wohl aber noch mehr Sorgen über den Zustand seiner Kameraden.

»Was fehlt ihnen eigentlich?« versuchte er den Lautsprecher zu übertönen. »Unser Erwachen ist doch glatt vor sich gegangen.«

»Ich weiß es nicht. Mark hat nicht mehr gesagt, aber er war sehr nervös, was bei ihm nun wirklich ungewöhnlich ist. Vielleicht ...«

»Ruhe!« rief Till. »Ich beginne mit der Sendung.«

Felix drosselte den Lautsprecher, doch konnte man trotzdem hören, daß es noch lauter knackte und daß Tills Worte, die er ins Mikrofon schrie, buchstäblich zerhackt wurden.

»Ich rufe ... rufe ... alle ... ruf ... e ... alle ... hier ist die *Wiking,* ... hier ... ist ... die *Wik* ...«

»Gib mehr Saft drauf! So kann uns keiner hören!«

»Die Blitze! Es wird einschlagen!«

»Uninteressant! Mehr Saft!« brüllte Till.

Jetzt war seine Stimme aus dem allgemeinen Chaos schon deutlicher zu hören.

»Ruf an alle! Ich rufe alle! Hier ist die *Wiking!* Hier ist die *Wiking!*«

Er wiederholte seinen Ruf noch dreimal, dann lehnte er sich zurück und wartete auf Antwort, doch die Lautsprecher gaben nichts weiter als ein stures Knacken von sich.

»Mit welcher Leistung ist der Ruf hinausgegangen?«

»Vierhundert Kawe!«

»Dreh den Lautsprecher weiter auf!«

»Du kannst vor lauter Geräuschen sowieso nichts hören!«

»Lautsprecher auf Maximum!« Till brüllte nicht nur wegen des Lautsprechers, ihn machte der Sturm nervös, das Unwetter, das Ausbleiben einer Antwort und die dümpelnde *Wiking*.

Mein Trommelfell protestierte verzweifelt gegen das Rauschen und Knacken, das die Luft in der Kabine erschütterte und wo kein menschlicher Laut zu vernehmen war, Till aber blieb fest und quälte uns gut weitere zwei Minuten, bevor ihm die Warterei zu dumm wurde.

»Die liegen wohl alle auf den Ohren!« meinte er wütend. »Nicht nur, daß sie uns einfach in den Ozean fallen ließen, um nachher die große Schau abzuziehen, nein, die scheinen einfach zu pennen!«

Er griff nach dem Schalter des Senders.

»Sechshundert Kilowatt!« rief er und begann von neuem. »An alle! An alle! Ich rufe alle Stationen!«

Der Einschlag war so gewaltig, daß ich den schmerzlichen Hieb in allen meinen Gliedern spürte. Die ganze Kabine vibrierte in bläulichem Licht. Till flog aus seinem Sessel, riß den Arm vors Gesicht und taumelte bis zur hinteren Wand. Aus den Ritzen der Instrumentenwände quoll dichter schwarzer Rauch, dann löschten die überall eingebauten Automaten das Feuer, und der stechende Geruch der durchgebrannten Isolierungen schwebte in der erhitzten Luft. Felix lag bäuchlings auf dem Boden und hielt sich am Türrahmen fest.

»Es hat eingeschlagen!«

Über den Korridor näherten sich eilige Schritte.

»Was ist passiert?«

Till schüttelte den Kopf, als wollte er die Benommenheit des Einschlags loswerden.

»Das siehst du ja selbst! Wir haben versucht, den Kontakt herzustellen. Es kam keine Antwort, da habe ich die Intensität des Senders erhöht, und jetzt haben wir den Salat ... aus, Ende der Vorstellung!«

Er sank an Daves breite Brust, der ihn umarmte.

»Halb so schlimm. Hauptsache, euch ist nichts zugestoßen«, meinte er und schaute sich in der Kabine um, ob die Automaten auch wirklich alle Brände gelöscht hatten. »Jetzt aber raus hier! Wenn ihr euch ausgeruht habt und die Bergungsschiffe immer noch nicht aufgetaucht sind, dann wollen wir es mit dem Reservegerät noch einmal versuchen.«

»So ... solange dieser Sturm tobt«, Felix konnte seine Stimme nur schwer wiederfinden, »würde ich davon abraten. Wir könnten noch einmal dasselbe riskieren.«

»Jetzt eilt es auch nicht mehr so sehr. Amar und seinen Kollegen geht es zum Glück schon besser, und Ten meint, daß sich der Sturm in etwa zwei Stunden legt. Haltet euch an mir fest!«

Das zweite Fach des Chinesen war die Meteorologie, und wenn er eine so sichere Prognose wagte, durften wir ihm mit Sicherheit trauen.

»Was ist mit den Hibernatoren geschehen?« fragte ich.

»Wir konnten nicht dahinterkommen. Die Vorrichtung hat einwandfrei funktioniert. Die Ärzte fanden es eher merkwürdig, daß wir so leicht erwacht sind. Nach zehn und ein paar Jahren ins Leben zurückzukehren ist kein Pappenstiel.«

»Ja, ich habe das auf der Kreisbahn um den Stern ebenfalls empfunden, doch diesmal war es bedeutend leichter. Allerdings«, sagte ich, »hast du mich so gerüttelt, daß es Tote erweckt hätte.«

Wir kamen in den Kontrollraum, wo die anderen bereits auf ihren Liegesitzen festgeschnallt waren. Dave legte uns vorsichtig hin und schnallte uns an. Felix hatte eine kleine Brandwunde an der Hand, doch abgesehen von der Benommenheit und einem leichten Schwindelgefühl waren wir glimpflich davongekommen. Leider wurde unser Unwohlsein durch die immer stärkeren Schwankungen der *Wiking* gesteigert.

»Wir müßten versuchen, mit dem Schiff Front gegen die Wellen zu machen«, schlug Andrej vor. »Solange sie uns an der Breitseite treffen, ist es die reinste Achterbahn.«

»Wie stellst du dir das vor?« fragte Mark.

»Von den vier Düsen liegt eine über der Wasserlinie. Wenn ich jetzt nur diese einschalte, kann ich die *Wiking* wie ein Schiff mit Düsenantrieb manövrieren.«

Mark rieb sein Kinn, wie es seine Gewohnheit war. Diese Bewegung – ebenso wie Tills Bewegung vorhin – beunruhigte mich auf unerklärliche Weise. Mein Blick glitt über die bärtigen Gesichter meiner Kollegen, und ich wurde nur noch nervöser. Was mich störte, war nicht die Tatsache, daß wir unrasiert waren. Durch die Hibernation wird zwar der Haar- und Bartwuchs verlangsamt, jedoch nicht unterbunden. Ich wußte das, und ich wußte auch, daß wir vor lauter Freude über die Heimkehr bisher das obligate Bad und die Rasur nach der Hibernation versäumt hatten. Nein, es war etwas anderes, das mich störte, doch je mehr ich mich anstrengte, um so weniger wollte es mir gelingen, meine Gedanken in Worte zu fassen.

»In Ordnung, fangen wir also an!« stimmte Mark zu.

Ich beobachtete ihre Tätigkeit mit unverhohlenem Neid. Es war nicht gut, hier herumzusitzen, hilflos festgeschnallt und darauf zu warten, daß endlich etwas passierte, wenn wir nun nach so langen Jahren und nach so vielen Schicksalsschlägen nach Hause, auf die Erde zurückgekehrt waren. Zum Glück bestürmten Amar und die drei anderen, die auf der Kreisbahn um den Stern nicht wach gewesen waren, unseren Freund Dave, über die Ereignisse zu berichten. Bisher hatte man ihnen nur kurz berichtet, und diese knappen Erklärungen reichten bei weitem nicht aus. Unser Professor fühlte sich in seinem Element, und die Zeit flog dahin.

»... dann hat Gregor unseren Ten aus dem Observatorium geholt ...«

»Warte!« warf Ten ein. »Mir ist gerade etwas eingefallen. Sag mal, Gregor, hatte das Planetoskop nicht gerade einen neuen Planeten signalisiert, als du mich aus dem Observatorium holtest? Ich kann mich ganz schwach an etwas erinnern ...«

»Ja, du hast recht.«

Der Astronom löste seinen Sicherheitsgurt.

»Wo willst du denn hin?« fragte ich verwundert.

»Ich will nach dem Planetoskop sehen. Die Daten dieses Planeten habe ich noch nicht ausgewertet, obwohl sie die Automatik sicher registriert hat.«

Er war froh, eine Arbeit gefunden zu haben und nicht untätig herumsitzen zu müssen.

Das Schwanken ließ nach, die Sturmwolken waren von den Monitoren verschwunden; der Himmel begann sich aufzuhellen.

»Ling hatte recht«, sagte Amar im Nachbarsessel, »dieser Sturm hat nicht lange gedauert. Gleich wird die Sonne wieder scheinen.«

»Vergiß nicht«, sagte Mark, »daß wir uns seit dem Wendemanöver, also seit etwa einer Stunde mit einer Geschwindigkeit von etwa fünfunddreißig Kilometern pro Stunde vom Kernpunkt des Sturms entfernen. Die Raketen haben die *Wiking* zumindest auf diese, wenn nicht gar auf eine höhere Geschwindigkeit gebracht. Wenn du dir jetzt überlegst, daß sich der Sturm in entgegengesetzter Richtung bewegt ...«

»Dann werden wir innerhalb der nächsten Minuten schönes Wetter haben«, ergänzte Till. »Komm, Felix!«

»Verzeihung, ich bin auch noch da«, beschwerte sich Shing. »Es tut mir leid, daß ich die Ereignisse um Tau Ceti nicht mitbekommen habe, doch jetzt möchte ich endlich zumindestens meinen eigenen Aufgabenbereich wahrnehmen.«

»Es soll dir nicht leid tun«, sagte Till. »Wichtig ist, daß wir endlich daheim sind. Vielleicht wirst du aber erlauben, daß wir dir helfen. Ich hätte mit dem Überwachungsdienst, der die ganze Geschichte verpennt hat, ein Hühnchen zu rupfen.«

Wir waren alle durch den Gedanken elektrisiert, daß unsere Abgeschlossenheit alsbald ihr Ende finden würde. Diese halbseidenen Stunden der Ankunft sind die unangenehmsten. Schon daheim und noch nicht ganz zu Hause, also praktisch immer noch von seinen Mitmenschen getrennt, als würde man irgendwo im fernen Weltraum schweben.

»Wartet!« Dave eilte hinter ihnen her. »Wir haben die Fracht auf der Umlaufbahn um den Stern umgeladen. Ohne mich könnt ihr sie nicht finden.«

Im Kontrollraum wurde es plötzlich wieder hell. Auf den Monitoren rissen die Wolken auf, und die Strahlen der Sonne, die durch den Meereshorizont geteilt war, tauchten die Wände in goldenes Licht.

»Wir haben den Sturm hinter uns«, sagte Val. »Es kann jetzt wirklich nur noch Minuten dauern, bis sie uns finden. Übrigens – merkwürdig, ich weiß nicht, ob es Morgen oder Abend ist. Wie spät ist es eigentlich?«

Die große Uhr im Kontrollraum zeigte halb zehn.

»Da wirst du auch nicht klüger.« Mark lachte. »Das ist die Bordzeit der *Wiking* und bedeutet gar nichts. Aber wir werden die genaue Uhrzeit nach der scheinbaren Bewegung der Sonne bald feststellen.«

Die Sonne war inzwischen noch tiefer gesunken, sie war kein Halbkreis mehr, sondern eher dem Hut eines Pilzes ähnlich, und ihr Licht war tiefrot geworden. Till und die anderen schleppten Bauteile der Reserve-Funkanlage in den Kommunikationsraum.

»Wann werdet ihr fertig sein?« fragte Andrej.

»In einer knappen Viertelstunde«, erwiderte Felix. »Wen soll ich nach der amtlichen Meldung rufen?«

»Meinen Bruder Pavel. Er ist Chirurg am Zentralkrankenhaus in Kiew.«

»Ich möchte mit meiner Mutter sprechen«, warf Marcis ein.

»Ruf meine Eltern an!«

»Meine Schwester in Bizerta!«

Namen und Adressen schwirrten durch den Raum, nur Mark und ich schwiegen. Unsere Eltern waren gestorben, Geschwister und Verwandte hatten wir nicht. Wenn Lena noch am Leben wäre ... Mark, der Gedankenleser, ließ sein Instrument im Stich und trat zu mir.

»Auf uns wartet die ganze Menschheit, Gregor. Millionen und Abermillionen von Menschen. Und wenn du willst, können wir den bei solchen Anlässen üblichen Halbjahresurlaub miteinander verbringen. Wir können einen Abstecher nach Polynesien machen, oder, wenn du die See satt hast ...« – er wies lächelnd auf den Monitor –, »gehen wir nach Chile zum Bergsteigen.«

Dann schaute er uns plötzlich an und rief:

»Aber nicht so! Unrasiert, zerlumpt und fern der Heimat! Wollt ihr so unter die Augen des Empfangskomitees treten, wo ich der Kommandant bin? Wer hier bei Funk oder Kurs nichts zu tun hat, geht ins Bad! Amar, Marcis, Val, Gregor, und auch du, Andrej! In zehn Minuten ist Ablösung, dann gehen wir unter die Dusche! Baden, Haareschneiden, Rasieren!«

Bei dem Wort ›Rasieren‹ hatte ich wieder dieses merkwürdige, ungute Gefühl, das mir signalisierte, irgend etwas ist nicht in Ordnung, daß es etwas gibt, was für mich ungewohnt und unbegreiflich ist.

»Mark, ich möchte etwas sagen«, begann ich, »nur weiß ich nicht, ob ...«

Dann aber wußte ich nicht mehr weiter.

»Los, heraus mit der Sprache!« ermunterte er mich.

Meine Gedanken, die mir eben noch greifbar erschienen waren, waren plötzlich entschwunden.

»Ich weiß nicht recht. Ich habe so ein komisches Gefühl, das ich nicht erklären kann ...«

Amar klopfte mir auf die Schulter.

»Wenn du es weißt, wirst du Mark aufsuchen und es ihm erklären. Jetzt aber komm und gräme dich nicht! Das Empfangskomitee steht schon so gut wie vor der Tür.«

Ich ging auf die Duschkabinen zu wie einer, der etwas wiedergefunden hat, bevor er es hatte verlieren können, und der über diese logische Unmöglichkeit grübelt.

Duschen ist wahrhaftig eine herrliche Sache.

Ich besprühte meine Haut abwechselnd mit kalten und warmen Wasserstrahlen, und meine frühere Beklemmung vergessend, sang ich lauthals eine improvisierte Melodie, wie es die meisten Menschen unter der Dusche tun.

Der Spaß wurde durch Andrej gestört, der gegen die Tür trommelte.

»Gregor! He, Gregor! Laß mich rein!«

Murrend trennte ich mich von den Freuden des Wassers. Andrej war noch klatschnaß, so wie er aus der Nachbarkabine aufgetaucht war.

»Was willst du?«

»Hilf mir doch! Wie hast du es geschafft?«

Ich schaute ihn verblüfft an.

»Nun, deinen Bart«, meinte er und griff verzweifelt in seine ellenlange Wolle.

Ich griff nach meinem Kinn, und meine Finger glitten über kurze, harte Stoppel.

»Mein Bart!«

Mein Atem setzte aus. Das war es! Das war es, wonach ich gesucht hatte, worüber ich nachdachte, dies war dieses merkwürdige Ding, das mich die ganze Zeit gestört hatte. Ein Teil der Besatzung hatte einen richtigen Rauschebart, der andere nur Bartstoppeln wie ich.

Ich hüpfte in den Korridor und lief schreiend auf den Kontrollraum zu.

»Mark! Mark! Wo bist du? Jetzt weiß ich, was ich dir sagen wollte. Der Bart! Mark! Wo bist du?«

Andrej lief erschrocken hinter mir her, Dave und Takura aber schauten mich entsetzt an, als ich immer wieder auf sie deutete und sagte:

»Dave hat nur Stoppeln wie ich, doch Takura und Andrej haben einen ausgewachsenen Bart! Wo ist Mark? Das muß ich ihm unbedingt erzählen. Das war es, was ich ihm die ganze Zeit sagen wollte!«

Auf den Krach hin kamen Felix und Till aus der Kom-Zentrale.

»Siehst du, Dave«, erklärte ich glücklich, »Till hat einen Bart, Felix aber nicht. Das war es, was ich Mark sagen wollte. Wo ist er denn?«

Dave aber versuchte, mich auf väterliche Weise zu beschwichtigen.

»Warum hast du es denn so eilig? Ten hat Mark ins Observatorium gerufen. Solange der Sender noch nicht fertig ist, wollen wir nach den Sternen feststellen, wo wir uns genau befinden.« Er deutete auf den Monitor, wo am dunklen Himmel bereits die Sterne leuchteten. »Inzwischen lassen sie auch den Radar rotieren, vielleicht kann man auf dem Schirm schon die Bergungsschiffe ausmachen. Beruhige dich, Gregor, sie werden bald hier sein. Was aber dein Bartproblem betrifft, ist nichts weiter geschehen, als daß einige von uns um Tau Ceti die Zeit hatten, sich zu rasieren, die anderen aber ...«

Während er sprach, griff er sich unbewußt ans Kinn, verschluckte die zweite Hälfte des Satzes und machte ein ziemlich dummes Gesicht. Dann flammte Mißtrauen in seinen Augen auf, und er wollte bereits rufen, als die

Tür des Korridors zum Observatorium aufging und Mark entsetzt über die Schwelle stolperte.

»Dave, komm sofort ins Observatorium!«

Es dauerte einen Moment, bis der merkwürdige Anblick in seine abwesenden Gedanken eindrang: zwei nackte, klatschnasse Irre in der Runde der Kollegen.

Ich wußte, daß ich hinter eine große Sache gekommen war, aber ich hatte keine Ahnung, worum es sich eigentlich handelte, für alle Fälle beeilte ich mich, auch ihm meine Entdeckung mitzuteilen.

»Ich hab's, Mark! Ich wollte dir sagen, daß unsere Bärte nicht gleich lang sind! Auch du hast nur Stoppeln im Gesicht!«

Mark griff sich überrascht ans Kinn, schwankte wie unter einer schweren Last und lehnte sich an die Wand. Er schaute uns an, als hätte er uns noch nie gesehen, sein Blick glitt von einem Gesicht zum anderen. Dave wollte etwas sagen, doch Mark kam ihm zuvor.

»Andrej! Hast du dich rasiert, als du auf der Umlaufbahn um den Stern erwacht bist?«

»Na ... nein«, stotterte er, »ich hatte keine Zeit dazu!«

»Und du, Felix?«

»Ja. Als wir dort erwacht sind, kletterte Till sofort aus dem Hibernator. Ich sagte ihm noch, daß er Schwierigkeiten kriegen würde, wenn er sich nicht an die Vorschriften hielte und das Baden und die Gymnastik versäumte, aber ich ...«

»Genug! Stellt euch nebeneinander auf!«

»Überflüssig«, meinte Dave, der endlich seine Sprache wiedergefunden hatte. »Ich habe die Sache bereits überprüft. Felix' Bart ist nicht halb so lang wie der von Andrej, nein, viel kürzer. Damit willst du aber nicht sagen, daß ...«

»Ich sage nichts, ich vermute nichts«, warf Mark ein, und seine Stimme klang wie ein Peitschenhieb. »Das ist der *Beweis!*«

»Für was denn?« fragte irgend jemand.

»Das ist der Beweis dafür ...« – Mark hatte die Kontrolle über seine Gesichtsmuskeln verloren; er konnte sich nicht entscheiden, ob er weinen sollte oder lachen wie ein Irrer –, »daß Ten Ling und ich im Observatorium nicht verrückt geworden sind!«

Er musterte uns und erwog, wie wir wohl einzeln und gemeinsam seine Worte auffassen würden.

»Ihr werdet es nicht glauben«, setzte er ruhig an, dann brüllte er plötzlich los: »Ich kann es selbst nicht glauben!«

In der atemlosen Stille ließ Felix das Bauteil fallen, das er in den Händen hielt. Wir fuhren alle erschrocken zusammen, doch unser Blick blieb auf Marks Gesicht haften.

»Das ist nicht die Erde!«

Bevor noch der vielstimmige Chor des Protestes, der Verblüffung und der Fassungslosigkeit aufbranden konnte, hob Mark die Hand.

»Wir werden jetzt die Speichereinheit des Computers befragen. Bis dahin haltet euch zurück, weil ich keine Antwort auf eure Fragen weiß. Der Himmel über uns ist fremd, und an den Bärten können wir feststellen, daß zwischen dem Erwachen auf der Umlaufbahn bis zu diesem Augenblick weniger Zeit verstrichen ist, als der bisherige Abschnitt unserer Reise von der Erde bis Tau Ceti gedauert hat, bedeutend weniger Zeit. Das sind Tatsachen, die man nicht leugnen kann. Die Erklärung aber wird uns der Computer geben.«

9

Als wir uns vier Stunden später im Kontrollraum versammelten, sahen wir ganz anders, ja fast manierlich aus. Bevor sich Mark mit Dave, Ten und Till in den Computerraum zurückzog, erteilte er den Befehl, daß wir uns alle zu rasieren, die Haare zu schneiden und saubere Uniformen anzuziehen hatten. Nun saßen wir da, wie aus dem Ei gepellt, mit modischem Haarschnitt, gepflegt – und etwas gehemmt, wie Gymnasiasten, die man zum Direktor befohlen hat.

Für die Zeit, während er am Computer arbeitete, hatte Mark das Kommando Andrej übertragen unter der Bedingung, daß alles erlaubt sei bis auf irgendwelche Auseinandersetzungen über die Ereignisse. Dafür hatten wir allerdings auch keine Zeit, weil wir unter Takuras Leitung – jeder auf seinem Fachgebiet – ein Inventar über die Vorräte an Bord der *Wiking* aufstellen mußten. Über das Ergebnis mußte strengstes Stillschweigen bewahrt werden. Ein Bericht sollte erst in der Generalversammlung auf Aufruf erfolgen.

Mark wollte auf diese Weise jede Art Aufruhr und Kopflosigkeit im Keim ersticken, wobei er die Beschäftigungstherapie für das beste Mittel hielt. Die Disziplin, die man uns eingetrichtert hatte, sorgte für den Rest.

Obwohl jeder von uns vor lauter Spannung und Nervosität fast zersprang, hätten wir uns eher die Zunge abgebissen, als über unsere Situation zu reden. Marks Befehl war gleichzeitig auch ein Prüfstein für unsere psychische Belastbarkeit. Sollte es Schwächlinge unter uns geben, so war es besser, wenn wir es von vornherein wußten und mit diesem Faktor rechnen konnten. Uns standen schwere Zeiten bevor, die schwerer wogen als alles, was wir je durchgemacht hatten. Wir hatten die Probe bestanden, und nun saßen wir da, ganz in

Weiß. Nur unsere bewußt ausgewogenen Bewegungen, unsere grauen Gesichter und unsere brennenden Augen verrieten die unterdrückte Spannung.

Die Kabinentür, hinter der sich der Computer verbarg, ging endlich auf, und die vier Expeditionsleiter erschienen: Mark, der Kommandant, Till, der Chef für Kursbestimmung und Fernmeldetechnik, Dave als Leiter der Abteilung Mechanik und Ten als Leiter der wissenschaftlichen Gruppe. Ich weiß nicht, wie sie es fertiggebracht hatten, doch auch sie waren frisch rasiert, geduscht und neu eingekleidet. Wahrscheinlich hatten sie sich gegenseitig abgelöst, während wir im Laderaum arbeiteten.

Den Sturm hatten wir weit hinter uns gelassen, die See war friedlich, unser Schiff schaukelte auf langgezogenen flachen Wellen. Wir standen Habtacht, während Andrej seine kurze, formelle Meldung machte.

»Danke, setzen!« Mark benahm sich wie ein Kapitän auf einem Schulschiff. »Ich eröffne hiermit die Beratung der Teilnehmer der Expedition der *Wiking*. Ziel unserer Beratung ist die Bewertung unserer außerordentlichen Situation sowie die Möglichkeiten, die sich für die nähere Zukunft bieten. Wir befinden uns auf einem – bisher noch namenlosen – Planeten des Tau Ceti-Systems. Den Vortrag hält David Brock.«

Im ganzen Leben unseres schwarzen Freundes kam es erstmals vor, daß ihn seine Beredsamkeit im Stich ließ und er nur allmählich in Fahrt kam.

»Eigentlich weiß ich gar nicht, wo ich beginnen soll. Es würde wenig an den Tatsachen ändern, wenn ich der Frage nachgehen würde, wieso wir hierher geraten sind und wie wir hier wieder wegkommen. Aber auch darüber müssen wir reden, weil es jeden interessiert. Wahrscheinlich wollt ihr in diesem Augenblick alle wissen, warum wir nicht auf der Erde, sondern auf diesem Planeten gelandet sind ...«

In Marks Augen blitzte es auf, und dieser Blitz fegte seine romantischen Anwandlungen wie ein Sturm hinweg.

»Fassen wir also kurz zusammen. Während unserer Anreise von der Erde wurden wir in unmittelbarer Nähe dieses Sterns von Meteoren getroffen, und unsere Einrichtung wurde zum Teil beschädigt, unter anderem auch die Luftaustauschanlage des Biogenerators. Wie ihr wißt, mußten wir deswegen beschließen, daß wir bei der Rückkehr zur Erde erst in der Atmosphäre geweckt würden – ausgenommen die Möglichkeit, daß der Bergungsdienst die *Wiking* bereits auf der Erdumlaufbahn einfänge und den Wohnbereich mit frischer Luft versorgte.

Darum war es notwendig, das Landemanöver des Computers letzten Endes den Wahrnehmungen des Supergravimeters unterzuordnen, allerdings nur, nachdem die Photonenrakete ihren Betrieb eingestellt hatte. Doch unmittelbar nachdem die Kursberechnungen beendet waren und die beiden letzten Astronauten, die noch wach waren – nämlich Gregor und ich – ebenfalls hiberniert wurden, mußten wir leider weitere Meteoreinschläge hinnehmen. Die Betriebszentrale der Photonenrakete erhielt einen Treffer, und die Verbindung zum Computer wurde teilweise unterbrochen.

Der Computer aber interpretierte die aus der beschädigten Anlage kommenden Informationen so, daß die Photonenrakete ihren Betrieb eingestellt hätte. Die Zeitangaben der Atomuhren aber widersprachen dieser Annahme, und der Computer machte selbständig einen Korrekturversuch, freilich vergebens. Eine Woche lang beobachtete er die Uhren, und als er sich überzeugt hatte, daß sie einwandfrei arbeiteten, forderte er weitere Informationen aus der Betriebszentrale der Photonenrakete an. Die fehlerhafte Information, daß die Photonenrakete den Betrieb eingestellt hätte, brachte ihn völlig durcheinander und ließ ihn nicht ruhen. Er kontrollierte den gesamten Speicherinhalt und verglich die einzelnen Befehle mit den Meldungen aus der Photonenrakete.

Das bedeutete einen ganzen Monat Arbeit, und der Computer kam nicht weiter. Dann machte er sich an die Gesamtausrüstung der Rakete und kontrollierte der Reihe nach sämtliche Anlagen. Als er dann beim Supergravimeter angelangt war, bekam er zwei Impulse, die im allgemeinen der einen Befehlskategorie entsprachen.

Der Gravimeter ist in der interplanetaren Größenordnung je nach Entfernung auf eine Toleranz von acht bis fünfzehn Prozent eingestellt. Unter den Bedingungen des Sonnensystems – mit Blick auf den Wirkungsradius der interplanetaren Expedition – reicht dies aus, die Erde genau zu orten, ist es doch nur die Venus, deren Masse bis auf zwanzig Prozent der Erdmasse nahekommt, während die übrigen Planeten wesentlich kleiner oder größer sind.«

Ten Lings Miene verriet, daß ihm diese Ungenauigkeit nicht schmeckte. »Die Masse der Venus macht 81 Prozent der Erdmasse aus, also beträgt der Unterschied 19 und nicht 20 Prozent.«

»Es sind tatsächlich 19 Prozent. Also – unser Gravimeter sandte gleich zwei Impulse an den Computer, und da beide in die bereits genannte Toleranzgrenze fielen, wurden sie vom Computer als die Erdmasse akzeptiert. Was den Computer aber nun störte, war die Tatsache, daß die *zwei* Impulse gleich *zwei* ›Erden‹ signalisierten, eine zwischen Photonenrakete und Tau Ceti und eine auf der gegenüberliegenden Seite. Jetzt verlangte er genauere Meßdaten und steigerte die Empfindlichkeit des Instruments. Diese Messungen bewiesen, daß der innere Planet, also derjenige, der sich zwischen Stern und Photonenrakete befand, eine um 12,2 Prozent größere Masse aufwies als die Erde, während die Masse des zweiten Planeten um 9,3 Prozent geringer war.«

Er riskierte einen Seitenblick auf Ten, ob er wohl mit der Genauigkeit der Angaben zufrieden war, und fuhr dann fort:

»Der Computer machte sich seine Entscheidung nicht leicht. Die Betriebszentrale der Photonenrakete hatte gemeldet, daß sie den Betrieb eingestellt habe, ein Umstand, dem die Chronometer widersprachen, und schließlich meldete der Gravimeter nicht eine, sondern gleich zwei Erden. Darüber hinaus machten ihm die Selbsterhaltungsreflexe zu schaffen. An den Wänden der Brennstofftanks zwei und drei klaffte ein gewaltiges Loch, das durch die Schaumtapete nicht ganz versiegelt werden konnte, so daß der Brennstoff pausenlos auslief und der Pegel zu sinken begann. Der äußere Planet, also der mit der um 9,3 Prozent geringeren Masse, lag näher, so daß die Landung und das Abbremsen weniger Treibstoff beanspruchten. Schließlich entschied sich der Computer, diesen Planeten als ›Erde‹ zu akzeptieren. Den Rest erledigte er dann mit fahrplanmäßiger Präzision. Er löste die *Wiking* von der Photonenrakete und flog vom Gravimeter gesteuert zum Planeten. Nach dreieinhalb Umkreisungen stellte er sich auf die Äquatorebene ein und landete die *Wiking* nach weiteren fünf Umkreisungen in diesem Ozean.«

David legte eine kleine Pause ein, um etwas Luft zu schnappen.

»Soviel darüber, wie wir hierher geraten sind. Ich muß aber bemerken, daß der Computer keine schlechte Wahl getroffen hat. Unter Berücksichtigung aller bisherigen Umstände ist dieser Planet der Erde ziemlich ähnlich. Die Ähnlichkeit geht sogar so weit, daß sie nach dem Aufwachen zu Mißverständnissen führen konnte.«

Eine noch sanftere Formulierung der Tragödie als dieser letzte Satz hätte einem Dichter zu Ehren gereicht. Mark aber runzelte unzufrieden die Stirn.

»Die Mißverständnisse haben wir jetzt hinter uns. Bitte, berichte über den Planeten!«

Dave schluckte.

»Okay. Die Masse habe ich bereits erwähnt, sie ist um 9,3 Prozent geringer. Da die Rotation um die eigene Achse und der Umfang des Planeten kaum von dem der Erde abweicht, sind wir hier um etwa sechs bis sieben Kilogramm leichter. Das ist so wenig, daß wir es, bevor wir Bescheid wußten, überhaupt nicht gemerkt haben. Im Prinzip entspricht auch die Atmosphäre der unserer Erde. Seit dem Erwachen ist es diese Luft, die wir atmen, wobei der automatische Analysator des Biogenerators sie gar nicht erst hereingelassen hätte, wenn die Atmosphäre grundsätzlich anders oder gar giftig wäre. Bei sorgfältiger Untersuchung werden wir wahrscheinlich auch hier irgendwelche Abweichungen feststellen, doch das ist offensichtlich nicht relevant. Die See – wie ihr selbst festgestellt haben dürftet – ist ebenfalls zum Verwechseln ähnlich ...«

Er schaute auf, blickte Mark an, dann fiel er plötzlich aus der Rolle und begann zu protestieren.

»Ich kann nicht begreifen, Mark, warum du dich so krampfhaft an die Vorschriften klammerst! Ich gebe zu, es ist entsetzlich, daß wir nicht zu Hause sind, und daß die Enttäuschung zunächst alle niederschmetterte. Doch wir müssen wohl über die Enttäuschung wie auch über die Ähnlichkeiten reden, die uns zunächst irregeführt haben, denn diesen Tatsachen verdanken wir es, daß wir überhaupt noch am Leben sind. Was wäre geschehen, wenn das Gravimeter diesen Planeten nicht gefunden hätte und wir nicht in einer solchen Atmosphäre erwacht wären? Wenn etwa die *Wiking* nicht hätte wassern können, weil auf dem Planeten kein Wasser vorhanden ist? Was würden wir dann machen? Wären wir überhaupt noch am Leben?«

»Dave hat absolut recht!« rief Andrej heftig dazwischen, weil er das Schweigen nicht mehr länger ertrug. »Hier gibt es Wasser und Luft! Irgendwo wird es auch noch Festland geben, wo wir die *Wiking* an Land bringen und reparieren können!«

»Und wahrscheinlich gibt es auch Lebewesen!« Amar betrachtete die Welt manchmal ebenso durch die wissenschaftliche Brille wie Ten.

»Schließlich war es Ziel der Expedition, einen solchen Planeten zu finden«, meinte Felix, der stets voll Abenteuerlust und Phantasie steckte. »Vielleicht sogar höheres Leben ...«

Er wagte es zwar nicht auszusprechen, weil er befürchtete, ausgelacht zu werden, doch wir alle dachten nur an ein mögliches Lebewesen: an den Menschen.

Mark lächelte sauer.

»Verkneift euch bitte euren Idealismus! Die *Wiking* ist schwer getroffen, und die Lebewesen – wenn überhaupt welche vorhanden sind – werden für uns bestimmt keinen roten Teppich ausrollen. Wie willst du die *Wiking* reparieren, Andrej?«

»Das weiß ich noch nicht, aber wir werden es schon schaffen. Wir dürfen nur den Kopf nicht hängen lassen, sonst werden wir am Ende noch krank.«

»Außer Ten Ling und Amar hat jeder ein Mechanikerdiplom«, rief Val. »Mir ist es lieber, auf diesem Planeten die *Wiking* zusammenzuflicken als dort oben im künstlichen Schlaf als lebender Toter zu rotieren!«

»Und womit willst du sie flicken? Von der Außenhaut fehlen mehr als sechs Quadratmeter! Vielleicht mit deinen ärztlichen Instrumenten? Unsere Werkzeuge und die gesamte Forschungsausrüstung rotieren nämlich *dort oben* im Frachtraum der Photonenrakete«, gab Mark scharf zurück.

Wir alle waren verblüfft und erschrocken. Ohne unsere Ausrüstung konnten wir zwar in der *Wiking* bis zu unserem Tod existieren, doch wenn wir sie verließen, würden wir schutzlos sein wie die Urmenschen – allerdings ohne deren Erfahrung.

Val aber ließ sich nicht entmutigen.

»Wir werden schon Werkzeuge zimmern«, begann er unsicher und kam dann in Schwung: »Ich weiß zwar noch nicht wie, aber es wird uns schon gelingen. Und wir werden arbeiten, experimentieren und kämpfen. Ich möchte hier nicht vor die Hunde gehen, und wir alle wollen heim, um jeden Preis. Und wir werden gewiß auch eine Möglichkeit finden, wenn wir nur wollen.«

»Doktor, Doktor«, sagte Mark spöttisch, »ich kann mir zwar vorstellen, daß du dich mit deinem Stilett auch an einen Tiger heranwagst, doch was fängst du mit den Mikroben an? Zahlreiche Krankheiten können über uns hereinbrechen und uns vernichten, bevor wir überhaupt etwas dagegen tun können.«

»Das ist unsere Sache«, warf Michel ein. »Du als erfahrener Astronaut müßtest eigentlich wissen, was man unter Polyinterferon versteht.«

Wir alle maßen Mark mit feindlichen Blicken. Es war eine Schande, daß ausgerechnet der Kommandant ein Schwächling und Schwarzseher war, wo doch er uns hätte aufmuntern müssen. Wenn diese Debatte noch eine Weile dauert, sagte ich mir, dürfte es bald soweit sein, daß die Versammlung von ihrem nur selten angewandten schicksalsträchtigen Recht gebraucht macht, den Kommandanten abzuwählen und einen anderen mit der Aufgabe zu betrauen. Mir tat Mark leid, ich hatte ihn auch anders kennengelernt.

Er saß mit unbeweglicher Miene da, nur sein Blick sprang von Mann zu Mann. Die Nervosität hatte bereits ihren Höhepunkt erreicht. Die Situation war gespannt, nur noch ein Funke war nötig, damit alles explodierte – jede Sekunde konnte einer aufstehen und die Ablösung beantragen. Nicht genug, daß wir nicht auf der Erde waren – sollten wir unser hiesiges Leben gleich mit einem solch beschämenden Vorgang beginnen?

»Meint ihr also, daß wir noch Hoffnung haben?« fragte er unsicher, wobei er seinen Blick fest auf mich richtete. Mir tat er unendlich leid. Mark hatte nie vergessen, wie einsam ich war, nachdem ich Lena verloren hatte.

»Nun ja«, sagte ich, »wenn dieser Planet annähernd die Masse hat wie die Erde, und auch das Volumen sowie die Rotationsgeschwindigkeit nicht wesentlich von der Erde abweicht, so dürfte auch die durchschnittliche Dichte etwa ähnlich sein, was auch auf den geologischen Aufbau zutreffen dürfte. Also können wir an der Oberfläche Erze und Rohstoffe finden, aus denen wir die für die Reparatur erforderlichen Bauteile herstellen können. Es ist nur eine Sache der Zeit und der Geduld.«

Mark schaute alle der Reihe nach noch einmal an.

»Also gibt es keinen Grund zur Verzweiflung?« Seine hilflose, kindliche Frage war mehr, als Andrej ertragen konnte. Es war ihm anzumerken, daß er Wichtiges zu vermelden hatte, weil er nicht einfach dazwischenrief, sondern die Hand hob und ums Wort bat, während er langsam aufstand.

»Augenblick«, sagte Mark. Seine blauen Augen glitten plötzlich wie mit Zauberkraft über uns hinweg. »Ich frage noch einmal: Gibt es keinen Grund zur Verzweiflung? Meint ihr auch wirklich, was ihr gesagt habt, es sei wichtig, daß wir leben, daß wir über Wasser, Luft und Rohstoffe verfügen, daß wir die *Wiking* reparieren und nach Hause fliegen können, daß wir alle, wie wir da sitzen, nach Hause wollen?«

Seine Stimme, die immer lauter wurde, klang wie Peitschenknall.

»Habt ihr euch das so vorgestellt? Wollt ihr das? Wollt ihr das alle miteinander, ohne Ausnahme?«

Wir starrten verwundert in sein gerötetes Gesicht, das

eine unwiderstehliche Energie ausstrahlte. Was war nur mit diesem Mann geschehen?

»Gebt Antwort!« befahl er. »Wollt ihr das?«

Seine weit aufgerissenen Augen hielten alle in ihrem Bann.

»Jawohl!« erwiderten wir verzaubert wie aus einem Mund.

Wir saßen wie erstarrt da, nur auf den Monitoren schaukelten die schwarzen Wellen um uns herum, über uns glänzte der fremde Sternenhimmel.

Marks schwerer Seufzer unterbrach die Stille. Er strich sich über die Stirn, und sein breites, freundliches Lächeln verbreitete sich über sein Gesicht, dieses Lächeln, mit dem er schon immer seine Gegner hatte entwaffnen können.

»Nachdem ihr nun alle an unserer Stelle den Standpunkt der Expeditionsleitung hinsichtlich unserer Aktionen vorgetragen habt, können wir wohl zu den Einzelheiten übergehen. Vielen Dank für eure Hilfe!«

Er hatte gesiegt! Die unerträgliche Spannung hatte sich gelöst, alle atmeten auf, und wir waren Mark doppelt dankbar, daß er uns nicht enttäuscht hatte, daß wir einander wieder mochten und das Leben wieder liebten. Nur ich allein vernahm, wie Till dem Kommandanten halblaut zuflüsterte: »Das war ein gewagtes Spiel! Was hättest du getan, wenn der Schuß nach hinten losgegangen wäre? Was, wenn man dich überstimmt hätte und es dir nicht gelungen wäre, ihr Vertrauen zu gewinnen? Wozu war dieser ...« – er wollte Mark nicht verletzen, dennoch sprach er es aus – »dieser Trick notwendig? Wozu sollte das alles gut sein? Du hättest ohne Umschweife erklären müssen, was wir bereits beschlossen haben.«

Das Lächeln wich nicht aus Marks Gesicht.

»Mein lieber Robert, dein Handicap ist, daß du stets mit deinem eigenen Maß mißt, und das nicht zu knapp.

Nicht jeder kann so stark und so hart sein wie du. Die Menschen haben Gefühle und können schon mal verzweifelt sein – und das mit Recht! Dafür gibt es die Psychologie, um ihnen das Leben zu erleichtern, aber auch in schweren Stunden bei ihren Entscheidungen Beistand zu leisten.«

Die andern hatten sich in kleine Gruppen aufgelöst und besprachen die Lage. Jetzt aber hob Mark die Hand, und alle verstummten.

»Also, fangen wir an! Als erster soll Takura über die technische Lage berichten.«

Takura gehörte zu denen, die gewöhnlich nicht viele Worte machten, und stets war es Dave, der uns seine Gedanken vermittelte. Auch diesmal machte er es schonungslos.

»Unsere Werkstatt für Instandhaltung und Montage reicht aus, um geringe Schäden zu beseitigen. Die Wicklung des Elektroofens ist durch die Einschläge ausgebrannt, der Raum steht unter Wasser. Eine Reparatur ist erst möglich, wenn das Schiff auf dem Trockenen liegt. Die Spulen lassen sich durch Drähte ersetzen, die wir aus anderen Einrichtungen der *Wiking* ausbauen. Das ist eine langwierige Arbeit. Wenn es uns gelingt, den Ofen wieder in Betrieb zu setzen, können wir alle notwendigen Werkzeuge und Bauteile anfertigen, je nachdem, was wir für Rohstoffe finden. Oberhalb der Brennstofftanks zwei und drei fehlen – wie Mark bereits gesagt hat – etwa sechs Quadratmeter Außenhaut. Sie wurde an dieser Stelle durch Meteoreinschläge derart geschwächt, daß sie beim Aufprall auf das Wasser abgerissen ist. An der gleichen Stelle ist eine der Querrippen geborsten. Das sind die beiden schwersten Defekte, und eine Reparatur ist ebenfalls nur auf dem Trockenen denkbar, vorausgesetzt, daß entsprechendes Rohmaterial zur Verfügung steht. Über die Einzelheiten der Reparatur läßt sich noch nichts sagen, diesen Schaden konnte ich noch nicht in Augenschein nehmen, weil er unter Wasser liegt, die Daten habe ich aus den Aufzeichnungen der automatischen Überwachung.«

»Was ist mit Treibstoff?«

»Ist genug vorhanden. Sollte er uns dennoch einmal ausgehen, können wir aus dem Meerwasser genug Deuterium gewinnen. Die Synthetisatoren sind durchaus in der Lage, auch schwerer gewinnbare Stoffe herauszuholen. Natürlich braucht dies ebenfalls seine Zeit.«

»Macht nichts«, sagte Mark lächelnd, »wir sind ja Zeitmillionäre. Dank für die Meldung. Und jetzt bitte den Bericht über unsere Einrichtungen für Kybernetik, Navigation und Nachrichtendienst.«

Felix warf einen kurzen Blick auf seinen Notizblock.

»Über den Computer weiß ich nichts, ihr habt mit ihm gearbeitet.«

»Computer funktioniert einwandfrei«, sagte Till.

»Unsere Navigationseinrichtungen sind intakt, ebenso die Radargeräte. Zwei Bildempfänger sind beschädigt, lassen sich aber jederzeit reparieren, Ersatzteile sind vorhanden. Wie ihr wißt, ist die zentrale Sende- und Empfangsanlage durch Blitzschlag abgebrannt. Drei vollständige Ersatzanlagen sind vorhanden. Wir hatten bereits mit der Montage begonnen, als sich herausstellte, daß dies nicht so eilig ist.«

»Und ob das eilig ist«, setzte Mark dagegen. »Wie sollen wir sonst die Verbindung zur Photonenrakete herstellen? Wir müssen doch wissen, wo sie sich befindet. Shing wird was anderes zu tun haben, als sie zu orten. Also weiter!«

»Mehr Hochleistungs-Radiogeräte haben wir nicht. Alles, was wir hatten, habt ihr in die Photonenrakete umgeladen.«

»Felix«, sagte Mark, und seine Stimme klang ungewöhnlich hart, »merk dir bitte für die Zukunft, daß es kein ›ihr habt umgeladen‹ gibt! Alles was einschließlich Umladen geschehen ist, ist in der ersten Person Mehrzahl geschehen. *Wir* haben umgeladen. Wenn wir so denken würden wie du, würde das Spiel um die Verantwortung kein Ende nehmen. Das aber wäre in unserer Lage der blanke Unsinn. Hättest du seinerzeit zufällig beim Umladen mitgearbeitet und Andrej bei der Kursfindung Till geholfen, dann wäre er es, der dir dieses ›ihr habt umgeladen‹ an den Kopf werfen könnte. Und das solltet ihr euch alle merken: Ich allein bin derjenige, der die Verantwortung für jeden und für alles trägt. Wem was nicht paßt, der soll es mir ruhig sagen und mich zur Verantwortung ziehen. Also – *wir* haben die Geräte umgeladen, und da sind sie nun einmal. Weiter!«

Felix wurde rot. Mark hatte recht.

»Wir verfügen nur über die Aptatoren und über jene Geräte, die in die Raumanzüge eingebaut sind, doch diese arbeiten nur auf UKW, und ihr Wirkungsbereich ist dementsprechend gering.«

»Hm«, meinte Mark, »wir werden sehen, was sich machen läßt. Jedenfalls müssen wir aufpassen, daß wir nicht voneinander getrennt werden. Noch was?«

»Nein, fertig, Ende!«

»Dann möchte ich Michel Marcis bitten, über die sanitären und versorgungstechnischen Fragen, vor allem über die Lebensmittelversorgung zu berichten.«

»Soweit ich feststellen konnte, ist nur der Luftaustauscher beschädigt. Die defekten Bauteile können wir ersetzen, sobald der Elektroofen wieder funktioniert. Die erforderlichen Chemikalien lassen sich aus den Rohstoffen herstellen, die hier zur Verfügung stehen. Die Algenplantagen des Biogenerators haben natürlich durch den defekten Luftaustauscher gelitten, es sind nur noch zwei Stämme übrig. Ich habe die zerstörten Pflanzen entfernt und die beiden Stämme in die leeren Behälter umgetopft. In etwa drei Tagen wird auf diese Weise der Nachschub an Lebensmitteln gesichert sein. Bis dahin werden wir Astronautennahrung essen müssen, aber wir müssen sparsam damit umgehen, weil der Vorrat beschränkt ist.«

»Wir werden es überleben«, brummte Andrej. Diese Pasten, die man auch in einem Raumanzug verzehren konnte, mochten zwar im Notfall schmackhaft sein, dennoch konnten sie mit den Erzeugnissen der Geschmackskombinatoren nicht konkurrieren, auch nicht mit den verschiedenen Gerichten, die aus frisch gebratenen oder rohen Algen zubereitet wurden. Andrej aber war ein Feinschmecker, der Gaumen und Magen über alles liebte. »Bis dahin will ich gern fasten.«

»Wir nehmen das Angebot von Andrej Volatov dankend an«, sagte Mark mit unbeweglichem Gesicht. »Wir werden seine Ration unter die anderen verteilen.«

»Meinst du das wirklich ernst?«

Andrej schaute den Kommandanten derart verzweifelt an, daß wir alle lachen mußten.

»Keine Angst, wir werden dich schon nicht verhungern lassen. Du sollst deinen Brei haben. Also weiter, Michel!«

»Mit am wichtigsten ist es jetzt, unseren Organismus vor den Mikroben des Planeten zu schützen. Die Interferenzwirkung der Virusinfektion wird hoffentlich auch hier zu positiven Ergebnissen führen. Im wesentlichen liegt das Problem darin, daß uns, da wir in bezug auf die Erde, die Venus und den Mars über zahme Virusstämme verfügen und unseren Organismus mit diesen Viren anstecken, zwar keine dieser Erreger mehr angreifen können, dieser Stamm hier aber neu gezüchtet werden müßte, und zwar sofort. Jene Sektoren des Biogenerators, in denen organische Stoffe erzeugt werden, sind zum Glück intakt. Ich hoffe, daß wir innerhalb von zwei Wochen das Polyinterferon herstellen können, das für ausreichenden Schutz sorgt. So lange dürfen wir allerdings nicht an Land gehen.«

»Ich glaube nicht, daß dies vorher in Frage kommt«, meinte Mark. »Ihr könnt in aller Ruhe arbeiten.«

»Unsere Apparatur ist vollständig, nichts davon wurde in die Photonenrakete umgeladen. Ich hoffe, daß alles, was wir auf der Erde heilen können, auch hier heilbar sein wird.«

»Wie sieht es mit Medikamenten zur Prophylaxe von Strahlenschäden aus? Was steht für Brand- und Strahlungsverletzungen zur Verfügung?« bohrte Mark weiter. »Wir haben viel um die Atomanlage herum zu tun, so daß auch der radioaktive Treibstoff Unfälle verursachen kann.«

»Alle Medikamente sind reichlich vorhanden. Und sollten sie wirklich einmal knapp werden, so könnten die freien Sektoren des Biogenerators ohne weiteres Ersatz liefern. Also kein Grund zur Sorge.«

»Danke, Michel, dein Bericht ist sehr beruhigend, Gesundheit ist die höchste Gewähr, daß wir unsere Aufgabe erfüllen und unsere Schwierigkeiten meistern können. Denn Schwierigkeiten werden wir haben, und zwar in jenem Augenblick, wo wir an Land gehen wollen, um die Schäden zu beheben. Unsere Ausrüstung, die für die Planetenforschung gedacht war, haben wir leider in die Photonenrakete umgeladen, oder haben wir doch noch etwas hier an Bord, Amar?«

Amar lächelte.

»Es ist wohl besser, alles mit Humor zu tragen. Ihr habt ganze Arbeit geleistet. Hier ist nichts übriggeblieben, was solchen Zwecken dienen könnte. Von den Geländefahrzeugen und den Hubschraubern einmal ganz abgesehen, sind nicht einmal Schutzkleidung, aufblasbare Rettungsboote oder Laserwaffen vorhanden. Also habe ich auch weiter nichts zu berichten. Natürlich habe ich darüber nachgedacht, wie wir diese Schwierigkeiten meistern könnten, und habe da auch eine gewisse Vorstellung. Sollte es notwendig sein, werde ich darauf zurückkommen.«

»In Ordnung, Amar, wir wollen damit rechnen. Eine Zusammenfassung der Berichte können wir uns schenken, ihr habt ja alle mitgehört. Gehen wir also zum zweiten Thema über und beschäftigen wir uns mit den Aufgaben, die uns bevorstehen.«

Val hob die Hand zum Zeichen, daß er etwas sagen wollte.

»Da wäre noch etwas zu klären. Ich nehme an, daß es außer mir noch einige unter uns gibt, die sich über die große Ähnlichkeit dieses Planeten mit der Erde wundern. Nun kenne ich mich in der Kosmogonie nicht besonders aus und bitte um eine Erklärung.«

»Die Frage ist berechtigt, die Antwort aber einfacher, als du denkst. Am besten sollte Ten Ling uns etwas dazu sagen.«

Ten überlegte einen Augenblick lang, dann sagte er: »Fangen wir vielleicht damit an, daß zwar die Mehrzahl der Fixsterne ein Planetensystem besitzt, daß aber – nach den gegenwärtigen Theorien – nur im Bereich dreier Sternentypen Strahlungsbedingungen vorhanden sind, die auf bestimmten Planeten die Entstehung von Leben ermöglichen. Dabei handelt es sich um die Sterne der Spektralklassen F, G und der frühen Klasse K. Unsere Sonne gehört zur Klasse G, wie auch hier Tau Ceti. Denkt daran, daß der Rat für die Raumfahrt ausgerechnet diesen Stern als Ziel gewählt hat – obwohl es auch in der Nähe unseres Sonnensystems Sterne gibt, die ein Planetensystem haben –, weil man annahm, daß hier mit an Sicherheit grenzender Wahrscheinlichkeit ein erdähnlicher Planet kreist. Wäre dies nicht der Fall gewesen, so wären wir aufgebrochen, um das Planetensystem eines Sterns zu erforschen, der fast in greifbarer Nähe lag. Denn das oberste Ziel unserer Expedition ist die Suche nach Lebensformen, die der unseren gleichen. Wir sind nicht blind in den Weltraum hinausgeflogen, vielmehr haben wir bewußt eine Gegend anvisiert, wo wir solche Bedingungen vorzufinden glaubten. Dies ist die eine Seite der Medaille. Die andere ist der Supergravimeter, der bei der Ortung eine Rolle spielt. Das Instrument ist so eingestellt, daß es unter den Planeten, die in Reichweite sind, eine Masse aussucht, die annähernd der Erdmasse entspricht. Es war für diese Aufgabe vorgesehen, gewissermaßen als letzte Sicherung, um jedes Raumschiff – selbst eins, dessen Besatzung tot ist – zum Mutterplaneten zurückzubringen.

Nun hat das Gerät in diesem Planetensystem auf die gleiche Weise reagiert. Und da es nun einmal einen erdähnlichen Planeten gab – aus Daves Bericht wißt ihr, daß es nicht einen, sondern sogar zwei gibt –, hat es mit Hilfe des Computers die *Wiking* eben zu diesem Planeten geführt. Wie gesagt ist dieser Stern, was sein Alter und seine Strahlungsbedingungen betrifft, der Sonne sehr ähnlich. Gibt es da einen Planeten, der nach Masse, Dichte, mittlerer Entfernung und Rotationsgeschwindigkeit nicht wesentlich von der Erde abweicht – und wenn auch andere Faktoren auf eine Ähnlichkeit hinweisen –, so ist es weiter nicht verwunderlich, daß wir auf eine zweite ›Erde‹ gestoßen sind beziehungsweise, daß unser Instrument in Erfüllung seiner Aufgabe einen solchen Planeten geortet hat. Alles klar?«

»Ja«, erwiderte Val. »Nur noch eins: Die Entwicklung des Lebens bis zum heutigen Stand hat auf der Erde etwa zwei Milliarden Jahre gedauert. Wie sieht wohl der Stand auf diesem Planeten aus?«

»Ich glaube, wir können davon ausgehen, daß das Leben hier nicht höher entwickelt sein kann als auf der Erde.«

»Wieso willst du das so sicher behaupten?«

»Weil seit der Mitte des zwanzigsten Jahrhunderts die

Radioastronomen auf der Lauer liegen, ob nicht vielleicht Signale aus dem Weltall kommen, aus denen wir schließen können, daß sie von intelligenten Lebewesen gesendet werden. Mehr noch – mit Hilfe von Hochleistungs-Sendern wurden Signale zu jenen Sternen – also auch zum Tau Ceti – abgestrahlt, wo das Vorhandensein von intelligenten Lebewesen vermutet wurde. Doch alle Versuche blieben bisher ohne Ergebnis. Würde auf diesem Planeten – oder auf dem anderen, den unser Instrument ebenfalls geortet hat – eine Zivilisation existieren, die der irdischen überlegen ist, so hätten diese Wesen längst auf unsere Signale geantwortet, ja, sie hätten uns bereits auf der Erde besucht, bevor wir hierher gelangt sind.«

»Das leuchtet ein. Doch wie weit hinken die Intelligenzen hier hinter uns her?«

»Diese Frage ist nicht so leicht zu beantworten. Es stimmt zwar, daß dieser Fixstern und unsere Sonne etwa gleichaltrig sind, daß also ihr Alter etwa vier bis fünf Milliarden Jahre beträgt. Daraus läßt sich sofort schließen, daß eine solche ›Gleichaltrigkeit‹ nur in kosmischen Maßen besteht. Wenn man in solchen Kategorien denkt, spielen ein paar Millionen Jahre wirklich keine Rolle. Vom Standpunkt der Biowelt betrachtet, ergeben sich allerdings zahlreiche Möglichkeiten und Variationen. Die ersten Säugetiere sind auf der Erde etwa vor 50 Millionen Jahren aufgetaucht, der Mensch ist höchstens eine Million Jahre alt. Natürlich ist es schier unmöglich, selbst auf der uns bekannten Erde irgendwelche genauen Grenzen zu ziehen. Die Entwicklung der Lebewesen folgt einer sehr strengen Gesetzmäßigkeit, wie etwa jenem Gesetz, daß zuerst das Wasser erobert wird und daß die Lebewesen erst danach auf dem Festland auftauchen, oder daß für ein höheres Nervensystem die Entwicklung des Gehirns und des schützenden Schädels eine logische Voraussetzung ist, ebenso wie die symmetrische Lage der Extremitäten für die Fortbewegung. Die Reihe ließe sich endlos fortsetzen. Doch auch im Rahmen dieser Gesetze trifft dasselbe zu wie bei den Sternen: Ein paar Millionen Jahre hin oder her spielen keine Rolle. Der Umstand, daß jenes Zeitalter der Erdgeschichte, das von den Geologen und Paläontologen als Mittelalter bezeichnet wird, auf der Erde 130 bis 140 Millionen Jahre gedauert hat, heißt noch lange nicht, daß auf einem anderen Planeten dieser Zeitabschnitt genauso lange gedauert haben muß. Stimmt's, Amar?«

»Richtig. Es wäre Unsinn, etwas anderes zu behaupten. Wie nun allerdings die Welt der Lebewesen auf diesem Planeten ausschaut und wie weit sie entwickelt ist, wie weit sie der Erde ähnlich ist oder von ihr abweicht, kann nur unsere Forschungsarbeit erbringen.«

Mark lachte.

»Wie ich sehe, kannst du es kaum erwarten, mit der Forschung zu beginnen.«

»Wenn wir schon einmal da sind«, meinte Amar und breitete die Arme aus, »und wenn wir ziemlich lange hier bleiben müssen, sollten wir die Gelegenheit beim Schopf ergreifen, um diese Welt kennenzulernen. Darum schlage ich vor, daß wir, sobald all das, was Ten erzählt hat, jedem klar geworden ist, unverzüglich damit beginnen sollten, unsere Zukunft zu planen.«

»So ist es«, stimmte ihm Mark zu. »Dave, du hast das Wort.«

»Im Augenblick habe ich kein genaues Programm greifbar. Alles hängt davon ab, ob wir einen geeigneten Platz als Basis finden. Unter anderem sind zwei Bedingungen am wichtigsten, nämlich ein Küstenstreifen, wo die erforderlichen Rohstoffe – vor allem verschiedene Metallerze – in unmittelbarer Nähe und reichlich vorhanden sind, und daß sich der Küstenstreifen dazu eignet, die *Wiking* an Land zu ziehen.«

Das sagte er so leichthin, als würde es sich nur um ein Ruderboot handeln. Val konnte es sich nicht verkneifen, den Kollegen auf den Arm zu nehmen.

»Freilich, wir packen ganz einfach zu, und dann hauruck!«

Aber auch Dave ließ sich nicht lumpen, er zahlte sofort mit gleicher Münze heim.

»Wir können es ja versuchen«, frozzelte er. »Ich gebe den Takt an, und du ziehst!«

Die Stimmung hatte sich gelockert. Nach Marks Sieg war die gespannte Atmosphäre der Beratung verschwunden. Wir mußten alle herzlich lachen.

»Nun aber«, bohrte Val weiter, »wie stellst du dir das vor?«

»Irgendwo sind ein paar Siliziumkabel übriggeblieben, die stark genug sind, um das Gewicht der *Wiking* auszuhalten. Wir könnten sie an die Frachtraumwinden der Geländefahrzeuge anschließen und am Ufer an einen festen Felsen anbinden. Dann könnte man das Triebwerk über der Wasserlinie einschalten, seine Schubkraft würde mithelfen, man könnte das Ufer planieren ...«

»Und wenn es das Kabel doch nicht schafft?« widersprach Val.

»Die *Wiking* könnte ins Schlingern geraten«, warf Andrej ein.

»Hört doch endlich auf!« beschwichtigte Mark. »Über die Details könnt ihr euch unterhalten, wenn wir erst einmal da sind. Laßt uns zunächst einen passenden Küstenstreifen finden.«

»Irgendwie hast du recht«, brummte Andrej. »Also, wohin sollen wir segeln?«

»Der Computerspeicher hält auch für diesen Fall Hinweise bereit. Während der Umkreisungen vor dem Start haben Gravimeter und Radar im Interesse einer sicheren Landung die Verteilung von Land und Wasser genau registriert. Diese Daten können wir nun als Ausgangspunkt für unsere Orientierung nutzen. Ten hat diese Daten ausgewertet. Also, was gibt es für Möglichkeiten?«

»Die Informationen aus der Zeit, bevor wir auf die Äquatorebene einschwenkten, sind unbrauchbar, weil sie lückenhaft sind. Die späteren allerdings lassen sich gut auswerten. Dementsprechend beträgt der Planetenumfang am Äquator 38470 Kilometer plus-minus 20 Kilometer. Während der Umkreisung haben die Instrumente folgendes gemeldet: Der Äquator durchmißt zwei größere und zwei kleinere Kontinente, zwischen ihnen liegen drei große Ozeane. Dabei muß ich bemerken, daß dieser wie auch jeder andere Planet und Himmelskörper ein Magnetfeld besitzt, also war es nicht schwer, die Magnetpole mit Hilfe der Instrumente zu orten. Nach den Sternen und vorher nach der untergehenden Sonne ...«

Er wußte nicht weiter und wurde verlegen. Ten Ling, der stets präzise Astronom, hatte ungenau formuliert und Tau Ceti als die Sonne bezeichnet. Mark aber tröstete ihn mit einem Lächeln.

»Wir wissen, was du meinst, und ich glaube, daß diese Bezeichnung eher zutrifft. Im Alltag – und wir werden lange Zeit hier verbringen müssen – wäre es unsinnig, in Zukunft zu sagen, daß sich das Zentralgestirn von Tau Ceti dem Horizont nähert. Tau Ceti ist nun einmal die Sonne dieses Planeten, und damit auch die unsere, solange wir hier leben. Es wäre besser und natürlicher, wenn wir die Dinge vereinfachten. Auch dies hier ist eine Art ›Erde‹, wenn man so will. Es gibt eine Rotation, es gibt Tag und Nacht, es gibt einen Nord- und einen Südpol. Dort, wo die Sonne dieses Planeten untergeht, ist Westen, dort, wo sie aufgeht, ist Osten. So können wir uns besser verstehen, besser orientieren und uns auf diesem Planeten leichter bewegen. Nun kennen wir also die Himmelsrichtungen. Also bitte weiter!«

»Okay. Die Kontinente und die Ozeane habe ich zunächst einmal nur mit Buchstaben bezeichnet, weil wir nur durch Gravitationsunterschiede von ihrer Existenz wissen, die die Instrumente registriert haben.«

»Wenn wir also die Erde als Beispiel nehmen«, warf Mark ein, »wissen wir über diesen Planeten nur das, was uns die Instrumente vermittelt haben, also nicht mehr als ein Astronaut, der von einem fremden Planeten kommt und die Erde auf der Äquatorebene umkreist. Das heißt also Zentralafrika, Indischer Ozean, Indonesien, dann der Pazifik und Südamerika über dem nördlichen Teil des Amazonasbeckens, und schließlich der Atlantik. Das ist alles, was er zu sehen bekommt; hat keine Ahnung über die Nord-Süd-Ausdehnung der Kontinente und Ozeane, weiß nichts über Asien, Nordamerika und Australien. Ten, bitte weiter!«

»Wir befinden uns etwa in der Mitte des größten Ozeans dieses Planeten, dessen Ausdehnung etwa 17530 Kilometer beträgt. Westlich von diesem Ozean ›a‹ befindet sich der Kontinent ›A‹ mit einer Ausdehnung von 6100, dann der Ozean ›b‹ mit 5350, der Kontinent ›B‹ mit 1290 und schließlich der Ozean ›c‹ mit 3600 und der Kontinent ›C‹ mit 4600 Kilometer. Das Ostufer dieses Kontinents ›C‹, dessen Küsten von den Wellen des Ozeans ›a‹ bespült werden, ist das Festland, das in unserer Nähe liegt.«

»Wie weit ist dieses Festland entfernt?«

»Als wir auf See wasserten, betrug die Entfernung etwa 7800 Kilometer. Seit diesem Zeitpunkt sind etwa 7 Stunden verstrichen, und wir entfernen uns mit einer Geschwindigkeit von etwa 30 Stundenkilometern, also beträgt die Entfernung im Augenblick etwas mehr als 8000 Kilometer. Uns gegenüber aber liegt der Kontinent ›A‹ in einer Entfernung von 9500 Kilometern.«

»Ich schlage vor«, sagte Dave, »daß wir uns für den Kontinent ›C‹ entscheiden. Wir müssen an den Brennstoffverbrauch denken. Die *Wiking* ist kein seetüchtiges Schiff und verbraucht durch die Reibung des Wassers bedeutend mehr Treibstoff als in der Luft oder gar im Weltraum. Unser Treibstoff reicht grob geschätzt für etwa 15000 Kilomter. Wir können zwar aus dem Meerwasser Nachschub erzeugen, doch das ist langwierig und zeitraubend. Gibt es etwas, was gegen meinen Vorschlag spricht?«

»Meiner Meinung nach nicht«, sagte Mark und blickte in die Runde. »Über die einzelnen Kontinente wissen wir nichts, können also keinerlei Unterschiede in Erwägung ziehen. Wollt ihr Daves Vorschlag zustimmen?«

Wir gaben unsere Einwilligung durch Handzeichen.

»Alsdann, Andrej, stell das Triebwerk sofort ab! Schade um den Treibstoff. Morgen früh werden wir den neuen Kurs anpeilen.«

Andrej trat an die Kontrollwand. Das kaum wahrnehmbare leise Vibrieren, das bisher den Betrieb der Rakete signalisiert hatte, hörte auf, die *Wiking* schaukelte über den Wellen.

»Noch ein paar Details, bevor wir schlafen gehen«, fuhr Mark fort. »Die Rotationszeit des Planeten beträgt nach Tens Berechnungen 22 Stunden und 18 Minuten. Würden wir an einem 24-Stunden-Tag festhalten, dann würden wir innerhalb von zwei Wochen durch die ständige Umrechnerei in Teufels Küche geraten. Ich bitte um Vorschläge für eine Lösung, die es uns ermöglicht, uns dieser Rotation beziehungsweise diesem Planetentag auf normale Weise anzupassen.«

»Mein Vorschlag ist etwas primitiv«, begann Till, »doch für die Praxis reicht er vorerst aus, bis wir eine bessere Lösung finden. Lassen wir die Atomuhren weiter nach der Erdzeit laufen. Dies ist von größter Wichtigkeit, weil alle unseren interstellaren Navigationsberechnungen auf dieser Zeitrechnung beruhen. Doch die elektronische Zentraluhr, die unsere kleinen Chronometer steuert, sollten wir so einstellen, daß sie innerhalb von 22 Stunden 18 Minuten 24 Stunden durchläuft. So wird jede Stunde, die wir hier verbringen, um viereinviertel Minuten kürzer sein als auf der Erde. Dieser Unterschied ist nicht so groß, daß er sich im Alltag störend auswirken könnte.«

»Ich halte Tills Vorschlag für gut«, meinte Mark. »Je mehr wir uns den Standpunkt zu eigen machen, daß es sich hier um eine andere ›Erde‹ handelt, je besser wir uns dem Leben auf diesem Planeten anpassen, um so leichter wird uns unsere Arbeit fallen. Da wäre dann noch die Diensteinteilung. Die Mediziner sollen an der Herstellung des Polyinterferons arbeiten. Das ist jetzt das Wichtigste, und darum werden sie von allen übrigen Dienstleistungen befreit. Zur Verwirklichung unserer ferneren Ziele ist es erforderlich, daß Shing das ausgebrannte Funkgerät durch das Ersatzgerät ersetzt und versucht, Kontakt zur Operationszentrale der Photonenrakete herzustellen. Wenn die Zentrale auch beschädigt ist, so wissen wir wenigstens, wo sich die Photonenrakete befindet. Ohne sie können wir nicht ins Sonnensystem zurückkehren. Till wird beim Anpeilen helfen. Amar und Gregor sollen mit Hilfe der verfügbaren Geräte die Möglichkeiten prüfen, wo und wie wir an Land gehen beziehungsweise ankern können. Bei technischen Fragen ist Daves Rat einzuholen. Wir anderen aber werden jeweils zu zweit in Achtstundenschichten die *Wiking* auf den Kontinent ›C‹ zusteuern, wobei ich natürlich bereits an die hiesigen Stunden denke. Die neue Zeitrechnung tritt bei Sonnenaufgang in Kraft, bis dahin werden Dave und ich im Dienst bleiben.«

Wie auf einem Schulschiff, fiel es mir wieder ein. Die Sicherheit und Disziplin, die Mark ausstrahlte, tat unendlich gut. Seine Befehle bedeuteten Leben, Sinn und Ordnung, die einzige Sicherheit für unsere Zukunft.

»Bitte um zwei Freiwillige für die morgendliche Ablösung.«

Solange wir so bleiben konnten, war es zunächst egal, wo wir uns befanden.

»Also Till und Andrej. Danke, Ende! Und jetzt wünsche ich allen eine gute Nacht.«

10

Seit achtundvierzig Stunden schon saßen wir diesem Küstengebiet gegenüber und befragten es rastlos mit allen nur verfügbaren Instrumenten. Der Radarstrahl zog immer wieder monoton seine Kreise und zeigte an, daß im Wasser kaum Lebewesen vorhanden waren. Jahrtausende vor unserer Ankunft hatte irgendeine Veränderung von planetarischen Dimensionen jenen gewaltigen Strom von hier weggeführt, in dessen Weg die fleißigen Korallentierchen am Ufer dieses Kontinents, der mit einer nur in Jahrmillionen meßbaren Geschwindigkeit versank, ohne Unterlaß einen gewaltigen Schutzwall errichtet hatten. Der Strom aber versiegte, und mit ihm alles, was Leben für sie bedeutete, nämlich das frische, sauerstoffreiche Wasser, das einst von winzigen Lebewesen und von den Abfällen der größeren wimmelte. Die Korallentierchen gingen ein, die Korallenbänke, die der Sand allmählich bedeckte, versanken zusammen mit dem Kontinent. Auf die Erbauer folgten keine neuen Generationen, um das Werk zu vollenden und den farbenprächtigen Wald ihrer verästelten und verzweigten kleinen Sträucher bis über die Wasseroberfläche und gleichzeitig über die ehemalige Wohnstätte und über das Grab ihrer Vorfahren zu erheben.

Und weil das Gesetz der großen Nahrungskette besagt, daß sich der größere vom kleineren ernährt – erst die kleinen Fische, die sich von den winzigen Lebewesen des Meeres ernährten, dann die größeren, die von den kleinen lebten und schließlich die gierigen Raubfische, welche die großen jagten – folgten die Lebewesen dem neuen Weg, den die Strömung genommen hatte. So blieben auch die großen Meeresungeheuer allmählich dieser einsamen Küste fern, um für ihre Freßgier neue, ergiebigere Jagdgründe zu erschließen.

Das Korallenriff lag nur etwa einen Meter tief unter der Oberfläche und konnte so lange nach dem Untergang seiner Erbauer wieder seinen ursprünglichen Zweck erfüllen. Solange es lebendig war, hatte es die hinter dem Riff liegende stille Lagune vor dem Ozean, vor den wilden Wellen der Strömung geschützt. Jetzt bildete es einen Schutzwall gegen die fremden Eindringlinge, die von einem anderen Planeten hierher gekommen waren.

»In einem Umkreis von zehn Kilometern gibt es kein bewegliches Objekt, dessen Länge mehr als einen Meter beträgt«, verkündete Jai, der am Feinradar saß.

Die *Wiking* dümpelte schwer über den gewaltigen stehenden Wellen vor dem Riff. Etwa 40 Meter vor uns über der Unterwasserebene des Korallenriffs wurden sie dann nach einigen wütenden Schlägen friedlich, weil das Riff, dessen Arme sich tückisch unter der Wasseroberfläche ausbreiteten, sie um keinen Meter weiter vordringen ließ.

Dave und seine Ingenieure hatten um die kleine Ausgangsöffnung der *Wiking* eine kleine Reling, eine Art »Kommandobrücke« montiert. Wir standen zu dritt an der Reling, Mark, Amar und ich. Wir wußten zwar, daß das Radargerät tausendmal schärfere Augen hatte als wir, trotzdem konnten wir den Blick von der waldbedeckten Hochebene an der Küste nicht wenden, die stellenweise von den hellen Flecken steiler Auswaschungen durchsetzt war, die irgendwie an Abgründe erinnerten. Eine stumme und ausgestorbene Gegend im krassen Gegensatz zur Fülle der Lebewelt, die wir während unserer fast zwei Wochen dauernden Seereise erlebt hatten. Das war der erste Vorteil, der zweite aber jene halbkreisförmige Bucht, die sich jenseits des Riffs bis in die felsige Küste hinein erstreckte. Diese Bucht war ein stilles Wasser, und nach der Radaranzeige war es auch tief genug. Wenn wir irgendwie an der Seite im Wellenschatten das Korallenriff sprengten, könnten wir für die *Wiking* einen sturmgeschützten sicheren Hafen schaffen. Weiter vom Meer entfernt, dort, wo der Horizont der Hochebene unsere Sicht begrenzte, konnten wir stellenweise flache Hügelkämme erkennen, die sich über das Festland erhoben – das war aber auch alles, was wir über diese Gegend wußten. Mark betrachtete die Steilwand aus schmalen Augen, als wollte er versuchen, sie mit seinem Blick zu durchdringen.

»Wir müssen unbedingt erfahren, was dahinter liegt. Davon hängt es ab, ob wir hier bleiben oder nicht, weil diese kleine Bucht ideal ist. Nun bist du dran, Gregor! Gehen wir in den Kontrollraum, ich möchte unseren Plan zusammenfassen.«

Marcis hatte uns bereits erwartet.

»Ich habe eine schlechte Nachricht für dich, Mark. Du kannst Amar und seine Gruppe nicht begleiten.«

»Wieso denn nicht?«

»Nach den Untersuchungsergebnissen von gestern ist dein biologischer Schutz nicht einwandfrei.«

»Wie ist das möglich?«

»Dir, mein Freund, wurde im Lauf der Zeit mehrfach Poylinterferon verabreicht, da du schon wiederholt auf der Venus und auf dem Mars gewesen bist. In einem solchen Organismus werden die Abwehrstoffe nur langsam aufgebaut.«

»Und die anderen?«

»Von Amar und Gregor abgesehen, sind wir alle altgediente Astronauten, und das gilt auch für uns. Wir brauchen mindestens noch eine Woche. Wenn sich das Resultat auch dann noch nicht bessert, werden wir einen neuen Stamm züchten.«

»Ich kann aber Amar und Gregor ohne einen dritten Mann nicht ziehen lassen!«

Amar war verzweifelt.

»Ich flehe dich an, Mark, laß endlich einmal fünf gerade sein! Es wäre entsetzlich, noch eine Woche lang die Hände in den Schoß zu legen und das Ufer aus der Ferne zu betrachten. Nach unseren Beobachtungen sind weder zu Wasser noch zu Lande irgendwelche Lebewesen vorhanden. Was eigentlich befürchtest du noch?«

»Ich kann dich verstehen, Amar. Aber wenn euch doch etwas zustößt, was dann? Hier gibt es tatsächlich keine Lebewesen. Doch was verbirgt sich hinter dem Rand der Hochebene?«

»Genau das möchten wir ja herausfinden!«

»Das kann ich nicht allein entscheiden. Rufen wir die anderen zusammen. Mir persönlich gefällt dieser Ausflug gar nicht, ich mache mir Sorgen um euch.«

In der Versammlung wurde der Kommandant überstimmt, und dies war neben unserer Ungeduld, etwas über das Ufer zu erfahren, auch Amars rhetorischer Kunst zu verdanken, mit der er seinen Plan vortrug.

»Aus der Ausrüstung, die auf der *Wiking* übriggeblieben ist, können wir kein Wasserfahrzeug bauen. Doch dort am Ufer liegt so viel Holz, daß wir den Rückweg bereits mit einem Floß antreten können.«

Amar hatte sich die Expedition so vorgestellt, daß wir unsere Raumanzüge anzögen und diese mit Luft aufpumpten, damit wir auf dem Wasser schwimmen könnten. Eine Feinsäge und die kurzen Messer, die wir uns bei den Ärzten borgten, konnte man wirklich nicht im

Ernst als Waffen bezeichnen, so daß unsere Ausrüstung durch zwei weitere Sauerstoffflaschen ergänzt wurde. Takura befestigte am Ventil dieser Zusatzflasche je ein kurzes, nach vorn ragendes Rohr, so daß, wenn wir das Ventil öffneten, dem Angreifer ein eiskalter, lenkbarer Strahl mit hohem Druck entgegenzischte. Es war eine abenteuerliche Lösung, aber sie fand bei allen Gefallen. Andrej hielt einen kurzen theoretischen Vortrag über das Schwimmen im Raumanzug, der zu einer Taucherausrüstung umfunktioniert worden war.

»Ihr müßt aufpassen, daß ihr nicht an die Oberfläche kommt. In solch einem schweren Anzug könnt ihr unmöglich auf den Wellen schwimmen. Wenn ihr zuviel Luft hineinpumpt, werdet ihr unweigerlich an die Oberfläche getrieben. Seid aber vorsichtig, der Grund ist schlammig.«

Alle redeten durcheinander, gaben ihren Senf dazu, waren hilfsbereit und beneideten uns sehr, daß wir die ersten sein durften, die an Land gingen.

»Also dann bis morgen früh!« schloß Mark die Beratung. »Bis dahin bitte zwei Freiwillige zum Radar als Assistenten für Shing und Felix. Untersucht jeden Stein und jeden Baum am Ufer gründlich, damit die Expedition keine unliebsamen Überraschungen erlebt.«

Hatte ich Angst? Jetzt, wo ich zurückblicke, muß ich ehrlich sagen: nein. Nun standen wir in unseren Raumanzügen mit geschlossenem Helm im engen Käfig der »Kommandobrücke«.

Marks Stimme kam über unseren Empfänger im Helm.

»Wichtig ist, daß ihr euch, sobald ihr im Wasser seid, vom Schiffsrumpf fernhaltet, sonst rennt ihr euch noch den Schädel ein.«

Tief unter uns, zwischen den trägen Wellen, taten sich riesige Abgründe auf, erhoben sich Hügel, und die *Wiking* dümpelte wie ein Kahn auf den schweren Wogen.

»Alles in Ordnung?« fragte Till.

»Alles bestens«, erwiderte Amar. »Ich gehe als erster.«

Er stieg über die Reling, zögerte für eine Moment, balancierte wie ein Seiltänzer und stürzte dann wie ein Stein in die Fluten.

Das Wasser hatte Amar bereits verschluckt, als ich mich zum Sprung bereitmachte. Die See sprang mich an. Einen Augenblick konnte ich noch mit Verwunderung feststellen, daß die Oberfläche der großen Wellen, die von oben gesehen glatt erschien, aus vielen kleinen Wellenhügeln und Wellentälern zusammengesetzt war – dann schlug das Wasser über mir zusammen. Weiße Blasen auf flaschengrünem Grund tanzten am Visier meines Helms vorbei, dann spürte ich etwas Weiches, das unter meiner Stiefelsohle nachgab. Die Welt verfinsterte sich, der Schlamm hatte mich ergriffen.

Ich drückte den Druckregler, und ein leises blubberndes Geräusch im Nacken sagte mir, daß er funktionierte.

»Versuche, an die Schlammoberfläche zu kommen. Wenn es nicht geht, darfst du deinem Raumanzug noch etwas Luft zuführen«, rekapitulierte ich Andrejs Vortrag. Ich spürte festen Boden unter den Füßen, stieß mich ab und schwebte durch die Finsternis. Etwas Luft! Ich drückte den Dosierknopf, und der Anzug, der bisher an meinem Körper geklebt hatte, ging auf Distanz. Ich versuchte zu schwimmen und stieg allmählich nach oben. Nach einigen Schwimmbewegungen begann sich das Dunkel allmählich zu lichten. Nun war ich aus dem Schlamm heraus, also ließ ich etwas Luft ab, bevor sie mich nach oben katapultierte. Es rauschte und blubberte, das Steigen hörte auf, und ich spürte den dichten Schlamm nur noch von den Oberschenkeln abwärts. Ich betätigte vorsichtig das Dosierventil, und mein Körper begann zu schweben. Das reicht, sagte ich mir. Dieses Gleichgewicht muß ich halten. Der Strahl meiner Stirnlampe schnitt einen hellen Streifen in die Schlammwolke, die mein Aufprall aufgewirbelt hatte. Ich konnte nichts sehen. Nun begann ich zu schwimmen, natürlich nicht so wie üblich. Einst war ich ein guter Schwimmer gewesen, gut genug, daß für mich das Schwimmen nicht nur eine Folge vorgegebener Bewegungen bedeutete. Meine Muskeln waren in der Lage, die Grenzen ihrer Leistungsfähigkeit einzuschätzen und innerhalb dieser Grenzen jene Bewegungen auszuführen, die eine Fortbewegung sicherten. Ich paddelte zwar wie eine Meeresschildkröte, aber ich konnte mich immerhin weiterbewegen. Die Schlammwolke löste sich allmählich auf, und plötzlich, ohne jeden Übergang, leuchtete um mich herum das Reich der Tiefsee auf.

»Gregor, ich rufe dich!« vernahm ich Amars Stimme.

Ich drehte mich um. Hinter mir hatte der Schleier des aufgewühlten Schlamms jede Sicht verdeckt. Ich konnte etwa 10 bis 15 Meter weit sehen. Unter Wasser ist jede Entfernung trügerisch, man kann sich leicht verschätzen. Und Amar war nirgendwo zu entdecken.

»Kannst du mich sehen?« fragte ich.

»Nein. Und du mich?«

»Ich sehe dich nicht.«

»Schau mal nach oben! Kannst du die *Wiking* sehen?«

Diese grüne glasartige Schicht, die nach oben immer heller wurde, war zu meiner Linken durch zwei breite dunkle Streifen geteilt, deren Enden über meinen Sehbereich hinausgingen.

»Da ist sie, links über mir!«

»Kannst du auch das Heck sehen?«

»Nein.«

»Dann los, mach dich auf und such es! Ich stehe hier genau unter dem Bug.«

Amars Vorschlag gefiel mir nicht. Ich konnte nur den Mittelteil der *Wiking* sehen, und da sie in diesem Bereich gleich stark war, konnte ich nicht feststellen, in welcher Richtung der Bug lag. Wenn ich mich nun in die falsche Richtung bewegte – was dann? Ich wollte protestieren, doch Andrej kam mir zuvor.

»Dieses Versteckspiel hat keinen Sinn. Felix wird euch mit Hilfe der Lokatoren die Richtung weisen. Also wartet ab!«

Ich untersuchte den Meeresboden. Die leise Bewegung, die sich bei Sturm kraft der an der Oberfläche tobenden Wellen bis hierher fortpflanzte, hatte im dikken Schlamm ein Streifenmuster geformt. Hie und da ragten ein paar mickrige Pflanzen hervor. Fische oder Muscheln konnte ich nicht entdecken, nur kleine Häufchen mit Löchern in den Seiten. Ich hatte keine Ahnung, welche Tiere sie bewohnten, wenn es sich überhaupt um Tiere handelte und nicht um ein Werk der Gase, die aus dem faulenden Schlamm emporstiegen.

»Gregor, geh jetzt parallel am Rumpf der Rakete entlang!« bat Felix.

Ich blickte zu dem dunklen Streifen empor und begann zu schwimmen.

»Halt!« rief er. »Du schwimmst in Richtung Heck!«

Ich machte kehrt und begann mich in entgegengesetzter Richtung zu bewegen. Der Boden veränderte sich nicht. Ich begann mich gerade zu wundern, wie weit wir auseinander geraten waren, als sich aus der Dämmerung eine Schlammwolke löste, die meiner Einschlagwolke glich. Davor schwebte Amar, aus seinem Helm stiegen kleine Blasen wie eine Perlenschnur auf. Als ich bei ihm war, kam das nächste Kommando von Felix.

»Kurs zwanzig Strich backbord! Wir verfolgen euch mit dem Lokator.«

»Halten wir zwei Meter Abstand zum Boden und schwimmen wir so nah wie möglich aufeinander zu«, sagte Amar.

Der ausgestorbene Meeresboden begann sich zu heben, die ebene Fläche war mit kleineren und größeren Häufchen übersät. Aus einigen dieser Hügel ragte das feine Geäst der toten Koralle. Dann nahm uns der schwebende Schlamm unter Wasser die Sicht, dieser Schlamm, der an der steil aufsteigenden Wand der Korallenbank durch die Strömung aufgewirbelt wurde.

»Wir müssen weiter nach oben. Wenn wir da hineinschwimmen, können wir so gut wie nichts mehr sehen«, meinte ich.

»Ja, aber nicht mit Luft! Wenn wir auch nur wenig Luft in die Anzüge pumpen, ist das Gleichgewicht dahin, und wir werden unweigerlich an die Oberfläche getrieben, was bei diesem Wellengang höchst unangenehm werden könnte.«

Nach einigen Schwimmbewegungen begann ich schneller zu steigen, als dies meiner Anstrengung entsprach. Ich hörte auf zu schwimmen, dennoch stieg ich weiter. Hier konnte ich bereits die Kraft der Wellen spüren. Nun bin ich zwar kein geübter Taucher, hatte aber jetzt trotzdem eine Erklärung. Während wir nach oben paddelten, nahm der auf uns lastende Wasserdruck ab, die Luft in unseren Anzügen dehnte sich aus und bot der Auftriebskraft eine größere Fläche.

»Du mußt sofort Luft ablassen!«

Das Steigen hörte auf. Die Schlammwolke brodelte unter uns, der Wellengang riß uns in Richtung Riff mit, und wir wurden von Strömungen geschüttelt, die von allen Seiten über uns hereinbrachen. Anscheinend war der ruhige Abschnitt unserer Reise zu Ende.

»Aufpassen!« warnte Felix. »Das Riff ist direkt vor euch!«

Vor uns baute sich plötzlich eine dunkle Wand auf.

Sie reichte bis an die Oberfläche, die uns wie eine verbeulte, durchlöcherte Silberplatte vorkam.

Diese Silberplatte wurde von unsichtbaren Händen hin und her gezerrt, in Falten gedrückt und wieder glattgestrichen. Selbst diese schwachen Wellen, aufgewirbelt durch die tobende Kraft des Ozeans, konnten uns leicht gegen die Korallenriffe schleudern. Doch Amar hatte auch an diese Möglichkeit gedacht.

»Luft raus und wegtauchen!« befahl er, dann wandte er sich an Felix. »Bitte stell einmal fest, wie hoch das Wasser über dem Riff steht, an dem wir uns befinden!«

Es dauerte eine Weile, bis der Navigator die Messungen durchgeführt hatte. Während wir warteten, wurden wir von den Wellen, die vom Riff abprallten, selbst in dieser Tiefe noch recht unfreundlich durchgeschüttelt.

»Bei Wellentälern eins bis einszwanzig, bei Wellenbergen das Doppelte. Werdet ihr durchkommen?« fragte Felix besorgt.

»Ich will es hoffen«, erwiderte Amar. »Hör zu, Gregor! Wir werden die Raumanzüge mit Luft vollpumpen bis zum Platzen. Es macht auch nichts aus, wenn wir uns darin nicht mehr rühren können. So wird es nur eine Frage der Geduld sein, um abzuwarten, wann uns die Wellen über die schlimmsten Untiefen hinwegtragen. Wenn wir versuchen würden zu kriechen oder uns auf das Riff zu stellen, würden uns die Wellen gegen die scharfen Felsen schleudern. Wenn wir erst oben sind, mußt du versuchen, mit den Füßen zu landen, weil unsere Stiefel am wenigsten verwundbar sind. Also los, legen wir uns auf den Rücken!«

Die Silberplatte bedeckte unseren Sichtbereich in voller Breite. Kleine glänzende Kugeln lösten sich von ihr, so wie der Gischt, der sich niederschlug, Luftblasen unter das Wasser drückte.

»Fertig?«

»Fertig.«

»Also los!«

Ich drückte den Dosierknopf bis zum Anschlag durch. Ein scharfes Zischen drang an mein Ohr, dann flog ich wie eine Feder nach oben. Die Silberplatte zersplitterte, sobald ich sie erreichte, Wassertropfen, die im Sonnenschein glänzten, glitzerten am Sichtfenster meines Helms. Der Auftrieb wurde durch eine andere Kraft abgelöst, die mich hinter meinem Kopf überfiel, mir einen gewaltigen Schwung gab und mich mitriß.

»Felix! Felix! Gebt acht, wo wir uns befinden«, rief Amar, nicht aus Angst, sondern nur, weil – obwohl uns der Anzug von allen Geräuschen isolierte – der Anblick des strudelnden Wellenganges die Illusion einer tosenden, donnernden Kakophonie erweckte. »Meßt nach, wann wir durch sein werden!«

Ich spürte einen weiteren Stoß, die Bewegung riß mich weiter, das Wasser strömte wild an der Außenwand meines Anzugs entlang. Die Wellenkrone überspülte mich, drückte mich unter Wasser. Der Ozean hatte mich in seiner Gewalt, und es hing von seiner Gnade ab, ob ich die andere Seite des Riffs lebend erreichte oder ob er mich zwischen seinen Wellenbergen zermalmte.

Ich hatte das Gefühl, als würden sich die tausend scharfen Arme der Korallen nach mir ausstrecken, um meinen Anzug, meinen Körper in Streifen zu schneiden. Ich schloß die Augen; weitere Wellen überspülten mich, ergriffen mich, zerrten mich hinweg und drehten mich auf den Bauch. Ich strampelte mich ab, um wieder in Rückenlage zu geraten, aber es wollte mir nicht gelingen. Das Meer schubste und knuffte mich noch einige Male, doch diesmal wurde ich bereits sanft in die immer stillere Lagune getrieben.

»Wir haben das Schlimmste hinter uns.« Amar lachte befreit. »Dreh dich um, Gregor! Die Lage, in der du schwebst, ist nicht gerade erbaulich. Der klägliche Rest, der von dir aus dem Wasser schaut, reicht kaum dazu aus, um dich zu orientieren. Laß die Luft ab!«

Mit Hilfe des Ventils brachte ich meinen Kopf wieder nach oben, wie es sich für einen ernsthaften Wissenschaftler gehört. Die leicht gekräuselte Wasseroberfläche lag direkt vor meinem Visier.

»Ist euch nichts passiert?« erkundigte sich die *Wiking*. »Ihr habt ja über dem Riff eine haarsträubende Show abgezogen.«

»Danke, uns geht es soweit gut«, erwiderte ich auch in Amars Namen, der das Ufer beobachtete. Wir waren kaum 300 Meter von der nächsten flachen Sandbank entfernt, von wo aus wir das Dickicht am Rande des Höhenzugs bereits trockenen Fußes erreichen konnten.

»Wir kommen schneller voran, wenn wir unter Wasser schwimmen und auf diese Weise auch die genaue Tiefe der Bucht erfahren«, sagte er. »Sagt uns Bescheid, wenn wir vom Kurs abkommen oder wenn irgendein größerer Fisch im Anzug ist.«

Trotzdem brachen wir erst auf, nachdem wir unsere »Waffe«, nämlich den Sauerstoffbehälter, an unserer Brust befestigt hatten. Unsere Vorsicht erwies sich allerdings als überflüssig, weil wir von ein paar flachen Fischen abgesehen keine Spur von Leben entdecken konnten. Wir folgten dem sanft absteigenden Boden, indem wir dicht über ihm dahinschwammen. Gelegentlich schauten wir auf, um die Tiefe zu schätzen. Erst waren es sechs, dann acht und in der Mitte der Bucht schließlich 18 Meter. Wir waren von einer toten Welt umgeben.

Wir schwammen mit kurzen, ruhigen Bewegungen dahin. Wäre Amar als Biologe auf einem anderen fremden Planeten einer solchen reichen – wenn auch toten – Korallenwelt begegnet, hätte er gejauchzt vor Freude. Hier jedoch, nach so vielen Gemeinsamkeiten und Ähnlichkeiten mit unserer Heimatwelt, war er nicht mehr und nicht weniger daran interessiert als an einer ähnlichen Landschaft auf der Erde.

Dann wurde das Wasser immer seichter, gelbliche Sandstreifen drängten sich zwischen die Korallen und bedeckten die niedrigeren Aufbauten. Endlich waren wir so weit, daß ich versuchte, Boden unter die Füße zu kriegen. Meine Stiefel versanken nur wenig im Sand, doch als ich aufhörte zu schwimmen, erlebte ich eine unangenehme Überraschung. Mein bis zu den Schultern aufgetauchter Körper wurde durch den schweren Helm mit gewaltiger Kraft wieder unter Wasser gedrückt, so daß ich ins Schwanken geriet. Die relative Schwerelosigkeit, der ich mich im Wasser erfreute, hatte plötzlich aufgehört, und während ich weiter watete, begann ich erschrocken das Gewicht unserer Ausrüstung zu schätzen. Der Raumanzug hatte bereits ein beachtliches Gewicht, dazu kamen die drei Sauerstoffbehälter. Als mir das Wasser nur noch bis zum Knöchel ging, mußte ich mich zu meiner Schande auf alle viere niederlassen.

Von Amar, der einige Meter hinter mir war, und von der *Wiking* erreichte mich fast gleichzeitig die besorgte Frage:

»Was ist passiert? Ist dir schlecht?«

»Nein, nur das ganze Zeug da ist ein bißchen schwer.«

Ich kletterte aufs Trockene und streckte mich auf dem Sand aus.

»Wie wollen wir uns in dieser Montur bewegen?«

»Das weiß ich noch nicht. Im Augenblick ist das Zeug eine höllische Last. Wie dem auch sei, ruhen wir uns erst einmal aus.«

»Ruht euch nur aus«, vernahmen wir Marks Stimme. »Wir werden noch einmal das ganze Ufer gründlich durchkämmen. Vielleicht könnt ihr nachher feststellen, wie ihr euch in euren Raumanzügen bewegen könnt.

Sollte es nicht gehen, so bin ich auch der Meinung, daß ihr das Zeug ausziehen müßt.«

Nach einer kurzen Ruhepause versuchte Amar sich zu erheben. Schließlich gelang es ihm, aber er schwankte, konnte kaum das Gleichgewicht halten und mußte bei jedem Schritt einen komplizierten Balanceakt vollführen, um nicht hinzufallen.

»Nein, es geht nicht«, sagte er schließlich. »Wenn wir auf diese Weise weitermachen und schließlich das Dikkicht erreichen, werden wir so erschöpft sein, daß wir gleich umkehren können.«

»In Ordnung«, stimmte Mark zu. »Ihr könnt euch entblättern. Inzwischen werden wir weiter Wache halten.«

Wir befreiten uns gegenseitig von unserem wandelnden Gefängnis und behielten nur das Trikot am Leib, das gewöhnlich unter dem Raumanzug getragen wird.

»Was vorhin zuviel war, ist jetzt zuwenig«, bemerkte Amar unzufrieden. »Schließlich können wir nicht barfuß ins Gelände gehen. Und wo sollen wir die Werkzeuge verstauen?«

Wir schlüpften wieder in die schweren Stiefel und legten auch den dicken Gürtel mit den beiden Schulterträgern an. Mit den schweren Brocken über unseren weißen Trikots boten wir einen lächerlichen Anblick, aber wir hatten keine andere Wahl. Unser Aufzug löste auf der *Wiking* laute Heiterkeit aus.

»Könnte euch ein Ausbilder sehen, würde er vor Entsetzen in Ohnmacht fallen.« Die Kollegen lachten. »Aber ihr habt Köpfchen, das muß euch der Neid lassen. Ihr könnt weitermarschieren. Am Strand gibt es links und rechts in einer Entfernung von jeweils fünf Kilometern kein Lebewesen, das auch nur einen Meter mißt, ja kaum eins, das einen Ast von dieser Größe bewegen könnte.«

Praktisch sollte das heißen, daß es im Dickicht außer

Käfern höchstens noch Mäuse und einige kleine Vögel gab.

Wir hängten den Sauerstoffbehälter, der zu unserem Schutz diente, zwischen die beiden Schulterstücke, steckten die Werkzeuge in den Gürtel und brachen auf.

An der Küste war es still, der knirschende Sand unter unseren Füßen hörte sich an wie Fanfarenklänge, und das große Schweigen, das uns umgab, ließ auch uns verstummen. Die Sonne schien warm, aber nicht unangenehm, vom Meer begleitete uns das Rauschen der Brandung. Der weiße Sand entlang der Küste war gleichmäßig und eben, wies nur hie und da spärliche Spuren ehemaligen Lebens auf. Einige Schneckenhäuser und Muscheln lagen verstreut herum. Amar nahm die ersten begeistert in die Hand, doch schon nach wenigen Minuten schritt er gelangweilt über sie hinweg, weil sie nicht anders waren als das übliche Strandgut auf der Erde.

Endlich hatten wir den Rand des Dickichts erreicht. Die Baumstämme mit den glänzenden grünen Blättern, die an Lorbeerbäume erinnerten, standen so dicht beieinander, daß wir in unseren Raumanzügen nicht durchgedrungen wären.

Wir blieben stehen, und Amar schaute sich horchend um. Ich aber drehte mich um und suchte nach der *Wiking*. Sie dümpelte jenseits des Riffs und wirkte durch die Entfernung wie ihr eigenes Modell, ein winziges Spielzeug am unendlichen Horizont des Himmels und des Meeres, einsamer Beweis für die schöpferische Kraft des Menschen auf dem fremden Planeten.

Da ergriff mich zum ersten Mal jene Angst, die später zum ständigen Begleiter meines Lebens auf dieser verwünschten Welt werden sollte. Mein Verstand war sich über all das im klaren, was ihm unser Jahrhundert anerzogen hatte, blickte auf all jene Ereignisse zurück, deren zufolge ich hier stand, halbnackt, ein Messer und die

Sauerstoffbehälter im Gürtel, mein menschliches Bewußtsein erwog und akzeptierte das Risiko der Situation.

Die andere Hälfte meines Ichs aber sank wieder in jenen verwirrten Seelenzustand unserer Ahnen zurück, die einst in Höhlen wohnten, wo die vergrößerten Eindrücke des Augenblicks gegenüber den rationellen Überlegungen überwogen, als Angst und Zorn, Fluchtgedanken und Mordlust und verschüttete, vergrabene, verdrängte Instinkte an die fest verschlossene Tür des Bewußtseins pochten, als die noch vom Atem der Natur getrennten Erfahrungen nach Anerkennung verlangten. Ich fühlte – und dieses Gefühl war in dieser Urprojektion der Erkenntnis weitaus vollkommener und echter als die einfachsten Grundgesetze der Mathematik für irgendeinen meiner Zeitgenossen –, daß uns an diesem stillen, ruhigen Ufer etwas Entsetzliches bevorstand, bis sich mein Verstand empört gegen die Störung seines Friedens auflehnte.

Amar trat einen Schritt zurück und betätigte ohne jede Erklärung das Ventil seines Sauerstoffbehälters. Ein scharfer Zischlaut zerriß die Stille, und ein weißer eisiger Strahl knallte ins dichte Laub des grünglänzenden Blätterwaldes.

»Was ist los?« rief ich, während meine Hand instinktiv an den Sauerstoffbehälter fuhr.

Auch die *Wiking* verlangte überrascht nach einer Erklärung.

»Nichts, gar nichts.« Der Biologe lächelte. »Ich wollte lediglich unsere ›Waffe‹ ausprobieren. Natürlich hätte ich vorher Bescheid sagen müssen, aber ich konnte der Versuchung nicht widerstehen. Ihr müßt schon entschuldigen.«

Damals konnte ich sein Handeln nicht begreifen, doch heute, wenn ich zurückdenke, weiß ich, daß ihn die fremde Küste auf gleiche Weise, wenn auch mit umgekehrtem Vorzeichen, beeindruckt hatte.

Die Tolldreistigkeit seiner Vorfahren, durch die Jahrtausende auf Zweckmäßigkeit gedrillt, ihre Abenteuerlust war in ihm zum Durchbruch gekommen, und das war es, was von diesem Augenblick an all sein Handeln bestimmte. Jede Faser seines Herzens lechzte nach Konfrontation, nach dem Kampf mit dem Unbekannten. In diesen Stunden unseres Lebens repräsentierten wir durch unsere psychische Struktur jene beiden Grundtypen, jene Säulen, die zur Erhaltung beziehungsweise zum Fortschritt der menschlichen Rasse beitrugen: Ich jenen wieder erstandenen Urtyp, der durch die Flucht, er aber denjenigen, der durch den Sieg überlebt.

Die vom Sauerstoff hartgefrorenen Zweige und Blätter tauten in der warmen Sonne allmählich auf und schrumpften dann zu schwärzlichen Klümpchen zusammen.

»Ein Tier wäre besser gewesen«, sagte Amar, »aber auch dieses Ergebnis ist befriedigend, was die Wirkung betrifft. Alsdann, wollen wir's versuchen?« fragte er, indem er auf den Busch deutete.

Nach einigen Metern wurde das Rauschen des Meeres vom Laub verschluckt; zwischen den dicht stehenden dunkelbraunen Stämmen breitete sich Stille aus, stellenweise lugte der lehmige Boden mit seinen kahlen Flecken hervor.

»Wir müssen auf den Gipfel«, meinte Amar und dämpfte unwillkürlich seine Stimme. »Hier gibt es nichts zu erforschen. Wir können die Gegend nur von dort oben überblicken.«

Im Anfang war der Hang nicht besonders anstrengend, im Schatten war es kühl, und die Bäume standen selbst am Steilhang noch so dicht beieinander, daß wir uns bequem von einem Stamm zum anderen hangeln konnten.

Während der sehr steilen, fast senkrechten letzten zehn Meter lichtete sich der Baumbestand. Wir klammerten uns mit Händen und Füßen an das Wurzelwerk, an die Lehmklumpen, die unter unseren Fingern zerbröselten, bis wir endlich atemlos den Gipfel erreichten.

Hier hörte der Wald auf, und endlich konnten wir einen Blick in das Innere des Kontinents werfen. Es war eine dichte Hügellandschaft, die irgendwie an eine Rinderherde erinnerte, und alles war von dichtem, dornigem Buschwerk bedeckt. Die durch die Trockenheit bedingte graugelbe Farbe schlug nur in den tieferen Taleinschnitten in blasses Grün um. Dort, wo die Abhänge zu steil waren und sich auch der Busch nicht mehr halten konnte, standen zerfurchte Steinmassen hervor. Die nächste Wand war keine 500 Meter von uns entfernt, der graublaue Grund der nackten Felsen war schwarz und tiefrot gestreift.

»Nun, was meinst du, was könnte da drin sein?«

Ein Fachmann ist aber doppelt vorsichtig, wenn er unbekannte Dinge beurteilen muß. Ich zuckte die Achseln.

»Weiß ich nicht. Muß noch genauer hinschauen.«

»Was gibt's?« fragte die *Wiking*. Und als ich meine Eindrücke geschildert hatte, fragte Mark:

»Keine Spur von Leben?«

»Nicht einmal ein Käfer.

»Was schätzt ihr, wie lange dauert der Weg hin und zurück?«

Amar schätzte die Entfernung mit geschürzten Lippen.

»Anderthalb bis zwei Stunden.«

Mark fiel die Entscheidung schwer.

»Ich weiß nicht, ob das Risiko nicht zu groß ist.«

»Warum sind wir dann so weit gegangen?«

»Glaub mir, Mark, wir haben nichts zu befürchten«, pflichtete mir Amar bei. »Ihr solltet sehen, was das für eine friedliche, ruhige Gegend ist.«

»Also meinetwegen, aber seid vorsichtig! Und meldet euch alle drei Minuten!«

Amar begann den Steilhang hinabzuklettern, ich aber schaute mich auf dem Gipfel noch einmal um, um mir das Gesicht der Landschaft von hier aus einzuprägen. Die im allgemeinen gleich hohen Hügel, die tiefen Taleinschnitte mit ihrer struppigen Pflanzenwelt boten kaum Orientierungsmöglichkeiten für denjenigen, der sich in diese Wildnis wagte. Nach hinten zu verdeckten die Bäume die Bucht und die *Wiking,* die ebene Wasserfläche konnte ich nur in der Ferne entdecken. Am Horizont schob sich ein schmaler, schmutziggrauer Streifen zwischen Himmel und Meer, dessen oberer Rand wie verwischt aussah und sich im Blau des Himmels auflöste, so daß man nicht feststellen konnte, wo das Grau aufhörte. Was war das? Eine Wolkenfront? Oder nur eine Luftspiegelung? Die Luft war still und schwül, mit dem welken Duft trockener Pflanzen vermischt.

»Komm schon, Gregor! Was guckst du da?«

Im Gestrüpp, auf dem trockenen Lehmboden wuchs hier kein Gras, weiter unten wurde der Mergel von Kalksteinbruch abgelöst. Die Steine, die sich unter unseren Füßen lösten, kullerten rasselnd vor uns her.

Wir meldeten uns zweimal zum vorgeschriebenen Zeitpunkt bei der *Wiking*. Die Stimmen aus dem Aptator klangen immer schwächer, nur die von den höheren Hügeln zurückgeworfenen Wellen sorgten für eine unsichere Verbindung. Mark war besorgt.

»Seht zu, daß ihr so schnell wie möglich aus dem Schatten herauskommt! Die Verbindung darf nicht auf die Dauer abreißen!«

Wir waren nicht mehr weit von der Talsohle entfernt, als der Abhang plötzlich zum Steilhang wurde. Amar glitt aus, bekam einen Strauch zu fassen, doch der hielt nicht und löste sich aus dem Boden.

»Vorsicht, bleib stehen!« rief er noch, dann war er

mitsamt dem Strauch und dem Geröll meinen Blicken entschwunden. Für längere Zeit wurde jeder Laut durch das Gepolter des Steinschlages unterdrückt. Schließlich wurde es still.

»Amar, antworte!« rief ich. »Wo bist du? Bist du verletzt?«

»Keine Bange! Bleib, wo du bist, sonst geht es dir wie mir!«

Aber ich hörte nicht auf ihn und kletterte vorsichtig bis zu jener Stelle hinunter, wo er verschwunden war. Unter mir lag eine Schlucht voller Geröll, und dort unten lag Amar.

»Ich sagte dir doch, du sollst nicht näher kommen! Willst du auch herunterpurzeln?«

»Ich muß dich doch holen! Was ist passiert? Warum liegst du auf der Nase?«

»Hab mir den Knöchel verstaucht, weiter nichts«, meinte er, während er sich hochrappelte. »Habe ein paar Prellungen davongetragen.«

Ich wäre am liebsten zu ihm hingerannt, aber zwischen dem lockeren Gestein war tatsächlich kein Abstieg möglich.

»Was machen wir jetzt? Wie kann ich zu dir gelangen?«

Die Aussicht war zu beiden Seiten durch dichtes Buschwerk verdeckt. Amar konnte von dort unten mehr sagen. Er untersuchte die Hänge der Hügel, dann blieb er stehen, wobei er mir den Rücken zukehrte.

»Siehst du den Hügel dort?« fragte er und deutete nach rechts.

»Ja.«

»Diese Schlucht, in der ich stehe, macht einen Bogen und reicht bis zum Fuß dieses Hügels.«

»Verstanden.«

»Dieser Hügel, auf den ich zeige, ist mit dem, von dem ich abgestürzt bin, durch einen flachen Sattel verbunden. Wenn du so weit nach rechts gehst, bis der Gipfel links von dir liegt, kommst du über den Sattel hinaus. Dann machst du eine Linkswendung am Abhang entlang, so daß wir uns dann auf der anderen Seite des Hügels treffen können.«

»Gibt es keine einfachere Lösung?«

»Nein! Hier kannst du nirgendwo absteigen, die Wand ist viel zu steil. Ich breche an dieser Seite auf.« Er wies in Richtung Einschnitt. »Du aber versuchst nach oben zu klettern und sagst der *Wiking* Bescheid, was uns zugestoßen ist. Mein Aptator funktioniert nicht. Mag sein, daß er kaputt ist.«

Ich war bereits unterwegs nach oben, als er mir nachrief:

»Gregor!«

Er stand am Fuße der Felswand und hielt einen schwarzen Gegenstand in der Hand.

»Diese dunklen Steine sind recht interessant. Ich verstehe zwar nicht viel von Geologie, aber ich glaube, daß sie irgendein Schwermetall enthalten. Sie sind schwer, und sie klingen fast, wenn ich sie gegeneinander stoße. Ich werde ein paar davon mitnehmen!«

»Ruh dich nur aus, wir werden die Steine miteinander untersuchen.«

»Ich glaube nicht, daß wir noch Zeit haben werden, hierher zurückzukehren. Ich bin schon froh, wenn ich hinaufklettern kann. Mein Knöchel schwillt ziemlich stark an. Spute dich, Gregor, die anderen machen sich sicher schon Sorgen!«

Er brach auf, die Felswand entlang, wobei er den einen Fuß nachzog. Ich aber kletterte so hoch hinauf, wie ich nur konnte, um eine Verbindung mit der *Wiking* herzustellen. Mark war bestürzt, als er meine Nachricht empfing.

»Wenn ich nur bei euch sein könnte! Kehrt sofort zurück, sobald ihr euch getroffen habt!«

Der Weg zum Sattel, der durch dorniges Gestrüpp führte, war eintönig und mühevoll. Von Zeit zu Zeit mußte ich stehen bleiben, um mich zu orientieren, außerdem störte es mich, daß ich nicht mit Amar sprechen konnte. Das Dickicht war stellenweise durch Auswaschungen durchschnitten, durch trockene Wasserrinnen, in deren ausgetrocknetem Bett die Steine weiß glitzerten.

Eine Zeitlang konnte ich noch Marks Stimme von der *Wiking* vernehmen, doch als ich den Höhepunkt des Sattels überschritten hatte und mich nach links und nach unten wandte, wurde der Aptator immer leiser, bis er schließlich endgültig verstummte.

Zum Glück hatte ich eine Rinne gefunden, deren Verlauf im großen und ganzen jener Rinne entsprach, der ich folgen mußte. Die Rinne beschrieb einen Linksbogen, und ich fühlte mehr als ich wußte, daß ich mich in der gewünschten Richtung bewegte. Noch 400 bis 500 Meter, dann hatte ich den Hügel hinter mir.

Der relativ bequeme Weg aber endete abrupt, die Rinne stürzte steil in die Tiefe, und für einen Augenblick mußte ich verzweifelt daran danken, wie ich Amar mit seinem verletzten Fuß hier heraufziehen könnte. Dann folgte ein etwas sanfterer Abschnitt; hier lag das Geröll zwischen den Sträuchern verstreut. Vor mir lag ein undurchdringliches, undurchschaubares Dickicht, das sowohl für ein weiteres Vordringen wie auch für jede Orientierung denkbar ungeeignet war. Ich legte eine Pause ein, um mich zu erholen, bevor ich mich einer weiteren Kraftprobe stellte.

Und dann hörte ich diesen Ton. Er erinnerte mich an das Geräusch, das die großen leeren Treibstofftanks beim Umladen machen, wenn sie gegeneinander stießen, ein Stampfen und Klopfen und ein dumpfes Röhren, das aus den Behältern wie ein Trommelschlag drang.

»Domm, doff, domm, doff ...«

Es war ein tiefer, dumpfer Ton mit einem leisen Nebengeräusch und kam aus der Richtung, in die ich gehen mußte und wo ich Amar mit seinem kranken Bein vermutete. Amars Bild tauchte vor mir auf, wie er hinkend auf die Öffnung der Schlucht zuwankte.

»Amar, wo bist du?« rief ich. »Antworte! Wo bist du?«

»Domm, doff, domm, doff ...«

Der Ton wurde weder stärker noch schwächer, er blieb gleichmäßig und herausfordernd wie zuvor.

Das Blut stieg mir zu Kopf. Ich griff nach dem Ventil des Sauerstoffbehälters und rannte blindlings in Richtung des Tons ins Dickicht.

»Amar! Wo bist du? Kannst du mich hören?«

»Domm, doff, domm, doff ...«

Ich hatte das Gefühl, daß mein Brustkorb, mein ganzer Körper unter diesen Schlägen erzitterte.

»Amar! Amar!«

Ich watete durch den dichten Busch, kämpfte gegen die zähen Zweige und Dornen, wobei ich pausenlos Amars Namen rief. Das dumpfe Getrommel kam immer näher. Ein scharfer, ekelhafter Geruch stach mir in die Nase, der mich an Zoobesuche aus Kindertagen erinnerte. Dann teilten sich die Zweige vor meinen fuchtelnden Armen, und ich stand am Rand einer kleinen Lichtung. In der Mitte der Lichtung erhob sich ein Haufen von zweifacher Mannesgröße, aus modernden Blättern und trockenen Zweigen, und Amar ...

Es dauerte keine fünf Sekunden, bis mich der Blick dieses gierigen und unendlich stumpfsinnigen Augenpaares von oben erfaßte, bis der gewaltige, von gelben Schuppen bedeckte Hühnerfuß zum Schreiten ansetzte – dennoch mußte ich dieses Bild, das sich unauslöschlich in meine Netzhaut eingebrannt hatte, für alle Zeiten bewahren. Das Entsetzen war stärker als der Befehl an meine Hand, das Ventil des Sauerstoffbehälters zu öffnen. Ich rannte, so schnell mich die Beine trugen, vor Todesangst brüllend, den fast vier Meter großen fürchterlichen Vogel aus der Urzeit der Erde im Genick.

»Domm, doff, domm, doff ...«

Nun rannte ich bereits atemlos durch jene Rinne nach oben – zumindest glaubte ich, daß es die gleiche Rinne war –, durch die ich vor kurzem abgestiegen war. Am Steilhang stolperte ich und kullerte ein ganzes Stück zurück – direkt unter die Füße dieses Vogels, wie ich meinte. Noch hatte er mich aber nicht eingeholt. Er war noch etwa sechs bis sieben Schritte weit entfernt, als es mir gelang, mich hochzurappeln. Mir fiel wieder der Sauerstoff ein. Der Behälter war beim Sturz zur Seite gerutscht. Noch zwei Schritte, dann war ich verloren ...

Ich stürzte mich ins Dickicht, die gierigen Zweige rissen mir auch noch die letzten Fetzen vom Leib, rissen meine Haut auf, und der trommelnde Laut verfolgte mich wie ein Schicksal, das nichts Gutes verhieß. Ich weiß nicht, wie weit ich mich durchs Dickicht kämpfte, als sich eine neue Wasserrinne vor mir auftat. Ich rannte gegen den Steilhang und hoffte, oben auf irgendwelche Felsen zu stoßen, wo ich dann die Gelegenheit hatte, mich immer wieder zwischen den Felsvorsprüngen versteckend Zeit zu finden, um meinen Sauerstoffvorrat einzusetzen.

»Domm, doff, domm, doff ...«

Die Erschöpfung hatte meinen Kopf zwischen meine Schultern gedrückt. Ich beobachtete nur die Steine, die unter meinen Füßen hinwegliefen, und den dichten Busch aus den Augenwinkeln. Ich wagte es nicht, mich umzudrehen. Aus der Lautstärke konnte ich erkennen, daß der Abstand immer geringer wurde. Ich durfte nicht zögern, nicht verharren, ich mußte unbedingt die Hügelkuppe erreichen. Wenn ich erst oben bin, werde ich Zeit haben, mich zu wehren, dachte ich, während ich das Ventil meines Sauerstoffbehälters umklammerte, und ich werde die *Wiking* rufen, von dort oben müssen sie mich hören ...

»Domm, doff, domm, doff ...«

Plötzlich fiel mir das Laufen leichter, ich mußte nicht mehr gegen das Gefälle kämpfen, ich hatte die ersehnte Kuppe erreicht. Ich versuchte stehenzubleiben, das Laufen zu bremsen, meine Schritte zu verhalten und mich auf die Verteidigung vorzubereiten, aber es war bereits zu spät. Hinter dem schmalen Hang tat sich ein Abgrund vor meinen taumelnden Füßen auf, das Gewicht der Flaschen, das auf meinen Schultern lastete, und mein Schwung stießen mich auch schon hinunter. Während ich stürzte, sah ich noch jenen faltigen grünen Stein, auf den ich kopfüber zusegelte, dann brachte mir der sprühende Schmerz des Aufpralls die wohltuende Finsternis der Bewußtlosigkeit.

Mark und die Kollegen hatten ein neues Experiment ausgetüftelt. Sie steckten mich in einen Raumanzug, banden mich an einem langen Seil fest und schleuderten mich wie ein Lasso im Wasser rund um die *Wiking*. Bei einer der Umkreisungen verfehlten sie die Richtung, ich knallte mit dem Kopf gegen den Rumpf der Rakete, das Seil wickelte sich um meinen Hals, auch mein Anzug wurde leck, ich spürte, wie das kalte Wasser bis zur Taille nach oben sickerte. Das Karussell hörte aber nicht auf, und mir wurde gesagt, es würde sich weiterdrehen, bis Amar von der Lichtung zurückgekehrt sei, wo ich ihn im Stich gelassen hatte. Ich versuchte vergebens zu erklären, daß er nicht kommen könne, weil ihn die Vögel zerfleischt hätten, und deutete auf die Küste, wo vier bis fünf der Riesenvögel standen und auf die *Wiking* lauerten. Doch das Karussell hörte nicht auf, es wurde immer schneller. Das Wasser reichte mir bereits bis an die Brust, der Antrieb wurde gestartet, ich hörte das betäubende Donnern an meinem schmerzenden Kopf und sah den gewaltigen Feuerstrahl, der aus den Düsen schoß. Mein Anzug war voll Wasser, das mir bereits in den Mund lief …

Der Hustenanfall, an dem ich zu ersticken drohte, ließ endlich die drückende Hülle meines Alptraums platzen. Die *Wiking* war verschwunden, die Vögel und das Meer – geblieben waren nur das Wasser, das mein Gesicht peitschte, der Erstickungsanfall und der Schmerz in meiner gespannten, pulsierenden Stirn.

Ein Blitz zerriß die stockfinstere Nacht, und kaum war der Donner zwischen den Hügeln verhallt, flammte auch schon ein neuer Blitz auf.

Der Sturm legte sich auf die Hügel wie ein Raubtier, das über seinem Opfer kauert, er zerrte und zerfetzte die Bäume des Waldes. Die regenschwangeren Wolken gossen eine Sintflut auf die geschundene Erde, und das Wasser, das von den Steilhängen herniederströmte, schwoll in den engen Tälern zu einem Strom an, der gewaltige Felsbrocken mit sich riß.

Ich versuchte mich aufzurichten, um den Kopf über die Wellen zu erheben, doch irgendeine Wurzel oder ein Stein, der sich in meinem Schultergurt festgeklemmt hatte, hielt mich fest, so daß ich mich nicht befreien konnte.

Die Flut schwoll rasch an. Ich zerrte an den Gurten, wand mich wie ein Aal, strampelte wie ein Käfer, den man auf den Rücken gelegt hat, doch mein Mund kam immer seltener über die Wasseroberfläche. Mein Magen, der immer mehr Wasser schlucken mußte, wurde immer schwerer, meine Lungen protestierten an der Grenze des Erstickens. In meinem dröhnenden Kopf trommelte nur der einzige Gedanke, mich von den Gurten zu befreien und so dem Ertrinken zu entgehen.

Mit Hilfe meiner Muskeln, die bis zum Zerreißen gespannt waren, versuchte ich, mich an die Wasseroberfläche zu werfen, was mir auch teilweise gelang. Zumindest konnte ich so viel von der mit Wasser und Schmutz vermischten Luft schnappen, daß es knapp ausreichte, mir den Kampf mit den Gurtschnallen etwas zu erleichtern.

Das Wasser drang durch die Nase bis in mein Hirn und verursachte einen stechenden Schmerz, die Luft blubberte ächzend zwischen meinen zusammengebissenen Zähnen hervor, dennoch war erst die eine Schulter frei. Ich drehte mich mit letzter Kraft um, wobei ich das Gefühl hatte, daß meine noch festsitzende Schulter ausgerenkt würde – dann gab auch der zweite Gurt nach, im allerletzten Augenblick.

Ich hatte meinen Arm noch nicht ganz aus dem Gurt gezogen und kaum war mein Kopf wieder über Wasser, wo ich endlich wieder nach Luft schnappen konnte, als mich von hinten ein schwerer Gegenstand traf und wieder unter Wasser drückte, wobei Äste und Zweige wie ein schwerer Rechen über meinen Rücken hinwegpflügten.

Die tobenden Fluten hatten einen Baum ausgerissen, dessen Stamm jetzt über mich hinwegrollte. Als mich dann der Stamm überholt hatte, blieb mir gerade noch soviel Kraft übrig, um mich auf den Rücken zu wälzen. Das Wasser riß mich wie eine Feder mit, doch nicht schnell genug, um nicht vom nächsten Opfer dieses Unwetters eingeholt zu werden, das aus der Unterwelt zwischen all den Baumstämmen, Büschen und Felsbrocken, die unter Wasser grollend dahinrollten, aus den wütenden, schäumenden Wellen auftauchte.

Der Schlag traf mich am Oberschenkel, und mein Körper, der vor Schmerzen zusammenzuckte, wand sich um den Stamm wie eine Schlange. Nur die blendenden Pfeile der Blitze zerrissen den finsteren, brüllenden Strudel der wild gewordenen Natur.

Der Baumstamm schoß dahin. Wenn er auf ein Hindernis traf, drehte er sich um die eigene Achse, taumelte vorwärts und rückwärts, hob sich aus den Fluten, so daß meine Beine in der Luft strampelten. Dann stürzte er wieder hinab, bohrte sich tief ins Wasser, so daß ich schon glaubte, nie wieder an die Oberfläche zu kommen.

Wenn ich Glück hatte und der Stamm bei seinem Rundtanz nicht untertauchte, klammerte ich mich mit Händen und Füßen in der entgegengesetzten Drehrichtung fest wie eine Labormaus an ihren rotierenden Gitterkäfig. Meine von den Felsen angeschlagene Stirn pulsierte wie verrückt, und ich war am Rand der Bewußtlosigkeit. Auf und ab, vor und zurück, und immer wieder dieses gar nicht lustige Karussell – denn all die Steine und Dornen, die in diesem Strudel mitschwammen, rissen immer neue Wunden. Der Baumstamm aber schlingerte dahin wie ein Raumschiff, das außer Kontrolle geraten ist.

Irgendwann zu einer späteren Stunde, mitten in stockfinsterer Nacht, nach einer schier endlosen Zeit des Untertauchens prallte ein dorniger Zweig gegen meinen Rücken. Das war jedesmal so – einmal ein Stein, dann wieder ein Zweig. Dieser Schmerz erfuhr erst dann eine neue Variante, als ich endlich mit dem Baumstamm nach oben getrieben wurde, als die Dornen, anstatt sich in der Strömung zu verlieren, sich noch fester an meinen Rücken klammerten. Noch mehr – als ich meinen Kopf endlich wieder über Wasser hatte, schnitten sie mir noch schärfer ins Fleisch, wobei ich hinter ihnen eine Last verspürte.

Der Stamm, der sich in die Gegenrichtung gedreht hatte, hob mich aus dem Wasser, und zwischen die brennenden Schmerzen, die mir die Dornen verursacht hatten, legte sich ein schwerer, sich windender Körper, wobei ein gurgelndes Schnaufen mein Ohr erreichte. Ich war viel zu müde, um zu erschrecken, nur die Wut, mich von neuen Leiden zu befreien, nur diese Wut allein kochte in mir.

Ich umklammerte den Stamm mit dem einen Arm, langte mit dem anderen nach hinten und griff in dichtes nasses Fell, das mehrmals meinen Fingern entglitt, bevor ich die Haut darunter zu fassen bekam. Das Fauchen wurde zu einem heiseren Miauen, die Krallen der Raubkatze bohrten sich dicht über meinem Ellbogen ins Fleisch. Ich ruckte und zerrte, und die Kraft meines Armes wurde durch den Baumstamm verdoppelt, der wieder zu rotieren begann. Die Krallen fielen von mir ab, und der Körper des Tieres, das über meinen Kopf hinwegsetzte, verschwand aus dieser finsteren Welt, die sich nur erahnen und ertasten ließ. Das Fauchen und Miauen konnte ich aber immer noch aus nächster Nähe hören. Ich hatte einen Passagier an Bord.

Die Kraft des Sturmes schien unerschöpflich, und die Nacht kam mir endlos vor. Der Stamm rotierte rechtsrum und linksrum, es ging auf und ab, Karussell und Achterbahn. Manchmal schoß der Baumstamm dahin, dann wurde sein Lauf plötzlich scharf gebremst, er hüpfte wie ein Stein über die Wellen und forderte all meine Kraft, obwohl nun auch die spärlichen Reste am Schwinden waren. Ich hatte eine Menge Wasser geschluckt, spuckte es aus und mußte wieder schlucken, meine Muskeln bebten vor Erschöpfung und vom Ekel, das mir das Erbrechen und Schlucken einflößte. Ich weiß nicht, wie lang dies alles gedauert hat.

Als endlich die Morgendämmerung kam, reichte das kraftlose Grau lediglich aus, um den rußschwarzen Hintergrund der Blitze ein wenig zu erhellen. Die Oberfläche der Fluten verschmolz mit den Wassermassen, die aus den Wolken niedergingen, und aus diesem grauschwarzen Strudel tauchten die verwaschenen, dunklen Konturen der Äste, des Baumstammes und der verfilzten Büsche auf, die sich mit ihren Dornen ineinander verhakt hatten. Nach langer Zeit dann hatte das Licht endlich den schweren Regenvorhang überwunden. Zuerst reichte mein Blick bis zum Ufer, dann weiter bis zu den Berghängen, wo die Wolken am Wald hafteten.

Auf dem Stamm, nur eine Armlänge von mir entfernt, hockte mein unfreundlicher, krallenbewehrter Mitreisender, eine triefend nasse Großkatze von der Größe eines Hundes. Der im Verhältnis zum Körper große Kopf und die unproportionierten Extremitäten verrieten, daß es sich um einen Welpen handelte, der aber trotz seiner Jugend bereits als stolzer und tollkühner Thronprätendent seiner Rasse auftrat.

Wenn er auf dem Baumstamm sitzend nicht gerade ums Überleben kämpfte, fauchte und spuckte er mich wütend an. In ruhigeren Augenblicken riskierte er sogar hie und da einen Prankenhieb in meine Richtung. Nie habe ich später ein solches Exemplar lebend zu Gesicht bekommen, diese Wildkatze, die Nogo und sein Volk unter dem Namen »Großmähniger« verehrten. Und hätte uns das Schicksal nicht in diesem Zustand zusammengebracht, wo wir beide erschöpft und bis auf die Haut durchnäßt waren, hätte selbst dieses Raubtierbaby leichtes Spiel mit mir gehabt.

Die ausgewachsenen Exemplare waren die Könige dieser Region, wo ich mit den Flachköpfen lebte, und dieser Stamm verehrte außer der Großen Krokodilmutter nur noch den Großmähnigen als Gottheit. Der Unterschied bestand nur darin, daß es sich mit ihrem religiösen Verständnis prächtig vereinbaren ließ, irgendein verirrtes, vom Wasser fernes, hilfloses Krokodil zu steinigen, gab es keinen Flachkopf, der beim Namen des Großmähnigen nicht sofort Hals über Kopf den höchsten Baum erklommen hätte, denn der Großmähnige war niemals schutzlos und stets angriffslustig, sein schlanker Körper wird wie aus einem Düsenmotor geschleudert und setzt leicht über Entfernungen von 8 bis

10 Meter hinweg. In seiner blutgierigen Dreistigkeit hat keinerlei Überlegung Platz, klettert hinter seinem Opfer auf die höchsten Bäume, bis die dünnen Zweige unter seinem Gewicht brechen, um nach dem Sturz erneut zum Angriff überzugehen.

Außer dem Raubtierbaby entdeckte ich noch weitere, allerdings friedlichere Schiffbrüchige etwas weiter hinten in der halb untergetauchten Krone des Baumes. In der Dämmerung sahen sie zunächst wie schwankende schwarze Beutel aus, doch später streckten sich aus ihrer dunklen Masse schmale Ärmchen hervor, die bei jeder Bewegung der Baumkrone sofort wieder den richtigen Griff und damit Halt fanden.

Es waren Affen, so groß wie ein achtjähriges Kind, ihr graues Fell war klatschnaß, ihre Miene fast menschlich verzweifelt. Mit dem Ende ihres langen Schweifs konnten sie sich ebensogut festklammern wie mit ihren Armen und Beinen. Wenn allerdings der rotierende Baumstamm plötzlich und unerwartet in entgegengesetzter Richtung zurückfederte, half alles nichts, sie gerieten unter Wasser. Das unfreiwillige Bad war von verzweifeltem Gezeter und kurzen, protestierenden Kehllauten begleitet. Trotzdem rückten sie nicht näher an den Stamm heran, wo sie vor dem Untertauchen einigermaßen sicher gewesen wären.

Dieser Abstand war die gebührende Achtung, die sie dem Gelben Großmähnigen zollten. Wenn ich damals alles das über diese Raubkatze gewußt hätte, was ich heute weiß, wäre ich auch nicht in ihrer Nähe geblieben. Zum Glück aber war ich erschöpft und unerfahren, so daß ich auch nicht an die Krokodile dachte, weil ich das Tabu der Flachköpfe noch nicht kannte: Laß nie deine Beine ins Wasser hängen!

Nun war aber diese tobende Flut etwas anderes als jene Tümpel und Flüsse, die bei der Horde bekannt waren. Dort auf der Hochebene war die erste Welle des

Monsun bereits gezähmt. Natürlich gab es auch dort Stürme, Donner und Wolkenbruch, doch diese Art Sintflut hatte ich unter ihnen niemals erlebt. Drum ist an diesem Uferstreifen das Leben so dünn gesät – denn einmal im Jahr räumt diese Sintflut mit Gewißheit gründlich auf.

In einer engen Talmulde blieb der Baumstamm an den Barrikaden hängen, die die Flut aus Bäumen und Steinen errichtet hatte. Das Wasser konnte nicht abfließen und begann um uns herum zu steigen. Das Raubtierbaby robbte näher an die Baumkrone heran, die Affen aber begannen wie wild herumzuhüpfen und zu schreien. Der Damm wuchs ständig an, von hinten wurden immer mehr Bäume herangeschwemmt, und im Inneren des Damms deutete ein Krachen und Rumoren an, wie die Baumstämme durch den entsetzlichen Druck, der auf ihnen lastete, Streichhölzern gleich geknickt wurden.

Seitlich sah es so aus, als ob man das Ufer über die Äste der dicht beieinander stehenden Bäume erreichen könnte. Diesen Weg hatten auch einige Affen gewählt, denen die Annäherung des Großherrn im gelben Fell allmählich unheimlich wurde – ich beschloß, ihnen zu folgen.

Leider blieb es bei der guten Absicht. Der Damm brach plötzlich mit unheimlichem Getöse und stürzte ins Nichts. Ich spürte, wie sich der Baum zweimal überschlug, mein Körper, der sich an den Stamm klammerte, wurde durch Äste und Zweige geschunden, dann war der schreckliche Hexentanz zu Ende: Wir waren in tiefes, schnelles Wasser geraten.

Ich spuckte das Wasser aus, wischte den Schlamm aus meinen Augen und schaute mich um. Die Flut wälzte sich in einer Breite von etwa 100 Metern dahin, an ihren Ufern streckte der überschwemmte Wald seine Äste himmelwärts.

Das Raubtier war verschwunden, und auch von den Affen waren nur noch drei übrig. Sie schnitten verzweifelte Grimassen und waren wirklich zu bedauern. Dies war der Augenblick, wo mir klar wurde: das ist das Ende. Meine Glieder waren vom Wasser und von den zahlreichen Schlägen aufgedunsen und geschwollen, mein Magen war von Brechreiz gequält, obwohl er schon lange leer war, mein Arm war durch das ewige Festhalten verkrampft. Die Erschöpfung und die Benommenheit hatten mich auf eine Stufe des Irrsinns gebracht, wo ich anfing Selbstgespräche zu führen.

»Das ist das Ende, Gregor, hier, in diesem schmutzigen Wasser wirst du deinen Geist aufgeben. Doch bevor ich verrecke, will ich mich erst einmal ausschlafen.«

Ich weiß nicht, woher ich die Kraft nahm, um in die Äste zu klettern, ohne mich darum zu kümmern, daß ich, wenn der Baumstamm zu rotieren begann, für immer in den Fluten versinken würde. Zu meinem Glück verhakte sich die Baumkrone im Chaos der bröckelnden Barrikade mit der eines anderen Baums. So fanden beide ihr Gleichgewicht und kreisten nur ruhig an der Oberfläche.

Die Affen empfingen mich nicht gerade begeistert, schnitten sorgenvolle Grimassen und beschimpften mich wahrscheinlich auch wüst in ihrer Sprache. Der eine zog gar die Lippen bis zum Zahnfleisch hoch und zeigte seine gelben Reißzähne.

»Ich esse kein Affenfleisch!« fletschte ich zurück. »Schnauze! Ich will schlafen!«

Ich streckte mich bäuchlings auf einem dickeren Ast aus und klemmte meine Schultern in eine Astgabel. Der Regen klatschte eintönig auf meinen Rücken, und vor meinen Augen verschwamm allmählich alles.

11

Nach dem Schrecken, den uns der Tyrannosaurus eingejagt hatte, verbrachten wir noch vier Tage auf der Sandbank an der Mündung des Nebenflusses. Jenes erste Floß war nur ein armseliges kleines Ding, allerdings hatte ich es ganz allein gebaut, heimlich, in ständiger Furcht vor Krokodilen im Bambusdickicht, wobei mein von Mücken zerfressener Körper manchmal bis zur Taille im dünnen, flüssigen Schlamm versank.

Damals begann das Wasser bereits zu steigen, die Pfützen im Hügelland waren voriges Jahr nicht ganz ausgetrocknet. Die Horde war nicht vom Durst bedroht, sie zog langsam und gemütlich, vom jahrtausendealten inneren Zwang getrieben, in Richtung Fluß. Dieses neue Floß war der Beweis dafür, wie weit sich mein Erfindungsreichtum und meine handwerkliche Geschicklichkeit in einem einzigen Jahr entwickelt hatten und was Nogos Hilfsbereitschaft und Kraft für mich bedeuteten. Es war einfach prächtig!

Das Feuer flackerte Tag und Nacht, wir mußten nicht sparen, das festgefahrene Treibholz hätte auch für einen Monat gereicht. Wir bauten einen Scheiterhaufen, so groß, daß er die ganze Sandbank in helles Licht tauchte. Nogo, der Angst um sein Fell hatte, tummelte sich alle halbe Stunden im seichten Wasser der kleinen Bucht, und sooft er wieder an Land kletterte, hatte er die Hände voller Muscheln und kleiner, strampelnder Flußkrebse. Er warf die Beute auf die heißen Steine, wo die Krebse rot erglühten und die Muscheln ihr bebendes rosiges Fleisch anboten. Also mußten wir nicht Not leiden.

Gelegentlich wagte sich ein Krokodil in unsere Nähe, seine Augen glühten rubinrot, als würden zwei Kohlen, zwei Funken aus unserem Feuer in die Gegend gesprüht zu ihrem Ursprung zurückkehren. Da war zum Beispiel eins, das uns wahrscheinlich für eine leichte Beute hielt und auf die Sandbank kletterte, doch wir stießen ihm einen glühenden Ast in den aufgerissenen Rachen. Sein schmerzliches Gebrüll hallte noch lange durch die Nacht. Von da an hielten die an der Oberfläche herumschwimmenden Augenpaare Abstand und ließen uns durch ihre unruhigen Bewegungen aus sicherer Entfernung wissen, daß sie ihre Absicht nur vorübergehend aufgegeben hätten und nur nach einem Spalt, nach einer Möglichkeit suchten, um uns zu ergattern.

Im Uferdickicht blitzten grüne und gelbe Augenpaare. Ihre Besitzer schlichen auf sanften Pfoten unsichtbar durch die Finsternis, aber sie betraten nicht den Zauberkreis, in den uns der Schein unseres Feuers einschloß. Ihr erschrockenes Fauchen war nur dann zu hören, die Zweige unter ihrem Schritt knackten erst dann, wenn der Wind Feuer und Funken von unserem Scheiterhaufen in ihre Richtung trug.

Ja, der Wind lebte immer öfter auf, mit kurzen, unerwarteten Stößen und rührte trockene, staubige Gerüche in die warme Luft. Wer diese Zeichen richtig deuten konnte, wußte, daß es nur noch knapp ein bis zwei Wochen dauerte, bis sich von Osten her über dem Horizont die Wolken bis zum Himmel türmen und die Regenzeit hereinbrechen würde.

Die Botschaft des Windes war es, die uns aufscheuchte. Das Floß und die Laubhütte auf ihm mußten fertig sein, bevor dieser sanfte Windstoß zum Orkan wurde, der auf seinem Rücken das Wasser des Meeres herbeiführte, um die ausgedörrte Erde zu überschwemmen.

Die Tage gingen ruhig dahin, die Krokodile sonnten sich gelangweilt am sandigen Ufer, als hätten sie nichts mit ihren nächtlichen Raubzügen zu tun, im Ufergebüsch rührte sich kein Blatt. Auf der Sandbank stromaufwärts ging das Festmahl über den Resten des großen Pflanzenfressers weiter. Der Fleischberg war bereits geschrumpft, und die kahlgefressenen Rippen ragten himmelwärts. Den Tyrannosaurus bekamen wir aber nicht mehr zu Gesicht.

Am Morgen des fünften Tages waren wir dann bereit. Das neue Floß war schwer, wir konnten es einfach nicht bewegen. Wir mußten mit Hilfe von Ästen, die wir uns zurechtschnitzten, erst einen Teil der Sandbank abtragen, der das Floß vom Wasser trennte. Dann schoben wir Knüppel darunter, und nach schweißtreibender Arbeit, die einen halben Tag in Anspruch nahm, gelang es uns schließlich, unser Gefährt ächzend und stöhnend flott zu kriegen.

Wir hatten unsere letzten Reserven eingesetzt und wären fast draufgegangen, doch jetzt, eine Woche später, nachdem wir uns ausgeruht hatten, konnte ich mit wachsender Zufriedenheit mein Werk bewundern. Die mit Lehm ausgemauerte Feuerstelle vor der Laubhütte hatte ein schützendes Vordach, das den Regen abhielt – der zum Glück immer noch auf sich warten ließ und uns nur mit seinen Windböen schreckte – da war auch das sorgfältig gespaltete Brennholz – ich hatte mir geschworen, keine Rohkost mehr zu essen, solange die Not mich nicht dazu zwang –, und ferner ein Stamm, der sich als Gestell oder eher als Kleiderrechen bezeichnen ließ, an dem ich die Aststümpfe hatte stehen lassen. An diesen Stümpfen wollte ich später meine Waffen aufhängen, die ich während der kommenden etwas ruhigeren Wochen anfertigen wollte.

Die Horde hatte außer dem einschneidigen, groben Steinmesser nur noch die zentnerschwere Holzkeule gekannt. Die Vernünftigeren unter ihnen benutzten zwar eine Urform der Steinaxt, indem sie einen Stein in eine Astgabel klemmten und diese mit Bast umwickelten, doch diese Art Waffe war nicht allgemein verbreitet. Den Speer, den ich ihnen zeigte, wollten sie nicht so recht annehmen, weil er sie bei ihren Streifzügen durch den Busch behinderte, Pfeil und Bogen aber waren ein unbegreifliches Wunder, ein böses, geheimnisvolles Zauberding, vor dem sie alle zurückschreckten. Keiner wollte es auch nur anfassen.

Doch dies waren genau jene Waffen, die ich jetzt vor allem brauchte. Eine Keule, mit der sich ein Schlag rentiert, wäre für meinen Arm viel zu schwer, ganz abgesehen davon, um wie viel leichter es ist, aus der Ferne zu töten oder sich zu verteidigen, und dies mit Hilfe der Steinspitze eines Speers oder eines fliegenden Pfeils. Vor allem aber mußte ich Nogo beibringen, solche Waffen zu benutzen.

Nogo ist intelligent. Jetzt, wo ihn der Geist der Horde nicht mehr berührt, muß er eine Menge lernen. Ich muß lächeln und blicke auf das Folterinstrument, auf den Korb am Ende des Floßes, die ständige Quelle für Nogos Qualen. Es mag grausam und herzlos erscheinen, aber ich darf nicht nachlassen. Unsere Reise auf dem Fluß kann noch Monate dauern. Es wäre undenkbar, wenn eine falsche Bewegung, ein falscher Schritt auf den Baumstämmen mir den besten, den einzigen Kameraden entreißen würde. Denn Nogo kann nicht schwimmen, und ich muß es ihm unbedingt beibringen. Darum habe ich den Korb – oder besser den Käfig – gebaut, und darum muß Nogo zweimal täglich in diesem Käfig leiden.

Jedes Wasser, das über die Knie geht, bedeutet für Nogo und seine Genossen den Tod. Das hatte ihnen das Leben, das Tabu des Stammes zwischen den Tümpeln der Hochebene eingebläut, die von Krokodilen wimmelten. Ich schwamm vergebens um das Floß herum – wohl wissend, daß die Krokodile, die am Ufer lagen, viel zu träge waren, um wegen einer noch so verlockenden Beute in die starke Strömung der Flußmitte zu schwimmen – es wollte mir nicht gelingen, Nogos Angst zu zerstreuen.

»Schau, Nogo«, rief ich ihm aus dem Wasser zu, »kein einziges Krokodil wagt sich vom Ufer hierher! Sie sind faul und dumm und fürchten sich vor der Kraft des Flusses!«

Nogo aber hockte vornübergebeugt, vorsichtig in einem Abstand von einem Meter vom Rand entfernt, ließ seine gewaltigen Arme vor der Brust baumeln, trommelte mit den Fäusten verzweifelt auf die Bohlen, maunzte und zitterte vor Angst.

»Nein, Krokodil wird mich fresen! Nogo wird nicht von Großem Himmelsfisch auf Wasser getragen wie du!«

Der Glaube an meine göttliche Abstammung vom Großen Himmelsfisch war meine Schuld und stammte noch aus der Zeit, als ich endlich jenes Niveau einer sprachlichen Kommunikation erreicht hatte, um die Geschichte meiner Herkunft zu erzählen, die Nogo außerordentlich spannend fand. Seit jener Zeit gelte ich als zwar schwaches, aber geliebtes Kind des Großen Himmelsfisches. Hätte ich ihm aber nicht über die Wirklichkeit berichtet, sondern ein anderes Märchen aufgetischt, wäre es mir nicht besser und nicht schlechter ergangen. Nogos reiche und auf das Mystische getrimmte Phantasie hätte auf jeden Fall einen Zaubergeist aus mir geformt, den irgendein Gott besiegt, seine Kräfte geraubt und mich vom Himmel auf die Erde geschleudert hatte. Nur so konnte er sich den Unterschied zwischen meinem Wissen und meiner Hilflosigkeit erklären. Wenn ich darüber nachdenke, hatte er die Wirklichkeit ziemlich genau erraten.

»Es gibt keinen Großen Himmelsfisch«, sagte ich, wobei ich im Wasser planschte. »Schau her, ich bewege Hände und Füße, das hält mich über Wasser, wie das Krokodil, das mit dem Schwanz paddelt.«

»Es gibt Großen Himmelsfisch«, philosophierte er vom Floß herab. »Dir hilft er, wie Große Krokodilmutter ihren Kindern, aber Nogo nicht. Nogo wird versinken.«

Da habe ich dann diesen Korb erfunden. Die Idee kam mir aus der Erinnerung an ehemalige Badefreuden am Meeresstrand, wo man seinerzeit die Gäste in Stahlkäfige verfrachtet hatte, die an Motorboote angehängt wurden. So konnte man gefahrlos auch in küstenfernen Gewässern schwimmen, wo gelegentlich Haifische lauerten.

Am nächsten Morgen nahm ich mir Nogo vor, der mich düster anstarrte.

»Heute nacht im Traum hat der Große Himmelsfisch zu mir gesprochen.« Wenn er schon daran glaubte, sollte meine himmlische Abstammung wenigstens einige Früchte tragen, dachte ich, um mein Gewissen zu beruhigen. »Er sagte mir, ich soll großen Zauber machen, um Nogo schwimmen zu lehren.«

»Hat Großer Fisch sonst nichts gesagt?« fragte er mißtrauisch.

»Doch! Fisch sagte, wenn Nogo nach zehn Sonnenaufgängen noch nicht schwimmen kann, wird er selbst furchtbaren Zauber machen!«

»Was für Zauber?« fragte Nogo zähneklappernd.

Ich schämte mich wegen des Betrugs, aber ich wußte, daß mir nichts anderes übrigblieb.

»Das hat er nicht gesagt, aber er war sehr zornig, wollte das Floß umwerfen.«

Das wirkte, und der Ärmste half mir entnervt, den Käfig zusammenzuzimmern. Bis der Käfig nicht fertig war, sagte ich ihm nicht, wie wir das Ding benutzen würden – er wagte es nicht danach zu fragen –, ich verriet ihm lediglich, daß wir den Korb für den Zauber brauchten. Bis zum Abend war der Würfel mit seinen drei Meter Kantenlänge fertig, ein Gitterwerk aus armdicken Ästen, dessen eine Seite ich offen ließ. Wir hockten bereits am Feuer und brieten unser Abendessen, als ich ihm die Sache zu erklären begann. Vielleicht war es besser, wenn er es heute schon erfuhr, so konnte er die Angelegenheit überschlafen.

»Sind die Äste stark, mit denen wir gezaubert haben?«

»Äste sind stark.« Er schien bedrückt, hatte offensichtlich Angst vor dem Unbekannten, das drohend auf ihn zukam.

»Kann sie ein Krokodil zerreißen?«

»Nein.«

»So ist es. Aber er könnte den Korb auch dann nicht zerreißen, wenn wir ihn aus solch dünnen Ästen geflochten hätten wie dieser da!« sagte ich, indem ich einen dünnen Stab zerbrach.

»Warum nicht?«

»Kraft vom Großen Himmelsfisch läßt es nicht zu!« sagte ich und ging dann sofort *in medias res*. »Er hat uns den Korb bauen lassen, daß du da drinnen schwimmst!«

Um ein Haar hätte er vor Schreck in die Glut gegriffen.

»Da drin? Wie denn?«

»Wir lassen das Ding ins Wasser hinab, von der Seite und von unten schützt dich das Gitter – hm – will sagen der große Himmelsfisch. Du kletterst hinein und hältst dich am Floß fest. So lautet der Befehl des Großen Himmelsfisches. Willst du gehorchen?«

»Ja«, brachte er zögernd hervor.

Auf dem weichen Lager der Hütte, das wir aus trokkenem Rohr gebaut hatten, erlebten wir eine unruhige Nacht. Nogo fuhr zweimal brüllend hoch und rannte hinaus. Er hatte geträumt, der Große Himmelsfisch wollte das Floß umwerfen. Am Morgen stand er dann unausgeschlafen und zitternd am Rand des Floßes vor dem Käfig, den ich ins Wasser getaucht hatte.

»Hab keine Angst«, tröstete ich ihn. »Wenn du tust,

was Großer Himmelsfisch befiehlt, liebt er auch dich. Er schmeißt das Floß nicht um, und du wirst sogar schwimmen lernen!«

Ich kletterte als erster ins Wasser, hielt mich am Rand des Floßes fest und zeigte ihm zunächst die Schwimmbewegungen mit den Beinen. Nogo hob ungeschickt die Beine auf mein Kommando mit Leichenbittermine. In seinem Eifer verlor er gelegentlich das Gleichgewicht und balancierte auf einem Bein über die glitschigen Baumstämme. Als ich dann der Meinung war, daß er lange genug zugeschaut hatte, zog ich mich an den Käfigrand zurück.

»Komm zu mir ins Wasser und versuch es!«

»Nogo geht unter, dann kommt Krokodil!«

»Krokodil kommt nicht, Käfig läßt es nicht, aber wenn du nicht ins Wasser kommst, kommt Großer Himmelsfisch heute nacht!« drohte ich.

Nogo war bereits bis zu den Hüften im Wasser, als er quiekend wie ein Ferkel wieder aufs Floß rollte.

»Frißt mich doch!«

Es dauerte eine Weile, bis ich ihn wieder herbeilockte.

Nach den ersten Übungen ließ sein Widerstand nach, ebenso wie seine Angst. Er klammerte sich an den Rand des Floßes und wühlte mit den Beinen das Wasser derart auf, daß er alle Krokodile im Fluß im weiten Umkreis verscheuchte. Seine Augen traten aus den Höhlen, und er stöhnte herzerweichend. Später kam es dann so weit, daß ich nicht mehr neben ihm im Wasser ausharren mußte, was mir besondere Freude bereitete, denn sein verrücktes Gestrampel in dieser Nähe war gefährlich. Wegen der Wellen, die er schlug, war ich mehr unter als über Wasser, und ein paarmal trat er mich so kräftig in die Seite, daß ich es noch tagelang spürte. Das Wasser konnte seine fürchterliche Kraft kaum bremsen. Nun stand ich aufrecht auf dem Floß und ließ mein Kommando erschallen.

»Und eins und zwei, und eins und zwei. Zieh die Beine unter den Bauch! Und jetzt Beine ruckartig strekken!«

Da ich ihn noch nicht dazu bringen konnte, das Floß auch nur mit einer Hand loszulassen, überließ ich es der Zukunft, welche Armbewegungen er am Ende sympathischer finden würde, ließ ihn aber abwechselnd die Beinarbeit sowohl für das Brustschwimmen als auch für das Kraulen üben. Letzteres ging bedeutend besser. Nogos O-Beine rissen einen schäumenden Strudel auf, und das Floß erbebte, als hätte man einen Motor angelassen. So strampeln wir uns also täglich zweimal ab, er vor lauter Angst, und ich, weil Nogo kaum Fortschritte macht und ich ihn trotz meines Mitleids und Mitgefühls immer wieder auf die Folter spannen muß.

Immerhin muß ich zugeben, daß dies der einzige dunkle Punkt in unserem Leben ist. Nogo ist gelehrig und geschickt, der Bau des Floßes und der Hütte schlägt auf seinem wie auf meinem Konto positiv zu Buche. Nun ist er reif für weitere Aufgaben. Zumindest ist das Balsam für sein durch die Schwimmübungen angeschlagenes Selbstvertrauen. Hinter der Hütte lagern ausgesuchte elastische Zweige und kräftige Palmblätter, die nur darauf warten, daß ich aus ihnen Pfeil und Bogen mache. Jetzt, nachdem Nogo das Morgenbad einigermaßen verdaut hat und auch sein Fell in der glühenden Sonne getrocknet ist, wird es höchste Zeit, mit der Arbeit zu beginnen.

»He, Nogo! Hol mal einige Zweige hinter der Hütte!«

Das Floß wird zur Werkstatt. Ich möchte einen Bogen machen, der so groß ist wie ich, für Nogo einen noch stärkeren. Kaum habe ich mit der Arbeit begonnen, als Nogo bereits erraten hat, was ich vorhabe.

»Aha, so was hast du schon gemacht, aber Vru sagte, es ist böser Zauber, und Kriri hat es zerbrochen!«

Ich werde wütend, weil er mich daran erinnert. Der

Zauberer war nicht dumm, doch durch seine böse, herrschsüchtige Art hatte er in mir stets grundlos einen Konkurrenten gewittert.

Nachdem wir uns der Horde angeschlossen hatten, betrachtete Vru den ersten Bogen, den ich gebaut hatte, mit Interesse, und ich war froh, ihm und der Horde etwas Nützliches beizubringen. Ich zeigte ihm, wie man mit einem Bogen umgeht, doch er brachte die Geduld nicht auf, um sich einen halben Tag mit dem Gerät zu beschäftigen und den Umgang mit ihm zu lernen. In seinem Zorn und in seiner Eifersucht verriet er mich an den gefürchteten Häuptling, der mit einer einzigen Handbewegung das sorgfältige Werk von zwei Epochen vernichtete – gleichzeitig aber auch eine bessere Zukunft seines Stammes.

»Vru ist dumm wie die Kröte im Schlamm. Er kann nur quaken und herumhüpfen. Dieses Gerät kann ein Messer weit werfen«, »Speer« kann ich nicht sagen, weil er so was nicht kennt, »man muß nicht nah an die Hauer vom Wildschwein, an die Hörner der Antilope heran wie mit der Keule!«

Die Jäger der Horde hatten im Nahkampf mit der Beute oft erhebliche Verletzungen davongetragen, was mir allerdings weher tat als den Flachköpfen, die gegen Schmerzen so gut wie unempfindlich waren.

Nogo aber nickt anerkennend.

»Großer Zauber!«

»Kein Zauber!« Ich versuche, die Geisterwelt, die in seinem Kopf spukt, so weit wie möglich abzubauen. Es ist schon schlimm genug, daß ich zum Schwimmen den Großen Himmelsfisch brauche. »Wenn du einen Stein schleuderst, wer wirft dann den Stein?«

Nogo hält dies für eine dumme Frage, streckt die Zunge aus und grinst.

»Nogos Arm!« sagt er und schwenkt ihn zur Demonstration. »Nogos Kraft! Nogo ist groß und stark!«

Er läßt keine Gelegenheit aus, um seine Kraft zu preisen, das gehört nun mal zu den Gepflogenheiten seiner Sippe. Ich lege den plattgedrückten Bogen beiseite, wobei mich das pädagogische Fieber erfaßt. Ich suche den dicksten Ast aus und drücke ihn Nogo in die Hand.

»Biege ihn!«

Der Ast ist dicker als mein Arm, aber er bringt es fertig, ihn etwas zu biegen.

»Noch mehr!«

An Nogos Brust und Rücken treten die gewaltigen Muskelpakete hervor, der Ast gibt noch etwas nach.

»Weiter!«

Nogo seufzt und ächzt, das Holz entgleitet seiner Hand, und der elastische Zweig fliegt in hohem Bogen dahin. Er glotzt verblüfft hinterher, ich aber gehe zum Angriff über.

»Warum hast du den Ast nicht noch stärker gebogen?«

»Kraft von Holz hat mich nicht gelassen.«

»Hat auch Holz eine Kraft?«

Nogo geht mir wieder auf den Leim, die scheinbar dumme Frage irritiert ihn, und er beginnt väterlich zu explizieren.

»Ja. Dünner Ast ist schwächer, dicker Ast ist stärker. Wenn du auf dünnen Zweig trittst, bricht er ab und du fällst runter!«

Das ist wieder eine von den goldenen Regeln seiner Horde, doch jetzt habe ich den Flachkopf endlich erwischt.

»Hör zu, Nogo! Kraft von Nogos Arm wirft Stein, Kraft von Holz wirft Messer, das ich mache.«

Er schiebt die dicke Unterlippe weit vor – ein untrügliches Zeichen, daß er ernsthaft nachdenkt –, holt sich einen anderen Ast, biegt ihn, läßt ihn wieder los, so daß sich das elastische Holz wieder streckt. Dann hockt er sich auf die Fersen, eine Position, in der er am besten nachdenken kann. Ich warte hoffnungsvoll darauf, wann ihm die Sache endlich klar wird; das ist mindestens so wichtig, wie das Anfertigen von Pfeil und Bogen an sich. Jetzt, plötzlich und unerwartet, bricht die Erkenntnis mit einem Schrei aus ihm heraus.

»Kraft von Holz wirft Messer!«

Ich weiß nicht, wer von uns beiden froher ist: Er, weil er das Geheimnis entdeckt hat, oder ich, der ihm die Erkenntnis entwunden hat. Immerhin ein großartiger Erfolg, ein Schritt hin zum Menschen.

Natürlich ist es ein dorniger Pfad mit zahlreichen Windungen. Wir sind wieder an der Arbeit, und Nogo hilft begeistert mit, aber ich sehe, daß ihn etwas beschäftigt. Schließlich rückt er mit der Sprache heraus.

»Söhne vom Großen Himmelsfisch sind alle große Zauberer?«

»Warum?«

»Wissen sie alle solche Geheimnisse wie Kraft von Holz?«

Da hast du's, Elastizität, vortreffliches Gesetz der Mechanik! Was soll ich jetzt antworten? Die Sprache der Flachköpfe kennt den Begriff »Denken« noch nicht. Wenn ich versuche, ihn durch »Sehen« oder »Fühlen« zu ersetzen, kommen wir noch mehr auf den Holzweg. Halt, ich hab's!

»Du mußt aufpassen, Nogo. Wenn Nogo aufpaßt, wird er auch Geheimnisse wissen. Nogo kennt schon Geheimnis von Holzkraft!«

So vergehen die Tage, und bei der Belehrung Nogos spornt mich auch der Ehrgeiz an. An einem Morgen vertiefe ich mich so sehr in die Fertigung einer besseren Pfeilspitze, daß ich ganz auf den Fischfang vergesse. Nogo ruft mich zum Essen, dann ißt er selbst die gestrigen Reste auf, die für ihn natürlich zuwenig sind. Nun steht er vor mir und tritt ungeduldig von einem Fuß auf den anderen.

»Geh weiter!« mahne ich. »Siehst du nicht, daß dir die Splitter ins Gesicht springen?«

»Wir müssen Fische fangen«, brummt er.

Mich stört es, daß er direkt vor mir steht, dieses Absplittern vor dem Schleifen ist bei einem so kleinen Werkstück eine schwierige Arbeit. Wenn ich vorsichtig klopfe, komme ich nur im Schneckentempo voran, wenn ich zuschlage, wird der Stein brechen. Ich klopfe eher auf meine Finger als auf den Stein, und das ärgert mich. Nogo rührt sich nicht, obwohl ich jetzt gerade die Spitze forme – ein verkehrter Schlag, und ich kann alles wegwerfen.

»Warte! Später!«

Nogo aber steht wie ein Fels, ich aber schlage im Zorn kräftig zu, treffe zum Glück nur meine Finger, schüttele mit einem Schmerzlaut die Hand. Die Pfeilspitze ist nicht beschädigt, doch auch dies kann meinen Zorn nicht lindern.

»Was stehst du da herum? Wenn du Hunger hast, geh fischen!«

Nun ist er aber ernstlich verletzt.

»Nogo kann nicht.«

Auf meinem Zeigefinger blüht eine beachtliche Blutblase.

»Warum nicht?« schreie ich ihn an. »Weil er dumm, faul, hilflos und gefräßig ist! Nimm die Angel, die Schnur, tu Fleisch drauf und wirf's hinein! Kannst du das nicht?«

»Nogo kann das, nur Zauber dazu kann er nicht.«

Nun ist er nur noch traurig, ehrlich und hilflos betrübt. Ich muß mich schämen. Für jede frühere Lüge muß man bezahlen. Ich streichle seinen Arm.

»Nogo ist stark und gescheit. Er kennt Kraft von Holz, kennt Kraft von Stein – wirf nur die Angel aus! Weißt du, wie das geht?«

»Nogo weiß!«

»Dann geh und fang Fische!«

Er watschelt andächtig und voller Lampenfieber dahin, wie ein Pilot, der zum ersten Probeflug startet, und nach einer knappen Viertelstunde läßt er einen Schrei los, daß die Vögel, die in den Ufergewässern fischen, erschrocken auffliegen.

»Nogo hat Fisch gefangen!«

Ich nuckle nachdenklich an meinem Finger. Es pocht noch, tut aber kaum mehr weh. Wieder sind wir einen Schritt weitergekommen. Der Schritt ist zwar nicht sehr groß. Würde ich das einem Erdenmenschen erklären – der unerfüllbare Wunsch trifft mich wie ein Stich –, würde er höflich lächeln, jawohl, aber ist das so eine große Sache? Haken, Schnur, Köder, Angel auswerfen, warten, herausziehen, fertig! Das ist wirklich einfach. Mir tut es nur leid, daß ich mich auf der Universität, von meinen Fächern geblendet, nicht genug mit der Urgeschichte der Menschheit befaßt habe. Sonst könnte ich jetzt genau sagen, wie viele tausend Jahre es gedauert hat, um den Haken und das Angeln zu erfinden.

Im Lauf der nächsten Tage sorgt Nogos Angelleidenschaft für neue Verwicklungen. Das Leben der Flachköpfe kennt notgedrungen nur zwei Extreme: fressen und fasten. Einen Mittelweg gibt es nicht. Wenn sie reiche Beute machen, fressen sie, solang der Vorrat reicht. Was dazwischen liegt – Raupen, kleine Knollen, Jungvögel, Vogel- und Echseneier – schützen knapp vor dem Hungertod. Primitive Waffen und flinkes Wild, das bedeutet selten satt werden und lange fasten. Praktisch nagt die Horde ewig am Hungertuch. Daher lautet das Gesetz: Hol dir stets alles, was eßbar ist, und stopf's in dich rein!

Der Fischvorrat des Großen Flusses ist schier unerschöpflich, ein Umstand, der zusammen mit Nogos Gesetz und seiner Anglerleidenschaft zu einem entsetzlichen Ergebnis führte. Er angelt nämlich nicht nur, um unseren Bedarf zu decken, nein, er hockt jede freie Minute mit der Schnur in der Hand am Rande des Floßes, wobei unsere schwimmende Behausung, auf deren Sauberkeit ich peinlich achte, allmählich eine besorgniserregende Wandlung erfährt. Überall liegen zappelnde oder tote Fische herum, der Fischgestank breitet sich aus, auch Nogos Fell wird damit getränkt, nachts ist es in der Hütte in seiner Nähe kaum auszuhalten. Fisch war früher einmal mein Leibgericht, doch jetzt bin ich an einem Punkt angelangt, wo ich glaube, mein Lebtag keinen Fisch mehr anrühren zu können. Als Nogo dann innerhalb von zehn Minuten ein halbes Dutzend an Land zieht – weil die Fische durch die Kadaver und durch die Brühe, die ins Wasser tropft, magisch angezogen werden –, ist das Maß voll. Ich packe die Fische und fange an, sie wieder in den Fluß zu werfen. Nogo aber schaut mich an, als wollte ich *ihn* ins Wasser schleudern.

»Fang nur so viele, wie wir essen können!«

»Morgen gibt es keine.«

»Großer Fluß hat immer Fische, heute, morgen und übermorgen. Riechst du nichts? Das ganze Floß stinkt, du auch!«

Nogo schnuppert verwundert.

»Stinkt? Wo?«

Natürlich ist dies eine Frage des Geschmacks und der Zivilisation, doch für mich stinkt's. Gegen meine Überzeugung muß ich mich wieder an die Geisterwelt um Hilfe wenden.

»Du wirst Großen Himmelsfisch erzürnen, wenn du mehr Fische fängst, als wir essen können. Geist von Großem Himmelsfisch und von Großem Fluß gibt immer genug Fisch, was wir brauchen, aber stinkender Fisch steigt in die Nase und Geister werden zornig. Iß alles auf«, sagte ich mit einer großzügigen Geste, »oder wir schmeißen den ganzen Plunder in den Fluß, weil sonst die Geister böse werden!«

Ich sehe, daß er die Himmlischen für grausam hält, aber er gehorcht widerwillig, wobei ich um jeden Fisch kämpfen muß. Es tut ihm so leid, daß er lieber jeden zweiten aufißt.

Der Schwimmunterricht am Vormittag fällt aus, Nogo geistert einer Ohmacht nahe mit aufgedunsenem, prall gefülltem Bauch durch die Hütte, weil er den Großteil der Fische in einem »Anfall von Selbstaufopferung« gerettet hat. Würde ich seine Zähigkeit nicht kennen, wäre ich überzeugt, daß er am Ende ist, weil es wohl keinen Magen gibt, der eine solche Gewaltkur übersteht. Die Reste werfe ich ins Wasser, der Fluß um das Floß herum scheint zu kochen von all den Fischen, die herbeigeströmt sind, um an diesem Festmahl teilzunehmen. Selbst die Fischervögel werden auf das Gewimmel aufmerksam, kreisen über dem Floß, stürzen sich auf Wasser zwischen die Lebenden, die geschickteren versuchen, die toten Fische, die ich wegwerfe, im Flug zu erfassen. Als nur noch ein kläglicher Rest an Fischen übriggeblieben ist, fällt mir plötzlich siedend heiß ein: die Zielsicherheit meiner Pfeile kann nur dadurch gewährleistet werden, daß ich ihre Enden mit Federn schmükke. Nun ist dies angesichts der herumflatternden Vögel wahrscheinlich die letzte Gelegenheit, um an solche Federn zu kommen.

Ich lege die Fische auf dem Floß zu einem Haufen und verziehe mich mit meinem Bogen hinter die Hütte. Die Entfernung beträgt keine vier Meter – da dürfte ich doch wohl einen Treffer landen. Ich suche die stärksten und längsten Ruten aus, lege eine auf die Sehne meines Bogens und warte.

Es dauert ziemlich lange, bis die Vögel ihre Scheu überwunden haben. Erst einmal kreisen sie mit sehnsüchtigen Rufen über den Fischen, doch sie wagen es nicht, zu landen. Ich schmiege mich dicht an die Laubwand – auf der anderen Seite stöhnt Nogo zum Herzerweichen – und versuche, mich so ruhig wie nur möglich zu verhalten.

»Sei still«, flüstere ich, »du verscheuchst mir die Vögel!«

»Brauche nix Vogel, nix Fisch, nix garnix«, seufzt er. »Nogo wird nie mehr essen!«

»Ruhe!«

Ein grauer Vogel mit weißer Brust gleitet über die Fische, schwebt über dem Haufen, dreht den Kopf hin und her, dann faltet er plötzlich die Schwingen und läßt sich aufs Floß fallen. Die anderen haben wahrscheinlich nur darauf gewartet, und jetzt möchte jeder sein Anteil an der Beute haben. Einen Augenblick später verschwindet der Fischhaufen unter schlagenden Flügeln, gierig gereckte Hälse, und schnappende Schnäbel suchen nach Lücken zwischen den Konkurrenten mit streitlustigem Geschrei und Gezeter. Würde ich Nogos gewaltige Keule in dieses Gewirr schleudern, würden mindestens drei Vögel daran glauben. Doch die Keule lehnt neben dem Eingang, wenn ich sie mir hole, verscheuche ich die Vögel. Ich spanne den Bogen – es schwirrt der Pfeil und bohrt sich ins weiche Federbett eines Rückens. Das Opfer kreischt auf, aber die anderen achten nicht darauf, schnappen nach den Fischen und schieben den todwunden Kameraden beiseite. Ich könnte hüpfen vor Freude, doch ich fasse mich noch rechtzeitig und schicke auch schon den zweiten, dritten, vierten, fünften Pfeil in die tobende Menge.

Die geflügelte Meute schreckt erst auf, als bereits drei Vögel mit durchbohrtem Leib auf den Stämmen herumstolpern, ich aber renne los, um sie zu erwischen, bevor sie sich vom Floßrand ins Wasser werfen. Als ich den einen am Flügel packe, schlägt er seinen scharfen Schnabel wütend in meinen Arm, ich aber bin so glücklich, daß mich der Schmerz überhaupt nicht interessiert.

Ich drehe den Vögeln den Hals um und lasse mich

dann mit dem wohligen Gefühl der verdienten Ruhe neben ihnen nieder, um mich von den Strapazen meiner ersten Jagd mit Pfeil und Bogen zu erholen. Es sind schöne fette Vögel von der Größe einer Gans, doch diesmal denke ich nicht ans Essen. Ich betrachte ihre breiten, langen Schwanzfedern und überlege, wie viele Pfeile ich mit ihnen bestücken kann, damit sie zu einer sicheren Waffe mit großer Reichweite werden.

Auch am Nachmittag fällt der Schwimmunterricht aus. Dünne weiße Wolkenstreifen durchflechten den Himmel in einer sanften, kaum wahrnehmbaren Bewegung, hoch oben unter dem Firmament. Hier unten regt sich kein Lüftchen, die Luft ist stickig und schwer, der Wald steht regungslos, das Festland wartet stumm auf das befruchtende Wunder des Regens. Die Sonne kämpft noch eine Weile gegen die immer dichter werdende Dämmerung an, dann schlägt das Grau plötzlich in pechschwarze Nacht um. Aus einem Nebental rast der Wind hervor, wirbelt Staub und trockenes Laub auf. Hinter den Bergen ist ein Wetterleuchten, und mit dem rollenden Donner kommen auch schon die ersten dicken Regentropfen, zerplatzen wie angestochene Luftballons auf dem Wasserspiegel des Flusses.

Ich muß alles schnell unter Dach bringen, was der Regen zerstören könnte. Meine größte Sorge gilt dem Feuerholz, um unsere Haut mache ich mir weniger Sorgen. Ich schleppe das Holz in die Hütte und verstecke es unter meinem Lager, vielleicht daß es dort trocken bleibt. Ich muß mich beeilen. Auf Nogos Hilfe kann ich nicht rechnen, der liegt stöhnend auf dem Rücken und verbreitet einen bestialischen Fischgeruch.

Kaum bin ich fertig, als innerhalb von Sekunden ein Temperatursturz von mindestens 15 Grad eintritt und der Sturm wie wild an der Hütte zu rütteln beginnt. Er möchte die Hütte unbedingt in die Lüfte heben, greift nach den Resten unseres erlöschenden Feuers, streut die Asche und die Glut in alle Winde – für einen Augenblick glaube ich, daß das trockene Laub der Hütte Feuer fängt.

Doch plötzlich höre ich das wohlbekannte tiefe Summen, über den Bergkämmen baut sich eine weiße Wand auf, ihr Rand verliert sich im schwarzen Vorhang der Wolken. Das Rauschen der Milliarden Regentropfen schwillt an, wie der Ton einer gewaltigen Orgelpfeife – nicht nur meine Ohren, auch meine Knochen schwingen mit – die Wand läßt sich vom Bergkamm nieder und verschlingt die Felsen, die Bäume und den Wald.

Die Wolkenwand rückt gravitätisch und dennoch unglaublich schnell heran, auf ihrer Oberfläche wehen die Regenschnüre geschwind hin und her, überkreuzen sich – schon ist der Berghang verschwunden, die Wand hat bereits das Flußufer erreicht ... Pfeile und Bogen sind schon unter Dach. Ich werfe die Vögel hinterher, ziehe mich in die Hütte zurück und schließe die aus Ästen geflochtene Tür hinter mir.

Die Außenwelt versinkt in lautstarker Kakophonie. Die Hütte gibt unter dem Gewicht der gewaltigen Wassermassen nach, auch das in drei Schichten aufgebaute Dach wird undicht, überall tropft und träufelt es von der Decke herab.

Jetzt wird es auf einmal stockfinster, und der Donner rollt fast pausenlos über uns hinweg. Das dauert lange, während ich die Stangen der Hütte abtaste und untersuche, ob sie das zentnerschwere Gewicht unseres triefenden Laubdachs noch tragen können. Sollten die Stangen weiter nachgeben, dann nichts wie raus – lieber der Regen, als von der Masse erdrückt zu werden. Zum Glück kommt es aber nicht dazu, obwohl sich die Stangen gefährlich biegen.

Ich sitze still da, während das eindringende Wasser mir über Kopf und Rücken läuft. Ich versuche mich mit dem Gedanken zu besänftigen, daß dies hier doch mit die beste Möglichkeit ist angesichts der Bäume, die am Ufer entwurzelt werden, angesichts der Wildwasser, die von den Steilhängen stürzen – nichts als Tod und Verderben, das ist mir nicht mehr fremd. Hier sind wir vor allem Unbill einigermaßen geschützt, wenn nur der Blitz nicht einschlägt.

In der Nacht oder am Morgen wird vielleicht die erste, gewaltige Welle abebben. Vielleicht hört auch der Regen für ein paar Stunden auf. Dann könnte man den trockenen Kern unseres Brennholzes herausschälen, wir können etwas Warmes essen, und das Feuer wird unsere erstarrten Glieder auftauen.

Das Wasser aber rinnt mir ohne Unterlaß ins Genick. Ich habe keine trockene Faser mehr am Körper, Nogo aber stöhnt in der Finsternis. Ich überlege und grüble vor mich hin, habe sonst keine Beschäftigung, ich kann vor Kälte nicht schlafen.

12

Nun erlebe ich es schon zum vierten Mal, doch jeder Monsunsturm erinnert mich an den ersten, der mich in der Nacht nach Amars Tod überraschte, der mich von der *Wiking* und von meinen Freunden trennte, obwohl der durch den Hunger verursachte Schwindel, die im Halbschlaf verbrachten Stunden, die mir keine Ruhe, nur noch zunehmend Benommenheit vermittelten, prägten große weiße Flecken in die Kontinuität meiner Erinnerungen an diese Zeit. Eine lückenhafte Folge von Bildern, die ich oft nicht einmal mehr chronologisch einordnen kann, von einer logischen Verknüpfung ganz zu schweigen, und das im Schatten von zwei gewaltigen Gesetzen, die Überleben und Essen heißen.

Jene Flut, die seinerzeit durch den Wolkenbruch hervorgerufen wurde, trieb mich mit dem Baumstamm und mit den Affen lange Zeit dahin. Es mochten auch zwei bis drei Tage vergangen sein – auch das weiß ich nicht mehr gewiß –, bis wir wieder einmal an einem Hindernis vor einer scharfen Biegung hängenblieben und ich hinter den Affen über die verschlungenen Äste ebenfalls an Land kletterte. Ich zitterte vor Erschöpfung und Hunger, nur ein Gedanke lebte in mir: Zurück zur *Wiking*, weg von diesem entsetzlichen Kontinent!

Ohne viel zu überlegen, stemmte ich mich gegen den Regen, der mir ins Gesicht peitschte, denn ich wußte – und die Annahme war richtig –, daß solch ein gewaltiges Unwetter nur von der See herkommen konnte. Ich kroch, kraftlos, wie ich war, manchmal auf allen vieren, kletterte und robbte den Steilhang hinauf, ohne mich um Dornen und Büsche zu scheren, solange ich nur konnte.

Auf der anderen Seite glitt ich den Hügel hinab, um dann wieder vor einer Sintflut zu stehen, die mir auch hier den Weg versperrte.

Doch ich verzweifelte nicht, mein Wille und Glaube, daß ich zurückkehren konnte und würde, trieben mich entlang einer Schichtlinie weiter am Hügelhang entlang, und ich stolperte weiter, bis mich die schnell herabsinkende tropische Dämmerung umfing und ich nicht mehr sehen konnte, wo ich hintrat.

Halb blind tastete ich mich weiter, bis ich auf einen Dornbusch stieß, den ich durch die Schmerzen einwandfrei identifizieren konnte, ohne mich darum zu kümmern, daß er mir auch noch die restliche Haut abkratzte. Ich drang in den Busch durch die dornigen Äste bis zu seinem mannsdicken Stamm vor. Dort rollte ich mich zusammen, weil ich wußte, daß ich nicht mehr für meine Sicherheit tun konnte. Ich legte die Arme um den Kopf, um die unbekannten, schrecklichen Töne der Finsternis auszusperren und versuchte zu schlafen.

Wer in unserer Zivilisation aufgewachsen ist, kann sich niemals vorstellen, wie lang eine Nacht sein kann. Bei Tag wird die Zeit von der Ordnung der Bewegungsabläufe in der sichtbaren Welt getragen, ganz gleich, ob es sich dabei um die Schwingungen eines Blattes oder um die Zeiger einer Uhr handelt. Die Unendlichkeit der Finsternis aber kennt kein anderes Maß als das Klopfen des Herzens, das Rauschen der herabfallenden Tropfen, und wenn man es versucht, wird man verrückt, bevor man an diesen Zeichen sechzig Minuten abzählen kann.

In so mancher Nacht zog mein ganzes Leben an mir vorbei, und seit dieser Zeit kann ich verstehen, warum unsere Ahnen die Sonne und das Feuer – das naturgegebene oder künstlich erzeugte Licht – angebetet haben.

Die Tage waren nichts als ein kurzes Zwischenspiel in der sich ewig erneuernden Unendlichkeit, die gnadenlos heranrückte und in der Morgendämmerung nur zögernd zurückwich, unbesiegt allerdings, um nach zwölf Stunden die Qual eines zeitlosen Daseins wieder heraufzubeschwören.

Die erste Nacht war noch nicht die schlimmste – die Angst vor der Finsternis begann nur allmählich in mir zu wachsen, parallel zu den Erfahrungen, die ich bei Tageslicht sammelte – und so brach ich am nächsten Morgen wieder auf.

Dieser Tag war etwas besser. Ich nahm einen tiefen Zug aus dem Wasser, das über den Hang herabfloß. Es schmeckte scheußlich, aber ich mußte trinken, zumal ich wußte, daß mich das Polyinterferon vor Infektionen schützte. Ich schluckte noch schnell einen Muntermacher, und so gelang es mir, mich zu halten.

Leider konnte ich mich immer schwerer orientieren. Es regnete in Strömen, der blendende, schmutzigweiße Schleier der vom Wasser glitzernden Zweige, des Dikkichts und der Dünste, die aus dem durchweichten Boden aufstiegen, schloß die sichtbare Wirklichkeit in einen engen Kreis ein und ließ stets nur einen kleinen Ausschnitt des Raumes erkennen. Dahinter pulsierte die unendliche Unsicherheit, die nur in Form von Stimmen und Lauten existierte.

Die Bewegungen der Sturmfront wurden etwas langsamer, die Täler trieben den abflauenden Wind hin und her, der Regen kam mal von dieser, mal von jener Seite, und seine Richtung bot zur Orientierung keine Sicherheit. Auch nach den Wolken konnte ich mich nicht orientieren – ihr hängender Wanst zerschnitt die Gräte der steilen Hügel, die Richtung des Wolkenzugs ließ sich nicht bestimmen.

Ich aber wanderte weiter und vertraute auf jenen Kompaß, der in jedem Lebewesen schlummert, nur daß die durch die Zivilisation verwöhnten Sinne die Signale nicht mehr empfangen können. Ich wollte einfach daran glauben, daß ich in die richtige Richtung marschierte, ich hoffte und glaubte daran, die Küste zu erreichen. Auch diesmal brach die Nacht sehr schnell herein, und der Kampf mit dem Dickicht, den ich tagsüber geführt hatte, bescherte mir diesmal eine bessere Nacht.

Der dritte Tag meiner Wanderung auf dem Festland ist auch der letzte im Zusammenhang mit den vorigen Tagen. Am Morgen hatten mich noch das Trinken und die Muntermacher etwas flott gemacht und meine Muskeln meinem Willen gehorchen lassen, doch gegen Mittag – wobei nur die maximale Lichtstärke diesen Zeitpunkt signalisierte – hatte sich nicht nur die Gegend um mich herum verändert, sondern auch ich mich selbst.

Nun weiß ich nicht, ob alles gleichzeitig stattgefunden hat oder ob ich es nur so empfand, doch der Wald, dessen trockene, früher graue Farbe der Regen braun und schwarz vertiefte – der Wald war plötzlich grün. Der Regen, der unaufhörlich herniederprasselte, fiel auf winzige Blätter, die soeben aus den Knospen geschlüpft waren, aus dem Boden schickten unsichtbare Samen ihre Triebe himmelwärts, hinauf zum Laub, wobei sie im großen Wettlauf verbissen und gierig um jeden Zentimeter kämpften. Dieser grüne Ring zog sich noch fester um die sichtbare Welt zusammen, obwohl mein Gesichtskreis sowieso schon eng genug war.

Der Regen war warm, der Dunst wurde immer dichter, die Bedeutung der Töne und Laute nahm zu, ohne daß ich ihnen einen Sinn geben konnte, der schlammige Boden glitt immer wieder unter meinen Füßen weg.

Wenn ein Abhang kam, kollerte und schlitterte ich über ihn hinweg, bis ich unten angelangt war und meine streikenden Muskeln wieder anspornen konnte.

Jetzt war der Dunst nicht mehr nur um mich herum, er drang durch meine Augen bis ins Gehirn, dämpfte die Müdigkeit und die Schmerzen. Mein Rest von Verstand wunderte sich, wie sich mein Fuß zu einem neuen Schritt entschloß und daß ihm dieser Schritt gelang, obwohl es sich um eine komplizierte und schwierige Bewegung handelte, und wie mein Arm einen Ast ergriff und beiseite bog.

Ich rekapitulierte Wörter ohne Anspruch auf Sinn und Zusammenhang, doch ich mußte auf die Töne, die von außen kamen, reagieren, weil sie in der zunehmenden Hilflosigkeit der inneren und äußeren Dünste, die sich immer mehr verdichteten, allmählich die einzige Wirklichkeit für das Bewußtsein bedeuteten, all diese Töne, das Rauschen des Regens, das Plätschern der tausend kleinen Gewässer am Hang, das tiefe Raunen der Fluten, die in der Talsohle dahinrasten, alles Töne und Laute, die aufeinanderprallten, miteinander verschmolzen und wieder neu erstanden, das tiefe und hohe Summen von Generatoren, zwischen den Wolken das Singen und Klingen der Startglocke in der Abfahrstation der Rakete – der Hang und ich nehmen einen Anlauf, das Karussell, die große Zentrifuge beginnt sich zu drehen, ob ich wohl die zunehmende Schwerkraft ertrage, das Karussell, das dreht sich immer rund herum ...

Von da an reißt die kontinuierliche Bildfolge der Erinnerungen ab, ich kann nur Bruchstücke herausfischen, machte nicht einmal den Versuch, sie zusammenzusetzen. Chronologisch folgt vielleicht das Wildschwein, weil mit ihm das Messer verbunden ist, das von nun an in allen meinen Erinnerungen auftaucht.

Ich lag auf einer kleinen Lichtung in der Talsohle und stopfte mir das sprießende Gras in den Mund. Es schmeckte ein bißchen bitter, ein bißchen süß, im allgemeinen aber fad und langweilig, nicht einmal ekelhaft. Ich war weit davon entfernt zu realisieren, daß mich das Polyinterferon gegen eine Vergiftung nicht schützen konnte, ich kaute und schluckte mechanisch, ohne Emotion und ohne Folgerung, die unregelmäßige Abwechslung der Geschmäcker akzeptierend.

Das Wildschwein drang aus dem Dickicht auf die Lichtung. Nachdem es mit kurzem Grunzen als Signal der Abschreckung und Erschrockenheit meine weidende Gegenwart zur Kenntnis genommen hatte, legte es den Kopf schief und stieß neben einem Busch die Hauer in den Boden. Zwischen den schwarzen Erdbrocken tauchte eine fette gelbe Zwiebel aus dem Boden, dann wieder ein Stoß, und das Tier schob bereits die zweite Zwiebel ins Maul.

Ich hörte auf zu kauen, stützte mich auf den Ellbogen und beobachtete mit wachsendem Interesse das Borstentier, wobei ich mir vorstellte, wie gut wohl diese Zwiebeln schmecken dürften. Inzwischen hatte ich auch gemerkt, daß jene daumenlangen, violettweißen Triebe, eben die oberirdischen Teile jener Zwiebel, überall an den Büschen entlang hervorlugten.

Doch ohne Stoßzähne konnte ich nichts erreichen,

da bedurfte es zumindest schon eines Stockes oder eines Steins, um die Zwiebeln auszugraben. Ich tastete das Gras um mich herum ab, konnte aber weder das eine noch das andere finden. Ich spürte einen Druck an meinen Hüften wie von einem harten Gegenstand, langte hin und die Größe des ertasteten Fundes wirkte wie elektrisierend auf mein stumpfes Gehirn.

»Das Messer!« drang es verzerrt aus meinem mit Gras vollgestopften Mund, und ich versuchte, mich auf den einen Arm zu stützen und mich aufzurichten, um das Messer aus dem Gürtel zu ziehen. Dann erst fiel mir ein, daß ich ja auch einen Gürtel besaß und vieles andere über mich und über die Welt, die mich umgab.

Das Borstentier war auf einen solchen Ton und eine solche Bewegung bei einem friedlichen Grasfresser nicht vorbereitet. Es machte mit gesenktem Kopf kehrt, wandte sich mir zu, seine blinzelnden Augen erwogen die Möglichkeiten des Angriffs und der Flucht, dann trottete es mit drohendem Grunzen wütend ins Dickicht zurück.

Die Zwiebel war scharf, doch ihr saftiges Fleisch war eher Nahrung als das Gras. Ich wühlte die halbe Lichtung auf, bis ich endlich das Loch in meinem Bauch gestopft hatte. Ich fraß mich buchstäblich voll; die Folgen machten sich erst Stunden später bemerkbar. Vorerst aber konnte ich mit gefülltem Magen wenigstens wieder einigermaßen vernünftig denken.

Außer dem Messer und dem Gürtel besaß ich gar nichts. Den Aptator hatte mir wahrscheinlich noch beim Sturz irgendein Stein vom Arm gestreift, nur die Stelle schmerzte noch, und ich konnte mich daran erinnern, daß ich das Gerät bereits auf dem Baumstamm vergeblich gesucht hatte. In meinen Gürteltaschen fand ich zwei volle und eine angebrochene Packung Muntermacher. Ich weiß bis heute nicht, warum man mich so reichlich mit diesem ausgezeichneten Mittel versehen hatte. Die einzig mögliche Erklärung war die, daß irgendeiner – vielleicht Dave, weil er am ehesten solche Einfälle hatte – noch auf der Kreisbahn um den Stern aus übertriebener Vorsicht unser aller Gürtel vollgestopft hatte. Ich grübelte aber nicht mehr lange nach, steckte noch ein paar Zwiebeln in den Gürtel und warf mich dann ins Dickicht.

Nach Hause, heim zur *Wiking!* Der Regen hörte für eine Weile auf, und ich konnte klar die Richtung erkennen, aus der die jagenden Wolken hinter den Hügeln hervorschwärmten. Es wird gelingen, es mußte gelingen! Nun kenne ich die Richtung, ich hatte mich einigermaßen erholt, der Muntermacher aber redete meinen Muskeln ein, daß sie ebenso kräftig waren wie eh und je.

Heute weiß ich, daß dies die einzige Jahreszeit in der Wildnis ist, wo man vor Angriffen sicher sein kann. Die zahllosen Tiere, die während des Unwetters umgekommen sind, verwandeln die Talsohle für die Raubtiere in einen gedeckten Tisch, ebenso die Barrieren, die durch die angeschwemmten Baumstämme errichtet werden. Was aber die großen Pflanzenfresser angeht, die während der Trockenzeit äußerst aggressiv werden können, so werden sie nach der mageren Kost so sehr durch die frischen Triebe der knospenden Flora fasziniert, daß es einfach keinen Futterneid mehr gibt. Darum ließ mich auch das Wildschwein stehen – zu einer anderen Zeit hätte es mich bestimmt angegriffen.

Diese Woche – die erste Woche des Monsun – ist die Zeit des Friedens. Wenn man nicht in der Flut ertrinkt, nicht von einem stürzenden Baum erschlagen wird oder nicht unter einen Erdrutsch gerät, der ganze Hügelhänge abrasiert, wenn der Hügel erst zu beben beginnt und dann die weiche Erde mit müdem Gestöhn allmählich abzurutschen beginnt und sich während der immer rasanten Talfahrt mit weichem Morast, geborstenen

Bäumen und Sträuchern zu einem Klumpen vermischt und mit entsetzlichem Getöse talwärts stürzt, gegen den gegenüberliegenden Steilhang prallt und die gelblich-schmutzige Masse hoch zwischen die Bäume brandet und alles kahlschert, wo kurz vorher noch ein Wald stand – wenn man also vor all dem durch die hilfreiche Hand des Zufalls gerettet wird, weil die vielhundertjährige Ruhe des Bodens und der Felsen nicht ausgerechnet unter deinen Füßen gestört wird, dann kann man ruhig durch die Wildnis spazieren, weil einem die Lebenden keinen Schaden zufügen. Doch damals, als ich noch nichts von jenem Frieden wußte, den der Monsun mit sich brachte, habe ich das Wunder akzeptiert, daß ich ungestört durch den klebrigen Morast waten durfte, daß ich die Äste brechen konnte, deren Krachen sonst sämtliche Raubtiere der Gegend aufgescheucht hätte.

Immer gegen die Wolken marschierend, quer zu den Höhenzügen, ließ ich das Hintereinander von Steilhängen und spiegelglatten glitschigen Abhängen hinter mir zurück. Ich wußte gewiß, daß ich das Meer erreichen würde, doch dann, vor der Kuppe des vierten oder fünften Hügels, bekam ich fürchterliche Magenkrämpfe, die mich gnadenlos umwarfen und meinen zusammengesackten Körper im Morast hin und her rissen.

In meinem Magen brannte das Zwiebelgift wie unstillbares Feuer. Vergebens trank ich das Wasser der Pfützen und brach es dann mit den Zwiebelresten wieder aus – ich fühlte mich immer schlechter, alle meine Muskeln wurden von Krämpfen geschüttelt, und als mich die große erlösende Zentrifuge der Ohnmacht wieder einholte, wurde mir noch bewußt, während meine Sinne schwanden, daß ich für längere Zeit die Schlacht, vielleicht aber auch mein Leben verloren hatte.

Die nächste Erinnerung taucht aus dem Meer des Wassertrinkens auf. Ich trank, ich soff pausenlos. Meine

Instinkte zerrten mich im Fieberwahn auf meinem Bauch robbend an den Wassern entlang, die von den Hängen herabrieselten. Ich soff und spuckte das Wasser wieder aus, dennoch mußte ich immer wieder trinken, weil im Augenblick des Schluckens das Brennen in meinen Eingeweiden gelegentlich etwas nachließ.

Doch dann war plötzlich auch diese Qual zu Ende. Ich lag flach auf dem Rücken, der Regen schlug mir ins Gesicht, und wenn er einmal aufhörte, starrte ich in die dahinziehenden Wolken und auf die Hänge, die um mich herum einen Rundtanz aufführten. Ich wußte zwar, daß ich da nicht tatenlos herumliegen durfte, daß ich etwas Wichtiges und Unaufschiebbares erledigen mußte, doch ich war unfähig dahinterzukommen, was es war. Der Motor meines Willens hatte Leerlauf, das Gift hatte das Ziel aus meinem Kopf und die Kraft aus meinen Muskeln verscheucht.

Ich verlangte auch nicht mehr so gierig zu trinken, der Regen, der in meinen Mund tropfte, reichte aus, um meinen Durst zu stillen. Gelegentlich erinnerte mich mein Magen mit leisem Schmerz an den Krampf des Giftes, um zu versuchen, ob er noch vorhanden war oder ob ihn das verzehrende Feuer bereits vernichtet hatte. Ich versuchte das unlösbare Rätsel des »wo, wann und warum« zu lösen, leider mit wenig Erfolg.

Was mich am meisten beunruhigte, war der Zug der Wolken. Ich wußte, daß es da einen Zusammenhang gab, der sich allerdings nicht zu einem Ganzen zusammenfügen wollte, wenn auch nicht zur Tat, doch zumindest zu einem Gedanken.

Ich hob die Hand, um all dies zu ergreifen – wie ein Baby, das nach einer aufregenden, bunten, fremden Welt greift, mit einem Instinkt, der die Möglichkeit noch nicht abschätzen kann –, dann ließ ich die Hand wieder fallen.

Meine Finger kneteten den Schlamm, suchten nach

Erfahrungen, die sich ertasten ließen, bewerteten die Formen von Kieseln und kleinen kantigen Steinen, von abgebrochenen Ästen und schickten ihre Wahrnehmungen über die Wirklichkeit an höhere Nervenzentren weiter, die unfähig waren, die Tatsachen zu summieren.

Es begann wieder zu regnen, das Wasser sammelte sich zu beiden Seiten in den Vertiefungen um Nase und Augen, seine trübe Linse brach die Wolken, die Hügel entzwei, und mein Mund nahm willig die geschmacklosen Tropfen entgegen. Der Regen hörte sich anders an als in den ersten Tagen, staubte von Blatt zu Blatt, sein volles, tiefes Rauschen verwischte allmählich die Grenzen zwischen Traum und unbegreiflicher Wirklichkeit.

Die Zähne, die sich in meinem Oberarm festbissen, waren allerdings durchaus real. Der neue Schmerz löste in meinem Körper Alarm aus. Meine schlaffen Muskeln zuckten, mein Fuß trat gewaltig gegen den unbekannten Angreifer – das Schmerzsignal, das vom anderen Bein ausging, erwies sich als guter Richtungsweiser – Knurren und Winseln mischten sich in das Rauschen des Regens. Ich setzte mich mit dröhnendem Kopf auf, griff nach meinem Messer und entdeckte im schwindenden Licht durch den Regenschleier die Hyänen.

Es waren drei. Sie standen einen Sprung weit von mir entfernt mit gesenktem Kopf und beobachteten mich von dort aus, wohin sie durch meine plötzliche Auferstehung verscheucht worden waren. Sie hatten einen Halbkreis um mich gebildet, die günstigste Formation für Angriff und Verteidigung. Wenn diese noch nie gesehene Beute, die in den letzten Zügen lag, schwach genug ist, kann man sie mit vereinten Kräften angreifen, ist sie aber noch stark genug, kann man in drei verschiedenen Richtungen fliehen und das Risiko der Verfolgung teilen.

Es waren merkwürdige Figuren, drei schöne Exemplare der natürlichen Auslese, die auf jeden Planeten zutraf, mit zarten Beinen, schlankem Körper und einem Kopf, der seltsam unproportioniert wirkte, als hätten sie ihn bei Verwandten geborgt, die drei Nummern größer waren. Ihr gewaltiger Kiefer und die Muskelstränge, die am ihrem dicken Hals entlangliefen, zeugten von schrecklicher Kraft, ihr Gebiß war durchaus fähig, alles zu zermalmen, was ihnen zwischen die Zähne geriet, doch ihr Rückgrat war so schwach, daß ein Keulenschlag es leicht zerschmettert hätte.

Sie waren die Aasfresser, die Gesundheitspolizei der Wälder, von der Natur dazu bestimmt, daß der Gestank verwesenden Fleisches die Luft der Wildnis nicht verpestete, um die Qualen verletzter oder kranker Tiere zu beenden und die Reste der Mahlzeiten der großen Raubtiere zu beseitigen.

Bei mir allerdings waren sie noch etwas zu früh dran mit ihrer Mission – zumindest bildete ich mir das ein –, die Bißwunde schmerzte höllisch, und mit kraftlosem Arm schleuderte ich zornig Steine nach ihnen. Ich fürchtete mich nicht, sie sahen nicht besonders kräftig aus, und mein Verstand, der allmählich zurückkehrte, sagte mir, daß ich mit Hilfe meines Messers leicht mit allen drei fertig werden konnte.

Obendrein waren sie bescheiden, kamen keinen Schritt näher, wenn einer von einem Stein getroffen wurde, sprang er höflich beiseite, um dann mit einem Winseln, das fast wie eine Entschuldigung klang, seine frühere Position einzunehmen. Sie ließen sich im Morast auf ihren Schwanz nieder, ihr Körper vibrierte leicht in der Spannung der Erwartung, aus ihrer Kehle drang ein leises Wimmern. Hätte mich die Wunde an meinem Oberschenkel nicht eines besseren belehrt, hätte ich sie eher für dressierte Hunde als für wilde Tiere gehalten. Sie beobachteten mich mit hoch erhobenen Köpfen, wobei ihre Augen jede meiner Bewegungen verfolgten.

Es wurde schnell dunkel. Der eine, ohne mit seinem Fuß auch nur einen Zentimeter zu rücken, schnupperte mit gestrecktem Hals nach mir, dann streckte er den Kopf mit der weit aufgerissenen Schnauze gen Himmel und ließ ein heiseres Gebell hören. Die Antwort vom Berghang kam leise wie ein Echo, doch nach einiger Zeit huschten Schatten aus dem Dickicht, an dessen Rand bereits die Dunkelheit der hereinbrechenden Nacht nistete. Die Neuankömmlinge schlossen den Kreis, ich konnte auch hinter meinem Rücken das ungeduldige, dünne Winseln vernehmen.

Ich mußte einsehen, daß meine Steinwürfe die Tiere nicht von ihrem Vorhaben abbringen konnten, daß ich mich umsonst bemühte, und in der immer dichter werdenden Dämmerung beschlich mich die angstvolle Ahnung, ob die still abwartenden Aasfresser am Ende nicht doch recht hatten. Vielleicht war ich wirklich am Ende. Oder brauchten sie nicht einmal mehr abzuwarten, bis ich mich wieder ausstreckte, weil ihre Zahl so sehr gewachsen war? Vier, fünf, sieben, zehn zählte ich mit zunehmendem Entsetzen und begann zu ahnen, daß das, was ich für Scheu gehalten hatte, nichts weiter war als Taktik, Vorsicht und Bequemlichkeit. Nur kein Risiko – diktierte das ungeschriebene Hyänengesetz –, abwarten, bis das Opfer hilflos ist oder bis eure Zahl so sehr anwächst, daß ihr nichts zu befürchten braucht.

Das Tier, das genau meinem Fuß gegenüber saß, rückte im Morast eine Spanne weit vor, als suchte es für seine Vorderläufe nach einer Stütze, dann zog es die Hinterläufe nach und erstarrte wieder in dieser Position. Die anderen vollzogen sofort diese Bewegung nach, der Radius des Kreises wurde kürzer. Dann folgten weitere tastende Schritte, der Kreis wurde wieder enger, und die bisher sanften und unterwürfigen treuen Hundeaugen blendeten in der hereinbrechenden Finsternis ihre grünen Lichter auf, während das Winseln immer gieriger, immer fordernder wurde. Ich hatte keine Steine mehr zur Hand, die ich ihnen entgegenschleudern hätte können, vor den Lehmklumpen aber wichen sie nicht einmal aus.

Das heisere, rufende Gebell erscholl wieder, diesmal hinter meinem Rücken, und das vielstimmige Echo, das von den Hängen widerhallte, schien mein Schicksal zu besiegeln. Es ist doch etwas anderes, vom Gift der Zwiebeln friedlich einzuschlafen als bei lebendigem Leib zerrissen zu werden. Die unmittelbare Todesangst weckte bisher ungeahnte Reserven in mir und riß mich hoch, daß ich torkelnd auf die Beine kam. Der Ring der Augen weitete sich sofort – die Körper hatte die Nacht bereits aufgesogen –, doch in dem sich weitenden Kreis tauchten immer wieder neue Lichtpunkte auf. Ich spürte, daß der Augenblick nicht mehr weit war, wo sie mich überfallen, wo mich die schiere Masse der an sich schwachen Körper überrennen und mich meine unsicheren Beine nicht mehr würden halten können ...

Ich fing an zu brüllen, mit der bisher unbekannten Stimme meiner Urahnen. Es war der Schrei des Körpers, der verzweifelte Angstruf vor dem Gefressenwerden, und ich stürzte mich mit wedelnden Armen auf die tanzenden Lichtpunkte. Der Ring zersprang, die Augen verschwanden, und das Gekläff hinter meinem Rücken signalisierte den Beginn eines neuen Aktes: den der Verfolgung.

Nun stolperte ich blind dahin, und bei jedem Stolpern wuchs die Angst in mir, daß mich die Hyänen gleich einholen würden, wenn ich hinfiel und mich nicht mehr rechtzeitig hochrappeln konnte. Irgendwie brach ich durch das Gebüsch, das die Talsohle säumte, und robbte auf allen vieren kriechend zwischen den Bäumen des Hanges nach oben.

Die Hyänen hatten es nicht eilig, sie wußten, daß ich

nicht kommen würde. Sie wollten mich nicht einholen, sie wollten mich nur jagen und mich ermüden, und sie rückten nur so weit an mich heran, um mich mit einem einzigen Sprung zu erreichen, sobald ich endgültig auf der Nase lag.

Sooft ich stehen blieb, hielten auch die Hyänen an, eine Teilgruppe umging mich, und wie schon vorher im Tal, schloß sich der Kreis der leuchtenden Augen um mich, um sich wieder zu öffnen und mir den Weg freizugeben, sobald ich wieder aufbrach.

Ich kann mich nicht daran erinnern, wie oft sich dieses tödliche Spiel wiederholte, konnte mit meinen ausgestreckten Armen meinen Kopf nicht mehr davor schützen, um nicht in der Dunkelheit gegen Baumstämme zu rennen. Einmal war der Aufprall so heftig, daß mir schwindelte. Meine Arme umklammerten den Baumstamm, ich glitt abwärts, und die Rinde riß blutige Striemen in mein Gesicht.

Aber ich bekam keinen Boden unter die Füße, ich hing an einem Arm im Geäst, baumelte wie eine reife Frucht, während ich Knie und Beine krampfhaft hochzog. Das ist das Ende, durchfuhr es mich, und gleichzeitig erwachte in meinen Muskeln die Erinnerung an eine längst vergessene Bewegung, den mein vom Zwiebelgift verwirrter Kopf erst dann begriff, als sich Arme und Beine bereits ohne Befehl von sich aus in Bewegung setzten: klettern!

Mein schwerer Stiefel, der zwischen den auf mich gerichteten Augenpaaren ruderte, versetzte den Verfolgern noch einen gewaltigen Tritt, dann konnte ich aus dem enttäuschten Gejaule heraushören, daß ich dem Aktionsradius der gierigen Kiefer entronnen war. Ich kletterte immer höher, langsam und ungeschickt, Ast um Ast ertastend, immer weiter hinauf zum Wipfel.

Ich war in der Großstadt aufgewachsen und hatte noch weniger Ahnung vom Klettern als meine gleichaltrigen Kameraden, obwohl diese auch wenig Gelegenheit hatten, sich in dieser Disziplin zu üben.

Die Hyänen bewachten mich bis zum Morgengrauen und warteten stumm, ob ich vielleicht nicht doch herunterfallen würde und die Beute nicht verlorenginge, aber sie hofften vergebens. Ungefähr zehn Meter über dem Boden fand ich in einer breiten Astgabel Platz und schnallte mich mit meinem Gürtel an den Stamm. Am Morgen, im ersten blassen Dämmerlicht, sah ich dicht am Baum immer noch ihre schmalen Rücken und ihre nach oben gerichteten Wuschelköpfe, dann verschwand einer nach dem anderen lautlos im Dickicht.

Nach diesem Abenteuer boten mir die Bäume immer öfter Zuflucht. Der Friede der ersten Monsunwoche war vorbei, an den stinkenden Resten der nicht aufgefressenen Kadaver verloren selbst die Aasfresser das Interesse, und der Urwald zeigte sein wahres Gesicht: Lauf, wenn du verfolgt wirst, und verfolge die Beute, wenn sie zu fliehen versucht.

Das Laub und die Äste wurden meine Freunde, und meine Wanderung in der vermeintlichen Richtung zum Meer war nicht länger ein kopfloses Rennen. Ich bewegte mich mit forschendem Blick im Gürtel der Bäume, stets darauf achtend, daß in erreichbarer Nähe ein Baum stand, auf den ich klettern konnte. Die Bißwunde an meinem Oberschenkel heilte dank Polyinterferon rasch und ohne zu eitern, und ich hütete mich, noch einmal in eine solche Situation zu geraten.

Selbst das dornige Dickicht schien mir nicht mehr sicher genug. Sobald also das Licht, das durch die Wolken drang, zu verblassen begann, suchte ich bereits nach einem geeigneten Baum, in dessen Ästen ich die Nacht verbringen konnte. Das nahm viel Zeit in Anspruch, und die Suche nach Eßbarem noch mehr.

Mit Pflanzen wagte ich mich nur sehr sparsam und sehr vorsichtig zu bedienen, außerdem hatte ich immer mehr Appetit auf Fleisch – aber was die Jagd betraf, hatte ich wirklich so gut wie keine Erfahrung. Ich jagte nach Fröschen und Eidechsen an den Wassern, wobei ich mich vom sicheren Wald entfernte, wühlte auf allen vieren am Rande der Pfützen und Tümpel, um beim ersten verdächtigen Laut eines brechenden Zweigs die Beute einfach stehen zu lassen und voll Entsetzen den Schutz der Bäume zu suchen. Einmal erwischte ich sogar zwei handtellergroße Schildkröten, und um ein Haar wäre mein Messer das Opfer ihres Panzers geworden, bis es mir gelang, das Fleisch aus den Schalen zu kratzen, doch so was war eine sehr seltene Delikatesse.

Käfer und Würmer verschmähte ich, obwohl es von diesen Tierchen überall nur so wimmelte, und mein ewig hungriger Magen sich bereitwillig mit dem Ekel abgefunden hätte. Doch ich hatte Angst vor einer Infektion, die beim Fleisch der Wirbeltiere nicht gegeben war.

Ich experimentierte sogar mit Vögeln, wahrscheinlich, weil unerwarteterweise bereits der erste Versuch zum Erfolg führte. Gewöhnlich konnte ich die Nacht nicht durchschlafen, die Unbequemlichkeit der Äste und der kalte Dunst des Morgens weckten mich schon lange vor der Dämmerung.

Bei einer solchen Gelegenheit entdeckte ich in der halbblinden Dämmerung auf einem benachbarten Zweig die Umrisse eines Vogels von der Größe eines Huhns. Ich weiß nicht, wieso das Tier nicht wach wurde, als ich mich heranschlich. Als ich seine Beine erwischt hatte, versuchte es krächzend und schreiend wegzufliegen und hätte mich um ein Haar vom Baum gerissen. Das Fleisch war sehnig und hart, es kostete einige Mühe, die Federn zu entfernen, mußte sogar ein paar Daunen mitschlucken. Ich hatte zwei Tage daran zu kauen und mußte während dieser zwei Tage keine Jagd auf Frösche machen.

Sorgen hatte ich sowieso mehr als genug. Wenn ich

auch nur langsam vorankam, hätte ich die Küste bereits erreichen müssen. Die Flut des Wolkenbruchs konnte mich unmöglich so weit abgetrieben haben.

Ich konnte zwar die Richtung der Wolkenzüge feststellen, war mir aber nicht mehr sicher, ob sie immer noch aus Richtung See daherzogen. Zahlreiche meteorologische Faktoren und die Struktur des Festlandes konnten durchaus die Strömungsrichtung der unteren Luftschichten geändert haben, und die Wolkendecke riß niemals auf, höchstens daß der Regen für ein bis zwei Stunden aufhörte. Ich konnte nur die untersten Schichten der Wolkenmassen erkennen.

Auch die Hügel waren anders, viel breiter und höher. Mein geübtes Geologenauge erkannte, daß diese Hügellandschaft nichts anderes war als die zerklüftete Seite einer gewaltigen Hochebene, die allmählich in einer einzigen Richtung anstieg – in einer Richtung, aus der die Wolken kamen.

Das Gefühl, mich verirrt zu haben, beschlich mich erst ganz allmählich, Zweifel und Zuversicht kämpften lange miteinander, die Entscheidung wurde nicht in einem einzigen Augenblick gefällt. Gestern noch hatte ich daran geglaubt, daß ich in der richtigen Richtung marschierte, doch am Nachmittag des dritten Tages wußte ich bereits, daß ich mich verirrt hatte.

Die Jagd nach Nahrung, das Trinken und die Umwege, die ich machte, um mich irgendwelcher Angriffe zu entziehen, unterbrachen gelegentlich meine Gedankenkette, das Leben in der Wildnis forderte den ganzen Mann, und dies alles war noch viel weniger als erforderlich. Man kann wohl Angst bekommen, daß man sich verirrt hat, wenn man keine anderen Sorgen hat, doch wenn die Existenz jeden Augenblick in Gefahr ist, bleibt für Furcht und Angst keine Zeit.

Außerdem mußte ich ein Gesetz kennenlernen und akzeptieren, ein Naturgesetz, das absolut nicht attraktiv, dafür aber um so tödlicher war: Man darf keine Fehler begehen! Wenn man in der menschlichen Gesellschaft einen Fehler begeht, gibt es immer noch die Möglichkeit, die da lautet: Nächstesmal werde ich aufpassen, werde mich bemühen und überlegen, und bis derjenige, der gefehlt hat, sein Versprechen einlöst, wird er durch das Netz eben dieser sozialen Gesellschaft, durch die Arbeit, durch die Liebe und durch das Verständnis seiner Mitmenschen getragen.

Wenn man aber hier seine Beute verfehlt, muß man die nächste mit knurrendem Magen und taumelnd vor Hunger beschaffen, wobei mit jeder verpaßten Gelegenheit die Wahrscheinlichkeit weiterer Erfolge rapid abnimmt. Das Leben des Individuums sinkt unrettbar in die Arme des Hungertodes, sofern eine zufällige, leichte Beute diesem Vorgang nicht Einhalt bietet.

So glitt ich auf der Parabolkurve des Lebens immer tiefer hinab, aß immer weniger, als was ich notwendig gebraucht hätte, und die Fehler des Gestern wirkten sich doppelt auf das Morgen aus.

Den Fehler, infolgedessen ich auf dieser drohenden Kurve immer weiter nach unten glitt, hatte ich mit den Vögeln begangen. Ich hatte ihr Fleisch so viel höher bewertet als das der Amphibien und Kriechtiere, daß ich all meine Kraft einsetzte, um meinen ersten Erfolg zu wiederholen.

Ich versuchte, die Vögel mit Steinen zu treffen oder sie mit einem langen Zweig herunterzuholen oder zu erschlagen, wenn sie am Ufer nach Fischen suchten. In der Abend- und Morgendämmerung verfolgte ich sie bis unter die dünnen Zweige, wo sie für die Nacht untergeschlüpft waren, und häufte so Mißerfolg auf Mißerfolg.

Was mir noch an Zeit übrigblieb, reichte nicht aus, um in den Tümpeln Frösche zu fangen, und mir ekelte vor ihrem kalten Fleisch, nachdem ich einmal einen körperwarmen Vogel genossen hatte. Ich wurde zu einem blutrünstigen, aber unbegabten Raubtier, lebte in unstillbarer Gier wie eine Jungkatze im Zauber der rauschenden Schwingen.

Dann sprach der große Zufall ein Machtwort, die Tragödie der Unerreichbarkeit der Vögel kehrte sich ins Gegenteil um – und diesem Umstand habe ich es zu verdanken, daß ich auf Nogo stieß.

In der Tiefe einer flachen Talsohle glitzerte ein großer See, auf seinen Wellen unzählige entenähnliche Schwimmvögel wiegend, leider viel zu weit von den Büschen entfernt, die in Ufernähe wucherten. Ich schaute den Tieren wie verzaubert von der kahlen Hügelkuppe aus zu – so viele Vögel, so viel Fleisch! Mein Auge, mein Blick versuchten den Anblick zu analysieren, ob es vielleicht doch eine Möglichkeit gibt, an sie heranzukommen. Auf der anderen Seite des Wassers erblickte ich zwei Vögel, die nur wenige Meter vom Dikkicht entfernt waren. Sie waren größer als die Entenvögel, die in der Mitte des Wassers herumwimmelten, saßen regungslos ruhend oder schlafend da.

Wenn die nur hocken blieben, bis ich sie erreiche! Ich mußte nicht besonders aufpassen, um keinen Lärm zu machen, denn das Schnattern der Enten füllte das Tal.

Ich durchquerte den Wald, erreichte das Ufergebüsch in der Talsohle, das den Teich vor mir verdeckte. Ich lief am Gebüsch entlang, bis ich das Gefühl hatte, daß sich die beiden Vögel in meiner Höhe auf der anderen Seite befanden. Vorsichtig huschte ich ins Gebüsch, und nach einigen Metern schimmerte bereits das Wasser durch das Laub. Nur noch ein paar Schritte, und ich erblickte die beiden schlafenden Vögel. Sie waren nicht weiter als zwanzig Meter entfernt, hatten ihren langen Hals zwischen die Flügel eingezogen und schlummerten, wobei ihr Kopf manchmal unter dem Gewicht ihrer langen Schnäbel nach vorne kippte. Sie schienen sehr erschöpft zu sein. Meine Gürteltaschen waren, seitdem ich ein Vogeljäger geworden war, stets mit Steinen gefüllt. Ich holte einen Stein heraus, doch dann begann ich zu überlegen. Vielleicht würde es mir gelingen, mich noch näher heranzuschleichen?

Das Geschnatter der Enten war hier bereits so laut, daß es selbst eine laute Unterhaltung übertönt hätte. Das Weiterkommen wurde allerdings schwieriger, der Busch wuchs ins Wasser hinein, meine Beine versanken fast bis zu den Knien im Schlamm. Zum Glück war das Gebüsch hier sehr dicht, die dicken, waagrechten Wurzeln lagen verschlungen wie ein Teppich über dem Schlamm, ich aber schritt leise, vorsichtig und langsam über diesen Teppich, während ich die Vögel nicht aus den Augen ließ.

Ich hatte bereits den halben Weg zurückgelegt, die Vögel aber saßen immer noch ruhig da. Der Stein lag wurfbereit in meiner Hand: nur noch acht Meter, nur noch sechs, ich schwankte am äußersten Rand des Dikkichts auf den Wurzeln, vor mir der freie Wasserspiegel, darauf die beiden Vögel. Sie schienen sehr erschöpft, ich konnte aus der Nähe sehen, daß ihre Körper unter dem struppigen Federkleid bebten, ihr halb geöffneter Schnabel schnappte nach Luft. Waren sie krank? Oder nur todmüde? Hatten sie sich vielleicht vollgefressen? Wahnsinn, jetzt darüber nachzugrübeln, wo sie direkt vor meiner Nase saßen. Ich holte aus und warf den Stein.

Der Stein traf den einen Vogel am Flügel und fiel dann kraftlos ins Wasser. Die Vögel schreckten hoch, breiteten ihre Flügel aus und schlugen verzweifelt aufs Wasser, doch sie flogen zu meinem Erstaunen nicht auf. Doch was ging es mich an, warum sie sitzen blieben. Ich habe sie erwischt, jubelte es in mir vor Hunger und vor Gier nach der Beute, und ich machte einen großen Satz.

Durch den Schwung dieses Sprunges brachen die

Wurzeln unter meinen Füßen krachend entzwei, ich sank bis zu den Knien ins Wasser, und um meine Fußgelenke herum spürte ich etwas, das jenem Gefühl ähnlich war, wie seinerzeit, als ich den Sprung von der *Wiking* gewagt hatte, nur war dies hier doch ein bißchen anders.

Dieses dichte und klebrige Etwas, das da unter dem Wasser lauerte, umfaßte mich mit eisernem Griff, so daß ich die Beine keinen Zentimeter rühren konnte. Die Vögel flatterten verzweifelt mit den Flügeln, vielleicht würde es ihnen gelingen, sich im letzten Augenblick zu befreien, ich aber hatte das Nachsehen, obwohl sie jetzt greifbar nahe waren. Vor lauter Wut begann ich mit den Füßen zu stampfen.

Das Ergebnis war entsetzlich. Die verhältnismäßig feste Masse weichte unter meinen stampfenden Füßen auf, und ich begann langsam, aber unwiderruflich zu versinken, je mehr ich bemüht war, mich zu befreien. Sie zog mich bis zu den Knien hinab, und ich sank immer tiefer ein, bis ich dahinter kam, daß es besser war, wenn ich mich ruhig verhielt.

Unter meinen Sohlen stiegen große Blasen auf, zerplatzten und hinterließen auf der Oberfläche eine regenbogenfarbene Spur. Das Gas aber, das aus den geplatzten Blasen drang, dieser wohlbekannte Geruch erklärte mir alles. Asphalt! Die ölführenden Schichten drangen manchmal an die Oberfläche, der Druck von unten preßte das Öl heraus, die flüchtigeren Stoffe verdunsten, und übrig bleibt der schwere, klebrige Asphalt.

Mir fiel der große Asphaltsee in Trinidad auf der Erde ein, den ich als Geologiestudent natürlich ebenfalls besucht hatte, und die Urtierfunde im Asphalt von La Brea bei Los Angeles. Nun wußte ich genau, was mit mir und mit den beiden Vögeln passiert war.

Das Regenwasser, das sich im Tal ansammelte, bildete

einen verlockenden Teich über der Asphaltschicht. Die kurzen Entenbeine rührten nur das Wasser auf, doch diese beiden langbeinigen Vögel, die eher einem Reiher ähnlich waren, blieben ebenso stecken wie ich. Es bedurfte keiner großen Einbildungskraft, um mir vorzustellen, was mir bevorstand, wenn ich nicht alle meine Sinne und all meine Geschicklichkeit zusammennahm.

Ich durfte keine einzige überflüssige Bewegung riskieren, der Asphalt war mir so schon bis über die Knie gestiegen, und das Wasser reichte mir fast bis zum Gürtel.

Nun musterte ich das Dickicht mit verrenktem Rükken und dachte dankbar an die faulen Wurzeln, die bei meinem Sprung unter mir zusammengebrochen waren. Wären sie heil geblieben, wäre ich hoffnungslos weit hinausgeschleudert worden. Doch auch so schwebten die Blätter weit, viel zu weit, fast einen halben Meter vor meinen Fingerspitzen entfernt. Nun warf ich mich mit ganzer Kraft auf den Rücken, und die nächste Wurzel war nur noch etwa zwanzig Zentimeter von mir entfernt.

Um diese zwanzig Zentimeter mußte ich lange kämpfen, mit gebogenem Rücken, das Gesicht himmelwärts gewandt, wobei ich nichts unversucht ließ, um die Wurzel zu erreichen. Endlich gelang es mir, die schwere Schnalle meines Gürtels so auszuwerfen, daß sie an einem dünnen Zweig hängen blieb. An diesem Strang zog ich dann den Busch zu mir herüber, und es gelang mir schließlich, mich mit letzter Kraft zu befreien.

Ich lag erschöpft bäuchlings auf dem Busch, den ich mir untergestopft hatte, und schaute mich um, während ich nach Luft schnappte, weil ich, kraftlos wie ich war, mich vorerst nicht aufrichten konnte.

Nun konnte ich unter den horizontalen Wurzelteppich schauen, der etwa einen Meter über der Oberfläche schwebte und von wo aus ich ins Wasser gefallen war.

Dieses merkwürdige Pflanzengebilde verriet mir aber auch, daß der Wasserspiegel dieses Teiches früher einmal viel höher gelegen hatte.

Aus diesem Teppich ragten Stützpfeilern gleich die Wurzeln senkrecht nach unten, allesamt dünner und schmaler als mein Schenkel. Das war wohl der Grund dafür, daß mir dieser dickliche Stamm sofort ins Auge stach.

Der meterlange Strunk öffnete sich über Wasser und verzweigte sich in einer dreifachen Gabelung, wobei der mittlere Teil in einer stumpfen Keule endete. Gewöhnlich pflegen sich Wurzeln nicht auf diese Weise von unten nach oben zu verzweigen, und das Ganze sah aus wie ... Bis ich in Gedanken so weit gekommen war, hatten sich meine Augen an das Dämmerlicht gewöhnt, und der Strunk verwandelte sich zu dem, was er in Wirklichkeit war – zwei Arme, die aus gewaltigen Schultern herausragten, dazwischen der Kopf, der auf einem kurzen, jedoch breiten Stiernacken saß ... ein Mensch?

Nein, das ist unmöglich, weil er von einem dichten Fell bedeckt ist und sich regungslos aus dem Wasser hebt ... das heißt, nicht ganz.

Der trommelgroße Brustkorb war von kleinen Wellen umringt, ein Zeichen für den unsicheren, immer wieder aussetzenden Rhythmus erschöpfter Atmungsversuche. Also ein Lebewesen!

Meine erste Reaktion waren Angst und Entsetzen vor der Nähe des großen Tieres, erst dann fiel mir ein, daß dieses Wesen auch ein Gefangener des Asphalts war. Es hatte mir den Rücken zugekehrt, vom Kopf bis zum Lendenwirbel konnte ich nichts weiter als ein struppiges Fell erblicken.

Nein, das war kein Mensch, und wenn es sich um einen Menschenaffen oder um einen Gorilla handelte, was höchstwahrscheinlich der Fall war, durfte ich mich doppelt freuen, daß wir uns auf diese Weise begegnet waren. Bislang war ich zumindest auf den Bäumen in Sicherheit, doch ein Tier von so gewaltiger Kraft konnte mich auch dort oben problemlos töten. Ich wandte den Kopf ab. Dies war nicht die Zeit für Mitleid, kümmere dich um deine eigenen Angelegenheiten.

Die Asphaltschicht klebte fingerdick an meinen Beinen bis über meine Schenkel, und ich versuchte, das Dickste mit Zweigen abzustreifen. Die klebrige Masse stach, reizte meine Haut, so daß ich ihr mit dem Messer zu Leibe ging, um den Rest abzukratzen.

Die Mittagszeit war längst vorüber, als das Leben endlich in dieses waidwunde große Tier zurückkehrte. Aus der gewaltigen Lunge drangen schwere Seufzer, die Arme spannten sich, dann war das Bersten von Zweigen und ein Planschen im Wasser zu hören, die heiseren Laute steigerten sich zu einem dumpfen Ruf. Die Äste, an die sich das Wesen klammerte, brachen einer nach dem anderen unter seinem Gewicht, während es immer tiefer eindrang und allmählich still wurde. Vielleicht war dieses Wesen ebenfalls dahintergekommen, daß es um so weniger versank, je ruhiger es sich verhielt.

Ich schritt auf das Ufer zu, um nach einem großen Baumwipfel zu suchen und mich endlich auszuruhen. Nach all diesen Abenteuern und Erlebnissen spürte ich keinen Hunger mehr. Morgen, ja, morgen – doch Vögel werde ich nicht mehr jagen, das hatte ich mir geschworen. Frösche sind gut genug für dich, schalt ich mich wegen dieses gefährlichen Abenteuers. Doch meine Neugier ließ mir keine Ruhe. Ich wollte diesen großen Affen näher in Augenschein nehmen und beschloß, einen kleinen Umweg zu machen.

Nach seinen Spuren konnte ich feststellen, daß er ungefähr den gleichen Weg gegangen war wie ich, daß er die Vögel gesehen und sich an sie herangepirscht hatte.

Da er aber schwerer war als ich, war der Wurzelteppich unter seinen Füßen bedeutend früher geborsten, so daß er etwa fünf bis sechs Meter vom Ufer des offenen Wassers entfernt einen breiten Krater in den Sumpf gewühlt hatte. Nun konnte ich ihm durch die Äste der Büsche ins Angesicht schauen. Er aber mußte vernommen haben, daß ich näher kam, weil er den Kopf hob, der ihm auf die Brust gesunken war, und blickte forschend in meine Richtung.

Sein Gesicht – so muß ich es wohl bezeichnen – war nackt. Eine breite, flache Nase, kräftige Backenknochen, die Stirn verschwand unter dem dichten Haarbüschel, das ihm ins Gesicht fiel. Die wulstigen, vor Erschöpfung halb geöffneten Lippen legten eine Reihe kräftiger gelber Zähne frei.

Doch all dies war es nicht, was mich ergriff. Aus den tiefen Höhlen unter den vordringenden Stirnknochen suchte ein gebrochener, müder Blick unter geschwollenen Lidern mit spärlichen Wimpern meine Gestalt im Dickicht zu erfassen, und dieser Blick traf mich bis ins Mark – dieser verzweifelte, hoffnungslose Blick mit dem traurigen Schein einer Spur von Intelligenz, weil dieses Wesen *wußte,* daß sein Weg zu Ende war, daß es sterben mußte. Also doch ein Mensch! Rette ihn!

Doch dann kam die Angst. Nur ja nicht romantisch werden! Warum willst du ihm unbedingt helfen? Wenn du ihn aus dem Asphalt holst, werden dir diese gewaltigen Pranken, die jetzt die tiefsten Wurzeln umklammern, mit einer einzigen kurzen Bewegung den Hals umdrehen! Überlaß ihn seinem Schicksal und such dir lieber einen Baum für die Nacht. Dies aber war der Moment, wo er mich erblickte. In seinem Gesicht liefen die Runzeln auseinander, und aus seinem Rachen drangen tiefe, gutturale Laute hervor. Verblüfft und ungläubig lauschte ich dem artikulierten Rhythmus dieser Laute. Ja, das mußte eine Art Sprache sein! Ich spürte und ahnte nur den Sinn dieser Worte, die flehenden Rufe, die da besagten: Hilf mir! Rette mich!

Ein merkwürdiger Seelenzustand ergriff von mir Besitz. Ich hatte Angst, ich fürchtete mich vor diesem selbst halbtot noch gewaltigen Wesen, dennoch bog ich die Äste der Sträucher einzeln um, die er ohne meine Hilfe niemals erreicht hätte, wobei ich zu ihm sprach – obwohl ich wußte, daß er mich nicht verstand –, eher zu meiner eigenen Beruhigung, um meine Angst zu unterdrücken.

»So! Gut so! Jetzt nimm mal diesen Ast. Zieh das Bein raus! Du wirst mir aber nichts tun, wenn ich dir heraushelfe?«

Ich sagte schon, daß ich wohl verrückt war, denn nur ein Verrückter konnte hoffen, ein wildes Tier und Dankbarkeit ... Andererseits aber fühlte und wußte ich immer deutlicher, daß dies kein wildes Tier sein konnte, sondern ein intelligentes Wesen. Sein Blick, die Laute, die aus seiner Kehle strömten, waren der Beweis dafür.

Doch dann, während der behaarte Riese immer weiter aus seinem Asphaltgrab stieg, kehrte die Angst zurück. Daß er sprach und daß sein Blick irgendwie »menschlich« war, konnte er mich immer noch töten, sobald er sich befreit hatte – und dieser Augenblick war nicht mehr weit. Noch ein paar Bewegungen, seine entsetzlichen Arme spannten sich, die Äste der Büsche barsten krachend, gaben nach, und dann, genauso wie ich, schwang er sich hoch und stürzte vor Erschöpfung schnaufend auf den Wurzelteppich – und war frei.

Dieses Manöver aber betrachtete ich bereits aus der Ferne, wobei ich aus dem Dickicht lugte, wohin ich mich zurückgezogen hatte, und als ich seine strampelnden, von Asphalt glänzenden Beine erblickte, begann ich zu rennen, so schnell mich die Füße nur tragen konnten – nur fort, nur fort von hier, fort von diesem Riesen, den ich – unüberlegt, wie mir schien – aus dem See heraufbeschworen hatte.

Nicht weit vom Rand des Dickichts entfernt stieß ich auf einen geeigneten Baum und begann in die höchsten Äste hinaufzuklettern.

Nun war dies ein Widerspruch; denn wenn ich so viel Angst vor ihm hatte, warum war ich dann in seiner Nähe geblieben –, aber ich war nicht ganz Herr meiner Gedanken. Ich machte es mir auf dem Baum bequem, so hoch in seiner Krone, daß sich die Äste gefährlich unter meinem Gewicht bogen, in der Hoffnung, daß er mir hierher nicht folgen konnte – und wartete ab.

Was wird jetzt, was wird geschehen? Ich zitterte, und die Äste zitterten mit. Ich spürte, daß mein Leben in der Wildnis eine entscheidende Wende erfahren würde und daß in einer nebelhaften, unsicheren Zukunft eine Entscheidung heranreifte.

Die Dämmerung senkte sich aufs Tal herab, und aus dem Dickicht am Seeufer erklang plötzlich ein langgezogener Schrei, der sich immer mehr steigerte, um dann wieder herabzusteigen und in einem unsicheren Gebrumm zu enden. Der Schrei wiederholte sich in der Finsternis immer wieder, hörte sich an wie ein schrecklicher, klagender Ruf.

So sehr ich mich auch dagegen wehrte, fühlte ich, ja ich *wußte*, daß dieses einsame Wesen nach *mir*, nach seinem Retter rief, der ihn aus dem Asphalt gezogen hatte.

Ich umarmte die Äste und verstopfte meine Ohren, um den Ruf nicht zu hören, weil mir bereits der Gedanke, mich ihm zu nähern, Furcht einjagte. Es begann wieder zu regnen, doch die herabrauschenden Tropfen konnten den Ruf nicht übertönen. Ich zitterte wie Espenlaub, in meinem Magen wühlte ein krampfartiger Schmerz, und als Summe dieser verschiedenen Plagen begann ein neuer Gedanke in mir zu reifen.

Wenn ich es war, den er rief, konnte ich getrost zu ihm hingehen. War er einigermaßen intelligent, würde ich einen Gefährten gewinnen, der meine Sorgen in dieser Wildnis zum Großteil mit einem Schlag beseitigen könnte, mußte ich doch nüchtern der Tatsache ins Auge sehen, daß mich, einsam und verlassen, wie ich war, nichts als der Hungertod erwartete.

Wenn ich mich aber geirrt hatte und er mich töten würde, dann hätte zumindest alle Pein ein Ende, weil ich den ewigen Hunger, die Angst, das langsame Dahinsterben nicht länger ertragen konnte. Doch ich glaubte fest daran, daß mir dies nicht beschieden war, glaubte an die in seinen Augen flackernde Intelligenz, weil ich einfach daran glauben wollte! Ich kletterte vom Baum und ging mit wankenden Knien in die Richtung, aus der der Ruf erklang.

»Wahnsinn! Du bist wahnsinnig!« flüsterte ich und ging dennoch weiter, weil es mir der Ruf befahl und aus meinem Innern heraus eine Urerfahrung aus jener Zeit, bevor der Mensch zum Menschen wurde und die dieser klägliche Hilferuf zu neuem Leben erweckte. Ich stolperte blind in den Busch und rief Worte in die Finsternis, die als Beruhigung und Besänftigung gedacht waren.

»Schon gut, schon gut! Ich komme! Ich bin ja schon da!« Und dann, weil meine Nerven das ohrenbetäubende Geschrei nicht mehr verkraften konnten: »Schrei doch nicht! Ich bin ja schon da! Töte mich, reiß mich in Stücke, nur hör endlich auf zu brüllen!«

Mir war, als hätte er mich verstanden, weil ich jetzt nur noch tiefe Kehllaute vernahm, die mir als Richtungsweiser dienten. Und während ich weiterging, leierte ich immer wieder meinen irren Spruch herunter wie eine Gebetsmühle.

»Großer Affe! Da bin ich! Tu mir nichts oder töte mich, mir ist es egal. Nur schrei nicht wieder, dein Schrei tut mir weh und ich fürchte mich davor. Und ich fürchte mich vor dir – warum rufst du mich, warum willst du mich vernichten? Du willst mir doch nichts tun?«

Ich hörte seine Stimme schon ganz in der Nähe, ich spürte bereits seinen Atem, als sich plötzlich und unerwartet ein stählerner Ring um meinen Arm legte. Unter diesem eisernen Griff wurden all mein Wollen und all meine Verteidigungsbereitschaft in mir zunichte. Ich stürzte hilflos und stumm auf den Wurzelteppich – komme was da wolle, aber möglichst rasch, und ich wünschte mir nur noch ein gnädiges Ende.

Der Druck der gewaltigen Pranke ließ etwas nach, während mich die andere Hand von Kopf bis Fuß abtastete. Ich lag regungslos da und wartete darauf, daß seine Finger zu meinem Hals hinaufglitten und sich um meine Kehle schlossen. Dann war endlich diese unerträgliche Spannung zu Ende, die mich so weit getrieben hatte – Ende des Experiments, von dem ich in diesem Augenblick wußte, daß es ein irrsinniger Einfall gewesen war. Dieses Wesen wird mich mit Sicherheit töten – was konnte ich sonst von ihm erwarten?

Er aber redete nur auf mich ein. Aus seinem Kehlkopf, der nur für eine primitive Sprache geschaffen war, drangen pausenlos Worte und Laute. Er redete und redete, sein Griff an meinem Arm lockerte sich, hielt mich fast zärtlich umfangen, wie einer, der ihm lieb ist und den man mit einer Berührung, mit einer Geste auffordert, bei ihm zu bleiben und ihn nicht zu verlassen.

Es wurde eine lange, phantastische Nacht. Später begann ich dann selbst zu sprechen, und es war ziemlich gleichgültig, was ich sagte, nur weil ich aus der Betonung der fremden Wörter heraushörte, daß mein Gegenüber auf irgendeine Antwort wartete und daß der Klang meiner Stimme vielleicht das Vertrauensverhältnis zwischen uns beiden förderte.

Dann schlief ich ein, so merkwürdig dies auch klingen

mag. Die Erschöpfung ist das beste Schlafmittel. Ich konnte mich dagegen wehren wie ich wollte, doch der Schlaf übermannte mich.

Im Traum sah ich merkwürdige, verschwommene Bilder. Ich war daheim, dann wieder auf der *Wiking,* im Labor, später wieder an Bord im Hibernator, dann schaukelte ich in meinem aufgeblasenen Raumanzug über das Meer dieses unbekannten Planeten.

Wohin mich aber der Traum entführte auf seinen Schwingen durch Zeit und Raum, ich spürte stets diese Hand auf meinem Arm, diesen fast flehentlichen Griff, der für mich eine Wirklichkeit jenseits aller Träume oder eine traumhafte Wirklichkeit in dieser sonderbaren, schicksalsträchtigen Nacht meines Lebens bedeutete.

Am Morgen erwachte ich zuerst, und bei Tageslicht kam mir alles, was in der Nacht geschehen war, noch unglaublicher vor. Er lag friedlich atmend neben mir – er hatte meinen Arm nicht eine Sekunde lang losgelassen – ich aber schaute ihm ins Gesicht. Nein, das war kein Affe, das war ein Mensch. Merkwürdig zwar und fremd, eine Rasse, geformt von der Umgebung, der Umwelt eines anderen Planeten, weit unter der Entwicklungsstufe von uns Erdenmenschen, dennoch – ein Mensch!

Er öffnete die Augen, die Runzeln in seinem Gesicht liefen wieder auseinander, wie gestern, als er mich zum ersten Mal erblickt hatte, und wir begannen uns wieder zu unterhalten. Ja, wir sprachen zueinander, ohne gegenseitig auch nur ein einziges Wort von der Sprache des anderen zu verstehen, indem wir uns einander nur mit der Sympathie der Betonungen und Ausrufe näherten, während ich ihm half, den Asphalt von seinem Körper zu kratzen.

Es war keine leichte Arbeit, sein dichtes schwarzes Fell war bis zur Gürtellinie verklebt. Ich mußte sogar mein Messer hervorholen, um ihn von der lästigen

Schmiere zu befreien. Er nahm das Messer, untersuchte es gründlich, und ich sah, daß sein Interesse nicht dem Werkzeug, sondern allein dem unbekannten Material und der fremden Form galt. Er hielt das Messer sicher in der Hand und prüfte mit dem Daumen vorsichtig die Schneide der Klinge.

Er grunzte anerkennend, zeigte aufs Messer, dann auf sich selbst und schließlich aufs Wasser, wobei er mit der Hand abwinkte. Ich verstand die Zeichensprache, er wollte wohl sagen, daß das seine in dem Tümpel verloren gegangen sei, ich aber nickte betrübt.

Wir hatten eine ganze Weile zu tun, bis sich schließlich auch der letzte Asphaltfladen von seinem Körper löste, und das Ergebnis ... Mit dem Asphalt mußten wir auch einen Teil seines Pelzes abrasieren, und jetzt stand er da, nackt vom Gürtel abwärts, wie einer, der seine Hosen verloren hat. Die Runzeln in seinem Gesicht, sein breiter Mund liefen wieder auseinander, und nun wußte ich bereits, daß er lachte. Ich empfand echte Zuneigung und Sympathie für ihn, und hätte weiß Gott was dafür gegeben, um ihm dies auch sagen zu können.

Wir mußten unbedingt lernen, miteinander zu reden! Wir konnten nichts erreichen, wenn wir uns bloß freundlich angrinsten. Ich hob mahnend die Hand und zeigte auf mich.

»Gregor!«

Ich wiederholte immer wieder meinen Namen nebst der Geste, dann zeigte ich auf seine haarige Brust und versuchte, durch Haltung und Mimik wie ein lebendes Fragezeichen meine Neugier zu übermitteln, wie er sich wohl selbst nannte. Er schaute mich mit seinen winzigen Augen unsicher an, blickte abwechselnd auf meinen Finger und auf mich, dann sagte er:

»Nogo!«

»Nogo!« wiederholte ich glücklich, weil es mir gelungen war, seinen Namen sofort richtig auszusprechen.

»Gregor«, begann ich wieder, »Gregor! Gregor!«

»Gregor«, kam es in tiefstem Baß von seinen wulstigen Lippen, dann, fehlerfrei: »Gregor!«

Ich war über den raschen Erfolg etwas verblüfft – damals wußte ich noch nicht, daß es in der Sprache seines Volkes von doppelten Konsonanten, die mit einem *r* gebildet wurden, nur so wimmelte – und experimentierte weiter. Ich führte die Hand an den Mund, als würde ich etwas in der Hand halten, und begann die imaginäre Nahrung eifrig zu kauen.

»Ham, ham! Essen!« Ich schluckte und verfolgte mit den Fingern den Weg eines Bissens an der Brust entlang bis zum Magen. »Ham, ham! Ich habe Hunger!«

Er begriff sofort und begann seinen Bauch zu streicheln.

»Ga-a!«

Er schnüffelte mit hoch erhobenem Kopf, dann knurrte er ärgerlich und zeigte auf den Asphalt. Tatsächlich überdeckte der schwere, ölige Geruch des Asphalts jeden anderen Geruch. Er winkte mir zu und begann mit wackligem Gang – der merkwürdigerweise doch irgendwie schnell und ausgeglichen war – aus dem Tal hinauszuwandern. Nach einigen Schritten schaute er sich um, ob ich ihm folgte, und als er sah, wie sehr ich mich bemühte, mit ihm Schritt zu halten, lachte er, schlug sich klatschend auf den Bauch und wiederholte:

»Ga-a!«

Ich folgte ihm, ohne lange zu überlegen, und eine halbe Stunde später, als ich im Gras des angrenzenden Tales das erste Nest mit dem etwa einem Dutzend blaßgrüner Eier zu seinen Füßen erblickte, wurde mir klar, daß ich mit diesem Riesen von einem Urmenschen den Schlüssel zum Überleben, zu meiner Zukunft aus dem Morast des Asphaltsees geholt hatte.

13

Nur einer wie ich, der lange sich selbst überlassen war, halbtot vor Hunger, Erschöpfung und Angst, nur der kann ermessen, was es bedeutet, einen Gefährten zu finden, dem Gefühl der Einsamkeit und des Ausgeliefertseins zu entrinnen, das einen in den Wahnsinn treibt, nur der kann jene mathematische These begreifens, die besagt, daß eins und eins nicht immer gleich zwei ist, daß die einfache Summe zweier Menschen mehr ist als die Summe dieser Teile, selbst dann, wenn es sich um ein innen wie außen so verschiedenes Gespann handelt wie mich und Nogo, nein: Nogo und ich, denn bei uns beiden muß sein Name an erster Stelle stehen. Mein Verdienst besteht lediglich darin, daß ich ihn aus einer seltenen Gefahrensituation gerettet habe, in die er in seinem an Erfahrungen reichen Leben bisher noch nie geraten war.

Durch ihn tat sich die Pforte zu einer merkwürdigen, neuen Welt auf, ähnlich der, in welcher meine Vorfahren auf den wilden Kontinenten unseres Heimatplaneten vor 70000 oder 80000 Jahren oder noch früher gelebt hatten.

In der natürlichen Hierarchie der Lebewesen im Busch, wo Kraft und Macht regieren, nahmen Nogo und sein Volk eine mittlere Stellung ein. Doch da sie schlauer waren als die Starken und gewitzter als die blutrünstigen Bestien, war die Gefahr, vor der sie sich hüten mußten, bedeutend geringer als für irgendein ebenbürtiges Tier.

Mit anderen Worten könnte man sagen, daß sie allmächtige Diebe waren, die mit Hilfe ihres Verstandes die Natur bestahlen und deren Gesetze umgingen. Doch nur der weiß, wie schwer und wie heldenhaft es ist, auf diese Weise zu leben, der es einmal versucht hat, die rohe Gewalt allein mit dem Verstand oder durch Schnelligkeit und Mut zu besiegen.

Das heißt im Klartext: sich mit Gebrüll auf acht bis zehn Hyänen zu stürzen, wenn diese gerade im Begriff sind, das gerissene Kalb eines Bisons zu verzehren, mit einer bloßen Keule auf die Meute loszudreschen, in einer halben Minute mindestens drei von ihnen kampfunfähig zu dreschen, damit der Rest winselnd und entsetzt auseinanderstiebt. Denn wenn auch nur einer der Gegner das feste Fleisch der Oberschenkel oder Waden zu fassen kriegt, dann bist du dran und dienst beim Abendessen der Hyänen als zweiter Gang, nachdem sie das Kalb verputzt haben.

Oder wie ist es damit, einen Frischling, der sich einige Meter von der Mutter abgesetzt hat, schnell an den Hinterläufen zu packen und sich an einem Ast des nächsten Baumes festzuklammern – während die quiekende, strampelnde Beute, die immerhin 30 bis 40 Kilogramm wiegt, mit seinen steinharten Haxen deine Schenkel und deinen Bauch blutig tritt –, damit dich kein Alttier des Rudels zu fassen bekommt. Wenn du nämlich zu langsam bist, so bleibt von dem, der du einst warst, innerhalb weniger Minuten nichts weiter übrig als ein blutiger Klumpen unter einem Strauch, von den gewaltigen Hauern aufgeschlitzt und zerrissen.

Doch selbst die etwas »sanftere« Art der Nahrungssuche und der Jagd erfordert eine Menge Geschicklichkeit, Mut und Geistesgegenwart.

Da heißt es stundenlang neben dem Wildwechsel ausharren, der zur Tränke führt, still hinter dem Laub der Büsche verborgen, regungslos, selbst wenn dich Ameisen oder Käfer beißen, alles tonlos ertragend, weil auch das geringste Rascheln des Laubes das Wild verscheuchen kann, das sich der Tränke nähert.

Zentimeterweise auf dem Bauch robbend sich an die weidende Antilope heranpirschen und gleichzeitig stets hellwach und fluchtbereit sein, weil im hohen Gras – ebenso unsichtbar wie du – sich auch ein stärkeres Raubtier an die gleiche Herde heranschleichen könnte, und du für ihn eine leichtere Beute bist als die leichtfüßige Antilope.

Das waren alles Dinge, die ich nie gelernt hatte, dennoch wurde ich jeden Moment in dieser Disziplin geprüft. Neben den »praktischen« Fächern aber gab es da auch noch ein sehr schwieriges »theoretisches« Fach, nämlich die Sprache.

Mittlerweile war ich dahintergekommen, daß ich viel eher Nogos Sprache lernen könnte, als er die Sprache des Erdenmenschen. Unsere künstliche Weltsprache, die uns zur zweiten Muttersprache geworden war, wäre vielleicht einfach genug gewesen, um sie Nogo beizubringen, aber ich sah nur wenig Sinn darin. Sie war auf die Ansprüche und Ergebnisse der irdischen Zivilisation zugeschnitten und daher für die Wildnis denkbar ungeeignet.

Außer einigen Zeitwörtern, die eine bestimmte Handlung bezeichneten, hätte mir dieses »Esperanto« nichts genützt, während Nogos Sprache – so primitiv sie auch zu sein schien – diese Welt, diese Wirklichkeit wiedergab, in der ich jetzt leben mußte.

So warf ich mich denn ins Dickicht der tiefen Kehllaute, der zischenden Konsonanten und der zahllosen rollenden *r*'s und konnte mit Freude feststellen, daß nur aller Anfang schwer war und daß wir uns im wesentlichen alsbald verständigen konnten. Daran ist nichts Wunderbares, weil diese Sprache in allen ihren Teilen aus der greifbaren Wirklichkeit hervorgegangen ist, als Trägerin der Handlungen und sichtbaren Erscheinungen.

»Gru-u!« knurrte er und zeigte auf den einen Steinwurf weit entfernten Busch, wo irgendein großes Tier die Äste bewegte, dann machte er kehrt und watschelte im schwerfälligen Laufschritt davon. Dasselbe sagte er auch, als sich die niedergeknüppelte Antilope dennoch wieder hochrappelte:

»Gru-u!« und rannte hinter der stolpernden Beute her. »Lauf, laufen wir!«

Bei den Tiernamen störte es mich eine Weile, daß die verschiedenen Exemplare der gleichen Art mit völlig verschiedenen Wörtern bezeichnet wurden. Das Wort »Antilope« zum Beispiel benütze nur ich, Nogo dagegen hatte für die Kuh, für das Kalb, für den Bock, für das kranke und für das verwundete Tier jeweils ein anderes Wort parat, insgesamt etwa sechs Ausdrücke, aber keinen einzigen Sammelbegriff. Das ist die Sprache des Jägers, für den es wichtig ist, das Tier, das er meint, mit einem einzigen Begriff zu bezeichnen, weil es nämlich nicht egal ist, ob man gegen die Hörner eines Muttertiers anrennt, das sein Kalb verteidigt, oder ob man es nur mit einem unerfahrenen Jungtier zu tun hat, das Hals über Kopf vor deinem Angriff flieht.

Diese Schwierigkeiten wurden aber andererseits durch die Insektenwelt aufgewogen. Alle Käfer, Ameisen, Grillen, Hummeln, Raupen und Würmer heißen einfach »go-du«. Extranamen hatte jeweils nur jene Spezies, die sich einen solchen durch unangenehme oder nützliche Eigenschaften verdient hatte, etwa die wilden Bienen, die ihren Wabenhonig wütend verteidigten – eine ebenso schwer zu erringende wie begehrte Beute –, die schwarze Ameise mit ihrem lähmenden Biß, deren Massenüberfall Nogo für ebenso gefährlich hält wie den Angriff des Großmähnigen, oder jene fingerlange gelbe Raupe, ein Wurzelfresser, die zu den Lieblingsdelikatessen der Flachköpfe zählt.

Ich war ein eifriger Schüler, und Nogo ein guter Meister, weil er mich ins Herz geschlossen hatte. Unter den wirren Zügen seiner Persönlichkeit war die Bereitschaft zur Dankbarkeit besonders ausgeprägt, obwohl es dafür in seiner Sprache keinen Begriff gab. Abgesehen von zahlreichen anderen hervorragenden Eigenschaften war es besonders diese, die ihn vor den übrigen Mitgliedern der Horde auszeichnete. Obendrein besaß er eine Engelsgeduld, obwohl ich ihm zu Beginn so manche Pirsch verdarb und wir uns oft wegen meiner Unvorsichtigkeit am Abend mit knurrendem Magen zur Ruhe legen mußten.

Doch trotz aller Schwierigkeiten war dieses Leben bedeutend glücklicher als jenes, das ich vor dieser Zeit geführt hatte. Ich hatte regelmäßig und ausreichend zu essen, mußte mich nicht vor jedem knackenden Ast fürchten und konnte mich ganz Nogos Sinnen und Erfahrungen anvertrauen. Ich kam allmählich wieder zu Kräften, damit wuchs auch die Sehnsucht – und auch die Möglichkeit – zur *Wiking* wiederzukehren.

Gegen Ende der sechsten Woche rissen die Wolken bereits für ein paar Stunden auf, und die Sonne kam hervor, so daß ich ziemlich genau feststellen konnte, in welcher Richtung das Meer lag.

Ich wußte, daß ich mit Nogos Hilfe das Meer erreichen und ihn dazu überreden konnte, unsere ziellose Wanderung in jener Richtung fortzusetzen.

Denn bereits während der ersten Tage unseres Zusammenseins war ich dahintergekommen, daß es Nogo völlig gleichgültig war, wo er die Beute des Tages beschaffte und daß er im Rahmen der bindenden Spielregeln der Wildnis – gelegentlich auch darüber hinaus – abenteuerlustig und neugierig war.

»Dort ist großes Wasser! Gehen wir dorthin!« sagte ich und zeigte in Richtung See.

»Wasser schlecht, kann man nicht trinken!« Er schüttelte den Kopf, wodurch er mir verriet, daß er bereits dort gewesen war.

»Nein, nicht trinken, am Ufer von großem Meer ...«

Plötzlich wußte ich nicht weiter. Ich kannte seine

Sprache noch nicht gut genug, Mensch und Gregor war stets immer nur ich, ebenso wußte ich auch nicht, wie ich ihm den Begriff »Kamerad« erklären sollte.

»Großes Wasser ... dort ... sehr-sehr viele Gregor!« Ich ergriff eine Handvoll Steine und zeigte auf jeden einzelnen. »Gregor, Gregor ... Alles Gregor!«

Es dauerte lange, bis er begriffen hatte, doch dann war er auf einmal Feuer und Flamme, und gleich am nächsten Morgen brachen wir auf, der aufgehenden Sonne entgegen nach Osten in Richtung Meer.

Unser Marsch war ziemlich ereignislos. Unser Weg führte aus dem wildreichen Gürtel hinaus. Die Begegnung mit Tieren wurde immer spärlicher, nur die Mükken wurden immer mehr. Sie stiegen wie gewaltige Rauchwolken aus den Sümpfen der Täler auf und plagten mich, bis ich ganz und gar verschwollen war.

Da hatte es Nogo etwas leichter. Sein dichtes Fell brachte jede Attacke der Blutsauger zum Scheitern. Er mußte nur gelegentlich ausspucken, wenn er mit einem Atemzug zu viele Mücken geschluckt hatte.

Die von Bäumen und Lichtungen durchsetzte Landschaft wurde von jenem dichten, dornigen Gestrüpp abgelöst, das ich seinerzeit erblickt hatte, als ich an Land ging, und dann begann zu meiner Verwunderung das Gelände wieder anzusteigen, obwohl wir zweifellos den richtigen Weg eingeschlagen hatten. Die Sonne lugte immer öfter zwischen den aufgerissenen Wolken hervor, und die Kraft des Monsuns reichte nur noch täglich für ein paar gewittrige Schauer.

Wäre ich kein Geologe, hätte mich dieser Widerspruch mehr als verwirrt. So aber gelang es mir, dennoch eine Erklärung zu finden, sowohl was die Hügelkette betraf, die zur Küste hin anstieg, und auch warum ich mich so weit ins Innere des Festlands verirrt hatte.

Parallel zur Küste nämlich verlief in einer Entfernung von 20 bis 30 Kilometern ein gewaltiger Riß über den

Kontinent. Die Flut nach den ersten Wolkenbrüchen hatte mich von den Hügeln in eben diese Vertiefung gespült, und später, als ich dem Zug der Wolken folgend versuchte, die *Wiking* zu erreichen, wurden diese von dem Wind, der sich an der Steilkante der Hochebene gedreht hatte, zielsicher zum tiefsten Punkt des Rißverlaufs getrieben.

Da ich nun in der entgegengesetzten Richtung marschierte, hatte ich mich immer weiter vom Meer entfernt. Mit Nogo konnte ich mich noch nicht so weit verständigen, um ihn zu fragen, wann er an der Küste gewesen war, aber ich stellte fest, daß er die Gegend kannte, die sich von der bisherigen immer mehr unterschied.

Zwischen den mit Gestrüpp bewachsenen Hügeln erhoben sich 40 bis 50 Meter hohe steile Kalkfelsen und ließen die Landschaft immer merkwürdiger, immer bedrohlicher erscheinen, diese Gegend, die um uns herum nur noch ausgestorbener und schweigsamer wurde.

Am Abend des vierten Tages schaute sich Nogo auf einer der Hügelkuppen vorsichtig um, dann verkündete er:

»Wir werden schlafen und dann großes, bitteres Wasser sehen.«

Und wirklich, am nächsten Morgen, nachdem wir anderthalb Stunden marschiert waren, erblickten wir durch eine Schneise das blaue Meer, und ich, jede Vorsicht vergessend, rannte Hals über Kopf den Hang hinab, wobei ich die Minuten zählte, bis ich endlich unten war.

Die Küste war leer, doch das machte mich nicht stutzig. Es wäre dumm, ja vermessen gewesen anzunehmen, daß wir von den Hügeln kommend genau in jener kleinen Bucht gelandet wären, wo ich zum erstenmal diesen Boden betreten hatte. Nogo aber motzte und fragte immer wieder nach der *Wiking*. Zu meinem Glück gelang es mir, aufgrund einer früheren Auseinandersetzung ihm die Schuld an diesem Fiasko zuzuschieben.

»Du hast mir gestern gezeigt, dorthin gehen – ich habe gesagt, nein, lieber dorthin! Darum gibt es nicht viele-viele Gregor hier!«

»Jetzt du zeigen, wohin gehen«, sagte er, die aus der Luft gegriffene Entschuldigung akzeptierend, »und dann dorthin gehen!«

Das aber war nicht so einfach. Natürlich kann man entlang einer Küste nur nach rechts oder links gehen, doch wenn man die falsche Richtung einschlägt, kann man das gesuchte Ziel ebenso verfehlen, als könnte man unter zehn weiteren Möglichkeiten wählen.

Ich kam sehr schnell dahinter, daß hier keine Theorie mehr nützte außer der Annahme, daß wir nur etwa 40 bis 50 Kilometer von der *Wiking* entfernt waren. Wir mußten in die eine Richtung aufbrechen und eine Strecke von etwa 25 bis 30 Kilometer pro Tag zurücklegen. Sollten wir dann die *Wiking* noch immer nicht entdeckt haben, würde mir schon irgend etwas einfallen, um Nogo zu beruhigen. Und wenn wir dann die andere Richtung einschlagen mußten, würden wir nach weiteren vier Tagen bestimmt unser Ziel erreichen.

»Dorthin!« Ich zeigte nach rechts, wobei ich die Richtung nur über den Daumen peilte. Wir brachen auf und gingen die Küste entlang.

Diesmal war das Glück auf meiner Seite, aber nur, um mir hinterher spöttisch ins Gesicht zu lachen. Noch am selben Tag erblickte ich gegen Nachmittag die Wellen, die das Korallenatoll umspülten, und ich spürte mein Herz im Hals schlagen. Jetzt mußte ich in jedem Augenblick die *Wiking* ausmachen, wie sie jenseits der hochgehenden Gischt auf den Wellen schaukelte. Ich hatte mein Ziel erreicht, endlich hatte ich es geschafft!

Ich war auch nicht enttäuscht, als ich bis Sonnenuntergang vergebens Ausschau gehalten hatte, blieb doch nur diese einzige Nacht übrig, im schlimmsten Fall noch eine zweite. Nachher würde mir alles, was ich auf diesem gnadenlosen Boden erlebt hatte, nur wie ein böser Traum vorkommen. Ich war von diesem Tagesmarsch so erschöpft, daß ich die ganze Nacht im Dorngebüsch durchschlief, als würde ich bereits auf meinem bequemen Lager an Bord der *Wiking* liegen, und am Morgen konnte mich auch nur die Gewißheit aus dem Schlaf reißen und wachrütteln, daß dies der Tag war, an dem wir unser Ziel erreichen würden.

An den Steilhängen der Küste, die von kleinen Buchten durchsetzt war, zog sich der gleiche dunkelgrüne Laubwald dahin, finster und stumm, wie in der Bucht der *Wiking*, aber ich beobachtete nicht die Küste, sondern weit vor mir das Meer und die Brandung, ungeduldig und wütend, sooft wir den inneren Bogen einer kleinen Bucht umrunden mußten, weil dann der gegenüberliegende hervorspringende Bergrücken jedesmal neidisch die Aussicht verdeckte. Dabei war die Sicht durch den Morgendunst im Vergleich zu meiner Sehnsucht auch dort nur sehr spärlich, wo die Küste weit ins Wasser der Lagune hineinragte.

Wir waren gerade in eine neue Bucht eingebogen, als Nogo plötzlich ein leises Grunzen hören ließ und mich mit einer einzigen kurzen Bewegung wie einen Lumpensack zwischen die Bäume beförderte. Er zog die Luft witternd und nervös durch die Nase und horchte forschend ins Innere der Bucht hinein. Dann zeigte er mit dem Daumen nach oben: Rauf auf die Bäume!

Als wir jene Höhe erreicht hatten, die Nogo für sicher hielt, begann er wieder zu schnüffeln, dann sagte er endlich:

»Doff-doff ist dort«, er deutete mit dem Zeigefinger in eine bestimmte Richtung, »und Aas. Doff-doff ist großer Vogel, fliegt nicht, ist sehr stark, frißt Fleisch.«

Die Erinnerung an jene kurzen Minuten, die ich seinerzeit durchlebt hatte, wurde in allen Einzelheiten wieder wach, und mir wurde so übel, daß ich um ein Haar vom Baum gefallen wäre.

»Gregor hierbleiben. Nogo schauen, wo weitergehen.«

Bevor ich ihm noch sagen konnte, er sollte mich nicht allein lassen und daß wir besser fliehen sollten, schwang er sich bereits lautlos von Baum zu Baum und tauchte im Laubwerk unter. Es folgten entsetzliche Minuten. Ich wartete jeden Augenblick darauf, daß ich diesen Laut wieder hörte, daß sich vor mir die Äste teilen und der fürchterliche Kopf dieses Vogels mit seinen gierigen, dummen Augen vor mir auftauchen würde.

Erst Nogos Ruf brachte mich in die Wirklichkeit zurück. Seine Stimme klang ruhig.

»Komm! Vogel tot.«

Dann, als er keine Antwort erhielt, rief er mir zu:

»Nicht auf Baum, komm auf Boden! Vogel tot!«

Wie ich nachher feststellte, war wirklich nichts zu befürchten. Dort, wo Nogo im Küstensand stand, empfing mich der betäubende Gestank der Verwesung, und am Waldesrand erblickte ich die Überreste des großen Vogels, auf einer Breite von zehn Meter zwischen den Bäumen, auf dem Boden und an den Zweigen aufgehängt, all die Knochen und die schmutzigen lederartigen Reste seines Federkleides. Nogo aber lachte.

»Ich sagen Doff-doff und Aas, weil nicht wissen, daß Doff-doff ist Aas«, versuchte er seine Furcht zu erklären, die uns auf die Bäume getrieben hatte.

Vor den Überresten dieses Vogels, der mir selbst jetzt noch Furcht einjagte, hätte ich am liebsten die Flucht ergriffen, doch Nogo schien sich für die Einzelheiten dieses Dramas zu interessieren. Der Regen, der täglich mehrmals niederging, hatte am Sandstrand sämtliche Spuren verwischt. Darum begab er sich unter die Bäume, wo der lehmige Boden die Spuren eher bewahrt hatte. Er rannte geschäftig hin und her, drehte sich wie ein Kreisel, spuckte auf die selbst für ihn stinkenden Reste und versuchte zu kommentieren und zu erklären, so gut es ging.

»Eins, zwei, drei Vögel kamen vom Hügel. Dieser da zuerst, zwei später. Doff-doff tötet nicht anderen Doff-doff. Den hat anderer totgemacht, und zwei andere haben Aas gefressen ... Huhuu!« rief er plötzlich überrascht und tauchte plötzlich unter den Bäumen auf. »Hu-huu, was ist das?« Dabei schwenkte er ein undefinierbares Ding in seiner Hand.

Ich warf nur einen kurzen Blick auf den Gegenstand, dann wurden meine Knie weich, und ich mußte mich in den Sand setzen. Was Nogo da in der Hand hielt, war der aufgeschlitzte, zerfetzte Stiefel eines Astronauten.

Dann schaute ich mich um und wußte plötzlich: Dies hier war die Bucht der *Wiking,* und gleichzeitig stellte ich fest, daß die See vor dem Korallenriff leer, trostlos und irrsinnig leer war, daß es keine *Wiking* gab, also auch keine Rettung für mich aus dieser entsetzlichen Welt.

Als ich wieder zu mir kam, merkte ich, daß sich Nogo an meinen Stiefeln zu schaffen machte und den Fetzen in seiner Hand mit meinen Schuhen verglich.

»War das Fuß von anderem Gregor?« fragte er neugierig. »Diesen Gregor hat Doff-doff gefressen, aber wo sind andere Gregor?«

Seine Frage lenkte meine verzweifelten Gedanken in eine neue Richtung. Da Amar drinnen zwischen den Hügeln umgekommen war, besagte dieser Stiefel, daß diese grausame Welt noch ein weiteres Opfer gefordert hatte – aber wen? Auf allen Teilen der Raumanzüge, ja selbst an den Stiefelsohlen ist das Signum des Eigentümers angebracht. Ich mußte also nur auf die Sohle schauen, um zu erfahren, welchen meiner Kameraden ich betrauern mußte.

Das deutlich sichtbare Zeichen war das Zeichen von

Amar, eine Tatsache, die mich für eine Weile verwirrte. Ich hatte ihn doch mit eigenen Augen eine halbe Stunde Weges von diesem Ort entfernt in jener Schlucht gesehen ... Wie war dies möglich?

»Nogo, such, such weiter! Dort unter den Bäumen ist zweiter Fuß von anderem Gregor«, sagte ich, da ich nicht wußte, ob es so etwas wie Schuh oder Stiefel in seiner Sprache überhaupt gab, »und noch vieles vieles anderes Zeugs! Such nur, Nogo, such!«

Ich meinte, der Kopf würde mir platzen bei der Anstrengung, um dieses Rätsel zu lösen, das immer unverständlicher und komplizierter wurde. Nogo hatte nämlich außer einem leeren Sauerstoffbehälter und einem Paar Handschuhen, die Daves Zeichen trugen, zwischen den Überresten des Vogels nichts entdeckt, kein Stück Knochen, das zu einem Menschen gehören konnte. So mußte ich ihn am Ende seiner Suche, die so gut wie ergebnislos verlaufen war, doch fragen:

»Sag, Nogo, frißt Doff-doff Knochen von Gregor? Verschluckt er sie?«

Die Antwort kam prompt, ganz offensichtlich kannte sich Nogo in den Gewohnheiten dieses Vogels bestens aus.

»Nein. Doff-doff kann nicht Knochen fressen wie Schakal. Reißt nur Fleisch von Knochen.«

Ich entfernte mich von dem Ort, an dem die Tragödie stattgefunden hatte, suchte eine Stelle, wo mich der Gestank der Verwesung nicht unbedingt zum Brechen reizte und versuchte – während mein Blick immer wieder den leeren Horizont des Meeres absuchte – mir vorzustellen, was eigentlich geschehen war.

Nogo störte mich nicht. Er fühlte wohl instinktiv, daß eine große Katastrophe über mich hereingebrochen war. Er suchte im seichten Wasser nach Muscheln und Schnecken, gelegentlich riskierte er einen verstohlenen Blick. Ich wußte, daß er gern weitergezogen wäre, doch ich konnte mich nicht rühren, solange ich nicht alles den Umständen entsprechend geklärt hatte.

Schon hing der übliche Regenschauer des Nachmittags über unseren Köpfen, als ich glaubte, die Geschichte dieser Gegenstände begriffen zu haben. Der Stiefel unseres armen Amar konnte nur hierher gelangt sein, weil die anderen in die Hügel gegangen waren, um ihn zu holen, weil sie seine Überreste gefunden und versucht hatten, diese auf die *Wiking* zu überführen. Hier an der Küste hatte sie dann dieser Vogel eingeholt und angegriffen – ich hoffe, daß er derselbe war, der Amar getötet oder mich verfolgt hatte –, doch der eisige Strahl aus dem Sauerstoffbehälter hatte ihm den Garaus gemacht.

Die anderen beiden Vögel waren dem ersten gefolgt, und zwar ziemlich dicht auf den Fersen. Davon zeugten Amars verlorener Stiefel, der Sauerstoffbehälter – der sich auf der *Wiking* jederzeit nachfüllen ließ und daher nicht ohne triftigen Grund weggeworfen wurde –, vor allem aber Daves Handschuhe, weil er derjenige unter uns ist, der mit seinen Sachen sehr sorgfältig umgeht.

Hier liegt der einzige schleierhafte Punkt der Ereignisse. Warum hatten sie die beiden anderen Vögel nicht auch mit dem Sauerstoffstrahl getötet wie den ersten? Sie hatten pro Kopf mindestens zwei Flaschen bei sich, und da ich Mark kannte, hatte er wohl nach unserem Verschwinden nicht weniger als vier Leute gleichzeitig an Land gehen lassen. War da noch etwas, was sich in den Kampf eingeschaltet hatte, etwas, dessen Spuren ich jetzt nicht finden konnte?

Das ist es, was ich wahrscheinlich nie erfahren werde. Aus den zurückgelassenen Gegenständen kann man auch darauf schließen, daß sie kein zweitesmal an der Küste gewesen sind, und auch das kann ich nicht ganz begreifen. Sie hätten ruhig wiederkommen können, nachdem die beiden Vögel den Kadaver ihres Genossen vertilgt hatten. Oder war ihnen das Risiko zu groß gewesen, um wegen einer leeren Flasche und einem Paar Handschuhe zurückzukehren? Und wenn ja, warum?

Also waren sie wieder auf die *Wiking* geflohen, und da Amars Ausrüstung und sein Skelett Beweis genug waren, daß auch ich verloren sei, fanden sie es sinnlos, mit diesem Küstenabschnitt weiter zu experimentieren. Sie waren weitergezogen – wie schwer mir das fiel, dies zu akzeptieren! –, und wo sollte ich sie jetzt auf diesem unbekannten Planeten, im fremden Labyrinth der gewaltigen Kontinente und weiten Ozeane suchen?

Ich hockte verzweifelt im Sand, den Kopf in die Hände gestützt. Ich dachte an meine Kameraden, an diese erfahrenen Astronauten: Was würden sie jetzt an meiner Stelle tun? Lag der Fehler an mir, an meiner Schwäche, meiner Hilflosigkeit, oder würden sie auch nicht wissen, was sie anfangen sollen? Mark, der Kenner der menschlichen Seele, oder Dave, der sich auf alles verstand?

Ja Dave, der hätte es vielleicht leichter, mit seiner wunderbaren Kondition, seinen erstaunlichen Fähigkeiten, seinem Erfindungsgeist ... aber ich? Was hatte ich noch zu erwarten? Zehn, vielleicht zwanzig Jahre in dieser Welt, unter neuen, unbekannten Leiden und Ängsten?

Gregor Man existierte ja nicht mehr, seine Genossen, sollten sie je nach Hause zurückkehren, werden das wenige erzählen, was sie von seinem Verschwinden wissen, sein Name wird in die Marmortafel in der Halle der Astronauten am Ende einer langen Reihe verewigt, zusammen mit Amars Namen, dort, wo auch Lenas Name steht – wie viele Jahre werden zwischen meinem und ihrem Namen liegen?

Du bist tot, gestorben, und derjenige, der hier am Ufer sitzt, bewahrt das belastende Erbe, die Vergangenheit als Mensch nur noch in seiner Erinnerung. Willst du dieses Schicksal, dieses Leben auf dich nehmen, oder willst du aufbrechen und diese beiden Vögel aufstöbern – sie können nicht weit sein, höchstens in einem der angrenzenden Täler – wie lange wird wohl der ekelhafte Akt dieses Todes dauern? Zwei Minuten? Fünf Minuten? Du mußt dich entscheiden: dies oder das Leben, das hier auf dich wartet und an dessen Ende doch nur Tod und Vernichtung stehen?

Nogo war es, der mein sinnloses Grübeln unterbrach. Er schnüffelte knurrend in die Luft, dann begann er in einer unnachahmlichen Mischung von Angst und Überheblichkeit zu dozieren:

»Vogel Doff-doff ist der dümmste auf der Welt. Er ist dumm und stinkt, immer hungrig, immer laufen. Kletterst du vor Großmähnigem oder Hyäne auf Baum, wartet Tier unten, bis du runterkommst. Doff-doff ist dumm, sieht nix, glaubt, du verschwunden, wenn du über ihm auf Ast hängst. Er riecht nicht deinen Geruch, weil er so stinkt. Sein Fuß ist stark, stärker als Schlag vom Großmähnigen, aber Nogo kann er nicht kriegen, weil er dumm ist!« sagte er und trommelte auf seine Brust, um dann seinen Vortrag urplötzlich zu beenden. »Weg, weg von hier!« Und schon brach er auf, vorsichtig in entgegengesetzter Richtung zum zerrupften Vogel, dorthin, wo der Wald am dichtesten war.

Wir hatten Glück. Auf dem Rückweg kam uns kein großer Vogel mehr in die Quere, und als wir nach drei Tagen die Senke hinter uns hatten und wieder zur Hochebene aufstiegen, war Nogo der Meinung, daß wir von den Vögeln nichts mehr zu befürchten hätten.

»Doff-doff kommt nicht her, ist nur unten im Busch am Rand von großem Wasser.«

Das nahm ich ihm dankbar ab. Blieben also die übrigen Raubtiere, von denen es hier allerdings wimmelte, doch vor diesen Tieren empfand ich keinen solchen Horror wie vor diesen Urvögeln, die aus einer längst vergangenen Zeit übriggeblieben waren.

14

Ich kann nicht behaupten, daß die nächste Zeit ereignislos verlief. So was ist bei einem Leben in der Wildnis undenkbar. Wir jagten, um unseren Wanst zu füllen, und wenn die Jagd ergebnislos verlief, waren wir am nächsten Tag mit knurrendem Magen um so eifriger bei der Sache.

Dafür lernte ich eine ganze Menge, wurde geschickter und wendiger, so daß an Nahrung kein Mangel war in dieser Hügellandschaft mit ihrem reichen Wildbestand, durch die mich Nogo Tag für Tag bei unseren Pirschgängen immer höher ins Innere des Festlandes führte.

Obwohl es mir nach der leeren Küste ziemlich gleichgültig war, in welche Richtung wir gingen, war ich doch irgendwie an diesem gezielten Marsch interessiert, der von Nogos Persönlichkeit, soweit ich sie bisher kennengelernt hatte, gründlich abwich. In der Zwischenzeit konnten wir uns bereits so weit verständigen, daß ich ihn fragen konnte, warum wir ausgerechnet diese Richtung eingeschlagen hatten.

»Hier hinter Hügel noch größere Hügel«, erklärte er, »dann Felsen, wo nix wachsen, nur Steine und sehr warm. Dann wir gehen wieder nach unten. Hügel klein, viele Tümpel, viel Wild, Wald, Gras und Sträucher. Dort jagt Nogos Volk, bis zum Ufer von großem Wasser.«

Ich mußte an Ten Lings Vortrag denken, daß dieser Kontinent 4600 Kilometer breit ist. Mußten wir so weit gehen, bis zur anderen Küste?

»Das ist viel-viel Zeit, sehr weit!« setzte ich dagegen.

»Nein, nein, nicht weit! Wir werden in so vielen Tagen dort sein, wie Finger an beiden Händen und Zehen an beiden Füßen und noch einmal Hände!«

Nur dreißig Tage? Die Umwege bei der Jagd und Nogos Bequemlichkeit mit einbegriffen, waren das nicht mehr als 200–250 Kilometer. Wie war das möglich? Nogo aber fuhr fort:

»Wenn es nicht regnet und alles trocken wird, geht Nogos Volk zum Großen Wasser, um zu trinken. Das Große Wasser ist nicht so wie hier, wo Doff-doff war, Wasser läuft und fließt, am Ufer sehr viele-viele Krokodil.«

Auf diese Weise hörte ich erstmals vom Großen Fluß, zu dem die Horde während der Trockenzeit pilgerte. Doch die Trockenzeit war noch recht weit, einmal pro Tag goß es in Strömen aus den zornigen Gewitterwolken bei Blitz und Donner. Einmal schlug der Blitz kaum einen Steinwurf entfernt in einen modrigen Baumstamm, und es dauerte einige Minuten, bis der strömende Regen die züngelnden Flammen erstickte.

Nogo schaute interessiert zu, verließ dann unseren bequemen Unterschlupf im Busch und eilte durch den Vorhang des nicht unbedingt menschenfreundlichen Wolkenbruchs auf jene Stelle zu. Er sagte etwas, was ich erst später nach einem Kreuzverhör begriff, während er den verkohlten Stamm bedauernd umschnupperte. Nogos Volk kannte also das Feuer!

Feuer konnten sie allerdings noch nicht machen, doch als der Blitz einschlug irgendwann in der Morgendämmerung ihrer Menschwerdung, hatten sie das Feuer geholt und in ihren Lehmkörbchen aufbewahrt, um aus der Glut am Abend ihr Lagerfeuer zu entzünden.

Als ich Nogo so weit verstanden hatte, wäre ich am liebsten mit dem Kopf gegen den nächsten Baumstamm gerannt. Seit Wochen schon waren wir durch kalksteinhaltige Hügel geschweift, Tag für Tag war ich zwischen den Kalkhügeln über Feuersteine und Kiesel gestolpert, die am Boden der Auswaschungen herumlagen, aber an Feuer hatte ich niemals gedacht. Wo also lagen die Grenzen meiner Lebensuntüchtigkeit?

Ich konnte es kaum erwarten, daß der Regen aufhörte

und die Sonne, die hinter den Wolken hervorlugte, die Gegend trocknete. Nogo hinterließ ich, den Baumstamm mit seiner Keule bis auf den inneren, trockenen Kern zu zerschlagen, ich aber machte mich daran, die Feuersteine der Reihe nach zu erproben. Er zuckte nur die Achseln, als ich ihm erklärte, was ich vorhatte.

»Vru ist größter Zauberer in Nogos Stamm, aber er kann das nicht«, meinte er zweifelnd.

Ich selbst war mir in der Theorie sicherer als in der Praxis, und diese Überzeugung gewann immer mehr Raum, nachdem ich mehr als eine halbe Stunde lang einen bestimmten Stein mit der Stahlschließe meines Gürtels bearbeitet hatte. Funken sprühten zwar bereits bei den ersten Schlägen, doch entweder gingen sie in die falsche Richtung oder waren nicht stark genug, um das trockene Holz zu entzünden. An diesem Tag hatten wir die Jagd bereits hinter uns, so daß Nogo meine Versuche mit einiger Geduld verfolgte.

»Wie lange mußt du auf Fingernägeln hauen, bis Feuer kommt?« meinte er harmlos, während er meine mißglückten Versuche beobachtete.

»Mach dich nicht lustig über mich, du Flachkopf!« regte ich mich in meiner Erdensprache auf. »Jetzt will ich's wissen, und Feuer gibt's, kannst dich drauf verlassen!«

Und jetzt, als wäre es ein Zauberspruch – Nogo zumindest hielt die für ihn unverständlichen Worte dafür –, sprang ein gewaltiger Funken genau zur richtigen Stelle über, und auf dem weißen verrotteten Holz begann ein winziger schwarzer Fleck zu wachsen. Eine Glut!

Nun war es nicht mehr schwer, die Flamme zu entfachen, Nogo verstand sich darauf, während er mit zunehmender Achtung zusah, mit einer Achtung, in die sich auch eine Portion Angst mischte. Hatte doch dieses schwache, unbehaarte Geschöpf, das nicht in der Lage war, eine Antilope mit gebrochenen Beinen ordentlich zu erledigen, etwas fertiggebracht, wozu auch der gewaltige Vru nicht fähig war, nämlich Feuer aus Stein zu zaubern – das ging einfach über Nogos Begriffe.

Doch dort, am kleinen Holzhaufen, aus dem jetzt die Flammen züngelten, ergriff auch mich eine sonderbare Andacht und ein merkwürdiges Schuldgefühl.

»Du hast eine klägliche Phantasie, Gregor«, schalt ich mich. »Das hättest du von vorn herein wissen müssen.«

Zu meiner Rechtfertigung sei allerdings gesagt, daß ich in meinem Leben nicht viele solche Feuer gesehen hatte. Es ist schon lange her, es war in meiner Schülerzeit, als wir bei einem Ausflug ein solches Feuer anzündeten, um den abendlichen Zauber unseres Zeltlagers zu erhöhen. In unserem Jahrhundert hatte sich das Feuer in die Hochöfen und in die Tiefen einiger Kernkraftwerke zurückgezogen und seinen Platz der allmächtigen Elektrizität eingeräumt. Ich weiß, daß viele Menschen aufgewachsen sind, ohne jemals ein Feuer angezündet zu haben, ja, die meisten hatten nie eine Flamme gesehen – außer vielleicht in einer Geovisionssendung.

Aber wenn ich schon hierher geraten war, hätte ich schon früher an dieses älteste Hilfsmittel der Menschheit denken müssen, diese Flamme hätte früher lodern sollen. Und warum hatte ich mich, außer Nogos Lebensweise nachzuahmen, nicht eher darum gekümmert, meine menschliche Vergangenheit, mein menschliches Wissen anzuwenden? Ich dachte an jene kreative Kraft, an jenen Tatendrang, der aus Menschen wie Dave und Andrej mit unerschöpflicher Energie hervorsprudelt, und mußte mich schämen. In Zukunft mußte ich mein Leben ändern. Da liegen die Steine, ich aber bin Geologe und habe trotzdem tatenlos zugesehen, wie sich Nogo tagelang mit seinem neuen Faustkeil abplagte.

Blaß, viel zu blaß und wie von ferne kehrten die Erinnerungen an die archäologischen Vorlesungen auf der Universität zurück, und es tat unendlich weh, daß mich seinerzeit die dort gehörten und gesehenen Dinge nur wenig ergriffen hatten. Nur Schlagwörter waren übriggeblieben, Paläolithikum, Mezolithikum, Neolithikum ... diese drei Säulen der Unterteilung kann ich zur Not noch aufzählen, wie ein schlechter Student, der beim Examen sein Unwissen hinter Fremdwörtern zu verbergen sucht – Fragen nach den einzelnen Kulturen aber könnte ich kaum mehr befriedigend beantworten.

Dafür kenne ich die Steine, ihre Härte, ihren Bruch – und wenn der geologische Aufbau dieses Planeten auch nur annähernd dem der Erde entspricht, dann weiß ich auch, was ich wo zu suchen habe. Dabei kann ich nicht nur solches Material identifizieren, das sich für die Herstellung von Werkzeugen aus der Steinzeit eignet, ich kann vielmehr auch das schwere Gestein erforschen, das die verschiedensten Erze in sich birgt ...

Mein Leben wird auch hierzulande einen Sinn haben! Ich werde Nogo und seinem Volk beibringen, wie man die Erze verarbeitet, ich werde sie aus der Steinzeit herausholen und ihnen Möglichkeiten der Entwicklung eröffnen, die sie befähigt, in wenigen Jahren Jahrtausende zu überbrücken! Sie wissen nicht, was eine Lanze oder ein Speer ist, die Wurfwaffe mit der scharfen Spitze, sie kennen auch Pfeil und Bogen nicht – doch all das werden sie lernen, und ihr Leben wird leichter und glücklicher sein als bisher!

»Man muß nur nachdenken! Benutze deinen Kopf, du bist ja ein Mensch!« rief ich laut aus und streckte meine Arme den lohenden Flammen entgegen. »Siehst du, Gregor, auch das ist dir geglückt! Und den schäbigen Rest wirst du auch noch fertig bringen!«

Nogo mißverstand meine Geste und schreckte vor meinen Worten zurück, die ich in Erdensprache ausgerufen hatte. Er sah mich eingeschüchtert und verängstigt an.

»Feuer brennt schon! Mach nicht neuen Zauber!«

Er zog sich zurück, wobei er seine Keule fest umklammerte. Ich war ungewollt über das Ziel hinausgeschossen. Mag sein, daß es mir gelingen wird, Nogo und seinen Stamm zu erlösen, doch wenn ich nicht mit dem gebotenen Takt vorgehe, könnte es durchaus sein, daß mir dieser gewaltige Urmensch vor lauter Angst gewissermaßen zur Vorbeugung den Schädel spaltet.

»Wer bist du?« fragte er angriffslustig. »Wo ist dein Stamm? Warum bist du hergekommen? Wo hast du zaubern gelernt?«

Es dauerte lange, bis ich ihn endlich beruhigt hatte, und von da an paßte ich höllisch auf, um seiner Angst keine Nahrung zu geben. Die Dämmerung war nicht mehr fern, und am Himmel sammelten sich wieder Sturmwolken. Wir suchten unter einem Felsvorsprung Obdach, wohin wir auch unser Feuer retteten, und dort, während die immer tiefer werdenden Schatten der Nacht allmählich die sichtbare Welt zudeckten und die Flammen merkwürdige, schwankende Schatten über die Felswand tanzen ließen, begann ich Nogo meine Geschichte zu erzählen, ob er es nun verstand oder nicht.

Es gelang mir, Nogos Sorgen und Ängste einigermaßen auszuräumen – im übrigen wurde ich immer mehr vom Gedanken an die Begegnung mit der Horde gefesselt – er akzeptierte das Feuer und war auch damit einverstanden, daß ich scharfe Felssteine in die Risse seiner Keule trieb und auf diese Weise die Wirksamkeit seiner Waffe verbesserte.

Ich hätte auch gern einen Speer oder eine Lanze gebastelt, doch vorerst wollte es mir nicht gelingen, die scharfe Steinklinge am Ende des Schaftes sicher zu befestigen, da es mir an entsprechendem Rohmaterial fehlte. Die Bindung aus Naturfasern wurde schnell brüchig, die tierischen Sehnen aber dehnten sich aus und faulten nach kurzer Zeit in der feuchten Luft.

Nun war aber eine solche Waffe mehr als unzuverlässig und damit schlimmer als gar keine, denn sie konnte den Jäger unter Umständen genau in dem Augenblick im Stich lassen, wo es um sein Leben ging.

Das war auch der Grund, warum ich mit Pfeil und Bogen nicht weiter experimentierte, sondern abwarten wollte, bis mir zuverlässigeres Material zur Verfügung stand. Meinen Plan hatte ich aber keineswegs aufgegeben und gab mich weiteren Überlegungen und kühnen Hoffnungen hin, wie ich das Leben der Horde verbessern könnte.

Da ich nicht wußte, ob ich in jener Gegend noch so großartige Feuersteine finden würde wie hier, stopfte ich meinen Gürtel mit den besten Stücken voll, um mir einen Vorrat anzulegen, wobei ich versuchte, mein Feuerzeug zu vervollkommnen. In einer leeren Gürteltasche, in der einst meine Muntermacher gesteckt hatten, sammelte ich sorgfältig getrocknete Schwämme und legte die stählerne Gürtelschnalle und den Feuerstein dazu.

Meine Überlegung und Voraussicht erwiesen sich als richtig, weil wir allmählich die kalkige Gegend hinter uns ließen und der Weg zwischen schwärzlichem, vulkanischem Gestein anstieg.

Die Bäume, die Fluren mit ihren dichten Gräsern wurden immer spärlicher, nur hie und da stand noch ein Baum oder ein Busch, der die zunehmende Hitze noch vertrug, die von den dunklen Felsen dieser öden Landschaft nur noch gesteigert wurde.

Nogo hatte damit gerechnet und war keineswegs verzweifelt. Wir waren beide gut beieinander, und nach der täglichen reichen Beute der vergangenen Wochen war es kein großes Opfer, uns von dem saftigen Fleisch der kaktusähnlichen Pflanzen zu ernähren, während wir in den Vertiefungen der Felsen stellenweise ein so klares Regenwasser trinken konnten, wie noch nie während meiner Wanderung.

Dann hob sich plötzlich aus dem stetig ansteigenden Labyrinth dieser haushohen, verstreuten Felsbrocken ein steiler Grat empor, den die Wolken fast berührten, wenn sie über ihn hinwegsegelten und hinter der Wand verschwanden.

Nogo begrüßte den Steilhang wie einen alten Bekannten.

»Morgen steigen wir ab«, erklärte er. »Dort hinten viele Wiesen, Wald, viel Wild. Dort jagt Nogos Volk.«

Aus der Richtung, aus der wir gekommen waren, brachte der Wind ein Stimmengewirr mit sich, das von Fels zu Fels prallte wie ein Ball. In solchen Fällen ist es am besten, wenn man sich versteckt und abwartet, ob die Situation von Vorteil ist, oder ob es besser ist, wenn man sich verdrückt. Doch der kahle Felseinschnitt, durch den wir hinanstiegen, war weder für das eine noch für das andere besonders geeignet, und bis wir uns mit Mühe in einen schmalen Felsriß hineingeklemmt hatten, der sich auf einer Seite in einigen Metern Höhe befand, wußte ich bereits, daß es besser gewesen wäre, beim ersten undefinierbaren Geräusch die Flucht zu ergreifen. In dem schmalen Spalt konnten wir uns weder umdrehen noch aufrichten, und die von der Sonne erhitzten Felsen brannten auf unserer Haut. Doch es wurde mir noch heißer, als hinter einer Biegung das Rudel auftauchte, das den Lärm verursachte, lauter Tiere, die ich noch nie vorher gesehen hatte.

Von sechs bis sieben zähnefletschenden, gefleckten Raubkatzen eingekreist, kämpfte ein merkwürdiger Dickhäuter, größer als ein ausgewachsener Büffel, um sein Leben. Den kurzen, kaum einen halben Meter langen empfindlichen Rüssel – den die Katzen mit jedem

Sprung zu erreichen versuchten – hatte er auf die Stirn zurückgeschlagen und war bestrebt, die Angreifer mit den Tritten seiner schweren Säuleinbeine auf Abstand zu halten. Aus seinen Mundwinkeln ragten zwei nach unten gebogene, kurze Stoßzähne, vielleicht geeignet, um Wurzeln und Knollen aus dem Boden zu graben, die ihm aber beim Kampf wenig nützten. Er drehte sich verzweifelt im Kreis, und die tiefen, blutenden Wunden an den Schultern, an seinem kurzen Hals und am Kopf verrieten, daß der Kampf bereits eine Weile dauerte. Die Katzen aber tanzten auf hohen, schlanken Beinen um ihr Opfer herum, und ihr schlanker Leib schnellte mit einer Leichtigkeit hoch, als würde für sie das Gesetz der Schwerkraft nicht gelten. Sie griffen stumm und lautlos an, wobei sie die Sprungrichtung in der Luft änderten, um den rippenknackenden Tritten des Dickhäuters auszuweichen, und kaum waren sie nach dem erfolglosen Sprung gelandet, als sie auch schon wieder in der Luft waren.

Noch nie hatte ich Raubtiere gesehen, die sich so leichtfüßig bewegten. Ihre Sprünge hatten etwas von der Grazie eines Ballettänzers, ein Umstand, der mir allerdings weniger Kunstgenuß einbrachte, sondern eher meine Sorgen steigerte. Die werden uns aus unserem unüberlegt gewählten Versteck herunterklauben, wie eine Katze Jungvögel – ein mittlerer Sprung, und wir haben die sechzig bis siebzig Kilo schwere, mit scharfen Zähnen und Krallen bewehrte Gefahr am Hals.

Ich schaute nach oben, ob wir vielleicht höher in die Felsen klettern könnten, doch da wir keine Flügel hatten, war diese Absicht hoffnungslos. Wir waren in eine scheußliche Falle geraten. Mir blieb nur die Hoffnung, daß sich dieser Dickhäuter so lange halten konnte, daß er nicht ausgerechnet in dieser Schlucht besiegt wurde, und daß die ganze Gruppe bei ihrem Ringelrein durch den Schwung des Kampfes ebenso plötzlich dahingefegt wurde, wie sie aufgetaucht war. Das aber wurde immer unwahrscheinlicher. Das Rüsseltier schwankte, stolperte über die Steine, seine unsicheren Tritte trafen immer seltener die pausenlos angreifenden Gegner.

»Was sind das für Tiere?« fragte ich und versetzte Nogo einen Rippenstoß.

»Großes Tier hat Nogo schon gesehen, frißt Laub und Wurzeln. Wir haben es gejagt, ist aber sehr stark, hat drei Jäger getötet, wir sind weggelaufen. Die Gefleckten werden es umbringen, erst großes Tier, dann uns.« Auch Nogo blickte verzweifelt die Steilwand empor. »Dort hinaus!«

»Geht nicht!«

Nogo versuchte dennoch, seine nahezu zwei Zentner in diesem engen Raum höher zu stemmen. Durch seine Anstrengung brach der schmale Sims ab, an den er sich geklammert hatte, ein Steinschlag ging auf uns nieder und überflutete uns wie ein Wolkenbruch.

»Paß auf!«

Wir schmiegten uns eng an die Felsen und schauten hinunter. Die hinabdonnernde Steinlawine hatte den Kampf der Tiere für einen Augenblick unterbrochen. Ein halber Zentner schwerer Brocken hatte den Hinterlauf eines Raubtiers zerschmettert. Es drehte sich schreiend und winselnd im Kreis, während es mit den Zähnen nach dem lahm herunterhängenden Glied schnappte. Auch die anderen waren zurückgewichen und wandten sich dem vermeintlichen neuen Gegner zu.

Wenn der Dickhäuter auch nur über eine Spur Erfindungsreichtum verfügt hätte, hätte er jetzt den Spieß umdrehen können. Hätte er sie jetzt angegriffen, er hätte mindestens zwei seiner Gegner niedertrampeln und weiter fliehen können.

Greif an und lauf los! spornte ich das Tier in Gedanken an. Na los, mach schon!

Doch der Dickhäuter stand nur da mit hocherhobenem Kopf und vor Erschöpfung schnaufend, als wunderte er sich, daß ihn seine Peiniger in Ruhe ließen.

Lauf doch! Flieh!

Doch der günstige Augenblick verschwand im Strudel der Zeit, und das Schicksal des Dickhäuters erfüllte sich. Er stand selbst dann noch benommen da, als der schlanke Leib eines Raubtiers in der Luft auf ihn zuschwebte.

Die Raubkatze landete im Ziel, nämlich auf dem Kopf des Dickhäuters, zerfetzte den sich windenden Rüssel und blendete das schwankende Tier mit seinen Krallen.

Auch die übrigen vier Raubtiere nahmen Anlauf, und was jetzt noch folgte, war kein Kampf mehr, nur noch blutiges Gemetzel.

Sie rissen gewaltige Brocken aus Schulter und Lenden, und eine der Raubkatzen robbte am Rückgrat entlang und suchte am Genick nach festem Muskelfleisch.

Ich hörte das Krachen der Knochen zwischen den Zähnen, und der große Dickhäuter sank wie vom Blitz gefällt zu Boden. Im Fallen begrub er zwei seiner Angreifer unter sich, wobei sich der eine mit schmerzlichem Gebrüll bis zu den Hüften begraben unter der tonnenschweren Last wand, während der andere stumm blieb. Wahrscheinlich hatte ihn der Fleischkoloß sofort zermalmt.

Die anderen drei nahmen aber keine Notiz und begannen sofort zu fressen, während der vierte mit dem gebrochenen Bein ebenfalls herbeihinkte, der am Endkampf nicht teilgenommen hatte. Sie fraßen gierig, schlitzten den Bauch ihres Opfers auf und zerrten die Eingeweide mit blutigen Schnauzen auseinander.

Ich erschauerte, obwohl ich mich bereits für einen abgebrühten Bewohner der Wildnis hielt. Selbst Nogo geriet angesichts der Wildheit dieser unbekannten Tiere in Panik. Er versuchte noch einmal, weiter hinaufzuklettern, und als ihm der Versuch nicht gelang, machte er einen haarsträubenden Vorschlag.

»Hinunterspringen und weglaufen!«

Von der Felswand, auf der wir kauerten, war der Körper des Dickhäuters etwa sechs Meter entfernt. Ein wahnsinniges Unterfangen!

»Geht nicht, sie holen uns ein!« protestierte ich. »Wir können nicht so schnell laufen!«

»Nogo geht!« knurrte er. »Hier getötet werden! Komm!«

Bevor ich etwas unternehmen konnte, machte er einen gewaltigen Satz und begann wie ein Wahnsinniger zu rennen. Wahrscheinlich hatte er gedacht, daß die Beute die Raubtiere vollauf beschäftigen würde – doch da hatte er sich getäuscht. Eine der Katzen wurde auf das Geräusch aufmerksam, das die kullernden Steine machten, hob den Kopf und spurtete auf Nogo los.

»Vorsicht!« brüllte ich, wobei ich hilflos die Keule umklammerte, die der Flachkopf bei seiner Flucht liegengelassen hatte. »Rette dich auf die Felsen!«

Nogo rannte bereits an der gegenüberliegenden Wand der Schlucht entlang, doch auf meinen Zuruf hin sprang er wie ein Ball auf einen Felsvorsprung. Der letzte Sprung der Großkatze war etwas zu kurz geraten. Ihre Krallen griffen wenige Zentimeter unter Nogos strampelnden Beinen in die Luft, und als sie einen Augenblick später den Sprung wiederholte, hockte Nogo bereits auf dem Sims in unerreichbarer Höhe.

Die Katze kehrte zwar nach einigen erfolglosen Sprungversuchen wieder zu ihrer Beute zurück, doch Nogos Versuch hatte uns lediglich vor die Aufgabe gestellt, daß wir einem möglichen Angriff nunmehr getrennt die Stirn bieten mußten. Wenn Nogo weitergehen wollte, wäre es ihm nur dadurch gelungen, wenn er wieder in die Schlucht hinuntersprang.

Dazu hatte er aber offenbar keine Lust. Er klammerte

sich an den Felsen und schnappte nach Luft, total erschöpft von der Aufregung des Rennens und vom verzweifelten Aufstieg.

Ich verfluchte ihn, so gut ich konnte, und bedachte ihn mit allen Schimpfnamen, die mir gerade einfielen, doch es führte zu nichts. Rufen mochte ich ihn nicht, um die Aufmerksamkeit der Raubkatzen nicht auf mich zu lenken, und lehnte mich verzweifelt an den Felsen. Nogos verrückter Einfall hatte unsere Situation noch hoffnungsloser gemacht.

Jeder für sich allein hatte nun wirklich keine Chance. Die Nachmittagssonne brannte gnadenlos auf uns herab, und die Steine, die mich umgaben, waren heiß wie ein Backofen, die Luft regungslos. Noch mindestens vier Stunden bis Sonnenuntergang. Wir mußten unbedingt etwas unternehmen, was zu unserer Rettung beitrug ...

Meine Überlegungen wurden durch wütendes Geknurr und zorniges Maunzen unterbrochen. Die Raubkatze mit dem gebrochenen Bein und die andere, dessen Hinterteil der Dickhäuter zerquetscht hatte, waren über einem besonders schmackhaften Bissen in Streit geraten. Die Bewegungen ihrer schwer angeschlagenen Körper waren bei weitem nicht mehr so leicht und so grazil wie bei ihren unversehrten Kumpanen, springen und laufen konnten sie schon gar nicht mehr. Sie wälzten sich hilflos und schwerfällig über den Steinen, während sie wild nacheinander schnappten.

Ich schaute ihnen interessiert zu. Unsere Kraft reichte nicht aus, um einen von ihnen zu töten – ganz besonders jetzt, wo Nogo und ich etwa dreißig Meter voneinander entfernt waren – doch wie wäre es, wenn wir es schaffen würden, auch die anderen zu verwunden?

Die Idee elektrisierte mich. Was bisher geschehen war, war für uns von Vorteil, und ich begann nachzurechnen. Sechs waren es insgesamt, die diesen bedauernswerten Dickhäuter gejagt hatten. Eine der Katzen hatte das Tier erdrückt, die zweite hinkte, die dritte war halb gelähmt – blieben nur noch drei, die wir fürchten mußten.

Natürlich würden drei Raubkatzen zusammen sowohl mit mir als auch mit Nogo spielend fertig werden. Doch wie wäre es, wenn wir erreichen könnten, daß sie uns nicht gleichzeitig angriffen? Nogo befand sich in sicherer Höhe. Wenn er durch Steinwürfe und Zurufe die Katzen reizen könnte, daß sie ihn angriffen, und wenn ich mich dann auf gleiche Weise bemerkbar machte, wäre es eventuell denkbar, daß sich die Gruppe teilte. Eine blieb bei Nogo, und zwei greifen mich an, oder vielleicht gelang es ihm auch, zwei der Raubkatzen zu beschäftigen, so daß ich es zunächst nur mit einer zu tun bekam.

Es war ein verzweifeltes Unterfangen mit zahlreichen unsicheren Voraussetzungen und Annahmen, die sich jeweils ins Gegenteil verkehren und tödlich enden konnten – trotzdem mußte ich es wagen. Wenn ich nämlich noch lange in dieser mörderischen Hitze hier hocken mußte, würde ich früher oder später hilflos aus meinem Spalt hinabkollern, und Nogos Lage war auch nicht viel rosiger. Ich mußte es einfach versuchen!

Ich lockerte vorsichtig die Steine, die mich umgaben, und legte sie vor der Öffnung des Spalts auf einen Haufen. So hatte ich etwas mehr Bewegungsfreiheit, der lockere Steinhaufen würde unter dem Gewicht der Raubkatze nachgeben, und sie würde mit den Steinen abstürzen. Wenn ich Glück hatte, wurde das Tier verletzt, ohne daß ich Nogos Keule benutzen mußte, die für mich viel zu schwer war. Zumindest aber konnte der Sturz die Katze verwirren, was ebenfalls von Vorteil war.

Als ich nicht noch mehr Steine aufeinander legen konnte, weil ich befürchtete, daß der ganze Aufbau unter seinem Eigengewicht umfallen würde – es waren Brocken von dreißig bis vierzig Kilo und mehr –, klaubte ich noch ein Häuflein kleinerer Wurfgeschosse zusammen und legte sie griffbereit aufeinander.

Es dauerte eine Stunde, bis ich mit den Vorbereitungen fertig war, mein Körper war von der Hitze ausgedörrt, meine Lippen vor Durst aufgesprungen – an jenem Tag hatten wir noch nichts getrunken – ich rastete hechelnd wie ein Hund und beobachtete die Raubtiere, ob sie von den Unmengen Fleisch, die sie verschlungen hatten, auch schwer genug geworden wären.

Ich stellte verwundert fest, daß eine der Katzen fehlte, nur die beiden Krüppel und zwei weitere rissen das Fleisch von den Knochen des Kadavers. Wo war die fünfte geblieben? Es dauerte eine Weile, bis ich entdeckte, daß sich die Katze in den aufgeschlitzten Bauch verkrochen hatte, nur ihr zuckender Schweif verriet, wo sie sich befand. Ich stieß einen Seufzer der Erleichterung aus. Das Biest dort drinnen sah und hörte nichts, waren also nur noch zwei übrig. Ihr hängender Bauch verriet, daß sie bereits um viele Kilo schwerer waren als am Anfang. Es war höchste Zeit loszulegen! Vorsichtig und mit gedämpfter Stimme, jedoch so, daß mich Nogo hören konnte, begann ich ihn zu ermuntern.

»Nogo! Wirf Steine!«

»Warum?« fragte er, weil er meinen Plan nicht durchschaute. Eine Erklärung wäre schwierig und langwierig gewesen. Wenn ich zuviel redete, würden uns die Katzen vorzeitig entdecken, und ich saß nicht so unerreichbar hoch wie er.

»Wirf Steine! Ich werfe auch Steine!« wiederholte ich eindringlich, wobei ich an seinen Ehrgeiz als Jäger appellierte. »Stein trifft sie am Kopf, Katzen laufen weg!«

Ich glaube nicht, daß er mir das abnahm, wahrscheinlich aber war ihm eingefallen, daß er vorher eine schlechte Figur gemacht hatte und daß er in sicherer

Höhe saß. Er trommelte auf seinen Brustkorb, reckte sich auf dem Felsen empor und schleuderte den Katzen ausgesuchte Flüche zu. Die eine – ich glaube diejenige, die ihn auf den Felsen gescheucht hatte – beobachtete ihn blinzelnd, dann machte sie sich satt und träge auf, um nachzusehen, wer es wohl war, der sie auf diese freche Weise bereits zum zweiten Mal beim Fressen störte.

Nogo wartete, bis die Katze direkt unter dem Felsen angekommen war und ließ dann einen Steinregen auf sie niederprasseln. Ein Stein traf die empfindliche Schnauze der Katze mit voller Wucht, und ihre Neugier schlug innerhalb von Sekunden in wilde, tobende Wut um. Das eben noch so träge Raubtier sprang fauchend an der Felswand hoch. Doch die Katze wurde von einem weiteren Steinschlag empfangen, und als sie erfolglos wieder zu Boden fiel, war in ihr der Entschluß gereift, mit diesem affenähnlichen Geschöpf abzurechnen, das da auf dem Felsen hockte. Sie umrundete knurrend das Riff, während sie den Kopf hin und her drehte, um den immer wieder herabsegelnden Steinen auszuweichen.

Ihr Verhalten lenkte auch die Aufmerksamkeit der anderen noch unversehrten Katze auf sich, die immer wieder den Kopf hochwarf und in jene Richtung blickte, doch vorläufig war sie noch eher an dem Fleisch interessiert. Das Herz klopfte mir im Hals. Die eine ließ nicht mehr von Nogo ab, die andere aber war mein Bier.

Ich fürchtete mich nicht mehr, zum ersten Mal, seitdem ich die Küste betreten hatte, wurde ich vom Fieber des Abenteuers und des Kampfes gepackt. Plötzlich erhob ich mich hinter dem Steinwall und ließ einen lauten Ruf erschallen. Die Katze hörte auf zu fressen und drehte den Kopf nachdenklich hin und her. Nogo und ich – für wen sollte sie sich entscheiden?

Wieder ließ ich meinen Ruf erschallen und schleuderte einen Stein, der zwar nur das Rückgrat der Katze streifte, doch das genügte. Ich konnte an ihrem Blick erkennen, daß sie abschätzte, ob sie mit zwei oder drei Sätzen die sieben bis acht Meter überbrücken sollte, die zwischen uns lagen, doch schon im nächsten Augenblick stieß sie sich mit ihren kräftigen Muskeln ab und segelte wie von einem Katapult geschleudert auf mich zu.

Ich trat vom Steinwall zurück und hob Nogos schwere Keule, einen Augenblick später tauchte ihr Kopf mit den gefletschten Zähnen am Rand des Steinwalls zwischen den grapschenden Pfoten auf.

Ich legte meine ganze Körperkraft in diesen Hieb, und die schwere Keule traf die Raubkatze mitten auf die Stirn. Während der nächsten Sekunde, die mir unendlich vorkam, war ein Krachen und Splittern zu hören, mit Wehgeschrei vermischt, der Steinwall zerbröckelte. Ich klammerte mich an der Wand des Felsspaltes fest und hielt schwindlig nach der Katze Ausschau.

Doch anstelle der Raubkatze rannte ein Horrorwesen auf mich los, das sich vom Kadaver des Dickhäuters gelöst hatte. Der Körper war von Kopf bis Fuß voller Blut, nur das Weiße in den Augen und die Zähne leuchteten furchterregend aus einer zerstörten Visage.

Ich machte einen Satz rückwärts und schob mit den Füßen die wenigen Steine vor, die am Boden des Felsspalts übriggeblieben waren. Die rollenden Steine hielten den Angreifer nur so lange auf, bis ich wieder die Keule schwang, der Körper schwebte bereits in der Luft, als ich zuschlug. Die Wucht des Schlages zwang mich in die Knie. Gleichzeitig wußte ich, daß ich die Schlacht verloren hatte, daß ich mich nicht mehr beizeiten hochrappeln würde können, daß mich das Tier anspringen und unter sich begraben würde.

Vergebens alle Pläne, alle Mühe, dieses bluttriefende dritte Vieh war zu einem denkbar ungeeigneten Zeitpunkt zwischen den Rippen des Dickhäuters hervorgekrochen. Ich erwartete den tödlichen Prankenhieb mit gesenktem Kopf, doch statt dessen erfüllte Nogos Triumphgeschrei die Schlucht.

»Tot! Tot! Katze tot!«

Was faselte er da? Ich richtete mich torkelnd auf.

Kaum eine Armlänge von mir entfernt wand sich die dritte Katze am Boden. Ein Splitter der Keule war ihr ins linke Auge gedrungen, und diesen Splitter versuchte sie mit ihren Krallen zu entfernen, wobei sie sich Haut und Fleisch in Fetzen vom Kopf riß.

»Tot! Tot!« brüllte Nogo. »Wir sind große Jäger!«

Ich hielt seine Freude für verfrüht, da ich keine Ahnung hatte, wo sich jene Katze befand, die ihn angegriffen hatte. Ich packte erneut die Keule – obwohl ich spürte, daß ich keine Kraft mehr hatte, um sie noch einmal zu schwingen – und ließ den Blick durch die Schlucht gleiten. Neben dem Dickhäuter hockten nur die beiden Krüppel und ließen es sich schmecken, während Nogo mit fuchtelnden Armen einen Freudentanz aufführte.

»Wo ist die Katze, die dich angegriffen hat?« rief ich.

»Weggelaufen! Auf und davon! War erschrocken vor Nogos Kraft, ist weggelaufen, der feige, stinkende ...«

Ich wußte, wenn er einmal in Schwung geraten war, kannten sein Selbstlob und die Beschimpfung des Gegners kein Ende.

»Hör doch endlich auf! Sag mir, wie ich von hier runterkomme!«

An der Mündung der Schlucht lag die halbblinde, blutende Raubkatze und drehte sich ununterbrochen um die eigene Achse. Ihre Angriffslust war dahingeschwunden, sie versuchte wie rasend den Splitter zu entfernen, trotzdem durfte ich nicht daran denken, einfach über sie hinwegzuschreiten. Nogo watschelte so ruhig auf mich zu, als wären wir allein auf weiter Flur. Unter meinem Felsspalt angekommen, konnte ich ihn nur noch bis zur Taille sehen, doch da lag etwas am Boden, dem er einen gewaltigen Tritt versetzte.

»Hier ist Katze, die dich zuerst ansprang. Steine haben Katze erdrückt.«

Die Hinkende, die neben dem Kadaver hockte, hatte anscheinend Nogos Gebrüll satt. Sie richtete sich knurrend auf und wollte zum Angriff übergehen.

»Vorsicht, Nogo!«

Nogo machte auf dem Absatz kehrt, ergriff einen zentnerschweren Stein und schleuderte ihn der Raubkatze, die auf ihn zuschlich, mitten in die Schnauze. Das Tier machte einen Satz, doch es war bereits zu spät. Nun war außer den Hinterläufen auch noch ein Vorderlauf gebrochen, und die Katze zog sich vor Schmerzen jaulend zurück. Die andere aber blieb bewegungslos liegen, nur ihre leuchtenden gelben Augen verfolgten Nogos Bewegung. Der Flachkopf hob einen Stein auf, holte aus, dann ließ er den Arm sinken und wandte sich mir zu.

»Komm herunter!«

Ich wurde allmählich wütend.

»Siehst du denn nicht, daß ich nicht kann?« sagte ich und deutete auf das lebende Hindernis.

Nogo kletterte zwischen die Steine und packte ohne viel zu fackeln das Raubtier an seinem langen Schwanz. Ein fester Ruck, dann sprang er geschickt zur Seite, um den Krallen der stürzenden Katze auszuweichen.

Ich schaute ihm fasziniert und entgeistert zu. Ich werde es nie begreifen, auch wenn wir noch Jahrzehnte miteinander leben müssen. Vor einer knappen Stunde noch hatte er den Kopf verloren, jetzt aber legte er eine Tollkühnheit an den Tag, zu der ich niemals fähig gewesen wäre. Das Bewußtsein der Angst ist tausendmal schlimmer als das Angstgefühl an sich, und das ist es, wovon sich ein Mensch wie ich, ein Produkt der Zivilisation niemals befreien kann.

Ich kletterte aus dem Felsspalt herab, und wir verließen die Schlucht, so schnell es ging. Nogo hätte allerdings gerne ein Stück Gratisfleisch aus dem Oberschenkel des Dickhäuters herausgeschnitten, aber ich ließ es nicht zu. Obwohl die beiden lädierten Raubkatzen zornig fauchend, jedoch respektvoll den Rückzug antraten, als sich Nogo ihrer Beute näherte, hatte ich von all den Kämpfen und Risiken bereits die Nase voll.

Ich wollte noch vor Einbruch der Abenddämmerung die Schlucht so weit wie möglich hinter mir lassen. Der Blutgeruch konnte weitere Raubtiere anlocken, und daß diese baumlose, kahle Felslandschaft nicht auf Schritt und Tritt ein bequemes Nachtquartier bot, hatten wir bereits erfahren.

Nogo zierte sich zwar, doch er folgte mir dennoch, wenn auch zögernd, mein Ansehen war durch den Kampf mit den beiden Katzen gewaltig gestiegen, obwohl ich bis heute noch nicht weiß, wo ich all die Kraft und die Schnelligkeit hergenommen habe. Diese Art Geparden – um einen irdischen Vergleich zu gebrauchen – habe ich nie mehr zu Gesicht bekommen, und ich war ehrlich gesagt auch nicht besonders scharf darauf.

Nogo hatte sich wohl etwas verrechnet, als er meinte, daß wir am nächsten Tag mit dem Abstieg beginnen würden. Bis zum Nachmittag des darauffolgenden Tages irrten wir zwischen den steilen Auswaschungen, in Schluchten, die in Sackgassen führten, und auf Steinwüsten umher, bis wir am Fuße des Berges angelangt waren, und da hielten wir einen Aufstieg nicht mehr für ratsam. Keiner von uns hatte Lust, irgendwo in der Steilwand von der Nacht überrascht zu werden, oder den Abstieg bei Dunkelheit auf der anderen Seite zu wagen, der nach Nogo noch halsbrecherischer war als der Aufstieg.

In einer versteckten Vertiefung der Steinwüste stießen wir auf einen kleinen See, der auf einer Seite von einem felsigen Berghang gesäumt war. An seinen Ufern wucherte ein schmaler, dunkelgrüner Pflanzenstreifen, aus dem bei unserem Herannahen schneeweiße Wasservögel aufflatterten. In den Nestern fanden wir Eier und Jungvögel, was uns nach der viertägigen Kaktusesserei besonders erfreute.

Auf den Steinen konnten wir keine Spuren entdekken, doch die Trampelpfade im Gestrüpp verrieten, daß an diesem kleinen See das Wild zur Tränke ging. Angesichts der Kletterpartie aber, die uns am nächsten Tag bevorstand, dachten wir nicht daran, in der Abenddämmerung auf Jagd zu gehen. Sobald wir einigermaßen satt waren, verzogen wir uns in einen steil ansteigenden Felsspalt. Die Öffnung wurde mit Felsbrocken verrammelt, weil am Wasser – vor allem in einer Gegend, wo Wasser so selten war – stets irgendwelche Raubtiere herumschlichen, wohl wissend, daß an solchen Stellen die Jagd meist recht erfolgversprechend war.

Diesmal war aber unsere Vorsicht überflüssig, wir hatten eine ungestörte Nacht. Wir erwachten vor Kälte zitternd in der Morgendämmerung; wir waren recht hoch, und es gab keine Pflanzendecke, die die Temperaturschwankungen gemildert hätte. Der See und das Tal waren in dichten Nebel gehüllt, der sich erst langsam aufzulösen begann, als wir uns bereits hoch oben in der Wand befanden.

Es war ein langer, mühsamer Aufstieg. Zunächst wurden wir von der aufgehenden Sonne angenehm durchwärmt, doch später brannten ihre Strahlen immer heftiger auf unseren Rücken. Auf den steilen, säulenartigen Basaltriffen mußten wir jeden Schritt sorgfältig überlegen, wenn wir nicht riskieren wollten, mit einem einzigen tödlichen Sturz direkt in den Wassern des kleinen Sees zu landen.

Trotzdem fühlte ich mich zwischen den Steinen irgendwie heimischer als im Busch, und zu meiner Überraschung bewegte sich auch Nogo ziemlich geschickt in diesem für ihn unbekannten Gelände.

Es war fast Mittag, bis wir den schmalen Grat erreicht hatten und eine Rast einlegten. Bis dahin hatte ich noch kein einzigesmal zurückgeblickt, da ich mich stets auf den nächsten Schritt konzentriert hatte, um die nächstliegende Schwierigkeit zu überwinden. Doch hier oben wurde ich für das Versäumte reichlich entschädigt.

Vor uns breitete sich ein prächtiges Panorama aus, das zu Hause auf der Erde seinesgleichen gesucht hätte. Hinter uns, im Osten, wo wir hergekommen waren, bis hin zum Horizont zogen sich die immer niedrigeren Hügelrücken mit ihren Wäldern, Dickichten und weißen Kalksteinfelsen, über ihnen die nächste Wolkenfront des vom Meer aufziehenden Monsuns wie eine Bergkette. Das hellere und dunklere Grün der Hügel, die bunte Menge der glitzernden weißen Felsen verlor sich in der grauen und schwarzen Tiefe der fernen Regenvorhänge, und all dies war unter dem blendend blauen Himmel von einem weißen Wolkenkranz zusammengefaßt, der die schneebedeckten Berggipfel wie mit einem Muster bedeckte.

Und als ich mich umdrehte, um nach dem bisher zurückgelegten Weg die Szene meines zukünftigen Lebens aus der Höhe zu erkunden, konnte ich mich eines Anblicks erfreuen, der weitaus faszinierender war als der andere.

Der Grat, auf dem wir standen, war ein niedriger, ferner Ausläufer jenes Gebirgsmassivs, das sich südwestlich von uns erhob, dessen Größe ich in seiner ganzen Wirklichkeit im ersten Augenblick gar nicht erfassen konnte. Es war anders als unsere großen Gebirgsmassive auf der Erde, wie etwa die gewaltige Bastei der Anden oder des Himalaja, die zumindest irgendein System, irgendeine Berge bildende Kraft ahnen ließ. Die strahlenartigen Fortsätze, die jeder für sich die Bezeichnung »Gebirge« verdient hätten, da sie bis zu 4000 bis 5000 Meter hoch waren, liefen in einem Zentralmassiv zusammen. Seine Höhe und vor allem seine gewaltige Masse und Ausbreitung wagte ich nicht einmal zu schätzen. Von meinem Standpunkt aus kam es mir vor, daß es noch einmal so hoch war wie die Bergketten, die von ihm ausgingen. Das ganze Massiv war von Schnee und Eis bedeckt. Die dicken Wolkenpolster reichten diesem Riesen nicht einmal bis zur Hüfte, und die vielen hundert eisigen Gipfel schwebten wie eine entsetzliche Vision unter den heißen Strahlen der Äquatorsonne.

»Ngami, Weißer Vater der Berge«, sagte Nogo. »Dort wohnen die Geister, gute und böse, darum niemals dorthin gehen. Von Nogos Land«, sagte er nach Norden weisend, »kann man Weißen Vater selten sehen, weil ihn Wolken immer verdecken.«

Ich betrachtete dieses herrliche Gebirge mit wehem Herzen. Ich mußte an all die aufregend schönen Stunden zahlreicher Forschungsjahre denken, bis mir dieses Gebirgsmassiv seine Geheimnisse offenbaren würde, wäre ich nur ein Geologe, ein irdischer Forscher und nicht ein zukünftiges Mitglied des Volkes der Flachköpfe – bis zum bitteren Ende.

Hier vor mir liegt das Bilderbuch des ganzen Planeten aufgeschlagen, die Rätsel der herrlichen Mineralien, die von denen der Erde abwichen, all die Probleme im Zusammenhang mit der Erforschung der Schichten, die mein Herz höher schlagen ließen – ich aber wollte aufbrechen, um im Dickicht jener unbekannten Talsohle ein Leben wie in der Steinzeit zu führen, dort unten im Tal, wo Nogos Blicke immer öfter und immer aufgeregter hinwanderten.

Ich hätte noch stundenlang verweilen können, die

Formen der Bergketten mit meinen Blicken absuchen, deren abweichende Gestalt – je nachdem, wie sie dem Ansturm und der Zerstörung von Wind und Wasser trotzen – von den verschiedensten Gesteinsformationen kündete, doch ich durfte nicht länger bleiben. Wenn uns diese drohende Wolkenwand hier erwischte, die von der See her aufzog, gab es für weitere Pirschgänge keine Chance mehr. Der Sturm würde uns wie welke Blätter in die Schluchten wehen, die auf dieser Seite noch schrecklicher waren wie auf jener, von der aus wir aufgestiegen sind.

Doch unsere Eile war vergebens – der Abstieg über einen solch gefährlichen Steilhang kann nur schrittweise erfolgen –, denn kaum hatten wir die Hälfte des Weges zurückgelegt, als über unseren Köpfen der Donner zu rollen begann und der übliche nachmittägliche Wolkenbruch uns auch schon im Nacken saß. Im dichten Regen konnten wir nicht einmal so weit sehen, wie unsere Nase reichte, und ein weiterer Abstieg erwies sich als unmöglich. Wir versuchten also, zwischen den Felsnadeln Unterschlupf zu finden, so gut es eben ging. Schließlich gelang es uns, in einer Nische Obdach zu finden, die selbst für ein Kind zu eng gewesen wäre. Die Blitze sausten um uns nieder, der hervorspringende Grat zog sie wie ein Blitzableiter an. Es dauerte gut zwei Stunden, bis sich das Gewitter verzogen hatte, doch wir konnten unseren Weg wegen der zahlreichen Wasserfälle, die der Wolkenbruch hervorgerufen hatte, erst nach geraumer Weile fortsetzen.

Dann schien die Sonne wieder in voller Pracht, und die zahllosen Wasserstrahlen, die von Fels zu Fels sprangen und zerstoben, umhüllten den Berghang mit einem bunten Schleier. Weit über den abziehenden Wolken erblickte ich noch einmal das glitzernde Massiv des Weißen Vaters der Berge, der sich dann allmählich im aufsteigenden Dunst verlor.

Der Wolkenbruch war doch von einigem Nutzen. Als wir nach dreistündigem jämmerlichen Herumstolpern endlich am Fuße des Berges angelangt waren, stießen wir am Rande des Dickichts auf den Kadaver einer großhörnigen Gemse. Der Körper war von dem Geröll, das das Wasser mit sich gerissen hatte, halb zugedeckt, doch er war noch warm. Der Sturm hatte das Tier wahrscheinlich von irgendeinem Felsvorsprung heruntergeweht.

An diesem Tag hatten wir noch nichts gegessen, und so konnten wir eine Menge Zeit sparen, weil wir uns nicht gezwungen sahen, irgendeine Beute aufzutreiben, obwohl es an Wild hier nicht mangelte.

Das Klima der Täler zu unseren Füßen wurde bereits weitgehend durch die schier unerschöpflichen Wasservorräte des gigantischen Bergmassiv bestimmt, so daß dieser Gegend genügend Feuchtigkeit zugeführt wurde, damit die Pflanzen grünten.

Es war ein wildes Paradies. An den Berghängen weideten Büffelherden und Tausende von antilopenartigen Tieren, und der Grund dafür, daß die Horde in ferneren, trockeneren, ärmlicheren Gegenden jagte, lag darin, daß hier auch die Raubtiere in Scharen lebten.

Dort, wo ich Nogo gefunden hatte, war mir der Großmähnige höchstens dreimal begegnet, und oft vergingen mehrere Tage, wo wir die Stimme dieses fürchterlichen Raubtieres nicht vernahmen.

Hier aber, allein in dem kleinen Tal, das uns zu Füßen lag, und am gegenüberliegenden Hang, der in Luftlinie nicht weiter als einen Kilometer entfernt war, konnte ich auf den ersten Blick gleich vier gelbe Pelze entdecken. Das Gebrüll der Großkatzen ließ die Luft erzittern, und die Antwort kam sofort aus sechs oder sieben verschiedenen Richtungen wie ein Echo. Ich hatte das Gefühl, daß wir direkt in den Rachen der Großmähnigen hineinmarschierten, die sich wie zu unserem Empfang zusammengerottet hatten. Nogo aber winkte ab und zerstreute meine Bedenken.

»Hier brauchen wir nicht Angst haben. Sie haben Bauch immer voll. Sind viele Büffel und Antilopen hier. Großmähniger greift nur an, wenn du ihn störst oder wenn er dich nahe sieht.«

Vielleicht hatte er recht, dennoch konnte ich die Horde verstehen, warum sie nicht in dieser Gegend jagte.

»Wir gehen immer nur dorthin«, sagte Nogo, während er unser Abendessen brutzelte, und wies in Richtung Nordost, wo die Mündung der Täler zwischen den immer flacher werdenden Bergrücken hindeutete, »immer nur dorthin. Dort finden wir Nogos Volk.«

An die folgenden Tage kann ich mich nicht mehr genau erinnern. Der Monsun war wieder zu Kräften gekommen, die Wolken begannen erneut von der See heranzustürmen, die Hügel hüllten sich in dichten Nebel. Alles war tropfnaß, der Dunst verwandelte die Äste der Bäume und Büsche in schreckliche Ungeheuer, und mir kam es vor, als würde hinter jedem Strauch und jedem Baum ein Großmähniger lauern. Ihr Gebrüll begleitete uns Tag und Nacht aus der Nähe, und verscheuchten jenes Sicherheitsgefühl und jenen Mut, den ich während unserer Wanderung mühsam zusammengekratzt hatte. Ich wurde wieder zu jenem zitternden, vor Furcht hilflosen Menschen, wie in den elendsten Tagen meines Herumirrens.

Nogo führte mich mit seinem angeborenen Orientierungssinn schnurgerade durch das für mich unüberschaubare, dunstige Dickicht. Zwei Tage vergingen, vielleicht auch drei – der Tag wurde wieder nur durch das zunehmende oder abnehmende Licht signalisiert –, das Gebrüll der Großmähnigen war seltener zu hören.

Gleichzeitig aber wurde auch Nogos Benehmen immer merkwürdiger. Er blieb oft stehen, witterte minutenlang mit hoch erhobenem Kopf, wobei er ein erregtes, knurrendes Winseln hören ließ – und er sprach immer weniger mit mir. Gelegentlich machte er plötzlich kehrt, als wollte er in die Richtung zurückrennen, aus der wir gekommen waren, machte unbegreifliche Umwege und schlug solche Haken, daß es selbst mir auffiel.

Da war irgend etwas, das ihn störte, etwas, was ihm Sorgen machte und wovor er sich fürchtete. Und gleichzeitig fühlte ich, daß der Umstand, daß er nun bald wieder bei seinem Volk sein würde, unsere Beziehungen etwas gelockert hatte. Die Fäden, die uns verbanden, rissen einer nach dem anderen.

Wäre mir nur etwas Zeit geblieben, so hätte ich ihn mir vorgenommen, hätte versucht, unsere Angelegenheit zu klären, doch unter dem Vorhang des eigensinnig und eintönig fallenden Regens nahmen die Ereignisse plötzlich mit einer Geschwindigkeit ihren Lauf, daß man ihnen kaum folgen konnte.

Nogo, der vor mir dahinschritt, warf plötzlich den Kopf wieder hoch, doch anstatt wie früher minutenlang zu schnüffeln, holte er nur einmal kurz Luft und rannte augenblicklich im rechten Winkel nach links ins Dikkicht. Ich hastete atemlos zwischen den Zweigen, die mir ins Gesicht schlugen, hinter ihm her, weil er sich überhaupt nicht darum kümmerte, ob ich ihm folgen konnte. Doch Sekunden später blieb er so urplötzlich stehen, daß ich gegen seinen Rücken prallte.

»Ruhig!« knurrte er leise und aufgeregt, während er seine Keule hob. Wir standen unter der Krone eines breitblättrigen Baumriesen, wo der Regen nicht bis zum Boden durchdringen konnte. Neben dem Stamm lag die Asche eines ausgetretenen Feuers verstreut, drum herum eine Menge angesengter Knochen.

Inmitten des Aschenhügels grinste ein abgenagter, blutiger Menschenschädel mit leeren Augenhöhlen. Der Schädel war durch einen gewaltigen Hieb in zwei Teile gespalten. Nogo schnaubte wie wild auf und verschwand mit einem Satz ohne jede Erklärung im Dikkicht. Jetzt dauerte es aber etwas länger, denn Nogo schien um sein Leben zu rennen. Von Zeit zu Zeit wartete er, bis ich ihn eingeholt hatte, doch dann zerrte er mich wütend weiter, anstatt mir eine Pause zu gönnen.

»Komm! Lauf! Sie töten uns!«

Mehr konnte ich nicht aus ihm herausbringen, also rannte ich weiter, watete durch den Morast und robbte einen dicht bewachsenen Steilhang hinauf. Kaum waren wir oben angelangt, begann Nogo, ohne sich wie sonst umzublicken, in halsbrecherischem Tempo den Hang auf der anderen Seite hinabzurennen.

So sehr ich mich auch beeilte, konnte ich ihn nicht einholen. Er entschwand meinen Blicken, und ich konnte nur aus dem Geräusch seiner Schritte darauf schließen, wo er sich befand. Doch dann war für einen Moment alles still, ich konnte trotz aller Anstrengung nicht mehr hören, bis dann das leise, gleichmäßige Rauschen des Regens durch entsetzliche Töne und fürchterliches Geschrei zerrissen wurde.

»Aaaa!« brach der fürchterliche Schrei aus mehreren Kehlen, dann folgten schwere Hiebe, Schmerzenslaute, die in ein Röcheln übergingen, der Busch krachte, als würde er von wildgewordenen Büffeln niedergetrampelt, dann wieder dieses entsetzliche Geschrei, schwere, knochenbrechende Schläge – und dann war es still, totenstill.

»Gregor, wo bist du? Komm!« Nogos Stimme war heiser und derart verzerrt, daß ich ihn kaum verstehen konnte.

Ich fand ihn am Fuße des Steilhangs, auf seine Keule gestützt. Seine linke Schulter hing kraftlos herunter und war blutüberströmt. Vor ihm lagen zwischen Laub und Zweigen zwei behaarte Körper im Morast.

Ein Blick genügte, um zu begreifen, daß Nogo irgendwelche Gegner seiner eigenen Art besiegt hatte, und das brachte mich völlig durcheinander. Hatte er die Hochebene an der Küste, dieses einigermaßen friedliche Land nur verlassen und mich hinter sich hergeschleift, um jetzt die ersten Mitglieder seiner Horde, die ihm über den Weg liefen, einfach totzuschlagen? Warum hatte er das getan, und was würde dies für Folgen haben? Warum war er davongelaufen, als er drüben im anderen Tal die Überreste des Feuers, die Knochen und den gespaltenen Schädel unter dem Baum erblickt hatte, warum hatte er darauf gedrungen, wegzulaufen, weil man uns sonst töten würde? Und schließlich, warum versuchte er nicht von diesem Fleck wegzurennen, zu fliehen, wenn er sicher wußte, daß sich die Horde früher oder später rächen würde?

Vom gegenüberliegenden Hang erreichten tiefe Knurrlaute unser Ohr. Im Busch raschelte es hier und dort, als würden sich schwerfällige Leiber vorsichtig und unsichtbar durch die Wildnis schleichen, um möglichst wenig Geräusch zu machen. Doch Nogo stand immer noch stumm da, auf seine Keule gestützt. Nur sein gewaltiger Brustkorb hob und senkte sich aufgeregt, sein Auge tastete rastlos das Dickicht ab. Ich konnte an seinem Blick erkennen, daß er diejenigen bereits sah, die sich da heranschlichen. Um seine Wunde kümmerte er sich nicht, ebensowenig wie um mich.

Ich berührte seinen Arm, um mich bemerkbar zu machen, doch er schaute über mich hinweg.

»Ruhig!« knurrte er. »Bleib da!«

Die Horde tauchte am anderen Rand der Lichtung auf, und bei ihrem Anblick schlugen meine Zähne aufeinander. Nogo war nur einer von ihnen – obendrein war er Nogo, Freund und Gefährte, kein Urmensch. Sie näherten sich in einem lockeren Halbkreis, lautlos und stumm, ihre Keulen zum Schlag erhoben.

Ein großes Exemplar wie Nogo war unter ihnen nur

einmal vorhanden, derjenige, der inmitten des Halbkreises herantrabte, an der Seite eines verschrumpften, zahnlosen Alten, dessen Fell, das die klapprigen Rippen bedeckte, vom Alter grau gestreift war – doch selbst so war jeder einzelne von ihnen gewaltig genug, um jeweils allein mit uns fertig zu werden.

Nogo rief ihnen etwas zu, und aus dem Mund der etwa fünfhundert Flachköpfe kam das gleiche unverständliche Wort als Antwort zurück. Die Gruppe rückte immer näher, schloß uns in ihren Halbkreis ein, während sich die scheinbar ziellosen Bewegungen allmählich zu einem merkwürdigen, rhythmischen Geschlurfe verdichteten. Die Keulen schwankten wie auf Kommando über den flachen Schädeln hin und her, in den Augen glühte das gierige Feuer des Triumphs und der Gewißheit, daß ihnen die Beute sicher war.

Ich wollte schreien, davonrennen oder auf sie losprügeln, bevor der tödliche Schlag auf meinen Kopf niedersauste. Doch Nogos Steifheit hatte auch von meinen Muskeln Besitz ergriffen, und die Magie dieses gespenstischen Ritus zwang mir die Rolle des Opfers mit gnadenloser Gewalt auf. Die vorschwingenden Keulen berührten bereits unseren Körper, und ich schloß die Augen, weil ich zu jeder anderen Bewegung unfähig war ...

Hätte mich die Horde damals totgeschlagen, könnte ich heute über all diese Ereignisse freilich nicht mehr nachdenken. Da ich aber seinerzeit wegen Nogos Einsilbigkeit die Vorgeschichte gründlich mißverstanden hatte, erschien mir alles nur noch entsetzlicher, was auf meine »Begnadigung« folgte.

Bei unserer »Heimkehr« – um zähneknirschend dieses Wort zu gebrauchen – hatte Nogos Stamm wie üblich gerade wieder einmal mit einem benachbarten Stamm einen Streit ausgefochten. Bei diesen Kämpfen handelte es sich von beiden Seiten um nichts weiter als blutgierige Treibjagden im Zeichen des Kannibalismus, weil beide Parteien das Fleisch ihrer Artgenossen sehr schätzten, ganz gleich, ob es sich nun um einen Feind oder um einen Angehörigen des eigenen Stammes handelte.

Unser Weg zu den Jagdgründen von Nogos Volk hatte durch das Dickicht geführt, in dem der feindliche Stamm hauste, und jene Feuerstelle, die Nogo so sehr aus dem Konzept gebracht hatte, war nichts weiter als ein Überrest der Mahlzeit der Feinde, die erst kurz vor unserem Eintreffen einen aus Nogos Horde verspeist hatten.

Es ist durchaus verständlich, daß Nogo bestrebt war, die Gefahrenzone so schnell wie möglich hinter uns zu bringen. Während der Flucht war er ungewollt über die beiden Vorposten des Gegners gestolpert, die allerdings nicht auf die Geräusche hinter ihrem Rücken achteten, weil sie vollauf damit beschäftigt waren, den Kern von Nogos Stamm im Dickicht des gegenüberliegenden Hügelhangs zu beobachten.

Nogo hatte kurzen Prozeß mit ihnen gemacht, und das direkt vor den Augen seiner Stammesbrüder, was er allerdings in der Hitze des Gefechts nicht wahrnahm. Zwischen Nogo und seinem Stamm, genauer zwischen ihm und den Speichelleckern um den Häuptling und dem Zauberer oder Medizinmann, waren die Beziehungen alles andere als ideal, ein Umstand, für den beide Parteien ihre berechtigten oder auch unberechtigten Gründe hatten – doch lassen wir das jetzt beiseite.

Tatsache ist, daß – wie ich später herausgefunden habe – Nogo vor unserem Zusammentreffen seinen Stamm sozusagen grußlos verlassen hatte, und dies nach zwei schnellen Keulenschlägen, mit denen er zwei der treuesten Leibwächter des gefürchteten Stammeshäuptlings Kriri zur Großen Krokodilmutter in die Ewigen Jagdgründe der Flachköpfe befördert hatte.

Mit der Zeit aber erwies sich das Zugehörigkeitsgefühl zu seinem Stamm als stärker, und Nogo hatte zusammen mit mir dennoch die Heimkehr gewagt, indem er sich auf die Vergeßlichkeit seines Volkes verließ. Daß er sich seiner Sache trotzdem nicht ganz sicher war, dafür waren seine Bestürzung und seine Sorgen, die ihn während der letzten Tage gequält hatten, Beweis genug.

Daß er die beiden Vorposten blitzschnell erledigt hatte, war ein einzigartiger Glücksfall, der die Situation zu unserem Vorteil kehrte. Nogo konnte als Sieger, als Held vor seinen Stamm treten, dessen Mitglieder wegen der hochgeschätzten Beute in diesem erhabenen Augenblick des Krieges hinsichtlich der Vergangenheit ein Auge zudrückten, ja sie waren sogar bereit, Nogos wegen auch dieses schwache, unbehaarte Geschöpf aufzunehmen, das er als seinen Freund bezeichnete. Der Ruhm eines Helden mag von kurzer Dauer sein, doch selbst für kurze Zeit äußerst wertvoll. Was ich für einen Kriegstanz gehalten hatte, der dem Abschlachten des Opfers vorausging, war in Wirklichkeit ein Freudentanz, eine Hommage, die dem Sieger zustand.

Später konnte ich häufig beobachten, daß die beiden Tänze bis auf den Schluß des Rituals identisch sind. Das Opfer wird dabei gnadenlos mit den Keulen erschlagen, während der Gefeierte nur symbolisch berührt wird, wie bei einem Ritterschlag.

Wenn ich gelegentlich genauer auf die Geschichte der Menschheit zurückblicke, kommen mir so manche Erfahrungen, die ich bei der Horde gesammelt habe, nicht mehr so unverständlich vor. Natürlich kann all das, was wir auf den Schulbänken unserer Zivilisation seinerzeit gelernt haben, mit der Überzeugungskraft der Wirklichkeit nicht Schritt halten. Wollten wir die Ergebnisse unseres Erdenlebens irgendwie einstufen, so wäre es nach heutigem Ermessen gerade dieser Umstand, den ich am höchsten einschätzen würde, obwohl daheim Millionen meiner Mitmenschen ein ruhiges, glückliches Leben führen, ohne sich über solche Probleme jemals Gedanken zu machen – auch dies ist ein begreiflicher, menschlicher Zug.

Nach den Stammesgesetzen ist nur das dein Eigentum, was du für dich behalten kannst. Nun konnten weder die Mitglieder des Stammes etwas dafür, daß man mir dieses Gesetz, das für sie selbstverständlich war, vorher hätte erklären müssen, noch ich, daß mir dieses Gesetz nicht bekannt war.

Als diese behaarten Hände, anstatt mich totzuschlagen, wie ich es erwartet hatte, mir all die wenigen Sachen vom Leib rissen, die mir noch übriggeblieben waren, war ich immer noch einigermaßen sicher, dies sei nur ein Vorspiel, doch die Fortsetzung ließ unbegreiflicherweise auf sich warten und blieb dann ganz und gar aus. Nachdem sie auch mein langes Haar durchwühlt und meine unbehaarte Haut betastet hatten – ein Vorgang, der bei manchen von unmißverständlichen Schmatzlauten begleitet war –, ließen sie mich einfach links liegen.

Die meisten scharten sich um Nogo, der großspurig unsere Abenteuer zum Besten gab, einige beobachteten das Dickicht, vier der Flachköpfe aber waren damit beschäftigt, die Hand- und Fußgelenke der beiden erschlagenen Gegner zu verschnüren. Dann steckten sie ihre Keulen zwischen die Extremitäten ihres Opfers und zogen mit der Beute ab.

Nogos Sieg bedeutete ein Festmahl, wodurch natürlich die Weiterführung des Kampfes für eine Weile aufgeschoben wurde. Doch hier, im Grenzgebiet der beiden Stämme, konnte das Siegesmahl kaum ungestört verlaufen, und so machte sich die Horde in Richtung ihres eigenen Dickichts auf.

Ich stand regungslos da, von Entsetzen und Ekel erfüllt, selbst dann noch, als das Dickicht den Großteil der

Horde bereits verschluckt hatte. Schließlich fiel es Nogo ein, daß es mich auch noch gab, und er trat zu mir.

Seine Schulter blutete immer noch, aber er scherte sich nicht darum. Offensichtlich hatte ihn die glückliche Fügung restlos befriedigt – ein Umstand, von dem ich damals keine Ahnung hatte. Er ergriff meinen Arm, wobei er seinen Mund zu einem breiten Grinsen verzog, und führte mich ab, während er seinen Stammesbrüdern folgte.

Die erste halbe Stunde der Begegnung mit der Horde konnte ich bis heute nicht überwinden, und dies war teilweise der Grund, der mein ganzes Leben bestimmte, das ich bei diesem Stamm verbrachte, meine ewige Furcht und Angst, die niemals aufhörte. Obwohl, wenn wir uns auf andere Weise begegnet wären, wäre ich für sie nichts weiter gewesen als ein kleiner Schauspieler, den sie auf der Bühne ihres gewaltsamen, wilden, unbarmherzigen Lebens gerade noch als Nebenfigur tolerierten.

Das Dickicht schlug hinter uns zusammen. Daheim würde mancher Geologe und Altertumswissenschaftler weiß Gott was dafür geben, das Stammesleben des Frühmenschen des Paläolithikums an Ort und Stelle zu studieren – ich aber hätte wer weiß was dafür gegeben, um solches nicht am eigenen Leib zu erfahren.

Aber auch so hatte ich viel geopfert, vier Jahre meines Lebens, und jetzt wieder die freiwillige Verbannung mit Nogo, unser beider Ausgeliefertsein auf diesem Kontinent, dessen Teil, wo unser Floß jetzt über die Wellen treibt, auch für Nogo fremdes, unbekanntes Land ist, das sein Fuß nie betreten hat, niemals betreten konnte.

Ich hatte unser beider Leben aufs Spiel gesetzt, auf eine halb verstandene Erklärung gegründet – und was dann, wenn ich alles falsch gedeutet hatte, wenn ich alles das, woran ich mich klammerte, was ich unbedingt glauben wollte, nur in dieses sinnlose Gestammel und in die verwirrten Züge des Glatthäutigen hineinprojiziert habe?

15

Jetzt befürchte ich allerdings, daß ich einiges mißverstanden habe, was mir der Glatthäutige erzählt hat. Unmöglich, daß dieser See, wo wir uns jetzt befanden, selbst auf dieser primitiven Karte nicht verzeichnet sein sollte, ist er doch so breit, daß an seinen beiden Ufern die hohen Gipfel im Nebel verschwinden und man in der Richtung, in die uns die Strömung im Schneckentempo treibt, sein Ende nur ahnen kann. Seit sechs Tagen schon schwimmen wir auf dem See, und ich rechne mit mindestens noch mal soviel Zeit, bis wir jenen Punkt erreicht haben werden, wo sich das Wasser zwischen den Bergen seinen Weg weiter zum Meer bahnt.

Die Tage vergehen in eintöniger Langeweile, wir angeln und können die Fische leider nur roh verzehren, weil uns der Brennstoff ausgegangen ist.

Als sich der breite Spiegel des Sees vor uns auftat, glaubte ich für einen Augenblick, wir wären bereits auf See, und bis ich dahinterkam, daß ich mich getäuscht hatte, war es bereits zu spät. Die Strömung des Flusses hatte das Floß weit in die Mitte des Sees getrieben, so daß wir nicht mehr daran denken konnten, zu ankern und Brennholz zu sammeln.

Also liegen wir faul herum, recken und strecken uns, die glühende Sonne liegt über den sich kräuselnden Wellen. Hier, weit vom Ufer entfernt, brauchen wir uns nicht vor Krokodilen zu fürchten, und auch kein anderes Ungeheuer stört den Frieden des Wassers.

Wenn dieser See auch unsere Reise verzögert und

uns mit schlechter Kost versorgt, hat er uns immerhin einen großen Erfolg gebracht: Nogo hat endlich einwandfrei schwimmen gelernt, hat keine Angst mehr vor dem Wasser und genießt seine Kunst in vollen Zügen. Ich werte es als besonderes Geschenk des Schicksals, daß Nogos rasch fortschreitende Schwimmkünste die Rohfisch-Kur um drei Tage verkürzte. Wir zerlegten den Käfig und verfeuerten das Holz.

Ich zählte die Kerben an einem der Pfosten der Hütte ab. Es ist bereits 45 Tage her, daß wir dieses Floß zu Wasser gelassen haben, die erste große Welle der ersten Periode ist längst zu Ende, aber auch das Klima hat sich verändert, ich schätze, daß wir uns bereits der Wüstenzone nähern, die beiderseits des Äquators liegt.

Südlich von uns tobt die zweite Welle des Monsuns. Nachts ist der Horizont durch die pausenlos niedersausenden Blitze in ein Flammenmeer getaucht, tagsüber startet immer wieder ein gewaltiger Wolkenschwarm, breitet sich aus, wird von der unendlichen blauen Himmelskuppel aufgesogen, so daß uns nur harmlose Schäfchenwolken als ferner Gruß der Unwetter erreichen. Das ist aber gut so, auf diesem breiten See könnte auch der Wellengang eines mittleren Sturms tödlich sein.

Fünfundvierzig Tage – auch dies ist eine typisch irdische Angelegenheit, daß ich die Zeit in solch kleinen Abschnitten registriere. Nur in der Zivilisation wird der Wert der Zeit so hoch geschätzt, daß wir gezwungen sind, uns mit immer kleineren Teilen zu befassen.

Nogo ist da großzügiger. Für ihn ist das Quartal die kleinste Einheit, jeweils zwei Stücke der Regen- und der Trockenzeit. Da gibt es die Abschnitte des Zunehmenden Regens, des Abnehmenden Regens, die Reifzeit der Samen und die Zeit des Großen Durstes – interessant dieser für ihn so nützliche und brauchbare Kalender, alles kann er mit Hilfe dieser Zeiteinteilung bestimmen –

und dies mit der für sein Maß erforderlichen Genauigkeit.

Doch ganz gleich, ob ich die Zeit nach Tagen zähle oder mich Nogos System bediene – diese anderthalb Monate waren für das Leben meines flachköpfigen Freundes entscheidend, obwohl es nutzlos ist, auf diesem Planeten von Monaten zu reden, da er ja keinen Mond besitzt, der eine solche Zeitmessung ermöglichen würde.

Wie könnte ich wohl genau bestimmen, was mit ihm geschehen war? Er war ein Mensch, ich hatte ihn bereits für einen Menschen gehalten, als ich ihn im Asphalt zum ersten Mal erblickte, allerdings nur im weitesten Sinne des Wortes, vielleicht nur insofern, als ich ihn eher der Anthropologie als der Zoologie zuordnete.

Meine Kraft reichte nicht aus – und heute muß ich einsehen, daß niemand die Kraft dazu gehabt hätte –, um einen ganzen Stamm aus der natürlichen Ordnung herauszuheben, die ihm die Umstände seiner natürlichen Entwicklung diktierten, doch das, was ich Nogo aus dem Schatzkästlein der Menschheit vermitteln konnte – wobei *ein einziger* Mensch kaum als Vermittler fungieren kann –, wirkte auf ihn wie eine Explosion.

Freilich ist auch »Explosion« ein Begriff, der den Kern der Sache nicht ganz trifft, denn Nogos Veränderung ging zwar schnell vor sich, dennoch nicht von einem Tag auf den anderen. So etwas zu behaupten, wäre äußerst naiv.

Aber heute ist er nicht mehr der, der er einst war, und in erster Linie nicht unbedingt deswegen, weil er fischt und angelt, Feuer anzündet, den Stein bearbeitet und ziemlich gut mit Pfeil und Bogen umgehen kann, sondern weil ihm das, was er gelernt hat, eine neue Persönlichkeit verliehen hat. Was er tut, ist mehr als eine mechanische Nachahmung meiner Handlungen, sondern kommt den bewußten Reaktionen einer neuen, höheren Persönlichkeit nahe.

Von seinem früheren Ich war überwiegend die Neugier übriggeblieben, und weil ihn die Praxis nicht befriedigen kann – was kann man denn auf diesen 25 Quadratmetern, die das Floß mißt, schon groß erleben –, fragt er mir über die Erde, über mein Leben auf der Erde und über die Menschen ein Loch in den Bauch. Könnte ich diese Unterhaltungen irgendwie festhalten, wären sie so etwas wie ein beispielloses Dokument für sämtliche Pädagogen und Historiker unserer Welt.

Jeden Tag kommen wir den Steilwänden des nördlichen Ufers näher, die nackten Felsen sind grau, und in der sauberen Luft zeichnen sich die Einzelheiten, Simse, Vorsprünge und einsame Felsnadeln, die sich scheinbar über das Wasser neigen, immer deutlicher ab.

Wenn uns die Strömung auch kaum wahrnehmbar weitertreibt, können wir spätestens morgen nachmittag am Ufer des Flusses, der den See verläßt, vor Anker gehen, an diesem Abfluß des Sees, der sich irgendwo zwischen den zerklüfteten Felsen verbirgt.

Da es bisher nicht geregnet hat, vertraue ich darauf, daß es auch morgen nicht regnen wird, und beschließe, das Dach unserer Hütte abzubauen und mit dem Material ein Feuer zu machen. Mir ekelt vor dem rohen Fisch, und morgen können wir aus der wuchernden Pflanzenwelt am Fuße der Felsen mit geringem Aufwand Ersatz beschaffen. Natürlich wird es nicht gerade angenehm sein, tagsüber auf einen Sonnenschutz zu verzichten, doch auch Nogo stimmt für gebratenen Fisch und trägt so dazu bei, meine Sorgen wegen des fehlenden Sonnenschutzes zu zerstreuen.

»Wir werden baden«, sagt er mit dem selbstverständlichsten Tonfall der Welt und gähnt obendrein, als hätte er sein Lebtag in tiefen, fremden Wassern geplanscht. Ich bin richtig stolz auf ihn. Und er fügt noch hinzu:

»Gebratener Fisch ist besser. Morgen machen wir ein neues Dach. Dieses Dach ist trocken und staubig.«

Da hat er recht. Das trockene Laub rieselt herab, verfängt sich in Nogos Fell, so daß er sich dauernd kratzen muß.

Unser Abendessen hat zwar nur einen Gang, der aber ist dann um so reichlicher. Wir hatten bereits am Nachmittag damit begonnen, die Fische zu braten, wir drehen sie am Spieß über dem Feuer und essen das frische, knusprige Fleisch um die Wette. Die Gräten werden ins Wasser gespuckt, da es nichts Unangenehmeres gibt, als auf den glatten Stämmen auf Fischgräten zu treten. Das lange Nichtstun und die häufige Baderei haben sogar Nogos Sohlen aufgeweicht während all der langen Wochen, die wir auf dem Floß verbracht haben, und früher war es uns schon mal passiert, daß wir nach einer ausgiebigen Mahlzeit über den sorglos verstreuten Gräten einen Schmerzenstanz aufführten.

Nach einer Stunde genüßlichen Schmatzens haben wir aber dann auch von gebratenem Fisch genug. Wir haben nur wenig Bewegung, ein Umstand, der sich auch auf Nogos Appetit auswirkt. Ich überlege, daß wir regelmäßig Gymnastik machen müßten, und dies täglich, obwohl es mir schwerfallen dürfte, dies Nogo trotz seines Entwicklungsstandes beizubringen. Warum soll sich einer unnütz bewegen, wenn er weiter nichts zu tun hat? Trotzdem will ich es irgendwann versuchen, morgen oder später, es eilt nicht. Ich beobachte lieber den Abend, wie er sich still auf den See herabsenkt.

Die Sonne versinkt hinter den westlichen Bergen, der Wasserspiegel wird fahl und blind, wie die alten Spiegel im Museum, und die Gipfel erglühen einer nach dem anderen in den feuerroten Abschiedsstrahlen. Unendlicher, wunderbarer Friede breitet sich über dem See aus. die Vögel, die von ihren Fischzügen zurückkehren, segeln regungslos mit ausgebreiteten Schwingen zum

Ufer, um sich zur Nachtruhe zu begeben, und das leise Glucksen der Fische, die gelegentlich aus dem Wasser springen, vertiefen nur noch die Andacht der Stille.

Ich sitze wie verzaubert am Rande des Floßes und gebe mich der Natur hin, ihrer zwar – ich weiß es wohl – trügerischen, dennoch einlullenden Ruhe, mit stiller Freude und Dankbarkeit, daß ich selbst auf diesem fürchterlichen Planeten solche Augenblicke erleben darf. Nogo allerdings hat andere Gründe, um reglos zu lauschen.

»Morgen essen wir Eier«, meint er und deutet auf die Bäume am Ufer, wo der Flugbogen der Vögel abbricht und sie flügelschlagend im Laubwerk verschwinden. Mein erster spontaner Gedanke ist, daß ich ihn ins Wasser stoße, doch alles ist so friedlich, also muß man auch ihm verzeihen. Ich stimme ihm zu, und nun schweigt auch er zufrieden.

Ich versuche, den Zauber des Augenblicks solange wie möglich zu bewahren, bis selbst auf den höchsten Felsgipfeln das Rot verblaßt und die Dunkelheit der Nacht das Tal erfüllt. Das Wasser ist wie eine schwarze Stahlplatte, auf dem dunkelblauen Samt des östlichen Himmels erscheint der erste, der zweite, der fünfte, der zehnte Stern, und so wie ihr Glanz zunimmt, erlischt die Glut unseres Feuers unter der Asche. Hie und da glüht noch ein Zweig auf, macht einen bogenförmigen Buckel und zerbirst, um dann zitternd zu erlöschen, während sein Schein von der Nacht verschluckt wird. Es ist Zeit zum Schlafengehen.

Aus dem weit verzweigten und dennoch logischen Labyrinth der Träume versucht Nogo mich wieder an die Wirklichkeit zu zerren, indem er nicht aufhört, mich wachzurütteln. Zunächst meine ich, es sei Dave, der mich im Augenblick des Erwachens auf dem Planeten am Arm zerrt.

»Laß mich, Dave!« knurre ich in meiner Erdensprache. »Wir sind schon einmal gelandet, also laß mich gefälligst in Frieden!«

Doch dann beginnen meine Sinne eher zu funktionieren, während das Bewußtsein hinter ihnen herhinkt.

Das erste, was erschrocken sofort registriert wird, ist die Tatsache, daß der Halbschlaf einigermaßen doch recht hatte.

Das Floß wird hin und her gerissen, wie seinerzeit die *Wiking* auf See, und davon werde ich augenblicklich wach. Durch das kahle Bambusgebälk der Hüttendecke erblicke ich die Sterne, die sich in den Quadraten der Stangen drehen, von beiden Seiten von undurchdringlicher Finsternis flankiert.

Das Floß tanzt auf dem Rücken des studelnden Wassers, der Fluß, der aus dem See hervorging, tobt im Würgegriff der Felsen und krönt die Stümpfe, die aus seinem Bett hervorragen, mit Gischt, sein Brüllen wird durch die Felswände, die in den Himmel ragen und seinen schmalen Weg bewachen, tausendfach gesteigert.

Nach der Stille des Sees ist dies die Hölle, und nun frage ich mich vergebens, wie wir so schnell da hineingeraten sind, ohne etwas zu merken – zu spät. Keine Macht dieser Welt kann das Floß noch bremsen.

Vor uns taucht ein Riff auf – ich kann seine gewaltige Masse in der Dunkelheit der Schlucht kaum ausmachen – das Floß prallt krachend dagegen, der Schwung wirft mich aus der Hütte mitten in die feuchte Asche unserer Feuerstelle.

Bis ich mich auf allen vieren hochgerappelt habe, rast das Floß schon wieder dahin, und irgendwo in der Finsternis lauert bereits das nächste Riff. Wie lange werden noch die Bindungen halten, wann wird das Floß auseinanderfallen, damit uns die wilden Wasser mit Haut und Haaren verschlingen?

Ich robbe bis zu dem einen Pfosten bei den Trümmern unserer Hütte zurück, umschlinge ihn, um nicht beim nächsten Aufprall ins Wasser geschleudert zu werden, und versuche, mit meinem Ruf die tobenden Wasser zu übertönen.

»Halt dich fest, Nogo! Wo bist du?«

»Hier!« ächzt er atemlos. Seine Finger umklammern meinen Arm, finden den Pfosten, und nun hängen wir beide hilflos im Sturm.

Es folgt Schlag auf Schlag, ein Aufprall nach dem anderen. Ich spüre, wie die Balken unter uns sich verschieben, ich höre das Krachen der reißenden Bindungen, wonach sich jeweils ein Stamm loslöst, sich am Rande des Floßes aufbäumt, ins Wasser stürzt und vom gierigen Strudel verschlungen wird.

So schwindet das Floß Balken für Balken unter unseren Füßen dahin, in mir aber die Hoffnung, daß wir diese Nacht überleben.

Doch auch die Nacht schwindet dahin. Hoch oben zwischen den Felswänden verblassen die Sterne am schmalen Band des Himmels, der Morgen ist nicht mehr weit. Die Wände der Schlucht weichen plötzlich zurück, hellgraue Dämmerung senkt sich über das Tal, das Wasser schmiegt sich erschöpft in das breitere Bett, um sich von dem Kampf mit den Felsen auszuruhen. Noch schwingt der Lärm der Schlucht in mir nach, als ein fremder Laut mein Ohr erreicht, aus der Luft oder vom Wasser – ich kann es nicht genau feststellen. Auch Nogo hat es vernommen, er schaut sich verwundert um.

»Was ist das?«

»Ich weiß es nicht«, sage ich kopfschüttelnd.

Ich spüre, daß es von weit her kommt, dahinter vibriert eine Kraft, eine gewaltige Kraft, vielleicht mehr als diejenige, die aus den Düsen der Raumschiffe dringt und deren Donner sich wie leises Summen in der Ferne verliert.

Quälende Unruhe erfaßt mich, dieser Ton kommt mir

irgendwie bekannt vor, wo habe ich das schon einmal gehört? Der Ton ist leise, dennoch läßt er die Luft erbeben, den Fluß, das Floßwrack, er kommt von innen, strömt aus meinen Knochen in mein Fleisch. Was ist das? Ein Erdbeben? Ein Steinschlag? Ein Erdrutsch?

Die grauen Felswände ragen ruhig und majestätisch empor, kein Stein rührt sich, sie spielen nur mit diesem immer lauter werdenden Ton, der sämtliche Inhalte der Wirklichkeit unwiderstehlich beherrscht. Zur linken Hand versperrt plötzlich ein Felsenriff das Tal, der Fluß weicht in scharfem Bogen aus, um gleich hinter dem Felsen sofort die Richtung zu ändern und das große S weiterzuschreiben, das ins Felsengebirge geschnitten ist.

Das Wasser wird durch die beschleunigte Strömung in Streifen aufgewühlt. Wir müssen sofort an Land, einen zweiten Abschnitt wie den, der bereits hinter uns liegt, wird das Floß nicht überdauern.

Nogo hat den gleichen Gedanken, wir reißen gleichzeitig je eine Stange aus dem Bambusgebälk – ein Versuch mit dem Ruder wäre sinnlos – und versuchen verzweifelt, unser Floß ans Ufer zu manövrieren, dieses Gewirr von Balken, das sich allmählich auflöst.

Wir werden von der Strömung erfaßt, in der nächsten Biegung wird das Floß flugs in Richtung Ufer getrieben, wir gleiten mit der Geschwindigkeit eines Motorboots sechs bis sieben Meter parallel zur Felswand dahin.

Ich liege bäuchlings auf dem äußersten Holz, rühre das Wasser auf. Gelegentlich bleibt die Stange zwischen den Felsbrocken des Bodens hängen, das Floß dreht sich im Kreis und ich meine, daß mir der Arm aus der Schulter gerissen wird, doch jede fürchterliche Anstrengung bringt uns dem Ufer um zwei bis drei Meter näher.

Mein Kopf schwebt über den Wellen, das Wasser schlägt mir ins Gesicht, ich kann nichts sehen und nichts hören. Ich will nichts als das Ufer erreichen, mich an die nassen Felsen klammern, den Fluß verlassen, der über Nacht vom lebenspendenden Freund zum Todfeind geworden war.

Nogo brüllt, ich kann ihn in diesem immer lauter werdenden Stimmengewirr, in diesem Toben nicht verstehen, er zerrt an meinem Fuß. Das Donnern steigert sich zum ohrenbetäubenden Lärm. Nun weiß ich bereits, daß es nur ein Ding auf der Welt gibt, was so ein Getöse verursacht, und gleichzeitig wird mir auch bewußt, daß dies das Ende ist, auch wenn ich bisher alles überlebt habe. Ich lasse die Stange los, Nogo hebt mich zu sich empor, seine Augen starren mit glasigem Blick in die Richtung, wo unser Floß hinrast. Aus seinen dunklen Lippen ist das Blut gewichen, sie sind ganz grau und zucken vor Entsetzen. Seine Finger vergraben sich mit voller Kraft in meinem Arm.

»Schau!«

Den Wasserfall kann man von hier oben natürlich nicht sehen, nur die Schlucht, durch die wir auf dem Wasser dahinschießen, mündet gleich einem gigantischen Korridor im Nichts.

Zwischen den Felsen, die sich auftun, hängt dünner Dunst wie eine Brücke, dahinter glühen ferne, flache, nackte Bergrücken in gelbem Licht.

Nun kann ich mich weder fürchten noch verzweifeln. Der entsetzliche Sturz wird mich ohne Übergang in die ewige Finsternis befördern.

Noch 200 Meter. Das Flußbett neigt sich etwas nach unten, wir gleiten über eine riesige Rutsche unter den schwebenden Dunststreifen hindurch; die hinabstürzenden Wassermassen finden an den Felswänden ihr schauriges Echo.

Vergebens würde ich in Nogos Ohr brüllen, er könnte mich nicht hören. Ich umarme seinen Hals, spüre, wie er bebt, während mich eine große, endgültige Ruhe umfängt. Er war ein guter Kamerad, denke ich zum Abschied – vor den Bäumen blitzt das Wasser am Ufer in durchsichtigem, grünlichem Licht –, er hätte noch Tage gehabt, und es tut mir unendlich leid, daß ich ihn in dieses tödliche Abenteuer mitgerissen habe. Ich mag ihn, ich habe ihn liebgewonnen, und dieses Gefühl läßt mich seinen Hals nur noch fester umklammern.

Bei den letzten zwanzig Metern dehnt sich die Zeit, der Mensch durchlebt diese Sekunden so intensiv, daß sein Hirn die Zeit in anderen Einheiten mißt, sie fast zum Stehen bringt.

Mir kann noch eine Menge einfallen, man kann sich an allerhand erinnern. Bilder tauchen vor mir auf, trotz der Unordnung mit peinlich genauen Details, bis sich die Balken aus dem Wasser heben und die rasenden Wassermassen unter dem Wrack unseres Floßes zurückbleiben. Unsere Körper fallen in sanftem, erschütterungsfreiem Bogen mit den auseinanderstrebenden Balken hinab in die Dämmerung des Dunstes, der aus den Tiefen emporstäubt.

Donner und Ersticken, doch jetzt will ich es einfach nicht mehr glauben. Ich weiß, daß es so was schon mal gegeben hat, es ist das gleiche Gefühl, wie wenn man mit einer großen Transportrakete von der Erde startet. So was Ähnliches ist mir auch aus den Alpträumen der Flachkopf-Ära vertraut. Damals war der Donner die Stimme des Gewitters, das Gefühl zu ersticken stammte von dem Druck, den die Horde ausübte, die sich vor dem Regen zu einem Haufen zusammenpferchte.

Dies war es, was mich in jener ersten Nacht nach Amars Tod bedrückte. Ich habe also die Auswahl, welchen Bruchteil meiner Vergangenheit ich wieder erleben muß.

Oder ist dies hier etwas Neues? Nogos Fell berührt meine Brust, ich öffne die Augen – Wasser, Felsen, Bäume – und dann plötzlich mein Bein! Mein Kopf! Im blendenden Licht des Schmerzes verfließt wieder alles im Nichts.

Nogo! Nogo! Er bleibt die einzige Wirklichkeit irgendwo in den Tiefen des Bewußtsein. Ich weiß, daß es ihn gibt, und das ist wichtiger als alles.

›Nogo! Nogo!‹ Hab ich gerufen – oder möchte ich rufen? In meinem Ohr ist das Echo des Donners, wird leiser und entfernt sich.

Nein, das ist es doch nicht, woran ich gedacht habe. Das ist ein Erwachen aus der Hibernation, ziemlich gewaltig. Meine Lunge zerspringt, jede Rippe tut mir weh, ich stürze durch orangefarbene Nebelstreifen, ich muß erwachen und Atem holen ... Luft schöpfen ... Luft – Luft und atmen ... tief durchatmen ...

Stille. In dieser unendlichen Stille summt eine Mücke, oder ist es vielleicht eine Rakete, die sich entfernt? Jawohl, eine Rakete, ein Raumschiff. Ein silberner Funke am Himmel, der einen weißen Kondensstreifen hinter sich herzieht. Ist der Pilot übergeschnappt, daß er in der dichteren Atmosphäre mit solcher Geschwindigkeit dahinrast?

Wir befinden uns in der Kabine, der Pilot ist vorschriftsmäßig angeschnallt und winkt mir lächelnd zu. Natürlich ist es eine Geovisionssendung, die Operateure arbeiten immer mit solchen billigen Tricks, Schnitt auf Schnitt, damit es dem Zuschauer schwindlig wird ...

Mir ist wirklich schwindlig, dies ist keine Geovision. Ich selbst sitze in der Rakete, die ins Trudeln gerät, die Kontrollampe des Stabilisators leuchtet alarmrot, irgendwo in den Leitungen ist ein Riß. Man müßte sie wieder zusammenflicken. Ich strecke die Hand aus, das gerissene Kabel legt sich um meinen Hals, ich reiße und zerre daran ...

Nein, nicht ich bin es, der an meinem Hals zerrt, es ist Vru. Er will mich erdrosseln, doch ich werde schon mit ihm fertig, sobald ich ... Ein gewaltiger Tritt meines Fußes wird ihn erledigen. Doch der Tritt geht ins Leere, und der fürchterliche Schmerz schlägt wie ein Blitz in mein Bein. Ich aber stürze, stürze immer tiefer ...

Gebratener Fisch. Nogos Hand stützt meinen Kopf, ich habe irrsinnigen Hunger, zerdrücke das weiche, zarte Fleisch mit der Zunge, noch nie war ich so hungrig, noch nie hat mir irgendeine Speise so gut geschmeckt! Doch dann werde ich von Ekel erfaßt; der Bissen, den ich gerade geschluckt habe, ist bereits wieder unterwegs nach oben, mein Kopf will vor Schmerz schier zerspringen, Wasser! Wasser! Wasser! Mit den Schlucken, die meine Kehle beruhigen, gleite ich in die uferlose Finsternis zurück.

Lena ist gestorben, darum ist es besonders nett von ihr, daß sie dennoch bei mir sitzt. Ich weiß, daß sie tot ist, ich kann meine Tränen kaum zurückhalten, aber Lena lacht, ihr bernsteinfarbenes Kleid weht im Wind. Der Wald am Hang lacht mit, auch die Felsen lachen, nur mein Kopf schmerzt unbarmherzig.

»Lena! Wie bist du hierhergekommen?«

Sie aber runzelt die Stirn und blickt streng. Ich weiß, daß ich etwas Dummes gesagt habe, bin etwas verwirrt und versuche mich hastig zu rechtfertigen.

»Siehst du, das hier ist unser Floß, und das ist Nogo, ein Urmensch aus der Steinzeit, ziemlich vom Beginn der Steinzeit, mindestens hunderttausend Jahre jünger als wir, doch du brauchst dich nicht vor ihm zu fürchten. Ein prächtiger Bursche, den ich besonders mag. Wir haben dieses Floß miteinander gebaut, und wir gehen auch fischen.«

»Warum?« Ihr Mund bewegt sich nicht, dennoch kann ich ihre Frage verstehen.

»Wieso warum? Wir müssen doch essen! Oder meinst du, warum wir ein Floß gebaut haben? Weißt du, das ist eine lange Geschichte. Die fängt an, als du ...«

Das darf man nicht sagen, doch zum Glück hört sie mir nicht zu. Sie betrachtet Nogo lächelnd, der vom anderen Ende des Floßes daherwatschelt. Sie schütteln sich die Hände – und ich muß mich darüber wundern, weil Nogo so eine Geste nie gekannt hat.

»Siehst du, du brauchst keine Angst vor ihm zu haben. Dich mag er auch. Er ist ein Mensch wie wir.«

»Ich weiß.« Ihre Stimme ist wieder gewichtslos, mit einem Anflug von Spott, als würde sie mir etwas übelnehmen, obwohl sie nicht den geringsten Grund dafür hat.

»Das weißt du eben nicht«, gebe ich gereizt zurück. Es ist nun wirklich furchtbar, sich über so was zu streiten, wo sie nun endlich wieder bei mir ist, aber ich muß es ihr erklären. Bei Diskussionen und Auseinandersetzungen wollte sie stets ihren Kopf durchsetzen. »Du hast keine Ahnung. Er wußte nicht, wie man Feuer macht, er kannte weder Pfeil noch Bogen, sein Kopf war voller Geister und Dämonen. Er hatte Angst vor dem Wasser, und ich war es auch, der ihm das Fischen beigebracht hat.«

Sie hört mir nicht zu, betrachtet zerstreut Nogos behaarten Arm.

»Ist er ein Mensch?«

»Er ist ein Mensch!« Ich bin wütend. »Er ist ein Mensch, und seine Nachkommen werden erst recht Menschen sein! Sie werden sich nicht mehr gegenseitig auffressen, werden auch kein rohes Fleisch mehr essen, sie werden Kupfer und Bronze gießen, ich werde es ihnen zeigen, auch das Eisen. Sie werden nicht mehr auf einem Haufen an der Feuerstelle im Busch schlafen, sie werden Häuser aus gemeißelten Steinen bauen.«

Lena kann nicht mehr länger zweifeln, weil sie sieht, was ich sage. Das Floß gleitet nicht mehr über den Fluß, ist auch nicht mehr aus Holz. Wir stehen auf einer Empore aus rohen großen Steinbrocken, und unten im Tal bauen zahllose Flachköpfe ihre Stadt. Ihr Fell ist verschlissen, ihre Haut glänzt vor Schweiß, während sie die gewaltigen Steinquader schleppen. Der aufgewirbelte Staub hüllt die wimmelnden Massen in goldenes Licht.

»Siehst du? Die ersten Hochöfen muß ich noch aus Stein bauen, doch unsere Kinder werden bereits so viel Eisen haben, um auch Maschinen daraus zu formen, die Maschinen werden Platten herstellen ...«

»Platten? Wofür?« Ich fühle, daß sie mich nicht nekken will, sie begreift wirklich nicht.

»Weil wir die Flanke der *Wiking* reparieren müssen.« Die Rakete ragt aus den Staubwolken empor, an ihrer Flanke die schwärzliche Wunde, die ihr die Himmelssteine geschlagen haben. »Wir haben so manches erlebt, Lena, seit du ...«

Lena wird mich verlassen, und dann hat alles keinen Sinn mehr. Sie ist gestorben, aber anscheinend weiß sie es nicht, oder will sie nur nicht darüber sprechen? Lassen wir die Erklärung beiseite. Ich bohre meinen Kopf in ihren Schoß, vielleicht läßt dann der reißende, klopfende Schmerz hinter meiner Stirn nach. Sie streicht mir übers Haar, ich werde schläfrig, doch ich möchte nicht einschlafen, weil sie mich sonst verläßt. Dennoch muß ich die Augen schließen, und plötzlich schrecke ich auf und erwache: Sie hat mich verlassen!

Doch nein, sie ist nicht fortgegangen, sie lacht mich aus, der Wind spielt mit ihrem bernsteinfarbenen Kleid, der Wald am Hang lacht, der Fluß, die Felsen. Das habe ich schon einmal erlebt. Oder ist jetzt *damals?* Bin ich in den Kreislauf des Seins eingeschlossen? Die Zeit treibt ihre Scherze mit mir. Lena ist tot – wie kann sie dann hier sein? Auch diese Frage habe ich bereits gestellt, jetzt muß ich der Sache auf den Grund gehen. Sie kann nicht fort, ich halte sie mit beiden Armen fest.

»Lena, bist du gestorben?«

»Freilich.« Sie lacht.

»Wie kommst du dann hierher?«

»Weiß ich nicht.« Wieder diese Gleichgültigkeit, die mich in Weißglut bringt.

»Schau, so kann es nicht weitergehen. Ich bin müde, bin durchs halbe Universum geflogen ohne dich, bin auf fremdem Boden an Land gegangen, wo entsetzliche Vögel leben ...«

Der Kopf des Vogels schwankt über den dornigen Zweigen des Dickichts, sein Auge starrt mich dumm und neugierig prüfend an, sein Auge! Die Augen!

»Lena!« brülle ich. Nein, sie hat mich nicht verlassen, ich halte sie mit beiden Armen fest. Der Vogel ist verschwunden. Nein, ich darf nichts sagen, nur still daliegen, meinen Kopf in ihrem Schoß, nichts fragen, nichts erklären.

»Warum reisen wir auf dem Fluß?«

Ich tu, als hätte ich nichts gehört, aber sie wiederholt ihre Frage.

»Wohin schwimmen wir mit dem Floß?«

»Zu Mark, zu Felix und zu den anderen. Die *Wiking* liegt neben der Flußmündung auf See. Am Ufer steht eine Stadt, nicht weit von der Flußmündung entfernt. So hat es mir der Glatthäutige erzählt ...«, sage ich und breche plötzlich ab.

»Wer?«

Nein, ich will nicht fortfahren, sonst taucht alles wieder auf wie der Vogel ...

»Wer war dieser Glatthäutige?«

»Nein, bitte nicht fragen! Lassen wir das! Ich habe solche Kopfschmerzen, wenn ich es dir erzähle ... die Horde ... er ...« Vergebens umfasse ich ihre Taille. Ihr Arm, die wiederholte Frage schleudert mich in die Heimat der Flachköpfe zurück.

Zumbi, der Angeber, spaziert aus dem Dickicht, schleift den unbehaarten, ausgemergelten Körper hinter sich her. Die Beine der Beute knicken wieder ein, sie würde zusammenbrechen, doch die Pranke ihres Herrn stellt sie immer wieder hart auf die Füße.

Die Meute, die auf der Lichtung herumsteht, grunzt und kann vor Staunen zunächst kein Wort hervorbringen. Lebende Beute? Warum hast du sie nicht totgeschlagen?

Aber nein! Zumbi versucht auf seine Weise sogar sanft mit dem Wrack umzugehen. Unter seiner flachen Schädeldecke kreisen schwere, trübe Gedanken, Eitelkeit und Ruhmsucht spornen ihn an. Zumbi kann hinter seinem ewigen, gehaßten Konkurrenten Nogo nicht zurückstehen. Man kann zwar nicht wissen, wozu dieses elende, schwache Geschöpf für Nogo gut sein soll – jedes Mitglied der Herde könnte es mit einem Handstreich töten, wenn ihn Nogo nicht so eifersüchtig bewachen würde, und wenn dieser haarlose Feuermacher, in dessen Augen oft ebenfalls ein Feuer lodert und der bei Nacht herumschreit (vielleicht will er einen Zauber machen?) und den Vru nicht grundloß haßt, auch er möchte ihn erdrosseln – auch nur einen Schritt von Nogos Seite weichen würde. Nein, man kann nicht wissen, was Nogo vorhat, warum er ihn nicht umbringt, doch wenn Nogo hat, muß auch Zumbi etwas haben.

Also verkündet Zumbi den Herumstehenden das Tabu des persönlichen Besitzes: »Der da gehört mir, und keinem anderen!«, und sollten noch weitere Zweifel auftauchen, wird ihnen Zumbi das Gesagte einbläuen!

Allerdings war seinerzeit Nogos Glatthäutiger, der feuermachende Gregor, als Genosse des Wanderers aufgetreten, und Nogo hatte erst nach einigen Tagen klargestellt, daß Gregor sein Eigentum sei, als ihn Kriris ewig hungrige Leibwache verspeisen wollte. Drum ist es für jedermann verständlich, daß Zumbi im ersten Augenblick seiner Rückkehr das Tabu verkündet, um späteren blutigen Mißverständnissen vorzubeugen. Alle begreifen es, nur die Beute, der Glatthäutige nicht, so wie er in den bereits verflossenen Tagen seiner Gefangenschaft so manches nicht begreifen konnte.

Stets war er verwundert, immer von Angst geschüttelt, oft hatte er sich zu Boden geworfen, die Hände über der Stirn verschränkt und hatte in seiner fremden, unverständlichen Sprache seine Götter um Befreiung angefleht. Doch nur der Tod konnte ihn erlösen, der auch dich dahingerafft hat, Lena.

Jetzt habe ich sie wiedergefunden, ich halte sie mit beiden Armen fest, doch gleichzeitig bin ich auch inmitten der Flachköpfe geblieben. Die doppelte Wirklichkeit lebt in mir synchron wie einzelne Filmbilder, die verrutscht sind und sich gegenseitig überdecken.

»Warum hast du ihn nicht gerettet?« klagt sie mich mit regungslosen Lippen an.

»Ich wollte ihn ja retten! Glaube mir, Lena, ich hätte alles für ihn getan! Ich habe ihn von dem Fleisch gefüttert, das ich für mich gebraten hatte, ich habe zu ihm gesprochen, wollte seine Sprache erlernen, um ihn trösten zu können.«

»Du wolltest seine Sprache lernen, um zu erfahren, wie und wohin du fliehen kannst. Dann hast du ihn verrecken lassen.«

»Nein, es war anders! Du kannst es nicht wissen! Das ist es ja eben, daß ich nicht weiß, ob ich ihn richtig verstanden habe!«

Er hatte meinen Bart bestaunt, doch nicht mit Verachtung wie die Flachköpfe, sondern wie jemand, der bereits so was gesehen hatte. Am liebsten hätte er mich auf den Knien verehrt und war baß erstaunt, daß ich in den Augen der Horde überhaupt kein Ansehen genoß. Und er hat mir etwas vorgezeichnet. Das war es, was ich dir schon vorhin sagen wollte, aber du hast dauernd dazwischengeredet.

Er machte Striche im Staub, zeichnete die *Wiking,* halb in den Wellen versunken, er zeichnete eine Stadt, Häuser, Berge und den Lauf dieses Flusses, obwohl ich dies nicht ganz begriff. Und dann ...

Mir geht die Luft aus, mein Hirn und meine Zunge sind gelähmt. Wozu das alles, ich muß still liegen, den Kopf in ihren Schoß gesenkt. So ist es gut, so ist es himmlisch gut, und – wenn es so was gibt – soll es für alle Zeiten so bleiben.

»Und dann?« fordert sie mich im Befehlston auf fortzufahren.

»Dann? – Dann ist er gestorben. Während der Trokkenzeit wurde er von der Seuche dahingerafft. Drum konnte er mir ja im Staub so viel vorzeichnen, weil auch Zumbi, wie die anderen, vom Fieber ergriffen wurde. Zumbi konnte seine Beute nicht mehr hüten, er ächzte hilflos im Gebüsch, tobte, daß wir uns beide über die Zeichnungen im Staub beugten, doch er hatte nicht einmal die Kraft, um zu uns hinzukriechen. Wir aber lachten und zeichneten und deuteten ...«

»Warum hast du ihn nicht mitgebracht?«

»Ich sagte schon, daß er gestorben ist! Glaub mir, Lena, ich konnte ihm nicht helfen! Auch ihn hatte die Seuche erfaßt, er lag stumm da, sein Körper von Fieber geschüttelt, umsonst brachte ich ihm Wasser und gebratenes Fleisch. Er schaute mich noch einmal an, hob die Hand, dann hatte er ausgelitten. Ich kniete neben ihm, das gebratene Fleisch in der Hand ...«

Der Duft gebratenen Fleisches kitzelt mir in der Nase, ich weiß, daß es Lena gegeben hat – oder gibt es sie immer noch? –, doch jetzt ist nur eins wichtig, diese Bissen, die Zunge und Gaumen erregen, ich muß essen, essen, essen, bevor dieses andere Ich tief in mir auf Ekel schaltet. Lena gibt es natürlich, ich kann ihr bernsteinfarbenes Kleid noch sehen, aber nur essen, essen, weil dann doch alles wieder ganz von vorne anfängt, wenn ich jetzt nur die Begegnung mit dem Vogel heil überstehe.

Dann werde ich Lena über den Bau unseres ersten Floßes dort im Uferschlamm berichten, wie Lele auf die Schlange getreten ist und wie wir zum Großen Fluß gerannt sind, alles, alles werde ich ihr erzählen. Denn ich weiß, daß sie jetzt immer bei mir bleiben wird, wir werden miteinander die kreisenden Ereignisse immer wieder erleben, sie wird bei mir bleiben, bei mir sein ...

Dennoch hat sie mich verlassen.

Als ich zum ersten Mal wieder begriff, daß doch der Schatten dieses Baumes am Flußufer, der in einen Nebeldunst gehüllte Wasserfall, das zerschmetterte Knie, der benommene Kopf, die aus dem Wasser ragenden bemoosten Felsen, Nogo und das prasselnde Feuer die Wirklichkeit sind, kam mir alles trauriger und fremder vor denn je. Zum Glück weilte ich noch öfter dort drüben, im Land der zerfallenden Träume, das ich lieber als meine Heimat gewußt hätte, dort konnte ich immer mit Lena zusammen sein. Dort war es dennoch wahr, daß sie mich nie verlassen hatte, daß sie bei mir war, sooft ich es nur wünschte, in ihrem bernsteinfarbenen Kleid, mit lachendem oder strengem Blick, mit ihren gleichgültigen oder neugierigen Fragen.

Nogo folgte mir nicht mehr nach drüben, seit ich seinen breiten Rücken zum ersten Mal erblickt hatte, wie er sich am Feuer zu schaffen machte, er war hier geblieben, in der Wirklichkeit des Großen Flusses, in der Realität dieser fremden Welt.

Ich weiß, daß er es war, der mich gerettet hat, er hatte mir erzählt, wie er meinen leblosen Körper aus dem strudelnden Becken des Wasserfalls gefischt hatte, wie er mich unter den Baum geschleppt, mit meinem Feuerzeug eine Flamme entzündet, wie er selbständig Pfeil und Bogen gebastelt hatte, um das im Wald herumstreunende Wild fernzuhalten, während ich wochenlang bewußtlos war, und was er alles für mich getan hatte, um mich von den Grenzen des Todes wieder ins Leben zu zerren.

Und weil mich jene andere, bereits erlebte Welt immer noch mit unsichtbaren Ketten an sich fesselt, wo ich mit Lena meine unendlichen Gespräche führen kann, wird er mich noch lange behüten, während ich dort drüben herumirre.

Dort drüben geschieht so manches mit mir – hierher, unter diesen Baum reichen die Mahlzeiten, der Brechreiz, durch die Gehirnerschütterung hervorgerufen, die feuchten Moosumschläge auf meinem Knie und Nogos fliegende Pfeile, die er hinter den herumschleichenden Raubtieren herjagt – dort drüben aber erwarten mich Fragen, auf die ich antworten muß, Lenas Fragen, von denen ich aber längst weiß, daß es auch die meinen sind.

Warum warst du schwach und furchtsam, warum hast du dich auch dann gefürchtet, als dir die Möglichkeit offenstand anzugreifen, warum hast du nicht versucht, auch im Ungewissen entschlossen zu sein? Das sind so natürlich törichte Vereinfachungen, hier unter dem Baum kann man solche Fragen gar nicht stellen, geschweige sie beantworten. Doch oft war ich weich und nachgiebig, und selbstsüchtig aus Angst. Nein, diese Formulierung stimmt auch nicht. Unter dem Baum ist alles verwirrt und unklar, aber dort drüben ...

Nun weiß ich bereits, daß Felix seinerzeit recht hatte. Man durfte, man konnte diese Reise einfach nicht aufschieben. So mußte es geschehen, Lena aber zitiert dauernd Marks Worte.

»Auch dies ist eine Erde«, meint sie und setzt dann nachdenklich hinzu: »Für diejenigen, die ein Produkt dieses Planeten sind, ist dies *die* Erde schlechthin. Wir können ihn in unserer Sprache nennen, wie wir wollen, seine Kinder werden ihn dennoch so nennen, wie sie es für richtig halten, und sie werden recht behalten, nicht wir.«

»Macht das was aus, Lena?«

»Sehr viel!« Sie lächelt, und in ihren Augen öffnen Geheimnisse ihre Pforten. »Es heißt, daß wir Neuankömmlinge sind, und daß diese Erde eine eigene Bevölkerung und eine eigene Geschichte hat – eher: haben wird!«

»Also war die Reise der *Wiking* überflüssig? Sind wir umsonst hierhergekommen?«

»Aber nein!« erklärt sie lachend. »Begreifst du denn nicht? Es liegt an uns, wie ihre Geschichte aussehen wird. Wir können nicht viel bieten, weil dies eine andere Erde ist, ein anderer Boden, andere Menschen, doch alles, was wir ihnen beibringen, was sie übernehmen können ...«

Ich muß an die Flachköpfe denken und gerate in Wut.

»Haben sie das alles gebraucht? Pfeil und Bogen, Lanzen und Speer, das Feuer? Den Hinweis, daß sie kein abgestandenes Wasser trinken und kein halbverfaultes Fleisch essen sollen, daß sie sich nicht gegenseitig auffressen?«

»Langsam, Gregor! Du darfst nicht zuviel erwarten. Du kannst nicht wissen, was von all dem übriggeblieben ist. Vru haßte dich, weil er um seine Macht fürchtete, doch wird es ihm vielleicht eines Tages einfallen, zwei Feuersteine so gegeneinander zu schlagen, wie er es bei dir gesehen hat. Wenn er es sein wird, der Pfeil und Bogen neu erfindet, so wird dies sein Zauber sein, wird seinem Ruhm dienen, und er wird bestimmt nicht behaupten, daß es sich um etwas Böses handelt. Außerdem ist Nogo auch noch da.«

»Nogo ist etwas anderes!«

»Wenn aus den Flachköpfen ein Nogo hervorgegangen ist, warum sollte es nicht noch einen, noch viele Nogos geben? Erinnere dich, wie gern du die Kleinen gemocht hast, und wie sehr die Kinder dir zugetan waren. Sollte Vru zu dumm oder zu faul sein, um sich zu erinnern, wird bei jenen Fratzen, die so begeistert deinen Feuerzauber nachgeahmt haben, eines Tages – vielleicht in nicht gar zu ferner Zeit – der Funke überspringen.«

Es ist so gut, auf diese Weise mit Lena zu plaudern, sie ist klug und tröstlich. Es ist gar nicht mehr so wichtig, ob sie tot ist oder ob sie lebt, nur dort unter dem Baum fehlt sie mir. Das weiß ich bereits auch hier, im Land der Träume, aber wir sprechen nicht darüber. Werden es wohl die anderen begreifen, wenn ich es ihnen erzähle? Ich brauche die Frage gar nicht auszusprechens, Lena erfaßt meine Gedanken bereits im Entstehen.

»Sie werden vieles nicht begreifen. Also halte dich zurück, sonst wirst du sie nur betrüben. Sie können dich nicht ganz begreifen, denn sie sind beieinander, sie betrachten diese Erde durch das Fenster der *Wiking*, sie sehen sie von der *Wiking* aus, selbst dann, wenn sie durch die Straßen jener Stadt gehen, die der Glatthäutige für dich aufgezeichnet hat. Sie sind Kinder *unserer* Erde geblieben, während du ein Kind *dieser* Erde ...«

»Nein, o nein!« schreie ich, weil ich ihre Gedanken genauso lesen kann wie sie die meinen. »Sprich es nicht aus! Es ist nicht wahr! Ich will *diese* Erde nicht! Nein! Nein!«

Nogo klopft mir verdattert auf die Schultern und läßt ein beruhigendes Knurren hören. Mein Körper ist schweißgebadet, obwohl die Nacht kühl und der Hauch des Flusses eisig ist. Der Dunst des Wasserfalls schwebt wie ein donnerndes weißes Gespenst über der Finsternis des Waldes.

»Nein! Ich will nicht!« hauche ich.

»Hab keine Angst«, sagt Nogo und umarmt mich.

»Habe alle verscheucht. Feuer läßt sie nicht herkommen.«

Fern im Wald erschallt das Gebrüll, ohnmächtige Wut und Demütigung beklagend.

»Stinkende Söhne einer Hyäne«, knurrt Nogo. »Nogos Arm ist stark, hat glühenden Zweig nach ihnen geworfen!«

Dann schlurft er dahin, um Wasser vom Fluß zu holen.

Doch der Gedanke pulsiert in meinem Kopf weiter, er kann ihn nicht verjagen. Nein, man darf nicht daran denken. Ist es möglich, daß ich tatsächlich übergeschnappt bin? Das ist ja nicht nur eine Gehirnerschütterung, ich muß etwas abgekommen haben. Ein Haar nur, ein winziger Splitter ...

Die Sterne umkränzen die dunkle Krone des Baumes, ihr sanftes Licht ein Träger, leidenschaftsloser Träger der Weisheit ferner Jahrmillionen, Lichtjahre und nicht menschlicher Gesetze. Zwischen ihnen die Sonne, neben ihr die unsichtbare Erde, mit ihren Menschen, den Städten, den Schiffen auf den Meeren, den belebten Straßen, Flughäfen, Raketen und Schnellbahnen, mit Fabriken, Wohnungen, Universitäten, dort ist auch das Labor, mit Krankenhäusern, wo man meinen Leib in wenigen Tagen heilen würde, und mit all den Bibliotheken, deren gewaltiges, aufgehäuftes Wissen nicht ausreicht, um mir Antwort auf meine unausgesprochenen Fragen zu geben, um mich zu beruhigen, um den Gedanken zu vertreiben, daß ich wahnsinnig bin.

Denn wenn ich es nicht bin und jenen Pfad beschreiten muß, den mir der gesunde Menschenverstand verbietet, wird mich dieser Weg noch sicherer in den Wahnsinn führen. Auch dies ist eine Sonne, deren Morgen ich erwarte, auch dies ist eine Erde, und ich ...

Nogo gießt mir Wasser in den Mund. Am Morgen muß man erwachen und in dieser Wirklichkeit leben.

Man muß wieder gesund werden, ein neues Floß bauen, die Flußmündung, die *Wiking* finden, sie reparieren und nach Hause fliegen.

In diesem Augenblick ist dies ein ebenso irrsinniges, unerfüllbares Programm wie jener andere Gedanke, doch ist es vielleicht als Gegengift geeignet.

16

Das Aufstehen machte mir am meisten Mühe, nicht etwa wegen meiner Knieverletzung – die Prellung heilte ganz ordentlich, nur gelegentlich schoß der Schmerz in meinem Bein hoch. Es war mein Kopf, der nur allmählich wieder klar wurde. Mir war schwindlig, ich konnte das innere Rauschen kaum von dem pausenlosen Donnern des Wasserfalls trennen, obendrein war ich unendlich schwach.

Unter dem Wasserfall am ewig dunstigen Ufer wächst der Bambus so dick wie mein Oberschenkel, ein leichtes, elastisches, ideales Baumaterial, allerdings auch sehr zäh. Wir quälen uns stundenlang mit unseren langstieligen Steinäxten, bis endlich der schlanke Stamm umkippt und die kleine Quaste der feinverzweigten Krone sich mit sanftem Rauschen aufs Wasser neigt.

So vergehen viele Tage, und es kommt immer noch oft vor, daß mir schwindlig wird und daß ich stürze. Das Donnern des Wasserfalls in meinen Ohren wird von einem Rauschen unterdrückt, das von innen kommt, die strahlende Sonne wird von einem Grauschleier verdeckt, die Welt um mich her gerät in Bewegung, und ich falle, falle immer tiefer, stürze in einen bodenlosen Abgrund.

Nogo erschrickt jetzt nicht mehr wie am Anfang,

wenn ich lang hinschlage, läßt die Arbeit stehen, dreht mich auf den Rücken, entfernt die spitzen Steine und wacht neben mir, bis ich wieder in die Realität des Flußufers zurückkehre.

Die Zeit der Bewußtlosigkeit – gemessen am Sonnenstand – dauert wenige Minuten bis zwei-drei Stunden, und nachher streite ich noch eine Weile mit Lena, ich suche sie, oder ich kann einfach nicht begreifen, warum mich die Riesenvögel von der Küste nicht bis hierher verfolgen.

Doch Nogo hat diese Frage bereits für sich geklärt. Er hatte mich stets für einen großen Zauberer gehalten, er ist überzeugt, es sei mein Verdienst, daß wir die Hölle des Wasserfalls überlebt haben – was insofern stimmt, daß wir wahrscheinlich draufgegangen wären, wenn ich vorher nicht versucht hätte, das Floß in Richtung Ufer zu lenken – also sind die gestörten Minuten nach meinem Erwachen nichts anderes als der Ritus eines neuen, gewaltigen Zaubers.

Er kennt bereits eine Menge Wörter der irdischen Sprache, und so hat er – obwohl er nicht in der Lage ist, meinem verwirrten Gestammel zu folgen – sich sein eigenes Bild über meine Debatten mit dem Nichts gemacht. Das muß schon ein großer Zauberer sein, den die gewaltigen Geister so oft am Tag vor ihren Thron rufen, um ihn durch ein Gespräch auszuzeichnen.

Und während meine merkwürdige Doppelwelt in Nogo solch bedauerliche mystische Vorstellungen hervorruft, läßt eben diese Welt auch in mir eine Wahrheit heranreifen, die sich nur schwer in Worte fassen läßt.

Ich hatte mich geirrt, als ich einst die Welt von meinem Labortisch aus betrachtete, ich hatte mich geirrt, als ich in meiner Schwäche auf diesem Planeten in den Ängsten der Urzeit erlegen war. Irgendwo zwischen diesen beiden Welten versucht mein dröhnender Kopf anhand der erahnten Zusammenhänge einen anständigen Kompromiß zu finden.

Die Frucht dieser sinnlosen Grübelei reift aber dann gerade dort heran, wo ich es am wenigsten erwarte, im lodernden, halb irrsinnigen Willen, der jedem Hindernis trotzt. Der reißende Fluß hat keine kleine, ruhige Bucht, wo ich ins glatte Wasser wie in einen Spiegel schauen kann, nur in Nogos Augen kann ich erkennen, daß ich ein anderer geworden bin, weil er bei meinem Anblick jedesmal erschauert.

»Schau mich nicht so an! Zaubere nicht!«

Ich vergrabe das Gesicht in den Händen. Mein Körper ist am Leben geblieben, wird aber meine Seele nie, nie wieder gesund? Wird derjenige, der eines Tages vielleicht Marks Stadt erreicht, nicht mehr ich sein, sondern irgendein anderer? Wartet dort drinnen in mir ein größerer, schwerer Kampf als jeder, den ich bisher auf diesem Boden ausgetragen hatte?

»Ich zaubere nicht, Nogo, ich bin krank! So manches krabbelt in meinem Kopf herum, wie Käfer im Gras! Ich habe mir den Kopf angestoßen, ich bin krank!«

Er umarmt mich sorgenvoll, schleppt mich zum Feuer zurück und bringt feuchtes Moos für meine pulsierenden Schläfen. Den Kopf aber wendet er ab, um mir nicht in die Augen schauen zu müssen.

Nein, ich darf nicht krank sein, ich darf nicht wahnsinnig werden, Nogo darf sich nicht vor mir fürchten! Der Wille ergreift wie ein glühendes Fieber von mir Besitz: Ich muß weiterarbeiten, ich muß die Reise fortsetzen bis ans Ziel!

Ich zähle die Tage nicht, nur der abnehmende Wasserfall zeigt an, daß dort im Süden, wo wir hergekommen sind, die Zeit des Abnehmenden Regens durch die Zeit des Durstes abgelöst wurde. Das schlanke Bambusfloß schaukelt neben dem Ufer, fest vertäut, damit der Fluß es nicht mitreißt. Das Gerüst der neuen Hütte ragt nackt und kahl empor, nur noch ein paar Tage, und wir werden dem Wasserfall Lebewohl sagen. In der Mitte des Floßes sticht ein hoher Bambusstab in den Himmel, unser zukünftiger Segelmast.

Wenn wir das Meer erreichen, werden wir mit Rudern nicht weit kommen. Dann müssen wir anstatt der Strömung die Kraft des Windes nützen. Ich habe eine Menge fingerdicker, langer Rohre zusammengetragen. Wenn wir die zusammenbinden, so hoffe ich, daß wir ein einigermaßen brauchbares Segel erhalten. Ich denke natürlich nicht an die herrlichen Segel von daheim, mir reicht es schon, wenn es uns gelingt, ein einfaches rechteckiges oder trapezförmiges Gebilde zu basteln.

Nogo habe ich in den Wald geschickt, dort weiter drin gibt es einen Palmenhain – dort wächst eine Palmenart, ähnlich wie unsere Bananenstauden auf der Erde, nur ist die Frucht leider ungenießbar, doch die breiten, kräftigen Blätter könnten als Dach für die Hütte dienen.

Nogos Keule und seine Pfeile liegen hier neben dem Feuer; er hat nur sein Messer mitgenommen, und ich grolle ihm wegen seines Leichtsinns. Freilich hat uns das Wild des Waldes bisher nur bei Nacht beunruhigt – tagsüber schaukeln nur ein paar kleine Affen mit neugierig erschrockenen Gesichtern in den Baumkronen – doch das ist noch lange kein Grund, um unbewaffnet herumzustreunen.

Es ist schwer, mit ihm über solche Sachen zu debattieren, leider ist er oft so faul, daß man ihn nicht überreden kann, zumindest seine Keule mitzunehmen. Das ist zu unbequem, würde er sagen, wenn er dieses Wort kennen würde, aber auch so kann er die Sache prächtig umschreiben, hat auch zehn Erklärungen bereit, um mir weiszumachen, daß es keinen Sinn hat, eine unnötige Last mit sich herumzuschleppen.

Natürlich hat er auf seine Weise recht. Abgesehen von den großen Raubtieren, ist er stärker als alle Bewohner der Wildnis, und der Großmähnige hat sich in dieser Gegend bisher nicht einmal blicken lassen – wovor also sollte er sich fürchten?

Mag sein, daß er recht hat und meine Sorgen unbegründet sind. Die Affen tollen kreischend im Geäst, das eintönige Murmeln des Wasserfalls wirkt in der Stille des schimmernden Vormittags wie ein Polster, der Fluß strömt wie geschmolzenes Silber über den Rand des Felsbeckens – viel zu schade, um mich zu ärgern.

Ich werfe einen kurzen Blick auf den Baumschatten. Er ist kaum weitergerückt, seit Nogo weggegangen ist; er wird wohl noch eine Weile ausbleiben. Bis dahin will ich versuchen, ein paar Fische zu fangen. Wenn er dann zurück ist, wird es sich kaum mehr lohnen, vor dem Mittagessen mit den Arbeiten am Hüttendach zu beginnen, also werden wir erst essen und uns dann an die Arbeit machen.

Ich stehe auf, um das Feuer zu schüren, als Nogo weit entfernt, fast unter dem Wasserfall aus dem Wald tritt. Er trägt kein einziges Blatt in der Hand, seine Finger umklammern eine kleine, schmale Rute. Er blickt ins Dickicht zurück, geht auf mich zu, dreht sich dann wieder um. Ich weiß nicht, was er hat.

Wäre er auf ein schwächeres Tier gestoßen, hätte er einen Steinregen ins Gebüsch prasseln lassen. Wäre aber der Gegner stärker, so wäre Nogo schon längst hier unter dem Baum gelandet, um im Wasser Schutz zu suchen. Aber er schreitet nur langsam dahin, manchmal führt er die Rute zum Auge, schaut sich um, schüttelt den Kopf und setzt dann seinen Weg fort.

Was soll das? ärgere ich mich. Ist vielleicht auch Nogo schon auf Geister gestoßen, mit denen er sich am helllichten Tag unterhält? Doch nein, es muß etwas passiert sein. Er watschelt auf mich zu wie ein flachköpfiger Bub, der zum ersten Mal in seinem Leben einer Erscheinung der Wildnis begegnet ist, die ihn stutzig gemacht hat.

Was konnte geschehen sein? Ich laufe zu ihm hin, seine Miene ist verstört und verwundert, und die dünne Rute ... Mir bleibt die Luft weg. Was er da in der Hand hält, ist ein sorgfältig geglätteter gefiederter Pfeil, mit Blutspuren an der Spitze, die von einem Widerhaken gekrönt wird.

Ich werde nie mehr erfahren, wer es war, der diesen Pfeil in Nogos Ellbogen geschossen hat. Es ist bereits der zweite Tag, daß uns der Große Fluß dahinträgt, und obwohl unser Blick pausenlos das Ufer absucht, können wir kein menschenähnliches Wesen entdecken. Konnte es ein einsamer, verirrter Jäger gewesen sein? Wenn es so war, hatte ich es auch nicht bereut, daß ich unsere Habseligkeiten unverzüglich aufs Floß geladen und das halbfertige Vehikel losgebunden hatte. Erst dann begann ich in Nogo zu dringen, der immer noch schweigend dasaß, als der Donner des Wasserfalls bereits weit hinter uns lag.

»Hast du ihn gesehen?«

»Nein. Unter den Bäumen ist dichtes Gebüsch und viele Dornen. Als es weh tat, glaubte ich, großer Dorn, und wollte ihn herausziehen. Dann habe ich gesehen, was es ist, dann habe ich gerochen.«

Ihm kann auch eine Spur von Geruch mehr verraten als mir der Augenschein.

»Roch es wie Zumbis Glatthäutiger?«

»Nein. Glatthäutiger roch sauer, weil er immer Angst hatte.«

Einer, der Angst hat, pflegt meistens zu schwitzen. Nogo hatte also auf seine Art ins Schwarze getroffen.

»Alsdann«, bohre ich weiter. »Was war das für ein Geruch?«

»Rauch, Zwiebeln, Fett in der Sonne ...«

Auch das Holz des Pfeils ist rauchgeschwärzt, das glatte Holz glänzt von dem eingedrungenen Fett.

Wurde es vielleicht im Feuer gehärtet und getrocknet? Oder hatte jemand etwas anderes vor?

»Warum bist du ihm nicht nachgegangen, um ihn zu töten?«

Zweifellos wären seine Genossen im blinden Zorn sofort aufgebrochen, um den geheimnisvollen Angreifer zu stellen. Nogo aber brummt vor sich hin, legt die Stirn in Falten, schämt sich wegen seiner scheinbaren Feigheit.

»Mit Pfeil kann man von fern töten, anderer wirft Pfeil auf mich« – er hat kein Wort für »Schießen« – »bis ich seine Kehle packe.«

Er hatte recht, als er den Rückzug antrat. Der Pfeil ist zwar leichter als unsere schweren Pfeile mit ihren Steinspitzen, auch der Bogen, von dem der Pfeil abgeschossen wurde, muß bedeutend kleiner sein, aus der Nähe aber hätte er Nogo tödlich verwunden können, später auch mich, der da arglos am Ufer herumlief.

Diese kleine Rute mit der Hornspitze ist mehr als ein Beweis für einen Meuchelmord, sondern gleichzeitig auch ein Mahnzeichen. Bisher mußten wir uns nur vor Raubtieren fürchten, die stärker waren als wir. Nun aber haben wir einen neuen, weitaus gefährlicheren Gegner: den Menschen dieses Kontinents.

Wie weit kann die Mündung, die Stadt noch entfernt sein? Wie viele Territorien wilder Stämme müssen wir noch während unserer Reise auf dem Rücken des Großen Flusses durchqueren, bis wir unser Ziel erreichen? Jede Biegung kann neue Gefahren bergen, Boote voller Menschen, die sich vom Ufer lösen, tödliche Pfeile, fliegende Lanzen – den Tod.

Nun bricht die Zeit der Angst an. Ich reiße die Stangen der Hütte ab, und das Laub, das für ein Dach gedacht war, breite ich über das Floß, daß das ganze aussieht wie ein Haufen Treibholz. Auch den Mast lege ich mit traurigem Herzen um, dann gehen die Tage dahin, während wir unter dem zusammengerafften Laubwerk kauern.

Feuer machen wir nur – ein faustgroßes Häuflein aus den trockensten, kaum rauchenden Zweigen –, wenn wir eine gerade Strecke vor uns haben und an den Ufern und den kahlen Hügeln entlang meilenweit sehen können. An den Hängen zwischen trockenem Gras vegetieren hie und da ein paar Büsche dahin, mahlen mit ihren Zweigen, die sich eng an den Boden schmiegen, den gelben Sand.

Sand, nur Sand, soweit das Auge reicht, gegen den auch der am Ufer wuchernde Urwald ankämpft. Sein dunkelgrünes Band reicht nur bis zu jener Stelle, wo die Wurzeln, die sich in den Sand hineingraben, noch etwas von der sich ausbreitenden Feuchtigkeit ergattern können.

In den Seitentälern verbreitert sich der Pflanzengürtel auf drei bis vier Kilometer, doch dann dringen die Hügel wieder zum Fluß vor, engen den Wald ein, und an den hohen Ufern lugt zwischen den Bäumen der alles bedeckende Sand der Steilhänge hervor.

In manchen Talsohlen steigt aus dem grünen Meer der Bäume eine dünne Rauchsäule empor, anders als die dunklen Wolken eines brüllenden Waldbrandes, die von hohen Funkensäulen gekrönt sind, das zahme Band nimmt weder ab noch zu. Nur ein Feuer, das von intelligenten Wesen geschürt wird, zeichnet solch verräterische Signale ans Firmament.

In solchen Fällen lege ich mit zitternder Hand einen Pfeil auf die Bogensehne, mein Blick vergräbt sich in die Laubkronen der Uferbäume, und ich warte auf mein Schicksal, das in Gestalt eines Bootes auftauchen könnte. Der Große Fluß trägt das Floß schneller dahin, als würden wir an seinen Ufern entlangwandern, versorgt uns mit Fischen und Wasser, gleichzeitig hält er uns gefangen, weil er uns jederzeit unseren Feinden preisgeben kann. Denn – so leid es mir auch tut – kann ich die Waldbewohner am Ufer nur für Feinde halten, das hat mich so ziemlich alles gelehrt, was ich auf diesem Kontinent bisher erlebt habe, ebenso wie die offene Wunde an Nogos Arm.

Dort in Nogos Heimat hatte ich vor Sehnsucht nach Befreiung alle Zweifel in den Wind geschlagen, hatte mir diese Reise viel zu einfach vorgestellt. Dort die Flachköpfe, irgendwo weit vor uns die Mündung und die Stadt. Ich hatte aber nicht daran gedacht, daß zwischendurch auf der Strecke auch noch andere Menschen leben könnten.

Wir können nur an einer einzigen Stelle an Land gehen, nämlich am Ziel, dort, wo meine Freunde und Genossen so bekannt und geachtet werden, wie ich dies aus dem Blick des Glatthäutigen zu erkennen glaubte. Sollte uns das Schicksal und der Große Fluß an einen anderen Punkt verschlagen, würde uns die Übermacht überwinden, bevor wir unsere friedlichen Absichten verkünden könnten.

Doch bislang war das Ufer zum Glück noch menschenleer, selbst an solchen Talmündungen, wo wir weiter im Dickicht mehrere Rauchsäulen erblickt hatten.

Auf diese Weise wird man auch der Angst überdrüssig, und als wir eines Morgens nach dem Aufwachen merken, daß wir nur etwa 30 bis 40 Meter vom Ufer entfernt sind, versuchen wir nicht, Hals über Kopf wieder in die Flußmitte zu gelangen. Wenn uns die Strömung schon hierher gebracht hat, ist dies die beste Gelegenheit, daß Floß mit frischem Laubwerk zu bedecken. Das alte Laub haben wir so gut wie ganz verfeuert, auch von den schäbigen Resten rieselt das trockene Blattwerk, bietet kaum noch Schutz und Deckung. Die Äste der Bäume berühren das Wasser, also werden wir es nicht besonders schwer haben. Die beiden Ruder, aus Baumrinden gefertigt – als Ersatz für unsere Ruder, die wir im

Wasserfall verloren haben –, lenken das Floß allmählich zum Ufer hin.

Der Fluß ist ruhig, die Gegend ist still, aus den Tälern am gegenüberliegenden Ufer steigt kein Rauch auf. Wir gleiten in Armeslänge parallel zu den herabhängenden Ästen dahin, und mit einem letzten Ruderschlag stoße ich das Floß dichter ans Ufer heran; Nogo streckt sich, um einen geeigneten Zweig zu erwischen.

Aber sein Arm bleibt mitten in der Bewegung in der Luft hängen, seine gespreizten Finger legen sich nicht um den Ast, den er sich ausgesucht hatte. So steht er einen Augenblick lang wie erstarrt da, dann legt er sich lang hin.

»Zurück! Zurück!« flüstert er mir zu.

Ich kann hinter dem grünen Vorhang nichts entdekken, doch plötzlich dringen Laute in mein Ohr, Bruchstücke einer Unterhaltung, artikulierte Laute mehrerer Menschen, die sorglos miteinander plaudern. Ich springe auf die Uferseite des Floßes, und Nogo und ich beginnen mit aller Kraft zu rudern.

Die Bäume entfernen sich im Schneckentempo, fünf, zehn, fünfzehn Meter. Vor uns auf dem gleichmäßigen Band des Laubvorhangs tut sich ein ganz schmaler Spalt auf, als würde dort ein Bächlein in den Fluß münden.

Jetzt kann ich die Stimmen von vorhin nicht mehr hören, doch wir beide spüren, daß die Gefahr noch nicht gebannt ist. Nogo schnuppert in die Luft und deutet auf den kleinen Einschnitt.

»Da! Da sind sie!«

Wir können aber nichts entdecken, der Einschnitt ist keine fünf Meter breit, und wir können erst tiefer hineinblicken, als wir auf gleicher Höhe sind. Wir waren bereits 40 bis 50 Meter vom Ufer entfernt, als sich die kleine dreieckige Lichtung auftut, aus deren Ecke ein Pfad ins Innere des Tales führt. Am Ufer machen sich vier Gestalten an einem Boot zu schaffen, ihre braunrote Haut schimmert im Spiegel des Wassers.

»Hinlegen!« flüstere ich Nogo zu.

Wir liegen regungslos zwischen den trockenen, stachligen Zweigen, auf denen mein Blick voller Sorge haftet. Nein, sie haben uns nicht bemerkt, sie sind mit ihrem Boot beschäftigt, ich kann nicht genau erkennen, was sie tun. Nur noch ein paar Sekunden, dann werden sie vom Uferdickicht verdeckt, und wir sind gerettet.

Doch in diesem Augenblick hebt eine der Gestalten den Kopf, ruft, sein ausgestreckter Arm deutet auf uns. Auch die anderen drei starren uns an, dann ist die schmale Lichtung verschwunden.

»Los! An die Ruder!«

Sie haben uns entdeckt, und unsere einzige Hoffnung mag in dem Vorsprung liegen, bis sie ihr Boot zu Wasser gelassen haben. Die Minuten streichen stumm dahin, wir rudern aus allen Kräften, außerdem hätten wir uns wenig oder gar nichts zu sagen.

Gelegentlich blicke ich zwischen zwei Ruderschlägen zurück, das Ufer ist schon weit. Ich kann die kleine Einbuchtung kaum erkennen, aus der das Boot auftauchen muß.

Vielleicht werden wir doch nicht verfolgt? Wir sind bereits mehr als einen halben Kilometer entfernt, als sich ein kleiner, dunkler Schatten vom grünen Ufer löst.

Einen kurzen Augenblick mache ich mir noch vor, daß mich nur meine Sinne täuschen, doch ich sehe den feuchten Schimmer der Ruder, die ins Wasser tauchen, die rhythmische Bewegung der Gestalten – ich muß es sehen, ich muß es einfach wahrnehmen. Sie kommen.

Wenn wir noch eine Weile Abstand halten können, wird es ihnen vielleicht zu dumm werden, uns zu verfolgen, vielleicht aber geben sie sich auch damit zufrieden, daß sie uns von ihrem Ufer verscheucht haben.

Ich drehe mich nicht rum, ich rudere, was das Zeug hält, meine Muskeln sind zum Zerreißen gespannt, wobei ich meine Ruderschläge zähle: eins, zwei, fünf, zwanzig, vierzig, fünfundvierzig ... achtzig, hundert ... Jetzt eine kleine Pause, um Luft zu holen, und während ich versuche, mein steifes Kreuz zu lockern, riskiere ich dennoch einen Blick zurück.

Das Boot tanzt bereits in der Mitte des Flusses, der Abstand ist nur noch halb so groß, die Insassen paddeln immer wilder, das Boot fliegt auf uns zu.

Nein, es hat keinen Sinn, sich weiter anzustrengen. Hier wird es zum Kampf kommen, und es ist besser, wenn wir uns darauf vorbereiten, sobald unser Herz nach dieser sportlichen Leistung etwas ruhiger schlägt.

Sie kommen nicht direkt auf uns zu, sie treiben ihr Boot fast senkrecht auf die Flußmitte zu, erfahrene Kanuten, die wissen, daß sie sich auf diese Weise schneller durch die Strömung kämpfen können, die in Ufernähe herrscht.

»Hör auf, Nogo! Schau, wie sie kommen!«

Er dreht sich um und fletscht die Zähne. Jetzt wägt er nicht mehr weise ab, wie damals, als ihn der Pfeil in den Ellbogen traf, er will töten, weil man ihn jagt, weil man ihn in die Enge getrieben hat, obwohl er ja keinem etwas tun wollte, das Blut steigt ihm zu Kopfe, er ist fürchterlich wie der Großmähnige. Obwohl auf den nackten Schultern der Verfolger die Bogen deutlich zu erkennen sind, doch vielleicht sind auch unsere Pfeile etwas wert. Am Ende des Floßes häufen wir jeden Zweig in einem engen Halbkreis auf, auch das bißchen Laub gibt etwas Deckung, während wir unsere Feinde noch recht gut sehen können.

Nervös raffe ich die besten, schwersten Pfeile zusammen, auch Nogo hantiert mit seinem schweren Bogen herum, den ich höchstens mit den Füßen spannen könnte. Wo sein Pfeil trifft, da wächst kein Gras mehr, doch leider ist er noch nicht ganz zielsicher, die Kunst des Bogenschießens ist für ihn eine noch viel zu neue Disziplin.

Ich schaue mich traurig auf dem breiten Fluß um, überall Ruhe und Frieden, die Sonne glänzt am wolkenlosen Himmel.

Warum muß es Kampf und Tod geben? Warum kann ich denen nicht alles erklären?

Doch mir bleibt keine Zeit zum Philosophieren, sie sind uns auf den Fersen. Sie sind vielleicht zwanzig Meter von uns entfernt, als die ersten drei ihre Ruder ins Boot werfen – nur der letzte beugt sich übers Wasser, um zu steuern –, dann sind gleichzeitig drei Pfeile auf uns gerichtet. Sie beobachten uns stumm, ihre Blicke suchen das Ziel hinter dem aufgehäuften Laub, unsere Körper. Ihre Hände an den gespannten Bogensehnen sind regungslos, wie aus Stein gemeißelt. Das sind geübte Kämpfer, sie schreien nicht, machen keine unnötige Bewegung, auf ihren Gesichtern, auf ihrer Brust sind neben den symmetrischen Schmucknarben auch die Narben früherer Scharmützel zu erkennen. Vom Schwung getragen, gleitet das Boot immer näher an uns heran, wir aber kauern stumm hinter den Zweigen. Fünfzehn Meter. Nogo spannt seinen gewaltigen Bogen ...

»Warte noch!« flüstere ich.

In diesem Augenblick fliegen die drei Pfeile auf uns zu. Sie bohren sich rasselnd zwischen die Zweige, zwei schlagen auf dem Floß auf, der dritte huscht knapp an meinem Hals vorbei, ich spüre einen brennenden Schmerz. Ich unterdrücke ein Stöhnen, die Wunde brennt wie Feuer. Jetzt greifen sie bereits nach dem zweiten Pfeil, sie sind keine acht Meter entfernt ...

»Jetzt!«

Der Mann in der Mitte läßt den Bogen fallen und preßt beide Hände auf den gefiederten Pfeil, der aus seinem Magen herausragt. Nogos Pfeil, der auch einer Lanze Ehre machen würde, bohrt sich krachend in die Flanken des Bootes. Der Steuermann läßt das Ruder fahren und tastet hastig nach seinem Bogen, ich fasse ihn ins Auge, denn die beiden anderen sind durch den zwischen uns schwankenden Verwundeten verwirrt. Der Steuermann brüllt auf, als sich die Steinspitze in seine Schulter bohrt, doch die Antwort der beiden unverletzten Krieger schwebt bereits auf uns zu.

Nogo erwischt es am Arm, oben unter der Schulter, mich trifft es am Oberschenkel und wirft mich um. Ich reiße den Pfeil mit einem Wehlaut aus der Wunde, lege mich auf den Rücken und lege ein neues Geschoß auf die Sehne, wobei ich spüre, daß das Boot ans Floß prallt. Die Zweige brechen krachend entzwei, Nogo brüllt wie am Spieß, das Floß schwankt, für einen Augenblick habe ich keine Ahnung, was eigentlich vorgeht. Ich schieße meinen Pfeil blindlings auf den braunen Körper ab, der plötzlich vor mir auftaucht und mich im Fallen unter sich begräbt. Nun wälzen wir uns beide über das Floß.

Das von Narben durchfurchte Gesicht mit den blauen Streifen tanzt direkt vor meiner Nase, ich kann den keuchenden Atem hören. Ich nehme den Hals meines Gegners in den Schwitzkasten meiner Armbeuge, drehe ihn um, und jetzt bin ich oben, doch seine Haut ist mit irgendeinem Fett oder Öl eingeschmiert, er entgleitet meinem Griff wie ein Aal und will mich in den Bauch treten.

Ich erhasche sein Bein, und jetzt rollen wir wieder wie ein zusammengeschnürtes Bündel über das Floß. Er umfaßt meine Taille, will mich zu Boden drücken, ich suche wieder nach seinem Hals, unsere Gesichter streifen sich, in seinen schwarzen Augen lodert das gnadenlose, triumphierende Feuer des selbstsicheren Kämpfers.

Nein, du wirst mich nicht unterkriegen, keuche ich, stemme meinen Arm gegen seine Kehle, suche mit den Fersen an den Stämmen nach einem Halt, nehme alle meine Kraft zusammen und werfe mich aus der Hüfte nach links.

Mein Gegner rollte von mir herunter, gleichzeitig aber trifft mich ein gewaltiger Tritt in die Seite. Mir bleibt die Luft weg, nun ist er wieder oben und tastet seinerseits nach meinem Hals. Ich kann mich nur schwach wehren, die eine Seite ist von dem Tritt gelähmt, seine Finger umklammern meine Kehle. Ich höre das Zischen einer Keule, die Kraft des Schlages nagelt mich selbst durch den Körper meines Gegners hindurch an die Planken. Die Muskeln unter der glitschigen Haut erschlaffen, und der Körper rollt leblos von dem meinen herab.

Nogo ist still, er brüllt nicht und trommelt nicht auf seine Brust, er schaut mich schuldbewußt an.

»Das hab' ich nicht gewollt.«

Ich habe das Gefühl, daß auf der Seite, wo ich getreten worden bin, keine Rippe heil geblieben ist, aber ich kann ihm nicht gram sein, empfinde nur Sympathie.

»Hilf mir auf die Beine!« Ich versuche unter Schmerzen zu lächeln.

Auf dem zerwühlten Laub liegt derjenige, der im Boot ganz vorn gesessen hat, ich kann ihn an der kreisförmigen Tätowierung auf der Stirn erkennen. Er liegt auf dem Bauch, aber sein Gesicht ist uns zugewandt – nur Nogos Pranke kann ein solches anatomisches Wunder vollbringen. Das Rückgrat des zweiten hat Nogos Keule zerschmettert, mag sein, daß ich allein mit ihm fertig geworden wäre, hätte mich Nogos Tritt nicht zum Krüppel geschlagen. Nun mag es gut sein. Aber wo sind die beiden anderen geblieben?

Das leere Boot dümpelt, schmiegt sich an das flache Heck des Floßes, hundert Meter von uns entfernt schwimmt ein schwarzer Kopf in Richtung Ufer. Ist es der Steuermann? Ich nehme nicht an, daß derjenige, den ich zuerst getroffen habe, mit einem Pfeil im Bauch davonschwimmen könnte.

Wo ist er aber dann geblieben? Rundherum ist das Wasser glatt, nur dieser eine Kopf versucht verzweifelt zu entkommen. Vielleicht ist er auch ins Wasser gefallen und nicht mehr aufgetaucht, jedenfalls dürften wir ein Problem losgeworden sein.

Um so mehr aber bereitet mir der Wilde Kopfzerbrechen, der dem Ufer zustrebt. Er könnte die anderen rebellisch machen, und dann hätten wir die ganze Horde am Hals. Wie viele Boote können sich noch unter den Ästen und Zweigen verbergen, die sich tief über das Wasser neigen?

Der Große Fluß macht einen Bogen, und das Ufer, wo wir unsere Landung versucht haben, entschwindet langsam unserem Blick. Doch der Fluß kann uns so weit mitreißen wie er will, die schnellen Boote werden uns noch heute einholen.

Am Stand der Sonne kann ich erkennen, daß es noch keine halbe Stunde her ist, seit wir den Feind erblickt haben. Jetzt liegen zwei zu unseren Füßen, und mir tun sie unwillkürlich leid, obwohl sie es waren, die uns angegriffen, sie es waren, die uns vernichten wollten. Wenn wir uns nicht gewehrt hätten, wären sie es, die unsere Leichen triumphierend in den Busch schleifen würden – obwohl diese Möglichkeit immer noch besteht.

Der Flüchtling watet jetzt an einer seichten Stelle an Land, wühlt das Wasser auf, stürzt und rennt weiter, dann, nachdem er das sandige Ufer erreicht hat, dreht er sich um, und droht mit der Faust – aus dieser Entfernung kann ich das nicht so gut erkennen –, dann verschwindet er zwischen den Bäumen.

In drei bis vier Stunden kann uns die rachedurstige Flotte leicht einholen. Sollen wir an Land gehen und uns im Dickicht verstecken? Dann würden wir das Floß verlieren, und in einer solch dichtbesiedelten Gegend könnten wir uns unmöglich so lange aufhalten, bis wir ein neues Boot gebaut haben.

Da fällt mein Blick auf das Boot. Die Lösung liegt greifbar vor mir! Ich untersuche das Boot genau, ein schmales Ding, ein Einbaum, aus einem einzigen Baumstamm gefertigt. An der Außenhaut kann man die groben Spuren der Äxte erkennen, die dünne, verkohlte Schicht im Innern verrät, daß der Trog ausgebrannt wurde. Neben den drei Rudern liegen noch haufenweise Pfeile, zwei Speere mit geschliffenen Knochenspitzen. Auch ein halber Kürbis ist vorhanden, besser eine Schale, mit dessen Hilfe wahrscheinlich der Wasserstand der hereinbrechenden Wellen gemessen wurde. Das ist alles, was dieses schmale, schwankende Vehikel enthält.

Nogo wird sich nur schwer damit befreunden, und auch mir werden die wenigen Meter Bewegungsfreiheit, die mir das Floß erlaubte, fehlen. In der Mitte ist das Boot doch ziemlich breit, breit genug, umd dort eine mit Ton ausgekleidete Feuerstelle zu errichten. Ich habe aber auch noch eine andere Idee. Am Bug des Bootes ist das Holz mindestens einen Meter dick, die Erbauer haben den Bug nur schräg zum ausgebrannten Trog abgetragen. Wenn es mir gelingt, dort ein Loch zu bohren, könnte ich das Boot mit einem Mast versehen. Der Wind entlang des Flusses weht gleichmäßig und sanft, wir könnten unsere schier unendliche Reise um Tage, ja um Wochen verkürzen!

Den Mast will ich vorerst an der Seite des Bootes festmachen, und dieser Gedanke ist der Vater einer neuen Idee. Daheim, zwischen den Glücklichen Inseln, wo außer den Polizeibooten kein Motorfahrzeug kreuzen durfte, bedienen sich die Bewohner des Reservats und die Urlauber einer Art von Booten, die angeblich nach polynesischem Muster gebaut sind, an dessen Seite zwei Stangen einige Meter einen stärkeren Balken über Wasser hält: Katamarane. Ich kann mich daran erinnern, daß sich solche Boote auch auf offener See bewährt haben. Ich habe zwar nie in einem solchen Boot gesessen, aber ich habe sie auf Abbildungen und in Geovision so oft gesehen, daß ich ein solches Boot nachbauen könnte.

Das aber ist ein späterer Plan. Zunächst müssen wir diesen gefährlichen Abschnitt hinter uns bringen, wir müssen rudern, rudern, solange wir können, und dies nicht nur wegen der Verfolger. Wer weiß, hinter welcher Biegung ein neues Boot auftaucht, das einen weiteren Kampf bedeutet?

Ich versuche meine schmerzende Seite durch gymnastische Übungen zu martern, bis endlich die Lähmung, der Schmerz nachläßt, während es mir gelingt, Nogo von der Notwendigkeit der Bootsfahrt zu überzeugen. Er widerspricht nicht, tastet nur seinen Arm ab, der Pfeil ist tief ins Fleisch gedrungen. Ich schaue mir die Wunde an, sie blutet kaum noch. Wenn er den Arm und seine Muskeln bewegt – und dies wird beim Rudern gründlich der Fall sein –, wird der Arm nicht steif bleiben, obwohl ich weiß, daß er Schmerzen hat.

Ich zerschneide die Bindungen des Floßes und befestige die für den späteren Ausleger notwendigen Bambusstangen an der Seite, ebenso das Bündel aus dünnem Rohr, das für ein Segel gedacht ist.

Die Pfeile, Äxte und Keulen liegen bereits im Boot. Zunächst setze ich Nogo dicht an den Bug, dann gehe ich selbst an Bord, wobei ich unserem verlassenen Gefährt noch einen letzten Tritt versetze.

Dann tauchen wir die Ruder ins Wasser – sie sind einwandfrei besser als mein Eigenbau. Ich schaue mich noch einmal auf dem jetzt stillen Großen Fluß um, und mit unseren noch zaghaften, ungeübten ersten Ruderschlägen, die aber immer mehr in Takt fallen, beginnt, so hoffe ich, der letzte Abschnitt unserer abenteuerlichen Reise.

17

Wir rudern den ganzen Tag und auch in der drauffolgenden Nacht im sanften Licht der Sterne. Täler gleiten an uns vorbei und bleiben zurück, dafür tun sich neue auf, mit Rauchsäulen tief in ihrem waldbedeckten Innern, mit immer neuen Ängsten. In der Abenddämmerung tauchen aus dem Uferdickicht zwei Boote auf, doch die Nacht ist auf unserer Seite, sie verbirgt uns rasch vor den Verfolgern.

Und nun gerudert, solange du kannst, bis das bleischwere Ruder auch das letzte bißchen Kraft aufgezehrt hat. Dann nimm die Kürbisschale der Wilden, tauche sie in den Fluß und trinke, damit das lauwarme, leicht abgestandene Wasser – wo ist nur der kristallklare, kühle Fluß der Berglandschaft geblieben? – in deinem Magen das Gefühl der Sättigung vortäuscht. Gieße dann den Rest auf dein schweißtriefendes Haupt, dann rudere weiter mit dem verzerrten Grinsen der Besessenen.

Könnte es sein, daß der Große Fluß kein Ende hat? Kann es sein, daß er direkt zu den Sternen fließt? Sie tanzen auf seinem dunklen Spiegel, und du rührst mit jedem Ruderschlag ihr zitterndes Bild zu sinnlosen, schlängelnden Funken auf, aber leg dich ins Zeug und rudere, Mann, rudere, mit steifem Kreuz, mit dem brennenden Zucken deiner strapazierten Muskeln entlang deines Rückgrats, mit der pochenden Wunde in deinem Oberschenkel – rudere!

Das Morgengrauen drückt den vom Sternenlicht vertieften unendlichen Himmel zu Boden. Rechts hören die

Hügel auf, eine Ebene breitet sich aus, soweit man dies bei dem schwachen Licht erkennen kann.

An einer Stelle reißt das grüne Band des Waldes ab, und aus einer gewaltigen Mündung schmiegt sich das Wasser eines ebenbürtigen Flusses an die Wellen unserer Gewässer. Selbst inmitten des Großen Flusses macht sich die Strömung des neu hinzugekommenen Gesellen bemerkbar, treibt uns zum gegenüberliegenden Ufer, und als es uns weiter unten endlich gelingt, das Boot in die Mitte des nun doppelt so breiten Flusses zu steuern, dreht sich Nogo um.

Im kalten, spärlichen Morgenlicht sind seine Lippen violett, seine Augen versinken in den tiefen Buchten seiner Brauen.

»Nogo stirbt, wenn er noch rudern muß!«

Nun ja, vielleicht können wir jetzt einmal rasten.

»Schlaf, Nogo, ich passe auf!«

Er fällt um wie ein Sack, ich aber lehne den Kopf zurück und betrachte regungslos den Himmel, der immer heller wird. Mein Körper ist still, selbst mein Oberschenkel schmerzt nicht. Ich spüre, daß ich mich nicht rühren darf. Wenn ich auch nur einen Finger rühre, werde ich vom Fluß, vom eintönigen Grau des Himmels aufgesogen. Ich schwebe in einer merkwürdigen Benommenheit dahin, während auf beiden Seiten der dunkle Streifen der Wälder am Ufer meinen Blick umrahmt, der ins Nichts starrt. Ich wünsche mir gar nichts, ich will nicht einmal schlafen, nur einfach so daliegen und spüren, wie der Große Fluß meinen Körper und unser Boot zusammen mit den Milliarden Wassertropfen dahinträgt.

Im Osten, am Rande der Ebene klettert die Sonne rot zwischen weißen, leuchtenden Wolkenstreifen empor. Aus dem grauen Wald schießt eine rote Flamme empor, darüber kreist der Rauch der erwachenden Vögel am neuen blauen Himmel. Der neue Morgen, der neue Tag ist angebrochen, nur Nogos Fell bewahrt die Schwärze der Nacht in der rußigen Finsternis des Bootes, klatschnaß, erschöpft schlafend.

In der Mittagsstunde dieses Tages waren wir den letzten Booten begegnet. Bis ich Nogo endlich wachgerüttelt hatte, waren sie auch schon da, mit schußbereiten Bogen. Die Krieger, die Brust feuerrot angemalt, waren nicht still, wie unsere ersten Gegner. Sie brüllten, fletschten die Zähne und feuerten sich mit rhythmischen Schlachtrufen zum Angriff an.

Doch mein Pfeil flog als erster dahin und bohrte sich in die Kehle jenes Schreihalses, der im Bug seines Bootes herumfuchtelte, und bevor sie sich recht besannen, hatte auch schon der nächste einen Pfeil in der Schulter.

Daraufhin brüllten sie nur noch lauter, aber sie wagten es nicht, näher heranzurudern, im Gegenteil. Nach dem dritten Pfeil – der den Arm des Steuermanns nur streifte – blieben sie allmählich zurück, um ihr Gesicht zu wahren. Sie schwenkten drohend ihre Speere mit fürchterlichem Gebrüll, auch ein paar flügellahme Pfeile landeten noch dicht hinter unserem Boot im Wasser.

Das ist jetzt vier Tage her, und wenn wir in der Zwischenzeit auch immer wieder Boote zu sehen bekamen, blieben sie stets im Uferbereich und wagten sich nie weiter als etwa einen Kilometer auf dem breiten Rücken des Großen Flusses heran.

Nach dem Stand der Sonne kann ich erkennen, daß sich der Fluß immer mehr ostwärts wendet, morgens taucht sie bereits aus dem bereits meerähnlichen Wasserspiegel auf und streut ihre Strahlen wie Kupfer auf die weich wiegenden Wellen. Jeden Morgen löst der um eine Schattierung dichtere Dunst die Wälder am Ufer in schwebende Gebilde auf, hinter denen die Unendlichkeit der gelben Sandwüste mit ihren Buckeln und Hügeln nur noch wie eine Fata Morgana schimmert.

Wie breit kann der Fluß sein? Acht, zehn, zwölf Kilometer? Oder noch mehr? Einem, der wie ein winziges Zweiglein auf dieser gewaltigen Wassermasse dahintreibt, fällt es schwer, so etwas zu schätzen, und an diesem Morgen, als die zur rechten Hand unterbrochene Uferlinie erneut einen weiteren Zufluß signalisiert, glaube ich, daß es an der Zeit ist, diesem sich träge dahinwälzenden Riesen in der Sprache der Flachköpfe einen neuen Namen zu geben.

Das ist die Mutter der Flüsse, letztes Bett aller herabfallenden Regentropfen vor den Toren des Meeres.

Nein, das Meer kann nicht mehr weit sein. Gestern und auch an diesem Morgen, als die Sonne nur zur Hälfte aus den Wellen aufgetaucht war und die Strahlen parallel zum Wasserspiegel einfielen, konnte man für wenige Augenblicke in der sauberen Luft jenen Fluchtpunkt ahnen, wo der Wald am Ufer den Horizont nicht mehr begleitet.

Dann schließt der Dunst den Ausblick in die engere Unendlichkeit des trügerischen Horizonts eines grauen, nebelverhangenen Tages ein, doch ich habe den Punkt gesehen, gestern und heute und werde ihn morgen wieder erblicken.

Wie viele Tage ist es eigentlich her, daß wir vom Wasserfall aufgebrochen sind? Ich kann es nicht sagen, die ersten Zeiten mit ihren Ängsten, mit dem ewigen Versteckspiel im Laub verschmelzen zu einem einzigen langen Tag. Wir sind etwa acht bis neun Tage an Bord, drei Tage ist es her, daß aus Nogos Arm der Eiter fließt, sechs Tage, seit ich mit dem Bau des Auslegers fertig geworden bin, und, jawohl, fünf Tage ist es her, seit ich begonnen habe, das Loch für den neuen Mast in den Bug unseres Bootes zu bohren, eine Arbeit, mit der ich immer noch nicht fertig bin.

Die Arbeit ist schon recht schwer, und wäre ich nicht auf den Gedanken gekommen, das Ende einer kurzen Bambusstange aufzuschlitzen und diese als Bohrer zu verwenden, wäre ich immer noch nicht so weit. Mir bleibt wenig Zeit zum Bohren, ich muß angeln, Fische braten und eine weitere traurige Aufgabe bewältigen, nämlich Nogo die Nahrung mit Gewalt in den Rachen zu stopfen.

Nogo ist krank. Zunächst heilte die Wunde sehr schön, dann schwoll sein Arm an, wurde steif und lahm. Nogo, den ich immer bewundert hatte, weil er auch die größte Pein ertragen konnte ohne zu klagen, stöhnte jetzt und knirschte mit den Zähnen.

Es dauerte zwei Tage, bis er es endlich zuließ, daß ich die scheinbar geschlossene Wunde mit einem im Feuer sterilisierten Bambussplitter öffnete, und mit dem auslaufenden gelbgrünen Eiter ließen auch die Schmerzen nach. Immerhin mache ich mir noch Sorgen, daß sich diese alte, diese erste Wunde, die der Pfeil geschlagen hat an seinem Ellbogen, von selbst geöffnet hat. Auch aus dieser Wunde rinnt der Eiter, und sein Oberarm unter der Haut, aus der allmählich die Haare ausgehen, ist eine einzige, gewaltige, entzündete Fleischmasse.

Nogo ist abgemagert und hat keinen Appetit. Ich, der ich stets vor seiner Freßgier zurückgeschreckt war und mich so oft darüber geärgert hatte, versuche jetzt tränenüberströmt einen Bissen in ihn hineinzudiktieren.

Er spricht nicht, fragt nichts, horcht still in sich hinein, auf etwas, das in seinen vom Fieber stumpfen Augen glänzt.

Ich säubere seine Wunden immer und immer wieder, quäle ihn mit dem Essen, und während ich immer weiter am Loch für den Mast bohre – vielleicht werde ich heute damit fertig –, spreche ich zu ihm, versuche, ihn aus seinem Schweigen wachzurütteln, mit Worten und Gedanken den Mantel der Stumpfheit von ihm zu nehmen, jenen Mantel, in den sich diejenigen hüllen, die den Kampf aufgegeben haben und sich in ihrer Todesbereitschaft vor den Ereignissen der kommenden Tage verbergen.

»Schau, Nogo, ich werde dieses Loch bohren, dann stecke ich den langen Bambusstab hinein, und von da an werden wir ihn Mast nennen« – unsere Unterhaltung wird immer mehr in einem Gemisch beider Sprachen geführt – »wir werden ihn ›*Mast*‹ nennen, und später kommt noch ein *Segel* dazu. Dieses Segel werde ich aus dem dünnen Rohr da zusammenbinden. Dann wird der Wind in die Segel greifen und das Boot antreiben – und wir brauchen nicht mehr zu rudern.«

»Nogo rudert nicht mehr. Sein Arm ist krank, wird nicht heilen. Nogo wird sterben.«

»Den Teufel wirst du sterben! Das Segel wird uns zur Stadt bringen, und dort werden dich meine Brüder heilen.«

»Sie werden mich nicht heilen, du hast mich auch nicht geheilt. Im Traum habe ich Krokodilmutter gesehen, hat mich angeschaut und Rachen aufgerissen. Nogo wird sterben.«

»Nein, du wirst *nicht* sterben! Ich lasse es nicht zu! In der Stadt wirst du genesen!«

»Nicht in die Stadt gehen. Segel bringt uns zurück zu Nogos Volk. Dort will ich in Busch kriechen, Auge der Sonne soll nicht sehen, daß Nogo stirbt. Komm zurück!«

»Wir können nicht zurück, Nogo! Es ist viel zu weit weg. Sehr, sehr weit! Wie willst du am Wasserfall hinaufklettern?«

»Du wirst helfen. Los, zurück!«

Es ist nicht leicht, gegen das Heimweh anzukämpfen, wenn es auch noch von der Vergänglichkeit angespornt wird. Wie könnte ich ihn zu der Einsicht bringen, daß wir selbst dann nicht zur Horde zurückkehren könnten, wenn wir die erste Unmöglichkeit, die Entfernung von mehreren tausend Kilometern, überwinden könnten?

Jene Krieger, die am Leben geblieben waren, und die ein Leben lang die entsetzlichen Spuren des von uns gelegten Buschbrandes zu tragen hatten, würden niemals vergessen. Doch selbst wenn der letzte Akt der Verfolgungsjagd anders verlaufen wäre, würden Vru und Kriri jemals vergessen, was unmittelbar davor geschehen war?

Die unbarmherzige Sonne der Durstzeit hatte die Hügellandschaft schon längst bettelarm gemacht, der Hunger und die lange Hitzeperiode die Schwachen bereits umgeschmissen, und aus ihrem mageren Fleisch konnte die Horde kaum genügend Kraft schöpfen, um den Spuren der Pflanzenfresser zu folgen, die zum Großen Fluß gezogen waren.

Damals gingen wir schon seit einem Jahr mit Lele auf die Jagd, der uns nach seiner Genesung stets wie ein Schatten folgte, und mit dem schnellfüßigen, flinken Bongi, der zwar Nogos Leichtsinn, aber nicht dessen Intelligenz und Kraft besaß, dennoch ein gutmütiges Wesen und ein treuer Kamerad war. Und obwohl sie niemals am Auffressen der Schwachen beteiligt waren – da sie an meine Zauberkraft glaubten und ich ihnen den Kannibalismus durch Tabu verboten hatte –, hatten sie weniger an Hunger zu leiden.

Nogo hatten seine einsamen Streifzüge schon seit geraumer Zeit zum stummen Jäger erzogen, die beiden jungen aber hatten bald gelernt, daß es kein Gebrüll geben durfte, wenn sie mit uns jagten, daß man sich ohne Widerrede dem Plan beugen muß, der meistens von mir ausgeheckt und von Nogo in die Tat umgesetzt wurde.

Wir brachen das Gesetz, schleppten die Beute nicht mit nach Hause, wir wollten uns nicht Vrus und Kriris Ungerechtigkeiten unterordnen, die weder Nogo, geschweige denn mir den berechtigten Anteil an der Beute gönnten. Während also die Horde in dem vor Trockenheit knisternden Gebüsch ebenso lautstarke wie erfolglose Jagdsafaris abhielt und sich wütend um die magere Beute stritt – denn Kriri und seine Leibwache ließen nur Vru und einigen Günstlingen einen fetten Bissen zukommen –, gingen wir weit von ihnen entfernt auf Affenjagd.

Affen sind meistens magere Gesellen, erst recht in der Durstzeit. War es uns gelungen, zwei oder drei Exemplare endlich auf einen einsamen Baum zu jagen, war es meine Aufgabe, ihnen bis in die dünnsten Äste nachzusteigen, die nur mein Gewicht tragen konnten. Dort oben angekommen, blieben ihnen nur zwei Möglichkeiten: entweder sie wagten den Todessprung aus zehn bis fünfzehn Metern Höhe, oder aber ich brach die Zweige weg, auf denen sie saßen. Die drei Flachköpfe warteten unter dem Baum auf die unglücklichen Tiere, die durch den Sturz benebelt für einige Augenblicke nicht so schnell waren als sonst.

Trotz aller Geschicklichkeit dauerte es oft auch einen halben Tag, bis sie genügend dieser mickrigen kleinen Geschöpfe totgeschlagen hatten, um ihren Hunger zu stillen, doch dies war immer noch besser, als sich mit hundert hungernden, schreienden Unglücklichen um die Knochen zu raufen, die Kriri und seine Leibgarde übrigließen.

Diese getrennten Jagden freuten mich auch besonders, weil ich wollte, daß sich die Genossen daran gewöhnten, fern von der Horde zu sein. Der Fluß war keine zwei Tagesreisen entfernt, und am Ufer, im Bambusdikkicht versteckt, wartete seit einem Jahr das Floß, die Arbeit unserer letzten Pirsch am Fluß. Damals war es mir nicht gelungen, Nogo zur Flucht zu überreden, er war im letzten Augenblick zurückgescheut.

Im Laufe dieses Jahres hatte sich aber so manches ereignet, und ich vertraute darauf, daß es nur eines letzten Anstoßes bedurfte, bis meine Erzählungen von fernen, wunderbaren Ländern in den flachen Schädeln zum Entschluß reiften: Gehen wir, verlassen wir die Horde und Kriris ungerechte Tyrannei.

Den endgültigen Impuls gab – was ich nie zu träumen gewagt hätte – Vru persönlich, der urplötzlich aus dem Gebüsch hervorkroch. Er stapfte zähnefletschend um die toten Affen herum und betrachtete die drei verblüfften Flachköpfe mit hinterhältigem Blick, der nichts Gutes verhieß.

Ich hockte noch in der Baumkrone, hatte soeben erst den letzten Affen hinabgeschüttelt, und vorerst hielt ich auch für ratsamer, zu bleiben, wo ich war. Zwar fürchtete ich mich vor dem einsamen Vru auch allein nicht mehr, aber ich wußte, er haßte mich so sehr, daß ihn mein bloßer Anblick in Wut versetzt hätte. Allerdings erforderte die friedliche Beilegung dieser Demaskierungsaffäre sehr viel Takt und Fingerspitzengefühl, um die Wogen zu glätten. Vrus Grinsen verriet, daß er genau wußte, daß ihm kein Bissen dieser Beute zugefallen wäre, hätte ihn der verzweifelte Ruf des letzten Affen nicht hierhergelockt.

»Die Beute gehört der Horde!« sagte er zähneknirschend. Er drückte zwei Affen gegen seine schmale Brust und streckte die Hand nach dem dritten aus, als sich auch Bongi bückte. Ich habe nie erfahren, ob er nun in seiner Furcht dem gefürchteten Zauberer helfen wollte, um ihn zu besänftigen, oder ob ihn sein hungriger Magen dazu verführte, sich Vrus Willen tolldreist zu widersetzen.

Bongi also bückte sich unvorsichtig und schnell, und sein Kopf prallte gegen den Schädel des Zauberers. Vru fiel auf den Rücken und begann schäumend vor Wut zu brüllen:

»Tod! Tod! Ihr wollt den Zauberer töten! Ihr habt das Gesetz befleckt! Ihr habt allein gejagt, allein und für euch! Kriri wird euch totschlagen!«

Dies war mehr als eine Drohung, denn für die ausgehungerte Horde wären die Keulenschläge des Häuptlings, die er im Namen der Gerechtigkeit austeilte, nebst dem darauf folgenden Festmahl mehr als willkommen gewesen.

Vru lag auf dem Rücken und schrie aus Leibeskräften, als hätten wir ihn schon halb totgeschlagen – wenn ich nachträglich darüber nachdenke, bedauere ich, es nicht getan zu haben –, die anderen drei aber standen um ihn herum, zur Salzsäule erstarrt. Von meinem Ausguck konnte ich deutlich erkennen, wie das Gebüsch unter den Füßen der wild heranstürmenden Jäger Wellen schlug.

»Los! Weg von hier!« schrie ich, während ich vom Baum herabglitt, und Nogo folgte mir auf dem Fuße. Die anderen beiden standen noch ratlos herum, bis sie der erste keulenschwingende Flachkopf, der aus dem Busch hervorbrach, endgültig davon überzeugte, daß ihnen kaum Zeit für Entschuldigungen übrigbleiben würde.

Wir liefen bis in die Abenddämmerung, wobei ich darauf achtete, daß wir uns immer in Richtung des Großen Flusses hielten. Dann gab die Horde die Verfolgung auf, um die Alten und die Frauen abzuwarten. Nogo und ich hätten unsere Flucht auch in der Dunkelheit fortgesetzt, doch die beiden Jungen hatten Angst vor der Nacht. Sie kauerten schlotternd unter einem Dornbusch – wir konnten kein Feuer anzünden, um nicht entdeckt zu werden – und waren völlig ratlos. Sie fürchteten sich vor der Horde, aber auch ohne die Horde hatten sie Angst. Und dann, im Morgengrauen, als wir in einer Talsohle nach Wasser suchten, wo das Grün des Dickichts das Vorhandensein von lebensspendendem Naß verriet, trat Lele im Dämmerlicht des dunklen Laubwerks auf die Riesenschlange.

Nein – solange Vru und Kriri noch leben und bis jedes Mitglied der Horde die Erinnerung an das Feuer nicht tilgen kann, darf Nogo nicht zu seinem Volk zurückkehren.

»Nogo, sie werden uns töten, wenn wir zurückkehren. Denk an den Zauberer!«

Er fährt zusammen, als ich Vrus Namen erwähne, oder vielleicht ist es das Fieber, das ihn quält? Sein Blick ist starr und ablehnend auf die Wellen gerichtet.

»Viel Wasser, sehr sehr viel Wasser, Nogo mag es nicht, Nogo hat Angst vor Wasser. Nogo mag auch keinen Fisch. Wir suchen Horde, Vru ist alt, Vru ist vielleicht schon tot, Kriri ohne Vru ist auch schwach!«

Es ist denkbar, daß, wenn der Zauberer gestorben ist, auch der Häuptling sein tyrannisches Regime nicht mehr halten kann. Die Angst vor dem Zauberer hatte die Horde noch mehr unterdrückt als Kriris Keule, und es ist leichter, gegen die Gewalt als gegen die Geister zu rebellieren. Wie dem auch sei, die Rückreise ist unmöglich.

»Vru ist nicht tot«, lüge ich fließend, »ich habe ihn im Traum gesehen, er hat uns im Dickicht gesucht. Wir können nicht zurück, Nogo!«

»Nogo haßt viel-viel Wasser, und Nogo will nicht mehr Fisch essen. Gehen wir zurück!«

»Wir werden nicht mehr lange über das Wasser fahren. Der Große Fluß geht zu Ende, und wir werden dort vor Anker gehen, wo meine Brüder leben. Weißt du, was eine *Stadt,* was ein *Haus* ist? Ein Haus ist wie die Hütte auf dem Floß, nur ist es nicht aus Laub, sondern aus Steinen erbaut! O ja, aus Steinen, so groß, daß darin vielleicht auch die ganze Horde Platz hätte. Dann wird auch dein Arm heilen, wir werden nie mehr Fisch essen, und wir werden kühles, reines Wasser trinken. Ist das gut?«

»Das ist gut. Aber wo ist die Stadt, wo ist das Ufer? Nichts ist da, nur viel-viel Wasser. Und Wasser wird immer mehr. Ich kann das Ufer nicht mehr sehen«, sagt er mit einem traurigen Blick in Richtung des linken Flußufers. Am Horizont zwischen Fluß und Himmel schrumpfen die kahlen Hügel zu einem dünnen, kaum sichtbaren Strich, doch auch dieser verschwindet gelegentlich am düsteren, dunstigen Firmament.

»Jetzt wird auch kein Ufer mehr sein, nur viel-viel Wasser, und Nogo hat Angst vor Wasser.«

Es will mir nicht gelingen, ihn zu überzeugen, und wir streiten so lange herum, bis er vor Erschöpfung einnickt. Seine Hand kratzt im Halbschlaf ängstlich den Rand des Bootes, etwas spürbar Festes, eine letzte beruhigende Sicherheit in der zunehmenden Unendlichkeit der steigenden Wasser, ein Finger, der zum Himmel zeigt – vielleicht neigt er sich gerade in diesem Augenblick in jene Richtung, wo zwischen den unbekannten Sternen die Sonne scheint? Meine Sonne, die Sonne der Menschen, nicht jene andere, die sich über den dunklen Wassern verbirgt, um heimlich Abschied zu nehmen.

Werde ich noch einmal das Licht jener Sonne erblikken, so, wie ich das Licht dieser fremden Sonne sehe? Die beiden Sonnenuntergänge sind identisch, und die beiden Erden sind gleichsam zwei gleiche Staubkörner in der Unendlichkeit des Weltraums. Doch ich wurde auf jener anderen Erde geboren, und ich möchte auch auf jener Erde sterben, wenn meine Zeit gekommen ist. Nur möchte ich vorher die *Wiking,* die anderen und die Stadt noch finden!

Da ich nicht schlafen kann, entfalte ich das Segel, das ich zusammengerollt und an der Bootsseite befestigt hatte – Tag für Tag hatte ich die dünnen Rohre mit Hunderten von Knoten zusammengefügt –, und versuche im sanften Dämmerlicht der Sterne, es am Mast zu befestigen.

Der Wind weht stetig aus jener Richtung, wo das Ufer vor Nogos verzweifeltem Blick verschwunden war. Er treibt uns nach Süd-Südost auf das näher gelegene Ufer zu, und jetzt bin auch ich froh, mich dem Ufer zu nähern, es ist besser, wenn ich in Ufernähe bleibe, ich darf es nicht aus den Augen verlieren.

Wie hat die Skizze ausgesehen, die der Glatthäutige in den Staub gezeichnet hat? Am rechten Ufer jenseits der Mündung eine schlauchförmige Bucht, durch einen schmalen Hals mit dem Meer verbunden. An dessen Ufer steht die Stadt. Die *Wiking* hat er in eine merkwürdige Bucht mit schmalem Zugang gezeichnet, direkt vor die Stadt. Hat er wirklich die *Wiking* gemeint, oder vielleicht doch nur einen großen Fisch?

Ich ziehe langsam und vorsichtig an der glatt geflochtenen Schnur, der schwarze Fledermausflügel klettert schwankend immer höher am Mast empor. Der Wind weht leise pfeifend durch das Rohrgeflecht hindurch, dennoch greift sich das Segel aus seinem schwerelosen Flug genügend Kraft, und ich spüre, wie der Bug des Bootes stolpernd die Wellen vor sich auseinanderschiebt, der Baumstamm am Ende der Verstrebungen drückt sich tiefer ins Wasser.

Wir segeln! Nun hat nicht mehr die Strömung des Großen Flusses das Kommando, ich brauche mich seiner gleichgültigen, unendlichen Kraft nicht mehr mit dem Ruder entgegenzustemmen und kräfteverzehrende, erschöpfende Fronarbeit zu leisten. Die Nacht ist still, und still ist auch die Freude, die mich erschauern läßt. Ich kann nicht schlafen, ich hüte die ganze Nacht das Segel und beobachte die ruhige, gleichmäßige Fahrt unseres Bootes, versuche das Segel immer wieder zu verstellen, um noch mehr von dem Wind einzufangen.

»Nein, jetzt kann mich nichts mehr besiegen«, sage ich leise vor mich hin, um Nogo nicht zu wecken, als ich im Morgenlicht sehe, wie unser Boot parallel zum Ufer dahingleitet, wie es ein sich weich ausbreitendes V in den glatten Wasserspiegel gräbt, ein Zeichen dafür, daß es schneller ist als die Strömung des Flusses.

Nogo wird von der Sonne geweckt, die ihm in die Augen scheint, und verlangt wimmernd etwas zu trinken. Er fiebert, trinkt viel und beklagt sich über die Qualität des Wassers. Eigentlich hat er recht, das Wasser ist graubraun und lauwarm, auch mir flößt es Ekel ein. Irgendwann ist das linke Ufer endgültig unter den Horizont getaucht, an seiner Stelle schimmert ein endloser Wasserspiegel. Das tut mir aber nicht leid, ich brauche dieses Ufer, das mich zur Stadt hinführt.

Jetzt aber ist es noch nicht mehr als ein Spalt, eine einzige, düstere, grüne Wand, ein Urwald, dessen dichter Wald das Festland verdeckt und keinen Blick ins Innere, ins Hinterland gestattet. Ich wage es, so nahe am Ufer zu segeln, der Wind ist stärker als gestern, und es gibt kein Ruderboot, das unseren Segler einholen könnte.

Nogo geht es schlechter, er kann sich für das Segel nicht begeistern, auch nicht für die Geschwindigkeit, unsere Unterhaltung ist sparsam, er hat weniger Einwände als gestern, und ich kann sehen, daß ihn das Reden anstrengt und daß seine Gedanken verwirrt sind. Er möchte seinen geschwollenen Arm, der wie Feuer brennt, unbedingt ins Wasser hängen, doch als er sich über das Wasser beugt, wird ihm schwindlig und geht um ein Haar über Bord. Aus den beiden Wunden sondert sich hartnäckig der Eiter ab, aber er hat kaum noch Schmerzen, nur das Fieber macht ihn benommen. Ihm ist es egal, was ich mit ihm mache. Später gehe ich zum Angeln, brate die Fische, und dann setzt das unvermeidliche Klagelied wieder an.

»Iß, Nogo! Riechst du, wie gut es duftet? Iß, du mußt einfach essen! Nogo ist gewaltig, Nogo ist ein tapferer Krieger, darf nicht schwach werden, weil er nichts ißt!«

Doch alles Flehen ist vergebens, er antwortet nicht, lehnt stumm und wortlos den angebotenen Fisch ab. Er knurrt, als hätte nie ein artikulierter Laut seine Kehle verlassen und schaut mich aus blutunterlaufenen Augen feindselig an.

Ich verziehe mich in den Bug unseres Bootes und kaue still an dem halb gebratenen Fisch herum. Wir müssen mit dem Brennstoff sparen, solange es geht. Ich schiebe den Landgang, um Holz zu sammeln, immer weiter hinaus, weil ich dem friedlich aussehenden Ufer immer noch nicht recht traue. Es dauert eine ganze Weile, bis Nogo den Mund auftut, mit geschlossenen Augen, als ich schon glaubte, daß er schläft.

»Auge der Sonne sieht, daß Nogo stirbt. Krokodilmutter ist böse, knirscht mit den Zähnen. Schau auf die Steine, Gregor, paß auf, dort kommt Feuer heraus!«

»Was sagst du da?«

»Achte auf die Steine, Krokodilmutter mag keine Steine, aus denen Feuer kommt, die Steine, mein Arm ...« Seine Stimme wird zu einem unverständlichen Gemurmel, seine Finger kratzen am Rand des Bootes.

Die Verzweiflung übermannt mich.

»Nogo! Nogo!« brülle ich, indem ich an seiner unversehrten Schulter rüttle. »Nogo, du darfst nicht sterben! Laß mich nicht allein! Du warst mein treuester Genosse, dir verdanke ich mein Leben, du darfst nicht sterben, Nogo!«

All dies rufe ich unwillkürlich in meiner irdischen Sprache, doch er würde meine Rufe selbst in seiner eigenen Sprache nicht mehr hören. Sein Kopf sackt zur Seite und bewegt sich im Rhythmus der Wellen, die unser Boot sanft hin und her wiegen. Ich packe sein Handgelenk, während meine Finger unter dem struppigen Fell nach seinem Puls tasten. Die schwachen Schläge, die immer wieder aussetzen, verraten, daß Nogo noch nicht zur Großen Krokodilmutter heimgegangen ist.

An diesem Tag geschieht nichts mehr; in meinem Kopf macht sich eine dumpfe Benommenheit breit. Seit gestern morgen habe ich nicht mehr geschlafen, und jetzt werde ich auch nicht mehr schlafen können – wer weiß wie lange?

Der Große Fluß mag das Floß oder später das Boot nach Belieben mitreißen, doch auf das Segel muß ich aufpassen. Der Wind kann sich drehen, und wenn ich nicht genau hinschaue, kann ich das Ufer aus den Augen verlieren oder zwischen den Zweigen des Uferwaldes erwachen, wo sich die Äste tief über den Fluß neigen, so tief, daß sie das Wasser berühren, ein Umstand, den ich ausgerechnet bei Nacht nicht unbedingt riskieren möchte. Ich muß mindestens bis zum Morgen durchhalten. Morgen, bei Tage, wenn ich das Segel einhole, kann ich vielleicht einige Stunden schlafen.

Ich bin nicht schläfrig. Denn im gleichen Maß, wie meine Muskeln und Gedanken durch meine Benommenheit stillgelegt werden, löst und befreit sie mich auch von der Macht der Zeit. Die Minuten, die Stunden zerfließen, die Kontinuität des Wassers und des grünen Ufers wird nur durch den steigenden Rhythmus des Wellengangs gemessen.

Ja, der Rhythmus war gestiegen, weil auch der Wind stärker geworden und sich gedreht hatte, doch dann neigt sich die Sonne nicht dem Fluß, sondern den Bäumen am Ufer zu, und daraus kann ich erkennen, daß sich nicht wie angenommen der Wind gedreht hat, sondern daß der Fluß jetzt in südliche Richtung fließt.

Nein, ich darf nicht schlafen.

Als dann die Abenddämmerung über die Wellen dahinschreitet, übergieße ich mich von Kopf bis Fuß mit dem lauwarmen Wasser, das ich aus dem Fluß schöpfe – in dieser Nacht muß ich wach bleiben. Der Wind überzieht meinen nassen Körper mit einer Gänsehaut, aber das ist gut gegen den Schlaf. Ich schlinge das Seil, das das Segel spannt, um mein Handgelenk, der Wind zerrt mit kurzen, groben Stößen am Segel, das Boot stolpert über die Wellen.

Die Nacht währt schon sehr lange; weit vorn am Ufer sehe ich einen Feuerschein; das hellrote Licht ist wie eine störende, erregende Wunde in der Schwärze der Nacht, und plötzlich verblassen die bläulichen Sterne. Die Flammen lodern an einer Stelle, und mir kommt es vor, als würde ich drum herum dunkle, schwankende Schatten erkennen. Ist es Laubwerk, das sich im Winde wiegt? Oder sind es Menschen? Aus dieser Entfernung läßt sich das nicht feststellen.

Dann wird der rote Schein hinter mir von der Finsternis verschluckt, die Sterne strahlen wieder blau vom Firmament. Wie lang ist eigentlich so eine Nacht? Dauert die Dunkelheit nur etwa zehn bis zwölf Stunden? Die Vergangenheit versinkt, die Gegenwart wird zu Ewigkeit, nie habe ich etwas anderes erblickt als den Sternenhimmel, seit ich lebe, das Seil dieses rastlosen Segels zerrt an meinem Handgelenk, ich wiege mich auf den Wellen.

Die Nacht lebt, wie ein großes Tier. In ihrem Magen flüstern die Wellen, ihr Atem ist der Wind, sie ist ein unendliches ewig währendes Geschöpf, in dem ich lebe. Ihre Bewegungen gerinnen um mich, hüllen mich ein, das Wasser klatscht gierig gegen die Bootswand, das Ufer schwankt.

Ich kenne die Nacht bereits, fürchte mich nicht mehr vor ihr wie einst, als sie auf diesem Planeten zum ersten Mal über mich hereinbrach. Ich habe sie kennengelernt, während ich früher nichts über sie wußte.

Was hätte auch unsereiner über diese Nächte wissen können? Doch schon lange bin ich kein Städter mehr, kein zivilisierter Erdenmensch, bin schon längst ein anderer geworden, nur halte ich störrisch an dem fest, was versunken ist, so wie jetzt die dunkle Uferlinie in der Schwärze des Wassers versinkt.

Was ist geschehen? Wagst du es bereits, wach und bewußt darüber nachzudenken, wer du bist und was eigentlich aus dir geworden ist? Du mußt nicht mehr mit Lena sprechen, sondern mit dir selbst; du setzt dich einfach hin und besprichst die Lage. Doch auch dies ist eine irdische Angelegenheit, daran zu glauben, daß alles besser wird, wenn wir nur darüber reden, obwohl dies irgendwie wahr ist, es wird wirklich besser sein, wenn du dich selbst unter die Lupe nimmst. Jetzt aber mußt du dich um das Ufer kümmern, weil du es nicht mehr sehen kannst, selbst wenn du aufrecht im Boot stehst.

Die schwarzen Wellen rollen ziellos dahin und kümmern sich nicht um den Wind, dem sie eigentlich gehorchen sollen. Sie greifen von vorn, von rechts, von links, von allen Seiten an, der Magen der Nacht spuckt ihren dunklen Rücken aus, und alle, alle stoßen unser Boot herum.

Das Segel klatscht gegen den Mast, verkündet die Wahrheit, doch niemand glaubt ihm, selbst ich nicht sehr – alles leere Argumente angesichts der Wahrheit, die die unsinnige Macht der Wellen verkünden. Ich fürchte mich nicht, weil nichts mehr in mir ist, was sich fürchten könnte, ich ergreife für die Wellen Partei am Ufer einer absichtslosen Kraft, einer selbsterschaffenen, unbändigen Bewegung.

Dennoch siegt das Segel – obwohl ich ihm nicht geholfen habe –, und das Ufer taucht wieder auf. Hier sind die Wellen niedriger, schubsen träge das Boot dahin, nun sind wir wieder zu zweit, die Nacht und ich, und jetzt weiß ich auch, daß sie mich vorhin töten, in sich aufsaugen wollte, und daß ich mich nicht dagegen gewehrt habe. Dieser Taucherhelm der Stumpfsinnigkeit filtert und reduziert alles zu einer Gleichgültigkeit. Ich weiß zwar, daß ich mich dicht am Ufer halten muß, doch dies ist nichts weiter als der Rest eines ehemaligen Begreifens, eines früheren Ziels, denn schließlich ist es ja ziemlich gleich, was in dieser endlosen Nacht alles passiert.

Das Ufer muß ich als handbreiten Streifen rechts über den Wellen betrachten – dies ist ein Befehl der Vergangenheit, des Gestern, des ehemaligen Intellekts und der Pläne von morgen. Der Rest ist nichts als Nacht, nichts als Wellen, das Rauschen des Windes und die Gewißheit, daß ich nie und unter keinen Umständen einschlafen darf.

18

Die senkrechten Strahlen der Sonne brennen auf meinem Nacken, die Mücken beißen. Ich kauere vornübergebeugt im Boot, das schmutzige Wasser vor meinen Augen spiegelt einen blauen Himmel und grünes Laub wider. Bin ich wirklich eingeschlafen? Das zwischen den Zweigen festgefahrene Boot dümpelt träge über den Wellen, auf den Streben des Auslegers sitzen zwei krähenähnliche blauschwarze Vögel. Sie beäugen mich neugierig, den großen Kopf zur Seite gelegt, auch Nogos dunkelroten, geschwollenen Arm und den Eiter, der in dünnem Strom aus den beiden Wunden rinnt.

Von Zeit zu Zeit schütteln sie ihre Schwingen und rücken taktvoll einige Zentimeter an den Flachköpfigen heran, der im Würgegriff des Todes liegt. Dürfen sie schon, oder müssen sie noch warten?

Sie erschrecken nicht besonders, als ich zähnefletschend mit dem Ruder nach ihnen schlage, die krähen nur beleidigt und hüpfen auf den nächsthöheren Ast. Was sträubst du dich, du nie gesehener Glatthäutiger? Am Ende werdet ihr beide sowieso ganz schön still sein.

Also nein. Zumindest *vorerst* nicht. Nogo lebt noch, das kann ich an seinem Puls fühlen, und ich schütte ihm so lange Wasser ins Gesicht, bis er wimmernd zu sich kommt. Er wird nicht sterben, es sei denn, mit mir zusammen, früher nicht, vorher gewiß nicht!

»Wasser, Wasser«, fleht er tonlos.

Ich lege seinen schweren Kopf in meinen Arm und führe die Kürbisschale an seine Lippen. Jetzt bin ich es, der ihn tränkt, so, wie er mich seinerzeit am Wasserfall getränkt hat. Kaum ist der erste Schluck durch seine vom Fieber ausgedörrte Kehle geglitten, als er von Ekel geschüttelt wird und den Kopf ruckartig zurückwirft.

»Nicht, nicht«, hustet er, »Wasser schlecht!«

»Ich weiß, Nogo, ich weiß. Das Wasser ist lau, es stinkt, schmeckt nicht gut, aber du mußt trinken! Nogo ist ein großer, starker Krieger, er wird dieses Wasser trinken, und morgen schon werden wir gutes Wasser trinken« – es fällt mir immer leichter, ihn anzulügen –, »ich weiß, dieses Wasser ist schlecht, aber es macht dich gesund. Los, versuch's doch einmal!«

Er aber beißt die Zähne zusammen, das Wasser rinnt auf beiden Seiten auf seine Brust.

»Schlecht, schlecht«, gluckst er, »Nogo will nicht trinken!«

»Freilich ist es schlecht, trotzdem mußt du es trinken! Es macht dich gesund. Auch ich trinke davon.«

Für einen Augenblick blitzt in seinen Augen der alte Nogo auf.

»Dann du trinken!« sagt er schmollend.

Natürlich habe ich auch Durst, und vielleicht trägt es Früchte, wenn ich mit gutem Beispiel vorangehe. Ich nehme einen tiefen Schluck aus der Kürbisschale. Nogo hat recht, das Wasser ist schlimmer denn je.

Nach dem ersten undefinierbaren Eindruck knirschender Sandkörner und faulender Pflanzenreste taucht allmählich ein bitterer, salziger Geschmack auf, der mich sofort veranlaßt, einen weiteren Schluck zu nehmen, um diesen Geschmack noch einmal sorgfälitg nachzuprüfen. Dann wird mir plötzlich heiß, und die Kürbisschale entgleitet meinen Fingern.

Das Meer!

»Nogo ... Nogo ... Das Meer!« Ich umarme seinen Kopf. »Wir sind auf See! ... Darum ist das Wasser schlecht ... Lieber, guter alter Nogo, du hast recht gehabt ... Dieses Wasser kann man nicht trinken ... braucht's auch nicht ... Wir sind angekommen ... Das ist das Meer ... und gleich wird auch die Stadt da sein ... die *Wiking* ... und die anderen ...«

Nogo rappelt sich im Boot hoch, so gut es geht, und schaut benommen um sich.

»Da ist nichts, nur Bäume und Wasser! Wo ist die Stadt? Es gibt keine Stadt!« Damit sinkt er in die Gleichgültigkeit des Fiebers zurück. »Und kein Wasser, das Nogo trinken kann! Gib mir Wasser!«

»Es wird bald Wasser geben, Nogo, warte!« flehe ich ihn an. »Du kannst trinken, bevor noch die Sonne untergeht! Kühles, reines Wasser! Und dein Arm wird heilen!«

Ich befreie das Boot aus dem Gespinst der Zweige, drehe es gegen die flachen Wellen, wobei ich hastig versuche, das Segel in den Wind zu drehen.

Jahrelang habe ich auf diesen Augenblick gewartet, habe ihn mir großartig und glücklich vorgestellt, als die Erfüllung all meines Strebens – jetzt aber empfinde ich nichts weiter als Spannung und Sorge, ob alles gelingt, was noch vor uns liegt.

Das war also der Grund, weshalb sich das Ufer in der Abenddämmerung noch weiter südlich gedreht hatte, darum haben uns in der Nacht die Wellen dort weiter oben, wo sich die Wasser trafen im mannigfaltigen Strudel der Mündung, so sehr durcheinandergerüttelt! Das Wasser ist auch hier noch immer schmutziggrau – wie viele Tonnen Abfall sind es, mit denen die Wassermassen der Mutter der Flüsse pro Minute verseuchen? Ich konnte ja nicht wissen, daß wir bereits angekommen waren.

Das Ufer bleibt unverändert, an den flachen Stellen

läßt der sumpfige Wald seine Äste ins Wasser hängen. Dahinter ist nichts zu sehen, allerdings schwimmen wir nur etwas 100 Meter am Wald entlang. Ich kann nicht weiter in die immer breiteren und höheren Wellen des Meeres eindringen, also kann ich auch nicht mehr sehen. Doch das hier ist bereits das Meer. Am Nachmittag, als die Sonne von der Küste herüberscheint, schickt das Wasser von weit draußen mir einen hauchdünnen blauen Schimmer zu.

Nogo ist bewußtlos; an seinem immer schwächeren Herzschlag kann ich erkennen, daß er sich immer mehr der Großen Krokodilmutter nähert. Am Abend versinkt die rote Sonnenscheibe im eintönigen sumpfigen Wald, und hinter der grünen Mauer ist kein Spalt, kein Hügelrücken zu erkennen.

Ich mache mir keine Sorgen, und ich denke auch nicht nach. Entweder geht irgendwo dieser Wald zu Ende, oder wir gehen beide drauf: Nogo vor Fieber, und ich vor Durst.

Am Morgen wäre es noch möglich gewesen, dieses übel schmeckende Brackwasser mit einigem Ekel hinunterzuwürgen, doch wenn ich jetzt versuchen würde, mit meiner Kürbisschale Wasser zu schöpfen, würde das Salzwasser meinen Durst und die Krämpfe meines leeren, fordernden Magens nur noch verschlimmern.

Ich befestige das Seil unseres Segels an einer der Streben, weil ich schon viel zu schwach bin, um das Seil die ganze Nacht festzuhalten. Sollte sich der Wind drehen, werde ich das Seil entsprechend nachstellen. Ich strecke mich im Boot aus, stütze mein Kinn an den Rand und beobachte das Ufer, das immer dunkler, immer schwärzer wird.

Diese Nacht ist genauso wie die Nacht von gestern, sie tritt aus den Fesseln der Zeit hinaus, läßt in der Unendlichkeit des Raumes die Sterne über mir schaukeln, rollt von links die Wellen heran, rückt von rechts den Waldstreifen näher, und mittendrin sitzen wir.

Eigentlich ist alles einfach, weil dies unsere letzte Nacht ist. Wenn ich morgen die *Wiking* nicht finde, werde ich den Bambusstamm abmontieren, der als Gegengewicht dient. In seinem hohlen Innern muß so viel Süßwasser vorhanden sein, daß wir noch einmal, ein letztes Mal unseren Durst stillen können. Doch dann muß ich auch das Segel und den Mast abmontieren, weil sonst unser Boot umkippt.

Also werde ich irgendwo am Ufer vor Anker gehen, werde trinken, werde versuchen, Fische zu fangen, und sie über dem Feuer braten, das ich aus den Resten unseres Segels schüre.

Inzwischen werden wieder Vögel herbeifliegen, die Nogos sterbenden Körper beobachten, und dann wird Nogo sterben. Ich aber werde noch eine Weile weiterleben, bis mich irgendein Raubtier zwischen den Bäumen schlägt oder jemand mir einen Pfeil zwischen die Rippen schießt. Vielleicht wäre der Pfeil die bessere Lösung.

Ich weiß nicht, ob nun Sekunden oder Stunden verstrichen sind. Die Nacht hat sich nicht verändert, doch dort, weiter vorne rechts, braut sich etwas zusammen. Das dunkle Band des Waldes wird von einem weißen Streifen abgelöst, der sich immer weiter über das Meer erhebt, und aus seiner Richtung dringt ein leises Summen durch das Rauschen der Wellen an mein Ohr. Aus der Nähe aber löst sich das Rätsel – eine weiße Felswand, das Summen entpuppt sich als Brandung, die an die Felsen schlägt. Anstatt des Waldes begleitet mich jetzt die Eintönigkeit der Felsen und Riffe.

Wieder muß eine Menge Zeit vergangen sein – obwohl ich glaube, daß ich nicht geschlafen habe –, denn der Himmel ist blaß, die weißen Felsen werden von einem rosigen Schein erwärmt, und aus dem Meer steigt ein blauer Glanz auf. Dies war wohl die kürzeste Nacht. Oder kann ich das Pulsieren der vom Menschen gemessenen Zeit nicht mehr empfinden? Wäre auch die Erschöpfung fähig zu erreichen, was die Wissenschaft nur durch Hibernation erzielen kann? Es wird sehr schnell hell, der Morgen zaubert das blaueste aller Meere um mich, rechts von schneeweißen Kalkfelsen gesäumt.

Irgendwo habe ich dieses Meer, diese Felsen schon gesehen. Ich spüre den salzigen Dunst in der Nase, auch die einstmals gehörte Melodie des Wassers dringt in mein Ohr.

»Odysseus!« lache ich. »Jawohl, Odysseus!«

Eigentlich ist es ja egal, daß er vor einigen tausend Jahren vor mir auf unserer Erde gelebt hat, die Erinnerungen an die Sage und an gelebtes Leben vermischen sich und verschmelzen. Nur das Meer des Odysseus konnte so glänzend, so wunderbar und gleichzeitig so grausam sein, und auf ihm der sagenhafte Grieche so unglücklich und doch so verwegen wie ich.

»Du bist heimgekehrt, Odysseus, heimgekehrt!«

Ich binde das Seil des Segels los und lenke das Boot ans Ufer. Ich kann mich nicht mehr erinnern, wo Odysseus hinwollte, vielleicht nach Ithaka? Wer kann sich schon genau an das erinnern, was er in der Schule gelernt hat? Ich weiß nur, daß seine Frau auf ihn wartete. Und inzwischen hat sie gewoben, seine Frau nämlich. Dann die Freier – eine verzwickte, lange Geschichte, wenn ich meine fünf Sinne beisammen hätte, könnte ich sie erzählen, aber das ist unwichtig und uninteressant. Das Meer ist so blau, wie es ihm vorgekommen sein mag, und der Name Odysseus ist so schön, hätte mir zu keiner besseren Zeit einfallen können.

»Du bist heimgekehrt, Odysseus, heimgekehrt!«

Ich segle ganz dicht an den Fuß der Felsen heran, wo das Wasser der Brandung wie Tau herabrieselt. Sollte es irgendwo einen schmalen Zugang geben, so muß ich ihn von hier aus entdecken.

Inzwischen wollen wir weiter Odysseus spielen, solange es geht, solange ich balancierend und wippend im Boot aufrecht stehen kann, bis die Hoffnung eines letzten Versuchs noch meine Muskeln spannt. Wenn dann alles zu Ende ist, brauche ich nur das Seil des Segels loszulassen, und ich werde in wenigen Minuten am Riff zerschellen.

So wird es am schönsten sein, schöner als Raubtierkrallen, schöner als Pfeile. Aber es muß gelingen, Odysseus ist es auch gelungen! Du bist heimgekehrt, Gregor Odysseus, du bist heimgekehrt! Solange du daran glaubst, halte das Seil fest und warte ab, bis sich die Felsen teilen.

Ich habe schon so viele Unendlichkeiten durchprobiert! Die Unendlichkeit der Hibernation, der Angst, des Hungers, die Unendlichkeit des Regens und der Nächte, des Durstes, der Erschöpfung, der eintönigen Ufer und Wellen, und auch dies ist eine neue Ewigkeit, die anbrandenden Wellen und der glatte Felsen, das Ziehen und Zupfen des Seils, der leblose Nogo, das herrliche Meer. So werden wir in alle Ewigkeit dahinsegeln.

Plötzlich tut sich dann die Felswand wirklich auf, und ich bin so überrascht, daß ich das Seil loslasse und warte, bis mich die Wellen in den schmalen Korridor treiben. An den Mast geklammert, verfolge ich den Strom des Wassers mit stierem Blick, wie es zwischen den Felsen dahinfließt, die sich einander zuneigen. Bis jetzt hat sich alles erfüllt, was der Glatthäutige gesagt hat, und ich werde gleich erfahren, ob auch das Ende der Geschichte wahr ist. Hat es sich gelohnt, das alles durchzustehen, oder wäre es besser gewesen, auf Kriris Keulenschlag zu warten?

Die Meerenge, die höchstens 40 Meter breit ist, bremst die Kraft der Wellen, hinter der jenseitigen

Pforte schimmert der glatte blaue Wasserspiegel, weit dahinter, am gegenüberliegenden Ufer stehen grüne Bäume in Reih und Glied. Du darfst nicht daran denken, was dies bedeutet, bis du nicht durch bist, bis du die Bucht nicht ganz überblicken kannst!

Ich beginne wie ein Irrer zu rudern, die Felswände hüten bis zu den letzten Metern krampfhaft das Geheimnis der Bucht, dann blendet mich ein Schein, der hinter der Steilwand links vor mir hervorbricht und über dem stillen Wasser der Bucht schimmert: die *Wiking!*

Ihr metallener Körper glitzert und glänzt, halb im Wasser versunken, genauso, wie ich sie vor vier Jahren gesehen habe! Mir steigt das Blut zu Kopfe, trommelt in meinen Ohren, wie seinerzeit, als wir am Anfang unseres Weges vor der Horde flüchteten. Ich lasse das Ruder fahren und fuchtle jubelnd mit den Armen. »Ahoi!« rufe ich.

Es wäre besser gewesen, still zu sein, denn von rechts saust ein Pfeil heran, das tödliche Geschoß verfehlt mich nur um ein Haar. Am rechten Sims des Felsentores stehen zwei Gestalten in Kostümen, die an die Illustrationen von Geschichtsbüchern erinnern, in schimmerndem Helm und Harnisch, mit dickem, ledernem Beinschutz, neben ihnen lange Speere und runde Schilde an den Fels gelehnt. Der eine legt einen neuen Pfeil auf die Bogensehne, während der andere eine Art Horn an den Mund führt. Ich tauche unter den Rand des Bootes, der Pfeil schwirrt nur eine Handbreit über meinem Kopf hinweg, und ich höre das Alarmsignal des Horns: *Tutu-turu!*

Die *Wiking* ist keine zweihundert Meter entfernt, und sie werden mich töten, bevor ich das Schiff erreichen kann. Ich stecke den Kopf vorsichtig raus, die beiden Wachen sind schon weit entfernt, der Pfeil fällt kraftlos ins Wasser, hinter dem Heck des Bootes.

Doch rechts, am leicht ansteigenden Ufer der Bucht

steht die Stadt – mein Auge nimmt innerhalb von Sekunden das Bild der weißen und gelben Häuser, der grünen Bäume, der Menge auf, die in den Straßen wimmelt – und von dem mit breiten Steinen gepflasterten Ufer des Hafens kommen mindestens ein Dutzend Boote auf mich zu, auch drei Barken schwingen ihre gewaltigen sechs Meter langen Ruder: Die Stadt ist gerüstet und entschlossen, den Eindringling zu vernichten. Wenn ich die *Wiking* vor ihnen erreiche, wenn es den anderen gelingt, innerhalb kurzer Zeit alles zu erklären ...

Ich greife wieder nach dem Ruder, denke an gar nichts, starre auf die schimmernde Flanke der *Wiking,* die immer näher rückt. Jeder Ruderschlag kommt mir als letzter vor, nein, es ist unmöglich, noch mehr aus meinen ausgedörrten, schwachen Muskeln, aus meiner erstickenden Lunge herauszuholen. Vor der *Wiking* tanzen bunte Kreise, hüpfen aufs Meer und dann wieder auf die *Wiking* zurück. Ein schwindelnder Strudel erfaßt mich, dennoch: ich muß sie erreichen!

Der Bug meines Bootes stößt gegen ein Stück Holz, das an einem Seil befestigt ist, und ich sehe erst jetzt, daß die *Wiking* in einem weiten Kreis von solchen schimmenden Holzstücken umgeben ist.

Hinter meinem Rücken höre ich entsetzte Rufe, dann sind es nur noch zwanzig, nur noch zehn Meter. Ich muß mit dem Ruder bremsen und lenken, damit das Boot nicht gegen die gewölbte, schimmernde Metallwand prallt.

Mein Boot dümpelt unterhalb der Brücke, an deren Reling ich mich seinerzeit geklammert hatte, als ich die *Wiking* verließ.

Mein Hals ist wie zugeschnürt, nein, o nein, ich kann es immer noch nicht glauben, daß dies alles wirklich ist, dies ist auch nur ein Traum, wie alles, was ich während der vergangenen Jahre erlebt habe.

Von der Reling baumelt eine Strickleiter ins Wasser herab, ich ergreife sie und will schon hinaufklettern, als mein Blick auf Nogo fällt. Ich kann mich in die *Wiking* retten, aber vielleicht ist noch etwas Leben in ihm. Ich kann ihn nicht im Stich lassen, denn auch er hat mich niemals verlassen.

Ich will versuchen, die Boote so lange abzuwehren, bis mich einer von den meinen erblickt.

Nun drehe ich mich um, blicke zurück und kann im ersten Moment nicht begreifen, was geschehen ist. Die Boote, die mich verfolgt hatten, schaukeln außerhalb des Halbkreises dieser Holzstücke über den Wellen. Kein Ruder rührt sich, die Insassen aber zeigen verwundert und wehklagend auf mich, der die Bannmeile durchbrochen hat.

Also bilden die schwimmenden Holzstücke die Grenze, über die hinaus sich keiner der *Wiking* nähern darf! Dann kann ich ja in aller Ruhe hochklettern, während ich die Weisheit meiner Freunde segne – kein Pfeil wird Nogo verletzen!

Ich binde das Ende der Strickleiter an einem der Ausleger fest, während ich von oben das wohlbekannte dumpfe Zischen der Luftschleuse vernehme, und hinter mir in den Booten wird es still, mäuschenstill, nur die Wellen klatschen gegen die Flanke der *Wiking*.

Nun werfe ich den Kopf hoch, schaue nach oben. Auf der Brücke steht Andrej, mit einem Sauerstoffbehälter in der Hand, die trichterförmige Öffnung des Ventils auf mich gerichtet. Er herrscht mich in einer mir unbekannten Sprache drohend an.

»Andrej, Andrej«, stottere ich, während mich, gejagt und erregt, von der Freude der Ankunft benommen, ein stechender Schmerz durchdringt: daß er mich nämlich für einen Eingeborenen hält. »Erkennst du mich nicht? Ich ... ich bin es doch ... Gregor!«

19

Ich hatte mir die Rückkehr stets als den Endspurt eines tödlichen Wettlaufs vorgestellt, wo ich mit den letzten Resten meiner Energie das Zielband zerreiße und dann liebevoll in den Arm genommen werde, wo ich dann nicht mehr weiterlaufen, nicht mehr nachdenken muß, wo man glücklich in einer großen, zukunftslosen Finsternis versinken kann. Doch Traum und Wirklichkeit sind an diesem langen Vormittag doch sehr verschieden.

Andrej hütete die *Wiking* ganz allein, und er ist ebensowenig in der Lage, meine Auferstehung zu begreifen, wie ich begreifen kann, daß ich wieder daheim bin. Ich muß irgendwie erklären, daß Nogo kein Feind ist, nicht meine Beute, daß er und ich ... aber das ist eine lange Geschichte ...

Val und Michel sollen sofort kommen, fordere ich, haben wir auch Kontakt zu den anderen? Sie müssen Nogo retten, vielleicht ist er gar nicht mehr am Leben, doch wir müssen Wunder bewirken, jedes Wunder, zu dem die Wissenschaft fähig ist.

Man begibt sich in die Boote – natürlich ist es schwierig, über den Aptator zu sprechen bei all den verwunderten, ungläubigen Fragen, bei all dem Stimmengewirr – mittlerweile stellt sich aber auch heraus, daß man Nogo nicht einmal bis zur Kommandobrücke hochhieven kann, es wäre auch nutzlos, die Innentür der Luftschleuse ist viel zu eng, warum sollen wir ihn dann in die Schleuse zerren? Also bleibt Nogo vorerst im Boot.

»Es wird keine halbe Stunde dauern, bis man aus dem Königspalast herbeieilt«, erklärt Andrej.

»Was? Aus dem Königspalast?« Ich kann es nicht begreifen, und nun wäre er an der Reihe, aber mir wird schwindlig.

»Mann, wie lange hast du nichts mehr gegessen?« fragt er, und sofort stopft er Essen und Trinken in mich hinein, gutgemeint und unvernünftig zugleich, ich aber lasse es zu, weil ich nicht anders kann, als nur die so wohlbekannte, dennoch irgendwie fremde Inneneinrichtung der *Wiking* zu betrachten. Mein nackter, feuchter Fuß gleitet immer wieder aus, ich schwanke hin und her, betrachte und betaste jeden Gegenstand, umarme Andrej, der verdutzt und erschüttert meinen Körper streichelt, all die Narben auf meiner Haut, die weißen Spuren all jener Bisse, die ich hinnehmen mußte, meine hervorstehenden Rippen.

Er schubst mich ins Bad, um wieder einen Menschen aus mir zu machen, wir holen uns die Worte gegenseitig von den Lippen. Aber so kann man ja nicht alles erzählen. Er wagt immer noch nicht zu glauben, daß ich ein lebender Mensch bin. Ich kann es selbst kaum glauben, daß dieser Wahnsinnige mit dem flackernden Blick, der mir da im bodenlangen Spiegel des Bades gegenübersteht, wirklich ich selbst bin. Meine verdorrten, verrenkten Glieder wirken wie ausgerissene Wurzeln, die Nase in meinem asketischen Antlitz sieht aus wie der Schnabel eines Raubvogels, und von meinen Gesicht – o Wunder – schält der Elektrorasierer den wuchernden Bart wie eine Kartoffelpelle ab.

»Ich weiß bereits, daß ihr alle am Leben seid, aber wie lebt ihr und was macht ihr? Warum repariert ihr die *Wiking* nicht?«

»Auch das ist eine lange Geschichte, Gregor, wie die deine«, sagt er, während er den surrenden kleinen Apparat vorsichtig auf die andere Seite führt, um nichts in der Welt würde er den Rasierapparat meinen zitternden Händen überlassen. »Wir werden später alles erzählen, wir haben ja Zeit genug.«

... Dann, halb rasiert, zwingt mich dort im Bad ein fürchterlicher Magenkrampf in die Knie, ausgelöst durch die gierig verschlungenen Bissen. Ich muß mich erbrechen, mir ist schwindlig, ich ringe nach Luft, Andrej aber läßt den Strahl der kalten Dusche verzweifelt über meinen Körper laufen.

Ich liege noch am Boden, als schnelle Schritte über den Korridor huschen und Vals, Michels und Marks Kopf gleichzeitig im Türspalt erscheint.

»Du Unglücklicher«, brüllt Val, »natürlich hast du ihm zu essen gegeben ...«

In seiner Hand blitzt die wohlbekannte Spritze auf, auch der Stich ist mir vertraut, dann packen sie mich, wickeln mich in ein Leintuch, und plötzlich sitze ich in einem der bequemen Sessel in der Navigation. Ich weiß, daß mir Val ein Beruhigungsmittel verpaßt hat, aber ...

»Was ist mit Nogo?«

»Erst kommst du!« Er tastet mit dem Stethoskop meine Rippen ab, ich aber schiebe seinen Arm weg.

»Nein! Erst Nogo!«

Da muß etwas in meiner Betonung, in meinem Blick sein, denn er erhebt sich verwirrt und steckt das Instrument in die Tasche.

»Schon gut, reg dich nicht auf!« Er bewegt sich rückwärts durch die Tür, Andrej folgt ihm auf dem Fuße.

Wir bleiben zu dritt. Mark beobachtet mich wie immer mit seinem undurchdringlichen Blick, in dessen Tiefe sich jetzt eine rätselhafte Müdigkeit verbirgt, während Michel ganz sanft eine Frage an mich zu richten wagt.

»Darf ich dich jetzt untersuchen?«

Ich lasse ihn wortlos an mir herumfummeln, auch Mark schweigt, obwohl wir eine Menge zu bereden hätten. Doch was nützen alle Worte, sie halten mich für krank, auch dieses hinterrücks verpaßte Beruhigungsmittel drückt auf meinen Kopf, sie meinen, ich sei noch nicht ganz zurechnungsfähig.

Mein Tonfall von vorhin hat nicht nur Val zu Nogo gescheucht, der Ton schwebt immer noch in der Luft, ich kann es an ihren Augen ablesen. Und ich sehe auch noch etwas anderes, besser und mehr denn je.

Ich sehe, daß Marks Schweigsamkeit jetzt keine Entschlossenheit birgt, eher Unsicherheit, und daß Michel ein netter Kerl ist, aber auch nicht mehr als das.

Vier Jahre lang hing mein Leben davon ab, meinen Instinkt richtig einzusetzen, aus Kriris herabgezogenem Mundwinkel oder Vrus tückischem Blick mußte ich mein Urteil über Leben und Tod erraten, nicht nur die Absicht, die allernächste Zukunft, sondern auch den Charakter, der die Handlungen in der Zeit bewegt.

Marks Blick tastet meinen aus dem Leintuch ausgewickelten Körper pedantisch ab, das Netz der trockenen Sehnen, die Narben, die Gelenkknoten, die die braun gebeizte, vom Salzwasser zerfressene Haut spannen. Jetzt versuche ich, mich selbst mit seinem Blick zu betrachten, und glaube, seine Gedanken zu erraten: Kann denn dieser Körper überhaupt weiterleben. Nein, nicht seine Erhaltung wird zur Last, doch wenn er hier zugrunde geht, wird das Bild seines langsamen Siechtums auch den schwindenden Rest an Glauben in den anderen zum Wanken bringen, wird dem Ansehen der Irdischen im Auge der Stadtbewohner schaden. Also muß ich sie beruhigen.

»Ich werde nicht sterben, Mark, ganz gleich, was Michel an mir gefunden hat. Ich will in die Stadt, Andrej hat mir erzählt, daß ihr dort wohnt. Ihr braucht mich nicht zu verstecken, ich werde keine Schande über euch bringen.«

Michel starrt mich nur an, doch ich sehe, daß Mark verlegen blinzelt.

»Red doch keinen Unsinn!« Er lacht gezwungen. »Du bleibst hier, bis du wieder gesund bist. Deinen Freund – wenn er überhaupt zu retten ist – bringen wir in die Stadt, und Val wird ihn pflegen. Michel aber bleibt bei dir.«

»Wenn Nogo zu sich kommt, wenn ich nicht dabei bin ... das ist ein gefährlicher Versuch.« Ich schaue ihm tief und hart in die Augen, ich möchte ihn nicht verletzen, aber ich lasse Nogo nicht hängen. »Ich werde sofort mit euch in die Stadt gehen.«

»Schau, Gregor, du kennst die Umstände, unsere Situation nicht«, beginnt er zu erklären, während ich seinen Blick nicht loslasse. »Der König, der Oberpriester oder wie ich ihn nennen soll ... Wir müssen ihm erst einmal beibringen, wer ihr seid ...«

»Nichts einfacher als das!« erwidere ich lachend. »Ich bin euer verlorener und wiedergekehrter Kamerad, ein Erdenmensch, wie ihr ...« – es tut innerlich weh, schrecklich weh, weil ich fühle, daß es nicht stimmt –, »Nogo ist aber mein und auch euer Freund. Was gibt es da viel zu erklären?«

»Die Priesterschaft könnte murren, bis jetzt haben wir jede Meinungsverschiedenheit sorgfältig vermieden ...« Er kann meinem Blick nicht länger standhalten, er reckt sich und schiebt das Kinn hart nach vorn. »Also gut, wir gehen in die Stadt, sonst hältst du mich vielleicht noch für einen Feigling.«

Michel dreht, wenn möglich, den Kopf noch verlegener hin und her.

»Ich weiß nicht, Gregor, in deinem Zustand, die Reise ...«

»Hör zu, Michel! Ich kann es nicht genau abschätzen, aber ich habe in diesem Zustand auf dem Großen Fluß mindestens 5000 Kilometer zurückgelegt, und vorher habe ich vier Jahre lang unter den Flachköpfen gelebt. Und nun hast du Angst, daß ich diese anderthalb Kilometer nicht schaffe?«

Die Atmosphäre ist gespannt, eine unangenehme Stille liegt in der Luft. Mir tut es leid, daß es so gekommen ist, aber ich kann Nogo einfach nicht im Stich lassen. Ich gebe zu, daß er für die anderen kaum mehr ist als ein todkranker, stinkender halbtoter Affe, doch wenn man mir nicht glauben will, daß er bedeutend mehr ist, dann muß ich Gewalt anwenden. Aber ich fühle, mein Auftreten hat gereicht, Mark verläßt wortlos die Navigation.

Mein Kopf ist gleichzeitig groß und klein, so empfinde ich es, während ich ins Boot hinabklettere, groß, weil er noch von dem Beruhigungsmittel dröhnt, und klein, weil er mangels der Mähne und meines Bartes zur Hälfte geschrumpft ist. Auch die Kleidung, in die man mich gesteckt hat, hängt an mir wie an einer Vogelscheuche und scheuerte meinen Körper, bis mich schließlich Marcis von Kopf bis Fuß mit einem duftenden Öl einrieb und ich schließlich aus der Hälfte eines Leintuchs eine Art Lendenschurz gefertigt hatte. Ich freue mich diebisch über die entsetzten Blicke meiner Kollegen, die sich bereits überlegen, was wohl passiert, wenn ich in diesem Aufzug vor die Augen der Stadtbewohner trete.

Natürlich will ich auf diese Weise nicht dumm und dreist das Schicksal herausfordern, will mich auch nicht der Verachtung der Stadtbewohner aussetzen, möchte Mark und seine Mannschaft nicht in eine unangenehme Situation bringen. Doch in den wenigen Stunden, die seit meiner Ankunft verstrichen sind, habe ich begriffen, daß noch eine, vielleicht die wichtigste Aufgabe noch aussteht.

Denn ich trage die Spuren, die diese Reise, dieser gnadenlose Kontinent auf meinem Körper hinterlassen hat – wer weiß, wie lange noch –, um auch hier nur noch geduldet zu werden, wie seinerzeit unter den Flachköpfen, damit mich meine Freunde als ungklücklichen, bedauernswerten Invaliden betrachten, als ein Wrack, das ihr Ansehen – sofern ein solches vorhanden ist – von einem nicht »göttlichen« Erdenmenschen ruiniert wird.

Ach, ich kenne meine Leute genau, das hat mich die

Schule des Urwalds gelehrt! Ich kenne sie besser als Mark und sein Stab, aber ich kann es ihnen nicht erklären, ohne daß sie mich für einen Irren halten. Oder ich muß sie verletzen, was ebenfalls nicht meine Absicht ist.

Mein Kopf summt und dröhnt von Vals Spritze, und irgendwo tief in meinem Innern bin ich tief betrübt, weil ich für die Stadtbewohner und meine Freunde gleichsam fremd geworden bin. Der einzige, der mich verstehen würde, liegt mit aufgedunsenem Leib in meinem Boot, den Kopf zurückgelegt, mit trockenem Schaum im Mundwinkel. Val sitzt neben ihm, hat die beiden Wunden bereits durch einen Längsschnitt mit seinem chirurgischen Stilett vereint, das eitrige Blut verschwimmt wie rötlicher Rauch im Wasser der Bucht. Mit ruhigen, sicheren Bewegungen reinigt er das Fleisch des aus dem Fell herausgeschälten Oberarms, als säße er nicht in einem schwankenden Boot, sondern im Operationsraum der *Wiking*. Als ich das Boot betrete, blickt er lächelnd zu mir empor.

»Hast du keine Angst, daß ich deinem Freund das Fell über die Ohren ziehe? Ein Mensch wäre schon längst hinüber, aber der da hat ein Herz wie ein Raketentriebwerk. Das wird ihn retten, nicht ich, und du auch nicht, alter Tyrann! Hast du denn diesen ... diesen Menschen da so sehr ins Herz geschlossen?«

»Ich wäre nicht hier, wenn er nicht bei mir gewesen wäre.«

Er wendet sich ab, übergießt die Wunde mit einer milchigen dünnen Flüssigkeit, dann legt er die Haut wieder darüber und heftet sie mit ein paar Klammern lose wieder an.

»So. Vorerst reicht es mit der Tortur, obwohl er bewußtlos ist und nichts spüren kann. Im Palast werde ich dann weitermachen«, sagt er und umwickelt Nogos Arm mit einem breiten Leinenstreifen. »Vorerst wird der Verband reichen, Hauptsache, daß kein Eiter mehr in sein Blut dringt. Du hast dich aber verändert, Gregor, weißt du das?«

»Ich weiß es.«

»Irgendwo habe ich einen Augenblick gemeint, du seist übergeschnappt ... jetzt weiß ich, daß du nicht verrückt bist, nur irgendwie verändert. Wir werden uns später noch darüber unterhalten – okay?«

»Okay.«

Mein Kopf ist voll von verschiedenen Dingen, aber ich habe einen Kloß im Hals, der mich nicht sprechen läßt. Mark und Marcis steigen in das gleiche Boot, mit dem sie gekommen sind, Andrej aber steht auf der Kommandobrücke, er muß dableiben. Die *Wiking* wird in einem Turnus von 21 Stunden bewacht.

Wir brauchen nicht zu rudern. Außerhalb des Bojenkreises warten mehrere Boote, und auf Marks Ruf hin eilen zwei der wartenden Boote herbei. Sie nähern sich mit langsamem, vorsichtigem Ruderschlag, im Auge der Insassen schimmert Neugier, mit Angst vermischt; sie werfen mir die Leine aus respektvoller Entfernung zu, die ich dann am Fuße des Mastes festmache. Dann wenden sie und nehmen uns ins Schlepptau, während sie immer wieder zurückblicken.

Mark und die anderen folgen, zwei Ruderer treiben ihr Boot voran. Sobald wir uns den Bojen nähern, öffnet sich das Bootsgeschwader vor uns, und hundert erregte, neugierige Augenpaare warten darauf, möglichst viel von uns zu erblicken.

Sobald wir an ihnen vorbei sind, nehmen sie unsere Spur auf und folgen uns auf beiden Seiten. Es sind breitschultrige, schlanke Gestalten, gut gebaut und wohlproportioniert, vielleicht einen Kopf kleiner als der durchschnittliche Erdenmensch. Ihr Oberkörper ist nackt, sie tragen Ketten um den Hals, dieser und jener auch einen schimmernden Armreif. Ihr Gesicht ist bartlos, ihre runden Köpfe sind von dunklem Haar bedeckt.

Sie gehen geübt mit den Rudern um, ihre Bewegungen verraten, daß sie von Kindesbeinen an mit dem Wasser vertraut sind, ein Küstenvolk, Kinder des Meeres.

Auch mein Anblick scheint nicht alltäglich zu sein, doch die große Sensation ist zweifellos Nogo.

»Ikendu! Ikendu!« rufen sie aufgeregt und deuten auf den reglosen, behaarten Körper. Ihre Stimmen, ihre Blicke verraten Angst und Respekt zugleich.

Was haben diese Leute mit Nogo zu schaffen? Man kann sich kaum vorstellen, daß sie einen Flachkopf zu Gesicht bekommen hätten. Denn wäre einer von ihnen so weit in das Innere des Kontinents vorgedrungen wie dieser unglückliche Glatthäutige – übrigens hatte der Unglückliche mit seinen Erzählungen völlig recht, obwohl ich niemals erfahren werde, wie ihn sein trauriges Schicksal dorthin verschlagen hat –, wäre er gewiß nicht aus freien Stücken dorthin geraten und wäre auch nie mehr zurückgekehrt.

»Was rufen die da?«

Val zuckt die Achseln.

»Ich kann sie nicht verstehen, obwohl wir ihre Sprache einigermaßen beherrschen. Doch dieses Wort ist mir unbekannt, ich habe es noch nie gehört.«

Nun ruft er Mark etwas zu, dem einer der Ruderer etwas mit Händen und Füßen zu erklären versucht, er hat dazu sogar das Ruder aus der Hand gelegt. Mark und Michel aber hören mit wachsendem Erstaunen zu.

»Was ist geschehen?«

Mark breitet verwundert die Hände aus.

»Das ist aber merkwürdig«, ruft er. »Der Bootsmann behauptet, daß dein Wilder sein Waldgott Ikendu ist! Von ihm leiten die Söhne des Meeres – wie sich diese Leute bezeichnen – ihre Herkunft ab, und es ist eine große Ehre für sie, daß er in die Stadt gekommen ist. Meine beiden Männer haben bereits früher so was vermutet, als sie bei der *Wiking* auf uns warteten und ihn aus der Nähe gesehen haben, doch jetzt hat ihn die Menge mit Sicherheit erkannt. Jetzt bin ich neugierig, was Mazu dazu sagt!«

»Wer?«

»Mazu, der Oberpriester oder König, von dem ich dir bereits erzählt habe. Von ihm hängt alles in dieser Stadt ab.«

»Wenn Nogo auch nur ein Haar gekrümmt wird, werde ich ihn töten!«

»Ich flehe dich an, Gregor, nimm Vernunft an!« meint er besorgt. »Sie können uns vernichten!«

»Ihr seid für mich nicht verantwortlich. Ich bin Ikendus Diener! Oder weiß man über mich auch schon eine hübsche Geschichte? Bin ich nun ganz oder nur halb göttlich?«

»Gregor, mach keinen Unsinn, die Sache ist todernst, sie kann uns allen das Leben kosten! Jetzt können wir nicht mehr auf die *Wiking* zurückkehren, weil sie sonst meinen könnten, wir wollen deinen Wilden entführen. Nun werden wir Mazu vorgeführt, ob wir nun wollen oder nicht. Zum Glück können sie nicht verstehen, was du sagst, aber du mußt auf jede deiner Bewegungen achten!«

»Mach dir um mich keine Sorgen. Wo ist dieser Oberpriester, oder was er auch sein mag?«

»Er wartet dort am Ufer auf uns.«

Auf den Treppen des Hafens, die aus weißem Kalkstein gehauen sind, wartet eine ansehnliche Menge auf das Bootsgeschwader. In der Mitte, unmittelbar am Ufer, im Kreise gepanzerter Soldaten, die mit Speeren bewaffnet sind und aufs Haar denjenigen gleichen, die mich in der Meerenge mit Pfeilen beschossen haben, stehen zehn in Weiß und eine in Blau gekleidete Gestalt, neben ihnen die Irdischen. Dave ragt schulterhoch zwischen den Stadtbewohnern hervor, Ten Lings Lächeln strahlt bis hierher, Felix fuchtelt und winkt wie verrückt mit den Armen, Till ist düster und erschreckend mager, doch sein Auge glänzt freundlich, Jai trägt einen Arm in der Schlinge, und auch Takura trägt einen weißen Kopfverband. Sie sind alle wie eh und je, und dennoch irgendwie anders, selbst die Freude bringt es nicht fertig, ihre besorgten Züge zu entspannen und die Hoffnungslosigkeit hinwegzufegen, die sie vor sich selbst verbergen. Sind sie gefangen? oder sind sie nur einfach müde geworden? Bin nur ich es, der sie so sieht, oder sind sie wirklich so? Nein, später, jetzt muß ich an andere Dinge denken.

»Welcher ist der Oberpriester?«

Val hebt nicht die Hand, wahrscheinlich ziemt es sich nicht, auf ihn zu deuten.

»Der dort in der Mitte, der Mann im blauen Mantel.«

Ich muß mir diesen Mann genau anschauen. Hätte mich Mark nicht vorgewarnt, würde ich es in meinen Knochen spüren, daß es weitgehend an ihm gelegen hat, wenn ich meine Freunde in diesem Zustand vorgefunden habe. Und merkwürdig, er ist der einzige in der Menge, der nicht Nogos leblosen Körper anstarrt, sondern seinen ruhigen, forschenden Blick auf mich richtet, während unsere Boote an den Seilen an Land gezogen werden. Unsere Blicke kreuzen sich über den Köpfen der Ruderer, die sich eifrig an den Booten zu schaffen machen. Wollen mal sehen, wie weit wir miteinander kommen.

Egal ob Zauberer oder Priester, selbst wenn er Oberpriester ist, habe ich ihn mir als kleinen, vertrockneten, heimtückischen Greis vorgestellt, ähnlich wie Vru, der seine schlechte, unheilbringende Seele, seine egoistischen Emotionen offen zur Schau trug.

Doch dieser Mann ist anders, muß ich verdutzt feststellen. Ein stattlicher Mann mittleren Alters, und würde er nicht dieses blaue Kostüm tragen, würde ich ihn glatt für einen Erdenmenschen halten. Sein Gesicht, seine gewölbte Stirn, sein hartes Kinn und seine kräftige Nase sind – wie man so zu sagen pflegt – wie aus Marmor gemeißelt. Nur zwischen den kleinen Runzeln der Augenlider, in den Winkeln des fast zu schön gezeichneten Mundes ist etwas von Schlauheit und Überheblichkeit, etwas von der Selbstsicherheit eines Menschen zu ahnen, der es gewöhnt ist, Befehle zu erteilen.

Für einen Augenblick unterliege ich dem Zauber, den er ausstrahlt, wie ihm offensichtlich zunächst jeder unterliegt, den sein kühler, forschender Blick streift, der all die Gedanken und Absichten verschleiert, die sich hinter diesem Blick verbergen, und der gleichzeitig bis in die Tiefen der Seele seines Gegenübers hinabtaucht, den Menschen untersucht und abwägt, und ihn gleichzeitig – was mich am meisten ärgert – auch demütigt.

Plötzlich schäme ich mich wegen meines mageren, von Narben übersäten Körpers, wegen meines Lendenschurzes, wegen meines fast überdimensionalen kahlen Kopfes – ich bin nichts und niemand, und er hat über mich zu befinden.

Nun kann ich auch die Situation von Mark und seinen Freunden allmählich begreifen, die es schwer haben, mit diesem Mann etwas anzufangen, weil er etwas weiß und etwas bewahrt hat, das für uns im Lauf der Jahrhunderte unserer Zivilisation überflüssig geworden ist, auf das wir ganz und gar vergessen haben. Haß steigt in mir auf, verschnürt mir die Kehle. Ich bin doch wohl nicht der Hölle des Urwalds entronnen, damit dieser Fremde über mich richtet, dieser, der auch meine Freunde und Kameraden in die Knie gezwungen hat, vor dem sich auch ein Mann wie Mark hüten muß, daß dieser Mensch ohne Befragung, ohne Wenn und Aber über mein zukünftiges Schicksal entscheidet.

Denn er wird richten, er wird entscheiden, jetzt, sofort, unverzüglich. Ich weiß, daß er sich die erste Frage überlegt, denn diese Frage muß angesichts des Volkes so lauten, daß sie mich zu Boden schmettert, bevor ich überhaupt eine Antwort gefunden habe, um vor aller Welt zu enthüllen, daß Nogo nicht Ikendu ist, sondern nur ein behaarter Affe, und daß auch ich nichts weiter bin als ein halbirrer Wilder, bestenfalls noch der Bruder jener Fremden, die er bereits im Griff hat.

Jawohl, er hat sie im Griff, weil man sich ihm mit der dummen, großzügigen Ehrlichkeit des zivilisierten Menschen genähert hat. Er aber, trotz seiner Weisheit, die ihn befähigte, mit Menschen umzugehen, hatte genauso egoistisch über sie gedacht, wie Vru von mir mit seinem beschränkten Verstand.

Anstatt der Hilfe, die wir boten, hatte er uns als Konkurrenz betrachtet, die seine Machtposition gefährdete. Hinter der schönen Marmormaske erkenne ich Vrus verzerrt grinsendes Gesicht, und ich weiß bereits, daß ich ihn nur noch mit seinen eigenen Waffen schlagen kann.

Das Volk, das am Ufer verharrt, wird still, möchte fast den Mund auftun, um Fragen zu stellen, als ich mich erhebe und das Kriegsgeschrei der Flachköpfe ertönen lasse, während mir Val erschrocken zuflüstert, daß ich wohl verrückt geworden sei. Ich strecke meine beiden Arme in Schulterhöhe dem Oberpriester entgegen, zeige auf ihn und beginne, in Nogos Sprache zu ihm zu sprechen.

»Ikendu und sein Bruder Gregor sind gekommen! Sie sind über das Bittere Wasser und über die Mutter der Ströme gesegelt von jenseits der Schwarzen Berge, sie sind gekommen vom Fuße des Weißen Vaters der Berge, von dort, wo das Volk der Krokodil-Mutter, Nogos Volk jagt ...«

Die Rede strömt pausenlos aus meinem Mund, wobei ich versuche, die Sprache der Flachköpfe melodiös und laut zu deklamieren. Was ich sage, ist unwichtig – Nogo wäre der einzige, der mich verstehen könnte –, wichtig ist nur der verblüffende Zauber dieser fremden Sprache.

Mein vorgestreckter Arm ist eine genaue Kopie von Vrus Haltung, wenn er zaubern oder beschwören wollte, vielleicht ist diese Geste auch bei diesem Volk ähnlich oder zumindest bekannt. Es muß auch irgendeinen Grund dafür geben, daß man Nogo für den Gott des Waldes hält.

Irgendwann, in der Morgendämmerung seiner Geschichte, war vielleicht auch dieses Volk von den fernen Hochebenen hierher an die Küste gezogen.

Durch die verstümmelten, verzerrten Überlieferungen zahlloser Generationen konnten sich in der Phantasie der Nachkommen jene behaarten Riesen der Hochebene, die alle um Haupteslänge überragten, also Nogos Volk, in der Religion dieser bedeutend kleineren Rundköpfe zu göttlichen Wesen gewandelt haben.

Nur auf diese magere, aus der Luft gegriffene Schlußfolgerung kann ich diesen verzweifelten Versuch gründen, der einzige Versuch, der Nogo und mich noch retten kann.

Ich halte eine lange Ansprache, während mein Blick den des Oberpriesters nicht losläßt. Ich spüre die Verblüffung und Spannung in der Stille, die von der Menge ausgeht, und dann, als ich auch mein letztes Pulver verschossen habe und mir die Luft ausgeht, mache ich meiner Predigt ein Ende.

Die schöne Statue hat bereits ihre Ruhe wiedergewonnen, hat sich gefaßt, hat seine Fassung wiedergewonnen, die sie trotz aller Selbstdisziplin zu Beginn meiner Rede für einen Augenblick verloren hatte, schweigt immer noch und versucht, mich mit ihrem Zauberblick zu zerschmettern.

Du lügst, und wirst sterben, sagt sein Blick. So mancher hat sich gegen mich aufgelehnt, ich aber habe alle besiegt!

Du kannst mir nicht schaden, erwidert mein Blick. Ich bin Ikendus Diener, habe in zauberkräftiger Sprache zu dir gesprochen, dein Volk weiß, daß Ikendu vor dir liegt. Du hast den ersten Schritt verpaßt, du wagst nicht zu behaupten, daß ich Unsinn geredet habe. Bist du der Oberpriester und allwissend, hättest du diese Sprache verstehen müssen. Ich weiß, daß du sie nicht verstehen kannst, aber das darfst du natürlich niemals zugeben!

Das Duell der Blicke dauert schon viel zu lange, das Volk wird bereits unruhig, als der Oberpriester seinen Blick hinter den Wimpern verbirgt, die Hand hebt, um seinen Worten mehr Gewicht zu geben, die jetzt allerdings nur noch eine Frage, aber kein Urteil mehr sein kann.

»Wo hast du, Mensch, der du von einem anderen Stern gekommen bist, die heilige Sprache unserer Vorfahren gelernt?« übersetzt Val. »Jene Sprache, die nur die Götter sprechen, und die unseren frühesten Königen kaum bekannt war? Mazu vernimmt die heiligen Worte, doch du sollst ihren Sinn den Söhnen des Meeres in Worten erklären, die ihr Ohr fassen kann!«

Val schaut mich betroffen an, hat keine Ahnung, was hier vorgeht.

»Was hast du da für einen Unsinn geredet, und wo hast du diese Sprache gelernt?«

»Ich werde dir gelegentlich erklären, worum es geht«, frohlocke ich heimlich, weil Mazu den Betrug akzeptiert hat, ja akzeptieren mußte, um sein Ansehen zu wahren. »Sag ihm, ich sei vom Himmel herabgestiegen wie ihr, hätte im Wald Ikendu getroffen, daß wir jahrelang miteinander gejagt hätten, dann sind wir über den Großen Fluß herabgesegelt, denn mein Auge hat gesehen, daß ihr hier seid in Mazus Stadt und Ikendu erfahren wollte, wie die Söhne des Meeres die Brüder seines Bruders behandeln! Sag es laut, damit es möglichst viel Leute am Ufer verstehen!«

Während Val übersetzt, läßt mein Blick den Oberpriester nicht los, obwohl er jetzt Val ansieht und seine Worte mit gespieltem Interesse verfolgt. Nur wir beide, er und ich kennen die Spielregeln dieses Kampfes. Mazu weiß genau, daß es unwichtig ist, was Val übersetzt, er überlegt kramphaft, was für eine Fangfrage er mir stellen kann, um mich aufs Kreuz zu legen.

Vals Worte rufen am Ufer ein erstauntes, frohes Raunen hervor, hie und da ertönen aufgeregte Zwischenrufe. Plötzlich blitzt das Auge des Oberpriesters triumphierend auf – jetzt hat er mich erwischt!

»Mein Volk kann nicht verstehen, warum Ikendu krank ist, wer es gewagt hat, seinen göttlichen Leib zu verwunden, und warum du ihn nicht beschützt hast.«

Val ist verzweifelt.

»Siehst du, jetzt bist du in die Falle geraten! Der stellt immer solche Fragen, dreht einem das Wort im Munde um, darum können wir seiner niemals Herr werden! Was wirst du jetzt sagen?«

»Ich werde lügen, denn dieser Mensch, der mir da gegenübersteht, ist verlogen und böse. Würde ich die Wahrheit sagen, würde mich die Menge zerreißen, und ihr hättet es noch mal so schwer. Übersetz bitte sehr genau, was ich sage, und schrei noch lauter, wenn du kannst! Sag: Wer ist es, der Ikendu verwunden kann? Wessen Speer oder Pfeil kann wohl in seiner Haut Wunden schlagen? Ikendu hat sich mit dem Weißen Vater der Berge angelegt, und der hat ihn mit seinen Blitzen zu Boden geschmettert. Darum konnte ich nicht helfen, denn wer außer Ikendu würde es wagen, dem Weißen Vater der Berge zu trotzen? Los, Val, übersetze!«

Die Frage des Oberpriesters war schicksalhaft und tödlich, und es steht noch lange nicht fest, ob meine Antwort ausreicht. Natürlich war in den Augen der Flachköpfe der Kampf zwischen Göttern und Geistern üblich, ein Kampf, in den sich kein Sterblicher einmischen konnte und durfte, und der Ausgang des Kampfes trug in keiner Weise dazu bei, das Ansehen des besiegten Gottes vor den Flachköpfen zu schmälern, blieb er doch mächtig genug, um den Sterblichen zu schaden.

Meine einzige Hoffnung besteht darin, daß dies auch bei den Söhnen des Meeres der Fall ist, und wenn sie zulassen, daß dieser hübsche Teufel sie beherrscht, muß es so und nicht anders sein. Ach, welche irrsinnigen Haken mußte der menschliche Geist schlagen, um im Lauf der Jahrtausende zur Vernunft zu gelangen und die Dinge in ihrer Wirklichkeit zu ergründen! Und wie schade, daß ich mich jetzt nicht an die Vernunft, sondern an die Dummheit wenden muß, wenn ich mein Ziel erreichen will.

»Und warum hat sich Ikendu mit dem Großen Weißen Vater der Berge angelegt? Womit hat er seinen göttlichen Zorn herausgefordert?« kommt die neue Frage über Val.

Eine dumme Frage, eine unkluge Frage, die bereits den Rückzug in sich birgt. Und für einen Augenblick habe ich das Gefühl, daß ich diesen Menschen überschätzt habe. Mit dieser Frage stellt er sich doch selbst eine Falle, nicht mir!

»Wer kann wohl die Absicht der Götter ergründen? Welcher Sterbliche kann es wagen, die Götter zu fragen, warum sie dieses oder jenes getan haben? Wenn meine Brüder mit Hilfe ihrer wunderbaren Wissenschaft, die sie von einem fremden Stern mitgebracht haben, Ikendu geheilt haben, dessen Wunden jetzt den feurigen Pfeilen der Sonne ausgesetzt sind und dessen Kopf Ruhe und kühle Entspannung braucht, nicht aber die leeren Worte der Sterblichen, kannst du ihn, oh, Oberpriester, selbst befragen!«

»Das mit den leeren Worten werde ich nicht übersetzen«, meint Val irritiert. »Du hast noch nicht erlebt, wie dieser Oberpriester die Leute an den Füßen mit dem Kopf nach unten aufhängen läßt.«

»Das wir dir sicher nicht passieren, und bei mir wagt er es nicht. Wenn es geht, verkünde dies noch lauter als bisher. Aber mach schnell, die Menge wird unruhig!«

Mazu schluckt die Übersetzung wie ein gestandener Krieger, was auch das Ende der Wortschlacht andeutet. Er weiß, daß es in diesem Augenblick noch wichtiger ist, Gesicht und Ansehen zu wahren, als zu Beginn der Debatte, weil das Volk und Volkes Stimme auf unserer Seite ist. Nichts regt sich in seinem Gesicht, kein Muskel, keine Wimper zuckt. Er breitet die Arme wie segnend aus, und der weite blaue Mantel zaubert schwingende Flügel um seine Gestalt.

»Der göttliche Ikendu und sein Bruder, der Meister der Worte, mögen in den Palast einkehren! Mazu ist froh, daß seine schäbige Sänfte dem göttlichen Ikendu dienen darf.«

»Den hast du aber kleingekriegt!« meint Val verblüfft. »Uns hat er noch nie in sein Privatfahrzeug eingeladen. Freilich könnte ich es niemals ertragen, daß mich Menschen auf ihren Schultern schleppen. Aber daß du ein Meister der Worte bist, damit hat er völlig recht. Wo, zum Kuckuck, hast du so was gelernt? Ich habe beim Übersetzen Mühe gehabt.«

Ich bücke mich, als wollte ich das Tuch zurechtzupfen, das meine Lenden umhüllt, es muß nicht unbedingt sein, daß die Söhne des Meeres mein doch sehr irdisches Grinsen wahrnehmen, während ich Vals Frage beantworte.

»Fast vier Jahre lang habe ich mich mit einem alten Gauner namens Vru herumgestritten, mit dem behaarten Urvater eures schönen Oberpriesters. Dieser Vru wollte unbedingt eine göttliche Grundlage schaffen, um mir in der Hoffnung auf ein gutes Abendessen die Kehle zu durchschneiden. Ich mußte also zwangsläufig mir seinen Stil aneignen, wenn ich am Leben bleiben wollte, das ist alles.«

Unter den weiß gekleideten Priestern entbrennt eine kurze, aber heftige Debatte, wer nun die vier Auserwählten sein sollen, die würdig sind, Ikendus göttlichen Leib zu berühren und ihn aus dem Boot zu heben. Dann aber, als die vier ältesten Würdenträger unter Nogos Last schier zusammenbrechen und ein Sakrileg nur um ein Haar vermieden werden kann, indem man Ikendus göttlichen Leib einfach auf die Stufen fallen läßt, wimmeln auf einmal bis zu acht Gestalten um ihn herum, zerren ihn aufgeregt hin und her, heben ihn in die Sänfte, die oben auf der Treppe bereitsteht.

Armer Nogo, nur gut, daß er bewußtlos ist. Die aus Edelholz gezimmerte, mit Gold und Edelsteinen verzierte Sänfte ist für seine Größe hoffnungslos zu klein, Kopf und Glieder hängen über, und er hat so gar nichts Göttliches mehr an sich.

Jetzt erst darf ich auf Mazus großartige Geste, auf seine gezwungene Freundlichkeit reagieren und das Boot verlassen. Für einen Augenblick wird das Ritual des Empfangs unterbrochen, meine Freunde, die am Ufer auf mich gewartet hatten, bestürmen mich, und alle sprechen gleichzeitig und wollen mich umarmen.

In Daves Augen schimmern Tränen, seine Umarmung läßt meine Rippen krachen, Felix aber brüllt begeistert:

»Mann, dem hast du aber ordentlich Bescheid gegeben, so muß man mit diesem aufgeblasenen Popanz umspringen!«

»Laß das jetzt!« Till lacht. »Wichtig ist nur, daß er endlich da ist!« Er streichelt meinen Arm und meint: »Was hast du alles durchgemacht, Gregor!«

Dann folgen die anderen drei. Jai, Takura und Ten Ling tasten mich ab.

»Bist du wirklich ein lebendiger Mensch, Gregor?«

»Wir hätten nie geglaubt, dich jemals wiederzusehen!«

»Also haben dich die Vögel doch nicht umgebracht!«

»Wo bist du herumgeirrt? Wie hast du uns gefunden?«

Ich kann sie alle nur wie durch einen Nebel erkennen, nein, das ist nicht die Wirkung des Beruhigungsmittels, aber ich möchte gleichzeitig in sechs verschiedene Richtungen antworten.

»Ja – nein – auf dem Fluß – mit dem Floß – nein, kein Gorilla, Nogo ist ein Mensch wie wir, nur eben behaart – weiß ich nicht, bin kein Biologe ... etwa 5000 Kilometer – das ist eine Bißwunde, nichts weiter, war nur eine Hyäne – das werde ich später erzählen – nein, so war es nicht, man hat mich nicht entführt, die Wolken hatten mich irregeführt – jawohl, das Polyinterferon – ich habe Feuersteine gefunden ...«

Mark, der aus dem Boot steigt, macht dem Rummel ein Ende.

»Laßt ihn endlich in Frieden, Gregor muß sich vor allem erst einmal ausruhen! Ihr wollt doch nicht, daß er euch hier am Ufer alles erzählt? Der Zug hat sich bereits in Bewegung gesetzt. Geh, Val, lauf hinter der Sänfte her, damit ja nichts passiert, und wir hier müssen auch langsam aufbrechen!«

Ich bin schon mitten auf der Treppe, als mir plötzlich etwas einfällt.

»Augenblick noch!«

Ich gehe im Laufschritt zu unserem Boot zurück und lese unsere Waffen auf.

»Was willst du damit?« wundert sich Dave. »Du kannst getrost unbewaffnet herumlaufen. Wir tragen selbst auch keine Waffen.«

»Ich werde auch keine Waffen tragen, doch die göttliche Keule kann man nicht einfach in einem unbewachten Boot liegen lassen«, erkläre ich. »Wenn Nogo zu sich kommt, wird er seine Keule vermissen, und wehe dem, der sie angerührt hat!«

Auf der obersten Stufe des Kais wartet Mazu auf mich. Er ist nicht der Sänfte gefolgt, meine Person ist ihm wichtiger. Sein unerforschlicher Blick begleitet mich, während ich die beiden Bogen, die Pfeile, die Steinaxt und Nogos Keule hinaufschleppe. Nun ist es Mark, der die scheinbar gutmütigen Fragen des Oberpriesters übersetzt.

»Trägt der Meister der Worte immer so viele Waffen mit sich? Ist er es, der die Waffen des göttlichen Ikendu hinter seinem Herrn herträgt? Oder meint er, unter Feinde geraten zu sein und der Waffen zu bedürfen?«

»Ikendu ist auch der Große Jäger, und der Jäger kann nie ohne seine Waffen sein. Nun sind wir unter Freunden, doch nur der Auserwählte darf diese Waffen tragen.«

Während Mark weiter übersetzt, verteile ich die Bogen und Äxte unter die Priester, die ihn umringen, bis ich dann Nogos zentnerschwere Keule Mazu in die Hand drücke.

»Die ist die heiligste Waffe von allen«, erkläre ich mit scheinheiligem Gesicht, »die Zauberkraft des göttlichen Ikendu. Wenn er damit zuschlägt, donnert es.«

Ich kann unschwer an seinem Blick erkennen, daß er die Zauberkraft dieser Keule am liebsten sofort an meinem Schädel ausprobieren würde, doch er darf sich nicht einmal beschweren. Die Priester begrüßen die Auszeichnung mit freudigen Rufen, daß sie die Waffen tragen dürfen, Mazu jedoch muß die heiligste aller Keulen bis zum Palast schleppen, und auch noch zu Fuß, denn in seiner Sänfte schwankt der Gott weit vorne an der Spitze des Zuges. Wollte er mich bisher nur aus purer Berechnung vernichten, ohne Groll, nur weil ich die um ihn herum aufgebaute göttliche Ordnung gestört hatte, weiß ich jetzt, daß er mich von diesem Moment an auch abgrundtief haßt. Doch das schöne Marmorantlitz ist starr, und er winkt, damit wir uns endlich in Bewegung setzen.

Dave und Andrej nehmen mich in die Mitte, die anderen schreiten hinter uns einher, sie stellen Fragen und lachen. Es gibt halt doch nichts schöneres auf der Welt, als bei Freunden anzukommen, zu wissen und zu spüren, daß man wieder beieinander ist, daß ich nicht mehr gezwungen bin, in der Sprache der Erdenmenschen Selbstgespräche zu führen. Die Worte, die Gesichter, die Blicke, die vertraute Kleidung zaubern ein Stückchen Erde in mein Herz. Das ist der Augenblick, auf den ich immer gewartet, an den ich stets gedacht habe! Nun bin ich wieder unter ihnen, und was auch kommen mag, ich muß nicht mehr allein sein, im Busch oder in einem Boot, mich vor der Wildnis fürchten und vor dem Gedanken, sie nie mehr wiederzusehen.

Die mit viereckigen Steinen gepflasterte Straße steigt steil bergan, an beiden Seiten von Häusern mit flachen Dächern gesäumt, die meisten nur mit Erdgeschoß, nur hie und da kann ich zweistöckige Häuser erblicken. Ein einziges Gebäude nur hat drei Stockwerke, jenes, das sich auf der Hügelkuppe erhebt.

»Ist das der Palast?«

»Ja. Wir wohnen im rechten Flügel im obersten Stockwerk. Wir haben jeden erdenklichen Komfort, aber wir können keinen Schritt tun, ohne beobachtet zu werden.« Dave seufzt. »Wir sind da mit dieser Bucht, mit dieser Stadt, vor allem aber mit diesem Mazu in eine hübsche Falle geraten.«

»Wie ist das geschehen?«

»Eigentlich wissen wir selbst nicht, wie wir so weit gekommen sind. Wir haben in der Bucht vor .einem Sturm Zuflucht gesucht. Zuerst haben sie mit Pfeil und Bogen, mit Lanzen und Steinschleudern gegen die *Wiking* gekämpft, dann haben wir Frieden geschlossen, man hat uns wie Götter verehrt und versucht, uns jeden Wunsch von den Augen abzulesen. Wir aber haben Kranke geheilt und ihnen die einfachsten sanitären Regeln einer Stadt beigebracht. Als eine schlimme Seuche zu wüten begann, haben wir die halbe Stadt gerettet, und wir haben ihnen beigestanden, als eine feindliche Flotte in die Bucht eindrang und das Schicksal der Stadt fast besiegelt war. Du hättest sehen sollen, wie uns damals dieser hochnäsige Popanz um Hilfe angefleht hat!«

»Und was habt ihr getan?«

»Es war keine große Affäre. Wir drehten die *Wiking* mit dem Heck gegen die Meerenge und ließen die Triebwerke eine halbe Minute lang laufen. Natürlich hat die Flamme die Segel der ersten drei Schiffe aus einer Entfernung von etwa zweihundert Metern wie Zunder verbrannt, doch soweit ich mich erinnere, waren keine Menschenopfer zu beklagen. Die übrigen Schiffe suchten das Weite, und seit jener Zeit warst du der erste, den die Hüter der Meerenge beschießen mußten, obwohl jenes Ereignis bereits etwa anderthalb Jahre zurückliegt. Die Stadt geriet in einen Triumphrausch, der Gegner kapitulierte bedingungslos, zwei weitere Städte – es gibt noch fünf oder sechs weitere Stadtstaaten, die sich dauernd gegenseitig bekämpfen – boten ein ewiges Bündnis an und erbaten sich von Mazu einen Priesterherrscher. Wir mußten aus unseren Geschichtskenntnissen so manchen merkwürdigen Begriff hervorkramen, um all diese Dinge zu verstehen. Zum Glück wollte Jai Historiker werden, bevor er sich für die Kommunikationstechnik entschied.«

»Aber wenn ihr den Feind besiegt habt und nicht Mazu, wie konntet ihr dann so weit kommen?«

»Das ist es eben, was wir nicht begreifen. Kaum einen Monat nach dem Sieg wurde Mazu von seinen Göttern befohlen, die Meerenge mit Steinen und Felsbrocken zu füllen. Als wir dahinterkamen, war bereits die ganze

Bevölkerung auf die Felsen gescheucht worden. Sie schütteten die Steine in den Abgrund, große und kleine, darunter einige so groß wie dieses Haus, bis zu fünfzig Mann arbeiteten an den Hebeln – immer hinein damit ins Wasser. An der engsten Stelle ist heute auf einer Strecke von dreißig bis vierzig Metern das Wasser höchstens anderthalb bis zwei Meter tief. Weißt du, was das heißt? Die *Wiking* hat nur noch eine einzige Möglichkeit, aus der Bucht zu entkommen, nämlich die!«

Dave deutete himmelwärts.

»Das ist doch klar«, sage ich, und erst jetzt beginne ich diesen Oberpriester mit seinem glatten Gesicht wirklich zu hassen, »er will uns für alle Zeiten hier festhalten, weil dies seine Machtposition stärkt. Solange die *Wiking* in der Bucht liegt, ist Mazu der Mächtigste an der ganzen Küste! Und was habt ihr getan?«

»Was konnten wir schon viel tun? Wir haben ihn zur Rede gestellt, er aber berief sich auf den göttlichen Befehl ... Till und Andrej wollten ihn umbringen, doch dann haben wir uns beraten und Mark hat uns letztlich überzeugt, daß jede Gewaltanwendung unsinnig wäre.«

»Und wie ist deine Meinung, Dave?«

»Ich weiß nicht. Mark hat in vielen Dingen recht, er ist für die Expedition verantwortlich. Und bei diesem Oberpriester kann man sich nicht auskennen. Er ist außerordentlich intelligent, lern- und wißbegierig, und wenn er was Böses tut, kann man es ihm kaum beweisen, weil er immer irgendeinen glänzenden Ausweg, eine großartige Ausrede findet. Entweder beruft er sich auf den Priesterrat – dem auch er formal unterliegt, obwohl er die Leute fest in der Hand hat – oder auf die göttliche Eingebung, und da kann man kaum etwas dagegensetzen. Wie soll ich einem Oberpriester beibringen, daß es keine Götter gibt, wenn deren Existenz seine Lebensgrundlage ist? Obwohl ich so sicher bin, wie ich hier mit dir herumspaziere, daß er auch nicht an sie glaubt, sie aber braucht, um seine Macht und seine Position zu sichern? Eine niederträchtige Sache!«

Ich muß einen Augenblick verharren, bin plötzlich sehr müde. Wir sind bereits gut einhundertfünfzig Meter geklettert, nur ein großer, leerer Platz – auch dieser hübsch mit quadratischen Steinen gepflastert – trennt uns noch vom Palasttor.

Ich blicke zurück, hinter uns windet sich die endlos lange Schlange des Zuges. Von hier oben aus kann ich in die Gärten der Häuser schauen, die durch hohe, dicke Steinmauern gegen die Straße abgeschirmt sind, ich sehe den blauen Spiegel der Bucht, auf dem Wasser die *Wiking,* ein winziges Modell ihrer selbst, wie einst, als wir mit Amar an Land gingen. Amar, Amar! Mir wird schwindlig, die Kehle ist wie zugeschnürt, der entsetzliche Berg der Erinnerungen an die vergangenen vier Jahre stürzt auf meine Schultern. Ich taste nach Daves Arm.

»Dave, Andrej, bitte, hängt euch bei mir ein, stützt mich! Niemand darf merken, vor allem unser geliebter Oberpriester nicht, daß ich mich kaum auf den Beinen halten kann. Und lächeln! Immer nur lächeln! So ist's gut! Jetzt geht es schon viel besser.«

Mazu schreitet noch etwa fünfzig Meter hinter uns her, er hat weise die Last der »heiligsten aller Keulen« auf zwei seiner Priester verteilt.

»Warten wir nicht darauf, bis er uns einholt, denn ich werde ihm an die Kehle springen, auch wenn ich kaum stehen kann!«

Vor dem Palast stehen die Priester ratlos herum. Val tastet Nogos Puls ab, sein Gesichtsausdruck verheißt nichts Gutes.

»Was ist mit ihm?«

»Nichts weiter, nur hat ihn diese andächtige Menge etwas durchgerüttelt. Was er dringend braucht, sind Ruhe und Stille.«

»Ich will bei ihm bleiben!«

»Natürlich. Ich habe bereits veranlaßt, daß das innerste Eckzimmer geräumt wird. Dort ist es am stillsten und die Luft am besten. Ihr könnt euch in aller Stille ausruhen.«

Ich trete in die Halle des Palastes, daß heißt, ich schwebe hinein, weil mich Dave und Andrej stützen, mein Fuß berührt kaum den bunten Steinboden, aber ich habe das Gefühl, daß ich die sicheren Schritte großartig mime. Breite Treppen, schmale Fenster – bei diesem tropischen Klima braucht man keine größeren –, bunte Mosaikbilder an den Wänden, Skulpturen in Nischen. Doch all dies nehme ich im Zuge der Räume und Säle nur noch wie durch einen Schleier wahr.

Türen tun sich auf und werden hinter uns geschlossen, die Stille nimmt immer mehr zu, eine angenehme Dämmerung nimmt mich auf, umfängt mich kühl und beruhigend. Dann spüre ich, wie man mich auf einer breiten, weichen Liege ausstreckt, noch kann ich wahrnehmen, daß Nogo in Reichweite auf ein ähnliches Lager gebettet wird, daß sich Val über ihn beugt und seinen Verband zurechtrückt – dann schlafe ich auch schon. Mein letzter glücklicher Gedanke geht dahin, daß Schlaf und Traum, wenn sie auch aus den trüben Wassern meiner Vergangenheit schöpfen, ich doch wieder bei meinen Freunden und Kameraden erwachen werde.

20

Die neue Wirklichkeit um mich herum setzt sich aus winzigen Steinen zusammen. Zunächst ist da dieser Raum, der so groß ist wie ein Saal, das Dämmerlicht, die Schatten, die sich in den Winkeln verbergen, Nogo auf der anderen Liege und Val, der ihn mit seiner schimmernden Spritze immer wieder ins Land der Träume, in einen Heilschlaf schickt.

Dann Essen und Trinken während der kurzen Zwischenräume des Bewußtseins, die immer noch nach Traum schmecken, und die Brocken von Fragen und Antworten, die dem Geist, dem Intellekt hingeworfen werden, der sich gegen die Ketten eines Schlafmittels wehrt.

Warte nur, warte – später – jetzt mußt du dich ausruhen und wieder gesund werden – warte ab, das ist eine komplizierte Frage – du wirst einsehen, daß es anders nicht geht – nur langsam, Schritt für Schritt – Jawohl, Mazu hält die ganze Stadt in Händen – nein, er wagt es nicht, sich ganz offen zu widersetzen, doch dann sorgt er dafür, daß geschieht, was er will – Wie unsere Beziehungen zur Stadt aussehen? – nun ja, wir kümmern uns ziemlich viel um die Leute, insbesondere Marcis – aber nun bitte ich dich zu versuchen, so schnell wie möglich einzuschlafen, weil unten im Parterre meine Patienten auf mich warten ...

Die Träume sind jetzt klar und ruhig, haben keine Beziehung zur Vergangenheit, die Sehnsucht funktioniert sie nicht mehr zu einer anderen, zu einer Wunschwelt um, die habe ich ja schließlich teilweise erreicht. Der Wille wendet sich von den Träumen ab und der Wirklichkeit zu, die er beherrschen, in der er sich über die Zukunft orientieren will. Du hast die *Wiking* erreicht, jetzt mußt du die Erde erreichen! Genug von diesem Planeten, mir hat es zumindest gereicht, ich will nach Hause, und nicht über die Mittel nachgrübeln, welches wohl ...

Es fällt schwer, auf diese Weise nachzudenken, zwischen den einlullenden, wiegenden, wogenden Schleiern eines Beruhigungsmittels die winzigen Splitter der Vernunft hin und her zu wenden, welches wohl der richtige Weg sei, der schließlich zum Ziel führt? Geht es wirklich nur Schritt für Schritt. Die sanfte und nachsichtige irdische Vernunft, seit Jahrhunderten von der giftigen Schlacke der Emotionen und der Selbstsucht befreit, wird sie sofort begreifbar sein, ist sie nicht ein Zeichen der Schwäche für diejenigen, die auf diesem Planeten noch so weit von dieser Stufe entfernt sind?

Kann Mazu anders über uns denken als über sich selbst? Was war meine Hilfsbereitschaft angesichts Vrus und Kriris Buschphilosophie überhaupt wert? Ich will keinem was zuleide tun, niemandem Schaden zufügen, ich möchte nur Frieden und Liebe stiften, und Wissen, für ein besseres Leben, damit sie dem Glück unseres Erdenlebens näherrücken.

Frieden zwar, doch wir möchten zur Erde zurück, nach Hause, das müssen schließlich auch sie begreifen, und wenn es nicht anders geht, werde ich es Mazu und allen anderen nach ihrer Denkweise beibringen.

Was beim nächsten Erwachen von all dem an die Oberfläche kommt, taugt nur dazu, daß Val die Dosis des Schlafmittels verdoppelt. Ich spüre, daß ich schneller in Schlaf versinke, und daß es sehr, sehr lange dauert, bis ich benommener denn je wieder erwache und meine Umwelt wahrnehme, das Zimmer, Nogo, das Glas in meiner Hand und die geschmacklose Speise, die ich ohne Appetit hinunterwürge. Ich nehme mir vor, den Mund zu halten, bis ich nicht in der Lage bin, meine Gedanken zu verteidigen, ich darf keinem trauen, auch Val nicht.

Durch die schmalen, hohen Fenster fällt morgens das Sonnenlicht, dann drehen die Strahlen ab, und bis zur Abenddämmerung bedeuten nur die azurblauen Streifen des Himmels die Außenwelt, die leisen Geräusche, durch die Stille der Säle filtriert, das Leben.

Nogo ist immer noch bewußtlos, Vals Spritzen befreien ihn von den Schmerzen der Genesung, er atmet schwach und kaum hörbar, aber er lebt und er wird bestimmt durchkommen. Sein Arm ist kaum noch geschwollen, durch die kleinen Kanülen sickert immer weniger wäßriges Blut aus den Wunden. Noch ein paar Tage, dann haben die Kanülen ebenfalls ausgedient. Ein paar Tage? Seit wieviel Tagen dauert eigentlich diese Tiefschlaftherapie? Ich würde mich frisch und ausgeruht fühlen, wenn mich die Drogen nicht immer wieder dämpfen würden.

Nein, dieser Zustand muß ein Ende haben. Ich will zur Erde und muß daher alles, aber auch alles erfahren, was damit zusammenhängt.

»Wie viele Wochen bin ich schon da?« fragte ich Val beim nächsten Erwachen.

»Wochen? ... Was heißt hier Wochen? Es ist der sechste ... nein, der siebte Tag.«

Nichts, aber auch gar nichts kann einen veranlassen, ein dummes Gesicht zu schneiden, außer Vals Schlafmittel. Mir kam es bedeutend länger vor, zwischen heute und dem Vormittag meiner Ankunft liegt eine Ewigkeit. Nur sieben Tage? Ich sehe wieder die Bucht vor mir, die Bewohner der Stadt am Ufer, dann taucht eine Gestalt in einem blauen Mantel auf ...

»Mazu?« sage ich vor mich hin, ohne Sinn und Zusammenhang.

Val aber lacht.

»Du willst ihm doch nicht schon wieder in der Sprache der Götter die Leviten lesen? Dein liebenswerter Streitpartner vor dem Herrn hat dich übrigens bisher jeden Tag besucht. Wenn du gerade wach warst, wollte er nicht stören, er fragte mich stets, ob du schläfst, und ist erst dann gekommen.«

Jetzt weiß ich bereits, daß ich seinen Namen nicht zufällig ausgesprochen habe. Meinen schwer und bitter errungenen Buschinstinkt konnten auch Vals Schlafmittel nicht ganz neutralisieren, ich spürte, daß er dagewesen war, der einzige Störenfried, der einzige unerklärliche Punkt in meinen sanften, ruhigen Träumen.

»Und du hast ihn hereingelassen?«

»Warum auch nicht? Erstens ist dies sein Palast, zweitens sind wir Freunde, zumindest ist er es, der dies unablässig betont. Er konnte dich nicht stören, die Dosis, die ich die verpaßt hatte, war jeweils so groß, daß dich selbst die Triebwerke der *Wiking* nicht geweckt hätten! Übrigens, ab heute werde ich dich nicht mehr spritzen, schluck mal diese Tablette! Oder möchtest du vorher etwas essen?«

Ich betrachte angeekelt die Tablette, die er in der Hand hält, als ob dieses Medikament schuld daran wäre, daß Mazu meine Träume erforscht hat. Natürlich ist das Unsinn. Was ist denn, Gregor, fängst du bereits an zu denken wie irgendein abergläubischer Flachkopf?

»Was hat der Oberpriester gewollt? Was hat er getan?«

»Nichts, gar nichts. Nun sei mir nicht mehr böse, weil ich ihn hereingelassen habe. Er kam ganz still und friedlich, blieb vor dir stehen und betrachtete dich wortlos. Doch Nogo schien er zu meiden wie die Pest, obwohl er sich früher immer dafür interessiert hatte, wie wir Wunden heilen. Auf seine Weise ist er selbst ein großer Arzt, der sich vor allem auf die Hypnose versteht. Später werde ich dir mehr darüber erzählen. Aber jetzt mußt du weiter ruhen. Also was ist, schluckst du jetzt die Tablette oder willst du etwas essen?«

»Weder, noch! Ich werde jetzt aufstehen!«

Das geht natürlich nicht ohne Wortwechsel. Unsere Debatte alarmiert die anderen, die aus den benachbarten Räumen herbeieilen, wobei sich dann die Mehrheit auf meine Seite stellt. Jawohl, heißt es, Gregor hat das Recht zu entscheiden, wann er aufstehen will, sofern er sich gesund fühlt, und sollte er wieder müde werden, kann er immer noch ein Nickerchen machen.

»Wir aber«, argumentiert Felix, »können es kaum erwarten, daß er uns endlich was erzählt und daß wir ihn befragen können. Das mag sehr egoistisch sein, aber wenn es so ist, Gregor, brauchst du es uns nur zu sagen, dann wollen wir abwarten. Das wirst du hoffentlich verstehen?«

»Sicher.« Ich nicke. Auch für mich ist es besser, die Sache hinter mich zu bringen. Irgendwann werden ihnen die Fragen wohl ausgehen, und dann werden wir die Rollen tauschen.

Ich versuche, meine Geschichte so zurechtzuschneidern, daß ich keine großen Umwege machen muß, um die Einzelheiten zu erklären, und als ich geendet habe, werde ich mit zahlreichen Fragen bestürmt. Bis ich all diese Fragen beantwortet habe, ist bereits die dritte Stunde verstrichen. Dann herrscht Stille im Saal, und die Blicke meiner Zuhörer haften wenn möglich noch ungläubiger an mir als damals, wo sie mich zum ersten Mal gesehen haben.

»Wie kann man das alles überleben?« spricht schließlich Andrej die Frage aus, die allen auf den Lippen schwebt.

»Das weiß ich nicht. Vielleicht dadurch, daß ich zunächst einmal leben, um jeden Preis am Leben bleiben wollte. Dann aber, nachdem ich Nogo traf, wollte ich besser leben als bisher. Ich hoffe, daß ihr diesen winzigen Unterschied begreift, der aber seinerzeit unendlich groß war. Dann – ich weiß es nicht genau.

Hätte ich endgültig bei den Flachköpfen bleiben müssen, glaube ich nicht, daß ich noch lange durchgehalten hätte, wobei ich nicht Wochen oder Monate, sondern Jahre meine. Nicht etwa physisch – mittlerweile war es mir nämlich gelungen, eine gewisse Harmonie mit der Wildnis herzustellen. Ich hätte es einfach nicht ertragen, auf diesem Niveau ohne die Möglichkeit jeder Veränderung zu leben.

»Doch dann kam dieser bedauernswerte Glatthäutige, das heißt, er wurde von Zumbi herbeigeschleppt, und obwohl ich seinen verwirrten und nebelhaften Geschichten nur wenig entnehmen konnte, reichte es immerhin dazu, mich aufzuschwingen, um euch zu finden. Das hat mir dann später die nötige Kraft verliehen. Ich wollte um jeden Preis zu euch kommen, ein Gedanke, auf den ich niemals verzichtet habe, wie ich auch jetzt nicht darauf verzichten möchte ...« Halt! Die Zeit ist noch nicht gekommen, du mußt vernünftig sein, Gregor! Ich beendige den Gedankenaustausch mit einem tiefen Gähnen. »Bitte, nehmt es mir nicht übel, aber ich bin sehr müde. Ich werde demnächst fortfahren.«

Die Zuhörer verlassen den Raum, und Val naht mit seiner Tablette. Ich nehme die Tablette willig entgegen, stecke sie in den Mund, aber ich schiebe sie unter die Zunge. Mir fehlt gar nichts, ich muß die Antwort auf meine Fragen ohne Drogen finden, und in mancher Hinsicht muß ich der Gregor bleiben, der ich einst im Busch gewesen bin. Während ich trinke, rückt Val den Verband an Nogos Arm zurecht, dann macht er die Tür leise hinter sich zu.

Das war höchste Zeit, die Tablette unter meiner Zunge beginnt sich aufzulösen und verbreitet einen bitteren Geschmack – ich spucke sie schnell wieder aus.

Die Fenster sind ziemlich hoch in der Wand, der düstere Raum erhält dadurch einen zellenartigen Charakter. Ich muß mich auf eine Fußbank stellen, um hinausschauen zu können. Das hat wenig Sinn, ich möchte eher mir selbst beweisen, daß ich in der Lage bin, selbständig und unabhängig zu handeln.

Mein Blick gleitet über Dächer und Gärten hin zum Wasser der Bucht – merkwürdig, ich hatte immer geglaubt, daß man von diesem Zimmer aus die Bucht nicht sehen kann –, dann stockt mir der Atem, und ich möchte vor Angst, Schrecken und Verwunderung am liebsten aufschreien: Ich kann die *Wiking* nirgendwo entdecken!

Was könnte geschehen sein? Ich klammere mich verzweifelt an die Steinbrüstung, mein Blick gleitet immer wieder über die Bucht, ich kann jeden Winkel erkennen, also wo ist die *Wiking* geblieben?

Es dauert eine Weile, bis ich dahinterkomme, daß ich eine andere Bucht vor mir habe, auch die Häuser sind ähnlich, auch das Ufer ist mit den gleichen Steinen gepflastert, doch die Form der Bucht ist anders, länglicher als die, in der ich die *Wiking* erblickt habe.

Also gibt es nicht eine, sondern zwei Buchten, die an den Stadthügel grenzen! Warum hat dieser Glatthäutige die zweite Bucht nicht erwähnt? Mag ja sein, daß er sie erwähnt hat, ich aber habe mich zu wenig darum gekümmert, habe nur auf die Zeichnung geachtet, auf der ich die Umrisse der *Wiking* erkennen konnte. Diese Bucht wird anscheinend weniger frequentiert als die andere, nur ein paar kleine Boote gleiten über das glatte Wasser, größere Galeeren kann ich nicht entdecken. Doch warum wurde dann hier in mühevoller Arbeit ein Hafen gebaut? Doch nicht etwa für diese paar kleinen Boote?

»Ja, was machst denn du da?«

Val ist so leise eingetreten, daß ich fast vom Schemel kippe, als ich dicht hinter mir seine Stimme vernehme.

»Ich dachte, du würdest längst schlafen!«

Es ist schon peinlich genug, wenn man ertappt wird und eine annehmbare Erklärung parat hat, besonders peinlich wird es aber erst, wenn dies nicht der Fall ist. Ich stottere verwirrt herum, fasele etwas von der Bucht, von der *Wiking,* die ich sehen wollte und die ich nicht gefunden habe ...

»Hast wohl Schiß gekriegt, was?« Er lacht. »Dies hier ist die Tote Bucht. Früher hat sie auch einen solchen Zugang gehabt wie die andere, doch der wurde bei einem Felssturz vor einer Generation verschüttet. Obwohl es heißt, daß dies die wichtigere Bucht der Stadt gewesen ist, der andere Hafenkai wurde erst später ausgebaut. Auch dieser Oberpriester, der ständig die Augen verdreht, hat sich auf diesen Felssturz berufen, als die *Wiking* in diese Falle geriet. Ich weiß nicht, ob dir schon jemand erzählt hat, daß die *Wiking* ...«

»Ja, Dave hat mir gesagt, daß die Meerenge auf göttlichen Befehl mit Felsen und Steinen verrammelt wurde, doch wo liegt da der Zusammenhang?«

»Er hat dem Volk weisgemacht, daß die Götter, wenn die Leute nicht selbst Steine in die Meerenge werfen, auch dessen Wände einstürzen lassen werden, wie bei dieser Bucht.«

»Ein großartiges Argument! Haben die Leute das gefressen?«

»Leider ja. Seit dieser Zeit sitzen wir in dieser Mausefalle. Ich aber stehe jetzt da und halte Vorträge, obwohl ich eigentlich mit dir schimpfen müßte. Warum schläfst du nicht? Die Tablette hätte schon längst wirken müssen!«

Ich wende mich von der friedlichen Oberfläche der Toten Bucht ab und schaue ihm in die Augen.

»Deine Tablette habe ich ausgespuckt, und in Zukunft werde ich nur dann schlafen, wenn mir danach ist.« Leider werden meine entschlossenen Worte durch meine zitternden Beine Lügen gestraft, ich bin müde, aber jetzt will ich erst recht aufbleiben. Ich habe schon ganz andere Erschöpfungszustände überwunden. »Ist es denn so unmöglich zu erwarten, daß ihr mich nicht für ein pflegebedürftiges, halbirres Wrack haltet? Ihr, die Gesunden, was habt ihr bis heute im Interesse einer Heimkehr unternommen?«

»Ich will nicht mit dir streiten, weil du ungerecht bist«, meint er achselzuckend. »Du weißt bei weitem noch nicht alles, wieso kannst du es wagen, solche Fragen zu stellen? Es ist noch keine zwei Wochen her, daß Jai und Takura ihr Leben aufs Spiel gesetzt haben, um an die beschädigten Stellen der *Wiking* heranzukommen, die unter Wasser liegen. Ihre verbundenen Köpfe können dir nicht entgangen sein. Aber vielleicht hast du recht, wenn du wach bleiben willst. Letzten Endes fehlt dir eigentlich gar nichts. Dann also los, hau ab, befrage die Leute, zieh durch die Stadt und kontrolliere, wer wohl für wen was getan hat!«

21

Ich komme am Abend nur zum Schlafen in Nogos Zimmer. Ich durchstreife den Palast, die Stadt, forsche nach den motorischen Kräften dieses neuen Daseins, frage und debattiere. Mark begleitet mich, er führt mich auf das flache Dach des Palastes, wo Felix und Jai unter Tills Leitung den Stolz der Expedition, das große Radioteleskop aufgebaut haben.

»Das Ding hat uns bisher nicht viel Freude gebracht«, erklärt Mark müde, »doch es war schon ein großer Augenblick, als Till und seine Leute mit Hilfe des Teleskops die Photonenrakete gefunden haben.«

»Wo ist sie jetzt?«

»Exakt auf der vorprogrammierten Parkbahn um Tau Ceti.«

»Und was ist mit den Defekten?«

»Das war eine noch größere Freude. Es ist uns nicht nur gelungen, mit den Automaten des Operationszentrums die Funkverbindung aufzunehmen, wir konnten mit ihrer Hilfe sogar die Fehler des Systems eingrenzen. Nur ein paar Kabel und Relais sind beschädigt, eine Reparatur ist in wenigen Stunden möglich.«

»Habt ihr nicht befürchtet, daß vielleicht ...«

»Aber ja! Wir haben genau gewußt, was es heißt, eine defekte Automatik durch Funksignale zu stören. Wir hatten jeden Augenblick Angst, daß es nur eines einzigen falsch aufgefaßten Funkbefehls bedürfte, um die defekte Operationszentrale zu veranlassen, die Photonenrakete zu starten. Ich wollte so was gar nicht erst versuchen, Robert hat alles im geheimen gemacht.«

»Hattest du keine Angst, daß es schiefgehen könnte?« wende ich mich an Till. Er ist sehr hager, seine Wangenknochen stehen hervor, doch in seinen Augen lodert ein Feuer auf, der dem Feuer in meinem Blick gleicht.

»Nein. Denn wir mußten uns Gewißheit verschaffen, ob sich die Operationszentrale überhaupt reparieren läßt. Sollte nämlich der Schaden einen Umfang haben, der unsere Möglichkeiten übersteigt, wären unsere Bemühungen, die Rakete zu erreichen, für die Katz. Nun ist es uns aber gelungen, und hinterher ist es müßig, darüber nachzugrübeln, welches Risiko wir eingegangen sind.«

»Siehe da, das Lob der Verantwortungslosigkeit«, lacht Mark gezwungen. »Doch hinterher kann ich auch nichts mehr tun.«

Till gibt eine recht scharfe Antwort, und es kommt fast zum Streit, den ich schlichten muß. Mark brummt und motzt immer noch, als wir bereits im Parterre gelandet sind.

»Die wollen es nicht begreifen, die wollen es einfach nicht begreifen!«

»Was denn?«

»Daß man nicht mit dem Kopf durch die Wand kann. Hier ist kein Heldenmut gefragt, sondern Überzeugung und Geduld. Wir haben es mit Menschen zu tun, obendrein mit Menschen, deren innere Einstellung von der unseren grundverschieden ist. Wir können nicht erwarten, daß sie von heute auf morgen mir nichts dir nichts verstehen und unsere Wahrheiten akzeptieren.«

»Glaubst du, daß du diesen Oberpriester jemals von irgend etwas überzeugen kannst?« Kaum ausgesprochen, habe ich die Frage auch schon bereut.

»Siehst du denn nicht, daß ich alle meine Kräfte dafür einsetze?« ruft er erregt. So kenne ich ihn gar nicht. »Seit drei Jahren schlage ich mich mit ihm herum, versuche ihn zu überzeugen. Ich habe ihm bereits alles über die Erde erzählt, alles über unsere Gesellschaft, was gut und schön ist ...«

»Mit welchem Ergebnis?«

»Ach, ich könnte ebensogut gegen eine Wand reden!« winkt Mark ab. »Er denkt nur immer nach und stellt dann immer wieder eine Frage, die meinen Erwartungen diagonal entgegenverläuft. Wenn wir ihn aber um etwas bitten, dann sagt er zwar sofort zu, findet aber immer wieder ein Hintertürchen, um sich darum zu drücken.«

Wir schreiten über den großen Platz vor dem Palast, die Sonne brennt heiß auf uns nieder, und Mark sieht ziemlich verzweifelt aus. Menschen kommen uns entgegen, grüßen Mark mit einer Armbewegung, bestaunen meinen kahlgeschorenen Schädel, der einer Billardkugel gleicht – dies war leider die einzige Lösung, um mich von den Parasiten zu befreien, die ich im Busch aufgeklaubt hatte.

Nein, dies ist wahrhaftig nicht der richtige Ort für ein Streitgespräch, auch nicht die richtige Zeit, und ich verdränge den Gedanken, die in mir aufsteigende Frage, ob Mazu, der Oberpriester, an einer Gesellschaftsordnung wie der auf unserer Erde überhaupt interessiert ist. Die hier schon, denke ich, während ich das Lächeln der Passanten mit einem ebenso freundlichen Lächeln erwidere, doch kommt es mir so vor, als würde jedes Gespräch, das Mark mit Mazu führt, um ihn zu überzeugen, die Angst in Mazu nur noch steigern. Was soll aus ihm werden, wenn die Irdischen hierzulande ein System verwirklichen wollen, wie dort auf jenem fernen Planeten?

»Wie viele Einwohner kann diese Stadt wohl haben?« frage ich, indem ich das Thema wechsle.

»Wir konnten natürlich keine Volkszählung durchführen, obwohl uns diese Frage ebenfalls interessiert hat. Wir schätzen die Bevölkerung auf etwa acht- bis zehntausend, die Sklaven inbegriffen.«

»Die Sklaven? Welche Sklaven?«

»Vielleicht kannst du dich daran erinnern, was man dich im Geschichtsunterricht gelehrt hat. Sklaven sind Menschen, über die der Eigentümer wie über einen Gegenstand verfügen kann.«

»Ja, mir dämmert's auch schon ...«

»Es gibt aber nicht viele, weil sie nur ihre Kriegsgefangenen zu Sklaven machen können, und seit wir hier sind, herrscht Friede. Mazu hat bereits etwas von einer göttlichen Eingebung verlauten lassen, wonach man eine der benachbarten Städte angreifen müßte, um den Sklavenbestand aufzufrischen. Der Erfolg wäre ihm sicher, weil seine Stadt sich bereits mit zwei weiteren Städten verbündet hat.«

»Dave hat bereits erwähnt, daß dieses Bündnis eigentlich euch zu verdanken ist.«

»Nun ja, wir mußten ihnen helfen, als die Stadt angegriffen wurde, aber wir haben ja nicht ahnen können, daß wir dadurch Mazus Machtposition untermauerten.«

»Obwohl ich richtig in der Annahme gehe, daß er sonst keine Sorgen hat.«

Mark läßt einen bedauernden Seufzer hören.

»Das mag so ungefähr stimmen, doch was können wir tun?«

Ganz gleich, von welchem Punkt wir auch ausgehen, kehren wir stets zu dem gleichen Punkt zurück, und das ist der Zeitpunkt, wo wir unser Gespräch abbrechen. Keiner möchte Bedenken anmelden, das heißt, ich will *noch* nicht in eine Debatte einsteigen, während Marks Gedanken immer noch in einem Zauberkreis gefangen sind, nämlich den Gegner Schritt für Schritt mit friedlichen Mitteln zu überzeugen, wobei jede Kontroverse möglichst vermieden werden soll. Auf diese Weise aber kommen wir nicht weiter.

Er führt mich durch die ganze Stadt, zeigt mir den Aquädukt, der auf seinem gewölbten Rücken von den fernen bewaldeten Hügeln das kühle, saubere Trinkwasser in die Stadt bringt, die Tempel der verschiedenen Gottheiten mit den dazugehörigen großen, gepflegten Gartenanlagen, die winzigen Parzellen der Einwohner, in denen stets eine Frau, ein alter Mann oder ein Kind mit gebeugtem Rücken arbeitet.

»Arbeiten die Männer nicht?«

»Freilich, nur eben nicht hier! Vom zwanzigsten bis zum vierzigsten Lebensjahr müssen sie der Stadt dienen, entweder als Soldaten oder auf den Galeeren, die übrigen müssen die Gärten der Priesterschaft pflegen. Nur die Zunft der freien Fischer bilden eine Ausnahme, die zahlt ihre Abgaben und Steuern in Naturalien an Mazu.«

»Steuern?«

»Jawohl, Steuern! Dieser Begriff ist auch in unserer Sprache noch vorhanden, als Höflichkeitsfloskel, wie etwa: ich bin dir verpflichtet, stehe tief in deiner Schuld, weil du so freundlich und nett zu mir warst, oder so was Ähnliches. Der Großteil der Soldaten ist nicht für die Verteidigung der Stadt bestimmt, weil das ja unnötig ist, seitdem wir da sind, die Armee überwacht vielmehr die Eintreibung der Steuern, führt sie teilweise auch durch, bei den Fischern ebenso wie bei den Zünften der Handwerker. Uns ist es schon merkwürdig vorgekommen, daß jemand, der neue Schuhe braucht, mit einem Korb voller Früchte auf dem Kopf zum Schuhmacher wankt und dort die Ware gegen Naturalien eintauscht. Was mich aber am meisten empört, ist die Tatsache, daß die Handwerker so gut wie jedes Stück, das sie herstellen, unaufgefordert im Palast abliefern müssen.«

»Tun sie das wirklich?«

»Sie würden es nicht wagen, sich dieser Pflicht zu entziehen. Hier, am Ende dieser Gasse wohnt ein Töpfer«, sagt Mark und deutet die Häuserzeile entlang, die zur Bucht hinabführt. »Etwa eine Woche vor deiner Ankunft hatte er es versäumt, jene Krüge abzuliefern, die einer der Priester noch im ungebrannten Zustand mit dem Palastsiegel versehen hatte. Das war auch nicht möglich, weil sich beim Brennen ein Stein aus der Ofendecke löste und die ganze Ware zertrümmerte. Ein Unglücksfall, ein technischer Fehler, würden wir auf der Erde sagen. Doch in diesem Fall erschien ein Priester in Begleitung von zwei Soldaten, um die ausgebliebene Lieferung zu monieren, und ließ dann nicht nur den Töpfer, sondern auch seine ganze Familie einschließlich der Kinder auspeitschen.«

Eine Frage taucht in mir auf, die ich aber wieder unterdrücke.

»Und du, Mark Rogan, wie konntest du das dulden? Was soll da gutes Zureden noch nützen? Die hier sind auch nicht besser als Kriris Horde!« Mark muß aber etwas gemerkt haben, denn er setzt schnell hinzu:

»Glaube ja nicht, daß ich nichts unternommen habe! Vor unserer Ankunft wurde ein solches Versäumnis mit der Todesstrafe geahndet!«

Soll ich mich mit dieser Antwort zufriedengeben? Oder soll ich tatenlos zusehen, wie in dem Augenblick, wo wir an der Hütte dieses Unglücklichen ankommen, die Kinder schreiend davonlaufen und sich hinter der Gartenmauer verbergen, während der Töpfer und seine Frau auf dem schmutzigen Pflaster uns auf allen vieren entgegenkriechen?

Zunächst kann ich ihre Angst gar nicht begreifen. Mein kahler, schimmernder Schädel hat mich zum Liebling der Kinder gemacht, sie waren stets um mich, die Erwachsenen aber pflegten uns mit erhobenem Arm zu grüßen. Dann höre ich hinter meinem Rücken ein leises Tuscheln und Murren, während die beiden Unglücklichen sich auf dem Boden ausstrecken und ihr Gesicht aufs Pflaster pressen.

Ich drehe mich um und erblicke dicht hinter uns die beiden weiß gewandeten Priester, die uns bisher wie stumme Schatten gefolgt sind. In ihren Augen glitzern Haß und Verachtung, die sie wie Blitze auf die beiden am Boden liegenden Gestalten schießen.

Dann schauen sie mich an, das Feuer in ihrem Blick erlischt, die Maske der Gleichgültigkeit schiebt sich vor ihr Gesicht, wie sie es von ihrem Herrn und Meister gelernt haben.

Doch diese beiden Priester sind nicht Mazu und können meinen Blick nicht lange ertragen. Ihre Züge verraten Unsicherheit, dann Furcht, bis sie schließlich untertänig den Kopf neigen. Schließlich bin ich doch der Gefährte des göttlichen Ikendu, mögen sie denken, mir aber ist die Lust zur Stadtbesichtigung vergangen, vor allem aber habe ich keine Lust, noch mehr von ihren Gesetzen, von ihrer Gewalt zu erfahren.

Mir dreht sich der Magen um, ich bücke mich, um den Töpfer aufzuheben, weil ich es nicht ertragen kann, daß er vor mir erniedrigt wird.

»Rühr ihn nicht an!« ruft Mark erschrocken.

»Wieso denn nicht?«

»Du wirst die Gesetze der Stadt verletzen! Dadurch, daß uns Mazu als Brüder aufgenommen hat, sind wir an die Regel des Oberpriesters gebunden, daß wir nur einen Priester berühren dürfen. Du darfst dich dem Brauch nicht widersetzen!«

Ich betrachte ihn traurig von Kopf bis Fuß.

»Mag sein, daß er euch als seine Brüder aufgenommen hat, mich aber vorerst noch nicht, und das wird er auch hübsch bleiben lassen. Außerdem ist Ikendus Bruder nicht durch Mazus Gesetze gebunden.«

Die nackte Schulter des Töpfers zuckt unter der Berührung meiner Hand. Ich weiß nicht, ob er einen neuen Schlag erwartet oder ob er meint, daß sich durch die Macht der göttlichen Hand die Erde unter ihm auftun wird. Über seinen Rücken ziehen sich die getrockneten, blutigen Striemen, die Spuren der Auspeitschung.

»Steh auf und fürchte dich nicht!«

Er starrt mich entsetzt an, weil er natürlich kein Wort versteht.

»Ist es auch verboten zu dolmetschen?« sage ich zornig.

»Das nicht«, sagt Mark verwirrt, während er dem Töpfer Bescheid sagt. »Ich mache dich aber darauf aufmerksam, daß dies unabsehbare Folgen haben kann«, erklärt er hinter meinem Rücken, während ich die beiden Leute am Arm fasse und sie zu ihrer Haustür führe. Sie zittern und beben, starren vor ihre Füße auf den Boden, als hätten sie Angst, über die glatten, vertrauten Steine zu stolpern. »Schau dir nur diesen Volksauflauf an, die ganze Straße ist voll! Es dauert keine halbe Stunde, und Mazu wird Bescheid wissen.«

Vor der Tür lasse ich die beiden los, doch sie sinken vor mir sofort in die Knie, ich aber zerre sie wütend hoch. Ist denn auch hier alles vergebens, wie bei den Flachköpfen? Dann aber streichele ich ihre Schultern.

»Ihr braucht euch nicht zu fürchten«, sage ich in Nogos Zaubersprache, dann wende ich mich an Mark. »Sag ihnen, sie sollen sich nicht fürchten, weil ich sie liebe, und weil auch Ikendu sie liebt. Ich liebe jeden Bewohner dieser Stadt, ob man ihn nun ausgepeitscht hat oder nicht. Das verkündet Ikendus Bruder.«

Ich wende mich mit ausgebreiteten Armen der Straße zu, in der es von Menschen wimmelt. Die Leute starren mich verwundert an, ich sehe, daß sie sich fürchten. Die beiden Priester stehen da, den Kopf unter ihren Kapuzen eingezogen, wie zwei verschlafene Fischreiher. Scheinbar nehmen sie nichts wahr, hören nichts, sehen nichts, doch ihre Augen blitzen mit aufmerksamem Blick.

Mark übersetzt unwillig, ich weiß, daß er meine Worte übersetzt, in dieser Situation kann er kaum etwas anderes sagen. Die Gesichter, die Minen erhellen sich, ein Ruf steigt aus der Menge auf, ein ganzer Wald von hoch erhobenen Armen begleiten uns ein Stück, bis das wütende Getuschel der beiden Priester die Menge verscheucht. Marks Gesicht ist leichenblaß.

»Das war Wahnsinn! Das wird unverzüglich Mazu gemeldet!«

»Nur zu! Ich bin Ikendus Bruder, ein Umstand, den Mazu gleich bei unserer Ankunft dort am Kai verkünden mußte. Also muß er die bittere Pille schlucken.«

»Freilich ist das ein großes Glück, ein unvermutetes Glück mit diesem ... also mit Nogo. Doch was geschieht, wenn er zu sich kommt und sich herausstellt, daß er doch nicht derjenige ist, für den man ihn hält?«

»Nichts wird geschehen, denn ich bin der einzige, der mit ihm reden kann. Du brauchst keine Angst zu haben, Nogo ist sehr gelehrig, wenn ich auch keinen Waldgott aus ihm machen kann. Mit seiner Kraft, seiner Geschicklichkeit, mit seinem bewundernswerten Instinkt wird er sich jenes Ansehen erkämpfen, das ihm zusteht, selbst Mazu gegenüber.«

»Vorerst aber schläft er noch«, murmelt Mark, während er das Pflaster anstarrt. »Er schläft, und bis dahin ist Ikendu, der Waldgott ...«

An diesem Abend, als ich mich gerade schlafen legen will, steckt Mark den Kopf herein.

»Mazu will dich sprechen«, sagt er pikiert, »und mich auch. Ist Val nicht da? Vorhin hat er im Erdgeschoß zu mir gesagt, daß er hierher kommen will.«

»Ich weiß, du hast ihn rufen lassen. Was will denn dieser Oberpriester?«

»Das weiß ich nicht, aber ich fürchte mich vor diesem Gespräch. Auch Ten Ling wird mitkommen, weil er diese Sprache am besten beherrscht und weil Mazu seine astronomischen Kenntnisse respektiert. Wie geht es Nogo? Ist er wieder bei Bewußtsein? Val meint, es könnte jeden Augenblick der Fall sein, weil er kaum noch Schlafmittel bekommt.«

»Merkwürdig – mir hat er nichts gesagt. Warum hast du mir nicht gesagt, daß Nogo schon so weit ist?« sagte ich zu Val, der soeben eintritt.

»Weil ich es mir inzwischen anders überlegt habe«, erwidert Val bestimmt, für meine Begriffe viel zu sicher. »Ich habe seine Herztöne noch einmal überprüft, und die wollen mir gar nicht gefallen. Ich wage es nicht mehr, im noch weiter Drogen zu verabreichen, darum habe ich dies hier mitgebracht.«

Val hält eine kleine Dose in der Hand, aus der ein dikkes Kabel herausragt und in einer schimmernden, halbmondförmigen Platte endet. Dieser Halbmond ist mir vertraut, und nun weiß ich auch, was es ist. Die Schlafelektrode des Hibernators sieht genauso aus. Sollte es also dieses Gerät sein, das Nogo von der Wirklichkeit fernhält?

»Was soll denn das?« frage ich ärgerlich. »Nogo fehlt mir immer mehr. Sein Arm ist doch wieder in Ordnung! Oder nimmst du auch das zurück?«

»Das Herz, verehrter Kollege, das Herz!« meint er spöttisch, um die Stimmung zu lockern. »Doch ich verspreche dir, das Schicksal unseres Patienten mit dir zu diskutieren, sobald es ihm besser geht. Jetzt ist es aber besser, wenn du dich seelisch auf die bevorstehende erhebende Unterhaltung einstellst. Wirst du ihn in der Sprache der Götter begrüßen?«

Die scharfe Antwort liegt mir auf der Zunge, als Ten Ling den Kopf zur Tür hereinsteckt.

»Können wir?«

Im Korridor werden wir von Fackelträgern empfangen und schreiten dann stumm zwischen den Mauern entlang, auf denen düstere Schatten spielen. Ich achte nicht auf die Richtung, grüble immer über Nogos »Hibernation« nach. Ich kann einfach nicht glauben, daß sein Herz nicht in Ordnung ist, wenn aber doch, wieso ist man erst jetzt dahintergekommen? Nogo, Nogo, mein lieber Freund und Kamerad, was fehlt dir denn? Vielleicht nur, daß du ein Wilder bist und daß man dich für einen Gott hält? Bevor ich diese Spur weiterverfolgen kann, tut sich die nächste Tür auf, und an der langen Reihe weiß gewandeter Gestalten, die sich in der Dämmerung verliert, erkenne ich, daß wir am Ziel angelangt sind.

Es ist ein großer, geräumiger, aber verhältnismäßig niedriger Saal, wahrscheinlich Jahrhunderte früher erbaut als die Gewölbe der oberen Stockwerke. An der Rückwand steht eine Art Thronsessel auf einem niedrigen Podest, der sich nur so weit über den Boden erhebt, daß man über die Köpfe derjenigen hinwegsehen kann, die davorstehen. Hinter diesem Sessel oder Thron funkelt an der Wand eine gewaltige goldrote Scheibe im Licht der Fackeln. Das reflektierte Licht beleuchtet Mazus Kopf von hinten, taucht sein Gesicht in Schatten, so daß ich kaum seine Züge, geschweige denn seine Augen sehen kann. Wir aber, die wir ihm gegenüberstehen, werden vom Glanz der Scheibe geblendet, jede Bewegung in unseren Gesichtern, jedes Wimpernzukken liegt offen vor Mazus Blick, der sich in der Dämmerung verbirgt.

Jetzt werden Begrüßungsfloskeln ausgetauscht, von

denen ich kein Wort verstehe. Mark setzt an, Mazu antwortet weitschweifig, seine Stimme klingt hohl in der merkwürdigen Akustik des Saals. Die weisen alten Baumeister haben auch daran gedacht, nicht nur an den Trick mit der blendenden Scheibe, ärgere ich mich insgeheim, hier ist alles darauf angelegt, für den Delinquenten, der vor Mazus Thron steht, die unbequemsten, Schrecken einflößenden Umstände zu schaffen. Mazu redet lange, ich aber werde immer nervöser.

»Wie lange müssen wir hier noch herumstehen?« frage ich Ten Ling.

Mark wirft mir einen verzweifelten Blick zu, doch die sonore Stimme bricht ab. Mazu winkt, und die Priester, die sich lautlos von der Wand lösen, schieben drei Hokker ohne Lehnen hinter uns. Die Hocker sind unbequem und niedrig, wir müssen uns den Hals verrenken, um zu Mazu emporzublicken, der uns vorkommt wie ein dunkler, schwerer Schatten inmitten der glitzernden Scheibe. Dann fängt er wieder an zu sprechen, und Ten Ling übersetzt leise und fließend.

»Jetzt spricht er zu dir. Er sagt, daß er dich zwar noch nicht wie uns als göttlichen Bruder aufgenommen hat, daß er dich aber als unseren Bruder und als Gefährten des göttlichen Ikendu so weit respektiert, daß er den Töpfer hart strafen wird. Gleich morgen früh wird er aus der Stadt verbannt, weil er zugelassen hat, daß deine göttliche Hand durch seine Berührung befleckt wurde.«

»Alter Vru, böser Geist aller Flachköpfe!« murmle ich in der Sprache des Busches vor mich hin. »Ich muß an dich denken, diese auf den Kopf gestellte Logik erinnert mich lebhaft an dich, wo der Unschuldige durch den Schuldigen doppelt bestraft wird. Sag ihm«, wende ich mich an Ten Ling, »daß er an meiner Stelle keinen zu bestrafen braucht. Wenn ich einen strafen will, so wird ihn meine Rache treffen, ob es sich um einen Töpfer oder um sonst jemand handelt. Und wenn meine oder Ikendus Hand jemanden berührt, dann wird nicht unsere Hand befleckt, sondern derjenige rein, den wir berührt haben!«

Mark möchte etwas einwenden, doch Ten Ling übersetzt bereits leidenschaftslos meine Worte für die reglose, aus Schatten gemeißelte Skulptur. Wenn mich diese Scheibe nur nicht so blenden würde! Die Worte prallten wirkungslos von Mazu ab, auch in den Reihen der Priester ist es mäuschenstill. Es dauert lange, ungemütlich lange, bis der Schatten wieder zu sprechen beginnt. Mark und Ten Ling schauen sich an.

»Das ist empörend!« sagt Mark leise.

»Was ist los?«

»Er sagt, das die großen Galeeren in dieser Nacht aus der Bucht ausgelaufen sind, um eine der Nachbarstädte anzugreifen. Vielleicht kannst du dich erinnern, daß ich das erwähnt habe. Jetzt verlangt er von dir, daß du ihm vorhersagst, wie dieser Kampf ausgehen wird. Was sagst du jetzt?«

Jetzt kann nur noch eine Improvisation helfen, Vru tat stets dasselbe, wenn ich ihn während unserer zahlreichen Debatten in die Enge trieb. Dann pflegte er sich in irgendwelche Unmöglichkeiten zu flüchten, wobei er die Erklärung zu einer späteren, passenderen Gelegenheit aufschob.

»Helft mir ein bißchen, ich kenne mich bei den vielen Göttern noch nicht ganz genau aus. Das Meer hat sicher seinen eigenen Gott?«

»Sicher.« Mark nickt.

»Dann übersetze: Wir dürfen uns nicht in die Angelegenheiten des Meeresgottes einmischen, der unser Freund ist, weil er unser Boot in seinen Händen gehalten und behütet hat, damit es in dieser Bucht vor Anker geht. Ikendu aber befiehlt den Felsen«, fahre ich fort und versuche, das wenige auf mystische Weise zu ordnen, was ich über die beiden Buchten und über die verschüttete Meerenge weiß, mag es auch noch so sinnlos sein, Hauptsache, es hört sich gut an, »die die Buchten bewachen, und die Felsen können sich schließen oder öffnen, wie es ihm gefällt. – Still, Mark, keine Widerrede! In solchen Situationen ist es am besten, wenn die Antwort genauso unsinnig ist wie die Frage. Achte lieber auf die Wirkung!«

Das Ergebnis gibt mir tatsächlich recht. Die weißen Gestalten zu beiden Seiten schwanken wie Schilf im Wind, das leise Flüstern wird nur durch Mazus Geste unterbrochen, der mahnend die Hand hebt.

»Was wollte der Meister der Worte, Ikendus Bruder, damit sagen?« richtet er die Frage an mich. »Die Bucht unserer Väter ist zur Toten Bucht geworden, und wir haben auf Geheiß der Götter Steine in die andere Bucht geschüttet, um den Zorn der Götter abzuwenden. Welch neue Gefahr bedroht das Wasser der Neuen Bucht?«

»Die Zukunft liegt in der Hand der Götter«, versuche ich weise zu retirieren. »Ich werde meinen Bruder, den göttlichen Ikendu befragen.«

Er aber läßt mir für den Rückzug keine Zeit, er nützt vielmehr meinen Fehler aus, den ich für einen klugen Schachzug gehalten habe; er will mich zu fassen kriegen, weil er weiß, daß ich genauso unverschämt lüge wie er. Den Sieg aber wird derjenige davontragen, der seinen Gegner in Widersprüche verwickelt, der ihn so tief in den Sumpf seiner eigenen Lügen eintaucht, daß es kein Entrinnen mehr gibt.

»Der Meister der Worte sagt, daß er mit Ikendu sprechen will?« meint er verwundert. »Wir aber wissen, daß der Göttliche Jäger schläft! Wie kann er dann mit ihm sprechen?«

»Jetzt hat er dich erwischt, Gregor!« sagt Mark betrübt. »Ich gebe zu, daß ich ihm bisher auch nicht gewachsen war, doch er hat mich noch nie so sehr in die Enge getrieben wie dich! War denn das nötig?«

Diese Partie habe ich tatsächlich verloren, Mazu hat mir die Niederlage am Kai heimgezahlt. Ich bin müde und zornig. Für all das ist diese verdammte glitzernde Scheibe verantwortlich, von der meine Augen schmerzen und die mir Kopfschmerzen bereitet. Ich taumle in ihrem blendenden, vibrierenden Schein herum, umschwirre sie wie die Motten das Licht. Dann aber meldet sich Ten Ling leise zu Wort.

»Wartet! Vielleicht kann ich helfen. Was Gregor da zusammengetragen hat, paßt in jenes Gedankengebäude, in jene Überlegungen, mit denen ich mich schon seit geraumer Zeit herumschlage, von denen ich dir, Freund Mark, bisher nicht berichtet habe, weil mir das alles schier undurchführbar vorkam. Sag etwas, Mark, egal was, damit er meint, ich würde deine Worte übersetzen.«

»Ich wünsche von ganzem Herzen, daß die Decke über ihm einstürzt, sobald wir den Saal verlassen haben. Reicht das?«

»Nein. Sprich weiter!«

»Dann wünsche ich weiter, daß auch jene Meerenge einstürzt, durch die seine Schiffe hinausgefahren sind, wenn schon der Weg für die *Wiking* versperrt ist. Paßt es jetzt?«

»Genau daran habe ich gedacht.« Ten lächelt bescheiden. »Und jetzt habe ich nur noch eine Bitte, daß du nämlich morgen mit mir spazierengehst. Abgemacht?«

Mark schneidet ein ebenso verblüfftes Gesicht wie ich, doch dann, als Ten dem Oberpriester in der Sprache der Stadtbewohner etwas zu erklären beginnt, leuchten seine Augen auf.

»Eine wahnsinnige Idee«, flüstert er mir zu, »aber wenn es gelingt?!«

»Was denn?«

»Das, was Ten soeben Mazu erklärt! Ich sag es dir später.«

Das respektvolle Geflüster der Priester wird jetzt durch empörtes Murmeln abgelöst, und der Schatten aus dem Goldrahmen, Mazu, kippt ebenfalls aus seiner Reglosigkeit, schneidet unbedacht aller Würde Ten das Wort ab, streitet und debattiert. Mark ist ganz Ohr.

»Ja, zum Kuckuck, worum geht es jetzt eigentlich?«

»Warte! Später! Jetzt ist es wichtig, daß mir kein Ton entgeht!«

Das ist wieder der alte, starke, aktionsgeladene Mark, der Ten Lings ziemlich langatmige Erklärungen mit begeistertem Kopfnicken quittiert und gelegentlich sogar ein Wort einwirft. Ich kann zwar nicht begreifen, was geschehen ist, aber ich sehe ein, daß es besser ist, wenn ich jetzt den Mund halte.

Das Verhör geht schließlich mit weiteren langatmigen Abschiedsworten Mazus zu Ende, und wir treten in Begleitung der Fackelträger den Rückweg an. Mark aber wendet sich mit knappen Worten an Ten.

»Jetzt kein weiteres Wort mehr! Erst wenn wir wieder unter uns sind!« meint er, doch sein Auge blitzt munter, fröhlich und vielsagend.

Als sich aber dann die Tür unserer Wohnung hinter uns geschlossen hat, trommelt Mark sofort die ganze Gesellschaft zur Beratung zusammen. Felix hält Wache, er kann nur über seinen Aptator anwesend sein. Mark aber faßt seine Gedanken in wenigen knappen Worten zusammen.

»Es geht um eine sehr wichtige Sache. Ten Ling hat Mazu einen Plan vorgelegt, der, wenn er gelingt und wenn er durchführbar ist, dazu beiträgt, daß die *Wiking* an Land kommt. Das aber heißt, daß wir diesen Planeten verlassen können. Bitte, Ten!«

»Mark hat vergessen zu erwähnen, daß die Idee zwar

von mir stammt, daß ich sie aber ohne Gregors Hilfe niemals hätte vorschlagen können. Mazu hat wie üblich versucht, auch Gregor in die Enge zu treiben, was ihm teilweise auch gelungen ist.«

»Ihr wißt, daß man Nogo für den Waldgott hält; nun ist er also gleichzeitig auch der Felsengott. Gregor hat in seiner Verlegenheit so was Ähnliches gesagt, daß Nogo – das heißt Ikendu – den Felsen gebietet, hat dies mit dem Einsturz der Meerenge an der Toten Bucht in Beziehung gebracht. Mag sein, daß dies nicht seine Absicht war, doch Mazu hat es so aufgefaßt, und ich habe gesehen, daß er Manschetten bekam. Natürlich dauerte es nur einen Augenblick, doch dabei fiel mir wieder die Idee ein, die ich schon lange mit mir herumtrug, die ich aber nicht erwähnen wollte.«

»Was wäre, wenn wir darauf verzichten würden, die *Wiking* an Land zu ziehen? Ihr wißt, daß dies sowieso ein schwieriges Unterfangen wäre, denn das Ufer ist ziemlich steil, und Mazu würde niemals einwilligen wegen der Beschädigung der Tempelgärten.«

»Ich überlege mir, wie es wäre, wenn wir die Meerenge an der Bucht ganz zuschütten und das Wasser ins Meer pumpen würden, damit die *Wiking* aufs Trockene zu liegen kommt. Natürlich wäre dies eine spätere Phase, weil man zuerst für die Fischer der Stadt eine andere Bucht sichern muß.«

»Solange Gregor die Trennung der Felsen nicht erwähnte, fiel es mir nicht ein, daß man die Meerenge an der Toten Bucht durch eine Sprengung wieder öffnen könnte, ein Unterfangen, das auch für die Fischer ein brauchbares Ergebnis zeitigen würde. Ich bin mir nur nicht sicher, ob der Biogenerator einen entsprechenden Sprengstoff herstellen kann.«

Dave und Marcis schauten sich an.

»Also unmöglich wäre das nicht, Salpetersäure können wir herstellen, fragt sich nur, was wir damit nitrieren sollen. Was meinst du, Marcis? Wir müssen höllisch aufpassen, ich möchte nicht, daß es auf der *Wiking* eine Explosion gibt, obwohl wir unseren Plan am besten an Bord durchführen könnten.«

»Es läßt sich machen«, meint Marcis. »Ich habe zwar noch nie so was hergestellt, aber es ließe sich machen. Ich werde nachsehen, welcher Stoff sich nitrieren läßt und welche Zutaten erforderlich sind, damit die Mischung etwas träger wird und erst dann hochgeht, wenn wir es wollen.«

»Was aber das Auspumpen der verschlossenen Bucht betrifft«, warf Andrej ein«, könnten wir die Treibstoffpumpe eines Triebwerks ausbauen. Es ist zwar schwierig und zeitraubend, weil wir große Lasten bewegen müssen, unmöglich ist es aber nicht. Und dazu hätte ich eine Idee. Wir müssen nicht unbedingt die ganze Bucht leerpumpen. Wir werden die *Wiking* an jener seichten Stelle gegenüber dem Hafen mit Hilfe des Triebwerks auf Sand setzen – die paar Kratzer, die sie dabei abkriegt, sind nicht mehr als ein Schönheitsfehler –, dann müßte der Wasserspiegel nur um etwa sechs bis sieben Meter gesenkt werden. Auch bei einer Hochleistungspumpe würden wir auf diese Weise eine Menge Zeit und Energie sparen.«

Innerhalb einer halben Stunde wußten wir, daß es keine unlösbaren Probleme gab. Mag sein, daß die Reparatur noch einige Jahre in Anspruch nehmen würde, aber sobald die *Wiking* auf dem Trockenen liegen würde, stünde uns der Heimweg zur Erde offen. Alle sind begeistert und reden durcheinander, bis Till in einer Atempause die Frage stellt:

»Wie aber konntet ihr den Oberpriester dazu bringen, daß er es zuläßt, die Bucht leerzupumpen? Hatte er keine Einwände?«

Ten klimpert verlegen mit den Wimpern.

»Nun, da liegt allerdings noch der Hase im Pfeffer.

Ich habe ihm nicht alles so erzählt wie hier, war ja wohl auch nicht möglich. Wenn Gregor diesmal auch keinen Erfolg gehabt hat – und ich weiß wirklich nicht, wie er sich aus dieser Prohpezeihung herauswindet –, hat er doch insofern recht, daß man Mazu nur mit den eigenen Waffen schlagen kann. Also habe ich ihm gesagt, daß wir – das heißt Ikendu – ihm die Tote Bucht wiedergeben können, dafür aber verlangen die Götter, daß er für ein paar Jahre auf die Nutzung der Neuen Bucht verzichtet. Ich bin überzeugt, daß er uns um jeden Preis festhalten will – sind wir doch ungewollt zu einem der tragenden Pfeiler seiner Macht geworden –, zumindest so lange, wie er uns braucht. Darum durfte ich ihm den Zweck nicht verraten, warum wir eigentlich die Neue Bucht sperren wollen. Mark aber hat sofort begriffen, woran ich denke, und wir haben beide versucht, Mazu zu überzeugen, daß er ein gutes Geschäft macht, weil dann nach einigen Jahren die Stadt über zwei Buchten verfügen wird.«

»Und was hat er gesagt?«

»Wer hat denn je eine direkte Antwort von Mazu bekommen?« seufzt Mark. »Er bezweifelte, ob wir Gregors Worte richtig verstanden hatten, denn wir mußten ja vortäuschen, daß Gregor den Wunsch Ikendus übermittelt, wir aber seine Worte übersetzen. Es ist eine vertrackte Angelegenheit, doch Gregor hat recht. Wenn wir einen Erfolg erringen wollen, müssen wir in den sauren Apfel beißen.«

»Trotzdem, was habt ihr überhaupt erreicht?«

»Er verlangte einen Beweis dafür, daß wir richtig übersetzt haben!«

»Merkwürdig! Als er Gregor im Hafen empfing, war ihm so was anscheinend nicht eingefallen!« rief Val dazwischen.

»Jetzt geht es nicht darum, sondern um den Beweis ...«

»Warum? Was will er denn für einen Beweis haben?«

»Zunächst soll Ikendu die Zufahrt zur Toten Bucht freimachen, dann wird er auch glauben, daß wir die Meerenge an der Neuen Bucht ebenfalls auf göttlichen Befehl dichtmachen.«

»Und wo liegt da der Haken?« Der stets geradeaus denkende Takura sieht die Falle nicht.

»Denn sobald wir die Felsen der Toten Bucht gesprengt haben«, meint Dave mit einem bitteren Lachen, »wird er einen Rückzug machen und nicht mehr bereit sein, der Schließung der Toten Bucht zuzustimmen. So wird er gleich zwei Buchten zur Verfügung haben und braucht nicht jahrelang zu warten, bis die Neue Bucht frei wird.«

Unsere Begeisterung hat deutlich nachgelassen, wir sind nicht mehr so zuversichtlich wie vorhin, als wir meinten, wir brauchten nur die Hand nach der Erde auszustrecken. Wir sitzen still da, je nach Temperament zwischen Wut und Verzweiflung hin und her gerissen. Schließlich ist es Till, der das Wort ergreift.

»Wir müssen uns in jedem Fall entscheiden, also was soll's? Mazu muß sich entscheiden, und wir auch. Mag sein, daß wir draufgehen, zumindest aber werden wir hier nicht länger tatenlos herumsitzen. Laßt uns erst die Felsen sprengen, dann wollen wir sehen, ob es Mazu fertigbringt, einen Rückzieher zu machen. In diesem Fall werde ich ihm den Hals umdrehen.«

Ich sehe Mark an, daß er Till besänftigen möchte, doch dann läßt er es bleiben und wendet sich an mich.

»Ich muß mich hier vor allen bei dir entschuldigen, Gregor. Ich habe dein Benehmen mißverstanden, und was ich besonders bereue, ist die Tatsache, daß ich geglaubt hatte, deine Erlebnisse hätten deinen Geist verwirrt. Ich befürchtete, daß du gegen meine Vorstellungen arbeitest, drum habe ich ...«

»Laß das, ich weiß Bescheid. Daß dieser Plan entstehen konnte, ist mehr wert als jede Entschuldigung. Ich weiß aber auch, daß ich ebenfalls etwas schärfer gewesen bin als notwendig. Vielleicht war aber auch dies zu etwas gut.«

»Das war es wohl«, meint er. »Ich hatte mich schon viel zu sehr in meine friedlichen Vorstellungen verstrickt, du aber hast mir den Kopf zurechtgesetzt. Ich hätte nur noch eine Frage an dich. Nogo ...«

»Was ist mit Nogo?«

»Ich gebe zu, daß das nicht fair war. Nogo fehlt gar nichts. Ich war es, der Val angewiesen hat, ihn weiter kampfunfähig zu halten. Es war schon schlimm genug, dich zu bremsen, zumindest habe ich es so gesehen. Nun möchte ich dich aber bitten, daß Nogo noch ein bißchen schläft. Diese Sprengung ist eine gewaltige Aufgabe, bei der du eine Hauptrolle spielst. Schließlich bist du Geologe und verstehst dich am besten darauf, einen Fels zu sprengen. Du wirst keine Zeit haben, dich um ihn zu kümmern, weil ja für ihn die ersten Tage nach dem Erwachen die schwersten sein werden. Dann aber werde ich keine Bedenken mehr haben, ganz egal, ob er Nogo oder Ikendu sein wird. Du wirst es schon verstehen, ihm alles beizubringen.«

Am liebsten möchte ich aus der Haut fahren und protestieren, aber ich fühle, daß er recht hat, für Nogo ist es vorerst so am besten. Ich schäme mich, aber ich nicke und verrate meinen alten Freund mit einem Kopfnikken.

Am nächsten Morgen verlassen wir zu fünft recht früh den Palast. Dave und Marcis gehen zur *Wiking,* um zu versuchen, einen Sprengstoff herzustellen, Andrej löst Felix ab, Ten Ling und ich wollen die Meerenge an der Toten Bucht besichtigen. Eine Weile haben wir den gleichen Weg, dann biegen die anderen zum Hafen ab. Zum Abschied versuchen sie, mich noch einmal aufzuziehen, weil trotz der beiden Priester und der beiden

Bewaffneten, die uns eskortieren und Mazus Sorgfalt verraten – oder vielleicht gerade deswegen? –, baumeln die steinzeitlichen Waffen, Pfeil und Bogen, die ich noch auf dem Floß gefertigt hatte, von meiner Schulter.

»Den Kopf des Löwen bekomme ich wohl?« neckt mich Andrej.

»Aber nein, er wird Seeungeheuer jagen«, erklärt Dave mit ernstem Gesicht. »Man sagt, in der Nähe der Meerenge wimmelt es nur so von diesen Viechern.«

»So ist es«, setzt Andrej noch einen drauf. »Die Viecher sind zehn Meter lang und werden von Fusionsreaktoren angetrieben. Aber versprich mir, daß du für mich einen Löwen mitbringst!«

»Zerbrecht euch den Kopf lieber über den Sprengstoff«, erwidere ich lachend. »Ten und ich werden sicher früher fertig. Ihr müßt aber zusehen, daß auch von der *Wiking* noch etwas übrigbleibt. Ich habe in meiner göttlichen Allwissenheit nicht prophezeit, daß ihr sie heute in die Luft jagt!«

»Kümmere dich du um deine Löwen!« ruft mir Andrej nach. »Du wirst sehen, wir werden eine Wunderdroge zusammenmixen, die man nur über die Felsen zu gießen braucht und sie dahinschmelzen läßt wie Butter in der Sonne!«

Eine Weile gehen wir noch zwischen den Gärten entlang, dann erreichen wir die Felsbastion der Küste und wenden uns nach links.

Der kahle Bergkamm zieht sich parallel zum Meer hin, seine Hänge hat der Ansturm der Wellen ausgehöhlt, er stützt sich mit einer 40 bis 50 Meter hohen steilen Felswand aufs Meer. Dies war jene Wand, der ich mit meinem Boot gefolgt war, als ich die Zufahrt zur Bucht gesucht hatte.

Von hier oben ist sie nicht zu sehen, weil sie der obere Rand des Felsens verdeckt, und die Wellen, die tief unter mir brüllend gegen den Fels branden, schicken nur ein leises Raunen zu mir empor, das mich begleitet.

Wir sind noch keine Viertelstunde unterwegs, als sich der Bergrücken vor uns neigt und vor uns auf der gegenüberliegenden Seite die brüchige Felswand des anderen Ufers auftaucht. Wir gleiten vorsichtig über den immer steileren Hang hinab, bis wir endlich das stille Wasser der Bucht erblicken. Der Zugang ist enger als der zur Neuen Bucht, ich schätze, etwa zwanzig, höchstens fünfundzwanig Meter breit. Die Oberfläche des Wassers verrät, daß die Bucht sehr tief ist, in der blaugrauen Masse kann ich nicht einmal den Schatten eines Riffs entdecken.

»Hier ist alles klar. Wo liegt die Einsturzstelle?«

»Ich bin noch nie hier gewesen, aber man hat mir erzählt, daß die Stelle an jenem Punkt liegt, wo die Bucht ins Meer mündet. Also dann nichts wie hin!«

Wir klettern rechts über den Steilhang, ich vorneweg, Ten hinter mir.

»Lauf doch nicht so schnell, Gregor! Ich bin kein so guter Bergsteiger wie du!«

»Das hat überhaupt nichts mit Bergsteigen zu tun, also spute dich gefälligst! Sobald wir die Einsturzstelle gefunden haben, kannst du dich ausruhen. Ich weiß nicht, wieviel Zeit ich brauche, um die Gegend abzuklappern, also muß ich mich eilen!« rufe ich zurück.

Die Priester und die Soldaten sind hoch oben auf dem Sims geblieben und marschieren dort oben parallel zu uns weiter. Die Meerenge neigt sich noch etwas nach rechts, und ich habe das Gefühl, daß mein Fuß eine primitive Treppe betritt, die nicht senkrecht zum Wasser, sondern quer zum Meer verläuft, also eine Treppe, die vielleicht die Ahnen der Stadtbewohner in grauer Vorzeit in den Fels gehauen haben. Auf jeden Fall führt sie mich in die Richtung, die ich einschlagen will, und es geht sich viel leichter als über den Steilhang mit seinem lockeren Gestein. Ich blicke zurück, hinter mir plagt sich Ten Ling immer noch hundert Meter tiefer ab.

»Ten«, rufe ich, »merk dir diese Stelle, wo ich jetzt stehe! Hier führt eine Treppe nach unten, suche sie und folge mir!«

Er aber schaut zu mir herauf und winkt – in Ordnung!

Ich springe leichtfüßig über die flachen Stufen. Das bisher abschüssige Ufer wird zur steilen Felswand, die kaum einen Meter breite Treppe schmiegt sich an den Felsen, links in der Tiefe schimmert dunkel das Wasser. Die Felswand geht zweimal in die Rechtskurve, die Treppe folgt den bruchartigen Windungen. Ich befinde mich nur noch in zehn Metern Höhe, als die gegenüberliegende steile Uferwand abrupt endet und das Meer zum Vorschein kommt. Nur noch wenige Meter, und ich habe die Meerenge erreicht!

Plötzlich biegt die Treppe im rechten Winkel nach rechts ab, ich kann kaum meinen Schwung bremsen, schon tut sich das Meer vor mir auf mit seinen Brechern, mit seinem salzigen Geschmack, großartig und glänzend.

Dann aber schaue ich unter meine Füße, und die Begeisterung läßt schlagartig nach. Die Treppe endet in der Luft, fünf Meter über dem Wasserspiegel, der Rest wurde von den seinerzeit hinabgestürzten Felsmassen mitgerissen. Hätte ich mich nur noch einen Schritt weiter am Anblick des Meeres erfreut, würde ich jetzt dort unten liegen.

Ich untersuche die umgestürzten Felsen, die wie gewaltige Säulen quer über der Meerenge liegen. Das Geröll haben die Wellen längst davongetragen und zermalmt, aber vier bis fünf gewaltige Riffe ragen schief und zerschmettert aus dem Wasser. Die Sprengsätze müssen an zahlreichen Stellen angebracht werden, stellenweise muß man Löcher in den Fels bohren, damit sie durch die Explosion so weit wie möglich zerkleinert werden. Den Rest wird dann wohl die Brandung schaffen.

Doch wie soll man sich den Felsen nähern? Die abgebrochene Treppe setzt sich am Felsen entlang in einem gewundenen Sims fort, dort hinabzusteigen erfordert bergsteigerische Fähigkeiten. Ich mache einen Schritt zur Seite, um festzustellen, ob der Sims bis zum Wasser hinunterführt, und in diesem Augenblick streift etwas meine Schulter, ein gewaltiger Felsbrocken stürzt genau auf die Stelle, wo ich noch vor einer Sekunde gestanden habe.

Es ist das Resultat der Jahre, die ich mit Nogo verbracht habe, daß ich, während die Treppe noch unter der Wucht des Schlages bebt, mit dem Bogen in der Hand bereits über mir an der Kante der Felswand den einen Priester erblicke. Halb über die Schlucht gebeugt ist er bereits daran, den nächsten Felsbrocken hinabzuwälzen. Ich ziele auf seinen Hals, doch der Pfeil durchbohrt seine Brust unter dem Arm, der sich gegen den Felsbrocken stemmt. Er schreit auf und klammert sich vor Schmerz verkrampft an den stürzenden Stein.

Ich mache einen Satz, ohne zu überlegen, wo ich lande, und schon knallt der mehrere Zentner schwere Stein dröhnend auf die Treppe, ein weißes Gewand blitzt auf, die beiden letzten Stufen krachen unter dem Gewicht zusammen und stürzen in Geröllstaub gehüllt miteinander in das aufgewühlte, hungrige Wasser.

Ich schaue nach oben, aber der Vorsprung ist leer. Könnte es sein, daß Mazu nur diesem einen Priester den Anschlag auf mich befohlen hat? Ich laufe einige Meter hinter die Biegung zurück, wo mich die herabstürzenden Steine nicht mehr erreichen können und lehne mich an den Fels. In mir steigt ein Zorn auf, der mir den Atem verschlägt. Ich lege einen neuen Pfeil auf die Bogensehne und behalte die Treppe im Auge: Also los, ich warte! Hier könnt ihr nur einer nach dem anderen kommen und werdet auch einer nach dem anderen mit durchschossener Kehle bei eurem Genossen im Wasser landen!

Hinter der Biegung fällt ein Stein – aha, da kommt schon der erste! Ich hebe den Bogen, eine Gestalt taucht auf, der Pfeil ist bereits meinen Fingern entglitten, mir bleibt nichts übrig, als mit einem verzweifelten Ruf den Bogen hochzureißen.

Ten Ling erschrickt erst, als die schwere Steinspitze bereits über seinen Kopf hinweggerauscht ist.

»Gregor! Was treibst du denn da?«

Ich muß mich am Felsen festhalten, weil mir jetzt die Angst tatsächlich in die Glieder fährt, wenn ich daran denke, was hätte passieren können. Ten ahnt gar nicht, daß er nur um ein Haar dem Tod entgangen ist.

»Ich ... ich dachte ... sie wären es«, stottere ich.

»Wer denn? Und warum schießt du wie wild um dich?«

»Stell dich hierher!« sage ich und ziehe ihn zu mir heran, wo uns der Fels Deckung bietet. »Hier können uns die Steine, die von oben kommen, nicht erreichen. Der eine Priester hätte mich fast mit einem Felsbrocken erschlagen«, setze ich an, aber hinter der Biegung höre ich Schritte. »Hörst du? Sie kommen!«

»Ich kann absolut nichts hören«, sagt Ten verwundert, weil sein Gehör nicht in der Wildnis geschärft wurde. »Was tust du, Gregor? Warum willst du sie töten? Das darfst du nicht!«

»Schnauze! Schmieg dich an den Felsen und mach dich klein!«

An der Biegung taucht ein Soldat mit wurfbereitem Speer auf.

»Siehst du?«

»Nein, Gregor, nein!«

Ich tauche unter dem fliegenden Speer weg und schicke ihm erst dann den Pfeil aus vier Schritten Entfernung in die Kehle. Der schwere, gepanzerte Körper stürzt auf mich und reißt mich um ein Haar mit.

»Siehst du, Ten? Glaubst du mir jetzt?«

Die nächsten zwei Soldaten können nicht begreifen, was mit ihnen geschieht. Kaum blitzt ihr Helm hinter dem Felsen auf, tritt der Bogen schon in Aktion, und der Befehl ihres Gehirns erreicht ihre Beine nicht mehr, der besagt, daß sie den Windungen der Treppe folgen sollen. Sie tappen ins Nichts und stürzen in die Tiefe. Die Pfeilschäfte ragen ihnen aus den Augenhöhlen.

»Willst du mir immer noch nicht glauben, Ten?« wiederhole ich hartnäckig.

»Doch!« erwidert er dumpf, mit trauriger Stimme. Sein Gesicht ist bleich und streng. »Was wäre wohl geschehen, wenn zwei andere von uns hierhergekommen wären?«

»Ich weiß nicht. Vielleicht gar nichts, weil ... Warte mal!«

Wieder höre ich Schritte auf der Treppe, doch diesmal nicht von flinken Füßen, vorsichtige, überlegte Schritte, als würde derjenige, der hier heranschleicht, sich vor etwas fürchten. Er hält inne, setzt wieder an, dann beginnt er zu rufen.

»Was sagt er?« flüstere ich.

»Er fragt die anderen, ob sie uns bereits umgebracht haben. Ich glaube, das ist der andere Priester.«

»Ruf ihn, daß er kommen soll!«

»Vielleicht will er gar nicht angreifen? Willst du den auch ...«

»Du weißt, was er gefragt hat. Und wenn er dies erfährt und in die Stadt zurückrennt ...«

Ten nickt und ruft dem Unbekannten etwas zu.

»Vorsicht, er kommt!«

Die Gestalt tritt langsam, mit schlurfenden Schritten hervor, und ich bin von ihrem Anblick so verblüfft, daß ich den Bogen sinken lasse. Sie trägt ein dickes Seil um den Hals, an dessen beiden Enden je ein gewaltiger Steinbrocken baumelt.

Der Mann starrt uns entsetzt an, stößt einen schrillen Schrei aus, macht kehrt und versucht verzweifelt, seine merkwürdige Last loszuwerden, um sich so schnell wie möglich aus dem Staub machen zu können.

Es fällt nur so lange leicht, die gespannte Sehne des Bogens loszulassen, bis man eine Wut im Bauch hat, es gibt nichts Verwerflicheres, als jetzt gezielt und absichtlich diesem Unglücklichen einen Pfeil in den Rücken zu jagen, aber es bleibt mir nichts anderes übrig. Hier geht es nicht nur um mein Leben, sondern auch um das Leben meiner Gefährten.

Noch kämpft der Mann, in sein Seil verstrickt, auf den Treppenstufen, als ich die Schritte des letzten Soldaten vernehme. Er rennt so schnell, daß er bei der nächsten Biegung stolpert und der Pfeil über seinen Kopf hinwegschwirrt. Bevor ich noch einmal schießen kann, prallt sein Körper auf den strampelnden Priester, und sein Schwung kippt die beiden über den Rand der Treppe. Ich höre ihr zweistimmiges Gebrüll und dann ein Klatschen.

Kaum ein Tag war während meines Buschlebens vergangen, an dem ich nicht Antilopen, Frischlinge oder Affen erlegt hätte, denn ich mußte essen, so lautet das Gesetz. Und ich habe außer Kriri und Vru noch manchen Flachkopf gekannt, dem ich mit Vergnügen den Schädel eingeschlagen hätte, hätte ich Gelegenheit dazu gehabt. Außerdem habe ich zusammen mit Nogo auch jene Menschen getötet, mit deren Boot wir dann hierher gekommen sind.

Doch hier ist etwas ganz anderes geschehen, etwas so Entsetzliches, daß ich bei jener abgrundtiefen Traurigkeit, die meine Brust zu sprengen droht, vergebens versuche, dieses offensichtliche, logische Argument der Vernunft als Entschuldigung zu gebrauchen, daß man mich ja töten wollte, daß man uns beide umbringen wollte, und hätte ich mich nicht gewehrt, würde jetzt die Strömung der Bucht dort unten zwischen den Felsen unsere Leichen wiegen. Nun ist aber die Wahrheit nicht ganz so einfach, und als ich endlich die traurige Erklärung dieses Unterschiedes finde, wird die Selbstbeschuldigung nur noch schmerzlicher.

Du hast das Wild getötet, um zu essen, einige unter den Flachköpfen hast du mit Fug und Recht gehaßt, denn hätte Nogo nicht auf dich aufgepaßt und wären deine Beine nicht so flink gewesen, hätten sie dich verspeist, wie du die Antilope. Auch die Bootsleute des Flusses hast du in einem Kampf besiegt, wobei sie alle vier freie Jäger waren, für die du, Nogo und das Floß eine willkommene Beute waren und deren Angriff durch das persönliche Interesse an der Beute geschürt wurde.

Doch diese sechs Unglücklichen – darunter auch die Priester – warum haben sie uns überfallen? Keiner hat den anderen jemals etwas getan, weder du ihnen, noch sie dir. Kein Haß, keine Rache, die auf Erfüllung wartet, hat zwischen uns gelegen und uns voneinander getrennt. Hätten sie nicht auf Mazus Befehl gehandelt, der dahin lautete, uns meuchlings zu ermorden, könnten wir alle friedlich miteinander auf diesen Stufen sitzen, von denen aus du sie in einen sinnlosen Tod geschickt hast.

Das ist es eben, was so sehr schmerzt, der Umstand, daß es auf fremden Befehl, aus einer fremden Emotion heraus geschehen ist; dieser Befehl, der diejenigen gegeneinander aufhetzt, die keine Fehde miteinander auszutragen haben, der Befehl, der den Sieger und den Besiegten gleichermaßen zum Mörder und gleichzeitig zum Opfer erniedrigt. Das Blut dieser sechs Unglücklichen kann ich nur dann von mir abwaschen, wenn ich denjenigen bestrafe, der den Befehl erteilt hat.

Wir sitzen lange still da, den Rücken an den Felsen gelehnt. Ten starrt aufs Wasser, sein Blick ist von Entsetzen erfüllt, sein Mund formt lautlose Worte.

»Wir dürfen den anderen nicht sagen, was geschehen ist«, meint er schließlich. »Das würde nur unnötigen Streit und Emotionen hervorrufen. Dabei ist das alles so unendlich traurig. Ich kam erst dahinter, daß man alles genau vorbereitet und geplant hatte, als ich das Seil mit den Steinen erblickte, das sich der eine Priester um den Hals geschlungen hatte. Weißt du, was das war?«

»Keine Ahnung.«

»Das Wasser drängt den verwesenden Leichnam an die Oberfläche. Ob man uns nun mit einem Felsbrocken erschlagen oder mit dem Speer umgebracht hätte, man wollte uns die Steine mit dem Seil um den Hals legen, damit nie jemand erfährt, was mit uns geschehen ist.«

Auf so was gibt es nichts zu erwidern.

»Was werden wir in der Stadt erzählen?«

»Nichts, gar nichts«, meint er, während er den Kopf hin und her wiegt. »Das ist das Beste. Wir sind in die Meerenge hinabgestiegen, die anderen sind oben geblieben. Da haben wir sie zum letztenmal gesehen. Wir waren lange dort unten, und als wir den Rückweg antraten, haben wir sie nicht mehr gesehen. Aus.«

»Doch an ihrem Hals hängt kein Stein ... wenn nur nicht diese beiden letzten, der Priester und der Soldat ...«

Er schaut mich mit schmerzverzerrtem Gesicht an.

»Ich weiß. Aber wir können nichts tun. Nur mit der Sprengung müssen wir uns beeilen, das muß so schnell wie möglich geschehen.«

Bevor wir uns auf den Rückweg machen, prüfe ich die Treppe hinter der Biegung mit der Vorsicht und dem Pfadfinderinstinkt, der Nogos Schule entspringt, und werfe die paar Steine ins Wasser, auf denen ich Blutspuren entdecke.

»Willst du nicht noch einmal den Felsen besichtigen, der gesprengt werden soll?« fragt Ten.

»Nein. Jetzt nichts wie nach Hause!«

Es ist wirklich überflüssig, die Meerenge noch einmal zu besichtigen. In jenem Bruchteil einer Sekunde, während der erste Stein meine Schulter streifte und auf die Treppe prallte und in jenem Augenblick, als mich der Tod berührte und mir so nahe war, hatte sich das Bild bis in alle Einzelheiten unauslöschlich in mein Gedächtnis eingeprägt, so, wie seinerzeit das Bild von Amar und dem Vogel.

22

»Nun, was habt ihr alles gesehen?« Mark ist so aufgekratzt, daß er unsere totenblassen Gesichter gar nicht wahrnimmt. Daß meine Schulter blessiert ist, ist wohl begreiflich, wenn man zwischen den Felsen herumklettert. »Also redet schon! Ist der Plan durchführbar?«

Mag sein, daß ich als Lehrling der Wildnis ein erstklassiger Killer bin – ich kann im Moment an nichts anderes denken –, was ich aber jetzt brauche, ist Tens Selbstbeherrschung. Doch auch er muß erst tief Luft holen, bevor er antwortet.

»Ja ... nun ja ...«, seufzt er. »Wir sind müde, sind viel herumgestreunt, und jetzt noch diese Treppen ...«

»Ten, ich darf doch sehr bitten«, sagt Mark lachend. »Abgesehen von der Hibernationszeit bist du noch keine dreißig! Und nun beklagt er sich darüber«, sagt er zu den anderen, »daß er keine Treppen steigen kann!«

Ten schaut mit einem merkwürdigen Blick ins Leere. »Tatsächlich noch keine dreißig?«

Nur ich allein weiß, wie er es meint. Mark lacht noch lauter, er ist offensichtlich blendender Laune.

»Freilich! Aber so redet schon endlich! Gregor,

warum bist du so schweigsam? Ist was passiert? Hast du dich an der Schulter verletzt?«

»Ach, nichts«, brumme ich.

»Euch hat es wohl die Sprache verschlagen? Oder seid ihr wirklich einem Seeungeheuer begegnet? Wo habt ihr seine Haut?« fragt Dave.

Noch ein Wort, und mir läuft die Galle über, doch jetzt springt endlich Ten ein.

»Wenn ihr uns zu Worte kommen laßt, dann will ich euch erzählen, daß alles in Ordnung ist. Die Meerenge ist tatsächlich mit Felsen verstopft« – er hat sie gar nicht gesehen, denke ich, aber ich bin dankbar, daß er an meiner Stelle spricht –, »doch es ist nicht so sehr die Gesteinsmasse als die Strömung des Wassers zwischen den Felsen, die ein Durchkommen unmöglich macht. Berichte über die Einzelheiten, Gregor!«

Es ist ein wunderschöner Frühnachmittag, die Dachterrasse, das grüne Laub der Bäume, die gelben Steine der Häuser und das azurblaue Wasser der beiden fernen Buchten sind in üppiges Sonnenlicht getaucht, aber ich sehe doch diejenigen in den Tiefen des Wassers zwischen dunklen Felsen schweben, die hinabgestürzt sind, und deren Leichen nun von der Strömung gewiegt werden ...

Ich breche einen kleinen, weichen Kalksteinbrocken von der Brüstung der Terrasse, kauere mich nieder und beginne auf dem glatten Steinboden zu zeichnen.

»Das da ist die Meerenge ... hier ist sie etwa dreißig Meter breit ... da liegen die Felsen ...«

Ich zeichne und erkläre, bis mir die Beine einschlafen und ich mich stöhnend erheben muß.

»Ist das klar?«

»Sonnenklar.« Wie bei der Durchführung aller Pläne ist auch diesmal Dave der *spiritus rector*. »Liegen die Felsen genau in dieser Position? Sind sie so nahe beieinander?«

»Ja, genau so.«

»Hast du die Wassertiefe in der Meerenge überprüft oder zumindest geschätzt?«

»Nein, aber nach der Farbe des Wassers zu urteilen, kann es kaum seichter sein als hier. Wo würdest du das Loch für die Sprengladung bohren?«

»Vielleicht brauchen wir gar nicht zu bohren. Wenn die Lage der Felsen tatsächlich stimmt, dann können wir die Behälter an Kabeln zwischen den Felsen aufhängen und aus der Ferne gleichzeitig elektrisch zünden. Die Reste, die durch die Stoßwellen nicht zertrümmert werden, dürften sich dann hübsch brav in das Bett der Meerenge kuscheln. Wenn nicht, genügt dann ein einziger Behälter, um mit den restlichen Brocken aufzuräumen.«

»Ist es euch wirklich gelungen, einen so starken Sprengstoff herzustellen? Es geht immerhin um einige zigtausend Tonnen ...«

Dave lacht und klopft sich dabei auf die Schenkel. Diese übertriebene Heiterkeit stört mich – was ist mit ihnen geschehen? Oder bin ich es, den dieser Vormittag so sehr geschafft hat?

»Die größte chemische Sensation des Jahrhunderts!« ruft er und trommelt auf seine Brust. »David Brock und sein Mitarbeiter Michel Marcis haben das Nitroglycerin neu entdeckt! Wir können den Stoff in unbeschränkten Mengen herstellen! Wenn du willst, kann ich innerhalb von zwei Wochen den ganzen Berg zwischen den beiden Meerengen verschwinden lassen! Da schau her!«

Er holt ein Fläschchen aus der Tasche, das eine durchsichtige, schwere, honigfarbene Flüssigkeit enthält. Er zieht den Korken heraus, kippt das Fläschchen und läßt vorsichtig einen Tropfen auf den Steinboden der Terrasse fallen.

Der ohrenbetäubende Knall läßt nur Ten und mich

zusammenfahren, die anderen finden das Kunststück schon langweilig.

»Nun hör doch endlich auf!« schnauzt ihn Till nervös an. »Man kann ja keinen einzigen Satz zu Ende bringen!«

Doch die gute Laune unseres schwarzen Freundes ist unverwüstlich. Er lacht schallend und klopft mir auf den Rücken.

»Hast du das gesehen? Das ist mehr wert als alle Theorie! Vorhin habe ich einen Tropfen direkt vor Mazus Füße fallen lassen. Du hättest sehen sollen, wie er gehüpft ist!«

Mazu? Der Schreck war für ihn noch viel zu wenig. Er hätte es verdient, zwischen seinen Opfern im Wasser der Meerenge zu treiben. Doch was heißt hier *seine* Opfer? *Ich* war es, der sie getötet hat!

»Für wann hast du die Sprengung vorgesehen?« Es ist wohl besser, wenn wir bei den handfesteren Aufgaben bleiben. »Je eher, desto besser!«

»Das meine ich auch. Bis morgen abend werden wir schon genügend Nitroglycerin haben. Noch ein Tag für den Transport und für die Anbringung ... Also dann entweder übermorgen abend oder am darauffolgenden Morgen!«

Die zwei Tage flogen dahin, und da wir beschlossen hatten, die Sprengung erst am Morgen des dritten Tages durchzuführen, wachten wir die ganze letzte Nacht mit Ten in meinem Boot zwischen den Felsen, wobei ich den Bogen ständig schußbereit in der Hand hielt.

Wir hatten zwar niemandem erzählt, was uns an jenem denkwürdigen Vormittag widerfahren war, doch die Notwendigkeit, daß man eine solche Menge Sprengstoff nicht unbeaufsichtigt lassen konnte, leuchtete jedem ein. Irgend jemand konnte sich eventuell in diese Gegend verirren, oder es konnte ein Wind aufkommen, so daß man die Behälter vor dem steigenden

Wellenschlag schützen und eventuell hochziehen mußte, damit sie nicht aufeinanderprallten ...

Keiner wunderte sich, daß gerade wir beide uns zum Wachtdienst gemeldet hatten. An der Montage der Behälter hatten wir nicht teilgenommen – Dave hatte außer seinen zwei Ingenieuren nur noch Marcis in sein Team aufgenommen, um diese lebensgefährliche Aufgabe zu erfüllen, dieses Himmelfahrtskommando, wo schon eine einzige unvorsichtige Bewegung, ein kleiner Schlag genügte, um alle in die Luft zu jagen – außerdem war ich der einzige, der mit dem Boot umgehen konnte.

Ten und ich aber wußten genau, warum wir uns für diesen Wachtdienst gemeldet hatten, der dann schließlich doch kein Resultat brachte. Die Nacht war still und ruhig, und niemand näherte sich der Meerenge. Umsonst versuchten wir, mit meiner Angelschnur, an der ein Gewicht befestigt war, die Tiefe auszuloten – wir konnten die Leichen unserer ehemaligen Angreifer nicht finden. Hatte sie die Strömung abgetrieben, oder hatten die Fische reinen Tisch gemacht?

»Dabei war dies die letzte Gelegenheit, diese Nacht«, seufzte Ten, als in der Morgendämmerung am Himmel die Sterne nacheinander erloschen. »Wenn die Strömung die Leichen unter die Felsen treibt, die wir sprengen wollen, oder wenn es uns gelungen wäre, sie dorthin zu manövrieren, hätten sie keine Spur hinterlassen. So aber wird das Wasser die Leichen an die Oberfläche bringen, und was sagen wir dann?«

Ich war klatschnaß, hatte die halbe Nacht am Bootsrand gehangen und die Schnur durchs Wasser gelotst.

»Wahrscheinlich sind sie zwischen den Steinen am Boden hängengeblieben«, mutmaßte ich.

»Ja, schon, aber nach der Explosion wird die aufgerührte Wassermasse die Leichen nach oben spülen ...«

»Jetzt können wir nichts mehr tun«, meinte ich achselzuckend. »Wir werden sehen. Schau, die Sonne geht auf; die anderen werden gleich da sein. Die Sorgen können wir uns bis nach der Explosion sparen.«

Eine Weile sah es so aus, als ob es keine Komplikationen geben würde. Dave ließ keinen näher als einen Kilometer an die Meerenge heran.

Luftdruck, Querschläger von Felssplittern – wenn Dave auch mit dem Nitro gespielt hatte, wußte er genau, mit welchen Kräften er da umging, und wollte niemanden diesem Risiko aussetzen.

Mazu hat seinen oberpriesterlichen Wunsch offenbart, den Felsen, der gesprengt werden soll, segnen zu wollen – ich konnte allerdings deutlich erkennen, warum er in die Nähe der Meerenge gelangen wollte –, Dave aber hatte ihn ziemlich brüsk abgewiesen.

»Ich habe dir bereits gezeigt, o Mazu, welche Kraft auch nur ein einziger Tropfen dieses Zaubermittels birgt. Dort aber ist so viel von diesem Mittel vorhanden, daß man dreißig Krüge in deinem Palast damit füllen könnte. Möchtest du noch einmal die Kraft eines einzigen Tropfens erleben?« fragte er und wollte schon in die Tasche greifen.

Mazu konnte sich lebhaft an den Knall erinnern, also protestierte er hoheitsvoll, aber entschieden gegen eine Wiederholung des Experiments und erwähnte die Einsegnung der Bucht nie wieder.

Mark und die anderen hatten unser Frühstück gleich mitgebracht, um Ten und mir den Rückweg zum Palast zu ersparen. Während Dave und Andrej in Richtung Meerenge verschwanden, um die Leitungen an den Behältern anzubringen, versuchten wir, ein paar Bissen zu uns zu nehmen, um unseren knurrenden Magen zu besänftigen.

Daves Sicherheitslinie zog sich am Rande der äußersten Gärten der Stadt entlang, wir aber saßen unter einem großen Baum, während sich zu beiden Seiten entlang des Hügelrückens die gesamte Bevölkerung der Stadt eingefunden hatte.

Alle wollten das Wunder der Fremden sehen, sie warteten aufgeregt auf ein Ereignis, von dem sie keine Ahnung hatten, sie warteten darauf, daß etwas geschehen und wie es geschehen würde.

Ich muß zugeben, daß wir mit dem voraussichtlichen Resultat einigermaßen vertraut waren. Dave wollte bereits beim ersten Versuch einen Erfolg erzwingen, und so hatte er das Dreifache der erforderlichen Ladung auf die Felsen verteilt. Es gab welche, die sich vor dem Luftdruck fürchteten, und wieder andere, die meinten, daß die gewaltige Explosion auch die Wände der Meerenge erschüttern und zum Einsturz bringen könnte.

Nur Mazu hatte scheinbar seine Ruhe bewahrt. Er hielt es nicht einmal für nötig, aus der Sänfte zu steigen, ließ sie von seinen Dienern neben uns im Schatten des Baumes hinstellen – wahrscheinlich dachte er, daß dort, wo wir waren, auch ihm nichts passieren konnte – und starrte mit undurchdringlichem Gesicht in die Luft, mimte den Ölgötzen, wie auch bisher die meiste Zeit seines Lebens.

Woran mag er wohl in solchen Situationen denken? grübelte ich. In mancher Hinsicht war er der klügste Mensch, dem wir bisher auf diesem Planeten begegnet waren, und doch war er der Sklave seines eigenen Egoismus, seiner Machtgier, seiner Götter, an die er nur glaubte, weil dies für ihn besser und nützlicher war. Ich hatte keinen Augenblick angenommen, daß er Nogos göttliche Herkunft ernstnahm. Doch was wird er wohl sagen, wenn sich nun wirklich etwas ereignet, das über alle seine Begriffe und Vorstellungen geht? Woran dürfte er wohl jetzt glauben? Glaubt er daran, daß die Felsen verschwinden werden, die die Meerenge versperren, und wird er es anschließend wagen, zumindest sich selbst einzugestehen, daß dies nicht ein Werk der

Götter, sondern einzig und allein unser Werk ist? Wird er vor der Macht des Erdenmenschen zurückschrecken?

Dave und Andrej waren zurückgekommen und hatten an diesem Ende der Leitung den Induktor angeschlossen. Nur eine einzige Bewegung, und drüben in der menschenleeren Stille würde die Hölle los sein …

»Nun, wer von uns soll sprengen?« fragt Dave und hält die kleine Schachtel hoch.

»Ten«, erwidern wir wie aus einem Munde. »Es war seine Idee, also steht es ihm auch zu …«

»Nein«, meint der Astronom kopfschüttelnd. »Ursprünglich war es Gregors Idee … und … und … da ist noch etwas … er war es, der am meisten von uns gelitten hat … diese Sprengung aber ist hoffentlich die erste Stufe auf dem Weg, der uns nach Hause führt …«

Man drückt mir den Induktor in die Hand, und ich spüre, daß mein Herz nicht nur vor Aufregung schneller schlägt.

Was ist schon diese kleine Sprengung im Vergleich zu dem, was wir alle durchgemacht haben? Ein primitiver technischer Vorgang angesichts der Raumfahrt, angesichts der Reise unserer Photonenrakete und der *Wiking*, deren wissenschaftliche Großtat fast schon an die Grenzen des Wunderbaren heranreicht.

Wir aber stehen andächtig da, wir spüren, daß Ten recht hat, daß die Sprengung der erste Schritt ist, damit Till, der erste Navigator, nach einigen Jahren seinen Finger wieder auf den Startknopf der Raketen unserer *Wiking* legen kann und aus den Aptatoren die vertrauten Worte erklingen:

»Fertig zum Start! Ich zünde! Countdown läuft! Zwanzig … neunzehn … achtzehn …«

»… fünfzehn … vierzehn« – aber das ist meine Stimme, und ich lausche, als wäre es nicht die meine. Die Augen aller, die Blicke aller haften am runden Rükken des Berges, denn dort, hinter diesem Berg, im Einschnitt der Meerenge wird sich schon bald unser Schicksal entscheiden – drei ... zwo ... eins ...

Die Welt erbebt, hinter dem Berg steigt donnernd eine dichte Wolke himmelwärts, und der Luftdruck preßt Vorsichtige und Tollkühne, auch diejenigen, die ein Wunder erwarten oder an ein Wunder glauben gleichermaßen gegen den schwankenden Boden. Der göttliche Mazu liegt mit verblüfftem Gesicht unter seiner umgestürzten Sänfte. Die herabregnenden Steine wirken wie ein Platzregen, trockener Steinschlag und Wehlaute sind ein Zeichen dafür, daß selbst die reichlich bemessene Sicherheitsgrenze angesichts der Kraft des Nitroglycerins noch zu knapp war. Die Menge macht auf dem Absatz kehrt und rennt kopflos und brüllend auf die Stadt zu. Mazu aber bleibt allein deswegen zurück, weil er sich aus den Trümmern seines auf erbärmliche Weise zusammengebrochenen Machtsymbols nicht allein befreien kann.

»Das hast du aber genau berechnet, Dave«, meine ich, während ich den Staub ausspucke, »du hättest dich auch mit einem bescheideneren Ergebnis zufriedengeben können!«

Die dunkle Wolke breitet sich über dem Berg aus, nun regnet es auch keine Steine mehr, Angst und Schrecken verfliegen ebenso schnell, wie sie gekommen sind. Dave rennt mit schlechtem Gewissen los, um die paar Verwundeten, die neben den Gärten liegen, zu untersuchen, doch diesmal hat er unbeschreibliches Glück gehabt, die Steine haben keinen erschlagen. Es hat auch keine Knochenbrüche gegeben, nur ein paar Prellungen und schmerzhafte Beulen, die auf den kurzgeschorenen Schädeln blühen.

Bis wir Mazu unter seiner Sänfte herausgezogen haben – obwohl ich ihn am liebsten noch eine Weile dort hätte liegen lassen –, kommen auch seine Diener wieder, die Hals über Kopf sich in alle Winde zerstreut hatten, sogar einige mutigere, neugierige Stadtbewohner finden sich wieder ein. Inzwischen hat sich der Oberpriester wieder gefaßt, nur seine blassen Mundwinkel verraten, wie weit er von seiner üblichen Selbstsicherheit entfernt ist.

»Nun kannst du mitkommen, o Mazu, und die Meerenge segnen«, ermuntert ihn Dave.

»O nein! Er soll hierbleiben!« rufen Ten und ich verzweifelt wie aus einem Mund.

»Was ist denn los?« wundert sich Dave. »Wir haben ja dieses Feuerwerk aufgezogen, um diesen Sturkopf endlich zu überzeugen!«

»Ja, schon, aber er soll brav hinter uns herhinken«, stottere ich. »Nein, im Augenblick kann ich den Grund nicht erklären – auf jeden Fall werden wir erst einmal vorausgehen ...«

»Ich weiß nicht, was ihr habt, der soll ruhig mitgehen, selbst dann, wenn er nicht gern möchte. Dieser psychologische Vorteil steht in sein Gesicht geschrieben, und wir dürfen die Chance nicht verpassen. Oder gibt es irgendeinen logischen Einwand?«

»Ja ... das heißt ... nein ... nur ...« Auch Ten kommt nicht weiter als ich. »Ich weiß nicht recht ...«

»Alsdann los!« meint Andrej und hängt sich bei uns ein. »Den Rest können wir unterwegs besprechen.«

Mark wendet sich an den Oberpriester, und ich weiß, was er sagt, auch wenn ich seine Worte nicht verstehen kann. In Mazus Augen flackert Angst auf, doch dann nimmt er sich zusammen und nickt hoheitsvoll. Ein leiser Befehl an die Diener, und sie brechen mit zitternden Knien in Richtung Meerenge auf.

Diese Strecke von knapp einem Kilometer mag uns noch so lang vorkommen – Mark und die übrigen streiten bereits über die Details, um die andere Meerenge zuzuschütten, während Ten und ich schweigend hinter der Sänfte dahinschreiten –, einmal muß sie doch zu

Ende sein. Wir kommen nicht zum Eingang der Meerenge – dort liegt unwegsames Gelände –, sondern ungefähr an die Stelle, wie an jenem Vormittag. Dort werden wir rechts abbiegen und der Meerenge bis zum Ort der Sprengung folgen.

Dave führt den Zug an, und kaum ist er am Rande des Steilufers angelangt, ruft er die anderen herbei und versammelt sie um sich. Auch die Sänfte ist inzwischen eingetroffen, die Diener setzen den Kasten ruckartig ab und starren entsetzt in die Tiefe.

»Wie sind denn die hierhergekommen?« sagt Dave und greift sich verzweifelt an den Kopf. »Wir haben aller Welt Bescheid gesagt, haben es verkündet ...«

Nur für einen Augenblick riskiere ich einen kurzen Blick in die Tiefe, ob wohl alle tatsächlich dorthin blikken, auf das, was ich befürchtet habe –, dann schaue ich sofort Mazu an, wie er wohl den Anblick der Leichen, die auf dem Wasser schwimmen, verkraftet. Da unten kreisen sie alle sechs – Seile und Steine konnten der Strömung nicht widerstehen, die durch die Explosion ausgelöst wurde – aus dem Hals der Soldaten ragt verräterisch der gleiche Pfeil mit den nassen Federn, die auch in meinem Köcher stecken, über meine Schulter hängt der Bogen ... Jede Erklärung ist überflüssig.

Und nicht nur Mazu sieht es, alle sehen es. Dave bleibt die Frage im Hals stecken, wie sich Mazu wohl erklären kann und wird, daß diese Leichen ausgerechnet hier aufgetaucht sind ...

Alle schauen auf den Oberpriester, ob er sich nun endlich äußern will, und wenn ja, was er verkündet ...

»Du irrsinniger Wilder«, zischt mir Mark leise zu, »wann hast du diese entsetzliche Tat begangen, und warum?«

Meine Finger krampfen sich um Tens Arm. Du wirst mir wohl helfen, denke ich, du wirst ihnen beibringen, daß ich nicht anders handeln konnte ...

Mazus Gesicht wirkt jetzt wirklich wie aus Stein gemeißelt, sein Blick ruht schweigend auf dem Wasser, auf den Wellen. Dann schaut er mich an, betrachtet mich einen Moment lang, dann gleitet sein Blick weiter.

»Dies ist nicht die Stelle, wo die Felsen die Meerenge versperrt haben«, sagt er mit ruhiger, ausdrucksloser Stimme, während Ten mir flüsternd seine Worte übersetzt. »Wenn wir die Stelle sehen wollen, müssen wir nach rechts gehen.«

Er winkt seinen Dienern, und schon schaukelt die Sänfte wieder in der Luft. Mazu konzentriert sich auf die Meerenge, hat keinen Blick mehr dafür, was uns alle erschreckt hat und weswegen ich jetzt von allen Seiten angegriffen werde.

»Warum? Wieso? Heller Wahnsinn ... verantwortungslos ... entsetzliches Massaker ...«

Ten Ling richtet sich auf und ist auf einmal sehr bestimmt.

»Genug jetzt! Ich übernehme die volle Verantwortung. Später werde ich alles erklären. Doch wenn sich Mazu so benehmen und beherrschen kann, so dürft auch ihr nicht anders handeln ...«

Doch Mazu scheint an diesem Tag überhaupt nichts zu bemerken. Auch den gewaltigen Krater, den die Explosion gerissen hat, dort, wo einst der Zugang zu der Meerenge gelegen hat und wo jetzt das Wasser ungehindert in den engen Felsspalt strömt, betrachtet er nur stumm. Die Tote Bucht ist nicht mehr tot, man muß einen anderen Namen finden. Mazu aber hüllt sich auf dem Heimweg in tiefes Schweigen, wie einer, der in Trance ist.

Freilich sprechen auch wir nicht miteinander, ich spüre nur die Blicke auf mir ruhen, diese vorwurfsvollen Blicke, oder auch solche, die insgeheim Zustimmung verraten. Auch Ten schreitet wortlos neben mir her, seine Augen starr auf das Pflaster gerichtet.

Der schweigende Zug trifft bei den Gärten auf die neugierige, wimmelnde Menge der Stadtbewohner, und wir schreiten zwischen den Reihen jubelnder, fröhlicher Gesichter dahin. Auf dem Wasser der ehemaligen Toten Bucht tauchen immer mehr Boote auf, und am nun freien Eingang der Bucht tauchen weitere auf.

Sollten die Stadtbewohner die bedauernswerten Opfer der Bucht entdeckt haben, sind sie für die Leute nicht von so schwerwiegender Bedeutung. Sie hatten unter Mazus Herrschaft so manche Leiche gesehen, und jetzt ist die Bucht endlich frei!

Auf dem Pflaster des Hafens, den seit Menschengedenken kein Fuß mehr betreten hat, raufen sich die Nachkommen um das Erbe ihrer Väter und beschwören himmlische und irdische Zeugen, um das Recht auf bestimmte Uferabschnitte zu bestätigen. Was machen da schon die paar Leichen aus? Priester und Soldaten – das ist Sache des göttlichen Mazu. Ihnen gehört der beste aller Ankerplätze, den Göttern oder den Menschen, die von den Sternen kamen, sei Dank – je nachdem, wer an was glaubt oder glauben will –, daß sie endlich die Meerenge geöffnet haben.

Aber es geht auch das Gerücht – denn nicht alle Priester Mazus sind verschwiegen –, daß der Preis für dieses Wunder die Schließung der Neuen Bucht ist. Dann aber ist es doppelt so wichtig, den nun wieder erreichbaren Hafen zu erobern! Kann man wissen, wann es den Mächtigen einfällt, die andere Bucht zu verrammeln? Denn diejenigen, die es fertiggebracht haben, die Felsen aus der einen Bucht wegzuzaubern, sind zu allem fähig! Man muß versuchen, ihre Gedanken zu erraten, und man muß sich freuen, daß solche Wunderwesen die Stadt mit ihrer Gegenwart beehrt haben. Siehe, auch der Oberpriester läßt sich ruhig, fast andächtig in ihrem Kreis dahintragen!

Das ist es, was ich in den Gesichtern lese, was ich aus

dem Jubel entnehmen kann, aus den Rufen dieses Volkes, dessen Sprache ich noch nicht verstehe. Oder sollte ich mich irren? Ten gibt eine ausweichende Antwort, als ich dies erwähne.

»Ja, so ungefähr«, murmelt er zerstreut, während seine Gedanken ganz woanders sind, »obwohl die Sache nicht so einfach ist.«

Wir sind bereits beim Palast angelangt, und Mazu wird von diensteifrigen Händen aus der Sänfte gehoben, als Ten plötzlich meint:

»Und doch ist es einfach.« Er tritt an Mazu heran, dessen einzige Sorge darin zu bestehen scheint, sein Gewand zu glätten und es in eindrucksvolle Falten zu legen. Ten stellt eine Frage, während er den heranschnellenden Mark abwehrt – eine unglaubliche, fast schroffe Bewegung von diesem stets höflichen Chinesen –, Mark aber errötet, ich weiß nicht, ob vor Scham oder vor Zorn, dann zuckt er die Achseln.

»Du bist wahnsinnig wie Gregor! Dieses Blutbad habt ihr wahrscheinlich gemeinsam geplant!«

Ten aber tut so, als hätte er nichts gehört und wiederholt seine Frage an Mazu.

Der Oberpriester ist immer noch damit beschäftigt, die Falten seines Gewandes zu ordnen. Erst nach einer geraumen Weile hebt er den Kopf und schaut durch Ten Ling, durch Mark und durch die herumstehenden Diener hindurch. Unsere Blicke kreuzen sich wieder, wie seinerzeit bei meiner Ankunft am Ufer, ringen eine Zeitlang miteinander, dann ist Mazus Blick erloschen; er gibt Ten leise Antwort und schreitet in den Palast.

»Was hat er gesagt?« schreit Mark mit puterrotem Gesicht Ten an. »Daß er uns morgen früh Bescheid gibt? Weißt du, was das heißt? Er wird uns alle umbringen lassen! Dies ist unsere letzte Nacht. Das habt ihr ja fein hingekriegt!«

23

Ich denke ungern an diese Nacht zurück. Wir hatten unsere menschliche Würde eingebüßt, jeder versuchte, seinen Standpunkt zu verteidigen.

Auf diesen elf Leuten, der ausgesuchten Elite der menschlichen Gesellschaft, wie uns Felix einst genannt hatte – dieses Gespräch im Haus der Stille schien weiter zurückzuliegen als die Erschaffung der Erde –, gingen zweiundzwanzig verschiedene Meinungen hervor. Wir stritten mit uns selbst und miteinander um die Wahrheit, die ihren Inhalt von Minute zu Minute veränderte. Gewalt oder Überzeugung, der Friede des Ausgeliefertseins oder hitzköpfige Unüberlegtheit, was hätten wir tun müssen und was bleibt uns noch übrig? Hatten wir tatsächlich alles vermasselt oder fängt erst jetzt ein neuer, erfolgreicherer Lebensabschnitt an?

Wir alle gingen durch das Fegefeuer der tollkühnen Bereitschaft und der Reue, doch wir wurden nicht klüger. Nur die Müdigkeit der Verzweiflung und der Scham begann in uns immer mehr zu wachsen, die Frage Tens an Mazu unter sich vergrabend, diese Frage, die alle Spannungen unserer verschiedenen Ansichten ausgelöst hatte.

»Wann können wir, o Mazu, damit beginnen, die Meerenge an der Neuen Bucht zu schließen?«

Und ebenso Mazus Antwort:

»Morgen früh werden die Söhne des fremden Sterns alles erfahren!«

hatte jeder auf seine Weise ausgelegt.

Der unter der Wirkung der Elektrode schwer atmende Nogo lag wie ein düsterer Felsen zwischen den Wellen dieser Kontroversen. Ich setzte mich zu ihm und versuchte, seinen Puls zu fühlen und die Botschaft seines zuckenden Herzens zu empfangen, in all diesem

Strudel der menschlichen Gedanken und Vermutungen, die sich gegenseitig zerfleischten, um vielleicht jene Formel der Wahrheit entdecken zu können, die für diese Erde, für diesen Planeten gültig war.

Doch auch dies half nichts, die Stadt und Mazu waren doch nicht Kriri und die Horde, waren nicht damit zu vergleichen, was bisher geschehen war, hier war alles anders, wie diese Nacht, das Licht der rauchenden Fakkeln an der Wand, die stumme Wache vor unserer Tür, die Stadt unter den Mauern des Palastes, die von Menschen wimmelte.

Denn auch die Stadt war hellwach, schwankender Fackelschein erhellte die Mauern, in den sonst stillen und dunklen Straßen drängte und wogte die murmelnde Menge der Söhne des Meeres, doch wir konnten nicht begreifen, nicht verstehen – wieso denn auch –, was diese Unruhe zu bedeuten hatte, was dieser nur zögernd hereinbrechende Morgen für eine Zukunft für uns bereithielt.

Schließlich trug dann die Partei der Verzweifelten und Übervorsichtigen den Sieg davon. Wir zogen mit unserer gesamten Ausrüstung – den geringen Lebensmittelvorräten, die wir in unserem Zimmer hatten, und den Sauerstoffbehältern, die zu unserer Verteidigung dienten – ins Dachgeschoß, Andrej, Ten und Till halfen mir, den schlafenden Nogo hinaufzuschleppen, so daß wir uns nur gegen solche Angreifer wehren mußten, die von unten kamen.

Von hier aus konnten wir die *Wiking* sehen, wo Felix noch verzweifelter und hilfloser als wir wütete. Würde er die Triebwerke auf den Palast richten, so könnte er die Stadt nur bis zur halben Höhe des Hügels einäschern. Wenn aber der heiße Strahl auf irgendeine Weise dennoch den Palast erreichen könnte, würden wir ebenso umkommen wie unsere Angreifer.

Felix hatte sich auf jeden Fall auf das Unmögliche

vorbereitet. Das dumpfe Donnern der kleinen Steuerraketen, das blauweiße Licht der ausströmenden Gase deutete das Wendemanöver der *Wiking* auf dem dunklen Wasser der Bucht an.

Es waren nur noch zwei knappe Stunden bis zum Morgen, als auch mich die Verzweiflung packte. Mark hatte doch recht gehabt, wir würden alle draufgehen. Und Nogo? Er hätte noch viele Jahre zu leben gehabt, hätte ich mein Schicksal nicht an das seine gebunden. Er muß unbedingt geweckt werden! Das Volk ist ihm in abergläubischer Ehrfurcht verbunden, hält ihn für den Gott des Waldes, sie würden es kaum wagen, ihn anzurühren, selbst nicht auf Mazus Befehl.

Er soll wach und bei Sinnen sein, damit ich mich von ihm verabschieden kann, um ihm beizubringen, er soll die Stadt durchqueren und auf die immer höher sich auftürmenden Berge zugehen. Wenn er seine heimatlichen Gefilde auch nicht mehr erreicht, so kann er zumindest wieder im Wald leben, vielleicht aber besteht auch die vage Möglichkeit, daß er wieder nach Hause kommt. Der Große Fluß schlägt einen weiten Bogen, bevor er ins Meer mündet, in Luftlinie kann Nogos Heimat nicht weiter als höchstens 800 bis 1000 Kilometer entfernt sein. Ich habe kein Recht, ihm diese Möglichkeit vorzuenthalten.

»Auf deine Verantwortung«, meinte Mark achselzuckend, »nur darf er kein Wässerchen trüben, sonst sehe ich mich gezwungen, ihn zu töten. Bring ihm bei, wer wir sind, sag ihm, daß er dir blindlings gehorchen muß. Sollte es zum Kampf kommen, könnte er uns sogar eine wertvolle Hilfe sein, sofern man ihn immer noch für einen Gott hält«, setzte er hinzu.

Es dauerte keine halbe Stunde, dann waren wir mit Vals Hilfe soweit, daß Nogo die Augen aufschlug. Er war etwas benommen, drückte meinen Arm und streichelte meine Wangen.

»Gregor! Gregor!«

Die Zeit flog dahin, ich hatte eine Menge zu erzählen und wußte nicht, wo ich beginnen sollte.

Er aber hörte aufmerksam zu, wobei er seinen geheilten Arm verwundert bewegte und betastete. Als Nachwirkung dieses langen Tiefschlafes befand er sich immer noch in einem beschwingten, leicht berauschten Zustand, nickte zu allem, was man ihm sagte, und das auch bei solchen Passagen, von denen ich wußte, daß er sie weder verstehen noch begreifen konnte. Dabei aber wiederholte er mechanisch immer nur das eine:

»Jetzt werden wir immer zusammen jagen! Nogo wird Gregor nie mehr verlassen!«

Dasselbe erwiderte er auch auf meinen Wunsch, daß er – würde mir etwas zustoßen – meine Gegner nicht bestrafen sollte, er sollte sich lieber aufmachen in die Berge, dann stand er auf, schaute jedem von uns aus nächster Nähe ins Gesicht und brummte verwundert:

»Einige von Gregors Brüdern fürchten sich, andere nicht. Warum.«

»Nogo kann das nicht verstehen! Nogo soll alle mögen, ob sie sich fürchten oder nicht!«

»Warum fürchtet sich Gregor nicht?«

Ich konnte ihm nicht gut sagen, daß ich viel zu müde und viel zu enttäuscht war, um mich noch zu fürchten.

»Weil Nogo bei mir ist, und Nogo ist ein starker Krieger. Bei Nogo hat Gregor keine Angst.«

Ich war tatsächlich viel ruhiger geworden, allein schon deswegen, weil er mich voll in Anspruch nahm und mich mit Fragen überschüttete. Von der Brüstung der Terrasse aus zeigte ich ihm die Stadt, die Buchten, die *Wiking*.

»Warum ist großer Himmelsfisch böse, warum speit er Feuer aus seinem Maul?« Von Zeit zu Zeit blitzten die Steuerungsraketen auf, mit deren Hilfe Felix die Abweichungen infolge des Wellenschlags korrigierte.

»Weil in der Stadt böse Glatthäutige leben«, sagte ich. Es war besser, ihm dies einzuprägen. »Sie wollen Gregor und seine Brüder töten.«

»Nogo wird sie alle umbringen!« Er trommelte sich auf die Brust, man sah ihm an, daß er immer noch etwas benommen war, sonst hätte er die Größe der Gefahr, die Aussichtslosigkeit des Kampfes begriffen. »Wo ist meine Keule?«

Die Keule hatten wir unten in irgendeinem Raum stehenlassen, doch Nogo ließ sich nicht beschwichtigen, ich aber befürchtete Schlimmes, wenn ich mich weiter widersetzte. Schließlich war auch Mark damit einverstanden, daß Nogo und ich die Keule holten.

»Vielleicht nützt es was, wenn die Wachen im Korridor Nogo-Ikendu erblicken.«

Damit hatte er völlig recht. Als Nogo, den Arm um meine Schultern gelegt – so war es für ihn am einfachsten, die ungewohnten Treppen zu bewältigen –, auftauchte, rannte die Wache wie von Furien gehetzt ins erste Stockwerk hinunter.

Im Palast rumorte es wie in einem Bienenhaus – ich meinte auch schon, daß wir im nächsten Augenblick die ganze Gesellschaft auf dem Hals hätten –, dann legte sich ganz plötzlich Stille über das ganze Gebäude.

Wir fanden die Keule in einer Ecke und stiegen wieder zur Terrasse hinauf. In der letzten Biegung des Aufgangs hätten wir um ein Haar mit unserem eigenen Sauerstoff Bekanntschaft gemacht, weil die Kameraden auf der Terrasse das Geschrei und die plötzlich eingetretene Stille dahingehend deuteten, daß wir der Übermacht unterlegen seien und Mazus Soldaten heranrückten. Die Tatsache aber, daß sie bei Nogos Anblick das Weite gesucht hatten, rüttelte auch den Verzweifeltesten unter uns aus seiner Lethargie, während Till seine Theorie bestätigt sah.

»Die haben ja noch mehr Angst als wir. Schade, daß ihr mir das nicht glauben wollt.«

»Auf jeden Fall müssen wir nicht unbedingt den ersten besten umbringen, der da auftaucht. Vielleicht hat er eine Botschaft zu überbringen«, versuchte Ten zwischen den beiden Extremen zu vermitteln.

Als aber nach einer Stunde einsame Schritte auf der Treppe zu hören waren und der unbewaffnete alte Priester seinen Spruch herunterleierte, während die ersten Sonnenstrahlen über den Steinboden der Terrasse glitten und unter uns die Stadt und die beiden Buchten noch ihr graues Morgengewand trugen, wurde selbst Ten leichenblaß.

»Was hat er gesagt?« Es ist zum Verzweifeln, daß ich auf einen Dolmetscher angewiesen bin. »Sag doch schon!«

»Mazu läßt uns bestellen«, sagte Ten, der inzwischen seine Fassung wiedergewonnen hat, »daß er dich und mich an der Pforte des Palastes erwartet, um uns Bescheid zu sagen, wie er gestern versprochen hat.«

»Das ist der Anfang vom Ende«, seufzte Mark. »Die ganze Stadt hat sich um den Palast versammelt.«

»Unsinn!« knurrte Till.

»Bleibt da! Nein, besser ihr geht! Nehmt die Sauerstoffbehälter mit. Oder laßt sie doch besser stehen, auch dieser Priester ist unbewaffnet.«

Wir waren genauso weit wie am Abend zuvor. Mich aber packte die Wut. Ich mußte daran denken, was Ten vor langer Zeit im Observatorium gesagt hatte: Ein schöner Tod ist auch etwas wert, wenn einem schon nichts anderes übrigbleibt ...

»Genug!« brüllte ich. Nur Nogo störte die plötzlich eintretende Stille, der mit der Keule bewaffnet sich dicht neben mir aufbaute.

»Warum ist Gregor böse? Nogo bringt jeden um, der Gregor angreift!«

»Warte, Nogo!« beschwichtigte ich ihn. »*Jetzt* tut mir noch keiner was.« Dann fuhr ich in unserer Erdensprache fort: »Mir ist es völlig gleichgültig, was ihr beschließt. Ich werde mit Nogo hinuntergehen. Ich weiß wohl, in euren Augen bin ich der Schuldige, mein Auftauchen hat euer friedliches Leben in dieser Stadt gestört. Es ist auch meine Schuld, daß ich diesen Frieden nicht gewollt habe. Also werde ich gehen und die Konsequenzen tragen ...«

Alle stehen da wie Salzsäulen, während ich auf die Treppe zuschreite, von der mein Gebrüll den alten Priester mit seinem zitternden Haupt in friedlichere Gefilde gescheucht hat. Nur Ten folgt mir.

»Bleib da, Ten, geh nicht mit!« Mein Zorn ist verflogen und macht einer schmerzlichen Traurigkeit Platz. Ich bin einsam und allein, kein Erdenmensch, kein Flachkopf, kein Stadtbewohner versteht mich. »Dies ist mein Krokodil, wie es Nogos Volk ausdrücken würde.«

»Ich pfeife auf dein Krokodil.« Wenn er jetzt etwas Verbindliches, etwas Selbstaufopferndes sagt, schlag ich ihn nieder! Die sollen mich mit all ihrem Heldenmut in Frieden lassen! »Aber du brauchst einen Dolmetscher, oder?«

Wir befinden uns bereits im ersten Stock. Der Palast ist wie ausgestorben, in den Korridoren ist keine Menschenseele zu entdecken. Die dort oben auf der Terrasse stehen wahrscheinlich immer noch da wie die Ölgötzen. Ten schweigt, ich müßte pausenlos Nogo Rede und Antwort stehen. Nun schüttele ich ihn ab, wie er mich seinerzeit, wenn sich die Horde näherte, jetzt kann ich's ihm heimzahlen.

»Schnauze!« knurre ich. »Komm mit!«

Auch die große Halle ist leer, durch die offene Pforte können wir bereits die Menge sehen, die den ganzen Platz füllt. Mazu steht der Palastpforte gegenüber, umringt von seinen Priestern. Noch eine Minute, und alles ist entschieden ...

»Paß auf, Nogo! Wenn sie angreifen, lauf in diese Richtung!« sage ich und deute nach rechts auf die Berge. »Ich laufe hinterher!« Ich weiß, dies ist die einzige Möglichkeit, ihn zur Flucht zu überreden. »Gut?«

»Gut. Aber warum ...«

»Still!« zische ich, auf die Gefahr hin, daß er es mir übelnimmt. Vielleicht fällt ihm dann die Trennung leichter. »Und wenn ich rufe – dann los!«

Ich fürchte mich nicht, denn ich weiß gewiß, daß mir genug Zeit bleibt, zumindest Mazus Schädel zu zerschmettern. Ich umklammere meine Steinaxt. Nur noch dies – dann komme, was da wolle. Wir schreiten durch die Pforte, ein Raunen geht durch die Menge.

»Ikendu! Ikendu!«

Mazus Hand, die er bisher unter seinem Gewand verborgen hielt, schwenkt nach oben, sie hält, wie mir scheint, einen schweren Gegenstand, weil er die Hand wieder sinken läßt, der Angriff bleibt aus – freilich, auch hier geht der Hinrichtung ein Ritual voraus – und hebt zu sprechen an.

In seinen Augen kann ich nicht lesen, er hält sie unter den Wimpern verborgen. Also muß ich warten, bis Ten mit dem Dolmetschen beginnt, jetzt darf ich ihn nicht stören, darf ihn nicht antreiben.

Mittlerweile stelle ich fest, daß der schwere Gegenstand, den Mazu in Händen hält, nur ein gewöhnlicher großer Stein ist, und daß auch der Priester, der neben ihm steht, einen ähnlichen Steinbrocken hält. Einen Strick kann ich nicht entdecken, also will man uns nicht ertränken, sondern steinigen. Aber jetzt ist es noch zu früh, darüber nachzugrübeln, ich habe ja meine Axt, und ich weiß, daß ich schneller sein werde als Mazu.

So halte ich lieber nach einem Fluchtweg für Nogo Ausschau. Er muß gleich an der Palastmauer scharf nach rechts abbiegen, dort stehen kaum zwanzig Leute, und hinter ihnen um die Ecke ist die Straße leer.

Mazus Predigt scheint kein Ende zu nehmen. Könnte er uns nicht in kurzen Worten mitteilen, daß man uns töten will?

Endlich fängt Ten an zu sprechen, seine Stimme ist ganz leise, und er betont jedes Wort, als würde er den Text einem Kind vorsagen.

»Hör genau zu, Gregor, und Mazu darf dir nichts anmerken, egal, was ich sage! Er muß nicht unbedingt erfahren, wie sehr wir ihn mißverstanden haben. Das, was er jetzt sagt, ist die öffentliche, bedingungslose Kapitulation. Er hat uns hierher gebeten, wobei er sich freut, daß auch Ikendu uns mit seiner Anwesenheit beehrt – du mußt wissen, daß Mazu viel Wert auf eine blumige Sprache legt –, um zu verkünden, daß er und sein Volk noch heute unverzüglich damit beginnen wollen, die Meerenge an der Neuen Bucht zuzumauern. Er bittet lediglich darum, nicht zu sprengen, wenn wir noch etwas warten können, man wird die Steine dorthin tragen, alle anderen Arbeiten in der Stadt werden ruhen, alle Welt wird Steine schleppen.

Seine weitere Bitte geht dahin, sofern wir sie nicht zurückweisen, daß du der Götter wegen den ersten Stein in die Meerenge werfen sollst, und ich den nächsten. Will freilich der göttliche Ikendu den ersten Steinwurf tun, würde er dies als besondere Ehre betrachten. Dabei hat Mazu natürlich den Hintergedanken, daß wir vor dem Volk die Verantwortung für die Barrikade tragen sollen, aber ich meine, wir können diese Verantwortung ruhig übernehmen. Hast du mich verstanden?«

»Alles klar.«

»Ich glaube nicht, daß dies eine Falle ist, dafür ist die Sache viel zu kompliziert, er könnte uns ja, wenn er wollte, in diesem Augenblick töten. Genug für jetzt, wir dürfen nicht länger miteinander reden, sonst kommt er nur auf dumme Gedanken. Unterwegs haben wir noch genug Zeit, um uns zu unterhalten.«

»Wenn dir Mazu den Stein reicht, nimm ihn entgegen. Dann müssen wir versuchen, Mazu in unsere Mitte zu kriegen. Sollte es trotzdem eine Falle sein, dann sitzt er auch mit drin. Ich habe bereits gesehen, wie schnell deine Hand ist, ich weiß, du wirst auch diesmal nicht daneben treffen. Bist du bereit?«

»Ja, ich bin bereit.«

Ten sagt nur noch zwei Sätze, und schon schreitet Mazu auf mich zu. Es ist zwar schwer zu glauben, was mir Ten bisher erzählt hat, aber es scheint zu stimmen. Dann bleibt er vor mir und der andere Priester vor Ten stehen und reicht mir den Stein.

Für einen Moment gelingt es mir, seinen Blick zu erhaschen. Sollte sein Auge unschuldig glänzen, bin ich sicher, daß er lügt, weil ich genau weiß, was er für ein großer Schauspieler ist. Doch in seinen blitzenden Augen kann ich nichts als Demütigung und Haß erkennen. Dann reiht er sich ein, ist wieder der alte Mazu mit dem gesenkten Haupt, die Prozession bewegt sich mit uns an der Spitze in Richtung der Meerenge an der Neuen Bucht ...

Der Weg war lang bis zum Ufer, und der Stein wog schwer, noch schwerer aber wogen Nogos unmögliche Fragen – obwohl ich ihm keine einzige Frage übelnehmen kann, ist dies doch für ihn eine so fremde Welt –, schwer wog das dumpfe Schweigen des besiegten Mazu. Doch jeder Weg ist lang, der *irgendwo* hinführt, und dabei wiegt jede Last schwer, bis man endlich sein Ziel erreicht hat.

Auch dieser Weg hatte nicht hier auf diesem Platz vor dem Palast begonnen, sondern irgendwo in weiter Ferne, in einer Vergangenheit, auf die ich zurückzugreifen versuchte, indem ich nach dem ersten Glied meiner chronologischen Geschichte tastete, mag aber auch sein, daß ich mich bereits früher getäuscht habe ... Ich weiß es nicht.

Auf jeden Fall ist die Geschichte hier zu Ende, in diesem Augenblick, wo ich den Stein über meinen Kopf hebe und ihn als erster in das wogende Wasser der Meerenge werfe. Und diesem Stein waren tausend und abertausend Steine gefolgt, die Meerenge wurde verstopft und die Bucht leergepumpt ...

Doch das ist nicht mehr meine Geschichte, sondern die Geschichte der *Wiking*. Diese Geschichte wird Mark, Ten oder noch besser Dave erzählen. Meine Aufgabe bestand lediglich darin, auf ihre Bitte meine Geschichte zusammen mit Ihnen und mit der *Wiking* zur Erde zu senden – zu jener Erde, die ich nun nie mehr wiedersehen werde.

Fragt sie, warum ich hiergeblieben bin, es würde lange dauern, euch alles zu erzählen, vielleicht würdet ihr es auch nicht begreifen, und ich bin schon sehr müde.

Ich bin mir dessen bewußt, daß es auch so einige Passagen gibt, die etwas verworren, die mehr als unklar sind. Ich habe mir wenig Mühe gegeben, die Ereignisse chronologisch zu ordnen. Doch das ist nicht mein Beruf, auch habe ich so manches vergessen, weil mir während der beiden Jahre, in denen die *Wiking* repariert wurde, so manche Erinnerung entglitten ist.

Ich weiß auch nicht, welche Absicht Ten mit seinem Vorschlag verfolgte, daß ich einen der freien Speichersektoren unseres Computers mit meiner Geschichte füllen sollte. Vielleicht hat er gehofft, daraus irgendeine Lehre zu ziehen, eine Lehre, die ihr, meine Schwestern und Brüder auf der Erde beherzigen solltet, die euch alle klüger, mutiger und besser macht?

Wenn dem so ist, so sollt ihr ihn auch über die Konsequenzen befragen, oder befragt euch selbst, jetzt, nachdem ihr meine Geschichte kennt. Mag sein, daß auch ich vergebens nach einer Konsequenz, nach einer Botschaft gesucht habe, mag auch sein, daß es mir an der nötigen Ausdauer mangelte.

Ich weiß nur, daß die *Wiking* wieder zurückkehren wird – es sind nur noch knappe zwei Wochen bis zum Start –, und dies bedeutet mir mehr als jede Lehre, jede Konsequenz, selbst wenn ich nicht ...

24

Hier war der Text plötzlich zu Ende, die Stimme verstummte, der Lautsprecher brummte leer vor sich hin, und Ben Hatti – bereits steinalt und sehr würdevoll – erhob die Stimme.

»Was ist los? Was ist geschehen? Sucht euch gefälligst einen anderen Zeitpunkt aus, um mit der Anlage herumzuspielen!«

Der gewaltige Raum, dessen Enden in Dunkelheit getaucht waren, war nur durch die Arbeitslampen der einzelnen Tische beleuchtet. Hier sollte das Auge ruhen, solange nur das Ohr gefragt war. Ein junger Techniker, der vor der Instrumentenwand gesessen hatte, die eine Wand dieses Raums bedeckte, erhob sich und wandte sich entschuldigend an die Mitglieder des Ausschusses, die in ihren tiefen Sesseln saßen.

»Tut mir leid, der Rest dieses Sektors ist leer, das heißt ...« – er griff wieder nach den Schaltern, und nach einiger Zeit tauchte auf dem Oszillograph wieder die modulierte, zitternde Wellenlinie der menschlichen Sprache auf – »hier geht es weiter ...«

»Achtung, fertigmachen zum Start! Countdown läuft. Fünfundzwanzig ... vierundzwanzig ...«

»Halt! Schluß! Das ist nicht Gregor Mans Stimme! Sie

hören jetzt schon seit Stunden zu und können das nicht unterscheiden?!« sagte Ben Hatti wütend. »Also los, weitersuchen!«

Der Techniker war ungeschickt genug, um eine logische Frage zu stellen.

»Und wo, bitte, soll ich weitersuchen?«

Ben Hatti hüllte sich in Schweigen, was nichts Gutes ahnen ließ, obwohl der Techniker recht hatte. Vor jenem Teil des Computerspeichers der *Wiking*, der Gregor Mans Geschichte enthielt, lag eine kurze Zusammenfassung Ten Lings über die astronomischen Angaben des neuentdeckten Planeten. Mindestens sechs Jahre älter als Gregor Mans Worte. Dieser Abschnitt aber war zweifellos eine Aufzeichnung des Countdown des Navigators Robert Till kurz vor dem Start, der die Rückreise einleitete. Der Start mußte stets in voller Länge aufgezeichnet werden, das war vorgeschrieben, weil man bei Pannen gleich welcher Art auf diese Weise die Umstände am besten analysieren konnte.

Ben Hatti kochte vor Wut – und dies war nur berechtigt –, und diese Wut mußte er an jemandem auslassen, weil er sonst zu ersticken drohte. Er holte tief Luft und wollte gerade auf seine beißende Art die Qualitäten der Mitarbeiter der Auswertungszentrale in der Luft zerreißen, als aus der Tiefe eines Sessels ein leises Raunen an sein Ohr drang. Sie saßen nur noch zu fünft im Saal, das Dämmerlicht hatte die Gesichter unpersönlich aufgelöst, fünf Schatten, die während der ganzen langen Nacht wortlos und stumm dagesessen.

»Ich glaube, es ist nutzlos, nach einer Fortsetzung zu suchen. Aus dem chronologischen Katalog des Computers geht eindeutig hervor, daß jetzt nichts mehr kommen kann. Die übrigen Aufzeichnungen haben wir aber bereits gehört.«

Ben Hatti schluckte seinen Zorn herunter. Auch er wußte genau, daß die Suche nach einer Fortsetzung sinnlos war, eine bittere, demütigende Erkenntnis seiner eigenen Verzweiflung und Ohnmacht.

Die zehn Besatzungsmitglieder der *Wiking*, die zurückgekehrt waren, lagen bereits seit drei Monaten auf der Sonderstation der Rettungszentrale auf dem Mond. Die Ärzte ärgerten ihn mit ihren schonenden, immer merkwürdigeren Ausreden – und was ihn besonders ärgerte, war der Umstand, daß diese Schonung auch seinem hohen Alter galt, ein Schicksal, in das er sich nicht fügen wollte.

»Wir haben schon viel schwerere Gravitationsfälle geheilt, obwohl wir, zugegeben, nur annähernd wissen, wieviel *ge* sie abbekommen haben und wie lange sie dieser Beschleunigung ausgesetzt waren, doch alles ist nur eine Frage der Geduld und der sorgfältigen Pflege.«

Es ist ja auch ein Wunder, daß es dem Computer im letzten Augenblick zwischen Jupiter und Mars gelungen war, mit der *Titan* jenem Asteroiden auszuweichen, der ihren Weg gekreuzt hatte. Andernfalls könnte man dort im Meteorengürtel nach jenen paar Gramm schweren Brocken suchen, die nach dem Zusammenstoß von der *Titan* und von der *Wiking* übriggeblieben wären ... Ja, selbst dieses Elend ist ein Positivum, daß diese zehn Menschen jetzt wie lebende Tote dort liegen – meine Leute, schnitt der Gedanke schmerzlich in Ben Hattis Herz –, und auch jene beiden sind ... waren ... die meinen, die nicht mehr zurückgekehrt sind ... Nein, so hatte er sich das Ende dieser Reise, den ersten Sprung über das Sonnensystem hinaus nicht vorgestellt ... obwohl ...

»... diese Reise mein Lebenswerk werden sollte«, setzte er seine Gedanken laut fort, bereute es aber im selben Augenblick. Nach dem, was sie erfahren hatten, würde sich kaum jemand auf Erden finden, der solches behaupten würde, auch wenn er tatsächlich sein Leben für dieses Projekt aufgeopfert hatte.

Jetzt erklang eine andere Stimme, hart und heiser, und es war schwer zu entscheiden, ob sich hinter ihrer Sachlichkeit abgeklärte Weisheit oder Trost verbarg, der für Ben Hatti gedacht war.

»Man braucht nicht zu verzweifeln. Mark und seine Kameraden werden genesen und alles erzählen. Sie sind daheim, und wir werden alles für sie tun. Denk lieber daran, daß in einem Jahr die nächste Expedition starten kann, und daß wir jetzt genau wissen, wohin, daß wir wissen, es lohnt sich, und was wir anders und besser vorbereiten müssen.«

Der junge Techniker lauschte begeistert den Worten des Ratspräsidenten für Weltraumflug. Jawohl, so ist es, der Mann hat absolut recht! Dies ist die einzig mögliche Antwort!

Und er dachte daran, daß er in einer Pause der schwierigen Auswertungsarbeiten vorsichtig beim Präsidenten vorfühlen würde – wann wird sich denn wieder eine Gelegenheit bieten, eine ganze Nacht lang dieselbe Luft wie diese hervorragenden Menschen zu atmen –, ob er nicht in irgendein Institut des Rates versetzt werden könnte.

Er war jung, gesund, hatte eine gute mathematische Qualifikation, vielleicht, vielleicht eines Tages ... – doch er wagte kaum, den Gedanken zu Ende zu denken – könnte er auch Navigator werden, natürlich nicht sofort ein solcher wie der große Robert Till, aber immerhin ...

Ben Hatti aber mußte daran denken, daß trotz der schönen und, ach, so wahren Worte des Präsidenten keine menschliche Macht in der Lage war, die anderen in absehbarer Zeit zu Gregor Man auf jenen Planeten zu bringen, und daß Gregor warten und ausharren mußte, mindestens noch 14 bis 15 Jahre – und dies mutterseelenallein.

Wie alt mochte er jetzt sein? Er war zweiundzwanzig, als er abflog. Wenn dort bis zur Rückkehr der *Wiking* 14

Jahre vergangen waren und weitere etwa 13 Jahre, bis die *Titan* das Sonnensystem wieder erreichte – das neue interstellare Photonenträgerschiff ist allerdings schneller –, plus die Zeit, bis die neue Expedition auf jenem Planeten ankommt, minus die Zeit der Hibernation ... Ben Hatti erschrak vor der Anzahl der schnell zusammengerechneten Jahre. »Er wird 56 bis 58 Jahre alt sein, bis er wieder einen Erdenmenschen sehen kann. Als sie aufbrachen, war ich noch jünger!«

Ihm wurde schwindlig. All das, was sein ganzes Leben erfüllt hatte, die vertrauten und wohlbekannten Theorien, die mathematischen Formeln, deren er sich Tag für Tag wie selbstverständlich bedient hatte, sternenweite Entfernungen, Lichtjahre, alles, worauf sich die Arbeit der Versuchsabteilung unter seiner Leitung konzentriert hatte, diese Arbeit, bei der er ein mörderisches Tempo diktiert hatte, wurde durch diese einfache Addition zur entsetzlichen, greifbaren Wirklichkeit, so fürchterlich, daß er erschauerte.

Er hatte das Gefühl, daß ihn sein altes, vor Aufregung wild pochendes altes Herz mit einem dünnen Band aus einem niemals herstellbaren Stoff mit Gregor Man verband, ja, er konnte dieses blaß schimmernde Band genau erkennen, das die unvorstellbare Entfernung überspannte.

Dann, auf der Flucht vor einem Gedanken, dessen Formulierung ihn für alle Zeiten aus den Grenzen einer normalen Denkweise hinauskatapultiert hätte, die von Menschen gesetzt waren, begann er feige und beschämt durch seine Feigheit zu sprechen:

»Ich glaube, wir sollten eine kleine Pause einlegen«, meinte er hilflos.

Der Präsident nickte zustimmend, und das aufflammende Licht verwandelte die Schatten, die in den Sesseln lehnten, wieder in Menschen aus Fleisch und Blut. Im Saal erhob sich ein allgemeines Geraune, man unterhielt sich leise, gelegentlich waren auch Äußerungen zu erkennen, die sich betont von dem allgemeinen Stimmengewirr abhoben.

»Das also ist der Beweis«, meinte der Leiter der Auswertungszentrale zufrieden, dem es peinlich gewesen wäre, wenn seine Leute irgendeinen Fehler begangen hätten, »daß das Ende von Mans Bericht noch vor dem Start der *Wiking* gelöscht wurde, meiner Meinung nach unbeabsichtigt. Denn ...«

»Ich hoffe, daß wir Mark Rogan und seinen Kameraden recht bald gratulieren können«, sagte der Leiter der Archivabteilung strahlend. »Nicht nur zum Erfolg dieser Reise, sondern auch für dieses unbezahlbare Material, das sie mitgebracht haben ...«

»... Daß er noch am Leben ist, hat Gregor Man nur dem Umstand zu verdanken, daß er nicht mitgeflogen ist«, meinte der Gesundheitsexperte des Rates. »Wir müssen einmal überlegen, wie sehr sein Organismus durch jene vier Jahre beansprucht wurde, die er fern von den übrigen Expeditionsteilnehmern verbracht hat. Er hätte diese Rückkehr, die leider ein so unglückliches Ende nahm, wohl kaum überstanden ...«

Doch die vernünftigen Argumente und das Licht, das von der Decke strahlte, konnten Ben Hatti nicht aus seiner verzweifelten Stimmung reißen. Schon lag ihm die skeptische Frage auf den Lippen: Sagen Sie, Verehrtester, woher wollen Sie denn wissen, daß er überhaupt *heute* noch lebt, abgesehen davon, daß sich in solchen Dimensionen der Begriff *heute* absolut nicht definieren läßt ... – als ein junger Mitarbeiter der Auswertungszentrale zu ihm trat.

»Entschuldigen Sie die Störung, aber ich hätte eine Frage.«

»Bitte«, sagte er unfreundlich, weil ihn dieses *heute* immer noch ärgerte.

»An jener Stelle, wo diese bedauerliche Löschung innerhalb des Sektors erfolgt ist, hatte Gregor Man gerade damit begonnen, die Lehren aus seiner Geschichte zu ziehen. Sie, Herr Pfrofessor, die Sie Gregor Man gekannt haben – wie würden Sie diesen Bericht ergänzen? Was wollte er sagen! Die Lehre ...«

Ben Hatti betrachtete den jungen Mann nachdenklich.

»Wie alt sind Sie?«

»Zweiundzwanzig.«

»So alt war auch Gregor Man, als er die Reise antrat, und etwa dreißig, als er all das erzählte, was wir soeben gehört haben. Was das Alter betrifft, hat er schon seinerzeit Ihnen näher gestanden als mir«, sagte er leise. Dann aber, ohne jeden Übergang, fuhr er den jungen Mann in seiner barschen Art an. »Warum, zum Kuckuck, stellen Sie mir altem Mann solche Fragen?«

Über das weitere Schicksal von Gregor Man und über die zweite Tau-Ceti-Expedition lesen Sie in dem Band »FERNES FEUER – WIKING II«, Heyne Science Fiction & Fantasy, Band 06/4391

Nachwort des Autors

AUF EIN NEUES ...

Ich bin 1930 geboren, habe mein Diplom am Konservatorium im Frühjahr 1956 gemacht und wurde gleichzeitig Mitarbeiter des Ungarischen Rundfunks, bei dem ich bis zum heutigen Tage tätig bin.

Mein erster Roman »Die Rückkehr der Wiking« erschien 1963.

Dies alles erzähle ich nur – es reicht für eine Biographie –, weil mich die Neuauflage dieses Buches mit einer Versuchung konfrontierte, die jeder Musiker nur zu genau kennt.

Ein Komponist hat bis zur Stunde seines Todes das Recht, seine Werke zu ändern und nach Belieben zu korrigieren. (Später übernehmen begeisterte Nachgeborene diese Aufgabe, doch dies bleibt dem Komponisten zum Glück verborgen.)

Als mich mein Verleger über diese Ausgabe benachrichtigte, bereitete mir dies aus eigener Schuld nicht nur Freude, sondern stürzte mich gleichzeitig in Verzweiflung.

Ich habe das Buch durchgelesen und verblüfft festgestellt, wie wenig man sich an seine eigenen Sätze erinnert. Dann versuchte ich, den Roman zu ›korrigieren‹, auf die gleiche Weise, wie dies meine Kollegen auf dem Musiksektor tun, mit ruhiger Selbstsicherheit und – ich wiederhole – mit vollem Recht, selbst während einer Orchesterprobe, wenn sie das Gefühl haben, etwas ändern zu müssen.

Zum Glück oder zu meinem Unglück – ich kann es nicht entscheiden – erwies sich der Text stärker als die Absicht, und nach einigen Nächten und sehr viel schwarzem Kaffee gab ich schließlich auf.

Ich hätte mir diese Arbeit sparen können, wäre ich dem Ausspruch des Terenz gefolgt: *Habent sua fata libelli* – die Bücher haben ihr eigenes Schicksal. Drum habe ich zum Schluß lediglich redigiert und den Text im übrigen belassen, wie er war.

Péter Zsoldos